Vivir para contarla
Gabriel García Márquez

生きて、語り伝える

G・ガルシア=マルケス
旦 敬介 訳

Obra de García Márquez | 2002
Shinchosha

生きて、語り伝える●目次

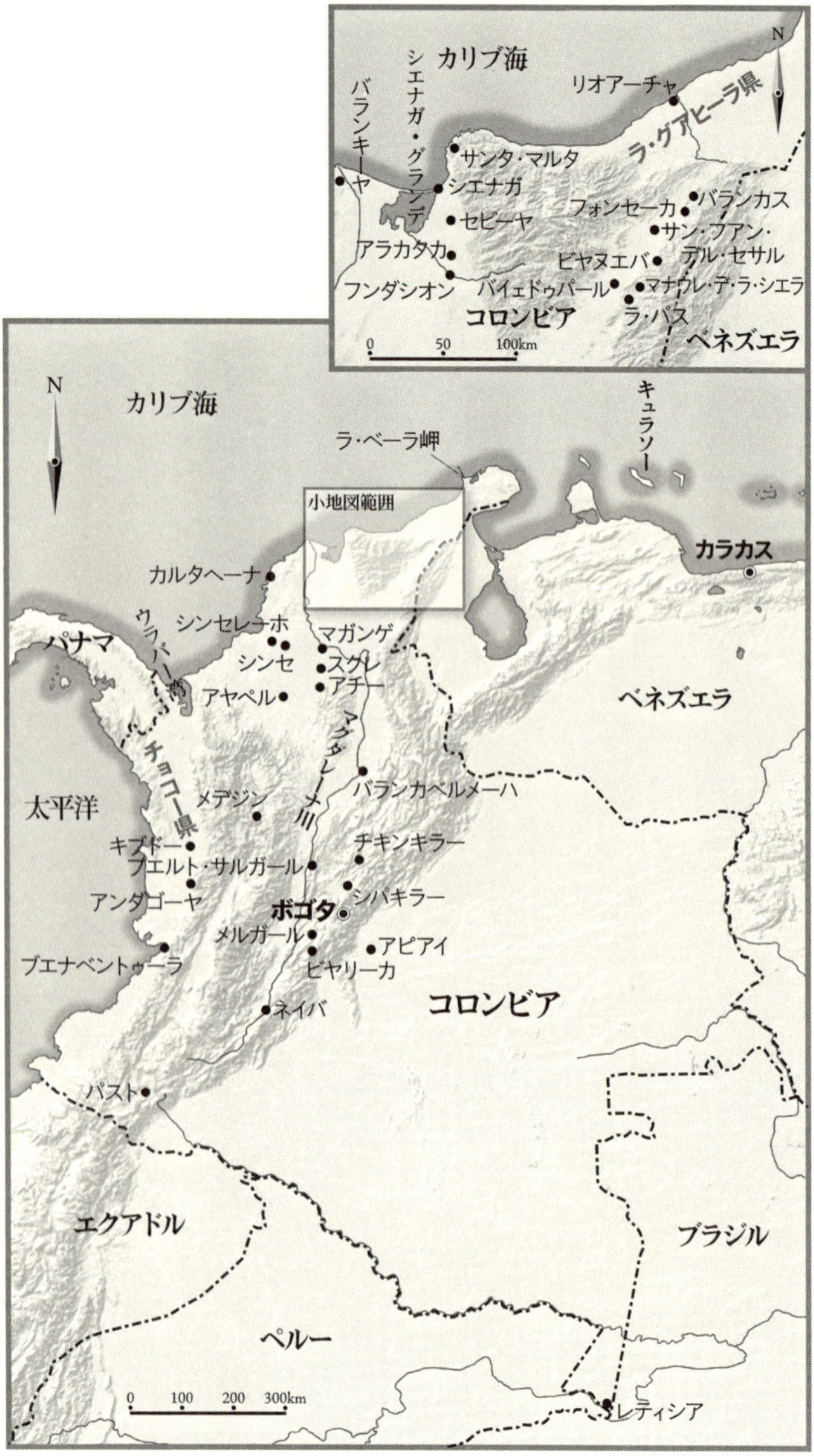
カリブ海
N
シエナガ・グランデ
バランキーヤ
リオアーチャ
ラ・グアヒーラ県
サンタ・マルタ
シエナガ
セビーヤ
アラカタカ
フンダシオン
フォンセーカ
バランカス
サン・フアン・デル・セサル
ビヤヌエバ
バイェドゥパール
マナウレ・デ・ラ・シエラ
ラ・パス
コロンビア
ベネズエラ
0 50 100km
N
カリブ海
ラ・ベーラ岬
キュラソー
小地図範囲
カラカス
カルタヘーナ
ウラバー湾
シンセレーホ
パナマ
シンセ
マガンゲ
スクレ
アチー
アヤペル
ベネズエラ
チョコー県
マグダレーナ川
バランカベルメーハ
メデジン
太平洋
キブドー
プエルト・サルガール
チキンキラー
アンダゴーヤ
シパキラー
ボゴタ
メルガール
アピアイ
ブエナベントゥーラ
ビヤリーカ
ネイバ
コロンビア
パスト
エクアドル
ブラジル
ペルー
0 100 200 300km
レティシア

Obra de García Márquez

2002

Drawing by Silvia Bächli
96.1: without title, 2001, "LIDSCHLAG How It Looks," Lars Müller Publishers, 2004 through WATARI-UM
Map by J map
Design by Shinchosha Book Design Division

生きて、語り伝える

Vivir para contarla, 2002

人の生涯とは、人が何を生きたかよりも、
何を記憶しているか、
どのように記憶して語るかである。

1

　母は私に、家を売りにいくので一緒に来てくれ、と頼んだ。その朝、彼女は、一家が暮らしている遠くの町から遠路はるばるバランキーヤに出てきたのだが、どうすれば私が見つかるのか、まったく目星もついていなかった。あちらこちらで知りあいに尋ねてまわると、私のことはムンド書店か、その近所のカフェで捜すといい、と指示された。私が日に二回は、知りあいの物書きたちとおしゃべりするために立ち寄るところだった。母にそう教えた知りあいは、こう忠告した――「気をつけてお行きなさいよ、頭のおかしい連中ばかりだから」。母は十一時きっかりにやってきた。本が平積みになっている台の間をあの軽い足取りでつかつかと抜けてくると、私の正面に立ちはだかり、若いころのような悪戯《いたずら》げな笑みを浮かべて私の目を見つめ、反応するいとまもあたえずに言った――

「私だよ、母さんだよ」

　何かが変わってしまっていたせいで、私には一目で母だとはわからなかった。年は四十五歳だった。十一回の出産を合計すると、ほぼ十年を身重の状態で過ごし、少なくともそれと同じだけの年数を子供に授乳して暮らしてきていた。髪は年に似あわず、すでにすっかり白くなっていて、目は初めての老眼鏡の背後でなおさら大きく、びっくりしているみたいに見えたし、祖母の死を受けて厳格に喪に服した格好をしていたが、なおも母には、新婚のときの写真と同じ、古代ローマ人ふうのあでやかさが残っていて、そこに今、秋の風格が加わっているのだった。何よりも前に、私を抱擁して挨拶するよりも前に、母はいつもの儀式的な口調で言った——

「お前さんにお願いがあって来たんだよ。家を売りに行くのに、ついてきておくれ」

どの家のことなのか、どこになのか、言う必要はなかった。私たちにとって、家と言ったら世界にひとつしかなかった——アラカタカにある祖父母の古い家のことだ。私が幸運にもそこで生まれることになった家、そして、八歳の時を最後に、二度とそこで暮らすことがなかった家。私は法学部を退学したところで、在学した六学期間も一番熱心にやったのは、出くわすものを片端から読み、比類なきスペインの黄金世紀の詩文を暗唱することだった。そのころまでに私はすでに、翻訳本や人から借りた本を通じて、小説の技法を学ぶのに必要となるはずの本はすべて読んできており、新聞の文化付録に短篇小説を六篇発表していた。それは友人たちには熱狂的に支持され、一部の批評家の関心も集めていた。私は翌月、二十三歳になるところだったが、すでに徴兵忌避で追われる身で、二度も淋病にかかった古参兵で、毎日、病気の予兆もないままに、最低品質の煙草を紙巻きで六十本吸っていた。ともにコロンビアのカリブ海沿岸部にあるバランキーヤとカルタヘーナ・デ・インディアスの二都市を、風向き次第で渡り歩くようにして暮らしていたが、『エル・エラルド』紙に書く毎日の記事の稼ぎ、といっても、それはほとんど無以下の金額だったのだが、それでまるで王侯のように食いつないで、夜が訪れたその場その場で、あわよくば一夜の相手を見つけて眠りにつくという暮らしだった。自分が念願しているものに対する不安と、日々の暮らしの混沌、それだけでも十分悲惨なのに、不可分な絆で結ばれたわが仲間たちは、アルフォンソ・フエンマヨールが三年前から計画していた大胆無比にして財力無資な雑誌をいざ刊行しようと画策しているのだった。いったいどれだけ無謀であれば気がすむのだろうか?

　嗜好のせいというよりも欠乏のせいで、私は流行を二十年先取りしていた――伸ばし放題の髭、もじゃもじゃの髪、ジーパン、いかがわしい花柄のシャツ、巡礼者みたいなサンダル履き、という出で立ちである。映画館の暗がりの中で、私が近くにいることに気づかずに、当時の女友達のひとりが誰かにこう言っているのを私は耳にしたことがあった――「かわいそうだけど、ガビート〔ガブリエルの愛称〕は終わってるわよね」。そのような状況だったから、母から家を売りにいくのにつきあうように言われたとき、私には断わる理由は何もなかった。すると母が、お金に余裕があるわけではない、とつきつけてきたので、私はプライドから、自分の分は自分で出す、と言い放った。

　働いていた新聞社でこの問題を解決するのは不可能だった。一日の記事につき私は三ペソをもらっていて、定例の社説担当たちに穴があいた場合に社説を書くと四ペソになったが、それでは辛うじて食えるか食えないかだった。前借りをしようとしたが、社長は元からある借金がすでに五十ペソ以上になっていることを言ってきた。そこでその午後、私は、どの友人にも絶対にできなかったであろうような不埒《ふらち》な蛮行を犯すことになった。カフェ「コロンビア」の出口のところ、書店のすぐ脇で、年老いたカタルニア人の先生で本屋をやっているドン・ラモン・ビニェスをつかまえた私は、十ペソの借金を申し入れた。彼にも六ペソしか持ち合わせがなかった。

　母も私も、当然のことながら、わずか二日間のあの他愛のない小旅行が、私にとってかくも決定的な意味をもつことになるとは、想像しえなかった。それがどれほどだったのかは、私がどれほど長く勤勉な人生を生きたとしても決して語り尽くせないほどなのである。今、七十五年以上の年月を存分に生きてきて、私にはわかる。あれこそが、作家としての私のキャリアにおいて、下さなければならなかった幾多の決断の中で、まちがいなく最も重要なものだったということが。それはとりもなおさず、私の生涯の全体を通じて最も重大な決断だったということである。

青春期までの間、人の記憶力は過去よりも未来に関心を向けているものなので、その村に関する私の思い出もまだ、ノスタルジアによる理想化を受けていなかった。あるがままに記憶していたのだ——そこは暮らすのにいい場所で、誰もが知り合いで、澄みきった水のほとばしる川のほとりにあって、その川床にはすべすべになった岩が、白くて大きくてまるで先史時代の卵のような岩がごろごろしているのだった。夕暮れどきになると、とくに十二月、雨季が過ぎて空気がダイヤモンドのように透き通るころには、シエラ・ネバーダ・デ・サンタ・マルタの山並みが、白い峰を際立たせたまま、向こう岸のバナナのプランテーションのところまで接近してくるように見えた。そこからはアルアコ族のインディオたちが蟻のような列をなして絶壁の隘路《あいろ》を走っているのが見えた。背には生姜《しようが》の入った大袋を背負っていて、人生に遊びをもたせるためにコカの玉を噛んでいた。私たち子供がそのころ夢に見たのは、夏でも溶けない山頂の雪で団子を作って、焼けるように暑い村の通りで雪合戦をすることだった。というのも、その暑さというのはまったく現実離れしていて、とくに昼寝《シエスタ》の時間がそうで、大人たちはその暑さについてそれがまるでその日の新しい驚きであるかのように文句をたらたらとこぼすのだった。生まれたときから私が飽きもせずに繰り返し聞かされた話によれば、鉄道線路とユナイテッド・フルーツ社の労働者宿舎の工事は夜間に行なわれたものだった。日中は鉄の工具が太陽に焼きつくされて、手で握ることすらできなかったからだ、というのだった。

アラカタカまでバランキーヤから行く唯一の方法は、エンジン付のおんぼろランチに乗って、植民地時代に奴隷の手で切り開かれた水路を抜け、その後、気が滅入るような泥水が広がる広大な沼沢《シエナガ》を横断して、不思議な雰囲気をもったシエナガの町に行くことだった。そこで二等列車に乗りこみ、といってもこれは開通当初は国で一番の路線だったのだが、どこまでも続くバナナ園の間を縫って最後の道程を行くのだった。列車は、途中、焼けるように暑くて埃っぽい村や人里離れた駅に、幾度となく意味もなく停車していくのだった。この道程こそが、母と私が一九五〇年の二月十八日土曜日夜七時（カーニバルの前夜である）、洪水にでもなりそうな季節外れの驟雨の中、手元に現金三十二ペソだけを持って乗り出したものだった。この金額は、家が見込み通りの条件で売れなかった場合、辛うじて帰ってくることができるかどうか、という金額だった。

その晩は貿易風がきわめて激しく、バランキーヤの川の港で、船に乗るよう母を説得するのに一苦労するほどだった。彼女が二の足を踏むのももっともだった。ランチというのはニューオーリンズの蒸気船を模倣して小さくしたようなもので、しかし、エンジンはガソリン駆動で、それが熱病の震えみたいな振動で船上のものすべてを揺さぶり続けるのだった。船内にはちょっとした広間があり、そこには様々な高さでハンモックを吊るせるように多数の支柱があるほか、木製のベンチが配されていて、そこに各人が肘突きあわせつつ、多すぎるほどの荷物とともにかろうじて身を落ち着けていくのだった。荷物といっても、それは商品の大包みもあれば、鶏の入った籠もあり、さらには生きた豚までいるという具合だった。ほんの少数だけ船室があって、そこには兵舎みたいな寝台が二台置かれていたが、それはたいがい、旅行中の非常時にサービスを提供する見るも無惨な売春婦たちが借り上げていた。ぎりぎりで乗りこんだので船室は空いてなく、ハンモックも持っていなかったため、母と私は中央の通路にあった鉄製の椅子ふたつを突撃して確保し、そこで夜を過ごす腹を固めた。

母が恐れていた通り、マグダレーナ川を横断する間じゅう、嵐は向こう見ずな船舶を叩き続け、川も、河口からほんのわずかの距離しかないところなので、大洋のような気質を見せた。私は一番安い種類の煙草——黒煙草をほとんどわら半紙のような紙で巻いたもの——を港でたっぷりと買いこんでいたので、当時の私の吸い方で吸いはじめた。そうして、小さくなった吸いさしで次の煙草に火をつけていきながら、ウィリアム・フォークナーの『八月の光』を再読していった。これは当時、私の指導的守護神の中で一番、私に忠誠を尽くしてくれた作品だったのである。母は大数珠《ロサリオ》にしがみつくようにしていたが、それはまるで、錨を巻き上げる鎖のように太くて、脱輪したトラクターを牽引したり、飛行機を空中に吊り上げたりできそうなほどのもので、何を祈っているかといえば、いつもの習慣通り、自分のために何かを求めるのではなく、自分が死んだら残される十一人の孤児が幸運に恵まれて長生きできますように、とお願いしているのだった。彼女の祈りは届くべきところに届いたにちがいなかった。なぜなら雨は、私たちが水路に入ったとたんに穏やかになり、風も蚊を追い払ってくれる程度に吹くだけになったのである。そこで母はロサリオをしまいこみ、しばらくの間じっくりと、私たちの周囲で展開しているけたたましい人生のありさまを黙って観察しはじめた。

彼女が生まれた家庭は裕福ではなかったが、バナナ会社の一時的な繁栄のさなかで育ったため、少なくともお金持ちの家の娘のような教育を、サンタ・マルタにある聖母奉献女子学校で受けることができた。クリスマスの休暇になれば、女友達たちと型枠を使って刺繍をしたり、慈善バザーでクラビコードを弾いたり、体裁にこだわる地元貴族階級の催すお上品なダンス・パーティにお目付け役の伯母さんと一緒に出席したりしていたが、恋人みたいな相手は誰も一度も、彼女が両親の意思に反して町の電報技師と結婚することになったときまで、見たことも聞いたこともなかった。その当時から彼女のもっともよく知られた長所といえば、ユーモアのセンスがあること、そして、鉄のように頑健な体をしていることだった。そのどちらも、その長い生涯を通じて、いかに悪辣な逆境をもってしても打ち消すことができなかったものだ。しかし、もっとも驚くべき長所、このころにはなおさら予見不能だった長所とは、途方もない性格的な強さを巧みに覆い隠す才能をもっていたことだ——典型的な獅子座の徴候である。これがあったせいで彼女は母権的な力を確立することができたのだが、その支配は、忘れかけている場所に暮らしている遠縁の親戚にまで及ぶものとなり、それを母は、いくつもの惑星を引き従えた小さな太陽系のように、台所でいんげん豆の厚鍋を火にかけながら、ほんの小さな声で、瞬きもせずに指示を出して統御したのである。

あの荒々しい旅を母が動じることなく受け止める様子を見て、私は彼女が、貧困によって一家にもたらされたさまざまな不自由を、どうしてあんなに素早く、あんなに見事に手なずけることができたのだったかを自問していた。あの荒くれた一夜ほど、彼女の本性を明らかにするものはなかった。肉食獣のような蚊の襲来、船の通過にともなって水路の泥水が攪拌されることによって立ち昇る吐き気を催させるような濃密な暑気、身の落ち着けようがなくて眠れずにいる乗客の絶え間ない往来など、すべてが、どんなに穏やかな気性の人間でも苛立たずにはいられないよう、わざと仕組まれているかのようだった。母はそれをすべて、椅子に落ち着いて不動のまま耐え忍んでいた。その傍らでは、時間貸しの女たちがすぐ近くの船室の中で、男の仮装をしたり小娘のふりをしたりしてカーニバルの収穫をしているのだった。中のひとりは、すでに何度も船室に出入りを繰り返していて、そのたびにむろん異なる客と一緒で、船室は母の椅子のすぐ隣にあった。私は母が彼女のことを目に止めていないのだと思っていた。しかし、一時間以内に四度目か五度目の出入りになったときには、母は憐れみの眼差しで、彼女が廊下の果てまで歩いていくのを見送った。

「哀れな子たち」と母は囁くように言った。「あの子たちが生活のためにやらなければならないことといったら、働くよりもきついじゃないの」

　母はそのようにして真夜中まで起きていた。私は耐えがたい振動と通路の暗い照明のもとで本を読むのに疲れて、ヨクナパトーファ・カウンティー［フォークナーが主要な作品の舞台にした架空の郡《カウンティー》］の流砂の中から抜け出そうと、母の隣にすわりなおして煙草に火をつけた。私は前年に、ジャーナリズムと文学で食っていくという無鉄砲な幻想を抱いて、大学から逃げ出したところだった。どちらも正式に学ぶことすら必要ないと思っていたわけだが、それはたしかバーナード・ショーの次のような一節を読んだせいだった――「ごく幼いころから、私は学校に通わされたせいで自分の教育を中断せねばならなかった」というのだ。この決断については誰とも論じ合うことはできなかった。自分でもうまく説明できなかったが、自分にとっての根拠は、自分自身に対してしか有効でないように感じていたのだ。

　このような狂った行動を、私に多大な期待を寄せてなけなしの金をつぎこんできた両親に納得させようとするのは、時間の無駄だった。とくに父には無駄だった。父は私に何でも許してくれたはずだが、ただひとつ、何でもいいから学問的な免状をひとつ、彼自身が手に入れることができなかった免状をひとつ壁にかけたいというのだけは譲れない一線だったのである。そのせいで、行き来は途絶した。一年近く経ってなおも、私は父のところに行って自分なりの理由を説明しなくてはと考えていたのであり、突然母があらわれて、家を売りにいくのに同行してくれと言ってきたのはそんなときだったのだ。にもかかわらず、母はこの話題には真夜中過ぎまで一切触れずに、船の中で、まるで人知を超えた啓示があったかのように、この訪問の本当の根拠であったはずの話題を口にするのにちょうどいい機会が訪れたと感じられるまで待ち続け、それからようやく、実行に移すまで長いこと不眠の孤独のなかで熟成させてきて、あらかじめミリ単位で決めてきていたにちがいない様式と口調と用語で話しはじめたのだった。

「父さんはすごく悲しんでいるよ」と母は言った。

そうやって、あれほど気に病んでいた話題が唐突に浮上したのだった。母はいつものように、まさに一番予期していない瞬間に、何を前にしてもけっして乱れることのない穏やかな声で話しはじめた。決まりきった儀礼を果たすかのように、というのも答はわかりすぎるほどわかっているからだが、私は尋ねた――

「えっ、そりゃまたどうして?」

「お前さんが学業を投げ出したからだよ」

「投げ出したんじゃないよ」と私は言った。「専門を変えただけだ」

徹底した議論になりそうだ、という思いに母は勢いづいた。

「父さんはそんなのどっちでも同じことだと言っているよ」

嘘であることをわかっていながら私は言った――

「父さんだって、ヴァイオリンを弾くために学業をやめたんじゃないか」

「それは同じことじゃないよ」と彼女は大いに色めきたって答えた。「あの人がヴァイオリンを弾いたのはお祭りやセレナータのときだけだった。学業をやめたのは、食べていくお金すらなかったからだ。でも、一か月もしないうちに電報技術を習得したんだよ、電報技師というのは当時はすごくいい仕事だったんだ、とくにアラカタカみたいなところでは」

「僕だってちゃんと新聞に書いて暮らしているさ」と私は言った。

「あたしを苦しめないようにって、そう言っているんだろうけど」と母は言った。「いい具合じゃないってことは、遠くからでもすぐにわかるよ。何のせいなんだろう、本屋でお前さんを目にしたとき、あたしには誰だかわからなかったんだから」

「僕だって母さんのことはわからなかったんだよ」と私も言った。

「でも、理由はちがうだろ」と母は言った。「あたしはお前さんのことを乞食だと思ったんだから」。そして私の擦りきれたサンダルをじろりと見てからつけたした——「靴下もはいてなくてさ」

「そのほうが楽でいいんだよ」と私は言った。「シャツが二枚に、パンツが二枚。一枚は着ていて、一枚は洗って干してある。それ以上何もいらないじゃないか」

「少しは品格ってものがいるよ」と母は言った。しかしすぐに口調を変えて話を和らげた。「こんなことを言うのは、父さんも母さんもお前のことを大事に思っているからなんだよ」

「わかってるわかってる」と私は言った。「でも、聞かせてよ、母さんだって僕の立場だったら同じようにするんじゃないか?」

「同じようにはしないよ」と母は言った。「それが親の意思に逆らうことになるのだったらね」

母が一家の反対を頑《かたく》なに押しきって結婚したことを思い出して、私は笑いながら言った——

「そんなこと、僕の目を見て言えないでしょ」

しかし母は本気で私から目をそらした。私が何を言っているのかよくわかっていたからだ。

「あたしは両親の祝福が得られないうちは結婚しなかったんだよ」と言った。「たしかに無理やりだったかもしれない、でも、たしかに祝福をもらって結婚したんだから」

彼女はここで議論を中断したが、それは私の言い分に言い負かされたからではなく、トイレに行きたいのにその衛生状態が不安で行かれずにいたからだ。もっと衛生的なトイレはないのかと水夫長にかけあったが、彼も同じ一般用トイレを使っているのだと説明した。そして、あたかもコンラッド［イギリスの海洋小説家。一八五七―一九二四］を読んできたかのように言い放った――「海上では人間誰もが平等ですから」。こうして母もまた、万人の法に服することにした。もどってきたとき、私の予想に反して、母はむしろ笑いをこらえるのに苦労している様子だった。

「考えてもごらんよ」と母は私に言った。「あたしが売春婦の病気にかかって帰ってきたら、父さんはいったい何て思うだろうねえ？」

真夜中過ぎに船は三時間、立ち往生した。水路のイソギンチャクの繁みにスクリューがからみ、マングローブの中で座礁してしまったため、多数の乗客が岸に降りてハンモックの綱で船を引っぱらなければならなかった。暑さと蚊の襲撃が耐えがたくなったが、母は瞬間的かつ断続的な居眠りをくりかえすことでそれをかわした。これは家族の中では有名で、彼女は会話の筋から外れることなく休息をとれることで知られていた。船がふたたび動きはじめると、さわやかな風が吹きこんで、母は完全に目覚めた。

「いずれにしても」と彼女はつぶやいた。「あたしは何らかの返事を父さんに伝えなくちゃならないからね」

「気にしないでいいよ」と私は相変わらずのんきに言った。「十二月には行って、そのときに僕が全部説明するから」

「まだ十か月も先だよ」

「どっちみち、今年はもう大学の手続は何もできないんだから」と私は言った。

「本当に来るって約束してくれるのかい？」

「約束するよ」と私は言った。そして、このとき初めて、彼女の声にかすかな切迫感がこもるのを感じとった――

「お前のお父さんに言っていい？　お前がちゃんとやるって言っているって」

「だめ」と私は断ち切るように答えた。「それはだめだ」

何か他にいい逃げ道がないか、捜しているのは明らかだった。しかし私はそれを母にあたえなかった。

「なら、ひと思いに本当のことを全部言ったほうがいいね」と彼女は言った。「そうすれば騙されたって思うこともないだろうから」

「それがいい」と私はほっとして言った。「ちゃんと言ったらいい」

私たちはそう合意したので、母のことをよく知らない人ならそれで一件落着だと思ったことだろうが、私にはこれは、しばし息をつくための一時的な休戦でしかないことがわかっていた。それからじきに彼女はぐっすりと眠りこんだ。かすかな風が蚊を追い散らし、今度は空気の中に花の匂いが満ちた。するとランチは急に、帆船のように身軽になった。

大湖沼《シエナガ・グランデ》に出たのだった。これはまたひとつ、私の幼児期の神話だったものだ。私は何度かこの大湖沼を船で渡ったことがあったが、それは、祖父のニコラス・リカルド・マルケス・メヒーア大佐――孫たちはみんなパパレロと呼んでいたが――がアラカタカからバランキーヤへと、私を両親に会わせるために連れていくときのことだった。「湖沼《シエナガ》のことを恐れる必要はないんだが、敬意は抱いておかなきゃいかん」と彼は私に言ったもので、それはその水が見せる予見不能な機嫌の変化のことを言っているのだった。ため池みたいだったと思うと荒れ狂う大洋のような様相を見せたりするからだった。雨の季節には山脈から吹き下ろす嵐のなすままになった。十二月から四月までの、天候が穏やかであるはずの季節には、北の貿易風が激しい勢いで湖沼を荒れ狂わせるので、毎晩が冒険となるほどだった。私の母方の祖母、トランキリーナ・イグアラン、通称ミーナは、よほどの大緊急時でなければけっしてここを船で横断しようとはしなかったが、それは一度、恐怖の旅を経験して、夜が明けるまでリオフリオ川の河口に避難することを余儀なくされたことがあったからだった。

あの晩は、幸運なことに、まったく静穏だった。夜明け前に、新鮮な空気を吸いに船首のほうに出てみると、そこの窓からは、漁師の小舟の明かりが星のように水に浮かんでいるのが見えた。その数は数えきれないほどで、どこにいるのかわからない漁師たちが、まるで家を訪ねておしゃべりしているみたいに話をしているのが聞こえた。湖沼の上では声が不思議な反響をおびるからだ。手すりに肘をついて、遠くに山の輪郭を見てとろうと目を凝らしていると、突然、私はノスタルジアの一撃に見舞われた。

いつのことだったか、ちょうどこんな夜明け前の時間に、やはりシエナガ・グランデを横断しているときだったが、眠っている私を船室に残して、パパレロが売店兼酒場に行ってしまったことがあった。何時ごろだったのかわからないが、錆びた扇風機の羽根音と船室のブリキ壁がぼこぼこと鳴る音の向こうから、たくさんの人が立ち騒ぐ物音が聞こえてきて私は目を覚ました。私はまだ五歳以下だったはずで、ものすごく驚いて怖くなったが、すぐに静けさがもどったので夢だったのかもしれないと思った。朝になると、船はすでにシエナガの町の桟橋に着いていて、祖父は船室のドア枠に吊るした鏡を見ながら折りたたみ剃刀《かみそり》で髭を剃っていた。記憶は鮮明だ——まだシャツは着ていないのだが、下着の上にすでにいつものサスペンダーをつけている。幅が広くて、緑の縞になっているやつだ。髭を剃りながら彼は、ひとりの男と話を続けている。その男なら私は、今日この日にでも一目で見分けがつけられるだろう。カラスのような横顔をしていて、見まがいようがない。右手には船乗りらしい入れ墨、首には太い金の鎖を何本か下げ、やはり金の輪っかやブレスレットを両の手首につけている。私は着替えをすませたところで、寝台に腰を下ろして靴をはこうとしている、そのとき、男は私の祖父にこう言ったのだ——

「嘘じゃないんですよ、大佐。連中が狙っていたのは、あんたを水中に突き落とすことだったんですから」

祖父は髭を剃る手を休めることなく、にやっと笑い、いかにも彼らしい高慢さをこめて答えた——

「手出しする勇気がなくて、やつらの身のためだったな」

それを聞いて私は前の晩の騒ぎのことに思いいたり、誰かが私の祖父を湖沼に突き落としていたかもしれないのだ、という思いがぐさっと心に突き刺さった。

それきり解明されることのなかったこの出来事の記憶が、あの明け方、私が母と一緒に家を売りに行こうとしていたときにいきなりもどってきたのだ。それは、夜明けの最初の光の中に、青く目覚め出てきた山脈の雪を眺めている最中のことだった。水路の途中で遅延が出たせいで、日の光の中でははっきりと、海と湖沼とを危うく隔てている細い、光り輝く砂の洲を見ることができた。そこには漁師たちの集落があって、浜には漁網が干してあり、やせ細って肌のくすんだ子供たちがぼろ布のボールでサッカーをしているのだった。通りには腕のない漁師の姿がたくさん見られるのが印象的だった。

それはダイナマイトの束を投げるのが遅れたせいだった。ランチが近くを通ると、子供たちは乗客が投げる小銭を拾いに水の中へ飛びこんでいった。

七時になるころにランチは、シエナガの町にほど近い悪臭の漂う沼地に着いて停泊した。膝まで泥だらけになっている担ぎ屋の集団が私たちを抱きかかえて、ぬかるみで汚物を奪いあっているヒメコンドルたちの間を縫って、ちゃぽちゃぽと埠頭まで運んだ。私たちは港のテーブルで、湖沼で獲れるおいしいモハッラ［タイ科の魚］と熟す前の青バナナの揚げものからなる朝食をゆっくりととった。母が思い悩んでいる問題で攻撃を再開したのはそれからだった。

「じゃあ、もう一回、言っておくれ」と母は視線を上げずに言った。「父さんには何と言えばいいんだい？」

私は時間稼ぎに言った。

「何について？」

「父さんが気にしているただひとつの問題」と彼女は若干苛立った様子で言った。「お前さんの学業についてだよ」

私にとって幸運なことに、相席になった厚かましい客が、ふたりの会話のとげとげしさに興味をもって、私がやめる理由を問いかけてきた。即座に答えた母の返答に、私は少しばかり恥じ入ったが、それだけでなく、私は彼女の行動に驚いた。内々の問題についてはいつも口が固い人だったからだ。

「作家になりたいって言うんですよ」と母は言ったのだ。

「立派な作家はいいお金を稼げますよ」とその男性は真顔で答えた。「ことに、政府に職を得た場合にはそうですよ」

母が話の主導権をすぐに相手から奪ったのは、それ以上内情を明かしたくなかったからなのか、それとも予期せぬ相手の議論の展開を恐れたからなのか、私にはわからないが、ふたりはやがて、私の世代の人間のあやふやな行動について嘆き哀れむことで一致し、昔を懐かしむ話を交換しはじめた。しまいには、共通の知りあいの名前をたどっていって結局両者が、コテス家とイグアラン家の両方の側から見て二重に親戚であることを割り出した。あのころには、カリブ海沿岸で人に出会えば、三人に二人はこんな具合になったものだが、母はそのたびにそれがまるで稀に見る僥倖であるかのように騒ぎ立てた。

私たちは鉄道の駅まで馬一頭だけで引かせているビクトリア馬車〔幌付二人乗り馬車で、本来は二頭立て〕で向かった。これは世界の他の場所ではすでに消滅している伝説的な馬車の最後の一台だったかもしれない。その間、母は物思いにふけって、港のぬかるみから始まって地平線まで続く、硝石が浮かび上がった不毛な平原を見つめ続けた。これは私にとっては歴史的な場所だった――三、四歳のころ、バランキーヤへの初めての旅の途中で、祖父は私の手を引いてこの焼けつく荒野を、急ぎ足で、しかもなぜ急ぐのかも告げずに歩き渡ったのであり、すると出し抜けに、私たちは広大な緑色の水の広がりを前にすることになったのだった。その水面はげっぷのようにあぶくを吐いていて、溺れ死んだ鶏が無数に浮かんでいた。

「これが海だ」と祖父は言った。

がっかりして私は向こう岸には何があるのか、と尋ね、すると彼はためらうことなく答えた――

「向こう側には岸はない」

その後、私はたくさんの海を表からも裏からも存分に見てきたが、今なおこれは私にとって、祖父の数多い名言のひとつであり続けている。それはともかく、それまで私が抱いていた海のイメージをすべて、あの見るも無惨な大海原はものの見事に裏切ったのである。硝酸塩に覆われたその浜辺は、腐ったマングローブの根の絡みあいと、割れた貝殻のせいで、歩くことすらできなかった。不快そのものの場所だったのである。

母もシエナガの海について同じことを思っていたにちがいなく、馬車の左手にそれが見えてくるや、ため息まじりに呟いた――

「リオアーチャの海に勝る海はないね！」〔リオアーチャはコロンビア最北部ラ・グアヒーラ県の県都で、カリブ海に面している〕

この機会をとらえて私は、溺れ死んだ鶏についての記憶を母に語って聞かせたが、他の大人と同じように彼女も、それは子供の幻想であると受け止めた。それからも彼女は道中、通りがかる場所をいずれもじっと見つめ続け、その沈黙の様子の変化によって、私には彼女が何を考えているかがわかった。鉄道線路の向こう側に設置されている売春容認地区の前を通った。あざやかな色づかいの小さな家と錆びた屋根が並び、パラマリボから連れてこられた年老いた鸚鵡が、軒下に吊るされた輪っかに止まってポルトガル語で客に呼びかけていた。蒸気機関車の給水所を通った。そこには巨大な鉄のアーチがあって、渡り鳥や迷子になったカモメが身を寄せて眠るのだった。馬車は町の縁を縫っていったので町中《まちなか》には入らなかったが、広くて荒涼とした街路と、過ぎにし日々の栄光をたたえた家々が見えた。平屋建てで、床から天井までの大きなガラス窓があり、そこでは、朝早くからピアノの練習が途絶えることなく繰り返されるのだった。すると不意に、母が指で何かを差し示した。

「見てごらん」と母は私に言った。「あそこでこの世の終わりがあったんだよ」

人差し指の先を追っていくと、駅舎が見えた。塗装の剝げた木造の建物、トタンで葺《ふ》いた切妻屋根に、ぐるりとつながったバルコニー、その前には殺風景な小さな広場、二百人以上は入れないくらいの大きさだ。そこだったのだ。母がその日話してくれたところによれば、一九二八年に軍がバナナ農園の日雇い労働者を多数殺害したのがそこだった〔一九二八年十一月十二日からバナナ農園の労働者が待遇改善を求めてストライキを開始し、十二月六日にシエナガの町などで多数の労働者が軍隊に射殺された〕。その人数は結局解明されることがなかった。私はこの話を自分で生きたかのようによく知っていたが、それは物心つくころから祖父が何百回も繰り返し語るのを聞いて育ったからだ——軍人が布告を読み上げて、ストライキ中の労働者は無法者の集団であると宣告している。その士官が五分以内に広場から退去するよう命じたのちも、三千人の男、女、子供たちが、苛烈な太陽のもと、不動のまま立ちつくしている。発砲の号令、白熱を発する銃弾の雷鳴、パニックに陥って追いつめられた群衆が粛々と、機関銃の貪欲で着実な白刃によって切り倒されていく。

予定では列車はシエナガの駅に午前九時に到着して、ランチに乗ってきた乗客と山から降りてきた乗客を拾い、十五分後にはバナナ栽培地の奥深くへと出発していくことになっていた。母と私は八時過ぎに駅に着いたが、列車は遅れていた。しかし、乗客は私たちだけだった。母はこのことに、空っぽの車両に乗りこんだとたんに気づき、華やかな歓びの声をあげた——

「贅沢じゃないの！　あたしたちだけで、列車を全部独占できるなんて！」

私はずっと、母のこの台詞《せりふ》のことを、幻滅を押し隠すためによろこんだふりをしただけのものと考えてきた。時のもたらす荒廃が車両の状態から一目で見てとれたからだ。車両は昔の二等車両だったが、籐張りの座席もなければ、上げ下げできるガラス窓もなく、かわりに、なめらかで温かい貧民の尻によって磨き立てられた木製のベンチがあるばかりだった。かつての状態とくらべてみれば、この車両だけでなく、列車の全体が、昔日の姿の亡霊のようだった。昔は等級が三つあった。一番貧しい人たちが乗る三等車は、バナナの房や畜殺されにいく牛を運ぶ板張りの貨物車を改造して、乗客のために粗削りな板のベンチを縦方向に設置しただけのものだった。二等車には籐の座席とブロンズの窓枠があった。一等車には政府の人間やバナナ会社の上層部が乗ったが、通路には絨毯が敷かれ、安楽椅子状の座席は赤いビロード張りで、背もたれを倒すことができた。会社の監督官やその家族、あるいはその招待客が乗るときには、列車の最後尾に特別車両が連結された。窓には色つきガラスが装着され、壁と天井の接合部は金色の装飾で飾られ、お茶を飲みながら旅できるように小テーブルが置かれた露天のテラスまであった。私は生きた人間で、この超高級車両の内部を見たことがある人にはひとりも会ったことがない。祖父は二度、市長を務めたことがあり、しかも、お金について鷹揚《おうよう》な考えの持ち主だったが、それでも二等車に乗るのは誰か家族の女性と同乗するときだけだった。そして人から、なぜ三等車に乗るのかと聞かれれば、「そりゃ四等がないからだ」と答えていた。しかしながら、往年のこの列車についてもっとも傑出していたのは何かと言えば、それは時間の正確さだった。途中の村では、この列車の汽笛によって時計の時刻合わせをしていたのである。

あの日は、どういう理由かは知らないが、一時間半遅れて出発した。ごくゆっくりと、しかし不吉な軋みをけたたましくあげて発車すると、母は十字を切ったが、すぐに現実的になった。

「この列車は、ばねに油を差す必要がありそうね」と彼女は言った。

乗客は私たちだけで、列車全体でもおそらくそうで、私の関心を本当に引くものは何ひとつ見当たらなかった。そこで私は『八月の光』の昏睡の中に没入し、絶え間なく煙草を吸い続けながら、時折、通過していく場所を確認するために素早く目をやるだけになった。列車は長い汽笛を鳴らしながら湖沼の塩沢地を横切ってから、紅色の岩場の間のがたがたと揺れる通路に全速力で飛びこんでいき、すると車両の轟音は耐えがたいほどになった。しかし十五分ほどもすると速度を落とし、慎重な息づかいになって、プランテーションのひんやりとした薄暗がりの中へと入っていった。それとともに時間は濃密なものになり、もう二度と海のそよ風は感じられなくなった。読書を中断しなくても私には、バナナ栽培地区という謎の王国の中に入ったことがわかっていた。

世界はすっかり変わった。線路際まで両側に、栽培地の並木道が対称形に果てしなく続いていて、その間を牛の引く荷車が緑色の房を満載して進んでいた。かと思うと突然、何も栽培されていない空間が不意にあらわれ、赤い煉瓦の宿舎や、窓に日除け布を垂らして天井では扇風機が回っている事務所があったり、ヒナゲシ畑のただ中に孤立した病院が建っていたりした。川があるたびに集落と鉄橋があって、そこを列車が怒号をあげながら渡っていくと、冷たい流れの中で水浴びしていた娘たちが、ニシンのように水中に飛びこんで、その一瞬の乳房の映像で乗客の心を乱すのだった。

リオフリオの集落ではアルアコ族が数家族、背負い袋に国で一番おいしいとされるシエラ育ちのアボカドをいっぱいに詰めて乗りこんできた。彼らは跳ねるようにして車両の中を歩きまわってすわる場所を捜していたが、列車が動き出すと、残っていたのは生まれたばかりの赤ん坊を連れた白人の女性ふたりと、若い神父ひとりだけだった。赤ん坊はそれから先、やむことなく泣き続けた。神父は探検家のようなブーツとヘルメットに、粗い麻布の司祭服を着けていたが、いくつも四角い布のつぎはぎがされているので海行く船の帆のように見え、赤ん坊が泣いている脇で、あたかも説教台にいるような調子で話し続けた。彼の説教の主題はバナナ会社がもどってくる可能性についてだった。バナナ会社が撤退して以来、バナナ栽培地区ではこれが唯一の話題となっており、もどってきて欲しい人と欲しくない人で希望は分かれたが、誰もがかならずもどってくると確信していた。司祭は反対派で、述べ立てる根拠があまりにも特異なので、女たちにはでたらめのように聞こえた——

「会社は行く先々に荒廃をもたらしているからです」

これが彼の口にした唯一独創的なことだったが、それを説明することができなかったので、赤ん坊を連れた女は、神さまはその意見に同意していないのではないですか、と述べたてて彼を混乱させた。

ノスタルジアが、いつものことだが、いい思い出ばかりを拡大して、悪い思い出を消し去ってしまっていたのだ。誰もその破壊力から逃れることはできなかった。列車の窓からは、男たちが家の戸口の外にぼんやりとすわっているのが見え、その顔を見れば彼らが何をそこで待ち望んでいるのかはすぐにわかった。硝酸塩の浮き出た浜辺で洗濯をしている女たちもまた、同じ待望をこめて列車を見送っていた。商品を鞄に詰めて外からやってくる旅人はみな、彼らには、ユナイテッド・フルーツ社の人間が過去を再現しにもどってきたみたいに見えるのだった。誰と立ち話をしても、どの知りあいの家に立ち寄っても、誰からの手紙の中でも、遅かれ早かれ、かならずこの聖なるひと言が出てきた——「話によれば、会社がもどってくるそうじゃないか」。誰がそう言ったのか、いつ、何を根拠に言ったのか、誰も知らなかったが、誰も異論をはさまなかった。

母は虚しい期待にはもう惑わされなくなったと自分では思っていて、両親が死んで以来、アラカタカとの関係を一切断っていた。しかしながら、夢は彼女の意思を裏切った。少なくとも、彼女が面白いと思って朝食の席で話して聞かせる夢は、いずれも常に、バナナ栽培地区への郷愁に関連するものだったのである。一番苦しかった時代にもあの家を売らずに耐えたのは、会社がもどってくれば四倍の値段で売れる、という幻想があったからだ。しかし、ついに、現実の耐えがたい圧力に彼女も折れたのである。しかしなおも、列車の中で、会社が今にももどってこようとしている、と司祭が言うのを聞いた彼女は、絶望したそぶりを見せて、私の耳もとで囁いた――

「残念だね、もうちょっと待てれば、もっと高く売れるようになるっていうのに」

司祭が話をしている間に私たちは、広場に群衆があつまって、苛烈な太陽のもとで楽団が陽気な踊りの曲を演奏している場所を素通りした。こうした町は私には昔からいつも、どれも同じように見えた。パパレロが私をドン・アントニオ・ダコンテがやっていた輝かしいオリンピア座《シネ・オリンピア》に映画を見に連れていってくれたころから、私は、カウボーイ映画に出てくる駅が私たちの地元の列車の駅にそっくりであることに気づいていた。もっとあとになって、フォークナーを読みはじめたときにもまた、彼の小説に出てくる町が私たちの町にそっくりに思えた。それは偶然ではなかった、なぜなら、私たちの町は救世主気取りのユナイテッド・フルーツ社の発想に基づいて建設されたのであり、いずれも、一時的な野営地のような仮住まい的な様式になっていたのである。私の記憶の中ではどの町でも、広場に教会があって、お伽話に出てくるような小さな家が原色で塗られていた。私の記憶にはまた、黒人の日雇い人夫たちが黄昏時に集まって歌を歌っていたり、小作人たちが農園の資材置き場の屋根の下にすわって貨物列車が通過するのを見送っていたり、どんちゃん騒ぎの土曜日の夜が明けて首を切られた人夫の死体が畑と畑の間に転がっていたりするのが残っていた。私はまた、アラカタカやセビーヤにあった米国人《グリンゴ》専用の町のことも覚えていた。それは線路の反対側にあって、まるで巨大な鶏の囲い場みたいに通電した鉄条網で囲みこまれていて、夏の涼しい朝が明けてみると、黒こげになったツバメがひっかかって真っ黒になっていたりするのだった。その中では青々としたのどかな草地にクジャクやウズラが歩いていて、椰子の木と埃だらけのバラの木の合間に、赤い屋根と金網張りの窓のある住居が並び、テラスで食事をするために丸テーブルと折りたたみ椅子が置いてあった。ときどき、金網の囲いごしに、物憂げな、きれいな女性が、モスリンのワンピースにガーゼ生地の大きな白い帽子をかぶって、庭の花を黄金のハサミで切っているのを見ることができた。

私の子供時代ですらすでに、ひとつひとつの町を見分けるのは容易でなかった。二十年後になるとそれはさらに困難だった。かつて駅の正面入口にかかっていた牧歌的な町の名前——トゥクリンカ、グァマチート、ネーエルランディア、グァカマヤル——の看板が今や取れてなくなってしまっているうえ、どの町も記憶の中よりもさらに寂れてしまっているからだった。列車はセビーヤに午前十一時半ごろに停車して機関車を交換し、水を補給したが、その十五分は果てしなく長かった。その間に暑熱が始まった。再度発進すると、新しい機関車はことあるごとに突風のように粉炭を吐き出し、それがガラスのない窓から吹きこんで、私たちは黒い雪に覆われた。司祭と女たちは私たちが気づかないうちにどこかの町で降りてしまっていたため、母と私が無人の列車にふたりだけで乗っているという印象がなおさら強まった。私の正面にすわって窓の外を眺めていた母は、二、三度、がくんと船を漕いだかと思うと、突如覚醒して、再度恐怖の質問を私に放った——

「それで、父さんには何て言ったらいいの？」

母は決して諦めないだろう、私の決意を突き崩せる弱点を見つけだすまで、と私は思っていた。その少し前には、妥協案をいくつか出してきて、それを私は言下に却下したのだったが、彼女が矛先を収めたのも一時的であることがわかっていた。わかってはいたが、この新たな攻勢に私は不意をつかれた。今一度不毛な戦いに臨む覚悟をして、私はそれまで以上に沈着な調子で答えた——

「僕が人生で唯一めざしているのは、作家になることなんだ、そして必ずなるつもりだ、そう言ってやってくださいよ」

「父さんはお前が何になろうと反対なんかしないよ」と彼女は言った。「何かをちゃんと修めて卒業しさえすればいいんだ」

母はわざと私に目を向けずに、この会話よりも、窓の外を通過していく生活、人生のほうに関心があるようなふうを装いながら話した。

「どうしてそんなにしつこく言うのか、理解できないな、僕がけっして折れないってことがよくわかっているくせに」と私は言った。

その瞬間、彼女は私の目を見つめて、本気で興味を引かれたみたいに質問した——

「どうしてわかっているって、決めるんだい?」

「どうしてって、僕と母さんは似た者同士だからさ」

列車は町のないところに作られた駅に停車し、それからしばらくすると、道中でただひとつ、名前が入口の門のところに書かれているバナナ園の前を通った——マコンド、とあった。この単語は、祖父と一緒に列車に乗っていた最初のころから私の印象に残っていたのだが、大人になって初めて、その詩的な響きが好きなのだと気づいたものだ。私は誰かがこの語を口にするのを耳にしたことは一度もなかったし、何を意味する単語なのか、と考えたことすらなかった。架空の町の名前として三冊の本で使ったあとになって初めて私は、偶然見かけた百科事典で、これがカポックの木に似た熱帯の樹木の名前であることを知ったのである。花も果実もつけることがなく、木材は海綿状になっていてカヌーを作ったり台所用具を彫り出したりするのに使うのだという。さらにあとになってから、ブリタニカ百科事典で、タンガニーカ［アフリカ東部、現タンザニアの大陸部分の旧名］にはマコンド族という遊牧の民がいることを知り、それが語源なのではないかと考えた。しかし結局これは確認できず、私はこの樹木を目にする機会もなかった。バナナ栽培地区で何度も聞いてまわったが、誰もその正体を知らなかった。もしかすると存在しないものなのかもしれない。

列車はマコンド農園を十一時に通って、十分後にアラカタカに停車することになっていた。私が母と一緒に家を売りに行った日は一時間半遅れで通過した。私がトイレに入っているときに列車は速度をあげ、割れた窓からは熱く乾いた風が、古い車両のあげる轟音と機関車の恐ろしい汽笛と混じりながら吹きこんできた。急に胸の中で心臓が激しく鳴って、氷のように冷たい吐き気に内臓が凍《い》てついた。私は地震にあったときに感じるのに似た焦燥感に押されて大急ぎでトイレを出たが、母は相変わらず悠然と席にすわって、突風のように過ぎ去って二度とあらわれることのない生の瞬間のように窓の外を通過していく場所の地名を声に出して数えあげていた。

「このあたりの土地なんだよ、あたしの父さんが、金が出ると言われて売りつけられたのは」と母は言った。

またたく間もなく、再臨派《アドベンティスト》の先生たちの家が、花咲く庭と The sun shines for all. と書かれた入口の札とともに過ぎ去っていった。

「あれが、お前が習った最初の英語だったね」と母は言った。

「最初の、というより」と私は答えた。「唯一の、だな」

セメント造りの橋が過ぎ、濁った水のたまった用水路が過ぎた。グリンゴたちが水をプランテーションに導くために川の流れを変えたときのものだった。

「ここが客をとっていた女たちの地区だよ、男たちが朝までクンビアンバ［ロウソクを掲げて踊るクンビアの一形態］を踊っていたもんだ、ロウソクのかわりに札束に火を灯したりしてさ」と母は言った。

線路端の遊歩道のベンチ、太陽に焼かれてしなびたアーモンドの木、私が字を読むのを習った小さなモンテソーリ学校の校庭。そして一瞬、輝きたつ二月の日曜日の、町の全貌の映像が窓の外に光り輝いた。

「もう駅だ！」と母が大声で言った。「世界は何て変わってしまったんだろう！　誰も列車を待っていないなんて！」

機関車は汽笛を鳴らし、速度を落とし、長い悲嘆の声をあげて止まった。まっさきに私の意識にとまったのは、静けさだった。実体のある静けさ、それはたとえ目隠しをされていても、この世のほかの静けさと区別してはっきりと特定できるものだった。熱気の反照があまりにも激しいので、すべてのものが波打つガラス越しに見えているみたいだった。視線の届くかぎり、人の生きている徴候は何ひとつなく、また、焼けつく土ぼこりの薄い層に覆われていないものはなかった。母はさらに数分間すわったまま、無人の通りに倒れこんで死んでいる町を見つめ続け、そのあとでようやく恐れおののいたように洩らした――

「神さま、なんてこと《ディオス・ミーオ》！」

それが列車から降りる前に彼女が口にした唯一のことだった。

列車が駅にとどまっている間、私は自分たちが完全にふたりだけで取り残されているとは感じなかった。しかし、列車が短く胸を引き裂くような汽笛をあげて発車していくと、母と私は地獄の太陽のもとによるべもなく取り残され、町の重みのすべてが私たちの上にのしかかってきた。しかし、どちらも何も言わなかった。トタンで葺いた屋根と、一つながりのバルコニーを備えた古い木造の駅舎は、私たちがカウボーイ映画で知り親しんでいた鉄道駅の熱帯版という感じだった。床の敷き石が雑草の圧力で割れてきているうち捨てられた駅を通り抜けて、私たちは昼寝《シエスタ》の時間の怠惰の中へと、アーモンドの木陰を追い求めながら踏みこんだ。

子供のころから私はあの無気力なシエスタの時間が大嫌いだった。何をしたらいいのかわからなかったからだ。「静かにしい、こっちは寝てるんだから」と、寝ている人たちは目を覚ますことなく囁いてきた。商店も役所も学校も、十二時に閉まり、三時前になるまで開かなかった。家の内部は、地獄のふちのようなぼんやりとした眠気の中間地帯に浮かんだままになった。一部の家では、それがあまりに耐えがたいので、人々は裏庭にハンモックを吊ったり、アーモンドの木陰にもたれかかるように腰掛けを置いて、公道ですわったまま寝たりしていた。わずかに開いていたのが駅前のホテルと、付属の酒場とビリヤード場、そして教会裏の電報局だった。すべてが記憶の中とそっくりそのままだったが、すべてが小さく縮小されて貧しくなっていて、視覚を欺き肌を焼くあの目に見えない焼けつく土ぼこりによって変容していた。鉄道線路の反対側にあったバナナ会社のプライベート楽園は、もう通電した金網のフェンスもなく、椰子の木のない広大な低木の繁みと化して、ヒナゲシの合間に崩れおちた家々と、火事で焼けた病院の廃墟が横たわっていた。どのドアも、どの壁のひび割れも、どの人間の痕跡も、私の中で神秘的な響きをおびて鳴らないものはなかった。

母はいつもの軽い足取りで一直線に歩いていた。喪服を着ていながらほとんど汗もかかずに、まったく黙りこくって。しかし、死人のような青ざめた顔色と、張りつめた横顔は、中で何が起こっているのかを伝えていた。遊歩道の終わりまで来たところで、私たちは初めて人間を目にした——貧困に苦しんでいる様子のごく小柄な女性が、ハコボ・ベラカーサ通りの角から姿をあらわし、私たちとすれちがった。手にした小さなブリキの鍋は、蓋のおさまりが悪くて、歩くリズムに合わせて鳴っていた。母は彼女に目を注ぐことなく私に囁いた――

「ビータよ」

私も彼女だと気づいていた。彼女は小さいときから私の祖父母の家の台所で働いていたのであり、私たちの外見がどれほど変わってしまっていたとしても、私たちに目を向けてくれさえしていたなら気づいたにちがいないのだ。しかし、彼女は目を向けさえしなかった。別の世界を歩いていたのだ。こんにちでもなお私は考えることがある。実はビータはあの日よりもずっと前に死んでいたのではないのか、と。角を曲がると、土ぼこりがサンダルの編み目から入ってきて足先を焼いた。よるべのない、見放されたような感覚が私の中で急に耐えがたいほどになった。そのとき私には自分自身と母の姿が、子供のころに見た、殺された泥棒の母親と妹の姿とそっくり同じように見えた。その泥棒は、一週間前にマリーア・コンスエグラの家の扉をこじ開けようとして彼女に撃ち殺されたのだ。

午前三時に彼女は、通りに面した扉を誰かが外からこじ開けようとしている物音に目を覚ました。明かりをつけずに起き出した彼女は、手探りで箪笥の中から旧式のリボルバーを捜し出した。千日戦争［コロンビアの自由派と保守派の間で一八九九年から約三年間続いた内戦］以来、誰も撃ったことがないものだった。そのうえで彼女は暗闇の中で、扉の位置を確認し、錠前の高さまで正確に把握した。それから両手で銃を支えて、目を閉じ、引き金を引いた。それまで銃を撃ったことは一度もなかったが、弾はドアを貫通して標的にぴたりと当たった。

これが私が初めて見た死人だったのである。私が七時に学校に行く途中で通りかかったとき、死体はまだ、乾いた血の染みの中、歩道に横たわっていて、鼻を粉砕して耳から出ていった鉛弾のせいで顔はずたずたになっていた。船乗りのような縞模様のフランネル・シャツを着て、粗野なズボンはベルトのかわりにロープで締めて穿いており、足は裸足だった。その脇には、地面に、錠前をこじ開けるのに使った手作りの鉤状の道具が転がっていた。町の主だった人たちはみな、マリーア・コンスエグラの家に赴いて、泥棒を殺してしまったことを慰めた。私がその晩、パパレロと一緒に行くと、彼女は籐でできた巨大な孔雀みたいに見えるマニラの安楽椅子にすわっていて、すでに千回もくりかえした話に聞き入る人々の熱い輪の中心になっていた。恐怖感から撃っただけだという彼女の話に疑いをはさむ人はいなかった。そこで祖父が、発砲したあとで何か聞こえたか、と質問し、それに対して彼女は、最初はどこまでも広がる静寂を感じ、そのあとで、道具が地面のセメントに落ちる金属音がし、それからすぐに、ほんのかすかな、悲痛な声で、「ああ、母さん」というのが聞こえた、と答えた。どうやら、マリーア・コンスエグラは、胸に響くこの嘆きのひと言のことを、祖父の質問があるまで意識していなかったようだ。そのときになって彼女は急に泣き出した。

これは月曜日に起きたことだ。翌週の火曜日、シエスタの時間に、私が生涯で一番古い友人であるルイス・カルメロ・コレアと独楽《こま》で遊んでいると、驚いたことに、眠っている人たちがまだ時間ではないのに目を覚まして、窓から顔を出していた。そこで無人の通りに目をやると、全身黒ずくめの女の人が、新聞紙でくるまれたしおれた花束を手にした十一歳ぐらいの女の子と一緒に歩いてくるところだった。ふたりは焼けつくような太陽から黒い雨傘で身を守っており、彼らが通り過ぎるのを見つめる人々のぶしつけな視線をまったく意に介していなかった。ふたりは死んだ泥棒の母親と妹で、墓場に花を持っていくところなのだった。

この映像に私はそれから長年つきまとわれた。それはまるで、窓の外を通過するのを町の全員が同時に見たひとつの夢みたいなもので、私は短篇小説に書いてそれを悪魔祓いすることでようやく解放されたのである[「火曜日の昼寝」一九五九]。しかし、私はこの女と娘のドラマも、彼女らのまったくぶれることのない威厳も、本当のところではわかっていなかった。それを初めて感じたのが、母と家を売りに行ったあの日、自分自身が同じ無人の通りを、同じ死に絶えたような時刻に歩いていることに思いいたってどきっとなったときだったのである。

「自分があの泥棒になったみたいな気がする」と私は言った。

母には何のことだかわからなかった。それどころか、マリーア・コンスエグラの家の前を通ったときにも、銃弾の穴を木材で修繕した跡が今なお見えるあのドアに、目をやることすらなかった。何年もあとになって、母と一緒にあの旅行のことを思い出して話をしたとき、私は、あの悲劇のことを母がちゃんと覚えていたのだが、必死になって忘れようとしていたのだということを確認することになった。同じことが、かつてドン・エミリオが住んでいた家の前を通ったときにも起こった。ベルガ《ベルギー人》という呼び名のほうでよく知られていた彼は、第一次世界大戦に行った兵隊で、ノルマンディーの地雷原で両足を失っていた。そして、ある年の聖霊降臨祭《ペンテコステス》の日曜日のこと、部屋でシアン化金を焚いて記憶の責め苦を逃れることにしたのだ。そのとき私はまだ六歳ぐらいだったが、この知らせが午前七時に巻き起こした騒ぎをまるで昨日のことのように覚えている。あまりに記憶に残る事件だったため、家を売るために町にもどったとき、母はこれに関して二十年間守ってきた沈黙を破った。

「ベルガったら、かわいそうに」と呟いた。「お前が言ったみたいに、あれっきり二度とチェスもできなくてさ」

当初の予定では、家までまっすぐに行くつもりだった。しかし、あと一ブロックというところまで来たとき、母は急に足を止めて、ひとつ前の角を曲がった。

「こっちから行ったがいいよ」と彼女は言った。そして、私がその理由を知りたがったので答えて言った——「だって、怖いんだよ」

それを聞いて私も、急に吐き気がしたのがなぜだったのかわかった——怖かったのだ、自分の亡霊と直面するのが怖いというだけでなく、すべてが怖くなってしまったのだ。そこで私たちは家の前を通らないようにすることだけを目的とする迂回をして、家の前の道と平行な通りを歩くことになった。「家に目を向ける勇気がなかったんだよ、その前にまず誰かと話をするまでは」と母はのちに私に言うことになった。そうだったのだ。ほとんど私を引きずっていくようにして歩いていく途中で、母は何の前触れもなくアルフレード・バルボーサ先生の薬局に飛びこんだ。わが家まで百歩と離れていない角の家だった。

先生の奥さん、アドリアーナ・ベルドゥーゴは、クランク式の原始的なミシン、ドメスティックで無心に縫い物をしているところで、母がそのすぐ前まで行って、ほとんど囁きかけるようにして声をかけるまでまったく気づかなかった——

「代姉《ねえ》さん」

アドリアーナは分厚い老眼鏡のせいで間延びした目を上げ、眼鏡をはずし、一瞬ためらってから、飛び上がるようにして立ち上がり、両腕を開いて呻くようにして言った——

「おやま、代姉《ねえ》さんじゃないの!」

母はすでにカウンターの中に入っており、ふたりはそれ以上何も言わずに抱きあって泣きだした

［子供の名付け親になってくれた人と、子供の実の親が代父・代母という関係をとり結び、実の兄弟姉妹に類する間柄となる］。私はどうしたらいいのかわからぬまま、カウンターの外からふたりを茫然と見つめ続け、この長い無言の涙の抱擁は、私自身の人生の中に今、永久に消えることなく刻みつけられているのだという確信に打ち震えていた。

この薬局はバナナ会社の最盛期のころには最高級の店だったが、昔の薬瓶も今では、金色の文字で名前が書かれた磁器の小瓶が飾り気のない戸棚にいくつか残っているだけだった。ミシン、薬剤天秤、メルクリウスの杖［医業の象徴］、まだ生きている振り子の時計、ヒポクラテスの誓いを掲げたリノリウム版画、壊れかけた揺り椅子など、私が子供のころに目にしていたものがすべて同じままに、同じ場所に残っていたが、しかしそのすべてが時間の鉄錆に侵されて変容してしまっているのだった。

アドリアーナ自身がその被害者だった。以前と同じように熱帯の花が大きく描かれた服を着てはいるものの、かなり年が行ってからもずっと彼女らしさとして知られていたかつての活気や悪戯《いたずら》っぽさは、もうほとんど感じられなくなりかけていた。彼女の周囲で唯一変わっていないのは、たちこめる鹿《か》の子草《こそう》の匂いだった。これはいつも猫たちを興奮させたもので、私もまた生涯を通じて、難破するような感覚をもってこの匂いを思い出し続けることになった。

アドリアーナと私の母がともに存分に涙を流しつくしたころ、店の裏部屋との間の間仕切りの向こうで、からんだ短い咳が聞こえた。アドリアーナはかつてのお茶目なところを若干取りもどして、仕切り壁ごしに聞こえるように言った——

「先生、誰が来ているか、当ててみて」

頑固そうな男のざらついた声が、関心もなさそうに反対側から尋ねた——

「誰だ?」

アドリアーナは答えず、そのかわり、奥に入るようにと私たちを手招きした。幼年時代の恐怖に突如、私は固まり、蒼白な唾が口の中に溢れたが、しかたなく母とともに雑然とした空間に足を踏み入れた。かつては調剤室で、緊急用の休憩室としても整備されていたところだった。そこに先生がいた。地上のどんな年老いた人間よりも、水中のどんな動物よりも年をとっているアルフレード・バルボーサ先生が、太古の昔からの荒布のハンモックに裸足で仰向けに横たわり、粗い木綿の伝説的なパジャマを着ているのだが、それはむしろ苦行者の長衣のように見えるものだった。視線は天井に向けたまま固着していたが、私たちが入ってくるのを感じると、首を曲げて澄みきった黄色い瞳を私たちにぶつけ、母が誰なのかを認識するまでじっと見つめ続けた。そして、ついに、

「ルイサ・サンティアーガじゃないか!」と大きな声をあげた。

古い家具みたいにくたびれた様子で起き直ってハンモックの上にすわったまま足を下ろし、すると完全に人間らしさを取りもどして、燃えるように熱い手のすばやい握手で私たちに挨拶した。私が受けた印象に気づいて、先生は言った――「一年前から根源的な熱が続いているんだ」。それから彼はハンモックを離れ、ベッドに腰を下ろして、一息でこう言った――

「あんたたちには想像もできんだろうな、この町が何をくぐりぬけてきたか」

このひとことは、ひとりの人間の生涯をまるごと全部要約していたが、おそらく彼が昔からずっと孤独で淋しい男であったことを如実に感じさせた。背が高く痩せこけていて、美しい金属的な髪はいいかげんに散髪されており、黄色い強烈な目は私の幼年時代の最大の恐怖の対象だった。午後、学校から帰ってくる途中で私たちは、わざと彼の寝室の窓に、恐怖感に魅入られてよじのぼったものだっ

た。すると中には、暑さを少しでも和らげるためにハンモックを大きく揺すっている彼がいるのだった。私たちの狙いは、相手が見られていることに気づいて、燃える瞳で突然ふりかえって睨みかえしてくるまで、じっと覗き続けることにあった。

私が初めて彼のことを目にしたのは五歳か六歳のころのことで、ある朝、学校の仲間とともに彼の家の裏庭にしのびこんで、木になった巨大なマンゴーを盗もうとしたときだった。突然、裏庭の一角に建てられた板張りの便所のドアが開いて、彼が麻のズボンを縛りながら出てきた。私にはまるであの世から、白い病院の上っ張りを着た亡霊が出てきたように見えた。青白くて、骨がごつごつしていて、地獄の犬のようなあの黄色い目が永久に私を見据えているのだった。仲間はみな抜け穴から逃げ出したが、私はその不動の視線に射すくめられて動けなかった。彼は私が木からもぎ取ったマンゴーに気づくと、手をつき出した。

「よこせ！」と彼は私に命じ、はなはだしい軽蔑をこめて私の全身を眺めまわしながらつけ加えた――「裏庭のこそ泥めが」

私は彼の足もとにマンゴーを全部放り投げて、怯えきって逃げたのだった。

彼は私にとってはお化けそのものだったのである。ひとりで歩いているときには、彼の家の前を通らなくていいように大きく迂回をしたものだった。大人と一緒であれば、薬局のほうに密かな視線をかろうじて投げることができるぐらいだった。するとアドリアーナがカウンターの向こうで、終身刑に処されたみたいにいつでもミシンにすわっているのが見え、彼のほうは、寝室の窓から、ハンモックを大きく揺すっているのが見えた。その目つきだけで私は鳥肌が立ったものだった。

彼が町にやってきたのは世紀の初めのことで、ラ・グアヒーラの国境を渡ってファン・ビセンテ・

ゴメスの暴虐な専制体制から逃れるのに成功した数多くのベネズエラ人のひとりだった。先生はふたつの相反する力に引っぱられてやって来たごく初期の人間のひとりだった――すなわち、故国の独裁者の暴虐と、わが国のバナナ景気の幻想のふたつである。やってきた当初から、その確かな臨床的眼力――当時はこんな呼び方をした――によって、そして、心の礼節によって信用を得た。彼は私の祖父母の家に一番頻繁にやってくる友達のひとりだった。そこは、いつ誰が列車で到着するかわからないので、いつも食事の用意がされている家だった。私の母が先生の長男の名付け親になり、祖父が彼に翼で空を飛ぶことを教えた。この子は私たちの間で育った。ちょうど私が、のちに、スペインの内戦を逃れてきた亡命者たちの間で育っていったのと同じように。

この忘れていた悪鬼に対して子供のころに感じていた恐怖感の最後の残滓が、私の中から急速に消えていったのは、母と私が彼のベッドの脇にすわって、住民を襲った悲劇の詳細に耳を傾けている間のことだった。その話し方には光景をありありとよびさます強烈な力があり、口にするひとつひとつの物事が、暑さのせいで空気が希薄になった部屋の中で、目の前に見えてくるようだった。すべての不幸のおおもとは、言うまでもなく、公権力による労働者の虐殺にあったが、歴史的真実についてはいまなお、疑問が晴れてはいなかった――死者は三人だったのか三千人だったのか？　彼が言うには、そこまで多くはなかったのだろうが、人はそれぞれに、自らの痛みに応じて数字を水増ししてしまうのだった。今ではバナナ会社は永久に去ってしまった。

「グリンゴどもは二度ともどってこない」と彼は断定した。

唯一動かしがたい事実は、すべてが持ち去られたということだった――金《かね》はもとより、十二月の涼風も、バター・ナイフも、午後三時の雷鳴も、ジャスミンの香りも、そして、愛すらも、持ち去られて残っていなかった。残ったのは土埃にまみれたアーモンドの木、まぶしく照り返す街路、木造の家、トタン葺きの屋根、そして、その下に暮らす、思い出に苛《さいな》まれ沈みこんだ人々。

先生がその午後、私に初めて目を向けたのは、トタン屋根の上で、まばらな雨粒が落ちるような音がしたのに私が驚いたときだった。「ヒメコンドルだ」と私に言った。「屋根の上を一日じゅう歩いているのさ」。それから力ない人差し指で、閉まっているドアを指差して、断定的に言った――「夜になるともっとひどいんだ。死者がそこらの通りを思い思いに歩きまわっているのが聞こえるんだから」

昼食をしていくようにと招待され、断わる理由もなかった。というのも、家の取引は形式的な手続が残っているだけだった。今の借家人が買い手であり、詳細についてはすでに電報で合意ができていた。時間は足りるだろうか？

「余るほどあるよ」とアドリアーナは言った。「だって今じゃもう、列車が何時にもどってくるのかわからないんだから」

そこで私たちは彼らと、地元ふうの食事をともにした。それは簡素なものだったが、貧しさゆえではけっしてなく、彼らが食生活において実践している質素さのせいであり、これは食卓において実践されているだけでなく、人生のすべての行動において貫徹されているものだった。スープを一口、口にしたときから、私の記憶の中で眠りこんでいた世界がまるごとひとつ、目覚めてくるのがわかった。私の幼少時の味覚であったのだが、町を去って以来すっかり失っていた味覚が、一口運ぶたびに手つかずのまま甦ってきて、私の心臓を締めつけた。

先生を前にしていると、会話のはじめからずっと、自分がまだ彼のことを窓からからかっていたころと同じ年齢であるような感覚が私にはあり、そのため、彼が母に話すのと同じ真剣さと親しみをこめて私に話しかけてきたときには、思わずびくりとなった。子供のころ、私はむずかしい状況に陥ると、すばやい瞬きをくりかえすことで戸惑いを隠そうとしたものだった。抑えようのないこの反射が、先生が私を見つめた瞬間に突然もどってきたのである。暑さがすっかり耐えがたくなっていた。私は最初のうち、会話の外にとどまって、この親しみやすい懐古的な老人が、いったいどうして幼少時代には恐怖の対象でありえたのか自問していた。すると急に、ちょっとした沈黙のあとで、何でもないありふれたことばを機に、彼は孫を見るような笑みを浮かべて私を見やったのである。

「それで、君が一番上のガビートだってわけだな」と彼は言った。「何を勉強してるんだ?」

私は戸惑いを、亡霊のように自分の学歴を口走ることで隠した——全寮制の高校で大学入学資格課程を好成績で修了、二年数か月間、法律を混沌と学んでから、実地にジャーナリズムを少々。母は私が話すのに耳を傾けてから、すぐさま、先生の加勢を求めた。

「ひどいですよね、代兄《にい》さん」と母は言った。「作家になりたいだなんて言うんだから」

すると先生の顔には輝きが灯った。

「すばらしいことじゃないか、代姉《ねえ》さん!」と彼は言った。「それは天の贈りものだ」。そして、私のほうに向き直って聞いた——「詩か?」

「小説とか短篇とか」と私は、宙づりにされたような思いで言った。

先生は興奮して続けた——

「『ドニャ・バルバラ』は読んだか?」

「もちろんです」と私は答えた。「ロムロ・ガリェーゴス［ベネズエラの地方主義文学を代表する作家。四

○年代には政治家としても活躍。一八八四—一九六九」のものはほとんど全部」

　すると先生はまるで、突然の興奮によって蘇生したかのように、ガリェーゴスがマラカイボで行なった講演を聞きに行ったことがあって、書いた作品にいかにもふさわしい立派な作家に見えたことを私たちに話して聞かせた。本当のところでは、その当時の私はミシシッピの大年代記《サーガ》［フォークナーの作品のこと］に高熱をあげていたため、地元土着の小説には雑なところを感じるようになってきていた。しかし、幼少時の恐怖の対象であった人物とこんなにも容易にうち解けて話ができることが奇跡のように感じられて、私は彼の熱意に同意しておいた。私は『エル・エラルド』紙に毎日書いていた「キリン《ラ・ヒラーファ》」というコラムのことを話して聞かせ、さらに、近々ものすごく期待のもてる雑誌を創刊する予定であるという最新情報まで伝えた。だいぶ自信を取りもどした私はその計画をくわしく話し、さらに、その誌名まで明かした——『クロニカ』というのだ。

　先生は私を上から下まで詮索するように見た。

「書きっぷりは知らんが」と彼は言った。「話しぶりはもう完全に作家だな」

　母はあわてて本当のところを説明した——誰も彼が作家になることに反対しているわけではない、しっかりした職業の土台となる学問を修めてくれさえすればいいのだ。先生は余計な部分はばっさりと縮めて聞いて、作家という職業について話した。彼もまた作家になりたかったのだが、両親は彼を軍人にするのがうまく行かないとわかると、まさに母と同じ理屈で、医学を修めることを強いたのだった。

「でも、いいかい、代姉《ねえ》さん」と彼は結論的に言った。「私は医者になって、ここにこうしているわけだが、自分が見た患者のうち、どれだけの人が神の意思で死んだのか、それとも私の出した薬で死んだのか、さっぱりわからない、というのが本当のところなんだ」

母は完全に負けたと感じていた。

「一番困るのは」と彼女は口を開いた。「この子が法律の勉強を放り出したのが、あたしたちが大変な犠牲を払って勉強に行かせた、そのあとだった、というところなんですよ」

先生は反対に、それがすべてをなぎ倒していく天職というものを見きわめる素晴らしい試験だったのだ、という考えだった——天職こそがこの世にただひとつ、愛と拮抗しうるほどの力をもつものなのだ。芸術家の天職がとくにそうで、そこから何ものも期待することなく、人生のすべてを捧げうるという点で、すべての天職のなかで最も神秘的なものなのだった。

「それは人が生まれたときから内に持っているもので、それを妨げようとするのが健康に一番悪い」と彼は言った。そして、芯からの無神論者の魅惑に満ちた笑みを浮かべてとどめを刺すように締めくくった——「司祭の天職も、それほどのものであればいいんだがな」

私は自分ではけっして表現できなかったことを彼が説明したその説明の仕方にすっかり魅了されていた。母も同じだったにちがいなく、その証拠に、彼女はゆっくりとした沈黙のうちに私のことをじっくりと見つめたのち、運命に身をまかせたのだった。

「お前の父さんにこのことを全部わからせるには、いったいどう話したらいいんだろうね？」と母は私に尋ねた。

「今、聞いた通りに話すんだ」と私は答えた。

「だめだよ、それじゃうまく行かない」と母は言った。そして、さらにしばらく考えめぐらしてから、こう決めた——「まあ、お前は心配しないでいいよ、そのうちきっといい言い方を思いつくから」

母が結局このように伝えたのか、それとも他の言い方をしたのか、私は知らないが、この論争はここで終わったのだった。時計が、ガラスの滴《しずく》が二滴落ちるみたいに二回鳴って時を知らせた。母はビクッとなって我に返った。「何てこと、何が目的だったのかすっかり忘れてたわ」と彼女は言った。そして、きっぱりと立ち上がった――

「もう行かなくては」

向かい側の歩道に見えた家の最初の映像は、私の記憶とはほとんど重なるところがなく、私のノスタルジアとはまるでかみ合わなかった。長年、この家の見紛いようのない目印として、家を庇護するように立っていた二本のアーモンドの木が根元から切り倒されてしまったせいで、家は天涯に向けてむきだしになっていた。燃える太陽のもとにさらされて残っていたのは、三十メートルに満たない外側の壁面だけだった――その半分は、人形の家を思わせるような、白壁に瓦の屋根が乗っている部分で、残りの半分は、鉋《かんな》をかけていない板を張った壁だった。母はごく静かに、閉まっている扉を叩き、それからもっと強く叩いて、さらに窓から声をかけた――

「どなたか、いませんか？」

扉がごく静かに、ごくわずかに開かれ、ひとりの女性が内なる闇の中から尋ねた――

「何かご用件は？」

母はおそらく無意識に、権威をこめた調子で答えた――

「ルイサ・マルケスです」

そこでようやく通りに面した扉がしっかりと開かれ、痩せこけて青白い顔をした喪服姿の女性が、別の世から私たちを見つめた。広間の奥では、年配の男性が車椅子にすわって体を揺すっていた。彼らが賃借人で、長年借りてきた結果、今になって家を買おうと提案してきたのだった。しかし、彼らは新たな買い手という雰囲気の人たちではなかったし、家のほうも、買い手がつきそうな状態にはなかった。母が受け取った電報によれば、賃借人たちは母が署名した領収書と引き換えで、売価の半分を現金で払うつもりで、残金は年内に書類が整った段階で支払う予定になっていたが、しかし、誰も我々の訪問が予定されていたことは記憶していなかった。耳が聞こえない者同士のような長いやりとりのあげく、唯一はっきりしたのは、合意と呼べるようなものは何ひとつないということだった。馬鹿馬鹿しさと悪辣な炎熱に打ちひしがれて、母は周囲をひとわたり見まわすと、ため息まじりに洩らした——

「この家もかわいそうに、もう今にも倒れそうじゃないの」

「それどころか」と男性が応じて言った。「維持していくのに私らがだいぶ出してますからね、それがなければもうとっくに倒れてますよ」

彼らの手元には、予定されている修理項目のリストがあり、さらに、賃料から差し引きになった他の修理項目もあり、それを合わせて考えると、金を払わなければならないのは私たちの側になるほどだった。私の母は昔から涙もろいほうだったが、人生の罠に立ち向かうとなれば、恐るべき不屈ぶりを発揮することもできた。そこで彼女は立派に抗弁したが、私は口出しできなかった。見解が対立した一番最初から、私には買い手側に理があるとわかってしまっていたからだ。電報では、売買の日時も方法も明確になっておらず、むしろ、今後、売買合意が形成されていく予定であることが読みとれるのだった。これはまさに、憶測好きというわが一家の天命が典型的にあらわれたシチュエーションだったのである。私には、どのようにして判断がなされたのだったか想像できた。昼食のテーブルで、電報が到着したその一瞬のうちになされたにちがいなかった。私を入れずに、同じだけの権利を持った十人の兄弟姉妹がそこにはいた。その結果、母はあちこちから一ペソ、二ペソとかき集めてきて、学生用の旅行鞄に荷物を詰め、帰りの交通費以外にまったく懐に余裕がないまま旅立ったのだ。

母と賃借人の女性はもう一度、最初からすべてを見直してみて、三十分もしないうちに、売買はできないという結論に達した。さまざまな解決不能な問題のひとつには、記憶にない抵当権が家に設定されていたことがあった。これは、何年もあとになってようやく家の売却が成立したときに、やっと解決された問題だった。そのため、賃借人がいま一度、悪辣な理屈を繰り返そうとしたとき、母は有無を言わせぬ調子できっぱりとそれをさえぎった。

「家は売りません」と彼女は言った。「考えてみれば、うちの一家の人間は皆、ここで生まれ、ここで死んでいったんだから」

その午後は、帰りの列車がやってくるまでの間、亡霊の出そうな家の中でノスタルジアの種を拾い歩いて過ごした。家の全体がわが家のものだったが、なおも使われているのは通りに面した賃貸している部分だけで、かつては祖父の仕事場になっていたところだった。あとの部分は虫食いだらけの壁で仕切られた抜け殻に、ヤモリが跋扈《ばっこ》する酸化したトタン屋根が載っているだけだった。母は敷き居のところで硬直して、嘆きを宣告のように声に出して吐いた——

「これは、あの家じゃない！」

しかし彼女はどの家のことを念頭においているのか言わなかった。私の幼少期を通じて、人々はこの家のことをさまざまに異なったイメージで描きだしていたものであり、語り手次第で少なくとも三つの家があり、家の形態も意味もそのたびに入れ替わったのである。一番おおもとにあった家は、祖母が軽蔑したような口調で語るのを私が耳にしたところでは、インディオの小屋にすぎなかった。二つめの家は私の祖父母が建てたもので、土壁と椰子の葉葺きの屋根からなり、中には広くて明るい居間と、楽しい色彩の花が咲き乱れるテラス状の食堂と、寝室がふたつ、そして巨大な栗の木のある裏庭と、たくさんの果樹が植わった菜園、そして山羊が豚や鶏と一緒に平和に暮らしている囲い場があった。一番よく聞かれた話によればこの家は、戦争ばかりだった時期のどの年なのかはまったく不明だが、ある年の七月二十日、つまり独立記念日を祝う祝宴に際して、椰子の屋根にロケット花火が落ちたせいで灰燼に帰したとされていた。唯一残ったのがセメント張りの床と、通りに面したドアのある二部屋の別棟で、ここはパパレロが何度か地元の役人を務めていた時期に執務室としたところだった。

まだ熱い瓦礫の上に一家は、終《つい》の避難所となる家を建てた。通路に沿って八つの部屋が一直線に並んだ家で、手すりにはベゴニアが咲き、家族の女たちは通路に椅子を出して、夕方の涼風の中でおしゃべりをしたり、木枠を使って刺繍をしたりしたものだった。部屋は簡素なもので、いずれも同じ造作だったが、どの部屋にも私の人生の重大な瞬間が無数のディテールの中に刻まれていることが、一目見ただけでわかった。

最初の部屋は応接間と、祖父個人の事務室として使われた。蛇腹で閉まる書類机と、スプリングのついた回転椅子と扇風機があり、書棚には一冊だけ巨大な、綻びかけた本があった——辞典だった。そのすぐ隣には金銀細工の工房があり、祖父はそこで小さな金の魚——胴体は曲がるように分節され、目には極小のエメラルドがはまっている——を作って幸福な時間を過ごすのだったが、それは家計の足しになるというよりもよろこびのための作業だった。そこには名の知れた訪問客、とくに政治家や、失職した官吏、退役軍人などを迎えることがあった。その中には、別々の機会にだが、二人の歴史的な訪問客が含まれていた――ラファエル・ウリーベ・ウリーベ将軍とベンハミン・エレーラ将軍〔どちらも十九世紀末の内戦を戦った自由党の軍人〕の二人で、二人とも家族とともに食事をしていった。しかしながら、祖母がウリーベ・ウリーベについて生涯記憶にとどめることになったのは、その控えめな食べっぷりだった――「小鳥みたいな食べ方だったよ」

事務室と工房の公共空間は女たちには立ち入り禁止になっていた。これは我らがカリブ地方文化の定めによるもので、町の飲み屋《カンティーナ》に女の立ち入りが法律で禁止されているのと同じだった。しかし、時の経過とともにそこは結局、病室に変わり、ペトラおばさんが死んだのもそこだったし、パパレロの姉妹ウェネフリーダ・マルケスが長い闘病生活の最後の数か月を送ったのもそこだった。それを期に、私の幼少期を通じて、家に住みついたり一時的に通過していったりする多数の女たちの謎めいた楽園が始まった。私はこのふたつの世界の特権を両方とも享受できたただひとりの男だったのである。

食堂としては、家の女たちがすわって縫い物をする手すり付き通路が広くなっている部分が使われ、十六人が一度に食事できるテーブルが置かれていたのは、予期されている人、予期されていない人が正午の列車で毎日到着するからだった。母はこの食堂のところから、ベゴニアの鉢がすっかり割れ、切り株は腐り、ジャスミンの幹が蟻に食いつくされているのを眺めやり、それからしばらくして息を取りもどした。

「ときには、ジャスミンの香りが暑苦しくて、息もできないくらいだったんだよ」と彼女は目が眩むような空を見上げながら言い、魂の底からのため息をついた。「でも、あのころのものでいちばん懐かしいのは、午後三時の雷」

私はこれに強い印象を受けた、というのも、私もまた、シエスタから叩き起こすような、あの、まるで石つぶてみたいな一度だけの爆音を覚えていたからで、しかし、それがいつも三時だったと意識したことがなかったからだ。

通路の先にも応接室があったが、これは特別な場合のためにとってある部屋だった。日常的な訪問は、男であれば事務室で冷たいビールを出して応対し、女であればベゴニアの通路で迎えるのがふつうだったからだ。そこから先が寝室の神話的世界の始まりだった。まず最初が祖父母の寝室で、庭に面した大きな扉があり、花の図柄と一九二五という竣工の日付が彫られた木彫板が掲げられていた。そこの前で、出し抜けに母は、勝ち誇ったような強い調子で、思いがけないことを口にして私を驚かせた――

「ここでお前さんは生まれたんだよ！」

そのときまで私はそうとは知らなかった、あるいは忘れてしまっていたのだが、次の部屋には、私が四歳になるまで使っていた赤ちゃんベッドがあった。祖母が永久保存していたものだ。この寝台のことも私は忘れていたが、ひと目見た瞬間から、泣きわめいている自分、新品の青い花柄のつなぎ服を着て、ウンチまみれになったおむつを早く取り替えてもらいたくて、泣きわめいて人を呼んでいる自分自身の姿を思い出した。寝台はモーセが流された籠みたいに小さくてやわなもので、私はその柵につかまってかろうじて立っていられるかどうかという年ごろである。これは親戚や知人の間でよく議論の種となり、からかいの的となった点だった。その日の私の苦悩が、そのような幼い年にしてはいかにも理性的すぎると人は思ったのである。なおさらそのように思われがちだったのは、あのとき私が焦燥に駆られていたのは、自分自身の糞尿が気持ち悪かったからではなく、新品のつなぎが汚れてしまうのを恐れていたせいなのだ、と私自身が主張したからだった。つまり、問題は衛生の阻害ではなく、審美的不快だったのであり、それが私の記憶の中にずっととどまっていることからすると、これこそが私にとって、作家としての最初の重大経験だったと思われるのである。

その寝室にはまた、祭壇があって等身大の聖人像が飾られていた。教会にある像よりも写実的で陰鬱な感じのものだった。その部屋ではいつも、フランシスカ・シモドセア・メヒーア、すなわち、私の祖父のいとこにあたり、私たちがマーマおばさんと呼んでいた人が寝起きしていた。彼女は、その両親が死んで以来、この家にまるで主として、女主人のようにして住みついていたのである。私は隣のハンモックで寝ていたのだが、至聖キリストのランプの明かりのせいで聖人たちがまばたきをしているのがいつも怖くてしかたがなかった。このランプは、祖父ら全員が亡くなるまで一度として消されることがなかったもので、やはり独身のころその部屋で寝ていた母は、聖人たちの恐ろしさに悩まされたという。

通路の一番奥には、私には禁じられた部屋がふたつあった。そのひとつには、私の従姉サラ・エミリア・マルケス、つまり、私の伯父フアン・デ・ディオスが結婚前にもうけた娘が住んでいた。祖父母が育てていたのである。彼女にはごく幼いころから、生まれながらの聡明さがあっただけでなく、気の強いところもあり、彼女が持っていたとてもきれいなカイェーハ出版［十九世紀末に人気のあったスペインの出版社。廉価版の児童書で知られる］の物語集、それもカラーの挿画入りのものが、私にとっては、生まれて初めての文学的願望の対象となったのだが、彼女は私がそれをぐしゃぐしゃにしてしまうことを恐れて、決して手を触れさせてくれなかった。これは、作家としての私の最初の苦い挫折であった。

最後の部屋は、引退した家具調度やトランクの物置きになっていて、長年にわたって私の好奇心を引きつけ続けたが、けっして探索させてもらえなかった。のちになって知ったのだが、そこにはまた、母が学校の仲間を休暇中に呼ぶことにしたときに、祖父母が買い求めた七十本の尿瓶《しびん》がしまいこまれていた。

このふたつの部屋の向かい側には、同じ通路に面して大厨房があった。焼けついた石でできた原始的な焜炉や、職業的なパン職人、菓子職人だった祖母が作った大オーブンがあり、彼女が動物形のキャラメルを作ると、その甘い滴るような匂いで夜明けの空気が満ちた。ここはこの家に住んでいる女たち、働いている女たちの領分であり、彼女らは祖母が複数、並行して進めていく仕事を手伝いながら、祖母と一緒になって歌を歌った。そこに交じるもうひとつの声はロレンソ殿下のものだった。これは曾祖父母が残した百歳にもなる鸚鵡で、スペインを弾劾する標語を叫んだり、独立戦争の軍歌を歌ったりした。ものすごく近目になったせいで、サンコーチョ［多種の根菜や肉を煮込んだ大鍋料理］の大鍋の中に落ちてしまったこともあったほどだが、汁を温めはじめたばかりだったおかげで奇跡的に生きのびていた。ある年の七月二十日［コロンビアの独立宣言記念日］の午後三時、家じゅうが慌てふためく悲鳴に沸きたった——

「牛ダ、牛ダ！　牛ガヤッテクルゾ！」

家には女たちしかいなかった。男たちは祖国祭をやっている囲い場に行ってしまっており、彼女らは鸚鵡の叫び声は、どうせ耄碌から来るでまかせだろうと考えた。家の女たちは鸚鵡と話をすることができたが、彼が何を叫んでいたのかわかったのは、広場の囲い場から逃げ出した一頭の牡牛が蒸気船のような怒号をあげて厨房に飛びこんできて、パン焼き用の調度やかまどにかかった鍋釜をめくらめっぽうに突き飛ばしはじめてからだった。私は、恐慌に駆られてもんどりうって駆けてきた女たちと反対方向に向かうところだったが、あっという間に宙づりにされ、物置き部屋に一緒に閉じこめられた。台所に迷いこんだ牡牛の怒号と、通路のセメントに打ちつける蹄の音が家じゅうを震撼させた。するとと突然、牛は換気のための通風口に顔をのぞかせ、その燃えたぎる鼻息と充血した大きな目に私は血が凍りついた。騎馬闘牛士《ピカドール》たちがようやく囲い場に連れもどしたときには、家ではすでに、このドラマをめぐる浮かれ騒ぎが始まっていて、一週間以上もの間、鍋に沸かしたコーヒーと結婚式に出すようなプディングを囲みながら、混乱を生きのびた女たちの英雄譚が誇張の度を加えながら幾度となくくりかえされたのだった。

庭《パティオ》はそれほど広い感じではなかったが、さまざまな種類の木が植わっており、屋根のない共用風呂と雨水を集めるセメント製の貯水槽に加え、危うげな梯子で登るようになっている三メートルほどの高さの台が設けられていた。その上には大きな樽がふたつ乗っていて、祖父が毎日夜明けごろに手動のポンプで水を汲み上げるのだった。その向こうには鉋をかけていない板でできた馬小屋と使用人たちの居室があり、さらに奥の広大な裏庭には、多数の果樹と唯一の便所があり、雇われているインディオ女たちが朝な夕なに家じゅうの便器の中身を捨てにいくのだった。一番こんもりと繁っていて日陰に迎えいれてくれるのが、この世の外、時間の外にあるような栗の木で、その悠久な繁みのもとでは、前の世紀に頻発した内戦を生きのびて退役した大佐が少なくとも二人は、失禁しながら死んだはずだった。

一家は私が生まれる十七年前にアラカタカにやってきた。それはユナイテッド・フルーツ社がバナナの独占支配を確立しようとして、激動が始まろうとしているころだった。一家が連れてきたのは、当時二十一歳の息子フアン・デ・ディオスと、娘ふたりだった。マルガリータ・マリーア・ミニアータ・デ・アラコーケは十九歳、そして私の母ルイサ・サンティアーガは五歳だった。母が生まれる前に、祖父母は双子の姉妹を妊娠四か月のときに流産で亡くしていた。母を身ごもったとき、祖母はこれを最後の子供にすると宣言した。すでに四十二歳になっていたからだ。それからほぼ半世紀後、同じ年齢で、そしてまったく同じ状況のもとで、私の母も、十一人目の子供であるエリヒオ・ガブリエルが生まれたときに同じことを言うことになった。

アラカタカへの移住を、祖父母は忘却への旅になるものと意図していた。使用人として連れていたのはグアヒーロ族のインディオ男ふたり――名前はアリリオとアポリナール――に、メーメという名のインディオ女ひとりで、いずれも、すでに奴隷制が廃止になっていた時代に、その出身地でひとりあたり百ペソで購入した人たちだった。大佐は自らの過去を、悪い思い出からなるべく遠いものへと作り直すのに必要なものをすべて携えてきており、名誉の争いで男をひとり殺してしまったという暗い自責の念につきまとわれていた。この地域にはだいぶ前に来たことがあった。戦時中、シエナガに向けて行軍したときに通り、また、補給部長という身分でネーエルランディア協定の調印に立ちあったからだった［ネーエルランディアはアラカタカの北、シエナガとの間にあったバナナ農園の名。千日戦争と呼ばれる内戦を終結させる平和協定が自由党と保守党の間で一九〇二年にここで調印された］。

新しい家に移っても彼らのもとに平穏は訪れなかった。自責の念は根深いもので、玄孫の代まで伝染することになるほどだったからだ。この事件について一番頻繁に、そして一番濃密に回想して話して聞かせたのは、祖母ミーナで、それも彼女がすでに盲目となって、半ば頭がおかしくなってからのことだったが、私たちは彼女の話から秩序だったヴァージョンを構成し直したのである。しかしながら実際には、悲劇が間近に迫っているという冷徹な噂が行き渡っていたさなかで、彼女のみが、この決闘について、それが終わったあとになるまで、何ひとつ聞かされていなかったのである。

ドラマの舞台はバランカスだった［ラ・グアヒーラ県の内陸の町。アラカタカとはシエラ・ネバーダ山脈をはさんだ反対側に位置する］。シエラ・ネバーダ山脈の支脈に沿って立つ平和に栄えたこの町は、祖父がそのまた祖父や父親から金細工の仕事を教わったところであり、平和協定が結ばれたあとで暮らすためにもどったところでもあった。相手は十七歳年下の巨軀の男で、祖父自身と同じように骨の髄までの自由党派であり、熱烈なカトリック信者で、貧しい農業従事者で、しばらく前に結婚して子供もふたりおり、いかにも善人らしいメダルド・パチェーコという名前をもった男だった。大佐にとって何よりも無念だったのは、相手が戦場で交錯した数多くの顔もない敵兵ではなく、古くからの友人で、自由党派の同志で、千日戦争における彼自身の部下の兵士であったことにちがいなく、そのような相手に、やっと平和がもどったとどちらもが思った矢先に、死を賭して立ち向かわなければならなくなったのである。

これは私が現実の出来事に作家としての本能をかき立てられた初めての事例であり、いまだに悪魔祓いできていない。物心つくとすぐに私には、このドラマがわが一家におよぼした影響の大きさと重さがわかったが、その詳細部分はずっと霧に包まれたみたいに見えないままだった。母はわずか三歳だったので、現実感のない夢のように記憶にとどめているだけだった。大人たちは私の前では、煙に巻いておくためにわざと話を混乱させたので、私はいつまでたっても謎を解いて全体像を組み上げることができなかった。どちらの側の人間であれ、誰もが自分勝手に話を組み立てていたからだ。一番信用できるヴァージョンでは、メダルド・パチェーコの母親が、名誉のために報復してくるようにけしかけたといい、名誉を汚す一言を口にしたのが私の祖父だったというのである。祖父のほうはそれは事実無根だと否定して、侮辱された側に公的に弁明したが、メダルド・パチェーコは怨恨を抱いて、ついには侮辱された側から侮辱する側にまわって、自由党派としての祖父の行動について重大な侮辱を口にするにいたった。それがどんな内容だったのか、私には結局、正確にはわからなかった。名誉を傷つけられた祖父は、日付を定めることなく彼に決闘を申し入れた。

大佐の気質は、この申し入れと実際の決闘との間に置いた時間の長さに、実によくあらわれていた。彼は、死か牢獄かという、運命がもたらした選択肢のどちらに転じても家族の安定と安全を守れるように、まったくの極秘のうちに身辺を整理した。まず、最後の戦争が終わったあと食いつないでいくよすがとして残っていたわずかな財産を、まったく急ぐことなく売ることからはじめた――それは金銀細工の工房と父親から相続した小さな農園からなり、食用の子山羊を育てたり、一部で砂糖黍を栽培していたりしたところだった。六か月が過ぎて、彼は入手できた現金を箪笥の底にしまいこむと、自分で決めていた日の到来を黙って待った――一九〇八年の十月十二日、アメリカ大陸発見の記念日だった。

メダルド・パチェーコは町の外れに住んでいたが、彼がその日、ピラールの聖母の祭礼行列にかならず参加することが祖父にはわかっていた。相手を追い求めて出ていく前に、祖父は妻にあてて短く心優しい手紙をしたため、その中で、お金をどこに隠してあるかを伝え、子供たちの将来に関する最後の指示をした。手紙は、妻がベッドに入ったときにかならず見つけることになるように、ふたりでともに使っている枕の下に置き、一切何の別れの挨拶をすることもなく、自らの悪運の時との遭遇に向けて出ていった。

信頼性の低い証言も一致して述べているのは、それがカリブ地方の十月の典型的な月曜日で、垂れこめた雲から寂しい雨がしとしとと降り、葬儀のような風が吹いていたということだ。日曜日の一張羅に身を包んだメダルド・パチェーコが、行き止まりになっている路地に踏みこんだ瞬間、マルケス大佐が立ちはだかった。どちらも銃を持っていた。何年ものちに、たがの外れた毎度の脱線の中で、祖母はよくこう言っていたものである——「神様はニコラシート［夫ニコラスの愛称］に、あの哀れな男の命を見逃してやるチャンスをお与えになったんだよ、だけど、あの人はそのチャンスを利用できなかったんだ」。彼女がそのように思っていたのは、もしかすると、不意を突かれた敵の目の中に悲嘆の閃光が走るのが見えた、と大佐が彼女に語ったせいだったのかもしれない。大佐はまた、相手の巨大なカポックの木の図体が低木の繁みの上に倒れたとき、ことばにならない「まるで濡れた小猫みたいな」呻きを漏らした、と彼女に言ったという。口頭伝承によればまた、パパレロは市長のもとに自首した際、実に修辞的な一言を告げたとされている——「名誉の銃弾が、権力の銃弾に打ち克った」と。この寸言はあの時代の自由党派が用いた文体にはぴったりくるものだが、私からすると祖父の気性にはどうもそぐわないように思える。実際にはそれを聞いた証人は誰もいないのである。祖父と、双方の一族に属する同時代人たちが法廷で述べた証言こそが正統なヴァージョンを提供してくれるはずだが、その法廷書類は、たとえ存在したのだとしても、影も形も残されていない。また、こんにちまで私が耳にした数多くのヴァージョンには、ふたつとして一致するものはなかった。

事件は町の家族を分断した。死者の親族をも分断した。親族の一部は仇をとるべきだと主張したが、同じ一族でも、復讐の危険が収まるまでトランキリーナ・イグアランと子供たちを自宅にかくまう人もいたのだ。このような細部に幼い私は激しく揺さぶられ、先祖の罪をまるで自分が悪いかのように感じたものであり、それにとどまらず、今でさえ、こうして書きながら私は、自分の一族よりも、死んだ人の家族のほうにより強い思い入れを感じてしまったりするのである。

パパレロの身柄は安全のためにリオアーチャ［ラ・グアヒーラ県の県都］に、ついでサンタ・マルタ［隣接するマグダレーナ県の県都］に移され、そこで一年の刑が言い渡された――その半分は収監され、残りの半分が保護観察だった。自由の身になるとすぐに彼は、家族を連れてシエナガの町に短期間滞在し、それからパナマに行き、そこで行きずりの関係からもうひとり娘をもうけたのち、ついに、不健康で人を寄せつけないアラカタカの町に、県の収税吏という職を得て移り住んだ。以後彼は、最悪のバナナ暴動弾圧の時期にすら、二度と武器を持って街路に出ることはなく、家を守るために枕の下にリボルバーを置いておくだけだった。

アラカタカは、メダルド・パチェーコとの悪夢のあとで彼らが追い求めていた安穏の地というのからはほど遠かった。この町はもとはチミラ族の集落として生まれたもので、その後、シエナガ市会の下に置かれた、神もいないような僻遠の町として歴史の中に迷い出たのだったが、バナナ景気によって豊かになったというよりも卑しくなった場所だった。その名はもともとは町ではなく川の名前であり、アラというのがチミラ語で川のことで、カタカというのは、彼らがリーダーを呼ぶことばだった。そのため、われわれ地元の人間は、町のことをアラカタカではなく、本来の名前で、単にカタカと呼んでいた。

祖父が家族を元気づけようと、この町では通りにお金が流れているのだ、という夢物語を語って聞かせたとき、ミーナはこう答えた――「金なんてのは、悪魔のうんこだよ」。私の母にとってここは、恐怖の王国だった。彼女が覚えている一番古い思い出は、まだごく幼いときにバッタの大群が発生して畑をすべて食い尽くしたことだった。「通過していくのが、まるで石の凪みたいに聞こえたものだよ」と彼女は、家を売りに行ったときに私に語って聞かせた。恐怖にうちのめされて町じゅうが部屋の中に籠城し、災難を打ち負かそうにも呪術に頼る以外に手がなかった。

雨を伴わないハリケーンが時をえらばずに不意にあらわれると、小屋の屋根を吹き飛ばし、若いバナナの木に襲いかかり、町じゅうを星くずのような塵で覆った。夏にはひどい旱魃《かんばつ》が牛たちを傷めつけ、冬には、全世界を覆いつくすような大雨が降って、通りを奔流に変えた。グリンゴの農場技師たちはゴム・ボートに乗って、溺れたマットレスや死んだ牛の間を航行した。ユナイテッド・フルーツ社の作った人工的な灌漑システムが水の猛威の原因だったわけだが、一番ひどい大洪水の際に、墓地から死体が流れ出したのを見て、彼らは川の流れまですげ替えた。

しかしながら、もっともひどい災害は、人間がもたらしたものだった。まるでおもちゃのような列車から、この地の燃えたぎる砂の上に、世界じゅうの荒くれた山師たちが落葉《おちば》のように舞い降り、街路を力ずくでわがものにしたのだ。もんどりうつような繁栄は、常軌を逸した人口の急増と社会秩序の崩壊をもたらした。フンダシオン川のほとりにあるブエノスアイレス徒刑地からわずか五レグア［約二十キロメートル。一レグアは、おおむね徒歩で一時間の距離を指す古い単位］しか離れていないため、週末になると、囚人たちが逃げ出してきてアラカタカに恐怖の種をまいた。私たちの土地は西部劇に出てくるできたての町にそっくりで、椰子と葦でできたチミラ族の小屋にかわって、木造のユナイテッド・フルーツ社の家——トタン張りのとんがり屋根、粗布の窓、埃まみれの花を咲かせた蔓で飾られた小屋——が建てられるようになったのでなおさらだった。見知らぬ顔ばかりの人々、公道にできたテント小屋、街頭で服を着替える男たち、トランクの上に腰掛けて日傘を差している女たち、そして宿屋の馬小屋で腹をすかして死んでいく騾馬《らば》また騾馬また騾馬、そのような吹き溜まりにあっては、最初からいた人間たちのほうがあとから来た者のようだった。私たちのほうが永遠の異邦人であり、来たばかりのよそ者なのだった。

人殺しは土曜日の夜の喧嘩が原因のものばかりではなかった。何ごともないありふれた日の午後、頭のない男が騾馬にまたがって通るのを私たちは見た。バナナ農園同士の抗争のなかで山刀《マチェーテ》で首を刎《は》ねられ、頭は小川の冷たい流れに運ばれていったのだった。その日の晩、私は祖母が毎度の説明をするのを聞いた――

「あんな恐ろしいことができるのは、カチャコだけだよ」

カチャコというのは高地《アルティプラーノ》生まれの人のことで、私たちが彼らのことを他の人間と区別していたのは、その覇気のない物腰と悪巧みのありそうなことば遣いのせいだけではなく、自分たちこそが神の意思の使者であるかのようにお高くとまっているせいだった。カチャコはこのイメージでひどく嫌悪されるようになったため、バナナ労働者のストライキを内陸から来た兵隊たちが激しく弾圧した事件を境に、私たちは軍隊の人間のことを兵隊ではなくカチャコと呼ぶようになった。私たちは彼らばかりが政治権力の担い手になっていると見ていたし、彼らの多くは実際、自分らだけにその権利があるかのようにふるまっていた［コロンビアの首都ボゴタは内陸＝高地にある］。そのような背景があってこそ、「アラカタカの暗黒の一夜」の恐怖の説明がつく。これは伝説的な虐殺事件なのだが、人々の記憶の中の痕跡はいかにもはっきりせず、これが現実に起こったのかどうか、明確な証拠で跡付けることができなくなっているものなのである。

いつにも増して不穏なある土曜日、由緒正しい地元人が、といってもその身元は伝えられていないのだが、酒場に入って、手を引いて連れていた子供に水を一杯飲ませてやってほしいと頼んだ。すると、カウンターでひとり酒を飲んでいたよそ者の男が、その子に、水のかわりにラムを一杯、無理やり飲ませようとした。父親はそれを遮《さえぎ》ろうとしたが、よそ者はしつこく言いつのり、そのせいでついにその子は怖くなって、思わず振り出した手で酒のグラスをひっくり返してこぼしてしまった。するとよそ者は、そのままいきなり、拳銃でその子を撃ち殺した、というのだ。

この話もまた亡霊のように私の幼少時代につきまとった。パパレロは一緒に冷たいものを飲むために酒場に入ったときに、たびたびこの話を私に聞かせたのだったが、その話し方はいかにも現実離れしたものだったので、彼自身信じていないみたいな感じだった。それが起こったのはパパレロがアラカタカに来た直後ごろだったのだろう、というのも、私の母は、事件に関して大人たちが恐れおののいている様子だけを記憶しているのである。加害者についてわかったのは、アンデス山脈人の取り澄ました訛りで話していたということだけだったため、村人の報復は彼ひとりに差し向けられたのではなく、同じ訛りで話す数多くの憎たらしいよそ者の誰でもよくなった。砂糖黍収穫用のマチェーテで武装した地元民のグループがいくつも夜の街路に繰り出していき、目が効かない暗闇の中で人影を不意打ちでひっつかまえては、

「しゃべってみろ!」

と命令した。

彼らは訛りがあるというだけで相手をマチェーテでめった切りにし、さまざまなしゃべり方がある中で、公正な判断ができるはずがないということは一切考慮しなかった。ドン・ラファエル・キンテーロ・オルテーガ、つまり私の大おばウェネフリーダ・マルケスの夫は、誰からも好かれていた生粋

のカチャコだったが、彼がもう少しで百歳の誕生日を迎えるところまで長生きできたのは、祖父がこのとき彼のことを、人心が落ち着くまで家の食料貯蔵庫に閉じこめて匿《かくま》ったからだったのである。

アラカタカに暮らして二年、一家の非運は、家族の歓びの光だったマルガリータ・マリーア・ミニアータの死によって極致に達した。彼女を写した銀板写真《ダゲレオタイプ》は長年、広間に飾られ続け、その名前は世代から世代へと受け継がれて、一家の身元の証しのように今にいたるまで使われ続けている。一番新しいほうの世代では、プリーツスカートに白い靴、そして腰まである長い三つ編み、というお嬢様の姿に心を揺さぶられることはないようだが、それは、世代的には曾祖母にあたる人のイメージにどうしてもその映像がそぐわないからだろう。しかし、私から見ると、よりよい世界という希望をくじかれ、後悔の念に打ちひしがれた祖父母にとっては、常時張りつめている悲痛の状態こそが、平穏というのに一番近いものだったような気がしてならない。ふたりは死ぬまで、どこに身を置いていても自分たちはよそ者であると感じ続けたのである。

彼らは実際によそからやってきた人たちだったわけだが、世界じゅうから大群衆を列車が運んでくる中では、誰が古くて誰が新しいのか明確に区分するのは困難だった。私の祖父母一家と同じ衝迫に突き動かされて、ファーガソン家が、ドゥラン家が、ベラカサ家が、ダコンテ家が、コレア家が、より良い生活を求めてやって来ていた。なだれのような混乱のうちに、引き続いてイタリア人たち、カナリア諸島人たち、シリア人たち――彼らのことを私たちはトルコ人と呼んでいたが――が、県境の向こうから、自由を求めて、自分の土地の中に沈潜して暮らす生き方を求めて浸入してきた。あらゆる種類の人間、あらゆる立場の人間がいた。中には悪魔島――ギアナ地方のフランスの刑務所島――からの逃亡者もいたが、彼らは通常の犯罪というよりも思想のせいで追われているのだった。そのひとり、フランス人ジャーナリストのルネ・ベルヴノワは政治的な理由で刑に処せられていたが、バナナ地方を逃亡者として通り抜け、のちに囚われの暮らしのひどさを告発した見事な本を書いた。こうした人たち――善人も悪人も含めて――全員のおかげで、アラカタカは発足当初からいつも国境のない国だったのである。

しかし、私たちにとって忘れることのできない集団はベネズエラ人たちであり、彼らの共同体の中のある一軒の家では、休暇中の若い学生二人が明け方の冷たい貯水槽の水をバケツでかぶって暮らしていた。これがロムロ・ベタンクールとラウル・レオーニであり、半世紀後に相次いで自国の大統領になった人たちである。ベネズエラ人の中で私たち一家にいちばん近しかったのはファナ・デ・フレイテス姐《ねえ》さん、はちきれんばかりのエネルギーに満ちた女丈夫で、旧約聖書的な語りの才能に恵まれた人だった。私が初めて知った文学的な物語は「ブラバンテのヘノベバ」〔中世から伝わる淑女伝説のひとつ〕であり、彼女の口から聞いたものだったが、それと並んで、『オデュッセイア』、『狂乱するオルランド』、『ドン・キホーテ』、『モンテ・クリスト伯』などの世界文学の名作や聖書の中の挿話を、彼女が子供向けの物語に縮めたものをよく聞いたのである。

祖父の家系は町でもっとも敬意を集めているもののひとつだったが、その一方で、力はまったくなかった。にもかかわらず、バナナ会社の地元上層部の人間たちからすら一目置かれているという点で傑出していた。一族は内戦時代〔十九世紀初頭の独立後から始まった保守党と自由党の抗争のこと。十万人以上の犠牲者が出た「千日戦争」などを経て、一九〇二年のネーエルランディア協定とウィスコンシン協定によって和解した〕に自由党の闘士が輩出した血筋で、内戦終結を定めたふたつの協定が結ばれたのちも、ベンハミン・エレーラ将軍の例にならってこの地方にとどまった家系だったのである。エレーラ将軍のネーエルランディア農園では、夕方になると、平和を告げた往年のクラリネットによるメランコリーなワルツの演奏が聞かれるという話だった。

母はこの焼けつくような世界のなかで子供から女へと育ち、チフスがマルガリータ・マリーア・ミニアータを連れ去ってからは、すべての人の愛情を一身に集めた。彼女もまた病弱だった。幼少時代はしじゅう三日熱に悩まされる不安な日々だったが、その最後の発熱から立ち直ったときを境に、すべての病気から永遠に解放されて、九十七年におよぶ生涯をまっとうできる健康を手に入れ、自分の子供十一人に夫の子が四人、それに加えて六十五人の孫、八十八人の曾孫、十四人の玄孫に恵まれることになった。わかっているだけでこれだけの数になったのである。老衰で亡くなったのは、二〇〇二年の六月九日の夜八時半、私たちが彼女の生誕百年を祝う準備を進めている最中のことで、しかも、私がこの回想記の最後の句点を書いたのはまさにその日、時刻までほとんど同じだった。

生まれたのはバランカス、一九〇五年七月二十五日、一家が戦争の災厄からかろうじて立ち直りはじめたころだった。ルイサというひとつめの名前は、大佐の母親でちょうどその日、亡くなって一か月だったルイサ・メヒーア・ビダルにちなんでつけられた。ふたつめの名前サンティアーガは、その日が偶然、エルサレムで首を刎ねられた使徒ヤコブ、通称大サンティアーゴの聖日だったことによる。この名前を彼女は人生の半ば過ぎまで隠して暮らした。いかにも男の名前のようで仰々しく感じられたからだが、結局、不忠な息子が小説に書いたせいでばれてしまった。

学校では熱心な生徒だったが、ピアノのレッスンだけは別で、これは、まともな家のお嬢さんはピアノぐらい流麗に弾きこなせるのが当たり前だと考えた母親が無理強いしたからだった。ルイサ・サンティアーガは親に従ってしかたなく三年間はピアノを続けたが、シエスタの時間のあのうだるような暑さのなかで毎日練習をしなければならないのにうんざりして、ある日を境にぱたりとやめてしまった。ところが、花咲く二十歳のころになって、このきっぱりとした性格的な強さこそが彼女の役に立ったのである。彼女がアラカタカの若くて気位の高い電報技師に激しく恋していることに家族が気づいたときに、これが生きてきたのである。

この禁じられた恋の物語もまた、若いころの私にとって、驚異の種だった。両親の双方から、ときには別々に、ときにはふたり一緒に、幾度となく語り聞かされていたため、最初の長篇小説『落葉《おちば》』を書いた二十七歳のころには、その話は私の中では完全にできあがっていたが、一方で、小説の語りの技術の面ではまだ全然修行が足りないことも自分ではっきりとわかっていた。両親はどちらも、すばらしく話がうまい人たちで、しかも、この愛の思い出を実に甘いものとして記憶にとどめていたが、やがて自分たちの語るその物語のほうに深い陶酔をおぼえるようになった。そのため、五十歳を過ぎてからついに、ようやく、この話を『コレラの時代の愛』の中で使うことにしたとき、私にはもう、実際に起こった出来事と詩的に追加されたものとの間の境界がまったく見分けられなくなっていた。

母の話によれば、ふたりが初めて出会ったのは、とある子供のお通夜の席だったというが、その子供というのが誰だったのかは父も母も、はっきりと覚えていなかった。母は女友達たちと一緒にパティオで歌を歌っていたという。当時の習慣で、罪のない子供は、死後九日間、愛の歌で弔うことになっていたのだ。そこに突然、男の声が合唱に加わってきた。彼女らはそろってその声の方向にふり向き、その男の美男ぶりに目を見張った。彼女らは「あの人と私たちは結婚するの」というリフレーンを作って、手拍子に合わせてくりかえし歌ったという。ただ、私の母だけはとくに強い印象を受けず、「またよそ者がいるなと思っただけ」だったという。実際、よそ者だったのである。もとはカルタヘーナ・デ・インディアスで医学と薬学を学んでいたのだが、生活費に困って学業を投げ出し、電報技師という新奇な職業に就いて、とくに何をするともなくこの地方の町を渡り歩いていたのだ。その当時の写真を見ると、確かに彼は、金に困っている若旦那というような怪しげな雰囲気で写っている。つやのある黒いタフタ生地の上下を着ていて、四つボタンの上着は当時の流行でごく細身に絞られており、硬い襟のシャツ、幅広のネクタイにカンカン帽を身につけている。おまけに、流行の丸い細縁眼鏡をかけていて、しかもそれは、レンズに度が入っていない伊達眼鏡なのだ。その当時の彼と知り合った人はみな、彼のことを夜更かしばかりしている女たらしのボヘミアンだと見たのだったが、実際には、その長い生涯を通じて彼は一滴のアルコールも飲まず、タバコすら一本も吸ったことがない人だったのである。

母のほうが彼を目にしたのはこのときが初めてだった。ところが、彼のほうではその前の日曜日、彼女が八時のミサに来ているのを目にしていた。女学校を出て地元にもどって以来、外出はいつもフランシスカ・シモドセア・メヒーアおばさんに付き添われていたが、このときもそうだった。さらに、火曜日にもふたたび、彼は自宅の入り口脇のアーモンドの木の下でふたりが縫い物をしているのを見かけていたので、お通夜の晩にはすでに彼女がニコラス・マルケス大佐の娘であることは知っていたのだ。そして、彼は大佐あての紹介状を何通ももらってきていたのである。彼女の側でもそのとき以来、彼が独身で気が多いたちで、おまけに口達者で、ちょっとした詩句を巧みにひねり出したり、流行の音楽を上手に踊りこなしたり、下心をもってセンチメンタルな旋律をヴァイオリンで弾いたりして、人の気を引くのが上手だということを知るようになった。母が語るところによれば、明け方近くにそのヴァイオリンを聞くと誰しもはらはらと涙を流さずにはいられなかったという。地元社交界で彼は、得意のレパートリーとしていた「踊りが終わって」という果てしなく甘いワルツで知られるようになり、この曲は窓辺のセレナーデでは欠かさずに演奏される一曲となった。心のこもった紹介状と彼個人の人なつこさがあいまって、じきに家の扉は彼に向けて開かれ、一家の昼食の席に頻繁に招かれるようになった。ボリーバル県のエル・カルメン・デ・ボリーバル出身だったフラシスカおばさんは、彼がそのすぐ近くの村シンセの生まれであることを知るや、彼を全面的に受け入れた。ルイサ・サンティアーガは社交的なパーティの席で彼が言い寄ってきたりするのを面白がってはいたが、口先の戯れ以上のことはないと見なしていた。それどころか、ふたりが仲良くやっていられたのは何よりも、彼女が隠れ蓑となることによって、彼女の女学校時代の友人と彼との秘密の逢い引きが可能となっていたことに根ざしていたのであり、彼が結婚するときには彼女が新郎に付き添う親代わりの証人になる約束までしていたのだ。その約束以来、彼は彼女のことを名付け親《マドリーナ》と呼び、彼女は彼のことを名付け子《アイハード》と呼ぶようになった。そのような調子だったことを考えれば、ある舞踏会の夜、大胆不敵な電報技師から、上着の襟につけていた花を差し出されて、こう聞かされたルイサ・サンティアーガの驚きがどれほどのものだったか、想像に難くない――

「このバラに託して僕の人生を捧げます」

これが決してとっさの思いつきでなかったことを父は何度も私に語ったものだ。町の女たち全員と知りあったのちに、ルイサ・サンティアーガこそが自分にぴったりだという結論に達したというのだった。彼女のほうはこのバラもまた、彼が女たちによくやってみせる気障《きざ》な冗談として受け止めた。毎度のことだと思ったからこそ、彼女はパーティをあとにしたときにはその花もどこかに置き忘れてきてしまい、彼はそれに気がついた。彼女には実はそれまでに、たったひとりだけ、密かに愛を告白してきた男がいた。それは名もない詩人で、仲のいい友人だったが、彼の熱烈な詩はひとつとして彼女の心に響くことがなかった。ところが、ガブリエル・エリヒオのバラは、彼女の心を何とも説明のしようがない憤怒で満たし、眠りまでも妨げることになった。ふたりの恋に関して私が母と初めて本格的に話をしたとき（すでに何人もの子供の母親となっていたころだが）、彼女はこう私に告白した――「あの人のことを考えてしまうということに腹が立って、そのせいで眠れなかったんだよ、だけど、それよりさらに腹が立ったのは、腹が立てば立つほど、なおさらあの人のことを考えてしまうことだった」と。その週、母はどこかで彼に出会ってしまうかもしれないという恐怖に必死で耐え、同時に、彼に会えないつらさをこらえ続けた。ふたりはそれまでは名付け親と名付け子という関係にあったのに、それからは互いに見知らぬ相手であるかのような態度をとるようになった。そのような時期のある午後のこと、ふたりでアーモンドの木の下で縫い物をしているときにフランシスカおばさんが、インディオ譲りの悪戯《いたずら》っ気をこめて姪にこう囁いた――

「聞いた話じゃ、誰かさんにバラをもらったそうじゃないか」

よくあることだが、ルイサ・サンティアーガが恋に胸を焦がしていることはすでに広く知れわたっていて、気づいていないのは彼女だけだったのである。私が母と父の両方から何度も話を聞いたなかで、ふたりが一致して語ったところによれば、この燃える恋には三つの決定的な契機があった。その第一は、枝の日曜日「復活祭直前の日曜日で、聖週間の始まる日」の荘厳ミサだった。彼女はフランシスカおばさんとともに教会内で使徒行伝側のベンチにすわっていて、煉瓦敷きの通路に彼特有のいきがった靴音が聞こえてきたのに気づくと同時に、彼がすぐそばを通ったので、その気障な香水の匂いが生暖かい突風となって吹きよせるのまで感じた。フランシスカおばさんは彼に気づかなかったようだし、彼のほうも彼女らを目に止めた様子はなかった。しかし、彼の側では最初からすべて計算ずみだったのであり、彼女らが電報局のところを通ったときから後をつけてきていたのだ。彼は教会の入り口から一番近い柱の陰に立っていたので、彼の側では彼女の後ろ姿を見ることができたが、彼女の側では彼の姿は目に入らなかった。そうして張りつめた数分間が過ぎ、ルイサ・サンティアーガはその緊迫感に耐えられなくなって、振りかえって出入り口のほうに目をやった。その瞬間、彼女は怒りに死にそうになった。彼がじっと見ていて、ふたりの視線が交差したのだ。「まさにおれが計画した通りのことが起ったんだ」と父は、年を取ってから何度もうれしそうに話したものだ。母のほうは反対に、罠にはまってしまったことが悔しくて、三日間、腹立ちを抑えることができなかった、と幾度となく語ったものだった。

第二の契機は、父が彼女あてに書き送った手紙だった。それは詩心のある夜更かしなヴァイオリン弾きがしたためそうな手紙というのからはほど遠く、もっとずっと横柄な調子の短信で、自分が翌週サンタ・マルタに旅立つまでに返事をくれ、と要求しているものだった。彼女は返事を返さなかった。彼女は自室に閉じこもり、胸を締めつけてまともに息もさせてくれない恋の虫をひねりつぶす心づもりでいたが、いつまでもこもりきりなので、ついにはフランシスカおばさんが、タイミングを逸してしまう前にもう諦めて降参しなさい、と説得を試みた。彼女の抵抗をやめさせるべく、おばさんはフベンティーノ・トゥリーヨの例を話して聞かせた。これは、応じてくれない恋人のバルコニーの下に毎晩、七時から十時まで張りこみを続けた求婚者の話だった。恋人のほうは思いつくかぎりの罵詈雑言を浴びせ、しまいには、来る日も来る日も、バルコニーの上から尿瓶《しびん》の中身を彼にめがけてまき散らすようになった。それでも彼を追い払うことはできなかった。そして、ありとあらゆるものをまるで洗礼のように頭上から投げつけ苛《さいな》んだあげく、彼女は決してひるむことのない愛の献身に心を動かされて、結局彼と結婚してしまったのである。私の両親の物語はそこまで行きつくことはなかった。

包囲戦の第三の契機となったのは、町で開かれた大がかりな結婚式だった。そこには両者ともが、新郎新婦に付き添う証人役として招かれていたのだ。家族ぐるみで親しくしている相手なので、ルイサ・サンティアーガは欠席する言い訳が立たなかった。ガブリエル・エリヒオの側でも同様に考えたようで、何があっても驚かない心づもりで披露宴にやってきた。誰にでもすぐに見てとれるほど思いつめた様子で彼が広間を横断してやってきて、一曲目の踊りに彼女を誘ったとき、彼女は心臓の高鳴りを抑えることができなかった。「体の中で血があんまり強く騒ぐので、それが怒りのせいなのか気が動転しているせいなのか、もう自分でもわからなかった」と母は私に言った。彼のほうはそのことを見抜いて、残酷な一撃をお見舞いした――「もう口で返事してくれなくてもいいんだよ。君の心臓がちゃんと返事をしてくれているからね」

彼女はそれを聞くや否や、曲の途中なのに相手を部屋のまんなかに残して出ていってしまった。しかし、その行動の意味するところを父は父なりに勝手に解釈した。

「えも言われんほど幸せだったさ」と父は私に言った。

夜更けに例のワルツ「踊りが終わって」のサビの部分が、毒のこもった調子で聞こえてきて目が覚めたとき、ルイサ・サンティアーガは自分自身がうらめしくてならなかった。翌日の朝一番に、彼女はガブリエル・エリヒオからそれまでにもらった贈り物をすべて突き返した。このいわれなき暴挙と結婚式パーティでのひじ鉄事件をもって、噂は風に放たれた羽毛のようにもはやとどまるところなく広まっていった。誰もがこれによって、ひと夏の嵐の栄光なき結末を見届けたものと思った。その印象がなおさら強まったのは、ルイサ・サンティアーガが幼少のころから途絶えていた三日熱の発作に襲われ、母親の指示で、マナウレへと転地療養させられたからだった。これはシエラ・ネバーダの支脈のはずれにある楽園のような一隅だった。その数か月の間、お互いにまったく何の連絡もとらなかった、とふたりとも一貫して言っていたが、それをそのまま受け取るわけにもいかない。なぜなら、病気が治ってルイサ・サンティアーガがもどってきたときには、ふたりとも、以前のような相互不信からすっかり立ち直っているのが見てとれたというのだ。父が語ったところによれば、彼はミーナが帰郷日時の連絡のために送った電報を盗み読みできたため、母を出迎えに駅に赴いた。そして、ルイサ・サンティアーガが彼に挨拶して手を差し出した様子には、何かフリーメーソン同士の秘密の合図のようなものが感じられたといい、それを彼は愛の告白であると解釈したという。そんなことはなかった、と母のほうは、その当時のことを慎みと恥じらいをもって思い出しては、いつも否定していた。しかし、実際問題として、ふたりはそのとき以降、それほどためらうことなく一緒にいるところが目にされるようになったのである。あと残った問題はひとつだけだったが、それもフランシスカおばさんが翌週になって、ベゴニアの咲く廊下で縫い物をしているときに口にした一言で解決された——

「もうミーナにもわかっているんだよ」

ルイサ・サンティアーガがいつも語っていたところでは、家族の反対こそが、踊りの最中に求婚者を置き去りにしたあの晩以来、心の中に抑えこんでいた激情の堤防を決壊させる原因になったという。実際、激しい戦いが繰り広げられた。大佐はこの問題には関わらないようにしていたが、無関係だというふりをしている自分にまったく責任がないわけではないことを、ミーナから面と向かって言われて気づいてからは、責任逃れを続けるわけにはいかなかった。不寛容なのは大佐ではなくミーナのほうだ、と誰もが思っているようだったが、実際には、それはわれらが一族の掟に昔から定められていたことなのであり、それによれば、娘の恋人は誰であれ邪魔者だったのである。この偏見が隔世遺伝のように時折噴出し、その残り火がいつまでも燃え続けているせいで、われわれは、独り身の女たちと、下半身がだらしなくて落とし種をあちこちに残す男たちを大量に擁する一族となっているのである。

家族の友人たちは年齢によって、恋人たちを支持する派と反対する派に分かれ、はっきりとした立場をとらない人たちも、事態の展開によって態度決定を迫られた。若い世代は喜んでふたりの共犯者となった。とくに彼のほうは若い層の同情を集め、社会的な偏見の犠牲者という立場を思う存分享受した。それに対して大人たちの大半は、ルイサ・サンティアーガのことを裕福な名家の大事な資産であると見なして、それをどこの馬の骨とも知れない電報技師が愛からではなく欲得ずくで狙っているのだ、と考えた。従順で聞き分けがよかったルイサ・サンティアーガ自身も、子連れの雌ライオンのように激しく反対者に立ち向かった。家族内では幾度となく言い争いがあったが、それが一番激しくこじれたときには、激昂したミーナはパン切りナイフを娘に向けて振りかざした。ルイサ・サンティアーガは臆することなくその前に立ちはだかった。急に我に返って、自分が腹立ちまぎれに犯罪的な衝動に身をまかせていることに気づいたミーナは、ナイフを投げ捨てて恐怖の叫びをあげた――「神さま、なんてこと！《ディオス・ミーオ》」。そして、自分自身に対する過酷な処罰として、その手をかまどの熾火《おきび》の中につっこんだ。

ガブリエル・エリヒオを不適格とする強い根拠としては、彼が未婚女性の私生児だという事実があった。母親は十四歳という幼い年齢で学校の先生と過ちを犯して彼を産んでいたのである。名前はアルヘミーラ・ガルシア＝パテルニーナといい、自由な精神をもった細身の白人女性で、他に五人の男の子と二人の女の子を、結婚もせず同じ屋根の下に暮らしたこともない三人の異なった父親との間にもうけていた。彼女は生まれ故郷であるシンセの村で誰にも頼らず懸命に子供たちを育てており、その陽気な気質は孫にあたる私たちでも棕櫚の日曜日［枝の日曜日］に感じることができたらいいと思うほどのものだった。ガブリエル・エリヒオはこの貧しい血筋から生まれた傑出した存在だったのである。十七歳のとき以来、五人の処女を愛人としたというが、これは彼が結婚初夜、暴風にあおられたリオアーチャ行きの帆船の上で、私の母に懺悔の行為として告白したところによる。彼はまた、その女たちのひとりとの間に、アチーの町の電報技師だった十八歳のときに息子をもうけて、アベラルドというこの子はもうじき三歳になるのだ、と告白した。もうひとりとの間には、アヤペルの電報技師だった二十歳のときに娘が生まれたのだが、まだ一歳になっていないこのカルメン・ローサという子には会っていないという。この子の母親にはもどって結婚すると約束してあって、いずれ果たすつもりでいたところでルイサ・サンティアーガを愛してしまったため人生の道筋が狂ってしまったのだ。最初の子供のことはすでに公証人の前で認知してあり、娘のこともやがて認知することになるのだが、これは実際のところ、法律的にはまったく実質的な意味がない形式的な手続きにすぎなかった。驚くべきは、しかし、このような不品行のことをマルケス大佐が道徳的観点からけしからんと思ったということのほうだ。そもそも大佐自身が、三人の子供の他に、九人の子供を全員異なった母親との間にもうけていたのであり、しかも、その中には結婚前に生まれた子もいれば結婚後に生まれた子もいたのだが、その全員を彼の妻は、あたかも自分の子であるかのように受け入れていたのだから。

こうした事実を私が初めて知ったのはいつだったのか、確定できないのだが、いずれにしても、先祖の逸脱行為は私にはまったく気にならなかった。むしろ私が強い関心を覚えたのは親戚の人たちの名前だった。独特な、奇妙な名前ばかりに思えたからだ。まず母方では、トランキリーナ、ウェネフリーダ、フランシスカ・シモドセアといった名前だ。ついで、父方の祖母の名前はアルヘミーラ、その両親が、ロサーナとアミナダブである。もしかすると、自分の小説の登場人物がその生きざまにぴったりくる名前が見つかるまで息づいてこない、という思いこみはこのあたりから来ているのかもしれない。

ガブリエル・エリヒオに反対する根拠は、彼が活発に活動している保守党の党員であるという事実によってさらに補強された。ニコラス・マルケス大佐が戦った戦争はいずれも、保守党との戦争だった。また、和平の合意はネーエルランディア協定とウィスコンシン協定の調印によってできあがってはいたが、まだ中途半端なものでしかなかった。頑迷な中央集権派がなおも政権についていて、保守党と自由党がいがみあうのをやめるまでにはなおも長い時間がかかることになるのである。父の保守党支持は、理論的な確信に基づくものというよりも親戚から伝染したという程度のものだったのかもしれないのだが、彼の人柄のよさを示すその他の特徴——いつでも明晰な知性や実証されている誠実さなど——よりも支持政党のほうが重視されたのである。

父は本当の姿を見抜きにくい人間で、どうしたら彼を喜ばせられるのか、わかりにくかった。彼はいつも、はたから見た感じよりもずっと貧しかった。だから彼は貧困を恐るべき敵として取り扱った。あきらめて屈伏することはなかったが、決して完全に打ち破ることもできなかった。それに立ち向かったのと同じ勇気と威厳をもって彼はルイサ・サンティアアーガへの愛の逆境に、アラカタカの電報局の裏部屋で耐えぬいた。そこにはひとり寝のためのハンモックが常時張ってあった。しかし、そのすぐ脇には、夜の相手があらわれた場合にそなえて、スプリングにしっかりと油を差してある簡易ベッドが置かれていた。ある時期、私は秘めやかな夜の狩人としての彼の暮らしかたにある種の憧れを抱いたことがあったが、その後、その種の暮らしがもっとも索漠たる種類の孤独に他ならないことを学ぶにつれ、彼に大いに同情をおぼえたものである。

父は、苦しい思いに耐えていたこの時期に、友人たちとともに大佐の家を訪問しなければならなかったときのことを、死ぬ直前のころまでよく話していた。大佐は彼の友人たち全員に椅子を勧めたのだが、父にだけは勧めなかったというのだ。母の家族はこれをいつも否定して、父の恨みがましさの残滓だ、でなくとも思い違いした記憶だ、と主張していたものだが、いつだったか、百歳近くになって、過去を思い出すのではなく、まるでもう一度生きなおしているかのようなうわごとを歌いあげるようになった祖母がこう洩らすのを私は聞いたことがある――

「ほらあそこ、居間の入り口にあの可哀想な若者が立っているのに、ニコラスったら椅子を勧めようともしないんだから」と、本当に心を痛めている様子で言ったのだ。

祖母が口にするめくるめく啓示にいつも耳をそばだてていた私が、その若者というのは誰なのかと聞くと、祖母は端的に答えた――

「ガルシアだよ、ほら、あのヴァイオリン弾きの」

いろいろとそのような条理にかなわない行動があったようだが、中でも父の本来の性格から一番かけ離れているのは、マルケス大佐という休眠中の戦士との間に起こりうる出来事にそなえてリボルバーを購入したという行為だ。それは他ならぬスミス&ウェッソン、38口径の長銃身のもので、それまでに何人の持ち主の手を渡ってきたのか、そして何人の人命を奪ってきたものか知れない拳銃だった。ただひとつはっきりしているのは、父はこの銃を一度も発砲することがなく、念のために試し撃ちすることも、好奇心から撃ってみることもなかったという事実だ。何年ものちになって、成人した子供たちは、この拳銃がもとの五発の弾と一緒に古道具の戸棚にしまわれているのを発見することになった。セレナーデに使われた例のヴァイオリンも一緒にしまわれていた。

ガブリエル・エリヒオもルイサ・サンティアーガも、家族の頑固さに怯《ひる》むことはなかった。最初のうちこそ、ふたりは友人の家などで隠れて会うことができたが、やがて彼女に対する包囲網が完全に閉じられてしまうと、接触は知恵をはたらかせた方法でやりとりされる手紙に限られるようになった。彼が招待されているパーティに彼女は出ることが禁止されるようになったが、それでもまだ、ふたりは遠くから目を見交わすぐらいのことはできた。しかし締めつけがさらに厳しくなると、誰もトランキリーナ・イグアランの怒りを買うようなことをしたがらなくなり、恋するふたりは公衆の面前からは完全に姿を消した。人目を避けた手紙のやりとりさえできなくなると、恋人たちは遭難した船乗りが使うような方法を編み出した。彼女はガブリエル・エリヒオの誕生日に際して、別の人が注文したプディングの中にお祝いのカードを隠して届けたことがあったし、彼のほうでもチャンスを見つけては、味も素っ気もない偽の電報を送りつけた。本当のメッセージは暗号や見えないインクを使って書かれているのだった。そのころにはフランシスカおばさんが手を貸しているということが、本人は断固として否定したにもかかわらず明らかになったため、彼女の家庭内での権威は初めて弱まり、姪に付き添うことが許されるのはアーモンドの木の下で縫い物をするときに限られるようになった。するとガブリエル・エリヒオは、通りの向かい側にあるアルフレード・バルボーサ先生の家の窓から、聾唖者の電報術ともいうべき手話を使って愛のメッセージを送った。彼女も手話をすっかりマスターしたので、おばさんがぼんやりしているときには、恋人とかなりつっこんだ話までできるようになった。これはアドリアーナ・ベルドゥーゴが開発した手練手管のひとつにすぎなかった。彼女は子供の名付け親にルイサ・サンティアーガを頼んで秘蹟を介して結びついている間柄だっただけでなく、もっとも大胆かつアイディアに富んだ共犯者だったのである。

このように工夫して思いを慰めるようなことを続けていけば、彼らはささやかに関係を維持していくことができたはずだが、ついにある日、ガブリエル・エリヒオはルイサ・サンティアーガから恐るべき手紙を受け取って決定的な決断を迫られることになった。その手紙はトイレの紙に書きなぐられたもので、両親が、彼女の恋の病に対する荒療治として、彼女を村づたいにバランカスの町に連れていくことに決めた、という悪い知らせが記されていた。リオアーチャ行きの帆船の船内で一晩荒れた夜を我慢すればいい、というようなありきたりの旅ではなく、シエラ・ネバーダ山脈の支脈を騾馬や荷車に乗って越えて、広大なパディーヤ地方を横断していくという荒れたルートの旅だった。

「死んだほうがまだましだって思ったわよ」――母は家を売るために旅に出た日に私に言った。実際、彼女は死のうとしたのだった。閂《かんぬき》をかけて寝室に閉じこもり、パンと水だけで三日間我慢したが、結局、父親に対して感じている敬意と恐怖に負けた。ガブリエル・エリヒオも張りつめたものがもう限界に来たことを悟り、彼もまた極端な、しかし理にかなった決断をした。彼はバルボーサ先生の家からアーモンドの木陰まで大股で通りを渡って、仕事も手につかずに恐怖の面持ちで待ちかまえていたふたりの女性の前に立ちはだかった。

「お願いですから、一瞬だけ、お嬢さんとふたりだけにしてください」と彼はフランシスカおばさんに言った。「大事なことを彼女にだけ伝えたいんです」

「調子にお乗りでないよ！」とおばさんは答えた。「彼女のことで、あたしが聞いちゃいけないことはないはずだよ」

「なら言わないでおきます」と彼は言った。「でも言っときますが、結果についてはあなたに責任をもってもらいますからね」

ルイサ・サンティアーガは、ふたりだけにしてくれるようにとおばさんに泣きつき、リスクを引き受けた。そこでガブリエル・エリヒオは、どんな方法であれ、どれだけの期間であれ、彼女が両親と一緒に旅に出るのを受け入れることにしたと伝えた。ただし、その条件として、いずれ彼と結婚することを神に誓っていってくれ、というのだった。彼女は喜んでそれを誓った。そしてさらに、死以外にこの誓いを阻むものはない、とまで自ら進んでつけ加えた。

ふたりは一年近くをかけて自分たちの誓いが本物であることを証明することになったが、それがどれほど苦しいことになるか、確実にふたりの想像を超えていた。旅はまず、牛追いのキャラバンに連なってシエラ・ネバーダ山脈の隘路を、騾馬で二週間かけて踏破することから始まった。親子と同行していたのはチョンだけだった。チョンというのはエンカルナシオンをつづめた愛称だが、これはウエネフリーダの女中で、一家がバランカスから引っ越したとき以来、家族の一員となっていたのである。大佐はこの切り立った険しいルートを知りつくしていた。散逸した戦時中の夜のしじまに、幾人もの子供を点々と残してきた場所だったからだ。しかし、彼の妻のほうは事情をよく知らぬまま、帆船での海の旅にはいやな思い出ばかりだったために陸の旅を選んだだけだった。私の母は騾馬に乗るのが初めてだったこともあり、剝き出しの太陽と熾烈な驟雨に交互に攻めたてられる悪夢の連続で、断崖絶壁を吹き上げてくる目の眩むような熱風のせいで心が休まるひまもなかった。夜会のスーツを着て、夜更けにヴァイオリンを弾くのが好きな不確かな恋人のことを思い浮かべてみても、まるで想像力のいたずらみたいで現実感がなかった。四日めにはもう生き続けることもままならなくなって、家に引き返さないのなら崖から身を投げると言って母親に脅しをかけた。ミーナは、娘よりももっとまいっていたため、引き返すことに決めた。ところが、隊の親方は地図を見せて、引き返しても先に進んでも苦労は同じであることを示した。安堵はやっと十一日目に訪れた。最後の峠道から遠くに光り輝くバイエドゥパール〔セサル県の県都〕の平原が望めたときだった。

旅の第一段階が終結する前から、ガブリエル・エリヒオはさすらう恋人と絶えずコンタクトをとる方法を確保していた。母娘がバランカスに着くまでに泊まることになっている七つの村の電報技師の協力をとりつけたのだ。ルイサ・サンティアーガの側でも努力は怠らなかった。この地方はどこに行ってもイグアラン家やコテス家がたくさんいて、その絡みあった藪のように濃密な同族意識を味方につけることに成功したのだ。これによって、三か月間滞在したバイエドゥパールから、ほぼ一年後の旅の終着点まで、彼女はガブリエル・エリヒオと熱烈な連絡を取り続けることができた。熱い気持ちをもった親戚の若者の協力を得て、行く先々の村で電報局に立ち寄りさえすれば、メッセージを受け取ったり返事を送ったりすることができた。用心深いチョンも重要な役割を果たした。彼女が服の中に電文を隠して運ぶ役を担ったわけだ。ルイサ・サンティアーガが不安を覚えたり恥ずかしい思いをせずにすんだのは、チョンには読み書きができなかったからであったし、秘密を守るためなら死をもいとわぬほど口が固かったからでもあった。

六十年近くあとのことになるが、こうした思い出を好き勝手に利用して、私の五冊目の長篇にあたる『コレラの時代の愛』を書こうとしていたとき、私は父に、電報技師の間の隠語で、局と局の間で連絡をとることを指す特定の単語は存在するのか、と訊ねてみた。父は間髪を置かずに答えた——enclavijar というのだ。この単語は辞書にも出ているものだが、通常は私が訊ねたような狭い意味で使われることはない［語源的には「ジャックに差す」という意味だが、通常は「嵌めあわせる」というような意味で使われる］。しかし、この語は私が求めていたものにいかにもぴったりに思われた。送信先の電報局の切り替えは、電報の端末盤でジャックを差し替えることによって行なわれるからだ。これを使ったことについて私はとくに父に伝えはしなかった。にもかかわらず父は、亡くなる少し前にマスコミのインタビューを受けて、小説を書きたいと思ったことはないか、と質問されたとき、こう答えたのである——たしかにある、しかし、息子が enclavijar という動詞について質問をしてきたときにそれは断念した、なぜなら、息子がそのときに書いていた小説が、自分の書いてみたいと思っていた小説そのものであることに気づいたからだ、と。

このインタビューに際して、父はもうひとつ、私たち全員の人生の筋道を大きく変えることになっていたかもしれない事実を思い出した。その事実とは、旅が始まった六か月後、母がサン・フアン・デル・セサルの町に滞在していたとき、ガブリエル・エリヒオのもとに秘密の一報が入って、メダルド・パチェーコの死をめぐる恨みあいがひとまず沈静化したら、一家全員でバランカスの町にもどって住みつけるよう手配する役割をミーナが担っているようだ、という話が届いたことだった。父にとってこれはまったく馬鹿げているように感じられた。悪い時代はもう過ぎ去ったのだし、もはやバナナ会社による絶対的支配も実体のない夢のように霞んだものとなってきていたからだ。しかし同時に、頑固で知られるマルケス・イグアラン家なら、悪い男の魔の手から娘を守るためとあれば、自分たち自身の幸福を犠牲にするぐらいのことは平気でやりかねない、とも言えた。そこでガブリエル・エリヒオは、バランカスから二十レグアほどのところにあるリオアーチャの電報局に転属を願い出ることに即座に決めた。ポストに空きはなかったが、いずれ希望は考慮しようという言質を得ることはできた。

ルイサ・サンティアーガは母親がどのような意図を心に秘めているのか読みとれなかったが、一家移転の可能性を否定しきってしまうわけにもいかなかった。というのも、バランカスに接近するにつれて、母親が物思いがちになって温厚になってくるような感じに気づいていたからだ。チョンは、家族全員から打ち明け話を聞かされていたはずだが、何のヒントも洩らしてくれなかった。本当のところを母親から聞き出すためにルイサ・サンティアーガはカマをかけて、バランカスに住みつくことができたら本当に嬉しいのだけど、と言ってみた。母親は一瞬、戸惑いを覚えたようだったが、結局、何も言わなかった。娘のほうは、秘密のすぐ近くをかすめたみたいだ、という印象を抱いた。不安になって、彼女は街角のジプシー女にトランプ占いをしてもらったが、バランカスでの未来については何の示唆も得られなかった。けれども、そのジプシー女は、ルイサ・サンティアーガが長く幸福な生涯を、遠くにいるたったひとりの男とともに問題なく生きることになると予告し、また、その男というのは、あまりよく知らない相手なのだが、彼女のことを死ぬまで愛してくれると告げた。その男の特徴に関する部分にルイサ・サンティアーガは息を吹き返すような思いを味わった。とくに性格に関して、許婚者と共通する部分がいくつもあったからだ。また、最後に、ジプシー女は、彼女がその男との間に六人の子供をもうけることになる、とまったく確定的に予告した。「ビクッて、死ぬほど驚いた」と母は、私にこの話を初めてしたときに言った。子供の数が実際には、さらに五人増しになるとは、その時点では想像もしていなかったのである。ふたりはこの予告を熱狂的に受け止め、それ以後の電報連絡は、はかない思いを伝えあうものというよりは、もっと秩序だった、実際的な内容のものになると同時に、それまでになく濃密になった。連絡の日取りを定めたり方法を確定したりするとともに、どこであれ、どのようにであれ、ふたたび出会ったそのときには、誰にも相談せずに、生涯を捧げあってかならず結婚するのだという共通の決意を誓いあった。

ルイサ・サンティアーガはこの誓いにどこまでも忠実で、フォンセーカの町の舞踏会に出席することになったときには、まず恋人の許可を得なくては、と考えた。ガブリエル・エリヒオは四十度の熱を出してハンモックで汗みずくになっているところだったが、緊急連絡の合図が鳴って飛び起きた。フォンセーカの電報技師からだった。用心には用心を重ねて、彼女はまず受信側の電信機の担当技師の名前を聞いてきた。感心するというよりも驚きあきれて、ガブリエル・エリヒオは身元を証明する台詞を打電した——「こっちは彼女の名付け子だと言ってやってくれ」。母はこの合言葉に納得し、許可を得たものとして舞踏会には朝の七時までいた。それから大急ぎで服を着替えてミサにかけつけたという。

バランカスでは一家に対する恨みの名残はまったく見られなかった。それどころか、メダルド・パチェーコの親族にはむしろ、不幸な事件から十七年を経て、もう許して忘れたいというキリスト教的な寛容精神のほうが強く行き渡っていた。親戚筋の歓迎ぶりも心のこもったものだったため、ルイサ・サンティアーガもこの時点で、一家がこの町——暑くて埃っぽくて土曜日ごとに流血沙汰があって、首を刎ねられた亡霊がうろうろしているアラカタカとはまるで異なった、山岳地帯の穏やかな一隅——にもどり住む可能性を本気で考えるようになった。リオアーチャへの転勤が実現したならば、ここに住んでもいいかもしれない、とガブリエル・エリヒオにそれとなく伝えると、彼も同意見だった。しかしながら、ちょうどそのころになって、バランカスへ移り住むという話は確定しているわけではなく、ミーナ以外には誰もそれを望んでいない、ということがはっきりした。ミーナが息子ファン・デ・ディオスに書き送った手紙にそうはっきりと書かれていたのだ。メダルド・パチェーコの死からまだ二十年も経っていないのにバランカスにもどるなんて無茶だ、とファン・デ・ディオスが恐れおののいて書いてきた手紙に対して、ミーナはそう返答したのだ。もともとファン・デ・ディオスは、生と死にまつわるラ・グアヒーラ地方の掟が決して時間によって帳消しにされるものではないと固く信じていて、事件から半世紀経ってからですら、医者になった息子のエドゥアルドがバランカスの公立診療所でインターンをしようとしたのに反対したぐらいなのである。

恐れていたのとは反対に、そこにきて事態はわずか三日で一気に展開した。まず、ミーナがバランカスに転居するつもりではないことをルイサ・サンティアーガがガブリエル・エリヒオに伝えたまさにその同じ火曜日に、ガブリエル・エリヒオのもとには、リオアーチャの電報技師が急死したのでポストが空いたという連絡が入った。その翌日、台所用のハサミを探して食品置き場の引き出しをひっくりかえしていたミーナは、娘が愛の電報を全部隠してしまっていたイギリス製のクッキーの空き箱を、用もないのに開けてしまった。彼女は激昂のあまりことばを失ってしまうほどで、怒り心頭に発したときにすらすらと口をついてでてくるので有名だった罵りことばを、たったひとつ口にするのがやっとだった──「神様は何でも許してくださるけど、不服従だけは絶対に許さないから」。その週末、彼女らはサンタ・マルタ行きの船に日曜日に乗るためにリオアーチャに向かった。母娘のどちらも、船内の一夜が二月の強風に苛まれて恐ろしいものとなったことにも気づかないほどだった──母親のほうは敗北感に打ちのめされていたからであり、娘のほうは、不安に駆られながらも幸福感に包まれていたからだった。

陸地に降り立つと、手紙を発見したことによって失っていた分別をミーナは取りもどした。翌日、彼女はひとりでアラカタカへと旅を続け、ルイサ・サンティアーガは息子ファン・デ・ディオスの庇護のもと、サンタ・マルタに残していった。残していくことによって愛の悪霊の手から彼女を守ることができると信じてのことだった。しかし、結果は反対になった——ガブリエル・エリヒオは彼女に会うために、機会を見つけてはアラカタカからたびたびサンタ・マルタを訪れるようになったのである。ファニート伯父さんは、ディリア・カバイェーロとの恋愛において同じように両親のかたくなな反対に苦しめられた経験があったので、妹の恋愛問題ではどちらの側にも加担しないことを決めていたが、いざとなると、かわいい妹を思う気持ちと両親に対する敬意との板挟みになって苦しみ、結局、いかにも善良な彼らしい逃げを打った——彼の家の外で恋人たちが会うことを黙認したのだ。ただし、かならず他の人のいるところで、そして、彼自身の知らないところで。彼の妻ディリア・カバイェーロは、自分たちの時のことを許してはいたがけっして忘れてはいなかったため、義理の妹のために絶対に確実な偶然を仕組み、義理の両親の監視をかいくぐるために自分自身がかつて使った奸計を駆使した。ガブリエルとルイサは最初は友人の家で会っていたが、やがて少しずつ危険を犯して、人気《ひとけ》のない公共の場所で逢い引きを重ねるようになった。しまいには大胆にも、ファニート伯父さんが家にいないときを狙って窓辺でことばを交わすようにまでなった。彼女は広間の中にいて、彼は道端に立っていたので、家の中でけっして会ってはならないという言いつけはかろうじて守られていたのである。その窓は許されない恋のためにわざわざ作られたようなもので、上から下までアンダルシアふうに格子がはまっているのだが、その周囲には蔓が絡みついていて、日が暮れてなおも暑苦しい夜にはジャスミンの香りが漂ってくることすらあって、まったく恋人たちにはうってつけの場所だった。ディリアは最初からすべてお見通しで、近所の人たちの一部がふたりに肩入れして、危険の接近を告げる口笛の合図を編み出したりするようになることまで見抜いていた。ところが、ある晩のこと、用心に用心を重ねていたにもかかわらず、フアン・デ・ディオスは真実に直面することになってしまった。ディリアはこの機を利用して恋人たちを家の中に招じ入れ、窓を開けたまま居間にすわって、愛をすべての人と分かちあうようにと告げた。私の母は、兄がそのとき洩らした安堵の一言を生涯忘れることがなかった――「やっと人心地ついた」と彼はひとり呟いたのだ。

ちょうどそのころにガブリエル・エリヒオは、リオアーチャ電報局への赴任を正式に命じられた。ふたたび離ればなれになるのに不安になった母は、教区主任司祭のペドロ・エスペーホ神父に救いの手を求めた。両親の同意なしでも結婚させてくれるかもしれないと期待してのことだった。師の人望は非常に高く、彼のことを聖人とあがめる信徒も少なからずいたし、なかには、説教の佳境に入ると師が地面から数センチ空中浮遊するという噂が本当なのか確認することだけを目的にミサにやってくる人もいるくらいだった。ルイサ・サンティアーガが助けを求めてきたとき、師は知性というのが聖人にこそあたえられている恵みであることを如実に見せる対応を示した。家庭内のプライバシーをこのうえなく大事にする一家の紛争に関与することは断ったが、教区組織を通じて私の父のほうの一家について内密に情報を集めてみることにしたのだ。シンセの教区司祭はアルヘミーラ・ガルシアの不品行には気づかず、善意に満ちたありきたりの返事を送ってきた――「この一家は信仰心は篤くないが、まっとうな家族である」と。そこで師は恋人たちを呼んで、個別に、また一緒に、話を聞き、そのうえで、ニコラスとトランキリーナにあてて手紙を書いた。人間の力をもってこのふたりの強硬な愛を断ち切ることはけっしてできないであろう、という感動のこもった確信を伝える手紙だった。私の祖父母は神の権威に屈し、心を痛めながらも次の段階へと歩を進めることに同意し、サンタ・マルタの町で結婚式を執り行なうよう、フアン・デ・ディオスに全権を委譲した。ただし、彼らは結婚式に参列せず、フランシスカ・シモドセアを母代わりの付添人として送りこむにとどめた。

二人は一九二六年六月十一日にサンタ・マルタのカテドラルで結婚した。式が四十分遅れたのは、新婦が日取りを忘れてしまい、朝の八時過ぎに叩き起こされたせいだった。その日の晩のうちにふたりは、ガブリエル・エリヒオのリオアーチャ電報局赴任のために再度あの恐るべき帆船に乗りこみ、すっかり船酔いにやられて結婚初夜を純潔のうちに過ごした。

母は蜜月を過ごしたリオアーチャの家のことを懐かしく思い出しては語って聞かせたので、私たち年長の子供たちはその家の様子を一部屋一部屋、まるで自分でそこに住んだことがあるかのように、生き生きと思い描くことができた。それは今なお、偽の記憶として私のなかに刻みつけられている。ところが、六十歳になる直前のころ、生まれて初めて実際にラ・グアヒーラ半島を訪れた私は驚いた。電報局の建物は、私の記憶のなかの建物とはまるで似ても似つかないものだったのだ。また、子供のころから心のなかに抱いてきた牧歌的なリオアーチャのイメージ——硝石の浮かび上がっている道が泥色の海まで続いている——は、祖父母から借りた幻でしかなかったのである。というか、現実のリオアーチャの町を経験として知っている今となっても、私はその町を現実にそって視覚化することができず、脳裏に浮かんでくるのはむしろ、想像の中で石をひとつひとつ積み重ねて私がこしらえた町のほうなのである。

結婚式の二か月後、フアン・デ・ディオスは私の父から、ルイサ・サンティアーガが妊娠したという知らせの電報を受け取った。この知らせはアラカタカの家を根底から揺さぶった。なおもミーナは苦い思いを拭いきれずにいたのだが、これを機に彼女も大佐も自ら武装を解き、彼らのもとにもどってくるようにと新婚夫婦に呼びかけた。それは容易には実現しなかった。数か月間にわたって道理にかなった名誉ある抵抗を続けたのち、ガブリエル・エリヒオはようやく妻が出産のために両親の家に帰ることに同意した。

父を鉄道の駅で出迎えた私の祖父は、歴史的な名台詞として一族の記憶に刻まれることになる一言を口にした——「貴殿に満足してもらえるよう、必要な手だてをすべてとるつもりでいる」。祖母はそれまで自分が使っていた寝室を改装して、そこを私の両親の居室として明け渡した。その年のうちにガブリエル・エリヒオは電報技師という栄《は》えある職業を手放し、自学自習の才能のすべてを、廃れつつあった科学の一分野に捧げるようになった——同毒療法《ホメオパシー》である。祖父は感謝の念からなのか自責の念からなのか、当局にかけあい、アラカタカの家がある通りの名前を「エスペーホ師大通り」に変えさせた。今でもこの名前が使われている。

このようにして、ここで、いずれ男七人と女四人となる子供たちのうちの最初のひとりが、一九二七年三月六日、日曜日、午前九時、季節はずれの嵐のような大雨の中で生まれることになった。地平線近くには牡牛座がのぼっていた。その子は臍の帯で危うく首が締まるところだった。一家の産婆サントス・ビイエーロが致命的な瞬間に段取りをひとつ間違えたせいである。さらに取り乱したのはフランシスカおばさんだった。彼女は通りに面した戸口まで駆けていきながら、火事場のような大声で「男の子《バロン》！　男の子《バロン》！」と喚き散らした。そしてさらに、せっぱつまった調子でつけ加えた——

「ロン《ラム酒》を持っといで！　息が詰まってるんだ！」

一家の伝承によれば、ここでのラムとは、祝杯を上げるという意味ではなく、赤ん坊の息を吹き返させるためにアルコールで摩擦しなくては、という意味だということになっている。ちょうど生まれる瞬間に神につかわされたかのように寝室に姿をあらわしたファナ・デ・フレイテス姐《ねえ》さんがくりかえし私に語ったところによれば、危なかったのは臍の帯よりも、ベッドの上で母のとっていた体勢のせいだという。彼女はぎりぎりのところでその体勢を直させたのだが、私がなかなか息を吹き返さないので、フランシスカおばさんが緊急事態にそなえて用意してあった洗礼用の水をざぶんと私にかけた。本来なら私の名前は、その日の聖人にちなんでオレガリオとなってしかるべきところだったが、誰も手元に聖人祝日表をもっていなかったので、とりあえず父の最初の名前がつけられ、そのあとに大工ヨセフにちなんでホセという名前がつけられた。アラカタカの守護聖人であり、ヨセフの月である三月だったからである〔聖母マリアの夫ヨセフの祭日は三月十九日〕。さらにファナ・デ・フレイテス姐さんの提案で、私の登場によって家族間・友人間の和解が果たされたことを記念した三つめの名前がつけられたが、三年後に正式な洗礼式が行なわれた際には、うっかり忘れてこの名前は洗礼証明書に記載されなかった。そこにはガブリエル・ホセ・デ・ラ・コンコルディア（調和のガブリエル・ホセ）と書かれるはずだったのである。

2

母と一緒に家を売りに行ったあの日、私は自分の幼年期に刻印を残したもののすべてを思い出したのだったが、そのときにはまだ、どのできごとが先で、どれが後なのか、よくわかっていなかったし、そのそれぞれのできごとが私の人生において何を意味したのかもはっきりしていなかった。私がかろうじて気づいていたのは、バナナ会社のもたらした偽の繁栄のさなかのできごとであったにもかかわらず、両親の結婚が、すでにアラカタカの衰退が決定的になっていく過程でのできごとだったということだ。思い出しはじめて以来、私は幾度も、人々が最初はひじょうに用心深く、後には焦燥にかられた様子で大きな声に出して、「噂では、どうも会社は撤退するらしいじゃないか」という不吉な台詞《せりふ》を口にしていたのを耳の中にとらえはじめた。しかし、誰もそれを信じようとせず、誰もそれがもたらす荒廃のことは考えようともしなかったのである。

あの事件について母が話してくれたヴァージョンは、出てくる数字があまりにも小さく、その現場の様子も、私が想像していたような壮大なドラマの舞台としてはあまりにも情けなかったため、私はもやもやと満たされない感情にかられた。もっとあとになって私は、事件の生き残りや目撃者から話を聞き、報道記録や公文書を調べてまわり、その結果、真実は誰の側にもないと気づくに至った。体制順応派は、死者は出なかったと言った。正反対の立場の人たちは、声を震わすこともなく、百人以上が死んだと主張し、彼らが広場で血を流しているのを見たと言い、品質不良ではじかれたバナナのように貨物列車で運ばれて海に捨てられた、と言うのだった。そのため、私にとって真実は、その両極端の間のどこかはっきりしない地点に永久に見失われたままになった。しかしながら、私はこの事件にすっかり取り憑かれていたため、ついに長篇小説のひとつで、想像の中で長年育《はぐく》まれてきたままの細密さと恐怖をこめてこの虐殺事件について書いた。そこで死者の数を三千のままにしておいたのは、ドラマの叙事詩的な壮大さを維持するためだったが、結局は現実のほうが私を追認してくれることになる——最近のある年のことだが、あの悲劇の記念日に上院で演説をする順番にあたった議員が、公権力によって犠牲になった三千人の名もなき殉教者のためにと言って、一分間の黙禱を求めたのである。

バナナ農園の虐殺は、それに先立ついくもの事件の行きつく果てだったわけだが、異なっているのは、その指導者たちが共産主義者であったとされているところだ。実際にそうだったようでもある。中でも一番傑出していて一番追及されたエドゥアルド・マエチャには、私はちょうど母と家を売りに行った前後の時期に偶然バランキーヤのモデロ刑務所で出会い、自分がニコラス・マルケスの孫だと自己紹介してからは親しくしてもらった。私の祖父が一九二八年のストライキに際して無関心だったわけではなく、調停役になったことを私に教えてくれたのは彼であり、この点で彼は祖父のことを公正な人物であると考えていた。彼はこの虐殺事件について私が以前から抱いていた考えを補完してくれて、その結果私は、この社会問題について、より客観的な見方をできるようになった。人によって記憶が大きく乖離《かいり》している唯一の点が死者の数だったが、わが国の歴史において、このような事例は他にもないわけではない。

矛盾した語り伝えがいくつもあるということこそ、私がいろんな偽の記憶を抱くようになった原因である。中でもとくに、私に取り憑いて離れない思い出のひとつは、私自身が家の戸口に、プロシア兵の鉄兜をかぶっておもちゃの鉄砲を持って立ち、アーモンドの木の下を汗みずくのカチャコ兵が行進していくのを眺めている、という記憶である。すると閲兵用の軍服姿で兵士たちを指揮している士官の一人が、通りすぎざま、私に挨拶をしたのだ――

「じゃあな、ガビ大尉」と。

記憶は鮮明なのだが、こんなことがありえた可能性は万にひとつもない。軍服と鉄兜と鉄砲はたしかに持っていたのだが、それはストライキの二年ほどあとのことであり、そのときにはもうカタカ には戦闘部隊はいなくなっていたからだ。このようなおかしな記憶の例がいくつもあったため、家族の中では、私には子宮内記憶があるとか、予知夢を見るとかいったおかしな評判ができあがったのである。

私が物心ついて家族関係を意識するようになったころの世界は、このような状態にあったので、私には、そのようなものとして思い出すことしかできない――悔悟、哀惜、疑念といったものが、広大な家の孤独のなかに充満していたのだ。長いこと、私はこう思ってきた――あの時代のことは、私にとって、くりかえす悪夢と化してしまっていて、ほとんど毎晩、夢の中で甦ってきているのだ、と。というのも、私は毎朝、昔あの聖人の部屋で感じたのと同じ恐怖感をおぼえて目を覚ますのが常だったからだ。思春期をアンデス地方の冷えきった寄宿学校で過ごしていたころ、私はしじゅう、夜中に泣いて目を覚ましたものだ。自責の念もない現在の老齢になって初めて、私は理解できるようになった――カタカの家における祖父母の不幸は、彼らがいつも、ノスタルジアの中に固着して生きていたことにあるのだ、と。それを追い払おうと努力すればするだけなおさら、彼らはノスタルジアの囚われになってしまったのである。

もっと簡単に言えば――彼らはカタカに居住してはいたが、気持ちとしてはパディーヤ地方《プロビンシア》で暮らし続けていたのだ。それは、私たち一家の者が今なお、ただ単に「田舎《プロビンシア》」と、まるでこの世に「田舎」というのが他にひとつもないかのように呼んでいる地方だ。もしかすると彼らは、とくに意識することもなくカタカの家を、バランカスの家の儀礼的複製として建てたのだったかもしれない。窓ごしに外を眺めれば、通りの向かい側にはメダルド・パチェーコが眠る寂しい墓地が見えたバランカスの家の複製として。彼らはカタカの町で愛され大切にされていたが、それでも彼らの生は、生まれ故郷の束縛から逃れることができなかった。彼らは故郷の嗜好や信念や偏見の中に閉じこもり、それと異なるものは一致団結してはねつけたのだ［ラ・グアヒーラ県パディーヤ地方はシエラ・ネバーダ山脈の東側山麓に広がり、現在バハ・グアヒーラ地方と呼ばれているあたりに相当する。バランカスはこの地方にある］。

彼らの一番親しい友人というのは、何よりもまず、同じ「プロビンシア」からやってきた人たちだった。家の中で話される言語は、彼らの祖父母にあたる人たちが十八世紀にスペインからベネズエラ経由で持ってきたものに、カリブ地方の地元語や奴隷のアフリカ語やグアヒーラ語が加わって活性化されたものだった。グアヒーラ語はぽたりぽたりと滴《しずく》のようにスペイン語の中に沁みこんできていたのである。祖母は私を煙に巻こうとしてよくグアヒーラ語を使ったが、私は実は、使用人たちとの直接のやりとりの中で彼女よりもよく理解できるようになっていた。今でもたくさん覚えている。アトゥンケシ、眠い。ハムサイツシ・タヤ、おなかが空いた。イプウォッツ、妊婦。アリーフナ、よそ者、というのを祖母は限定された使い方で使って、スペイン人、肌の白い人のことを指して、要するに敵という意味で使った。一方、当のグアヒーロ族たちは常に、背骨がないのに時折輝かしい閃光を発するような特殊なスペイン語を話し、その典型がチョンの話す独自の方言だったが、それは必要以上に正確さを重んじるので、しまいには祖母が使用を禁止したほどだった。「口の唇」と言うような誤用を執拗に犯したのである。

　田舎からの知らせが届かなければ一日は消化不良だった――バランカスで誰それが生まれた、フォンセーカの囲い場で牡牛が人を何人殺した、マナウレで誰それが結婚した、リオアーチャで誰それが死んだ、サン・フアン・デル・セサルで重病に伏しているソカラース将軍のその日の容態はどうか。バナナ会社の従業員売店では、薄紙に包まれたカリフォルニア産のリンゴが特売になっていたり、氷の中に凍結した鯛や、ガリシア産のハムや、ギリシア産のオリーブなどが売られていたりした。しかしながら、我が家の中では、郷愁という味付けがほどこされていないものが食されることはなかった――スープに入るサトイモはリオアーチャ産でなくてはならなかったし、朝食のアレーパ［茹でてすりつぶしたトウモロコシの練り粉に卵とバターを加えて作ったパンの一種］を作るトウモロコシはフォンセーカ産、子山羊はラ・グアヒーラの塩で育てられ、カメやロブスターは生きたままディブーヤから運ばれてくるのが当たり前だった。

　したがって、毎日のように列車でやってくるお客の大半は、プロビンシアから来るか、そこの誰かの遣いで来る人たちだった。苗字はいつも同じだった――リアスコ、ノゲーラ、オバーイェ、そのそれぞれにたいがい、コテス家とイグアラン家という特別な氏族が交雑しているのだった。彼らは、荷物は肩にかけたリュックだけという気軽な出で立ちで通りがかりに寄っていくだけで、事前に訪問を知らせていなくても昼食をともにしていくことはあらかじめ予期されていた。祖母が台所に入っていきながら決まりきった儀礼のようにいつも口にした台詞を私は忘れることができない――「いろんなものを全部作っておかないといけないよ、お客さんが何がお好きかわからないからね」。

あの永遠の忌避の精神のおおもとには地理的現実があった。シエラ・ネバーダ・デ・サンタ・マルタの山脈とペリハー山脈［コロンビア最北部でベネズエラとの国境をなしている山脈］にはさまれた肥沃な谷間に位置しているプロビンシアには、独自の世界としてのまとまりがあり、コロンビアのカリブ地方にあって、古くから稠密《ちゅうみつ》な文化的単位をなしていたのだ。ここではコロンビアの他地方とのやりとりよりも、世界全体とのやりとりのほうが容易だった。その日常は、ジャマイカやキュラソーとの交通の便がよいため、アンティール諸島との連携が強く、また、身分や肌の色で区別をすることのない開放的な国境をもって接しているベネズエラの暮らしとはほとんど完全に一体をなしていたのだ。コロンビアの内陸部の文化は、くつくつと遠火で煮込まれているまったく別の味わいのスープのようなもので、そこから送られてくるのは権力の澱ばかりだった——法律が、税金が、兵隊が、やってきた。薪を燃料とする蒸気船でマグダレーナ川を八日間遡航した標高二千五百メートルの土地で胚胎された悪い知らせばかりがやってくるのだった。

このような孤立した島のような特性は、独自の特徴をもった隔離された文化を生み、祖父母はそれをカタカに移植した。そこでの家は、家庭というよりも、ひとつの村のようなものだった。常に食事は、順繰りに何交代もしながら行なわれた。中でも最初の二順は、私が三歳になったとき以来、聖なるものだった——大佐がテーブルの頭につき、私はその右隣の角の席と決まっていた。残りの席にはまず最初に、男たちがつき、続いて女たちの番になるのだったが、両者は常に別々だった。こうした食卓の決まりは七月二十日の独立記念日のお祝いのときには破られて、昼食は全員が食べ終わるまで一続きのままいつまでも続いた。夜には食卓が使われることはなく、台所でカップに入ったミルク・

コーヒーが、祖母の手になる極上のお菓子とともに配られた。表のドアが閉ざされると、各自が好きな場所に、高さを変えて何重にもハンモックを吊るのだったが、そのためには裏庭の木までが使われた。

あの当時で目が開かれるようなとくに大きな騒ぎになったのは、牛追いの服とゲートルと拍車を身につけてそっくりな外見をした男たちの一団が、そろって額に、灰の十字をつけて家にやってきた日だった。この男たちは、千日戦争の間にプロビンシアの各地で大佐が種を播いてきた子供たちであり、それが各自の村から彼の誕生日を一か月以上も遅れて祝いにわざわざ集まってきたのだ。家に向かう前に彼らは灰の水曜日のミサに参列してきており、そこでアンガリータ神父が彼らの額に描いた十字が、私にはまるで自然の理を超えた魔術的な徽章《きしよう》のように見え、復活祭の典礼に親しんだのちになってまで、その神秘的な印象に私は何年もつきまとわれることになるのである［復活祭前の節制の時期（四旬節）の始まりにあたる灰の水曜日には額に灰で十字架の徴《しるし》をつける習慣がある］。

彼らの大部分は私の祖父母の結婚後に生まれた人たちだった。それぞれの出生を知らされて以来、ミーナは彼らの名前と苗字をメモ帳にこまごまと記録していて、思いの入り乱れた困難な寛容を経て、結局、彼ら全員を一家の顔ぶれとして心から受け入れるようになった。しかし、彼女にも他の誰にも、ひとりひとりが独自性を発揮することになったこの騒がしい訪問のときまで彼らをうまく見分けることはできなかったのである。彼らはいずれもまじめな働き者で、それぞれの家族を大事にして争いを好まない男たちだったが、しかしながら、どんちゃん騒ぎとなると完全にたがが外れておかしくなるのを恐れない人たちだった。ケット上げするために子牛をつかまえようと追い回して食器を割ったり、バラの花壇を踏み荒らしたり、サンコーチョに入れる鶏を鉄砲で撃ち殺したり、脂を塗りたくった豚を家の中で放ったので通路で刺繍をしていた女たちが蹴散らされたりと、いろんなことが起こったが、彼らが運んできた幸福の突風のほうがよほど大事なものだったから、誰もそうした混乱を嘆きはしなかった。

私はエステバン・カリーヨには頻繁に会い続けることになった。彼はエルビーラおばさんの双子の兄弟だが、手仕事が得意だったので、工具箱ひとつを手に旅に出て、訪ねた先で故障したものがあれば何でもよろこんで修理してまわった。彼のユーモアと記憶のおかげで、私は一家の歴史の中の救出不能な空白をいくつも埋めることができたのである。また、思春期のころにはニコラス・ゴメスおじさんのところにもよく訪ねていった。彼は鮮烈な金髪と赤いそばかすが目立つ男だったが、かつて徒刑地だったフンダシオンの村落でまっとうな商店を経営するという仕事を誇り高く守り続けた。完全に道を踏み外したという私の評判を気にして、私が帰るときにはいつも買い物袋いっぱいの食品を持たせてくれたものだった。ラファエル・アリアスはいつも何かのついでに牧童の服装をして騾馬《らば》に乗ってやってくるのだが、先を急いでいるので台所でコーヒーを立ち飲みする時間しかないのが毎度のことだった。他の面々は、ずっと後になって、私が初期の小説を書くためにノスタルジアの旅でプロビンシアの村々を何度か回ったとき、各地に散らばっているのに再会することになったが、見紛いようのない一族の印のような、あの額の灰の十字をもう誰もつけていないのだけは本当に残念でならなかった。

祖父母が死んで何年もたって、あの広大な家も運命のままにうち捨てられていたころのことになるが、あるとき私は夜の列車でフンダシオンに着き、その時間に駅でまだやっていた唯一の食べ物屋で食事をすることになった。食べるものももうあまり残っていなかったが、女主人は私のためにといって立派な一皿をこしらえてくれた。彼女はおしゃべり好きで世話好きな人で、その温和な美質の背後に私は、一族の女たち特有の芯の強さが見てとれるような気がした。それからさらに何年もたってから、私は本当にそうだったことを確認することになった――給仕してくれたあの美人はサラ・ノリエーガといい、やはり私の知られざるおばのひとりだったのである。

背が低くてがっしりした体格のアポリナールはもとは奴隷だった人だが、私はいつもおじのひとりとして記憶していた。その彼がひょいと家から姿を消して二年ほどしてから、ある午後、何の理由もなくまたひょいともどってきた。喪服姿で、黒い背広にやはり黒い大きな帽子を、物悲しい目が隠れるくらい目深にかぶっていた。台所に入ってくるなり彼は、葬儀のために来た、とぽつりと言い、誰にも何のことなのかわからなかったが、翌日になって判明した。祖父がサンタ・マルタで亡くなったという知らせが届いたのだ。救急でサンタ・マルタに運ばれていたのだが、そのことは秘密にしてあったのである。

おじたちの中でただ一人、公的な活躍をしたのは、一番年長で、唯一の保守党派だったホセ・マリーア・バルデブランケスである。彼は千日戦争の最中に上院議員を務め、近隣のネーエルランディア農園で自由党派が降伏の署名をする現場に上院議員として立ち会った。その向かい側には、敗北者の側に、彼の実の父親がいたのである。

思うに、私の生き方や考え方の根本は、幼児期の私を導いた一族の女たちと、たくさんいた使用人の女性たちに負っているようだ。彼女たちはいずれも芯が強く、心は優しく、地上の楽園のような自然さで私の相手をしたものだった。覚えているたくさんの女たちの中で、幼い淫らさで私を驚かせたのはルシーアただ一人である。私のことをヒキガエルの路地に連れていって、自分の服を腰までまくりあげて、縮れた褐色の毛がこんもりと生えているのを見せたのだ。なのだが、私の目を一番引いたのは彼女の肌の斑紋のほうであり、その腹部には、紫色の砂丘や黄色い大洋などからなる世界地図のようなものが広がっていたのだ。他の女たちはいずれも純潔さの大天使のように思えた——私の目の前で服を着替え、自分が入浴しながら私を入浴させ、私をおまるにすわらせながら自分も私の正面で寝室用便器にすわって、自らの秘めごとや悲しみや恨みを思う存分に吐き出すのだった。私にはわからないからいいと思っているようなのだが、実際には、彼女らがそれぞれに放り出す断片を私は全部集めてつなぎ合わせているので、すべてをちゃんと理解していた。

チョンは使用人でもあり、自由人でもあった。まだ子供だったころに私の祖父母とともにバランカスからやってきて、台所で育てられたが、結局家族の一員となり、恋に落ちた私の母とともにプロビンシアへの巡礼に出たとき以来、娘のお目付け役おばさんのような存在として扱われるようになった。晩年には自らの願望にそって、町の一番貧しい地区に持った自分の部屋に引っ越して、アレーパを作るためのすりつぶして練ったトウモロコシの玉を夜明けごろから売り歩いて暮らしていた。早朝の静けさの中に響くその口上は皆に知られるようになった——「チョンばあさんの冷たい練り粉だよ……」

彼女はインディオらしい美しい色の肌をしていて、昔から骨と皮みたいな体つき、歩くのはいつも裸足で、頭には白いターバンを、体には糊の効いたシーツを巻きつけていた。通りのまん中をごくゆっくりとした足取りで歩くのだったが、いつも護衛のように連れている従順で静かな犬の群れが、彼女のまわりをぐるぐる回りながら進んでいくのだった。そうした姿が結局は町の風物誌の一部となった。カーニバルには何度か、彼女にそっくりの仮装が登場したことがあり、シーツと口上はそのままだったが、護衛の犬だけは彼女の犬たちのようにうまく仕込むことができなかった。冷たい練り粉という呼び声は広く知られるものとなり、アコーデオン弾きたちが歌にしたこともあった。ある不幸な朝のこと、二匹の野良犬が彼女の犬たちに襲いかかり、彼らが激しく防戦したため、チョンは巻き添えになって転んで脊椎を骨折した。最善の治療が受けられるよう私の祖父が手をつくしたが、結局、助からなかった。

あの当時の啓示的な思い出として残っているのはマティルデ・アルメンタの出産のことだ。私が六歳ぐらいだったころに家で働いていた洗濯女である。あるとき、間違って彼女の部屋に入ってしまったところ、粗布を敷いた寝台の上で彼女が裸になって脚を広げて苦痛に遠吠えをあげているのが目に入り、何人もの助産婦が秩序も理屈も何もなくとにかく彼女の体の各部分に群がって、悲鳴にまみれて出産するのを手伝っているところだった。ひとりは彼女の顔の汗を濡れたタオルで拭《ぬぐ》っていて、他は腕や脚を力ずくで押さえていたり、早く生まれるように腹をマッサージしたりしていた。混乱のさなかでサントス・ビイェーロは、顔色ひとつ変えずに、目を閉じて海の安全を願う祈りを呟きながら、産婦の股の間に穴でも掘るみたいにかがみこんでいた。部屋の中は耐えられないほど暑く、見れば、お湯を沸かした鍋がいくつも台所から運びこまれているせいで湯気が立ちこめているからだった。私が怖いと見たいの間で引き裂かれて部屋の隅に引っこんでいると、産婆が何か生まれたての子牛みたいな生肉のようなものを足首でつかんで、引っ張り出した。臍から血まみれのはらわたがぶらさがっていた。そのときになって女たちのひとりが隅っこにいる私を見つけて、部屋から引きずり出した。

「死の大罪を犯しているんだよ」と私に言った。そして威嚇するように指をつきつけながらこう命令したのである──「今見たことを、二度と思い出すんじゃないよ」

これとは対照的に、私の無邪気な無知《イノセンス》を決定的に奪った女性は、それを意図したわけでなく、また、そんなことが起こったことすら決して知らなかったはずである。彼女は名前をトリニダーといい、家で働いている誰かの娘で、苦悶の春へと花開きはじめたばかりのところだった。年は十三歳ぐらいだったが、九歳ごろの服をまだ使っているので、いつも服が体にぴったりと貼りつくようになって、何も着ていないよりもなおさら裸みたいに見えるのだった。ある晩、私たちふたりだけが裏庭にいたときに隣の家から急に楽団の音楽が聞こえてきて、すると、トリニダーは私を引っぱり出して、息もできないくらいきつく抱きしめて踊りはじめたのだ。彼女がその後どうなったのか知らないが、私は今なおこのときの胸騒ぎに眠りを乱されて夜中に目を覚ますことがあり、真っ暗闇の中でも彼女のことを、その肌の隅々にまでいたる手触りと、その動物的な匂いによって見分けることができると確信している。私はそのとき、一瞬のうちに、その後二度と感じたことがない本能的な明晰さをもって自分の身体というものを意識化したのであり、それは、甘美な死として思い出すことができると言えるほどのものだったのである。そのとき以来、私は、現実離れした混乱したかたちではあったが、知ったのである――この世にははかりしれない神秘が存在していて、それは、まだ出会っていないものであるにもかかわらず、まるですでに知っているかのように強力に私の心を乱すものだということを。しかし、これとはまるで正反対に、一族の女たちは常に私を清純さの不毛な道へと差し向けることになるのだった。

イノセンスの喪失と同時に私は、クリスマスにおもちゃを運んできてくれるのが幼子《おさなご》イエスではないことを学んだが、そのことを口にせずにおくだけの知恵が私にはあった。私が十歳だったときに父が、それを大人の秘密であるかのように私に打ち明けたのだ。私がすでに気づいていると考えてそれを告げたうえで、父は私に弟たちのおもちゃを選ばせるためにクリスマス・プレゼントの店に連れていった。私の場合、出産の神秘についても同様だった。マティルデ・アルメンタの出産を目撃する前から私にはわかっていた。だから、赤ちゃんはコウノトリがパリから運んでくるのだ、というようなことを大人が言うのを聞くたびに、私はおかしくて息がつまるほどだった。しかし、告白しておきたいのだが、当時も今も私は、実のところ、出産とセックスとを結びつけて考えることができないのである。いずれにせよ、私は女性たちとの間に秘密の意思疎通の糸を持っているような気がしていて、そのおおもとには使用人たちと濃密な関係をもったことがあるように思う。生涯を通じて、男たちに囲まれているよりも女性たちの間にいるほうが気楽で安心した気持ちでいられるのもそのせいだろう。また、世界を支えて維持しているのは女たちであって、男たちはその歴史的な暴虐でもって世界を混乱させているだけだ、という私の確信は、やはりここから来ているのかもしれない。

サラ・エミリア・マルケスは、自分では気づかぬまま、私の行く末を左右することになった。ごく若いときから次から次へといくらでも言い寄ってくる男がいて、しかし、彼らに一切見向きもしなかった彼女は、この人だと思った最初の相手を、永遠の相手として選んだ。選ばれた男は私の父と多少重なるところがあった。彼もまた、どこからどうしてやってきたのかわからない男で、評判はよかったものの、知られた財産は何もない男だったからだ。名前はホセ・デル・カルメン・ウリーベ・ベルヘルといったが、J・デル・Cとだけ署名することも多かった。これが実際に何者で、どこから来た人間なのか、誰にもしばらくはわからなかったが、やがて、依頼を受けて役人のために演説を書いていることがわかり、また、自分で発行している文化雑誌——刊行の頻度はまったく神のみぞ知るだったが——に愛の詩を書いていることが判明した。彼が初めて家に姿を見せたときから私は、作家としての名声から彼に強い憧れを抱いた。生涯で初めて出会った作家だったのである。すぐに私は彼とそっくり同じようになりたいと思いはじめ、マーマおばさんにしつこく頼んで同じ髪形にしてもらった。

私は彼の秘密の恋について一家で一番最初に知った人間だった。ある晩、私が向かいの家で友人たちと遊んでいたところに彼が入ってきたときのことである。彼は見るからに思いつめた様子で私を脇に呼び寄せると、サラ・エミリアあての手紙を手渡した。彼女がわが家の入口のところにすわって、訪ねてきた女友達の応対をしていることが私にはわかっていた。そこで私は通りを渡り、二本あるアーモンドの木の一方の背後に身を隠して、そこから狙い定めて手紙を投げた。絶妙のコントロールで手紙は彼女の膝の上に落ちた。驚いて彼女は両手を上げたが、上げそうになった声は、封筒の筆跡に気づいて喉もとにとどまった。そのとき以来、サラ・エミリアとJ・デル・Cは私の友となった。

エステバンおじさんの双子の姉妹エルビーラ・カリーヨは、砂糖黍を素手でねじって絞ることができ、圧搾機を使って砂糖黍ジュースを作った。荒っぽいほど開けっぴろげであることで有名で、小さい子供をよろこばせる優しさがあることはあまり知られていなかったが、たしかに私の一歳年下の弟ルイス・エンリーケに優しく、彼とは女王様であると同時に共犯者であるような関係だった。弟は彼女に、パおばさんという不可解な名前を自分でつけた。彼女は厄介な難問をもってくるのが得意だった。彼女とエステバンは、カタカの家に身を寄せた最初の親族だったが、彼のほうがいろんな種類の手仕事や商売でもうけて自分なりの道筋を見つけたのに対して、彼女は一家に欠かせないおばさんという存在に、自分では気づかないうちに、いつしかなった。必要でないときには姿を消したが、必要なときには、どこからどうやって来たのか皆目わからないのだが、必ず姿をあらわすのだった。調子が悪いときには、鍋をあやつりながら独り言をぶつぶつ言っていて、なくなったとされているものがどこにあるのか、声に出して告げ知らせた。上の世代がみんな墓に入ってしまって、雑草が空間を少しずつ覆いつくしていき、動物が寝室の中をうろついたりしはじめる中でも、彼女は家にとどまった。真夜中になると始まるあの世からの咳に、いつも隣の部屋で悩まされながら。

フランシスカ・シモドセア、通称マーマおばさんは、一族の女将軍みたいな存在で、七十九歳で処女のまま死んだが、最後まで習慣も言葉遣いも、他の誰ともまるで異なっていた。彼女の背負っていたのはプロビンシアの文化ではなく、ボリーバル県のサバンナ地帯という封建制の天国のものだったからだ。彼女の父親ホセ・マリア・メヒーア・ビダルはごく若いときに、金銀細工の技術を携えてリオアーチャから移住したのである。彼女は膝裏のところまで褐色の固い髪を伸ばしていて、かなりの高齢になるまで白髪にならなかった。その長い髪を精油のかぐわしい水で週に一回洗い、自室の戸口にすわって何時間もかけて聖なる儀式のようにとかすのだったが、その間、休みなく安タバコを反対向きにくわえて、つまり、火のついているほうを口の中に入れて吸い続けた。自由党の兵隊たちが夜の暗闇の中で敵に見つからないようにするためにやっていた方法だった。服装の様式も異なっていて、最高級のリネンのペチコートや胴衣《ボディス》に、ベルベットのスリッパを使っていた。

祖母の正統重視の純粋主義とは正反対に、マーマの使うことばは、民衆の俗語の中でも一番解放されたものだった。しかもそれを、誰の前でも、どんな状況においても、まったく隠そうとせず、誰に対しても面と向かって思った通りのことを言った。サンタ・マルタにある母の寄宿学校の先生だった修道女に対してもそうで、ありふれた不作法を見逃さずにその場ですぐに相手をさえぎって、「あなたは、おケツとお勤めを取り違えるたちのようね」と言ったという。けれども、いつもその場をうまく収める話術があるので、下品にも無礼にもならずにすむのだった。

生涯の大部分を通じて彼女は墓地の鍵を預かっていて、死亡証明書を作成し発行していただけでなく、家でミサのための聖餅《ホスチア》まで作っていた。また、性別を問わず、一家でただ一人彼女だけが、反対されてかなうことのない恋の痛みに悩まされたことがないようだった。たしかにそうなのだという ことを私たち家族の者が確信したのは、ある夜、医者が探針《ゾンデ》を挿入して診察しようとしたのに対して、彼女が次のように言って、当時の私には理解できなかった根拠でその診察を断わったときだった――「先生、あらかじめ言っておきますが、わたしは男を知りませんので」

そのとき以降、私は彼女の口から同じ台詞を頻繁に聞くことになったが、それはいつでも決して勝ち誇っているようでも後悔しているようでもなく、あたかも彼女の人生の上に何の痕跡も残さないありきたりのなりゆきだったかのように口にされるのだった。その一方で彼女は、男女の仲人役をするのが大好きで、しかも得意で、したがって、ミーナの言いつけを裏切ることにならないようにしながら私の両親の逢い引きの手助けをするという、あの二重の役割には大いに悩んだにちがいなかった。

私の印象では、彼女は大人よりも子供たちとのほうがうまく意思の疎通ができた。だから、ずっとサラ・エミリアの面倒を見ていたのは彼女だったのである。やがてサラ・エミリアは、カイェーハ出版の本の置いてある部屋に移ってひとりで寝起きするようになったが、するとマーマは、入れ代わりで私の妹のマルゴットと私を部屋に受け入れた。ただし、私の身だしなみの指導は祖母が続け、男としての教育は祖父が担当していた。

あのころの記憶で一番不気味なのは、祖父の姉にあたるペトラおばさんの思い出だ。彼女は目が見えなくなったのでリオアーチャを出て、祖父母の家に住みにきたのである。祖父の執務室(のちに金細工工房になった)の隣の部屋に彼女は住んでいて、自身の闇の中を誰の介助もなく自由に動きまわれる魔術的な運動勘をじきにもつようになった。私はまるできのうのことのように、彼女が杖を使わずに、まるで両目が見えているかのように、ゆっくりとではあるが確信をもって、匂いだけを道しるべとしながら歩いている姿を思い出すことができる。自分の部屋は、隣の工房から漂う気化した塩酸の匂いで見分け、通路は庭のジャスミンの匂いで、祖父母の寝室は、彼らが毎晩寝る前に体の摩擦に使っていたメチルアルコールの匂いで、マーマおばさんの部屋は祭壇に置いてあるランプの油の匂いで区別することができ、通路の一番奥には台所のおいしい匂いがあるという具合になっていたのだ。ペトラおばさんは痩せていて秘密めいていた。しなびてきたユリの花のような肌、貝殻の真珠層のような色の髪、その髪は結ばずに腰まで垂れていて、本人が自分で手入れをしていた。思春期の少女のような緑色の澄みきった目は、気持ちの状態次第で、光の具合が変わった。いずれにしても、彼女が歩きまわるのは、用事があってのことではなく、部屋のドアを半開きにして、一日じゅうほとんどいつもひとりで室内にいることが多かった。ときおり、自分に向けてささやくような声で歌を歌うことがあり、その声はミーナの声と似ていたが、歌う歌は異なっていて、悲しいものが多かった。リオアーチャの地元の小唄なのだと人が言っているのを聞いたこともあったが、私は大人になってから、実際には、その場で歌いながら彼女が勝手に作っていたものであることを知った。二回か三回、私は誘惑に負けて、誰にも気づかれずに彼女の部屋に入ってみたことがあったが、いずれのときも彼女は中にいなかった。何年もあとになって、寄宿高校から休暇で帰省したときに、こうした思い出を母に話して聞かせたところ、母はすぐに私が何か思い違いをしているのだと言いつのった。彼女があげた根拠は絶対的なもので、まったく疑問の余地がないことを私も確認できた——ペトラおばさんは私が二歳のときに死んでいたのである。

ウェネフリーダおばさんのことは、私たちはナーナと呼んでいた。一族の中で一番陽気で親しみやすい人だったが、私は彼女のことを病に伏している姿しか思い出すことができない。彼女が結婚していたラファエル・キンテーロ・オルテーガ――キンテおじさん――は庶民相手の弁護士で、ボゴタから十五レグア、同じ標高の地チーアの生まれだった。にもかかわらず、カリブ地方にすっかり同化して、カタカでも冬になると、十二月の涼しい夜には湯たんぽが足もとにないと眠れないほどになった。一家がメダルド・パチェーコの一件の非運からちょうど立ち直ったころになって、今度はキンテおじさんが、裁判で争っていた相手側弁護士を殺してしまうという非運を生きることになる。彼のほうは平和を好む善人として知られていたが、相手方が間断なく嫌がらせをしてきたので、しかたなく武器を持ち歩くようになった。彼は子供用の靴を履くほど小柄で痩せっぽちだったため、友人たちは、シャツの下でリボルバーがまるで大砲みたいにかさばって見える、とからかったりしていた。祖父は有名な一言を口にして本気で警告した――「あんたは死人がどれほど重たいものかわかってない」。しかし、キンテおじさんはそんなことを考える間も無かった――相手が裁判所の待合室で立ちふさがって、悪霊に取り憑かれたような叫びをあげながら、その巨軀をもってとびかかってきたのだ。「何もわからないうちにリボルバーを取り出して、宙に向けて、両手で構えて目を閉じて撃ったんだ」とキンテおじさんは私に、百歳ちかい年で亡くなる直前に話してくれた。「目を開くと、まだ相手が、大きく、青ざめて立っているのが見えて、それからゆっくりと崩れるようになって、床にすわりこんだ」。そのときまでキンテおじさんは、弾が相手の額の中央に命中したことに気づいていなかった。相手が倒れるのを見たときに何を感じたかと聞くと、こちらが驚くほど率直に答えた――

「底が抜けるほど、ほっとしたさ！」

彼の妻ウェネフリーダについての最後の思い出は、大雨が降っている夜に、女呪術師が彼女の悪魔祓いをしたときのものだ。よくいる魔術師タイプではなく、ふつうの流行の服を着ている愛想のいい女性なのだが、その人が子守歌のようなまじない文を歌いながら彼女の体内の悪い霊気をイラクサの束で追い払っていた。すると突然、ナーナは深い痙攣を起こして体をよじり、鶏ほどの大きさの、玉虫色に光る羽根をした鳥がシーツの間から飛び立った。女はその鳥を見事な一撃で空中でつかまえ、用意していた黒い布きれで包んだ。そして、庭に焚き火を燃やすように命令すると、まったく何の儀式性もなくその鳥を火の中に投げこんだ。しかしナーナが回復することはなかった。

それからほどなく、裏庭の焚き火がふたたび勝手に燃え出し、お伽話に出てくるような卵を鳥が産んだ。ピンポン玉にフリギア帽のような突起物がついている形だった。それを見て祖母はすぐにこう喝破した――「これはバシリスクの卵だ」。そして、まじないの祈禱文を呟きながら自ら卵を火の中に投げこんだ［バシリスクは、トカゲに似た伝説的動物］。

このころの思い出と異なった年齢の祖父母の姿を思い浮かべることは、私にはできたためしがない。それは、彼らが老年にさしかかったころに家族が彼らのために作った肖像写真の中の彼らの年齢でもある。この肖像写真は部族的な儀式のように、くりかえし複製が作られ、徐々にぼやけた画像となって多産な四世代にわたって受け継がれているものである。とくに祖母トランキリーナの思い出は年齢が決まっている。私にとって彼女は、誰よりも感受性が強くて、毎日の暮らしの中の神秘的な出来事に左右されやすい人だった。彼女は家事を楽しいものにするために昔の恋愛の歌を大きな声でいつも歌っていたが、よくその最中でぱたりと歌うのをやめて、宿命に対して戦いを挑む悲鳴をあげた――「純潔なるマリア様！」と。

それは揺り椅子が勝手に揺れているのを目にしたからであったり、産褥熱の亡霊が産婦の寝室に入りこむのを見たからであったり、庭のジャスミンの匂いが目に見えない亡霊のようだからであったり、床に落ちていた紐が数字みたいな形になっていて、それが宝くじの一等賞の番号なのかもしれないからであったり、目のない小鳥が食堂に飛びこんでしまって追い出すには「ラ・マグニフィカ」［聖母マリアが口にしたとされる祈りで、身を守る強力なまじない効果があると信じられている］を歌うしかないからであったりした。彼女はまた、プロビンシアから届く歌の主人公が誰で、場所がどこのことであるのか、秘密の暗号を使って解読できると信じていた。彼女は遅かれ早かれいずれ起きるはずの災難を予想し、誰が白い帽子をかぶってリオアーチャからやってくるか、誰がヒメコンドルの胆汁でしか治せないひどい腹痛を抱えてマナウレからやってくるか、といったことを予感した。彼女は本格的な予知能力者である一方で、控えめに薬草治療師みたいなこともやっていたのである。

祖母は夢の意味を解釈するきわめて独特な体系をもっていて、それによって私たちひとりひとりの日々の行動は決められ、家の生活は支配された。にもかかわらず、彼女自身は予告なく死にかけたことがあった――自分のベッドのシーツを勢いよく剝がしたところ、寝ている間も手近なところにあるように大佐が枕の下に置いていたリボルバーが暴発したのだ。天井に埋まりこんだことからして、弾が祖母の顔のすぐ近くを通過していたことはまちがいなかった。

物心ついて以来、私は毎朝、ミーナに歯を磨かれるという拷問に耐えなければならなかったが、その一方で彼女自身は、自分の歯を口から外して洗うことができ、寝ている間はコップの水の中に入れておけばいいという、実に魔術的な特権を享受していた。生まれ持った自分の歯をグアヒーロ族の技によって外したりはめたりしていると信じていた私は、祖母に口の中を見せてもらった。目や脳や鼻や耳の裏側がどうなっているのか中から見られるものと期待してのことだったので、上あごの口蓋しか見えなくてすっかり幻滅した。しかし、誰もこの便利な道具の謎を解いてくれなかったため、私はなおもかなりの間、歯医者に祖母と同じものを作ってくれとせがみ続けた。それがあれば、祖母に歯を磨いてもらっている間に、自分は外で遊んでいればよかったからだ。

私と祖母には一種の秘密の暗号があって、それを通じて目に見えない宇宙と交信できた。日中は彼女の魔術的世界に私はうっとりとなったが、夜になると、純然たる恐怖にとらわれた――私たちが存在するよりも前からあったものである暗闇に対する恐れに、私は生涯つきまとわれることになる。ひとけのない夜道や、世界各地にある巣窟のようなダンスホールにおいてすら、私はそれに取りつかれることがある。祖父母の家では、各聖人にはそれぞれ別々の部屋があり、各部屋にはそれぞれに死者がいた。しかし、唯一、公式に「死人の家」として知られているのはわが家の隣の家で、そこの死人は、降霊術の会で生きていたときの名前を明かした点で特別だった――アルフォンソ・モーラといった。近しい人が洗礼記録や死亡記録にあたっていろいろと調べてみたところ、何人も同姓同名の人が見つかったが、そのどれもわれわれの死人とはちがっているようだった。その家は長年教区司祭の家だったことがあり、そのため、幽霊は実はアンガリータ神父その人であって、彼の夜ごとの徘徊をのぞき見しようとする人たちをおどかすために出てくるのではないかという噂がはやった。

私はメーメを直接知ることはなかった。メーメは一家がバランカスから連れてきたグアヒーロ族の女奴隷で、ある嵐の夜に、思春期ぐらいの年の弟アリリオと一緒に逃げてしまったが、私はいつも、わが家の中にグアヒーラ語を一番たくさん持ちこんだのは彼らだ、と言われているのを耳にしていた。逆立ちしたような彼らのスペイン語は詩人にとっては驚異の対象で、フアン・デ・ディオス伯父さんがなくしたマッチ箱をメーメが見つけて、返しながら口にした勝ち誇ったような独特の台詞が記憶されていた——

「ここにいます私、あなたのマッチ箱」

なかなか信じにくいことだったが、こうした一風変わった女たちを抱える中で、資産が底をつきはじめたときに一家の経済的支柱となったのは祖母ミーナだった。大佐はあちこちに多少の土地をもっていたが、いずれも山出しの入植者が住みついてしまっていて、にもかかわらず彼はその人たちを追い出すのを拒んだ。子供のひとりの名誉を守るためにお金が必要になったときには、カタカの家を抵当に入れなければならず、そのまま人手に渡らないようにするには大変なお金がかかって苦労することになった。その間ミーナは独力で一家を支え続けた。パンを焼き、動物の形のキャラメルを作り——これは町じゅうで売られるようになった——、黒斑の鶏や家鴨《あひる》の卵や菜園の野菜を売った。使用人も抜本的に切りつめて、一番役に立つ女たちだけを残した。一家の口承伝承の中では、現金でのお金は意味をもたなくなった。そのため、私の母が女学校を終えてもどってきてピアノを買う必要が出てきたとき、パおばさんは家庭内通貨で正確に代金を割り出した——「ピアノ一台は、卵五百個ね」。

聖書に出てくるような女性たちの大群の中にあって、祖父は私にとって完全な安心を意味した。彼といるときにのみ不安が消えて、私は足が地に着いて、しっかりと実人生に根づいているように感じることができた。今から考えると不思議なのだが、私は彼のようにリアリストで勇気があって確信をもった人間になりたいと思っていた一方で、祖母の世界を覗いていたいという誘惑を常に感じていて、それに逆らえなかった。祖父は小太りで気短で、わずかの白髪を残して禿げ上がっていて、ブラシのようなよく手入れされた口ひげを生やし、丸い金縁の眼鏡をかけていた。ゆっくりとした口ぶりで話し、平和な時代には思いやりがあって融和的だったが、保守党派に属した友人たちに言わせると、戦時中には敵として恐るべき相手だったという。

彼は軍服を着たことはなかった。士官学校出の兵士ではなく志願兵だったからだが、戦争が終わったあとも長いことずっとポケットのついた兵隊シャツを着ていた。カリブ地方の復員兵の間でよく使われていたものである。戦時恩給法が施行されると、彼は自分の恩給をもらうために必要書類に記入して提出し、彼自身も彼の妻も、そして彼に最も近い遺族も、死ぬまで恩給が出るのを待ち続けた。祖母トランキリーナはあの家を遠く離れた場所で、盲目になって、すっかり老衰して、半ば頭がおかしくなって死んだが、まだ頭がしっかりしていた最後のころに、私にこう言ったものだった――「あたしは安心して死ねるよ、お前たちがちゃんとニコラシートの恩給を受け取ることになるってわかってるからね」。

このときがあの神話的な単語を私が耳にした最初だった。一家の中に永遠の幻想の種を播いたあの「退役恩給」という単語。それは私が生まれる前から家の中に入りこんでいた――政府が千日戦争に加わった兵隊に恩給を払うことを定めたときである。祖父は自ら申請書類を作成し、宣誓つきの証言や証拠となる書類を山ほどつけて、確かに提出したという証書に自分で署名できるよう自らわざわざサンタ・マルタまで持っていった。一番控えめに計算しても、その金額は彼自身と二世代先の子孫まで楽に暮らせるはずのものだった。「心配しなさんな」と祖母は私たちに言ったものだった。「退役のお金が全部面倒を見てくれるはずだから」。一家にとって郵便というのが大事なものだったことは一度もなかったが、そのときからは神の摂理を運んでくるもののように心待ちにされるものへと変わった。

私自身もこの期待感を逃れることはできなかった。中身が不確定であるだけになおさらだった。しかしながら、トランキリーナはときには、名前にまったく似つかわしくない気性を見せることがあった［トランキリーナという名前には「穏やかな・静かな」という意味がある］。千日戦争中に祖父はリオアーチャの町で、彼女のいとこにあたる保守党軍の士官の手で投獄されたことがあった。自由党側に属する親族は、そして彼女自身も、これは戦時の出来事なのだから、親戚だということは何の役にも立たないだろうとあきらめていた。しかし、夫が一般の犯罪者と同じように拘束具をつけられていることを知った祖母は、鞭を手にしていとこに食ってかかり、何ごともなく釈放させたのだった。

祖父の世界はこれとは大いに異なったものだった。晩年になっても彼はごく身軽な感じで、家の修理をするための工具箱を持ってあちらこちらと歩きまわっていたし、裏庭の手動のポンプでシャワーの水を水槽に汲み上げていたし、水槽にどれくらい水が入ったか確認するために急な踏み段を昇ったりしていたが、その一方で、私に靴ひもを結ぶように頼んできたものだった。自分でやろうとすると息が切れてしまってできないというのだった。ある朝には、死ななかったのが奇跡であるような出来事があった——水槽の上までよじのぼってしまった近眼の鸚鵡をつかまえるために彼自身も上まで登ったときのことだ。鸚鵡の首をようやくつかんだ瞬間、渡し板から足をすべらせて、四メートルの高さから地面に落下したのだ。九十キロの体重と五十何歳という年齢からして、なぜ死なずにすんだのか誰にも説明できなかった。その日は私にとっては記憶に値する日だった。裸になった祖父の全身をベッドの上でくまなく診察した医者が、半インチほどの古い傷跡を足のつけ根に見つけて、これは何の跡なのかと質問したのだ。

「戦争中に弾が当たった」と祖父は答えた。

私は今なお、このときの衝撃から立ち直っていない。同じように今なお衝撃がさめていないのは、祖父が事務室の窓から通りへと顔を出して、ペイス走が得意で有名だった馬を見ようとしたときのことだ。その馬を彼に売りつけようとしていた人がいたのだ。顔を出すと、突如、彼は目に水が湧いてくるのを感じた。目を守ろうとして手で覆うと、手のひらには澄みきった液体が何滴かこぼれた。このせいで彼は右目を失い、また、悪魔が住みついている馬だと言って祖母はこの馬を買うのを許さなかった。祖父はしばらくの間、海賊のような眼帯を濁った眼につけていたが、やがて目医者はちょうどいい度のついた眼鏡に変えさせるとともにカレートの木でできた杖を処方した。この杖はそのうちに、チョッキのポケットに入れた金鎖付の懐中時計——蓋を開けると音楽が鳴ってドキッとなった——と並んで彼のトレードマークとなった。誰もが知っていることだったが、年齢的な衰えに彼は悩まされはじめていたものの、そのことは、口説きじょうずでこまめな女たらしとしての彼の才覚に影響することはまったくなかった。

決まりきった儀式のように朝の六時に彼は水浴びをしたが、晩年の数年間は常に私と一緒に、貯水槽の水を瓢簞で汲んで浴びせあい、最後にはふたりともランマン&ケンプ社のフロリダ・ウォーターを大量にかけた。これはキュラソーの密輸業者が、ブランデーや中国絹のシャツなどとともに箱単位で売りにきていたものだ。いつだったか彼が、自分がこれしか香水を使わないのは、これはつけている人だけしか匂いを感じない唯一の香水だからだ、と言っているのを聞いたことがあったが、他人の枕に自分のこの匂いを嗅ぎとられて以来、さすがに彼ももうこれは信じなくなった。何年にもわたって私がくりかえし聞かされた話にはまた、停電の夜に祖父が、インクの瓶をフロリダ・ウォーターだと思いこんで頭にぶっかけたというのがあった。

　家の中での日常の仕事において彼は、ドリル織生地のズボンを常用のゴムのサスペンダーで吊り、やわらかい靴に、ひさしのついたコーデュロイの帽子を身につけていた。日曜日のミサ――これに欠席するのはきわめて稀で、本当に避けられない事情があるときだけだった――や、平日でもなんらかの記念日や記念行事には、上下揃いの白い麻の背広に、セルロイドのカラーと黒いネクタイを着用してでかけた。こうした稀な機会には、格好を気にしすぎで気取っているという評判をとったことはまちがいない。現在、私が抱いている印象では、あの家は、中にあったものすべてをひっくるめて、すべてが彼だけのために存在していた、ということだ。祖父母は母権社会における模範的なマチスモの夫婦だったからだ。そこでは、男は家の絶対的な王なのだが、そこを統治しているのは彼の妻なのである。単刀直入に言えば、彼は生粋のマッチョだった。つまり、こういうことだ――彼は私的な場面においては細やかなやさしさをもった男だったのだが、公的には自分のそのやさしさを恥に思っていて、その傍らで、妻はそういう彼のことを幸せにするために身を粉にしていたのである。

　シモン・ボリーバル［コロンビア、ベネズエラ、ペルーなど南米広域の独立の英雄。一七八三―一八三〇］の死後百年の記念行事が行なわれていた一九三〇年の十二月に祖父母はもう一度バランキーヤを訪れたが、これは私の両親の四人目の子供となる妹アイーダ・ローサの誕生に立ち会うためだった。カタカにもどってくるとき、彼らは一歳を過ぎたばかりのマルゴットを一緒に連れてきたので、私の両親のもとにはルイス・エンリーケと生まれたばかりの子が残った。私はこの大きな変化に慣れるのに苦労した。マルゴットはまるであの世からやってきたみたいな虚弱で粗野な子で、その内的世界がうかがいしれなかったからだ。ルイス・カルメロ・コレアの母親アビガイルは、彼女のことを目にしたとき、私の祖父母がどうしてこんな責任を引き受けることにしたのか理解できなかった。「この子は死にかけているよ」と彼女は言った。しかし、考えてみれば彼女は私に関しても同じことを言ったことがあったのである。私が食が進まない子で、瞬きを繰り返していて、話して聞かせる話が大げさすぎて嘘としか思えなかったからだ。大部分の話は私なりに本当だったのだが、彼らにはそうとは思えなかった。何年もあとになってから初めて私は、バルボーサ先生だけが私のことを擁護してくれたのだったことを知った。それは賢明な理屈に基づいてのことだった――「小さい子供の嘘というのは、大きな才能の徴候なんだ」。

マルゴットがこの家の生活に順応するには長い時間がかかった。彼女は思いがけない隅っこで、自分の小さな揺り椅子にすわって指をしゃぶってばかりいた。何にも関心を示さなかったが、時計の鐘だけは別で、時報のたびに、呆けたような大きな目で時計を追い求めた。何日間もごはんを食べさせることすらできなかった。とくに騒ぐこともなくただ食事を押しのけ、ときには部屋の隅に投げ捨てることもあった。何も食べずにどうして生きているのか誰にもわからなかったが、やがて、庭の湿った土と、壁から爪ではがせる漆喰の塊を好んで食べていることが判明した。それに気づいた祖母は、庭のいちばん食欲をそそりそうな部分に牛の胆汁を撒き、植木鉢には唐辛子を埋めた。アンガリータ神父が彼女に洗礼をほどこしたが、それは私が生まれたときに行なわれた緊急の洗礼を正式に承認するための儀式に便乗したものだった。私は椅子の上に立って洗礼を受け、神父が私の舌の上に調理用の塩を乗せ、水瓶《みずがめ》で頭の上から水をかけるのに勇気をもって行儀よく耐えた。それとは対照的に、マルゴットはその両方に対して、傷ついた猛獣のような悲鳴をあげて全身で抵抗して立ち向かったので、名付け親たちが必死で押さえて洗礼盤の上にかざさなければならなかった。

こんにちでは私は、彼女が私との関係において、大人たち同士よりももっと分別があって物事を見抜いていたと思っている。私たちの共犯関係はひじょうに奇妙なもので、一度ならず私たちはおたがいの考えを完全に読みとることができた。ある朝のこと、彼女と私が庭で遊んでいると、列車の汽笛が聞こえた。毎朝十一時にやってくる列車だった。しかし、その日の私は、汽笛を耳にするや、説明不能な啓示を感じとった――何か月も前に大黄《だいおう》の煎じ薬を私に飲ませてひどい嘔吐の発作を起こさせたバナナ会社の医者が、その列車に乗ってまたやってきた、という啓示だった。私は焦燥の叫びをあげて家じゅうを駆けまわったが、誰も信じようとしなかった。その中で妹のマルゴットだけが信じてくれて、医者が昼食を終えて復路の列車に乗って帰ってしまうまで、ずっと私と一緒に隠れてくれたのだった。「純潔なるかなマリア様！」と祖母は、私たちが彼女のベッドの下に隠れているのを見つけて驚きの声をあげた。「この子たちがいれば、電報は必要ないね」。

私は一人でいるのが怖い質《たち》で、それが暗がりであればなおさらだったが、これには具体的な起源があったように思う。夜になると、祖母の幻想や予感が物質化してあらわれたのである。七十歳になった今でもなおも、私は夢でかいま見ることがある――通路のジャスミンが燃えあがるのや、薄気味悪い寝室に幽霊が出てくるのを。そしてそのときにはいつも、私の幼児期をかき乱したあの夜の恐怖の感覚を伴っているのだ。私は幾度も、世界各地での不眠の際に、私もまた幸福な世界のただ中にあるあの神話的な家――私たち誰もが夜ごとに少しずつ死んでいくあの家――の呪いを引きずっているのだと直感したことがある。

一番不思議なのは、祖母が彼女特有のあの現実離れした感覚をもってあの家を支えていたことである。どうしてあの豊饒な生活を、あんなに少ない資力で維持できたのだろう？　どう考えても計算が合わない。大佐は職業的な技能を自分の父親から学び、父親はそれをそのまた父親から学んだのだったが、彼らの作る小さな金の魚は、よく知られていて、あちこちで目に入ったが、商売としてはけっして儲かるものではなかった。それどころか、小さいころの私の印象では、祖父はこの仕事をたまにやるだけ、あるいは、誰かに結婚祝いとしてあげるために作るだけみたいだったのである。祖母も、彼は人にプレゼントするためにしか仕事をしないと言っていた。ただ、自由党が政権についたときには有能な役人としての名声をしっかり築き、何年にもわたって経理担当をつとめ、何度か出納長にもなった。

　私の仕事にとって、あの狂った家ほどふさわしい家族環境は想像することもむずかしい。とくに、私を育ててくれたたくさんの女たちの強い特徴ゆえにである。男は祖父と私だけであり、彼は私に大人の悲しい現実に対して、血まみれの戦闘の話や、鳥が空を飛べる理由や夕方の雷鳴が起こる仕組みの説明を通じて目を開いてくれるとともに、絵を描くのを励ましてくれた。最初、私は家の壁に絵を描いていたが、女たちが怒りだした——壁や塀はろくでなしの画用紙か、というのだ。祖父はそれを聞いて憤激し、金銀細工工房の壁を白く塗らせて、私に色鉛筆を（のちには水彩絵の具のセットを）買いあたえ、自分が有名な金細工の魚を作っている傍らで私に自由に絵を描かせた。あるとき、うちの孫は画家《ピントール》になるんだと彼が言っているのを聞いたが、私はとくに関心を引かれることもなかった。ドアを塗るペンキ屋《ピントール》のことしか知らなかったのである。

　四歳の私を知っていた人たちに言わせると、私は顔色が悪くて物思いにふけっていることの多い子供で、口を開けばでまかせの話を口にしたという。しかし、私の話は、その大部分が毎日の暮らしのエピソードに他ならず、幻想的な細部によって面白くして大人たちの耳を傾けさせようとしただけのものだった。思いつきが一番どこから来るかと言えば、私にはわからないと思って大人たちが私の前で行なう会話であり、あるいは、私にわからないようにするために彼らがわざと符牒を使ったりした話だった。実際はすべて逆効果だったのだ——私はすべてをスポンジのように吸いこんで、部品に分解して、出どころをわからなくするために取り替えた。そして、もとの話をした人自身に私が話して聞かせると、その人は、私の話と自分自身が考えていたことが一致しているのでびっくりして、はっとなってしまうわけだった。

ときどき私は自分の考えている内容をどうしたらいいのかわからなくて、ぱちぱちと瞬きをすることで隠そうとした。あまりにもそれをよくやるので、家族内の誰か合理主義者が目医者に私のことを見せることにし、その目医者は私のまばたきを扁桃腺の疾患のせいだと診断して、蕪のヨード・シロップを処方した。これは大人たちを安心させるのに大いに効いた。祖母は祖母で、孫には予言の能力があるというめでたい結論を勝手に引き出した。このせいで彼女は私にとって一番だましやすい恰好の標的となり、ついにはある日、私が実際に、祖父の口から生きた鳥が飛び出してくる夢を見たことによって彼女は失神しかけた。私のせいで彼女が死んでしまったらどうしよう、という恐れこそ、私の早熟な無軌道を抑制する最初の要因となった。ただ、今になって思うのは、あれは幼い子供の邪《よこしま》な行き過ぎというふうにも見えたかもしれないが、それよりもむしろ、萌芽期にある物語作者が、現実をより面白く、理解可能なものに変えようとして粗削りなテクニックをふるっていたということだ。

現実の中で私が踏み出した最初の一歩は、通りのまん中や近所の畑で行なうサッカーを発見したことだった。教えてくれたのはルイス・カルメロ・コレアだ。彼はスポーツに対する本能をもって生まれ、先天的な数学の才能の持ち主でもあった。私のほうが五か月年上だったが、彼のほうが育ちが早くて大きいのでえばっていた。最初、使っていたのはボロ切れを丸めたボールで、私はゴールキーパーがうまくなったが、ルール通りのボールを使うようになると、彼の強烈なシュートを腹に受けてひどい思いをさせられた。私の自惚《うぬぼ》れもそれまでだった。大人になってから何度か彼と会ったときには、お互いに子供のころと同じようにつきあえることがわかってうれしかった。しかし、この時代のもっとも印象に残っている思い出は、バナナ会社の支配人が派手なオープンカーに乗って、すばやく通り過ぎていったときのことだ。隣には金色の長い髪を風になびかせた女が乗っていて、ジャーマン・シェパードがまるで王様のように後部座席にすわっていたのだ。それは、死を定められた私たち俗衆には禁じられた、遠い現実離れした世界から、一瞬だけ姿を見せる幽霊みたいだった。

ミサの手伝いを始めたのは、特別に強い信心の気持ちがあったからではないが、私は謹厳な気持ちで取り組んだ。この謹厳さというのは、信仰に欠かせない要素であると見なしてもらえるものかもしれない。そのような美徳が認められたからなのだろう、六歳のときに私はアンガリータ神父のもとに連れていかれ、初聖体拝領の神秘を仕込まれた。それは私の人生を変えた。人は私のことを大人のように扱いはじめ、聖具係はミサの手伝いの仕方を教えてくれた。私にとって唯一の問題は、どの瞬間に鐘を鳴らしたらいいのか皆目理解できなかったことで、そのため、まったく純然たるあてずっぽうで鳴らした。三回目のとき、神父は私のほうに顔を向けて、もう鳴らすなときつい調子で命じた。この仕事のいいところは、もうひとりの子供の助祭と聖具係と私だけが残って聖具室を片づけるときに、残った聖餅《ホスチア》をワインと一緒に食べてしまえることだった。

初聖体拝領の前日、神父は何の前置きもなく私に告解をさせた。彼はまるでほんものの教皇のように、玉座のような椅子にすわっていて、その前で私はビロードのクッションの上に跪《ひざまず》いていた。善と悪に関する私の意識はかなり単純なものだったが、神父は罪の辞典を使って、私がどれを犯していてどれを犯していないか答えさせた。私はうまく答えていたと思うが、するとやがて、動物を相手にけがらわしいことをしたことがあるか、と彼は尋ねた。私は、一部の大人が雌のロバと何らかの罪を犯すことがある、というのはぼんやりと認識していたが、それがどんな罪なのか理解できずにいて、しかしその晩、私はそれが雌の鶏とでも可能であると学ぶことになってしまった。このようにして、初聖体拝領への私の最初の一歩は、イノセンスの喪失へ向けた大股な一歩ともなったわけで、助祭役を続ける動機づけをもう見つけられなくなってしまった。

私にとっての試練は、両親がルイス・エンリーケとアイーダという残る二人の弟妹を連れてカタカに引っ越してきたときに始まった。父親をほとんど覚えていなかったマルゴットは彼のことを怖がってしかたがなかった。私も同様だったが、父は私に対してはより用心深く対応した。一度だけ、私を打ちすえるためにベルトを外したことがあり、すると私は気をつけの姿勢をとって唇を嚙みしめ、何が来ても泣かずに耐える覚悟を固めて父の目を見据えた。彼は振り上げた腕を下ろして、ベルトをもとにもどしながら、私のしたことをぶつくさと責めたてた。私が大人になってからじっくりと話しあう中で彼が打ち明けたところでは、私たちのことを叩くのはとても胸が痛んだという。しかし、私たちが曲がったことをするようになってしまうのが怖くて、しかたなくやっていたという。機嫌がいいときの父は面白かった。彼は食卓で小噺を聞かせるのが大好きで、中にはすごくいいのもあったが、なにしろ何度も同じ噺をするので、あるときルイス・エンリーケが急に立ち上がってこう言ったことがあったほどだ——

「みんなで笑い終わったら呼んでくれよな」

しかしながら、歴史に残る大波乱は、ある晩、両親の家にも祖父母の家にも帰ってこなかった彼を、みんなで町じゅう捜しまわって、ようやく映画館で見つけた事件だ。ジュース売りのセルソ・ダーサが彼にサポーテのジュースを売ったのが夜の八時、しかし彼は、代金を払わずにコップを持ったまま姿を消していた。揚げ物屋は彼に揚げパイ《エンパナーダ》を売り、その直後に彼が映画館のドア係と話をしているのを見たといい、ドア係に聞くと、父が中で待っている約束になっていると言うので無料で入場させたとのことだった。映画はカルロス・ビヤリーアスとルピータ・トバールの出ているジョージ・メルフォード監督の『ドラキュラ』だった。何年にもわたってルイス・エンリーケは、ドラキュラ伯爵が吸血鬼の毒牙を美女の首筋に突き立てようとしたまさにそのときに映画館の電気が突然点灯して、そのときの恐怖がどれほどのものだったか私に語ったものである。彼は天井桟敷で空いていた一番目立たない席にすわっていて、そこから父と祖父が、映画館のオーナーと警官二人とともに一階席を一列一列捜していくのを見ていた。彼らが諦めかけたそのときになって、パパレロは彼が二階席の一番後ろの列にいるのを見つけて、杖を掲げて指差した――

「あそこにいる！」

父は髪をつかんで彼を引きずり出し、家に連れ帰ってから行なった打擲《ちようちやく》は、一家の歴史に伝説的なものとして残ることになった。弟のこの自立のための行動に対して私がおぼえた感嘆と恐怖は、永久に私の記憶の中に残った。しかし彼は、ことを起こすたびにさらに強くなって生き抜いていくようだった。ただ、今、私が面白いと思うのは、父が家にいなかった時期――それは多くはなかったが――には彼の反抗が表面化することはなかったということだ。

私のほうは、以前にもまして祖父の陰に逃げて隠れるようになった。いつでも一緒に、午前中は工房に、あるいは出納役としての仕事部屋にこもっていた。そこでは私には幸福な仕事があてがわれていた——畜殺することが決まった牛の焼き印の絵を書きこむことだ。私がこれにあまりに熱を入れて取り組むので、仕事机の定位置まで譲ってくれたほどだった。お客さんと一緒に食べる昼食の時間になると、私たちふたりはいつもテーブルの上座にすわり、祖父には冷たい水の入ったアルミの大ジョッキが、そして私には、いつでも何にでも使うお決まりの銀のスプーンが用意された。氷がひとかけら欲しくなると、私は祖父のジョッキに勝手に手をつっこんで取り、すると水の上には油の膜ができた。人はそれを見とがめたが、祖父はいつも私を擁護した——「彼には好きなようにする権利があるんだ」

午前十一時に私たちは到着する列車を迎えに行った。サンタ・マルタに暮らしていた彼の息子ファン・デ・ディオスが毎日、その日の車掌に五センターボ払って手紙を託して送ってくるからだった。祖父はまた五センターボを払って、復路の列車で返事を送った。午後には、太陽が傾くころに、彼は私の手を引いて個人的な用事を片づけに出かけた。私たちは床屋に行った——これは幼い私にとって世界一長い十五分だった。独立祭のロケット花火を見に行った——恐ろしくてしかたがなかった。復活祭の祭礼行列に行った——死んだキリストの像を私はずっと本物だと思っていた。その当時私はいつもタータン・チェックのつば付き帽を被っていたが、これは祖父の帽子と同じのものを、ふたりがそっくりになるようにミーナが買ってくれたものだった。実際そっくりになったので、キンテおじさんは私たちふたりのことを、ふたつの異なった年齢の同一人物と見なしていた。

時刻とは関係なく祖父はよく、おいしいものがいっぱいあるバナナ会社の職員売店に私を連れていってくれた。そこで私は初めて鯛というものを見たのだったし、生まれて初めて氷に触れて、それが冷たいという発見に戦慄をおぼえたのもそこだった。そこで私は何でも好きなものを食べさせてもらえてうれしかったが、エル・ベルガとのチェスの試合や政治の話には退屈しきった。今になって私にはわかるのだが、あの長い散策の中で私たちふたりはふたつの異なった世界を目にしていたのだ。祖父は彼の地平の中で彼の世界を見ていて、私は私の目の高さで私の世界を見ていたのだ。彼は二階のバルコンに出ている友人たちと挨拶をかわしていて、私は縁石沿いに街頭商人が並べているおもちゃに引きつけられていた。

日没後には誰もが寄り集うラス・クアトロ・エスキーナスのざわめきの中で長い時間を過ごした。祖父は混みあった店の入口でいつも立って迎えてくれる店主ドン・アントニオ・ダコンテとおしゃべりをしていて、私は世界じゅうからやってくる新奇なものに目を見張っていた。帽子から兎を取り出す縁日の魔法使いや、長いロウソクを飲みこむ芸人、動物に話をさせる腹話術師、プロビンシアの出来事を悲鳴のようにして歌うアコーデオン弾きたちに、私は夢中になった。今にして思うと、一番年配で白い髭を生やしていた歌い手は、伝説的なフランシスコ・エル・オンブレだったのではないかと思う。

ふさわしいと思う映画がやってくるたびに、ドン・アントニオ・ダコンテは自ら経営しているオリンピア座の朝の回に私たちを招待してくれたが、映画館を無邪気な孫にはふさわしくない放蕩の場と見なしていた祖母は、そのたびに慌て騒いだ。しかし、パパレロは動じることなく、翌日には私に映画の内容を食卓で話させ、忘れているところや思い違いしているところを訂正して、むずかしいエピソードを再構成するのを助けてくれた。こうしてドラマの技をかいま見ていたわけであり、私にとってなんらかの役に立ったことはまちがいない。とくに、文章を書けるようになる前からコマ漫画を描きはじめたのに関係しているだろう。最初のうち、誰もがこれを子供らしいお遊びとして褒めてくれたが、私は大人たちのお世辞がうれしくてしかたがなくてつけまわしたので、しまいには、私がやってくるのを聞きつけると誰もが逃げ出すようになった。のちには、結婚式や誕生日会で歌わされた歌に関しても、同じことが起こった。

寝る時間になる前に私たちはかなりの時間をエル・ベルガ［「ベルギー人」という意味のあだ名］のアトリエで過ごした。これは第一次世界大戦後に突如アラカタカに姿をあらわしたという恐ろしい老人で、今でも覚えているその当惑したような訛りと船乗り時代を懐かしがっていたことからして確かにベルギー人にまちがいないと思う。彼の家に一緒に住んでいるのは耳が聞こえなくなった男色のグレート・デーンで、その名は合衆国大統領にちなんでウッドロウ・ウィルソンといった。私がエル・ベルガを知ったのは四歳のとき、祖父がよく彼と、黙りこくったまま果てしなく続くチェスのゲームをしにいったからだ。最初の晩から、私は彼の家に、用途がわかるものが何ひとつないことに驚いた。彼は、あらゆることを手がける芸術家で、無秩序に置かれた自分の作品の合間を縫うようにして暮らしていたからだ——海の風景のパステル画、誕生日や初聖体拝領を迎えた子供たちの写真、アジア的な意匠の宝石を真似た模造品、牛の角で作ったフィギュア、時代も様式もばらばらな古家具などが、折り重なるようにして置かれていた。

私が気になったのは、頭骨に貼り付くようになった彼の頭の皮が、髪の毛と同じ陽光のような黄色をしていること、そして、そこから髪の毛が一房、顔に垂れ下がって、話すときに邪魔になることだった。アシカをかたどったパイプを吸ったが、火をつけるのはチェスをするときだけで、祖父に言わせればそれは、相手を攪乱するための罠だということだった。片方の目からは義眼が飛び出しそうになっていて、健常な目よりもむしろこのガラス玉のほうが相手のことを子細に見ているみたいだった。腰から下には障害があって、前のめりに曲がって左にねじれていたが、木の松葉杖にぶら下がるようにしながら、アトリエの岩礁の間を魚のようになめらかにすり抜けた。かつての船旅について話をするのを聞いたことはなかったが、雰囲気からしてたくさんの無謀な航海を経てきているようだった。彼が家の外に熱心に出かけるのは映画を見に行くときだけで、どんな種類の映画であれ、週末には必ず見に出かけた。

私はエル・ベルガが好きだったことはないが、チェスをやっているときはなおさら嫌いだった。こっちが眠くて崩れ落ちそうになっているのに、駒をひとつ動かすのに何時間もかかるからだ。しかし、ある晩、私には急に彼がひどく痛ましく見えて、じきに死んでしまうのだという予感にとらわれ、彼に対して憐れみを感じたことがあった。しかし、時とともに彼はひとつひとつの手をあまりにも長く考えるようになったため、ついに私は早く死ねばいいのにと心の底から望むようになった。

このころに祖父は、解放者シモン・ボリーバルの葬儀の絵を食堂の壁に掛けた。私がそれまでにお通夜で見たことがあった死人のように、なぜ彼の顔には布がかけられていないのか、また、なぜ、彼だけ栄光の絶頂にあったころの軍服を着て執務室の机の上に横たえられているのか、私は理解に苦しんだ。しかし、祖父は私の疑念をこの決定的な一言ですべて払拭した――

「彼は常人とは違ったからだ」

それから祖父は、いつもとはまったく違う震えるようなか細い声で、絵の横に掲げられていた長い詩を読んでくれたが、私はその最後の一節だけを永久に記憶にとどめることになった――「サンタ・マルタよ、お前は彼を優しく受け入れた、そして、お前のひざ元で、海の浜辺の一隅を、彼に死すべき場所として与えさえしたのである」。そのとき以来、長年にわたって私は、ボリーバルは浜辺で死んでいるのが発見されたのだという観念にとらわれ続けた。祖父は、ボリーバルこそが世界の歴史上、この世に生まれたもっとも偉大な人なのだ、と私に教え、このことを決して忘れないようにと懇願するように言った。彼のこの一言と、祖母が私に、同じようにじっくりと重みをこめて以前に言った一言の間の矛盾に私は困惑して、祖父に尋ねた——ボリーバルはイエス・キリストよりも偉大なのか、と。すると祖父は、それまでのような確信のこもっていない様子で首を振りながら答えた——

「そのふたつは全然関係がないことなんだ」

　祖父の夕刻の散歩にいつも私を連れていくように、と定めたのが祖母であることが私には今ではわかっている。祖母は、夫の散歩というのが、本当にいたのか彼女が疑っていただけなのかわからないが、愛人に会いにいく口実だと思いこんでいたのだ。たしかに、ときには私の存在がアリバイとして使われた可能性があるが、予定された道筋を外れた場所に祖父と一緒に行ったことは一度もないというのが本当のところなのである。しかしながら、私の中にはこんなくっきりとした映像もある——ある夜、誰かに手を引かれて偶然、知らない家の前を通りかかって、ふと見ると、その家の広間に、祖父がまるでその家の主のようにどっしりとすわっているのが見えたのだ。どうしてだかまったくわからないが、このことは絶対に誰にも話してはいけないのだという澄みきった確信に私はうち震えた。今日の今日まで誰にも言わなかった。

　書かれた文字というものとの最初の接触を、五歳の私にもたらしたのもまた祖父だった。旅回りでカタカに来ていたサーカス団の動物を見に、教会堂のように大きなテントの会場に連れていってくれたときのことだ。一番私が関心をもったのは、不気味なお母さんみたいな表情をして、ずいぶんと意気の上がらない感じの悲しげな反芻動物だった。

「あれはラクダ《カメーヨ》だよ」と祖父は私に言った。

　すると近くにいた誰かがことばをさえぎって言った——

「おことばですが、大佐、あれはヒトコブラクダ《ドロメダリオ》ですよ」

　孫の前でまちがいを正されて祖父がどんなふうに感じたか、今の私には想像がつく。しかし彼は、思い惑うことなく、威厳のある質問でそれを乗り越えた——

「何がちがうんだね？」

「よく知りません」と相手は言った。「でも、これはドロメダリオです」

　祖父は学問のある人ではなく、そう気取ることもなかった。リオアーチャの公立学校から逃げ出して、カリブ地方の無数の内戦のひとつに鉄砲を撃ちに行った人だからだ。それ以来、二度と学校にもどることはなかったが、一生を通じて、自分の中の欠落を意識していて、直接的な知識を吸収しようとするその貪欲さは、欠落を補ってあまりあった。サーカスに行ったあの午後、彼は落ちこんで事務室にもどると、子供のように熱心に辞書を調べた。そうして彼は、そして私は、二種類の駱駝の違いを生涯にわたって知ることになった。最後に彼は栄光に輝く分厚い辞書を私のひざに置いて言った——

「この本は何でも知っている、そして、けっして間違えない」

　それは絵入りのばかでかい一冊で、背には巨大なアトラス像が描かれ、その肩の上には宇宙の蒼穹が担がれていた。私はまだ読むことも書くこともできなかったが、大判の二千ページ近くにわたって、入り組んだ細かい文字と見事な挿画が並んでいるのであれば、大佐の言う通りにちがいないと想像できた。教会ではミサ典書の厚さに驚いたものだったが、辞書のほうがなおさら分厚かった。それはまるで、世界全体を初めて覗きこむような感じだった。

「いくつことばが載っているの?」と私は聞いた。

「全部だ」と祖父は言った。

正直なところ、当時、私は文字で書かれたことばというのを必要としていなかった。なぜなら、響いてきたものはすべて絵で表現できたからだ。四歳のときに私は、魔法使いが妻の頭を切り落としてからまたくっつけ直すところを絵に描いたことがあった。それはオリンピア座に来たときにリチャルディーンがやってみせた技だった。絵の流れとしては、鋸で頭を切断するところで始まり、血の流れる頭を誇らしげに見せてまわる場面に行き、最後に、頭をつけ直された女が拍手に応えているところで終わるのだった。コマ漫画というのはすでに発明されていたが、私はもっとあとになって、新聞の日曜版のカラー付録で初めて知った。だから当時は、絵だけで会話のない話を描いていたのである。しかし、祖父が辞書をくれたことによって、ことばに対する好奇心が私の中に一気に芽ばえてしまったため、私は辞書をまるで小説のように、ほとんどわからないままアルファベット順に読んだ。作家としてのわが運命にとって根源的な影響をもつことになる辞書という本との最初の接触はこのようなものだったのである。

小さい子供の場合、初めて聞かせた物語が本当に気に入ってしまうと、なかなか別の物語を聞きたがらない場合が多い。自分で物語を話して聞かせるのが好きな子供の場合はこれは当てはまらないと思う。少なくとも私の場合はちがった。私は次から次へと聞きたがった。物語を聞かせてもらうのに貪欲で、いつも翌日にはもっといいのを聞かせてもらえると期待していた。聖書にかかわる神秘の物語がとくに好きだった。

私が家の外で遭遇した出来事は、すぐに家の中で大きな反響を呼んだ。台所の女たちは、列車でやってくる人たちにその話を語って聞かせ、彼らのほうも携えてきた話を語って聞かせるので、すべてがひとつになって、一家の口承伝承の奔流の中に組みこまれていった。出来事によっては、縁日で歌うアコーデオン弾きたちを通じて初めて伝わってきて、あとから旅人たちがもう一度、細かいところまで豊かに語り聞かせることになる場合もあった。しかし、私の幼年期でもっとも印象的だった出来事は、ある日曜日の朝早く、ミサに行こうとしているときに祖母が口にした的外れな一言から私の前に立ちあらわれることになった——

「かわいそうにニコラシートは、聖霊降臨祭《ペンテコステス》のミサを聞きに行けないわね」

私はよろこんだ。日曜日のミサは私の年齢にとっては長すぎたし、小さいころはあんなに好きだったアンガリータ神父の説教も眠気を誘うばかりだったからだ。しかし、よろこんだのも的外れだった。祖父は私をほとんど引きずるようにしてエル・ベルガのアトリエに連れていったのだ。私はミサのために緑色のコーデュロイの上下を着せられていたが、これは股間がきつくてしかたがなかった。警察官たちが遠くから祖父だと気づいて、かしこまった挨拶をしながらドアを開けた——

「お入りください、大佐」

そのときになって初めて私は、エル・ベルガが、エーリッヒ・マリア・レマルクの小説に基づいてルイス・マイルストーンが撮った映画『西部戦線異状なし』を見たあとで、青酸化合物を薫煙して——犬と一緒に——吸入したことを知った。人々が直感的に読み取り、宣告したところによれば——これはいつでも知りえないところまで探りを入れて真実を見つけ出してしまうわけだが——、エル・

ベルガは、自分もまた散り散りになった小隊とともにノルマンディーの沼地を這いずり回って、絶望の激情をともにしたいという思いに駆られてしまったらしかった。

小さな応接室は窓が閉まっているせいで薄暗がりになっていたが、市長がさらにふたりの警察官とともに祖父を待っていた寝室には、中庭から早朝の光が差しこんでいた。遺体はそこで毛布で覆われて、兵舎のような寝台の上に横たわっており、松葉杖は彼が死ぬために横になるまえに置いた場所にそのまま、手の届くところにあった。すぐ脇には木の腰掛けがあり、その上には青酸を気化するのに使った器と、絵筆で大きな字が書かれた紙があった。「誰のせいにもするなかれ、愚かゆえに自ら死す」とあった。法的な手続きと埋葬の手配は、祖父が手早くすませ、十分もかからなかった。しかしながら、私にとってその十分は、生涯を通じてもっとも強く印象に刻みつけられた十分となった。

入口のところでまず最初にぶるっと来たのは、寝室の匂いだった。ずっとあとになってようやく私は、それが、エル・ベルガが死ぬために吸入した青酸特有の、苦扁桃《ビター・アーモンド》の匂いだったことを知るようになる。しかし、それよりも何よりも、市長が祖父に見せるために毛布をめくったときに見えた死体の映像は強烈で、長く私の中にとどまった。裸で、固くて、ねじれていて、頭の皮は黄色い髪の毛に覆われてごつごつしていて、しかも、穏やかな水面のような目は、なおも生きているかのように私たちを見ているのだった。死の彼方からじっと見つめられているというこの恐怖感に私は、その後何年にもわたって、自殺者の墓――教会の決まりによって墓地の外に埋葬されていて十字架がない――の近くを通るたびに戦慄をおぼえることになったのである。しかしながら、そのとき、死体を見た恐怖に浸されながら私の記憶に一番強くもどってきたのは、彼の家で過ごす夜にいつも味わったあの退屈のほうだった。おそらくそれゆえ、私はその家をあとにしたとき、祖父にこう言った――

「エル・ベルガはもうチェスができないね」

これは単純明快な思いつきだったが、祖父はまるでとてつもなく気の利いたひとことであるかのように家族に語り伝えた。それを女たちがさらに熱心に広めたので、しばらくの間、私は訪問客の前に出るのを避けた。彼女らが私のいるところでこの話を持ち出して、むりやりこの台詞をもう一度言わされるのがいやだったからだ。この一件は、大人たちの特性を私に明かしてくれ、これはいずれ作家として大いに役立つことになった――人は誰もが勝手につけ加えた新しい細部を交えて話をするので、人の話すことは元の話とは全然異なったものになる、ということだ。人にはなかなかわかってもらえないことだが、そのとき以来私は、親からこの子は天才だと言われて、お客さんの前で歌を歌わされたり、鳥の歌声をまねさせられたり、面白がるために嘘をつかされたりするかわいそうな子供たちに対して激しく同情をおぼえるようになったのである。しかしながら、今から見れば、あのどうということのない一言は、いわば私の初めての文学的成功だったのである。

一九三二年に私の人生はこのようなものだったが、ちょうどそのころ、ルイス・ミゲル・サンチェス・セッロ将軍率いる軍事政権下にあったペルーの軍隊が、コロンビアの最南端に無防備なまま放置されているアマゾン河畔の町レティシアを占拠したことが伝えられた。この知らせは国じゅうに轟きわたった。政府は国民に動員をかけ、一軒一軒の家庭をまわって高価な宝石類を集める法律を制定した。ペルー軍の悪辣な攻撃によって愛国心に火がついたため、前例のない全国民的な反応が起こった。各家庭からの自発的供出が相次いで、集めるのが追いつかない状況になったのである。とくに結婚指輪が、その金銭的価値のみならず象徴的な値打ちから、多く寄せられたのだった。

私からすると、これは特別に幸せな時期になった。無秩序が広く行き渡ることになったからである。

学校のがんじがらめな規則が破られ、通りでも家でも、人々の創造的な自発性が優先された。階級も肌の色も関係なくよりすぐりの若者たちを集めた市民部隊が結成され、赤十字の婦人師団が組織され、邪悪な侵略者に立ち向かう軍歌が作られ、祖国全域に「コロンビア万歳！　ペルーくたばれ！」の叫びが鳴りわたった。

あの軍事行動が結局どう終わったのか、私にはわからずじまいになった。しばらくすると、よく説明されないまま人々の熱い思いは落ち着いてしまったからだ。残虐な体制に反対する勢力によってサンチェス・セッロ将軍が暗殺されるとともに和平が成立し、戦時の勇ましい叫びの文句は、学生たちがサッカーの試合の勝利を祝うときに使うありきたりのものとなった。しかし、戦争のために結婚指輪を供出した私の両親は、このときの純真さが受けた痛手から立ち直ることはなかった。

私が覚えている範囲では、音楽に対する私の熱意は、遍歴の歌を歌うアコーデオン弾きたちに魅了されたこの時期に生じた。私はそうした歌をいくつか暗記していたが、祖母はこれをならず者の歌と見なしていたので、台所の女たちは隠れて歌っていたものである。しかしながら、生の発露として歌を歌わずにいられない気持ちを私の中に本格的に芽ばえさせたのはカルロス・ガルデル［タンゴ歌謡を確立したアルゼンチンの大歌手。一八九〇―一九三五］のタンゴだった。誰もが熱中していたのである。私はフェルト帽と絹のマフラーなど、ガルデルをまねた服装をしたがり、人に頼まれなくても全声量を張り上げてタンゴを歌った。ところがある朝、私はマーマおばさんに起こされた――メデジン上空で飛行機が二機衝突してガルデルが死んだ、というのだった。そのほんの数か月前、私はエチェベッリ姉妹と一緒に「クエスタ・アバホ（下り坂）」を慈善行事の会合で歌ったことがあった。生粋のボゴタ人である彼女らは、タンゴの先生にタンゴを教えていたような人たちで、カタカで慈善行事や愛国記念行事が開かれればかならず目玉として登場していたのである。私の歌いっぷりはあまりにも堂々としたものだったため、母ですら、私が、祖母が嫌っているアコーデオンではなくピアノを習いたいと言ったときには反対できなかった。

その日の晩にすぐ、母は私をエチェベッリ姉妹のところに連れていった。母が彼女らと話をしている間、私は広間の反対の端に置いてあるピアノをまるで野良犬のように物欲しげに見つめ続け、足がペダルに届くだろうかと計算し、大きく離れた鍵盤を親指と小指で押さえられるだろうか、五線譜のヒエログリフみたいなものを解読できるだろうかと思い悩んでいた。それは美しい期待に満ちた二時間の訪問だった。しかし、無駄な訪問でもあった。姉妹は最後になって、ピアノは今調子が悪くて、いつになったら使えるかわからない、と言ったのである。そこで、年一回やってくる調律師が次に来るときまで待ちましょうということになったが、ピアノの話はそれきり、私の人生が半分ほど過ぎるころまで二度と出てこなかった。そして、あのときピアノを習えなくてどんなにつらい思いをしたか、と何気ない会話で母に話したところ、彼女はため息をついて言った――

「ひどい話だけど、ピアノが故障していたわけじゃないんだよ」

それで私は知ったのだった。母は、彼女自身が聖母奉献女子学校で五年間も間の抜けた練習ばかりさせられた苦しみを私に味わわせたくないばかりに、姉妹と口裏を合わせてピアノが故障しているということにしたのだ。せめてもの慰めは、ちょうどそのころ、カタカにもモンテソーリ教育の学校ができたことで、そこの先生たちは、実践的な身体運動で五感を刺激したり、歌を歌わせたりすることを重視していた。校長のローサ・エレーナ・ファーガソン先生の才能と美貌のおかげで、勉強は、遊びを通じて生きることを学ぶような素晴らしい体験となった。私は嗅覚の体験を味わうことを学んだ。

おかげで、嗅覚にはノスタルジアを呼び覚ます強烈な力があることを知るようになった。味覚もここで研ぎすましたおかげで私は、飲み物を飲んでみたら窓の味がしたとか、古いパンを食べたらトランクの味がしたとか、煎じたお茶を飲んだらミサの味がした、といった体験をしたことがある。こうした主観的な快楽を理解してもらうのはむずかしいのだが、この種の体験を生きたことがある人なら即座に理解できるはずだ。

子供たちに世界の美しさに気づかせたり、生の秘密に対する好奇心を目覚めさせたりするのに、モンテソーリ教育にまさるメソッドはないと思う。モンテソーリ教育は自立心や個人主義ばかりを助長するとして批判されることもある——私の場合にはたしかに当てはまるかもしれない。また一方、私は割り算や平方根の計算ができるようにならなかったし、抽象的な観念を扱うのが苦手だ。私たちの学校の場合、ごく小さい子供ばかりだったので、同窓生は二人しか覚えていない。一人はファニータ・メンドーサといい、学校が設立されて間もなく、七歳にしてチフスで亡くなったのだが、その印象があまりに強くて、棺の中で花嫁さんのように冠とベールをつけていたのを忘れられない。もう一人はギエルモ・バレンシア・アブダーラ、初めての休み時間以来の友達であり、月曜朝の二日酔いをかならず治してくれる名医である。

はっきりとそう言うのを聞いたことはないが、妹のマルゴットはこの学校が大嫌いだったにちがいない。低学年コースの椅子にすわって、黙りこくったまま——休み時間の間もずっと——、終業の鐘が鳴るまで空中の一点を見つめ続けていたのを覚えている。その当時は私も、誰もいない広間に残った彼女が、前掛けのポケットに隠して持ちこんだわが家の庭の土を密かに食べていたことは知らなかった。

私は字を読めるようになるのに手間取った。Mの文字が「エメ」という名前であるにもかかわらず、そのあとに母音の「ア」がくっつくと、「エメア」ではなく「マ」と読むのは理屈に合わないように思われた。私にはそうは読めなかった。しかし、モンテソーリ校に行くようになると、先生が子音の文字の名前ではなく音を教えてくれた。それによって私は、初めて本を家の物置きにあった埃だらけの櫃《ひつ》から引っぱり出してきて読むことができた。この本は縫い目がほどけて一部分なくなっていたが、私は吸いこまれるように夢中になった。サラの恋人はそれを見かけて恐ろしい予言をしたものである――「すげえな！　この子は作家になるぞ」。

ものを書くことで生活していた彼にそう言われたことは、私の印象に強く残った。その本が『千一夜物語』だったことを知ったのは何年もあとのことである。その中で私が好きだった話は――これまでに読んだ物語の中でもっとも短くてもっとも簡単なもののひとつなのだが――、生涯を通じてずっと一番の物語であり続けた。ただし、それを読んだのがこの本でだったのかどうか、誰にも解明できなかったので確信はもてない。このような物語である――ある漁師が隣家の女性に、投網《とあみ》につける重りを貸してくれたら獲れた最初の魚をあげると約束し、その女性がもらった魚を揚げるために腹を割くと、中からアーモンドほどの大きさのダイヤモンドが出てくるのである。

私はずっと、ペルーとの戦争とカタカの衰退とを関連づけて記憶してきた。和平が成立したころから父は将来への不安にとらわれるようになり、ついには生まれ故郷のシンセの町に家族を連れて引っ越すことに決めてしまったのだ。父の偵察旅行に同行したルイス・エンリーケと私にとって、シンセの町は、まったく異なった新しい人生を学ぶ学校のようなものだった。われわれの文化とはあまりにも大きく異なっていたので、まるで別の星のように見えたほどだったのである。到着した翌日から私たちは近所の畑に連れていかれ、そこで驢馬《ろば》に乗ったり、牛に命令したり、子牛を去勢したり、鶉《うずら》をつかまえる罠をしかけたり、釣り針で魚を釣ったりすることを教わり、犬たちがどうして雌と合体しているのかを学んだりした。ルイス・エンリーケは世界の発見において、いつも私のはるか先を行っていた。ミーナが私たちから隠していた世界について、シンセでは祖母アルへミーラが何の衒《てら》いもなく私たちに話して聞かせてくれるのだった。たくさんのおじさんおばさん、いろんな色をしたたくさんのいとこたち、奇妙な苗字をもつたくさんの親戚の人たち、彼らがみなてんでばらばらの隠語を使って話すので最初、私たちには物珍しいというよりも、とにかく何が何だかわからなかった。しかしやがて、それもまた親密さを伝える彼らなりのやりかたなのだ、とわかるようになった。父の父、ドン・ガブリエル・マルティーネスは伝説に残る学校の先生だったが、ルイス・エンリーケと私を巨大な木の植わった裏庭で迎えた。そこには味と大きさの両方で町一番のマンゴーが実っていた。彼はその年の最初の実が実った日から毎日、ひとつずつ実を数え、ひとつずつ自らの手でもいでは、その場で一個一センターボという途方もない値段で売るのだった。学校の先生だったころの思い出をひとしきり話してくれたのち、別れるときになると、彼はいちばん生い茂った木からマンゴーの実をひとつもいで、私たちふたりに一個だけくれた。

父は、親族の仲間入りするための重要な一歩であるというふれこみで私たちをこの旅行に連れ出したのだったが、到着してすぐに私たちは彼の秘密の狙いが、町の大きな中央広場に薬局を設立することにあると気づいた。弟と私はルイス・ガブリエル・メーサ先生の学校に入学させられ、それによって私たちは新しい共同体の自由な一員となったように感じた。町一番の角地にある大きな家を借りて住んだ。それは二階建ての建物で、広場に面してひと続きのバルコニーがあったが、その殺風景な寝室では、目に見えない石千鳥の亡霊が夜じゅう鳴いていた。

すべての準備が整い、あとは母と妹たちが鼻歌を歌いながら降り立つだけでいい、となっていたところに、祖父ニコラス・マルケスが死んだという電報が届いた。急に襲ってきた喉の違和感が末期癌と診断され、あわててサンタ・マルタに運んだのもほとんど死ぬためだけみたいな具合だった。死の床で彼が顔を見たただひとりの孫は、まだ生まれて六か月にしかならない弟のグスターボだった。死に瀕しながら祖父は彼をなでて別れを告げられるように誰かが祖父のベッドに入れたのだった。死ぬことすらできなかったあの死が私にとってどんな意味をもったのか、しっかりと意識できるようになるには何年もかかった。

シンセへの転居は予定通り行なわれた。子供たちが引っ越しただけでなく、祖母ミーナと、すでに病に伏していたマーマおばさんも、ともにパおばさんの世話になりながら移り住んだ。しかし、新しい環境の歓喜と、計画の破綻がほぼ同時に起こり、一年もしないうちに私たちは全員、カタカのもとの家に「帽子を叩きながら」舞いもどった。どうしようもない状況という意味で母がよく口にした表現である。父は途中のバランキーヤにとどまって、四軒めとなる薬局を開く算段をすることになった。

あのころのカタカの家に関する私の最後の思い出は、祖父の衣服を裏庭で焼いた篝火《かがりび》に関わるものだ。戦時中に使ったポケット付き作業服と、退役した大佐として暮らした時代の白い麻のスーツは、燃えながらもなおも彼がその中で生きているみたいに、まるで本人そのものみたいに見えた。ことに、たくさん持っていたさまざまな色のコーデュロイ帽は、遠くからでも祖父を見分けられるトレードマークみたいなものだっただけに、本人を思い出させた。その中に私のタータン・チェック帽も誤ってまじっているのがわかり、私はこの抹殺の儀式を通じて私も祖父の死の一部となっているのだという感覚に戦慄をおぼえた。今でははっきりとわかっている——私の中の何かが彼とともに死んだのである。しかし同時に私は確信しているのだが、私はあの瞬間にすでに小学生ながら作家だったのであり、あとは書きかたを学ぶだけになっていたのである。

売ることのできなかった家を母とともにあとにしたとき、ちょうどこれと同じ感覚が私に生き続ける力をあたえたのだった。復路の列車がもう今にも到着しそうな時刻だったので、私たちはもう、誰かに挨拶していくということを考えもせずに駅に向かった。「また別の日に、時間に余裕をもって来ればいいわね」と母は言ったが、これは、もう二度と来ないということを遠回しに言うために彼女がそのとき辛うじて思いついた言い方なのだった。一方私はそのとき、これからは生きているかぎり永遠に、午後三時の雷鳴を懐かしく思い続けるのだ、と感じていた。

駅には私たち以外、切符を売るオーバーオール姿の職員ひとりを別にすれば幽霊すらいなかった。往時には二十人も三十人もの人間が手分けしてあわただしくこなしていた仕事を全部、彼ひとりで行なっているのだった。暑さは鉄をも溶かしそうだった。線路の反対側には、バナナ会社の禁じられた都市の残骸だけ——赤い瓦屋根のなくなったかつてのお屋敷や、雑草と病院の瓦礫の合間に生えた元気のない椰子の木——が残っていて、遊歩道の端には放棄されたモンテソーリの建物が老い衰えたアーモンドの木に囲まれていて、駅前には歴史的な偉大さの痕跡すらまったく見られない小さな砂利の広場があるばかりだった。

ひとつひとつのものが、目にする端から、書かなければ死んでしまうという耐えがたい焦燥を私の中に引き起こした。その感覚を私はそれまでにも何度か経験したことがあったが、あの朝、初めてインスピレーションの恍惚状態として認識したのだ。インスピレーションというのはことばとしては実に忌まわしい単語だが、しかし確かにいかにもリアルなものであり、自らの燃えつきるところまで早くたどりつくために、通り道にあるものすべてをなぎ倒していく勢いをもったものなのである。

それ以上何かを話したかどうか、記憶にない。帰りの列車の中ですら黙っていたような気がする。月曜日の未明、すでにランチに乗りこんで、眠りついた沼地の上を吹くさわやかな風を受けて進んでいるときになって、母は私もまた眠っていないことに気づいてこう尋ねた――

「何を考えているんだい？」

「書いているんだ」と私は答えた。それから、あわててもう少し愛想よく説明した。「というか、仕事場に着いたら書くつもりのことを考えているんだ」

「父さんが心痛で死んでしまったらどうしよう、とは思わないかい？」

私は長い静止技《ベロニカ》［牛の突進を待つ闘牛の型］を使って逃走をはかった。

「父さんは死んでしまっても不思議でないことをいろいろ経験してきている。これくらいは何でもないはずだ」

ひとつ目の長篇小説で泥沼にはまってしまって、別の形式の作品をなんとか試みているようなときだったから、ふたつ目の長篇にとりかかるのに適切な時期ではなかった。しかし私はその夜、自分で自分に固い制約を課した――これを書かないのなら死ね、と。リルケは同じことをこう言っている――「もし書かないでも生きられると思うのなら、書くな」。

ランチが発着する埠頭に向かうタクシーの中から見るバランキーヤは、見慣れた町なのに、神意に満ちたあの二月の早朝の光の中ではまるで見知らぬ悲しい町に見えた。エリーネ・メルセデス丸の船長は、十年前から家族が暮らしていたスクレまで母と一緒に乗っていくようにと私を誘ってくれた。

しかし私は考慮することすらしなかった。頰にキスをして別れをつげると、母は私の目を見つめて、前日の午後以来初めて笑みを浮かべ、いつもの悪戯な調子で聞いた――

「さてそれで、じゃあ父さんには何て言おうかね?」

私はありのままの心を口にした――

「父さんのことは大好きだ、父さんのおかげで作家になれる、と言ってくれ」。そして、それ以外の選択肢を情け容赦なくはねつけるために先を急いだ――「作家にしかならないって」

私はこの台詞を言うのが好きだった。冗談半分に言うときも本気で言うときもあったが、あの日ほど強い確信をこめて言ったことは一度もなかった。私はいつまでも埠頭にとどまって、母が甲板から送ってよこすゆっくりとした別れの合図に応え続けたが、ついにランチは点々と浮かぶ船影の中に消え去った。そこで私は『エル・エラルド』紙のオフィスに、臓腑をむしばむ焦燥感に興奮しながら駆けつけ、ほとんど息もつかずに新しい長篇小説にとりかかった。それは母の台詞で始まった――「お前さんにお願いがあって来たんだよ。家を売りに行くのに、ついてきておくれ」

当時の私の方法は、のちに職業的な作家として私が採用することになったものとは異なっていた。人差し指だけを使って書くのは今でも変わらないが、ひとつの段落が満足のいくものになるまで途中で何度も中断するのではなく――今ではそうしているのだが――、自分の中に粗削りな状態であるものをすべて吐き出すようにしていた。このやりかたはおそらく、紙の寸法によって課されたものだったた。印刷用の巻き紙から切り落とされた縦長の帯状の紙で、長さが優に五メートルもあるものだったのだ。その結果、パピルス紙のように長細い原稿がタイプライターから滝のように出てきて、書き進むにつれて床に伸びていくのだった。編集長は記事を原稿枚数で指定するのではなく、単語数や文字数で指定するのでもなく、紙の長さで発注していた。「一メートル半のルポルタージュを頼む」という具合だ。この形式を私はだいぶ年季が入ってきてから懐かしく思うようになった。現実問題として、コンピューターの画面《スクリーン》と同じだと気づいたからだ。

この小説を書きはじめた勢いは抑えようのないものだったため、私は時間の感覚を失った。午前十時にはすでに一メートル以上書いていたはずで、そのころに突然、入口のドアを開けて入ってきたアルフォンソ・フエンマヨールは、まるでトイレのドアとまちがえたとでもいうように錠前に鍵を差したまま石のように固まった。それからようやく私だと気がついた。

「こんな時間にいったいここで何をしていなさる!」と彼は驚いて言った。

「わが生涯の大作を書いているところだ」と私は答えた。

「またか?」とアルフォンソはいつもの無慈悲なユーモアをこめて言った。「まったく貴殿は猫よりも生涯の数が多いようですな」

「同じ小説なんだ、でも、書き方がちがう」と私は無駄な説明を省いて言った。

私たちは「俺お前」とは呼びあっていなかった。これはコロンビアの奇妙な風習によるもので、初めての挨拶を交わすときには親しい感じのお前呼ばわりで始まって、その後、夫婦間のような深い信頼関係ができてから、貴殿《あなた》といった呼び名に移っていくのである。

彼はくたびれた手提げ鞄から本と書類を取りだして、仕事机に並べていった。その一方で彼は、熱烈な旅の物語を伝えようと試みる私の揺れ動く感情の振幅に、尽きせぬ好奇心をもって耳を傾けた。しかし結局私は、最後のまとめとして、説明できないものごとを不可逆的な一言に縮めてしまうわが無能から逃れられなかった。

「とにかくこれは生涯最大の出来事だったんだ」と。

「生涯最後の出来事でなくて、さいわいでしたな」とアルフォンソは言った。

彼は私が言うのを真に受けはしなかった。彼もまた、人が口にする大げさなことは何でも、まっとうな大きさまで割り引いてからでなければ受け入れないたちだったからだ。しかし、私も彼のことはよく知っていたので、この旅をめぐる私の感動が、期待したほど彼の心を打たなかったにしても、関心を呼び覚ますところまでは行ったことを読みとった。実際そうだった――その翌日から彼は、執筆の進み具合について、さりげない質問、しかしきわめて明晰な質問を次々にしはじめたのであり、彼のちょっとした仕草を見るたびに私は、何か修正すべきところがあるのだと考えるようになった。

このように話をしながら私は、机を明け渡すために自分の原稿をかたづけていった。その朝、アルフォンソは『クロニカ』誌の最初の巻頭言を書く予定になっていたからだ。しかしうれしい知らせがあった――翌週に予定されていた第一号の刊行は、もう十五回目ぐらいだったが、紙の供給のめどが立たないという理由でまたもや延期されたというのだ。うまくいって三週間後に出るかどうかだ、とアルフォンソは言った。

ちょうど都合よく降って湧いたような空白がそれだけあれば、本の出だし部分を確定できるだろうと私は考えた。私はまだ青二才で、小説の出だしというのが作者の思い通りになるものではなく、小説自体が自然に決めるしかないものであることに気づいていなかったのだ。これはまったくその通りであって、六か月後、もう最終ストレートに入ったような気がしていたところで私は、読者に入りこんでもらえるようにするために最初の十ページをもう一度、根本的に書き直さなければならなかったのだが、それですら今なお、私にはうまく行っているとは思えないのだ。延期はアルフォンソにとってもうれしいことだったようで、彼は残念がることもなく上着を脱いで机につくと、わが国でも出回りはじめたばかりだったレアル・アカデミアの辞書の新しい版のまちがい捜しを開始した。これは彼の一番好きな趣味となっていたことで、英語の辞書でちょっとしたまちがいを見つけて、ロンドンの出版社に証拠つきで訂正文を送りつけたのが始まりだった。そのときにはおそらく、「本日ついに英国が、われらコロンビアの恩恵をこうむる日が来たみたいです」というわれわれ流の軽口を手紙に書き添えるのが楽しいだけだっただろう。ところが、出版社はとても丁寧な手紙で返答してきて、自らの過誤を認めただけでなく、今後も力を貸してほしい、と彼に言ってきた。実際にそれは数年間続き、彼はその同じ辞書に他のまちがいをいくつか見つけただけでなく、他の言語の辞書にも手を出すようになった。やりとりが繰り返されるうちに、彼はスペイン語と英語とフランス語の辞書のまちがい捜しという孤独な悪癖に完全にはまりこんだ。そして、病院の順番待ちやバスの出発待ちの間、あるいはまた、さまざまな理由で列に並んで待たなければならないときには、言語の繁みに隠れた野兎を追うという微細な作業を楽しむようになっていたのだ。

暑さが十二時には耐えがたくなった。ふたりが吸うタバコの煙のせいで、ふたつだけある窓から入るわずかな光も濁ってしまっていたが、どちらも部屋を換気しようとはしなかった。受動喫煙中毒で死ぬまで同じ煙をくりかえし吸い続けたがっていたのかもしれない。しかし、暑さにはちゃんと反応した。私の場合、日陰で三十度になるまでは暑さを無視できるという生まれつきの幸運に恵まれていた。一方アルフォンソは、気温が上がるにつれて、仕事を続けたまま服を一枚一枚、ネクタイ、シャツ、下着と脱いでいく癖があった。これには、本人が汗にまみれても服は濡れないですむ、という長所もあり、太陽が傾いたころにまた、朝食時のようにアイロンがかかってぱりっとした服を着ることができるのだった。これが秘密だったにちがいなく、そのせいで彼はいつでもどこにでも、白い麻のスーツに曲がったネクタイを締めて、インディオ的な硬い髪を頭骨のまん中で一分の狂いもない数学的な直線で分けて、姿をあらわすことができるのだった。この日も彼はそんな出で立ちで、午後の一時、生気回復の眠りから覚めたかのように洗面所から出てきた。そして、私の脇を通りながら尋ねた――

「昼飯、行くか？」

「空腹なしだ、先生」と私は言った。

この返事は仲間内の暗号では意味が明確だった。もしも行くと答えればそれは、かなりの苦境にいるからであり――二日間、パンと水だけだったというような――、その場合、私はそれ以上何も言わずに彼と食事に行き、彼のほうでなんとか都合しておごる、というのが言外に了解されているのだった。空腹なし、という返答はどんな意味でもありえたが、私としては、昼食に困ってはいないということを言うためのものだった。そこで私たちは、いつものように夕方にムンド書店で落ち合うことにして別れた。

昼過ぎに映画俳優みたいな雰囲気の若い男がやってきた。明るい金髪の髪、厳しい気候に傷んだ肌、神秘的な青い瞳、ハーモニウム［足踏み式リード・オルガン］のような温かい声。もうじき創刊される予定の雑誌のことを話しあう間に彼は、事務所の封筒の上に、わずか六本の見事な描線で荒れ牛の横顔を書きつけ、フエンマヨールあての伝言を添えて署名した。それから鉛筆を机の上に放り投げると、乱暴にドアを閉めて出ていった。私は執筆にすっかり熱中していたので、絵に添えられた名前に目をやることもなかった。そうして一日じゅう、何も食べず何も飲まずに書き続け、気がつくと午後の光が消えていたので、新しい小説の最初の下書きを手にしてまっ暗な中、手探りで部屋を出なければならなかったが、一年以上前から見込みもなく書いてきていたものを扱う別の道をついに発見したという確信に心は舞い上がっていた。

その日の夜になって、私は初めて、昼過ぎにやってきた訪問客が画家のアレハンドロ・オブレゴンだったことを知った。幾度も行っているヨーロッパへの旅から帰ってきたところだったのだ。彼はその当時からコロンビアでもっとも大事な画家のひとりだっただけでなく、誰からも愛されている男で、『クロニカ』誌の発刊に加わるために予定を早めて帰国してきたのだった。私は下町地区のただ中にあるルース街という路地の名無しの飲み屋に、彼が親しい友人たちとともにいるところで会った。その店には名前がなかったが、アルフォンソ・フエンマヨールが、グレアム・グリーンの新作の題名にちなんで「第三の男」と呼びならわしていた店だ。アレハンドロ・オブレゴンの帰国はいつも語りぐさとなったが、その晩も、まるで人間みたいに飼い主の命令に従う芸達者なコオロギの見世物で頂点に達した。コオロギは二本足で立ったり、羽根を広げたり、リズムに合わせて歌ったり、芝居がかったお辞儀で拍手に答えたりするのだった。最後に、満場の拍手喝采にすっかり上機嫌になった調教師の見ている前でオブレゴンは、コオロギを羽根でつまみあげると、誰もが驚く中、それを口の中に入れて、いかにもおいしそうに生きたまま噛みしめた。いかなる甘言と支払いをもってしても失意の調教師に埋め合わせをすることはむずかしかった。あとになって知ったことだが、皆が見ている前でオブレゴンがコオロギを生きたまま食べるのはこれが最初ではなく、最後でもなかった。

私はあのころほど、あの町と、あの町に根づいた半ダースほどの友人たちと一体になっている感じがしたことはない。彼らはバランキーヤ・グループとして国内のマスコミ界・知識人界で知られるようになってきているところだった。いずれも若い作家や芸術家で、町の文化生活をリードするような活動を、カタルニア人の師匠ドン・ラモン・ビニェス――一九二四年以来『エスパサ百科事典』に載っている伝説的な劇作家で書店主――とともに行なっていた。

彼らと知り合ったのは前の年の九月だった。私は当時住んでいたカルタヘーナから、クレメンテ・マヌエル・サバーラ――私が初めての記事を書いたりしていた日刊紙『エル・ウニベルサル』の編集長――の急な推薦でバランキーヤを訪れたところだった。ある晩、私は彼らとよもやま話をすることになったのだが、それが本に関するやりとりから文学的な暗示まで一貫していかにもぴたりと話が通じるので、結局彼らと行動をともにすることになったのである。グループに元からいた三人は一匹狼的で、天職にかける意志の強さで際立っていた――ヘルマン・バルガス、アルフォンソ・フエンマヨール、そしてアルバロ・セペーダ・サムディオの三人だ。われわれには共通するものがいかにもたくさんあったので、よく嫌みで、父親が同じなのだと言われていたが、われわれは徴つきとされていて、一部のサークルでは好かれていなかった。いずれも独立心が強く、天職と決めたものにおいて譲らず、頑とした創作の決意によって無理やり進んでいくようなところがあり、また、いずれも内気なのに、かならずしもいい結果を生まない独自の方法でそれを解決していたせいだ。

アルフォンソ・フエンマヨールは二十八歳の素晴らしい作家、新聞記者で、『エル・エラルド』紙上で長いこと、「パック」というシェイクスピア的な筆名のもと、「その日の風」と題する世相のコラムを担当していた。彼の気ままさと冗談好きを知れば知るほど、私たちには彼が、あらゆるテーマにわたる本を四か国語であれほどたくさん読んでいたことがわからなくなるのだった。もう五十歳になろうというころに彼が挑んだ生涯最後の新しい体験とは、バカでかいオンボロの自動車を、ありとあらゆる危険を冒して時速二十キロで走らせたことだ。町のタクシーの運転手たちは、いずれも彼の大親友で、鋭敏な読者でもあって、遠くからあれは彼の車だと見わけて、距離をとって道をあけたものだった。

ヘルマン・バルガス・カンティーヨは夕刊紙『エル・ナシオナル』のコラムニストで、文学的な目利きにして辛辣な批評家であり、出来事は彼がそれを書くから起こるのだと信じこませるほどの入念な文章を書いた。また、ラジオのアナウンサーとしても一流で、新しい職業が次々と生まれていたあのよき時代にあって、まちがいなくもっとも教養あるアナウンサーだっただけでなく、私がぜひともなりたかったような、生まれながらの新聞記者という稀な存在でもあった。金髪に骨太な体つき、そして危険な青い瞳をしていて、いつでも読むに値する本の最新情報に通じているのが不思議でならなかった。忘れられた地元プロビンシアの隅々に隠れている文学的な才能を見つけだして広く知らしめることに早くから執念を燃やしていて、一瞬も手を抜くことがなかった。いつでも何かに気を取られているあの仲間たちのなかで、最後まで彼が車の運転を習わなかったのは幸いだった。私たちはいつも、彼なら運転しながら本を読みだすんじゃないかと恐れていたものだ。

それとは対照的に、アルバロ・セペーダ・サムディオは何よりもまず、ぶっとんだレーサーみたいな人だった——車だけでなく、文学においてもである。腰を落ち着けて書く気になりさえすれば卓越した短篇小説家であり、まちがいなく一番教養のある見事な映画評論家であり、大胆な論争を巻き起こすのも得意だった。外見的には、シエナガ・グランデに暮らすジプシーみたいで、風雨に鍛えられたなめらかな肌と、跳ね乱れる美しい黒い巻き毛と、純な心を隠すことのできない狂気の目をしていた。いつも一番安い類の布地のサンダルを履いていて、口には大きな葉巻を噛みしめていたが、その火はほとんどいつも消えていた。彼もまた『エル・ナシオナル』紙で新聞記者として最初の修業をし、初期の短篇小説をいくつか掲載していた。その年彼はニューヨークに行っていて、コロンビア大学でジャーナリズムの上級コースを終えるところだった。

このグループの遊撃メンバーというべき存在で、ドン・ラモンと並んで尊敬されていた先輩がホセ・フェリックス・フエンマヨール、すなわちアルフォンソのお父さんだった。歴史に残る新聞記者で、偉大なストーリーテラーだった彼は、『熱帯の詩神たち』という詩集を一冊（一九一〇年）と、小説を二冊、出版していた――一九二七年の『コスメ』と、一九二八年の『十四人の賢人の悲しき冒険』である。いずれも売れはしなかったが、その分野の批評家たちはいつもホセ・フェリックスのことを、プロビンシアの繁みに覆い隠された短篇の名手と見なしていた。

私はある日の正午、ふたりだけでバールのエル・ハピーに居合わせたときまで、彼のことを人から聞いたことがなかったが、瞬時にしてその英知と偽りのない話しぶりに揺さぶられるような思いになった。彼は千日戦争に従軍し、投獄された生き残りだった。ビニェス氏のような高級な教育は受けていなかったが、その生き方と身についたカリブ文化において、私により近かった。しかし、彼のどこが一番好きだったかといえば、英知をまるで、縫い物をしたり歌を歌ったりといった日常的な技能のように伝え聞かせることのできる不思議な力をもっているところだった。彼は尽きせぬ話題の持ち主にして、生きることの名人で、考えの進め方は私がそれまでに知っていた何ともまったく異なっていた。アルバロ・セペーダと私は何時間も彼の話に耳を傾けて過ごしたもので、人生と文学が内容的に何が違うのかといえば単に形式が違うだけだという基本認識にはとくに感銘を受けた。のちになって、どこに載ったかは忘れたが、アルバロは次のような正鵠を射た一節を書いた――「私たちは全員、ホセ・フェリックスから来たのである」。

　このグループはごく自然に形成されたものだった。ほとんど引力で引き寄せられるようにして寄り集まったのは、私たちの間に、外から見ているだけではわからない強固な親和性があったためだ。私たちはよく尋ねられた――たがいにこんなに異なっているのにどうしていつも意見が一致するのか、と。そしてそのたびに私たちは、適当な返事をでっちあげて答えた。本当のことを言わずにおくために――いつでも一致しているわけではなかったのだが、なぜそうなのか、理由がわれわれにはわかっていたのだ。われわれはグループ外からは、高慢ちきなナルシシストで、アナーキーな集団だと思われていることは意識していた。とくに、われわれ各人の政治傾向からそう思われていたのだ。アルフォンソはオーソドックスなリベラル派と見られていて、ヘルマンは不承不承ながらも自由思想家、アルバロはいきあたりばったりなアナーキスト、そして私は信じきれない共産主義者にして潜在的には破滅型、と思われていた。しかしながら、まったく疑問の余地なく思うのだが、われわれの最大の財産は、袋小路にはまりこんだときに互いに忍耐を失うことはあっても、けっしてユーモアを失うことがなかったことだ。

　数少ない深刻な意見の相違はわれわれの間だけで論じあい、ときには危険なほど議論が熱くなることもあったが、テーブルを立つと同時に、あるいは外の友人がやってくると同時に、忘れ去られるのがいつものことだった。忘れられずに残っている教えは、バールのロス・アルメンドロスで学んだものだ。私が加わったばかりのころのある晩、アルバロと私の間でフォークナーをめぐって議論が紛糾したことがあった。同じテーブルにいたのはヘルマンとアルフォンソだけで、彼らは議論に加わらずに大理石の塊のように沈黙を守っていたが、その沈黙も耐えがたかった。どういう展開だったか覚えていないが、憤怒と粗末な砂糖黍焼酎《アグワルディエンテ》にせき立てられて、私はアルバロに、話の決着は殴り合いでつけようじゃないかと挑みかかった。通りに飛び出すためにふたりともが勢いをつけてテーブルを立とうとしたところで、ヘルマン・バルガスの落ち着き払った声が、永遠に続く教訓をもって、私たちをはたと押しとどめた――

「先に立ち上がったほうの負けだ」

当時、私たちは誰も三十歳になっていなかった。私は二十三歳になったところで、グループでは最年少、前年の十二月に引っ越してきて仲間に加えてもらったばかりだった。しかし、ドン・ラモン・ビニェスのもとでわれわれ四人は、ひとつの信仰の宣教者ないし擁護者のようにふるまい、常に一緒にいて、同じことを口々に言い、あらゆることを笑いあい、反対者には完全に一致して立ち向かったので、結局、まるで四人でひとりであるかのように見られることになったのである。

私たちがグループの一員と見なしていた唯一の女性はメイラ・デルマールで、彼女は抑えがたい詩の衝迫という通過儀礼の最中にあったが、私たちが彼女と一緒になって話をするのは、私たちが毎日徘徊している悪徳の軌道から稀に外れて出ていく場合だけだった。バランキーヤの町に立ち寄った有名な作家、芸術家を交えた彼女の家での夜の集まりは記憶に残るものだった。会う機会がさらに少ない女の友人としては画家のセシリア・ポッラスがいて、カルタヘーナからときどきやってきては、私たちの夜の周遊につきあった。酔っぱらいのたむろするカフェや悪徳の館に女性が出入りするのは白眼視されていたが、そんなことをまるで意に介さない彼女だからできたことだった。

グループのメンバーが毎日二回、ムンド書店に集まったので、店はやがて文芸サークルの集会場のようになった。サン・ブラス通りの喧騒の中にあって、この店は安息の地だった。なにしろそこは、商店が並んで煮えくり返るように騒がしい幹線道路で、夕方六時になると突如、町の中心部の人間が全員、流れこんでくる通りだったからだ。アルフォンソと私は『エル・エラルド』紙の編集室の隣りにあった私たちの部屋で、熱心な学生のように夜更けまでものを書いて過ごした――彼のほうは思慮深い社説を、私のほうは調子っぱずれなコラム記事を。私たちは頻繁にこっちのタイプライターからあっちのタイプライターへとアイディアのキャッチボールをして、形容詞を貸し借りしたり、データをやりとりしたもので、場合によっては、どちらがどの段落を書いたのか判然としなくなる場合すらあった。

われわれの毎日の生活はほとんどいつも予見可能なものだったが、金曜日の夜だけは別で、この晩はいつも思いつきのままに過ごし、それが月曜日の朝食時まで続くこともあった。もし一致してその気になれば、われわれ四人は常軌を逸した文学的遍歴行に乗りだした。それは「第三の男」を出発点とし、その界隈の職人たちや、自動車修理工場のメカニックたち、それに加えて道を外れた役人たち、それほど外れていない勤め人たちを巻きこんだものとなった。中でもいちばん変わっているのが侵入盗を専門としている泥棒で、いつも真夜中の少し前に姿をあらわした。出で立ちは仕事の制服といっていいものだった――バレエのタイツ、運動靴、野球帽、小型工具のケース。あるとき、彼が空き巣に入っているところで鉢合わせした人がいて、その似顔絵を描いて、誰か知っている人がいないか新聞に掲載したことがあった。寄せられたのは、たかがこそ泥を相手に汚いことをするんじゃない、と腹を立てた一部読者からの手紙だけだった。

この泥棒男は文学を天職として実践していたところがあって、芸術や書物に関する会話には一言も聞き漏らさないように耳を傾ける一方、恥じらいながら愛の詩を書いては私たちがいないときに店の客に朗唱して聞かせていた。真夜中をまわると彼は、まるで勤務に出るように高級住宅地に出かけていって、三、四時間後には、主たる戦利品とは別の、安物の装身具などを私たちにプレゼントとして持ってきた。「彼女にやりなよ」――私たちに彼女がいるのかどうか、問うこともなく言うのだった。気になる本があった場合にも、私たちにおみやげとして持ってくるので、値打ちのあるものだった場合、私たちはメイラ・デルマールが館長だった県立図書館に寄付したものだった。

このような怪しい移動教室のせいで私たちには、ちょうど朝五時のミサから出てくるのに出くわす善良なマダム連中の間でよろしくない評判がたった。彼女らは飲み明かした酔っぱらいとすれ違うのを避けて通りの反対の歩道に渡っていった。しかし、本当のところでは、あれほどまっとうで実り豊かな馬鹿騒ぎは他になかった。即座にそうと悟った者がいるとしたらそれは私、ジョン・ドス・パソスの作品について、あるいはデポルティーボ・ジュニオールが決め損なったゴールについて、彼らと一緒に売春宿で大声で論じあっていた私だった。「黒猫《エル・ガト・ネグロ》」に所属していた愛嬌ある娼婦のひとりは、私たちが議論ばかりで夜を無駄にするのにあきれて、こう悪態をついたほどである――

「あんたたちがその大声と同じくらいちゃんと立つ男だったら、あたしたちは今ごろ大金持ちになってるはずなんだよ！」

私たちは中国人街《バリオ・チーノ》［売春地区の通称］にあった名なしの売春宿に何度も日の出を見に行ったものだ。そこには、一時代を画した壁画を描いていたころのオルランド・リベーラ通称フィグリータ［一九二〇頃―六〇］が、何年間も住んでいたのだ。彼以上に突飛な人間を私は知らない――その狂気の目つき、山羊のような髭、みなしごの善意を私は思い出す。小学生のころにすでに彼はキューバ人になりたいという熱病にとらわれ、結局、本もののキューバ人以上にキューバ人らしくなった人だ。まさにキューバ人のように、話し、食べ、絵を描き、服を着こなし、愛し、踊り、人生を生き、キューバを訪れることなくキューバ人として死んだ。

彼は眠らなかった。私たちが明け方に訪ねていくと、壁画よりも自分自身のほうが絵の具にまみれた格好で足場から飛び下りてきて、マリワナの二日酔いが残っているキューバの独立闘士《マンビー》みたいなことばで悪態をついてみせるのだった。アルフォンソと私は彼にイラストを描いてもらいたい記事や短篇小説を持っていったが、自分で読んで呑みこむだけの辛抱が続かないので、私たちが口頭で内容を話して聞かせなければならなかった。挿し絵は一瞬のうちにカリカチュアの技法で描きあげた。それが彼自身唯一信じている手法だった。ほとんどの場合、一発で彼の満足できる仕上がりになったが、ヘルマン・バルガスは、彼自身が満足しないできあがりのやつのほうがずっと出来はいいのだ、とからかい半分で言ったものだった。

バランキーヤはこんな感じのところで、他のどの町にも似ていなかった。とくに十二月から三月までが特異で、北からの貿易風が、地獄のように暑い昼間の埋め合わせをするかのように夜の烈風となって吹きよせて、家の中庭につむじ風を巻き起こし、鶏を宙に舞わせたりするのだった。そうなると、生き残って店を開いているのは港のまわりの連れ込み宿と船乗りの酒場だけになった。そこでは、何人かの夜の鳥が、いつ到着するのかわからない川船の客を夜じゅう待っていた。金管楽器のバンドが並木の下で気だるいワルツを演奏していたが、耳を傾ける者はなく、パセオ・ボリーバル大通りに並列駐車したタクシーの合間でサッカーの結果を論じ合っている運転手たちの大声のほうがよく響いた。唯一のまともな店といえばカフェ「ローマ」だった。これはスペイン人難民の飲み屋で、閉めるための扉がないという単純明快な理由でいつでも開いていた。聖書に出てくるような大雨が降る町なのにそこには屋根すらもなく、しかし、雨のせいで誰かがジャガイモの卵焼き《トルティーヤ》を食べるのを中断したとか、取引を締結しそこなったというような話は聞いたことがなかった。そこは露天の安息地で、白塗りの丸テーブルと鉄製の椅子が花咲くアカシアの木立の下に並んでいた。十一時に朝刊の新聞社――『エル・エラルド』と『ラ・プレンサ』――が閉まると、夜勤だった記者たちが食事に集まった。スペイン人難民たちは七時から来ていた。フアン・ホセ・ペレス・ドメネク教授がラジオで伝える日報――スペイン内戦のニュースを、すでに敗北して十二年経っているのに伝え続けているもの――を家で聞いてから来るのだった。ある運命の一夜、作家のエドゥアルド・サラメア［一九〇七―六三］がラ・グアヒーラ地方からの帰路、ここに立ち寄り、いきなりリボルバーで自分の胸を撃ち抜いたのに大事に至らなかったことがあった。そのテーブルは歴史的な記念品のように残されていて、ウェイターたちはしきりに観光客に見せたが、そこにすわることは許されなかった。その数年後にサラメアはこの事件について、『自分自身に乗りこんで四年』［ラテンアメリカにおけるジョイス的なモダニズム小説の最初の一例とされる。一九三四年刊］という、われわれの世代に思いもしない地平を開いた小説の中に書くことになった。

私は仲間の中で一番恵まれない境遇だったので、よくカフェ「ローマ」の片隅に逃げこんで夜明けまで書いていた。仕事の口はふたつとも、大事なものなのに払いが悪いという逆説的な美徳をそなえたものだったからだ。その店で私は本に読み入っているうちにいつしか夜が明けるのを迎え、空腹に襲われればどろっとした濃厚なココアと、スペイン産の上等な生ハムのサンドイッチを食べ、曙光のもと、パセオ・ボリーバルの花咲くマタラトンの木の下を散歩した。ここへ来て最初の数週間は新聞社の編集室で遅くまで書いては、ひとけが失せた編集室や印刷工場の紙のロールの上で数時間寝たりしていたが、時とともにもう少しありきたりの場所を捜さざるをえなくなった。

解決策は、その後も幾度もいいアイディアをくれたパセオ・ボリーバルの陽気なタクシー運転手たちが教えてくれた。カテドラルから一ブロックのところに連れ込み宿があり、そこならひとりでも同伴でも一ペソ半で寝させてもらえる、というのだ。建物は非常に古かったが手入れは行き届いていた。あてのない愛を待ちかまえてパセオ・ボリーバルを午後六時からうろついているめかし立てた娼婦たちのおかげだった。入口番の名前はラシデスと言った。方向がずれた義眼を片目に入れていて、また、内弁慶なのでどもりがちだったが、私にとっては最初の晩から大変親切でありがたかったことを今なお覚えている。彼は一ペソ五十センターボをカウンターの引き出しに放りこみ――すでに夜の一順めのしわくちゃな小額紙幣でいっぱいだった――、六号室の鍵をくれた。

これほど静かな場所に泊まったことはなかった。聞こえるのはせいぜいひそやかな足音と意味不明の囁きぐらいで、ごくまれに、錆びたバネの苦しげな軋みが聞こえるだけだった。それ以外には呟き声ひとつ、ため息ひとつしないのだ。唯一やっかいなのは、木の格子で窓が封鎖されているせいで、天火に入っているみたいに暑いことだった。にもかかわらず、私は最初の夜からウィリアム・アイリッシュ［四〇年代に活躍した米国の推理小説作家］をじっくりと、ほとんど夜明けまで読むことができた。

ここはかつての船問屋の屋敷だったところで、化粧漆喰の列柱や形だけのフリーズで飾られており、完全に囲まれたパティオにはまるで異国的なガラス屋根がかけられていて、温室のような光が差しこんだ。一階には町の公証人事務所が入っていた。もとの屋敷には、四階までの各階に大理石張りの大きな居室が六つあり、それが厚紙で仕切られた小部屋――私の部屋と同じ大きさの――に分けられて、そこで近所の夜歩き女たちが刈り入れをするのだった。見上げるような高さのこの幸福な建物は一時期はホテル・ニューヨークという名前だったことがあり、アルフォンソ・フエンマヨールはのちに摩天楼と呼んだものである。そのころよくエンパイア・ステート・ビルの屋上から飛びおり自殺する人がいたのにちなんでのことだった。

とにもかくにも、私たちの生活の核となっていたのはムンド書店であり、昼の十二時と夕方の六時に、サン・ブラス通りの一番人通りの多いブロックに私たちは寄り集った。オーナーのドン・ホルヘ・ロンドンは、親しい友人だったヘルマン・バルガスの勧めでこの店を始めたのだったが、短い間にそこは新聞記者や作家や若い政治家などの集会場のような場所になった。ロンドンはこの商売の経験がなかったが、じきに習熟して、熱い心と気前のよさを兼ねそなえた忘れがたいメセナ［芸術文化の後援者］となった。ヘルマンとアルバロとアルフォンソが本の仕入れの助言をし、とくにブエノス・アイレスからの新刊に力を入れた。ブエノス・アイレスの出版社は第二次大戦後、世界じゅうの新しい文学作品を大量に翻訳して出版して販売しはじめていたのだ。彼らのおかげで私たちは、この町に到達することのなかったはずの本をいくつも、新鮮なうちに読むことができたのである。彼ら自身が店頭で買物客に熱気を吹きこんだせいで、バランキーヤは何年も前、歴史に残るドン・ラモンの本屋が店じまいしたときに読書の都という地位からすべり落ちてそれきりになっていたのだが、そのかつての地位に返り咲いたのだった。

私が町に移り住んであのグループに加わったばかりのころ、彼らはいつも、アルゼンチンの出版社の本を売りに来るセールスマンの到着を、首を長くして天からの使いのように待っていた。このセールスマンたちのおかげで私たちは世に先んじてホルヘ・ルイス・ボルヘスやフリオ・コルタサル、フエリスベルト・エルナンデスに熱中し、また、ビクトリア・オカンポの仲間の手になるいい翻訳でイギリスやアメリカ合衆国の小説家の作品を読んでいたのである。アルトゥーロ・バレアの『反逆者の誕生』［バレアはスペインの作家、一八九七―一九五七。スペイン戦争中は共和派の義勇軍に加わりラテンアメリカ向けのラジオ放送を担当した。その後イギリスに亡命して暮らしたため、代表作となるこの自伝的作品のスペイン語版はアルゼンチンで出版された］は、二度にわたる戦争のせいで沈黙に陥っていた遠きスペインから届く初めての希望のメッセージだった。こうした本を運ぶ旅人のひとりが、定期的にやってくるギジェルモ・ダバロスで、彼は私たちの深夜のばか騒ぎにつきあうばかりでなく、町の本屋との取引が終わったあとで新刊本の見本を私たちに残していってくれるのだった。

グループの面々は町の中心から離れたところに住んでいたので、夜、カフェ「ローマ」に行くのは決まった目的があるときだけだった。それに対して私にとっては、ここそが自宅のようなものだった。午前中は休みについている『エル・エラルド』の編集部で自分の仕事をし、昼食は可能な範囲で、可能なときに、可能な場所で食べたが、ほとんどいつも、グループ内の親切な友人や何かを狙っている政治家のおごりだった。午後には毎日担当していた「キリン」というコラム記事や、折々の記事を書いた。正午と午後六時、ムンド書店に一番正確に姿をあらわすのが私だった。昼食前の一杯をグループは長いことカフェ「コロンビア」で飲んでいたものだが、のちにはその向かい側にあったカフェ「ハピー」に移った。サン・ブラス通りで一番風通しがよくて陽気な場所だったからだ。この店を私たちは、応接のため、仕事のため、取引のため、インタビューのため、待ち合わせのためなど、あらゆることに使っていた。

カフェ「ハピー」でのドン・ラモンのテーブルには、習慣によって決められた厳格なルールがあった。彼はいつも、隠居した師匠らしい時間割にしたがって、午後四時ごろまでに一番乗りでやってきた。

テーブルには六人以上はすわる余地がなかった。われわれがすわる位置関係はすでに決まっていて、余地がないところに他の椅子を持ちこむのは無礼とされていた。友情の古さとランクから、ヘルマンは彼の右隣に最初の日からすわった。彼は師匠の物質的な問題の処理を任されていた。というか、頼まれてはいないのだが、勝手に担当していたのだ。師匠には、生活の実利的な側面にはまるで通じていないという生得の才能があったからだ。そのころ、一番大きな課題となっていたのは、バルセローナに旅立つまでに、県立図書館に蔵書を売却し、その他の所持品を処分することだった。ヘルマンは秘書というよりも、忠実な息子のような存在だったのである。

一方、ドン・ラモンとアルフォンソの関係は、もっとむずかしい文学的・政治的問題に根ざしていた。アルバロは私の見るところ、テーブルに師匠とふたりだけになると引っ込み思案になってしまうようで、うまく話に加わるためには他の人の存在が必要なのだった。このテーブルで好きな場所にすわる権利がある人間はホセ・フェリックスただひとりだった。夜になると、ドン・ラモンは「ハピー」ではなく、ほど近い、亡命スペイン人の友人が集まるカフェ「ローマ」に行った。

彼のテーブルに最後に加わったのが私で、最初の日から、ニューヨークに行っているアルバロ・セペーダの席に、固有の権利がないまま一時的にすわることになった。ドン・ラモンは『エル・エスペクタドール』紙に掲載された私の短篇小説を読んでいたので、私のことをあたらしい弟子としてすぐに受け入れてくれた。しかし私は、母とアラカタカに行くための旅費を貸してくれと頼むことができるほどの関係にいずれなれるとは思いもしなかった。その旅行のあとほどなくして私は、考えられないほどの僥倖のおかげで、ふたりだけで初めての、そしてただ一回だけの会話をもつことができた。他の仲間よりも早く「ハピー」に行って、貸してくれた六ペソを返したときのことだ。

「どうだい、天才」と彼はいつものように私に挨拶した。しかし、私の顔つきのどこかに不安をおぼえたようだった――「病気なのか?」

「いや、そんなことはないと思いますけど、先生」と私は不安になって答えた。「どうしてですか?」

「やつれているように見えるんだが、あまり気にしないでくれ、近ごろは、われわれ誰もがやりたい放題にやられてるからな」

そう言って彼は六ペソを、まるで不正に手に入れたものであるかのようにためらいがちに財布にしまった。

「受け取っておくよ」と彼は恥じらって紅潮しながら説明した。「ひどく貧乏なのに、催促される前に借金を返せた若者がいた、という記念としてね」

私は何と言っていいかわからず、沈黙に沈みこんだ。店内の騒々しさの中でその沈黙は鉛の井戸のように重かった。私はこの日の幸運な出会いを夢に見たこともなかった。グループでのおしゃべりにおいては、その場の無秩序の中に各人がそれぞれの砂粒を持ちよっていって、各人の機知やその欠如は他の人のそれと混じりあって見分けがつかないような感じになるのだったが、私は、もう何年も前から百科事典に収録されている人物と芸術や栄光についてふたりだけで話す機会があろうとは思っていなかったのである。自室の孤独の中で本を読んでいる明け方などにしばしば私は、自分の文学的な疑問について彼と交わしてみたい活発な対話を空想することがあったが、それはいずれも日の出とともに痕跡も残さずに溶けて消えてしまうのだった。アルフォンソがいつもの誇大なアイディアを持って飛びこんできたり、ヘルマンが師匠の性急な意見を却下したり、われわれが動揺するような計画をアルバロが喚きたてたりしはじめると、私の引っ込み思案はつのって、言いたいことが言えなくなってしまったのである。

幸運なことに、その日の「ハピー」では、ドン・ラモンのほうが主導権をとって、最近の読書傾向について質問してきてくれた。そのころまでに私は、ロスト・ジェネレーションのもので手に入る作品はすべて、スペイン語で読んでいて、とくにフォークナーには注目して、万が一にでも単なる器用な修辞家だということが判明しはしないか、とめずらしくも警戒して、剃刀《かみそり》で切り刻むように血だらけにしてその作品を解剖してみていた。そのようなことを言ってしまったあとで私は、それが挑発のように受け止められてしまうのではないか、という恐れにぶるっときて、表現をやわらげようとしたが、ドン・ラモンはその暇をあたえなかった。

「心配しなさるな、ガビート」と彼は動じることなく答えた。「もしフォークナーがバランキーヤにいたなら、このテーブルに加わっているさ」

その一方で彼は、私がラモン・ゴメス・デ・ラ・セルナ〔スペインの前衛詩人。一八八八―一九六三〕に強い関心をもっていて、疑問の余地のない他の小説家たちと同列で「キリン」のコラムに引用していることを見とがめた。私はその名前を出したのは小説がすぐれているからではないと答えた。ひじょうに好きだった『薔薇の山荘』を別にすれば、私がゴメス・デ・ラ・セルナで関心をもっていたのはその機知とことばの才能のほうであり、ものを書く方法を身につけるためのリトミック体操としてだったのである。その意味では、彼の有名なグレゲリーア〔機知のこもった短い詩的箴言〕ほど頭のいい形式は思いつかない。ドン・ラモンはそのように言う私を、辛辣な笑みをもってさえぎった――

「あなたにとっての危険は、自分で気づかないうちに、悪い書き方を覚えてしまうことにある」

しかしながら、この話題を打ち切る前に彼は、ゴメス・デ・ラ・セルナには燐光を発するがごとき乱雑さがあるが、たしかに詩人としてはすぐれている、と認めた。彼の返答というのはいつもこのように、直接的で賢さのこもったものであり、私はそれをしっかり聞き止めようと神経を張りつめていた。誰かが今すぐにでも飛びこんできて、この二度とない機会を途切れさせてしまうのではないか、という恐れにドキドキしていたのだ。しかし、彼のほうはこの時間をどう使えばいいのか、ちゃんと心得ていた。いつものウェイターが彼の十一時半のコカコーラを運んできたとき、彼は気づかなかったように見えたが、説明を中断することなく一口ずつ紙ストローで飲みはじめた。やってくる客の大部分が入口のところから大きな声で挨拶した――「元気ですか、ドン・ラモン」。すると彼はそちらに目をやることなく、画家のような手つきで手を振って答えるのだった。

話をしながら、ドン・ラモンは、私が両手でじっと押さえている革の紙ファイルにちらちらと目をやっていた。一本目のコカコーラを飲み終えると、ストローをネジ巻きのようにひねって二本目を注文した。私も自分の分を、このテーブルでは各自が自分の飲んだものを払うことになっているのをわきまえて、注文した。そのあとでようやく彼は、私がまるで海に流された人が板きれにしがみつくみたいに必死で抱きかかえている謎めいたファイルは何なのか、と尋ねた。

私は本当のことを言った――母とカタカに行ってから書きはじめた小説の草稿の第一章の部分だった。その後二度と再現できないような、生か死かという分かれ道での豪胆さを発揮して、私は無邪気な挑戦のように、テーブルの上にファイルを開いて乗せた。危険な青色をした澄みきった瞳でもって彼は私を見つめ、若干驚いたような調子で尋ねた――

「見せてくれるのかい？」

それはタイプライターで打ったものに、無数の修正を細長い新聞用紙に書いて貼り付けて、アコーデオンの蛇腹のように折りたたんであるものだった。彼は急ぐことなく読書用の眼鏡をかけ、紙の帯を職業的な慣れた手つきで広げてテーブル上に置きなおした。そして何の身ぶりもなく、顔色も息づかいも変えることなく、思考のリズムにあわせてかすかに頭頂の毛房だけを動かしながら読んだ。二枚を端から端まで読み終えると、黙って中世の技芸をもって元のように折りたたんでからファイルを閉じた。それから眼鏡をケースに入れて、胸のポケットにしまった。

「見たところ、当然だが、まだ粗削りなもののようだ」と彼は単純明快な言い方で私に言った。「でも、いい線を行っている」

時間の扱いについて——これこそ私にとって生きるか死ぬかの大問題であり、まちがいなく一番むずかしいところなのだが——いくつか付随的な指摘をし、それから次のようにつけ加えた——

「意識しておかなければいけないのは、出来事はすでに起こっていて、人物はそれを回想するためにそこにいるだけだ、ということだ。したがって、書き手はふたつの時間を取り扱わなければいけないわけだ」

私には経験不足で価値がわからなかった一連の詳細な技術的な指摘をしたあとで彼は、小説の中の都市は、私が草稿に書いていたようにバランキーヤとは呼ばないでおいたほうがいいんじゃないか、とアドバイスした。名前が現実によって条件づけられていすぎて、読者が夢を見る余地がないから、というのだった。そのあとで、いつものからかうような調子で締めくくった——

「でなければ、あえて田舎者のふりをして、行き詰まるまでそのままにしておく手もある。考えてみれば、ソフォクレスのアテネと、アンティゴネーのアテネは別物であるわけだから」

しかし、その後も永久に私が文字通り守り通したのは、その午後、私に別れを告げるときに彼が口にした一言だった——

「敬意を寄せてくれたことにお礼を言うよ、だからそれに応えて一言、助言をしておこう。書いている途中の草稿は、絶対に誰にも見せるんじゃない」

　彼とふたりだけで対話を交わしたのはこのときだけだったが、これは何よりも貴重な機会だった。彼は一九五〇年の四月十五日、黒いウールのスーツと裁判官のような帽子のせいで息苦しそうにしながら、一年以上前から予定されていたように、バルセローナへと旅立ってしまったからだ。その日は小学生の子供を外国に送り出すみたいな状況になった。六十八歳にして健康状態はよかったし、頭も明晰なままだったが、空港に見送りに行った私たちは誰もが、まるで、自らの葬儀に出席するために生まれ故郷にもどる人を送り出すような思いで彼に別れを告げるしかなかった。

　翌日、「ハピー」のいつものテーブルに集まって初めて、私たちは彼の椅子のところに残されている空白に気づいた。誰もその椅子にすわろうとしなかったが、われわれはやがて一致して、ヘルマンがすわるべきだと決めた。新しい日々の会話のリズムに慣れるまでには何日もかかったが、そのうちにドン・ラモンから最初の手紙が届いた。まるで生の声で話しているみたいな調子で、紫色のインクを使っていつもの入念な筆跡で書かれたものだった。こうしてヘルマンを通じた全員との文通が始まった。それは頻繁で濃密なものだったが、そこでは彼の生活についてはほとんど語られず、フランコが生きているかぎり、そしてスペイン帝国がカタルニアを支配し続けるかぎり敵地であると見なし続けることになるスペインについてばかりが語られることになった。

　週刊誌を出すという考えを言い出したのはアルフォンソ・フエンマヨールで、これよりずっと前のことだったが、私の印象では、カタルニアの賢人が旅立ったことが実現を早めたようだ。この問題を話しあうために私たちは三日後の夜にカフェ「ローマ」に集まり、そこでアルフォンソが、離陸に必要なものはすべてそろったと発表した。全二十ページのタブロイド判週刊誌で、ジャーナリズムと文学の両方を扱い、名前はあえてありふれたもの――『クロニカ』――にするという。あり余るほど金を持っている人たちから四年間かけても思うように資金を集められなかったというのに、アルフォンソ・フエンマヨールが、職人や自動車修理工、退職した判事やラム酒で広告代を払うと言っている酒場経営者などを説得して金を集めてきたというのは、私たち自身にとってもまるでうわ言のように聞こえた。しかし、この雑誌が受け入れられると考える根拠もあった。盛んな工業生産と民主独立の気概を誇るこの町では、その一方で、そこで生まれた詩人たちへの敬意が生き続けていたからだ。

私たち以外に定期寄稿者はあまり置かない予定だった。ただひとりの経験豊かなプロ、カルロス・オシーオ・ノゲーラ通称「詩人オシーオ」は、独特な嗜好と巨大な体軀をもった詩人にしてジャーナリストで、政府の役人でもあり、校閲者として『エル・ナシオナル』紙でアルバロ・セペーダとヘルマン・バルガスと一緒に働いていたことがあった。もうひとりはロベルト（ボブ）・プリエートという、上流階級にはめずらしい博識な学者肌の男で、スペイン語と同じくらい自由に英語やフランス語でものを考えることができ、ピアノでは大作曲家の作品をいくつも譜面なしで弾けた。アルフォンソ・フエンマヨールがリストに連ねた名前の中で、一番理解しにくかったのがフリオ・マリオ・サントドミンゴだった。誰とも似ていない人間になるという意図の持ち主であるからと言ってアルフォンソは彼のことを無条件でメンバーに加えたのだったが、われわれのほとんどには彼がなぜ編集委員に名を連ねているのか理解できなかった。彼は知的で教養と礼節があって、ラテン世界のロックフェラーになるように定められている人なのだが、政治権力の世界に否応なく巻きこまれる運命であるように私たちには思われたのだ。この雑誌を推進してきた私たち四人にはわかっていたが、ほとんどの人が知らなかったのは、二十五歳のこの男の秘密の夢は作家になることだったのである。

発行責任者は当然ながらアルフォンソだった。ヘルマン・バルガスはまず何よりも筆頭記者となり、いずれ私も、時間ができたときにではなく（時間など私たちの誰にもなかった）、記者の仕事を身につけるという夢が実現したときに、協力して働きたいと考えた。アルバロ・セペーダはニューヨークのコロンビア大学から、空き時間に寄稿する予定になった。そして末席として、誰よりも暇で希望に燃えている私が、どこよりも不確実ながら、どこよりもインディペンデントな週刊誌の編集長に任命されることになった。

アルフォンソはもう何年も前から材料を貯めてきており、それまでの半年間は先回りして仕事を進めて、社説や文学作品、すぐれたルポルタージュ、それに金持ちの友人からの広告の約束などを集めてきていた。編集長は決まった勤務時間もなく、私ぐらいのレベルのジャーナリストとしては他のどこよりも高い給料を約束されていたものの、その実、すべてがこれから利益をあげられるかどうかにかかっているのだったが、いい雑誌を遅れずに出していく覚悟を固めていた。そうしてついに、翌週の土曜日、私が午後五時に『エル・エラルド』紙のいつもの部屋に入ると、アルフォンソ・フエンマヨールは書いている途中の社説から顔を上げもせずに言った――

「そろそろ急ぎはじめてくださいよ、先生。来週から『クロニカ』の刊行開始だから」

私は驚かなかった。すでに同じ台詞を二回聞いたことがあったからだ。しかし、三回目こそが本番だった。他のすべてを大きく引き離してその週の最大の出来事は、ブラジルのサッカー選手エレーノ・ジ・フレイタスのデポルティーボ・ジュニオール入団だったが、私たちはそれをスポーツ専門紙と張りあうようなかたちで扱うつもりはなく、文化的・社会的な観点から大きなニュースとして取りあげることにした。『クロニカ』誌は媒体として特定ジャンルに分類されるつもりは毛頭なく、サッカーのように人気のある話題を扱うのであればなおさらだった。われわれは満場一致でこのように決定し、てきぱきと仕事を進めた。

事前にたくさんの材料を準備してあったので、いざとなってやる必要があるのはエレーノのルポルタージュだけだった。これはルポルタージュの名人で熱狂的なサッカー・ファンであるヘルマン・バルガスが書いた。第一号は一九五〇年四月二十九日土曜日の朝、遅滞なく売店の店頭に並んだ。それは世界で一番美しい広場でたくさんの青い手紙を書いたシエナの聖女カタリナの日だった。『クロニカ』には、刊行直前に私が考えたキャッチフレーズが誌名の下に印刷されていた――「あなたにぴったりのウィークエンド誌」。これが当時、コロンビアのジャーナリズムを覆っていた生半可な自国語純粋主義に挑戦するような一言であることはわかっていたが、私たちが言いたかったニュアンスをスペイン語でうまく伝えられる言い方はなかったのである。表紙にはエレーノ・ジ・フレイタスのイラストを載せた。三人いたイラストレーターのうち、肖像を専門にするアルフォンソ・メーロがインクで描いたものだった。

刊行直前のどたばたや広告不足にもかかわらず、第一号は翌日、四月三十日、編集委員そろって市立スタジアムに駆けつけるよりも前に完売した。そこでは、デポルティーボ・ジュニオール対スポルティングの華々しい試合が行なわれることになっていた。どちらもバランキーヤを地元とするチームなので、編集部も二分されていた。ヘルマンとアルバロはスポルティング、アルフォンソと私はジュニオールを応援していた。しかしながら、エレーノの名前とヘルマン・バルガスの素晴らしいルポルタージュの力だけで、『クロニカ』こそがコロンビアが長く待ち望んでいた偉大なスポーツ雑誌であるという誤解が生まれつつあったのである。

旗竿に人が登るほどの満員になった。前半六分、エレーノ・ジ・フレイタスがコロンビアで最初のゴールを、中央から左足のシュートで決めた。最終的にはスポルティングが三対二で勝ったが、その午後のヒーローはエレーノであり、また、それを予告するような表紙を当てた私たちだった。しかし、『クロニカ』がスポーツ雑誌ではなく芸術文化の週刊誌であって、その年の重大ニュースのひとつとしてエレーノを取りあげているのだ、ということを読者一般に理解してもらうのは、もはや人知も神知も超えたことになっていた。

初心者のまぐれ当たり、というのではなかった。われわれのうちの三人は一般向けのコラムでサッカーの話題をしばしば取りあげていた。ヘルマン・バルガスももちろんそのひとりだ。アルフォンソ・フエンマヨールは精密なサッカー・ファンだったし、アルバロ・セペーダは長年、ミズーリ州セントルイスの『スポーティング・ニュース』紙のコロンビア通信員だった。にもかかわらず、私たちが狙っていた読者は続く数号を喜んで迎え入れてはくれず、一方、スタジアムの熱狂的なファンは私たちを情け容赦なく見捨てた。

この溝を埋めるべく、編集委員会はセバスチアン・ベラスコチェアについての特集ルポルタージュを私に書かせることに決めた。デポルティーボ・ジュニオールに在籍していたもうひとりのブラジル人スターである。私の毎日のコラムで幾度か怪しげな方法を駆使して試みてきていたように、サッカーと文学とを和解・融合させようという期待をこめてのことだった。ルイス・カルメロ・コレアがカタカの草地で私に吹きこんだサッカー熱は、このころまでにほとんどゼロにまで落ちこんでいた。しかも、私はカリブ海野球――地元の呼び方では「玉 遊び《ペロータ》」と言っていたのだが――の先駆的な大ファンだった。にもかかわらず、私は挑戦を引き受けた。

私が模範としたのはもちろん、ヘルマン・バルガスのルポルタージュだった。他の記事も調べあげて勉強した私は、ベラスコチェアからじっくり話を聞く機会を得て、なんとかなりそうだとほっと胸をなでおろした。頭がよくて愛嬌もあり、ファンに抱いてもらいたいイメージについてもしっかりした考えをもった人だった。最悪だったのは、私が彼のことを、その苗字だけを根拠にして、典型的なバスク人と見なし、そのように描き出したことだった。堂々たるアフリカの血筋を誇るまっ黒な黒人であるという点をまったく見落としていたのである。これはわが生涯のポカというべきものであり、それをよりによって、雑誌にとって最悪の瞬間に犯してしまったのだ。そのあまりのひどさに、私は、ある読者が手紙を寄せて、サッカーボールと路面電車の違いも見分けられないスポーツ記者、と私のことを呼んだのに心の底から賛同してしまったほどである。念入りに考えてから判断を下すたちのヘルマン・バルガスすら、ずっとあとになって、とある記念文集で、ベラスコチェアについてのルポルタージュは私が書いたすべてのものの中で一番ひどかった、と書いたほどだ。それは誇張だと思うが、それほどひどく誇張しているわけでもない。なにしろ彼ほどこの仕事をよく知っている人はなく、人情話でもルポルタージュでも、まるで植字工にその場で口述しているかと見まごうような淀みない調子で書く人なのだから。

カリブ海沿岸ではサッカーも野球も人気があるので、私たちはどちらも扱い続けたが、時事的なテーマや新しい文学作品などを多く取りあげていくようにした。すべてが無駄だった――われわれがどうしても『クロニカ』がスポーツ雑誌であるという誤解を乗りこえられなかった一方で、スタジアムの熱狂的ファンはその誤解をいとも簡単に乗りこえて、われわれを運命のままに見放した。こうしてわれわれは最初の刊行意図に沿って雑誌を作り続けたが、三週目からはどっちつかずの中間地帯を漂流していくようになった。

私はしかし挫けなかった。母とのカタカへの旅、ドン・ラモン・ビニェスとの歴史的な対話、そして、バランキーヤ・グループとの濃厚な絆が、私の中に永遠に続く新たな息吹を吹きこんでくれていたからだ。そのとき以来、私はタイプライター以外のものを使って一銭も稼いだことがない。これはちょっと見に考えるよりも大きな偉業であるような気がする。私が自分の小説で暮らしていけるようになった最初の印税は、私が四十何歳かのときに払われたのであり、それまでにすでに四冊の本を出していたが、そこからはほとんど何の収入も得られなかったのだから。それまでの私の人生は、作家ではないものに私を変えようとする無数の罠を避けて通るための、ずるや、フェイントや、目眩ませの連続によって常に掻き乱されていたのである。

3

アラカタカの没落が確実なものとなり、祖父も死んで、彼のもっていたらしいわずかな権力の名残も消滅してしまうと、それに頼って生きていた私たちは、懐旧の思いに翻弄されるばかりとなった。もう列車に乗って訪ねてくる人もいなくなったので、家は魂を失ったようになった。ミーナとフランシスカ・シモドセアは、従僕のように献身的に彼女らの世話を引き受けたエルビーラ・カリーヨの庇護のもとにとどまった。祖母がついに視力と正気とを失うと、私の両親は、少なくとも死ぬまで楽に暮らせるようにと彼女を引き取った。信心深い生娘フランシスカおばさんは、無遠慮な放言と粗削りな箴言で知られるかつての姿のまま、頑として墓地の鍵を手放すのを拒み、ミサ用の聖餅《ホスチア》の製造を続けた。もし神がそれをお望みであったなら、自分のことをすでに召喚しにいらしているはずだというのが彼女の理屈だった。何の変哲もないある日のこと、彼女は純白のシーツを数枚もって自分の部屋の戸口に腰をおろし、自分の寸法に合わせた死装束を縫いだした。あまりに入念に取り組んだので、死のほうも、それが出来上がるまで二週間以上も、辛抱強く待った。出来上がった晩、彼女は誰にも別れを告げずに、何の病気にも痛みにも悩まされぬままベッドに入り、これ以上ないほど健康な状態のまま、死の途についた。あとになってわかったことだが、その前の晩に彼女は、死亡報告書に記入し、自らの埋葬の手続まですませていた。同じように自らの意思で男を知ることなく生きてきたエルビーラ・カリーヨは、家の膨大な孤独のさなかにひとり取り残された。毎晩のように彼女は、真夜中に両隣の寝室から聞こえてくる永遠の咳の名残に目を覚ましたが、まったく気にしなかった。超自然的な生の苦悶まで分かちあうことにすっかり慣れていたからだ。

それとは対照的に、彼女の双子の兄弟エステバン・カリーヨは、すっかり年をとってからも明晰で活発であり続けた。いつだったか彼と朝食をともにしていたときに、私は急に、彼の父親がシエナガの湖沼を渡るランチの舷側から投げ落とされそうになったことを、映像的なディテールとともにくっきりと思い出した。群衆に肩の上にかつぎ上げられて、サンチョ・パンサが牧童にされたみたいにケット上げされていたのだ。そのときにはもうパパレロは死んでいたので、私がこの思い出をエステバンおじさんに話したのは、笑えるエピソードだと思ったからだった。しかし彼は跳ね上がるようにして立ち上がった。起ったそのときに私がすぐにその話を告げ知らせなかったことにひどく腹を立てて、その場で祖父と話をしていた男が誰なのか、記憶の中で私が特定できないものかどうか、しきりに聞いてきた。わかったら、父親を溺死させようとしたのが誰なのか聞き出しにいくつもりだったのだ。彼はまた、パパレロがどうして抵抗しなかったのか不思議がった——なにしろ、二度にわたる内戦中、何度も前線に出たことのある射撃の名手だったのだし、枕の下にリボルバーを置いて眠るほどで、また、平時に敵を決闘で殺したような男だったのだから。いずれにせよ、自分と兄弟たちでこの侮辱の仇を討つには、今からでも遅くない、とエステバンは私に言って聞かせた。これがラ・グアヒーラの掟だった——家族の一員に対する侮辱のつけは、加害者家族の男たち全員が払わなければならないのだ。エステバンおじさんはすっかりその気になっていて、私の訊問の仕上げをしながら、腰からリボルバーを抜いて、すぐに撃てるようにテーブルの上に置いたほどだった。そのとき以来、私たちが人生の流れの中で顔を合わせるたびに彼の中には、私がそろそろ思い出しているのではないかという期待がよみがえるのだった。ある晩、彼は新聞社の仕事部屋にあらわれ、これは私が結局書き終えられなかった最初の長篇小説のために一家の過去を調べてまわっていたころのことだが、この暗殺未遂事件についてふたりで一緒に調査をしようじゃないか、と提案してきた。それからも決して諦めなかった。最後に会ったのはカルタヘーナ・デ・インディアスだったが、そのときすでに年老いて心にもひびが入っていた彼は、別れ際に悲しげな笑みを浮かべて言った——

「俺にはわからん、そんなに記憶が悪くて、どうしてお前さんが作家になれたのか」

もうアラカタカで何もすることがなくなると、両親はまた薬局を開くために私たちを連れてふたたびバランキーヤに移り住んだ。資本は一銭もなかったが、それまでの商売で共同出資者になっていた問屋の人たちからの信用があったので可能になったのだった。家族の中ではこの店は五軒目の薬局と呼んでいたが、実際に五軒あったわけではなく、ずっと一軒しかない店が町から町へと、父の商いの勘しだいで転々としていたのである——バランキーヤで二度、アラカタカで二度、そして、シンセで一度、店開きしたのだ。どの店でも利益はわずかだったが、負債も救える範囲内に収まった。祖父母もおじおばも使用人もいなくなって、一家はそのころ、両親と子供たちだけになっていた。結婚して九年のうちに、子供は私たち六人——男三人と女三人——にふえていた。

生活のこの新しい展開に私はひじょうに不安になった。バランキーヤには何度か両親を訪ねたことがあったが、それは小さいころで、いつも一時的なものだったので、そのころに関する私の記憶はひじょうに断片的なものだ。初めて訪れたのは三歳になるころで、妹のマルゴットが生まれるので連れられていった。夜明けの港の強烈な汚泥の匂いと、一頭立ての馬車を覚えている。その御者は鞭を使って、荷物運びの男たちが、ひとけのない埃っぽい通りで、御者台によじ登ろうとするのを追い払っていた。私は思い出す、赤ちゃんが生まれた産院の黄土色の外壁と、ドアと窓の緑色の木材、そして、部屋の中に満ちていた薬品の強い匂い。生まれたばかりの赤ん坊はがらんとした部屋の奥に置かれたとても簡素な鉄製の寝台に寝ていて、そこには女の人がひとりいて、それは私の母にちがいないのだが、私の記憶の中では顔のない存在でしかないその人は、私のほうに力ない手を差し出して、こうささやくように言ったのである――

「もう私のこと、覚えてないのね」

それだけなのだ。彼女に関する最初のはっきりしたイメージはそれから数年後のもので、これは明瞭で疑問の余地がないものだが、それがいつのものなのか、私には特定できていない。それはおそらく、私の二人目の妹アイーダ・ローサの誕生後、母がアラカタカを何回か訪ねてきたときのことのはずだ。私は裏庭にいて、サントス・ビイェーロがフォンセーカから抱いて運んできてくれた生まればかりの子羊と遊んでいて、そこにマーマおばさんが駆けこんできて、私にはまるでお化けの声みたいに聞こえた大声でこう言ったのだ――

「お前の母さんが来たわよ！」

私はほとんど引きずられて広間まで連れていかれ、するとそこには家の女たち全員と、近所の女たちまで何人かいて、いずれも、まるでお通夜の席みたいに壁沿いに並べられた椅子にすわっていた。おしゃべりは私の突然の登場でやんだ。私はどれが母なのかわからずに、戸口で石化したみたいに立ち止まり、すると彼女は両腕を開いて、私の記憶にあるもっとも優しさのこもった声で言った――

「あら、もうまるで一人前じゃないの！」

彼女はローマ人みたいな美しい鼻をしていて、威厳があって色が白く、その年の流行の服でいつにもまして立派に見えた――腰のくびれた象牙色の絹のドレス、何重にも巻いた真珠の首飾り、ストラップで止めた銀色のハイヒール、サイレント映画に出てくるような釣り鐘形の藁帽子。抱きしめられると、いつも感じた彼女独自の匂いに私は包みこまれて、罪の意識が戦慄のように走った。私は彼女のことを好きだと感じるのが自分の義務であるとわかっていたのだが、実際に好きだとは思っていないことを感じたのである。

これとは対照的に、父に関して私がもっている一番古い記憶は明確に確認されており、一九三四年十二月一日、彼が三十三歳になった日のものだ。私は彼が陽気な速足でカタカの祖父母の家につかつかと入ってきたのを見たのである。白い麻のスーツとカンカン帽という出で立ちだった。誰かが彼を抱きしめて祝福し、何歳になったのかと尋ねた。それに対する父の返答を、そのときには理解できなかったがゆえに、私はけっして忘れなかった――

「キリストの年になったんですよ」

この思い出がどうして一番古いものに感じられるのか、私はずっと自問してきた。もうこのころまでには、何度も父と一緒にいたことがあったのは明らかなので不思議なのだ。

私たちは一度も同じ家に暮らしたことはなかったが、マルゴットの誕生後は、祖父母が私のことを頻繁にバランキーヤに連れていく習慣になったので、アイーダ・ローサが生まれたときには、もう父はそれほど見慣れぬ存在ではなかったのだ。おそらく幸せな家庭だったと思う。彼らは薬局を一軒もっていて、のちにはもう一軒を町の中心に開くことになった。私たちは祖母アルヘミーラ――通称ママ・ヒーメ――と、子供ふたり、フリオとエナに再会した。エナはとても美人だったが、家族の中では運が悪いことで知られていた。彼女は結局二十五歳で死んでしまったのだが、原因はわからず、今でも彼女に拒絶された恋人が呪いをかけたせいだと言われている。私たちが大きくなるにつれて、ママ・ヒーメはなおさら私には近い存在になり、その遠慮ない口ぶりはなおさら際立っていったように感じられる。

ちょうどこのころに、両親は私の中に感情的なささくれを引き起こし、それはなかなか消えない傷跡となって残ることになった。それは母が突然懐かしい気持ちに襲われて、ピアノで「踊りが終わって」を弾きはじめた日のことだった。これはふたりが秘密の恋人だった時代の歴史的なワルツだから、父もロマンティックな思いからヴァイオリンを引っ張り出してきて、弦が一本欠けていたが一緒に弾くことにした。母は彼のロマンティックな夜更けの演奏スタイルにすぐに合わせて、それまでになくいい感じで弾けたので、うれしくなって肩ごしにふりかえって彼に目をやり、父が目に涙を浮かべているのに気づいた。「誰のことを思い出しているの？」と母は容赦ない無邪気さで尋ねた。「僕らが一緒に初めて弾いたときのことだよ」と父はワルツの調子に合わせて答えた。すると母は激しい怒りをこめて、両手の拳で鍵盤を叩きつけた。

「一緒に弾いたのは私じゃないでしょ、このイエズス会士め！」と声の限りに叫んだ。「誰と弾いたのかちゃんとわかっていて、その女のために泣いているんでしょ」

彼女はその名前を、そのときにもその後にも決して言わなかったが、家のあちこちに散らばっていた私たち全員がその怒号に恐慌をきたして凍りついた。ルイス・エンリーケと私は、彼女を恐れなければならない隠れた理由がいくらでもあったからベッドの下に隠れた。アイーダは隣の家に逃げ、マルゴットは突然熱病になって三日間うわ言を言い続けた。目に炎を浮かべてローマ人の鼻を刃物のように尖らせた母が、このように嫉妬を爆発させるのは、一番下の弟と妹にとっても、これが初めてではなかった。彼女が奇妙に落ち着きはらって、居間の壁にかかった絵を取り外しては、一枚一枚順番に床に叩きつけて、けたたましくガラスの破片をまき散らしながら粉々にするのを私たちは見たことがあった。彼女が父の脱いだ服を洗濯かごに入れる前に、一枚一枚匂いを嗅いでいるところを私たちは見かけたことがあった。悲劇のデュエットの晩以降はもう何も起こらなかったが、やがてフィレンツェ人の調律師がやってきて、売るためにピアノを運び去り、また、ヴァイオリンはリボルバーとともに戸棚の中で朽ち果てることになった。

バランキーヤはこの当時、発達した市民社会と穏やかなリベラリズムと政党間の平和共存が見られる先進地域だった。この町の成長と繁栄の決定的な要因には、スペインからの独立以来、国を荒廃させてきた一世紀以上におよぶ内戦が終結したこと、そして、その後には、大ストライキ後に行なわれた激しい弾圧によって痛手を負ったバナナ栽培地域が、結局、崩壊したことがあった。

何をもってしても、この町の人たちの進取の気性を抑えこむことはできなかった。一九一九年には若い事業家マリオ・サントドミンゴ（フリオ・マリオの父）が、国内の航空郵便サービスを民間で開始するという偉業をなしとげた。五十七通の手紙の入った郵便袋が、バランキーヤから五レグアのところにあるプエルト・コロンビアの浜に、アメリカ合衆国人ウィリアム・ノックス・マーティンが操縦する原始的な飛行機から投げ落とされたのである。第一次世界大戦の終結時にはドイツの飛行士の一団がコロンビアにやってきて――その中にはヘルムート・フォン・クローンもいた――、ユンカースF13型機で航空路を確立し、マグダレーナ川に就航したこの初の水陸両用機に、命知らずの六人の乗客と郵便袋を乗せて神与のバッタのごとくに飛びまわった。これが世界でもっとも古い航空会社のひとつ、コロンビア・ドイツ航空輸送社SCADTAの母体となった。

　バランキーヤへのわが一家の最終的な転居は、私にとって単に町と家が変わったということではなく、十一歳にして父親が変わったようなものだった。新しい父親は偉大な男だったが、祖父母の家でマルガリータ［愛称がマルゴット］と私を幸せにしてくれた祖父とは、父性的権威ということに関して大きく異なった感覚をもった人だった。誰にも指図されずにいることに慣れていた私たちは、異なった体制に適応するのに苦しんだ。一方、父の尊敬すべき感動的な側面としては、まったくの独学者だったことがあり、彼は私の知るかぎりもっとも貪欲に本を読む人だった。もっとも無秩序に乱読する人でもあった。医学校をやめてからは独学で同毒療法《ホメオパシー》の勉強に打ちこみ（当時は学校で学ぶことが必要要件となっていなかったのである）、好成績で資格を取得した。しかしその一方で彼には、困難に立ち向かって乗りこえていく母のような肝っ玉の強さはなかった。ひどい困難にぶつかると、彼は寝室のハンモックに横になって、手に入る印刷物を片端から読みながら、クロスワード・パズルを解いて過ごすのだった。しかし、彼と現実との間の齟齬は解きえない種類のものだった。彼には金持ちに対するほとんど神話的と言っていい敬意の念があった――説明不能な金持ちではなく、自らの才能と正直な努力で富を築いた人に対してである。そこで自らも、不眠をかこつ昼日中のハンモックの中で、あまりに単純でそれまで思いつかなかったのが不思議に思えるような濡れ手で粟の事業を思い描いては、空想の中で莫大な富を蓄積していった。ダリエン地方［パナマとの国境付近］で実際にあったという珍妙な富の例として、二百レグアにわたって子連れの雌豚ばかりがいた、という実例をあげるのを好んだ。しかし、そういうめずらしい出来事は私たちが暮らしている場所では起こらず、父が電報技師として転勤をくりかえしていたころに人づてに聞いたことがあるだけの、どことも知れぬ辺鄙な楽園でのことだった。いつまでも直らない彼の現実離れした考え方のせいで、私たち一家は逆境から逆境へと綱渡りのようにかろうじて食いつないでいったのだが、その日のパンの屑すら手に入らないような時期が長く続くこともままあった。いずれにせよ、うまく行っている時期にも行っていない時期にも、両親は私たちに、よいときにはそれをありがたく楽しみ、悪いときには昔ながらのカトリック信者の従順と威厳をもってそれに耐えることを教えたのだった。

私に唯一残されていた試練は父とふたりだけで旅行をすることだったが、これも私を連れてバランキーヤに、薬局の開店準備と、あとから来る家族の受け入れの用意のために出かけたときに実現されることになった。驚いたことに、ふたりだけになると父は私のことをもっと年上の人間のように、親しみと敬意をもって扱い、私の年齢にはむずかしく思われるような用事まで頼んできた。私はそのような仕事をよろこんで引き受け、父にはそう見えないこともあったようだが、しっかりとこなした。父は生まれ故郷での子供時代のことをよく私たちに話して聞かせたが、新しい子供のためもあって毎年のようにくりかえし話したので、すでに知っている面々にとっては次第に面白みはなくなっていった。しまいには、私たち上のほうの子供たちは、食後に父が話しはじめると席を立つようになってしまった。ルイス・エンリーケは例によって、思ったことを発作的に口にしてしまうところがあったので、席を立ちながらこんなふうに言って父を怒らせた――

「おじいさんがもう一回死んだら呼んでくれよな」

このようなごく自然に出てくる嫌みに父は神経をすり減らし、すでに蓄積されてきていたほかの理由ともあいまって、ルイス・エンリーケをメデジンの矯正院に送ることを考えるようになるのである。しかし、バランキーヤ滞在中の父は、それとは別人だった。人気のあるエピソードをレパートリーにとりそろえて、母とのむずかしい関係についての話を私に聞かせたり、彼の父親の伝説的なまでの吝《りん》嗇《しょく》ぶりや、勉強を続けられなかった事情を話したりした。このような思い出があって、私は彼の気まぐれを我慢して受け入れたり、頑固なまでの無理解の背景が理解できたりするようになったのだった。

この時期に私と父は読んだ本や読まなくてはならない本について話しあったり、秘やかな魅力をもった公設市場の売店でターザンや探偵ものや宇宙戦争ものの漫画をたくさん入手したりしたものだった。しかしまた、私はあやうく彼の実利的《プラクティカル》な感覚の犠牲になるところだった。食事は一日に一回だけと決めたときがそうだ。私たちの最初の衝突は、昼食から七時間後の夕暮れどきに、私が炭酸飲料と菓子パンで空腹をいやしているのを見つかったときに起こった。それを買うお金をどこから手に入れたのか、私は答えられなかったのである。私は自白する勇気がなかったのだが、父が旅先でいつも課してくるトラピスト修道会のような質実さにそなえて、母が隠れて何ペソかくれていたのである。母とのこの共犯関係は、母が家計を握っていた間ずっと続くことになった。私が寄宿制の高校《リセオ》に進んだとき、母は私のスーツケースに洗面用具をこまごまと詰めこみ、ロイター石鹼の箱の中に十ペソという大金を忍ばせた。せっぱつまったときに初めて開けることを期待してのことだった。すぐにその通りになった。家から離れて勉強をしている人間にとって、十ペソが見つかってありがたくないときなど、存在しないからだ。

父はバランキーヤの薬局で私が夜ひとりぼっちにならないようにいろいろ手配したが、彼の用意した解決策は十二歳の私にとって楽しいものばかりではなかった。親しい家族宅への夜の訪問は、私にはくたびれるだけのものに感じられた、というのも、その家に私と同年配の子供がいても、八時までに寝させるのがふつうだったから、社交的なおしゃべりの荒れ野で私は退屈で眠くてしかたがなかったのだ。ある晩、知りあいの医師の家族の家で私は眠ってしまったらしく、はたと目を覚ましたときには、どういうわけか、見知らぬ通りをひとりで歩いているところだった。自分がどこにいるのか、どうやってそこまでやってきたのか、私にはまるで見当がつかず、夢遊病であると考えるしか説明のしようはなかった。家族にそのような前歴はなく、その後にも出てくることはなかったが、それが今なお唯一可能な説明であり続けている。目が覚めて最初に目に入ったのは、光り輝く鏡がいくつも置かれた美容院の大きなガラス窓で、八時十五分を指している時計の下には三、四人の客がいた。それは私ぐらいの年齢の子供がひとりで通りにいるのはとても考えられないような時刻だった。焦って混乱してしまった私は、訪問先の家族の名前をいい間違え、家の住所もちゃんと覚えていなかったが、何人かの通行人が情報の端々をつなぎあわせて正しい目的地まで案内してくれた。そこでは私の失踪に関してあらゆる種類の憶測が飛び交い、近所の人まで総出でパニック状態になっていた。唯一わかっていたのは、私が会話の途中で椅子から立ち上がって出ていったことで、誰もがトイレに行ったものと思いこんでいたのだ。夢遊病という説明に納得する人は誰もなく、とくに父ははなから信じず、いたずら心が裏目に出たのだと決めつけた。

　幸いなことに、その数日後に私は別の家で立ち直ることができた。父が仕事の会食に行くので、一晩預けられたのだ。その一家は全員でラジオ・アトランティコの人気クイズ番組に聞き入っていて、すると解けそうもない問題が出た――「ひっくり返ると名前が変わる動物は何か？」というのだ。世にもめずらしい奇跡で、私はちょうどその日の午後に、最新版の『ブリストル年鑑』でその答を読んでいたので、まるで悪い冗談のように感じた。名前が変わる唯一の動物とは、黄金虫《スカラベ》［スペイン語名エスカラバホは「顔が下にある」という意味にとれる］だ。ひっくり返ると「顔が上」になってしまうからだ。私はそれを家の女の子のひとりに密かに言い、すると一番年上の子が急いで電話をかけてラジオ・アトランティコに答を伝えた。それで一等賞になった。その家の家賃三か月分にも相当する百ペソが当たったのである。番組を聞いていた近所の人たちが、賞をもらった姉妹にお祝いを言いに集まってきて、たちまち居間はいっぱいになった。一家にとってはしかし、お金そのものよりも、カリブ地方のラジオで一世を風靡した番組で勝利したこと自体が大事件だった。そのせいで誰も私がその場にいたことを記憶にとどめてくれなかった。やがて私を迎えに来た父は、一家の歓びに加わって勝利の杯を交わしたが、本当の勝利者が誰なのか、誰も父に話す人はいなかった。

もうひとつ、あの時期に私が勝ち取ったものといえば、テアトロ・コロンビアの日曜日のマチネーにひとりで行く許しを父から得たことだった。初めての試みとして毎週日曜日に連続ドラマを上映しはじめたところ人気が出て、誰もが一週間をそわそわしながら過ごすようになった。『謎の惑星モンゴ』〔『フラッシュ・ゴードン』シリーズのひとつ〕は初の惑星間叙事詩となり、私の心の中でそれにかわるものが出てくるのはずっと先、スタンリー・キューブリックの『二〇〇一年宇宙の旅』まで待たねばならなかった。しかしながら、他の人はみな、カルロス・ガルデルとリベルタ・ラマルケの作品を擁するアルゼンチン映画にめろめろになった。

二か月もしないで私たちは薬局をしつらえ終え、家族の住む家の家具もそろえた。店はひじょうに人通りの多い商業地域のただ中の角地にあり、目抜き通りのパセオ・ボリーバルからわずか四ブロックのところだった。住居のほうは対照的に、だいぶ落ちぶれているものの屈託のないバリオ・アバホ地区の外れにあったが、家賃のほうは、その家の現状よりも、その家がかつて目指した理想像にこそふさわしい高さだった——黄色や赤で砂糖菓子のように色塗られたゴシック様式の一軒家で、戦に備えるかのように二本の尖塔を備えていた。

　薬局の物件の引き渡しを受けた日、私たちは店の裏部屋の柱にハンモックを吊って、弱火にかけたスープのように汗みずくになって眠った。自宅のほうに初めて入った日には、ハンモックを吊る輪っかが設置されていないことが判明したので、マットレスを床に敷いたが、鼠を追い散らすために猫を借りてきてからはだいぶ眠りやすくなった。母が一家の小兵たちを連れて到着したときにも、まだ家具は足りないものが多く、調理器具をはじめ暮らしに必要なものはそろっていなかった。

　芸術的な気取りにおいて先走ってはいたものの、この家はありきたりな作りで、居間と食堂と寝室二部屋、そして敷き石のパティオ、という具合で、わが家にとっては広さもぎりぎりだった。本来なら、払っていた家賃の三分の一の値打ちもなかったはずだ。母は初めて見たときに震えあがったが、夫のほうは黄金の未来を描き出してみせて彼女をなだめた。彼らふたりはいつもそんな具合だった。彼らほど大きく異なっているのによく理解しあって愛しあっているふたりの人間はなかなか想像できないほどだった。

　母の外見に私は強い印象を受けた。七度目の妊娠をしており、瞼と足首がどちらも、腹のまわりと同じくらい腫れあがっているように見えた。当時彼女は三十三歳で、これが家具をそろえる五軒目の家だった。まるで元気がないことが私にもはっきりとわかり、それは最初の晩からさらにひどくなった。かつてこの家にはXという女が住んでいたが刺し殺された、という、彼女が自ら何の根拠もなく作りあげた物語に怯えてのことだった。その事件は、両親がバランキーヤに前回暮らしていた七年前に起こったもので、母はそれに怯えあがって、二度とバランキーヤにはもどりたくないと言ったことがあるほどだった。今回もどることにしたときにはもう忘れていたのかもしれないが、家の陰気さにすぐにドラキュラの城のような雰囲気を感じとって、早くも最初の夜から一気に恐怖感が回帰してきてしまったのである。

　Xという女のニュースは、腐敗が進んで見る影もない裸の遺体が見つかったのが始まりだった。かろうじて三十歳以下の黒髪の女で、魅力的な顔立ちだったらしいことがわかった。生き埋めにされたとも考えられたが、それは恐怖のしぐさのように左手を目の前にかざしていて、右腕は頭の上に掲げていたからだった。身元の手がかりとなるのは、二本の青いリボンと、三つ編みだったらしい髪につけられていた髪飾りだけだった。さまざまな仮説が出された中で、一番当たっていそうなのは、売春をしていたフランス人の踊り子という説だった。ちょうど犯行日と目される日から行方不明になっていたのだ。

　バランキーヤは全国で一番人間がよくて平和な都市という、至極当然の評判を得ていたが、不幸なことに、毎年ひとつ恐ろしい犯罪が起こるのだった。しかし、刺し殺された名なしの女の事件ほど人々を震撼させ、長いこと世論を騒がせた事件はなかった。当時、コロンビアでもっとも重要な新聞のひとつだった『ラ・プレンサ』紙は、日曜版に連載コミック――「バック・ロジャース」〔一九二九年から連載が始まった米国のSFコミック〕や「類猿人ターザン」など――を載せたパイオニアとして知られていたが、その初期から扇情的な事件報道の先駆者としても他をリードしていた。数か月にわたって同紙は、大きな見出しとびっくりするような新情報とで町じゅうの関心を独占し、今や忘れられたその記者は、故あってというべきなのか、故もなくというべきなのか、全国的に有名になった。

　捜査当局は捜査の邪魔になっているという理由で新聞報道を抑制しようとしたが、読者は警察発表よりも『ラ・プレンサ』の報道のほうを信じるようになった。両者の対立を読者は何日間も息をつめて注視し、報道が捜査の方向をあらためさせたことも少なくとも一度はあった。このようにして女Xのイメージは人々の想像力の中に強固に植えつけられ、多くの家で玄関を鎖で補強して閉めたり、特別の夜警団を置いたりして、野放しになっている殺人者が非道な犯罪計画を推し進めるのに備え、若い女性を夜六時以降はひとりで家の外に出さないようにしたりした。

しかしながら、真実が判明したのは誰のおかげでもなく、だいぶ経ってから犯人が自ら明かしたからだった。犯人エフライン・ダンカンが、妻アンヘラ・オヨスを、法医学的に推定された日付に殺害し、刺し傷のある遺体が発見された場所に埋めたことを自白したのだ。遺族もアンヘラが四月五日、夫とともにカラマールに旅行に行くと言って家を出たときに身につけていた青いリボンと髪飾りを確認した。事件はある決定的な偶然、想定不能な偶然によって、もはや一切疑問の余地がないほどにまで明かされ解決された――まるで奇想天外な小説の作者が使いそうな手品みたいな展開だったが、アンヘラ・オヨスには瓜二つの双子の妹がいたので、遺体の身元は明々白々に確認されたのである。

女Xの神話は崩れ、ありふれた痴話犯罪と判明したが、瓜二つの妹という不思議は人々の心にひっかかり続けた。どうしても女X本人が魔法によって生き返ってきたみたいに感じられたからである。どこの家のドアも、いくつもの錠前と家具のバリケードで閉ざされ、魔法を使う人殺しの脱獄犯が夜のうちに忍びこんでこないように警戒された。金持ちの多い地区では、壁を通り抜けられる人殺しにそなえて訓練された猟犬を飼うのがはやった。それでも母はなかなか恐怖心を乗り越えられず、近所の人たちから、バリオ・アバホ地区のこの家が女Xの事件のころにはまだ建設されていなかったことを聞かされてやっと納得したのだった。

一九三九年の七月十日、母はインディオ的な美しい横顔をした女の子を産み、リータという名前をつけた。カッシアの聖女リタにちなんだもので、聖リタにはいろいろな美質があったのだが、中でも、わが家では、ろくでなしの夫の心根の悪さを耐え忍んだ忍耐ぶりが人気の主因だった。母が私たちに話してくれたストーリーによれば、ある晩、この夫はアルコールのせいで怒り狂って家に帰ってきた。ところがちょうどその一分前に、鶏が食堂のテーブルの上に糞をしてしまっていて、染みひとつなかったテーブルクロスをきれいにしている暇がなかった妻は、それが夫の目に入らないようにとっさにお皿を上に置いて隠し、気をそらすために急いでいつもの質問をした――

「何か食べますか？」

すると男は唸るような声を出した――

「クソっ」

そこで妻はお皿を持ち上げ、聖女のような穏やかさで言った――

「どうぞ」

その物語によれば、夫はこれを機に妻の聖性に感じ入り、キリスト教信仰に転じたのだということだった。

バランキーヤの新しい薬局は画期的な失敗となったが、それを父がすばやく予感したことだけがせめてもの救いだった。数か月間、穴をひとつふさぐために新しい穴をふたつあけるような防衛的な小細工を弄したのち、父はそれまで思われていた以上に放浪癖があることをみんなに見せつけることになった。ある日突然彼は荷物をまとめて、マグダレーナ川沿いの誰も思いつかないような村々に隠されている富を捜す旅に出てしまったのである。旅立つ前に父は私を出資者や友人たちのところに連れていき、自分がいない間はこの子がかわりをつとめる、とある種の重々しさをこめて宣言した。私には父が冗談で言ったのか――父はかなり重要な席でも、自分に何かあったらこの子がかわりをつとめてくれる、と軽口を言うのが好きだった――、それとも本気で言ったのか――ありふれた場ではよく、同じことを本気で言っていた――、最後までわからなかった。おそらく、それを聞いた人たちはそれぞれに勝手に判断したのだっただろう。十二歳の私はやせ細っていて蒼ざめていて、絵を描いたり歌を歌ったりするくらいのことにしか役立たない子供だったからだ。わが家に牛乳をつけで売ってくれていた女の人がいたのだが、彼女はみんなが聞いている前で、私について母に、まったく何の悪意もこめずにこう言ったことがあった――

「こんなこと言っちゃなんだけど、奥さん、この子は育たないよ」

私はびっくりして、それから長いこと、突然の死がやってくるのを待機しているような感じで暮らすようになり、しばしば、鏡で自分を見ると自分ではなく牛の胎児が映っている、という夢を見た。学校の医者は私を診て、マラリア、扁桃腺炎、消化の悪い読書のしすぎによる黒胆汁質、などと診断したものだった。私も人々の心配を和らげようとはしなかった。むしろ反対に、手伝いを免れるために自分の虚弱体質を誇張したりしたのである。にもかかわらず、父だけは医学を敢然と無視して、旅立つに先だって、彼の不在の間、私がこの家とこの一家の責任者であると宣告したのだった――

「私自身のなりかわりだと思ってくれな」

出発の日、父は私たちを広間に集め、いろいろな指示をあたえ、彼の不在の間に私たちがしそうなことについて予防的に叱責したが、それがむしろ、彼自ら泣き出さないようにするために言っているだけであることが私たちにもわかった。父は私たちひとりひとりに五センターボの硬貨を一枚くれて、これは当時の子供にとってはちょっとした大金だったのだが、帰ってくるときまで使わずに持っていたら、二枚にしてあげると約束した。最後に父は私に向けて、聖書の中の一節のような調子で言った——

「お前の手に彼らを委ねる。お前の手で彼らを受け止めよ」

乗馬用のゲートルを巻いて、荷袋を肩にかけて父が家から出ていくのを見て私は胸が張り裂けそうになり、角を曲がる前に父が最後に私たちを見やって手を振ったとき、最初に涙をこぼしたのが私だった。そのときに初めて、私は自分がどれほど父のことを好きだったのか気づき、二度と忘れることはなかった。

彼の命令を果たすこと自体はむずかしくなかった。母はこのような、折り悪しく訪れる不確かな孤独に慣れていき、いやがりながらもやすやすと手なずけていった。台所仕事をこなして家の秩序を維持していくために、一番小さい子まで家事を分担することが必要になり、みんな立派にそれを果たした。この時期に私は初めて大人の感覚を味わった——妹たち弟たちが私に、兄弟ではなく叔父さんに対するような態度で接するようになったのに気づいたのである。

恥ずかしがり屋の癖だけは克服できなかった。放浪に出た父が託していった任務に自分の生身の体をもって向かっていかなければならなくなって、私は自分の恥ずかしがりというのが打ち消しがたい亡霊のようなものであることを思い知った。つけで何かを売ってもらわなければならないときはいつも、それが事前に話がつけてある知りあいの店であっても、私は泣き出したい気持ちと締めつけるような腹痛をこらえながら何時間も家のまわりでぐずぐずしていてから、声も出ないくらい固く顎を嚙みしめながらようやく意を決して出ていくのだった。がつんと心ないことを言う店主もいた——「間抜けなガキだな、口を閉じてたらしゃべれないだろ」。一度ならず私は手ぶらで家に帰って、でっちあげの口実を口にした。しかし、角の店屋で生まれて初めて電話をかけたときほど惨めな思いをしたことはなかった。まだ自動化されていなかったので、私のかわりに店主が交換手と話してくれて、そのあとで受話器を渡されたとき、私は死の息吹を感じた。愛想のよい声を期待していたのだが、聞こえたのは暗闇の奥で私と同時にしゃべってくる誰かの怒鳴り声だった。私は相手も私のことが聞こえないのだと思って、できる限りの大声を出した。すると相手は腹を立てて、なおさら声を荒らげた——

「でお前さん、なんでおれに怒鳴ってるんだよ！」

私は震えあがって電話を切った。認めなければならないが、私は人とやりとりするのは大好きであるにもかかわらず、電話と飛行機に対する恐れだけはいまだに克服できない。それはこの時期の経験から来ているのかもしれない。どうしたら何かを成し遂げられるようになるのだろうか、と私はいつも考えていた。幸いなことに、母はそれに対する回答をよく口にしていた——「役に立つようになるには、苦労しなくちゃ」

父からの最初の知らせは二週間後、何かを知らせるというよりも、私たちを面白がらせるのを目的としたような手紙のかたちで届いた。母はそのように理解して、その日は私たちの意気をあげるために歌を歌いながらお皿を洗った。父がいないときの母はだいぶ違っていた——まるで姉であるかのように娘たちとひとつになった。子供っぽい遊びで一番になるぐらい娘たちにすっかり同化し、しまいには、我慢しなくなって、対等の相手のように一緒に喧嘩をするほどになった。最初の手紙と同じ調子でさらに二通の手紙が父から来て、そこに書かれたバラ色の計画に、私たちは安眠できるようになった。

私たちの服がすぐに小さくなってしまうことは大問題だった。ルイス・エンリーケの服をお下がりとしてもらう人はなく、家に帰ってくるときにはいつもひどい格好で服はぼろぼろなので、もとより不可能だった。どうしてそんな格好になるのか、家族にはまったくわからなかった。その様子を母は、まるで鉄条網の間を抜けてきたみたいだといつも言っていた。妹たち——七歳から九歳——はいろんな知恵を使ってお互いに助け合いながらおしゃれをしようとしていたが、あのころの窮乏生活が彼女らを早く大人にすることになったのだと私は思っている。アイーダはアイディアに富み、マルゴットは人見知りをおおかた克服して、生まれたばかりの妹に親切に世話をした。一番むずかしい立場だったのが私だった。大事な用事をしなければならなかっただけでなく、母がみんなの熱心な後押しを受けて、私を家から徒歩で十ブロックのところにあるカルタヘーナ・デ・インディアス校に通わせるために、危険を冒して家の財産を取り崩しはじめたからだった。

募集案内にしたがって、およそ二十人の入学希望者が入学審査のために朝の八時に集まった。幸いなことに筆記試験ではなく、三人の先生が私たちを、前の週に申し込んだ順番に呼んで、それまでの就学記録に応じて簡単な試験をするのだった。ただひとり、私だけがこの記録を提出していなかった。アラカタカのモンテソーリ初等学校に申請しに行っている時間がなかったからだが、母は書類が揃っていなければ合格しないだろうと考えていた。しかし、私は知らなかったふりをすることにした。先生のひとりは、書類がないことを私が言うと、私のことを列から外したが、もうひとりの先生が、自分に任せるようにと言って、要件を満たしていないまま試験するために個別の部屋に連れていった。グロスとはいくつのことか、とか、何年のことをルストルムというのか、ミレニウムは何年か、などと質問し、また、県都や、国内の主要な川、隣接する国の名前などをくりかえし言わせた。すべてが決まりきった質問内容に思われたが、そのあとで、どんな本をこれまでに読んだかと聞かれた。私の年齢にしてはずいぶんと多様な本の名前をたくさんあげたこと、そして、『千一夜物語』を、アンガリータ神父が仰天したような卑猥な挿話が割愛されていない大人向けの版で読んでいたことに先生は興味をもった。それが重要な本であるとされていることに私は驚いた。まともな大人は、瓶の中から妖怪が出てきたり、扉が合い言葉で開いたりするなんて信じるはずがないと私はずっと思っていたからだ。私よりも順番が前だった受験者は、受かるにしても落ちるにしても、ひとり十五分以上はかかっていなかった。私は三十分以上、その先生とあらゆる話題について話しあうことになった。彼の机の向こう側にあった満杯の本棚を一緒に調べてみると、その巻数と立派さで一番目立っていたのが『若者の宝』［二十世紀前半にラテンアメリカで広く流通した二十巻の子供向け百科事典］で、これは私も話に聞いたことがあるものだったが、先生は、私の年なら『ドン・キホーテ』のほうが役に立つと説いて聞かせた。これはその書棚にはなかったが、あとで貸してあげると彼は約束した。『船乗りシンドバッド』や『ロビンソン・クルーソー』について手短に話して三十分ほどたつと、彼は私を出口まで案内してくれた。合格したとは言われなかった。当然私は落ちたものと思ったが、外のテラスのところで彼は、しっかりと握手をして、月曜日の朝八時に手続をしにくるようにと言った。初等学校の上級、すなわち四年に入学するというのだった。

彼が校長先生だったのである。名前はフアン・ベントゥーラ・カサリンスといい、私は幼少時代の友人みたいにして記憶している。その当時の学校の先生に一般的だった怖いイメージがまったくない人だった。彼は私たち全員を同じように大人扱いしてくれた点がすばらしかったが、それでも私のことは特別扱いしてよくしてくれたように思う。教室では他の子供よりも多く私に質問をしたもので、しかも、私が正しい答えを簡単に言えるように助け船を出してくれた。学校の図書室の本を家で読むために持ち帰ることを許可してくれた。その中では『宝島』と『モンテ・クリスト伯』が、あのがたがた揺れた数年間の私にとって麻薬のようなものだった。私は次の行で何が起こるのか知りたくて一文字一文字を貪ったが、同時に、魔法が破られないように次の展開を知らないでおきたいという思いに引き裂かれていた。『千一夜物語』とともにこの二冊の本を通じて、私は永遠に忘れない教訓として、人はもう一度読みたいと攻めたてられるような本だけを読むべきだ、ということを学んだのだった。

一方、私の『ドン・キホーテ』体験は、いつも別立てで話さざるをえない。カサリンス先生が予告していたような感動をおぼえることがなかったのだ。遍歴の騎士の賢人ぶった熱弁は私には退屈だったし、従者の馬鹿な言動も全然面白くなかったので、しまいには、自分が読んでいるのは、あんなにいろいろ言われているあの本とは別のものではないのかと思ったほどだった。しかし私は、うちの先生ほど学識ある先生がまちがっているはずはないと自分に言い聞かせて、むりやり下剤を飲むようにして必死で飲みこんだ。高校時代にはもう一度、義務的な課題として読まねばならず、もう見るのもいやなほど嫌いになったところで、友人から、トイレの棚に置いておいて毎日のお務めの間に読むようにしたらどうか、と助言された。そうして初めて私は、突然の爆裂のようにして『ドン・キホーテ』を発見することになり、前から後ろからと味わいつくして、いくつもの挿話をまるごと暗唱するほどになったのだった。

神の摂理によってめぐり会えたこの学校のおかげで私は、もはや二度と取りもどすことのできないこの町の一時代にまつわる歴史的な記憶をとどめている。緑色の丘の頂上にはこの学校の建物だけがあり、そのテラスからは世界の両極端を眺めることができた。左にはプラード地区という一番値段が高くて特権的な地区があり、初めて見たときから私には、ユナイテッド・フルーツ社のあの電線で囲まれた鶏かごを忠実に真似したもののように見えた。偶然ではなかった――その地区は、北米の都市計画会社が直輸入の趣味と規格と値段のもとに建設していたのであり、国内では観光名所にまでなっていたのだ。右側には対照的に、われらがバリオ・アバホ地区の埃っぽい場末街が広がり、熱い土ぼこりの通りと、土壁に椰子の葉の屋根をのせた家々が、人間誰しもが骨と肉からなる死すべき存在でしかないことを常に思い出させているのだった。運のいいことに、学校のテラスからは未来をパノラマとして見ることもできた――歴史に刻まれたマグダレーナ川の河口デルタ（世界でも大きいデルタのひとつ）と、ボカス・デ・セニーサ〔マグダレーナ川の河口部分のことで、一九三〇年代に水路が建設されて現在に至る〕の灰色の海原である。

一九三五年五月二十八日には石油タンカー「タラライト」号を私たちは迎えた。カナダの旗を掲げたこの船が、歓喜の汽笛をあげながら、切り出されたばかりの岩の堰《せき》の間を遡って、D・F・マクドナルド船長の指揮の下、音楽と花火の大音声に囲まれて町の港に接岸したのである。このようにしてバランキーヤを国内で唯一の海港、兼、河港として機能させるために、長い年月と多大な資金を投じて進められてきた民間事業の偉業が達成されたのだった。

それから間もなく、ニコラス・レイエス・マノータス大尉が操縦する飛行機が緊急着陸の許可を求めて――自分の命だけでなく、万一落ちた場合に巻き添えになる多くの人命を守るために――建物の屋上をかすめ飛ぶ日がやってきた。コロンビア航空史上のパイオニアである。彼は原始的な飛行機をメキシコで譲り受け、単独で中米の端から端まで運んできたところだった。バランキーヤの飛行場に集まっていた群衆は、ハンカチと国旗と楽団を用意して勝利の大歓迎をする予定にしていたが、レイエス・マノータスは挨拶代わりに二回ばかり余計に町の上空を旋回したがり、その途中でエンジンが故障してしまったのである。彼は奇跡的な手腕でかろうじて持ち直し、町の中心部のビルの屋上に着陸したのだが、電線にからまり、電柱にぶらさがった状態でかろうじて止まった。弟のルイス・エンリーケと私は大騒ぎする群衆の中を力の続くかぎり追いかけたが、必死の作業で操縦士がなんとか無傷で救出され、英雄として大喝采に迎えられているところをかろうじて目にできただけだった。

町にはまた、最初のラジオ局が生まれ、近代的な水道網が設置され――これは新しい水の浄化プロセスを見せる教育と観光の人気スポットとなった――、消防隊ができた。そのサイレンと鐘が鳴りはじめると、すぐに子供も大人も巻きこんだお祭り騒ぎが出現するのだった。やはりまた同じころに最初のコンバーティブルの自動車がやってきて、狂ったようなスピードで通りを駆け抜け、新しく舗装された幹線道路でぺちゃんこになったりした。葬儀会社のラ・エキタティーバ社は死のユーモアを着想して、町の出口に巨大な広告を出した――「飛ばすな、私たちが待っている」。

夜になって、もう行くところが家しかなくなると、母は私たちを集めて父からの手紙を読んで聞かせた。大部分の手紙は娯楽の傑作と言っていいものだったが、一通はきわめて明快に、マグダレーナ川下流域の年配の人たちの間でホメオパシー療法が熱狂的な人気になっていることを伝えるものだった。「ここでは奇跡みたいに病気が治るケースが出ている」と父は書いていた。ときには、何か大きな知らせが今にもありそうな印象を残す手紙が来たが、そのあとにはまた一か月も沈黙が続いたりした。復活祭の時期に下の妹ふたりがひどい水疱瘡になったときには、父に連絡をとることすらできなかった。どんなにすぐれた現地案内人に聞いても行方が知れなかったのである。

私が実際の生活において、祖父母がしじゅう使っていた単語の意味を初めて理解したのはこの数か月間のことだった。すなわち、貧しさ、という単語である。私はそれまで、貧しさとは、バナナ会社が撤退しはじめて以来、祖父母の家で私たちが暮らしていたような状況のことだと解釈していた。彼らはいつでもそのことをこぼしていたのだ。もはや以前のように、二交代あるいは場合によっては三交代で食事をすることはなく、いつも一回こっきりだった。もはや昼餐という神聖な儀式を維持するだけの余裕がなくなった時期でさえ、彼らはそれをなんとか守るために、市場の屋台食堂で料理を買ってくるようになった。その料理は十分にうまく、なおかつずっと安くついたし、驚いたことに、私たち子供はこっちのほうが好きなほどだった。しかしそれも、ある日ぱたりと打ち切られた。しょっちゅう食べにきていた食客の一部が、以前のようにいい料理が出なくなったからもう家には立ち寄らないことにした、というのをミーナが聞き知ったからだった。

バランキーヤでの両親の貧しさは、これとは大きく異なり、精根が尽き果てるようなものだったが、それには私の場合、母と特別に密接な関係を取り結ぶことを可能にしたという幸運な側面もあった。私は母に対して、ごくふつうの息子としての愛情を超えて、物静かだが困難には獰猛《どうもう》に立ち向かうライオンのようなその性格と、服従するというよりも対決するというような彼女の神に対する態度に関して、熱烈な賞賛の思いを抱いていた。このふたつの見習うべき長所ゆえに、彼女は生涯を通じて、けっして萎えることのない自信を保つことができた。最低の状況のときにも、彼女は神が自分にあたえた懐具合を笑うことができた。たとえば、牛の前膝骨をひとつ買ってきて、何日も続けて煮立て、日を追って水っぽくなっていくスープを取り、もうまるで味が出なくなるまで使い続けたときなどがそうだった。その一方で、恐ろしい嵐の一夜には、夜明けまで停電になったので、一か月分のラードを全部使ってボロ切れで松明《たいまつ》を作ったこともあった。彼女自身が小さい子たちに対して、ベッドにおとなしく入っているように暗闇への恐怖感を植えつけてきていたことに責任を感じたからだった。

両親は最初のうち、バナナ産業の崩壊と治安の悪化のせいでアラカタカから移り住んできていた知りあいの家族をよく訪ねていた。それは円を描くようにくりかえされる訪問で、話はいつも故郷にふりかかった不幸を嘆くものだった。しかし、一家がバランキーヤで貧困に苦しみはじめてからは、もう二度と他人の家で巡りあわせを嘆くことはしなくなった。母は自分が口を開かなくなった理由を一言で言ってみせた——「貧しさは目にあらわれるからね」と。

五歳のときまで、私にとって死は、他人の身に訪れる自然な結末だった。天国の美味も地獄の苦悶も、私にはアステーテ神父の教理問答で暗記しなければならない教えでしかなかった。それは私自身とはまるで関係しないものだったのだが、あるお通夜の席で私は、死んだ人の髪の中から虱《しらみ》が出てきて、枕の上をさまよっているのを横目で見てとった。そのときから私が恐れるようになったのは、死そのものよりも、私もまた通夜の席で虱が逃げていくところを血縁者に見られたら恥ずかしいという思いのほうだった。にもかかわらず、バランキーヤの小学校で私は、自分が虱だらけになっていることに、家族全員が伝染するまで気づかなかった。すると母は、ここでもまた断固たる性格を発揮して見せた。ゴキブリ用の殺虫剤で子供たちをひとりひとり消毒し、「警察の手入れ」という大仰な名前をつけて、徹底的な大掃除を行なったのだ。しかし、悪いことに、きれいになっても私たちはすぐにまた伝染した。私がふたたび学校でもらってきたからだ。そこで母は断固たる措置をとることを決意し、私の頭をむりやり丸坊主にした。月曜日の朝、布の帽子をかぶって学校に姿を出すには英雄的な勇気が必要だったが、私は同級生のからかいを敢然と生き抜き、最終学年を一番の成績で終えることになった。それ以来カサリンス先生に会うことはなかったが、私の中で感謝の気持ちは永遠のものである。

一度も会ったことがない父の友人のひとりが、私のために休暇中の働き口を見つけてきてくれた。家の近くの印刷所の仕事だった。給料はほとんど無に等しいものだったので、手に職をつけられるということだけが働く動機だった。しかし、私は印刷機をほとんど目にすることもなかった。私の仕事はリトグラフ印刷された図版をそろえて、別のセクションへと製本に送りだすことだったからだ。慰めとなったのは、給金で『ラ・プレンサ』紙の日曜版付録を買うことを母が許してくれたことだった。ターザンやバック・ロジャース(「征服者ロヘリオ」という題名になっていた)、マット&ジェフ(「ベニティン&エネアス」だった)〔一九〇七年から連載が開始された米国のコマ漫画。毎日連載された世界初の漫画とされる〕といったコミックが連載されていたのだ。私は暇なときにはそのキャラクターを真似して描くようになり、その週のエピソードの続きを勝手に描いたりした。そのようにして描いたものを面白がる大人も近所にいたので、私はついにはそれを二センターボで売るようになった。

仕事はきつくて味気のないもので、どれほど一生懸命やっても、上司の報告ではいつも、熱意不足を指摘された。私の家族への配慮からだと思うのだが、私はじきに、決まりきった印刷工場の仕事のかわりに、有名な映画俳優が登場する咳止めシロップの広告チラシを街頭で配る仕事にまわされた。私はその仕事が気に入った。このチラシは、つやつやした紙に役者の写真がカラーで印刷されたしゃれたものだったからだ。しかしながら、チラシを配るというのが思ったほど簡単でないことに私はすぐに気づいた。手渡そうとすると人は不審げに目をやって、大半の人はまるで感電するのを恐れるみたいに身を引いて受け取らないのだ。最初の数日、私は残部を持って工場にもどり、すると消化した分だけ追加された。そのうちに私はアラカタカ時代の同級生と出くわし、その母親は、私が乞食みたいな仕事をしていると見なして大騒ぎしはじめた。彼女はほとんど喚くようにして、布のサンダルなんかを履いて通りをうろうろしているんじゃない、と言って私をしかりつけたのだが、その実、それは晴れ着用の革靴が傷まないように母が買いあたえてくれたものだったのである。「ルイサ・マルケスに言いなさい」と彼女は言いつのった。「一番のお気に入りの孫が、肺病病みのための広告を市場で配っているのを見たら、ご両親が何て言うかよく考えなさいって」

私は母に不快な思いをさせないようにその伝言を伝えなかったが、幾晩か、怒りと恥ずかしさから枕に顔を埋めて泣いた。結末がどうなったかと言えば、それきり私はチラシを配るのをやめ、市場の下水管に捨てるようになったのだが、流れが弱い下水だったため光沢紙はどこまでも浮かんでいって、水面に色とりどりの膜ができたみたいになり、橋の上からはちょっとした見物になった。

死んだ祖先の誰かから夢の中で知らされたらしく、母は二か月もしないうちに、私が印刷所で働くのをだしぬけにやめさせた。天からの祝福のように一家で楽しみにしていた『ラ・プレンサ』の日曜版を買えなくなるのがいやで私は反対したが、母はスープに入れるジャガイモをひとつ減らさなければならなくなるのを覚悟で買い続けた。もうひとつ救いとなったのは、もっとも厳しかった数か月間、ファニート伯父さんが慰めとして送ってくれた仕送りだった。彼はなおもサンタ・マルタに住んで、公認会計士としてのわずかな稼ぎで暮らしていたが、一ペソ札を二枚入れた手紙を毎週一通私たちに送ることを約束してくれたのだ。一家の昔からの友人だった小型船アウロラ号の船長から私は、朝の七時にその手紙を受け取り、数日分の基本食材を買ってから家に帰ることになっていた。

ある水曜日、私がこのお使いができなかったので、母はルイス・エンリーケに任せた。ところが彼は、その二ペソを、中国人がやっている飲み屋にあるスロット・マシンで倍増させてやろうという誘惑に勝てなかった。おまけに、最初の二枚のコインを失ったところでやめるだけの決断力もなかったので、損失を取りもどそうといつまでも続けて、ついにはあと一枚だけというところまで来てしまった。「完全にパニックに陥ったよ」と彼は大人になってから私に言った。「もう二度と家に帰らないとまで思いつめた」。二ペソあれば一週間分の買物ができることがよくわかっていたからだ。幸運なことに、最後のコインによって内部で何かが起こり、機械は鉄の内臓を震わせるようにしてがたがたと揺れると、失った二ペソ分のコインをすべて、湧き続ける泉のように吐き出したというのだ。「すると悪魔の入れ知恵があって」とルイス・エンリーケは話した。「僕は大胆にも、もう一枚だけ賭けてみることにした」。勝った。もう一枚賭けてみて、また勝った。もう一枚、もう一枚とまた勝った。「そのときの驚きといったら、負けたときよりもさらにひどくて、お腹が痛くなるほどだった。それでも、なおも続けたんだ」。最後には、元手の二ペソをさらに二倍増やしただけのものが、すべて五センターボ硬貨で手元にあった。彼は中国人の口車に乗せられてごまかされるのが怖くて、それをレジでお札に替えてもらおうともしなかった。ポケットはそれで満杯にふくれあがったので、彼は母にファニート伯父さんの二ペソを全部五センターボ玉で渡す前に、自分が稼ぎあげた四ペソを中庭の一番奥に埋めて隠した。そこらへんで見つけた小銭をよく隠していた場所だ。そしてちびちびと使っていった――何年もあとになるまで誰にも打ち明けることなく、また、最後の五センターボまで中国人の店で使ってしまう誘惑に負けたことに、ひとり密かに苦しみながら。

彼とお金の関係は独特のものだった。あるとき、母の財布の中にある買い物用のお金をかすめ取ろうとしているのを見つかって、彼が口にした弁解は異様だったが筋が通っていた――親の財布から無断で金を取るのは、盗んでいるのではない、なぜならそれは全員の共有の金であって、親は、子供がその金でやろうとしていることを自分はできないのが悔しくて、羨ましいから渡さないだけだ、というのだ。ついには私もこの理屈を支持しはじめ、私自身も緊急の必要に迫られて隠してあるお金を取ったことがある、と告白するにいたった。「ふたりともおかしなことを言うんじゃない」と母はほとんど私を怒鳴りつけるように言った。「お前さんも、お前さんの弟も、私からお金を盗んだことなんか一度だってないんだよ、だって私は、お前さんたちが困ったときに捜しにいくってわかっている場所に、わざとお金を置いてやっているんだからね」。私はまた別の機会に、彼女が怒りの発作に駆られてやけくそに、こう洩らすのを聞いたことがある――神様も、ものによっては盗みを許すべきじゃないか、子供に食べさせるためなら、と。

悪戯をやりとげるルイス・エンリーケ独特の魔力は、共通の問題を解決するうえでひじょうに便利なものだったが、私を彼の悪ふざけに加担させるところまではいかなかった。それどころか、彼はいつも、私にわずかな疑いもかからないように細心の注意を払っていたというのが本当のところで、それは永遠に続く本ものの愛情の基盤となった。一方、私のほうでも、どれほど彼の大胆さを羨ましく思い、父が彼に加える制裁にどれほど私もつらい思いをしたものか、彼に言うことはなかった。私の行動様式は彼とは大きく異なっていたが、羨ましい気持ちを抑えるのが苦しいこともよくあった。その一方で、私はカタカの母の両親の家には不安感をおぼえるようになった。そこには虫下しの下剤やひまし油を飲ませるときにだけ、泊まりに連れていかれるからだった。それがいやでいやで私は、勇気を出して飲んだご褒美にくれる二十センターボ硬貨が大嫌いになった。

思うに、母のとった必死の行動の極致は、私に手紙を持たせて、町一番の金持ちで、しかも町で一番気前のいい慈善家であるという評判の人のもとに行かせたことだっただろう。その人の心根のよさは、彼の経済的な成功とならんで事細かに報じられていたのだ。母は手紙の中で包み隠さずに窮状を訴えて、自分はどんなことでももちこたえられるのでいいのだが、どうか子供たちのために、と緊急の経済的援助を求めた。彼女を直接に知っていて初めて、これが彼女の生涯の中でどれほど屈辱的なことだったか理解できるのだが、そうしなければならないほどの事態だったのである。母は私に、これは絶対にふたりだけの秘密にしておかなければならないと警告し、今、ここにこうして書く瞬間まですっとそうだった。

私はその家——教会みたいな雰囲気があった——の門を叩き、するとほとんど即座に小さな覗き窓が開いて、女が顔を覗かせたが、その目の氷のような冷たさだけしか私の記憶には残っていない。彼女は何も言わずに手紙を受け取り、すぐに閉ざした。これは午前十一時ごろだったはずで、私は午後の三時まで戸口にすわって待ち、それから意を決して、返事を求めるためにもう一度叩いた。同じ女がまた出てきて、私を見ると驚いた様子を見せ、しばらく待つようにと言った。返事は、翌週の火曜日の同じ時刻に来るように、というものだった。私はその通りにしたが、一週間後までは何の返事も出ない、という返事だった。私はさらに三度、訪ねていったはずで、いつも返事は同じだったが、ついに一か月半後に、前の女よりもさらに無愛想な女が出てきて、ご主人からの伝言として、ここは貧救院ではない、と私に答えた。

私は焼けつく通りをあてどもなく歩いて、かなうはずのない幻想を断ち切ることで母の救いとなるような返答を伝える勇気をなんとか結集しようと努めた。完全に夜になったころ、心に痛みを抱えながら私は彼女に相対し、善良な慈善家は数か月前に亡くなったのだという知らせを伝えた。彼の魂の平安のために母がロサリオの祈りをとなえたのに、私は心が痛んだ。

四、五年後のこと、あの慈善家が昨日死んだという本当の知らせがラジオで流れたとき、私は凍りついて母の反応を待った。私には永遠に理解できないと思うが、どうしてなのか、母は感極まった様子で耳を傾け、心をこめて囁いた――

「神様があの方を神の王国でお守りくださいますように」

私たちは家から一ブロックのところに住むモスケーラ家と親しくなった。この家族は漫画の載った雑誌に大金を使っていて、裏庭の物置きには天井まで積みあげられていた。そこで一日中でもディック・トレーシーやバック・ロジャースを読んでいていいのは私たちだけだった。もうひとつ幸運な出会いは、近所の映画館キンタス座の映画の広告絵を描いている看板屋の助手と知りあったことだ。私は文字に色を塗るのが楽しくて彼を手伝い、彼のほうは週に二、三回、楽しいドンパチ映画に私たちをただで忍びこませてくれた。私たちが欲しかった唯一の贅沢品は、ボタンを押すだけでいつでも音楽が聞けるラジオの受信機だった。今では想像するのもむずかしいが、貧しい家にラジオがあることは稀だったのである。ルイス・エンリーケと私は午後になると、角の店に暇なお客さんの雑談用に置いてあったベンチに陣取って、流行の曲をかける番組に（ほとんどの番組がそうなのだが）いつまでも聞き入ったものだった。私たちはいつしか、ミゲリート・バルデースとオルケスタ・カシーノ・デ・ラ・プラーヤや、ダニエル・サントスとソノーラ・マタンセーラのレパートリーや、トニャ・ラ・ネグラが歌うアグスティン・ラーラの恋歌《ボレロ》を、全部暗記するようになった。夜の楽しみは、とくに二回にわたって料金未払いで電気を止められたときには、母と妹たちにそうした歌を教えることだった。とくにリヒアとグスターボは、中身がわからないまま鸚鵡のように憶えこむので、私たちは彼らの歌詞の思い違いに笑い弾けたものだった。例外はなかった。私たちは全員、父と母から音楽的な記憶のよさと、二度も聞けば歌をすっかり覚えてしまう耳のよさを受け継いでいた。とくに生まれついての音楽家だったルイス・エンリーケは、ひとり練習して、悲しい恋のセレナータに添えるギターのソロが得意になった。すぐにわかったのだが、近所でラジオのない家の子たちはみな、うちの兄弟姉妹から――とくに、子供ばかりたくさんいる家の一番上のお姉さんみたいになった母から――歌を教わっていた。

私の一番好きな番組は「いろんなものをちょっとずつ」という、作曲家で歌手で指揮者でもあるアンヘル・マリーア・カマーチョ・イ・カーノの一時間番組で、これは午後の一時からあらゆる種類のしゃれた曲で聴取者をとりこにした。とくに、十五歳以下を対象にした、ファンの一時間という企画に人気があった。これには、ラジオ「祖国の歌声」局の事務所で申し込んで、番組の開始三十分前にスタジオに行けば参加できた。カマーチョ・イ・カーノ先生自らがピアノの伴奏をし、歌い手がわずかでも間違えるとアシスタントが情け容赦なく教会みたいな鐘を鳴らして判定を下すという趣向だった。一番うまく歌えた人の賞は、私たちの夢をはるかに超えたものだった――五ペソである。しかし、私の母は、これほど評価の高い番組でうまく歌えたという栄光こそが重要なのだ、と説いて聞かせた。

そのときまで私は、父の苗字ガルシアと、洗礼名ガブリエル・ホセだけを使っていたが、この歴史的な機会を迎えて、母は自分の苗字マルケスも一緒に使って申し込みをしてくれと私に頼んできた。私の身元が誰にでもすぐにわかるように、というのである。私は聖体拝領のときみたいに白ずくめの服装をさせられ、家を出る前には臭化カリウム剤を飲まされた。「祖国の歌声」局に二時間前に着いたが、番組開始の十五分前までスタジオには入れないというので近くの公園で待った。その間に鎮静剤の作用はすっかり消えた。自分の中で刻一刻と恐怖の蜘蛛が大きく成長していくのがわかって、ついに局に入ったときには心臓が破裂しそうになっていた。どんな理由でもいいから参加させてもらえなかったと言い訳しながら家に帰りたかったが、必死にこらえた。先生はピアノで短くリハーサルして、私の声の音程を確認した。申し込み順に七人が呼ばれたかと思うと、すぐに三人は、それぞれに失敗して鐘を鳴らされ、ついに私が、ガブリエル・マルケスという単純化された名前で紹介された。私は「白鳥」というセンチメンタルな曲を歌った。雪よりも白い白鳥が恋人とともに、心無い狩人に殺されるという歌だ。最初の数拍からすでに私は、音程が高すぎて、リハーサルのときにはやらなかったところの音が出そうもないと気づき、アシスタントが首をかしげて鐘を手に取る態勢をとったときにはパニックに陥った。どこからそんな勇気が出てきたのかわからないが、私は鳴らすなという合図を力強く送り、しかし時すでに遅かった——心無い鐘の音が鳴りわたった。賞金の五ペソは、他のいろいろな景品とともに、『蝶々夫人』の一節を台無しにして歌ったとても美人の金髪女に贈られた。私は敗北に打ちひしがれて家に帰り、母の失望を慰めることもできなかった。何年もあとになって初めて彼女は、あのとき自分があれほど恥じ入っていたのは、親戚や友人たちに私が歌を歌うので聞くようにと知らせてあって、彼らに合わせる顔がなかったからだと白状したものである。

　こうした笑いと涙の暮らしの中にあって、私は欠かさず学校には通っていた。食べるものがなくても通っていた。しかし、家で勉強するはずの時間は家事にとられ、電気代がかかるので夜中まで本を読むわけにはいかなかった。それでも私はなんとかやりくりしていた。学校に行く途中には乗り合いバスの整備工場がいくつかあり、その一軒では、車体の側面にルートや目的地をペンキで描いているのを私は何時間も眺めて過ごした。ある日、私は自分にもできるかどうか文字をちょっと描かせてくれとペンキ屋に頼んだ。私の天性の技に驚いた彼はときどき手伝わせてくれて、お礼にくれる小銭は多少とも家計の足しになった。もうひとつ私が期待をふくらませたのは、ガルシア三兄弟という、マグダレーナ川を遡る船の船乗りの息子たちと偶然知りあったことによる。彼らはやりの音楽のトリオを結成していて、音楽が好きだから知りあいの家のパーティに出張して無料で演奏していたのだ。私は彼らに加わってクァルテット・ガルシアを結成し、アトランティコ局のアマチュア・コンクールに出た。初日から私たちは割れるような拍手をもらって優勝したが、五ペソの賞金は、申し込み時の不手際のせいでもらえなかった。その年はその後も練習を続けて、親戚のパーティなどで無料で演奏していたが、やがてバンドは散り散りになった。

父がずいぶんと長いこと貧困を辛抱したのはむしろ無責任と言うべきだ、という意地悪な見方をする人もいるが、私はそう思ったことはない。むしろその反対だと思う——貧困は、彼と彼の妻の間の絆を試すオデュッセイア的な試練だったのだと思う。その絆は決してふたりを裏切ることはなく、また、そのせいでふたりは断崖絶壁の縁にあっても意気軒高でいられたのである。彼は妻が、絶望的な状況の極致における恐慌状態をうまく乗りこなせることを知っていて、また、その恐慌状態こそが一家が生き延びられる秘訣であることがわかっていたのだ。父はおそらく考えなかっただろうが、母は自分の人生の一番いい部分を捨てていきながら夫の苦労を和らげてあげていたのだ。私たちには父の旅の根拠が結局全然わからなかった。しばしばあったことだが、突然、土曜日の真夜中に叩き起こされて、カタトゥンボ川沿いの石油掘削キャンプの地元事務所に連れていかれてみると、父からの無線電話がかかってきていた。母が涙にくれながら、テクノロジーのせいで余計に錯綜してしまった会話をしていた様子を私は決して忘れない。

「いい、ガブリエル」と母は言っていた。「どういうつもりなの、子供の大群を私に押しつけておいて、食べるものすらなかったことだって何度もあるんだから」

彼はそれに対して、自分は今肝臓が腫れているから、と悪い知らせで答えた。これは彼にときどき起こる症状だったが、母はあまり本気にしなかった。以前、彼がずるい行動をごまかすために使ったことがあるからだった。

「それは悪いことをしたときにいつも起こることじゃないの」と母は冗談半分で言った。

彼女は父がマイクロフォンのところにいるみたいに見つめながら話していて、最後にキスを送る段になると気が動転して、マイクにキスをしてしまった。母自身大笑いしてもう話せなくなり、その後もいつも、この話をしようとすると涙が出るほど笑いだしてしまって、一度も最後まで話せなかった。しかしながら、この日、彼女はずっと思い悩んでいるふうで、ついに食卓で、誰に話すともなく呟いた――

「なんだかガブリエルの声が変だったわ」

それに対して私たちは、無線では声は歪《ひず》むし、性格もわかりにくくなるから、と説明して聞かせた。その翌日の夜、彼女は寝言を言った――「いずれにしても、あの声の感じだと、ずいぶん痩せちゃったみたい」。彼女はよくない日特有の尖った鼻をしていて、ため息まじりに、自分の夫が手綱を離れてほっつきまわっている神も法もない辺境の村々は、いったいどんなところなのか、と自問していた。母の隠れた意図は、無線での二度目の会話ではもう少しはっきりと出てきて、二週間以内に結論が出なかったら即座に家にもどると父に約束させることになった。しかし、期限の前にアルトス・デル・

ロサリオから、たった一語の劇的な電報が来た――「未決」。母はこの文面に自分の澄み渡った予感が当たっていたことを読みとり、有無を言わさぬ宣告を下した。

「月曜日までにもどってくるか、でなければ、私のほうが今すぐ、チビたちを全員引き連れてそっちに行きますから」

これは即効性があった。父は彼女の脅し文句の力を知っていたので、一週間もしないうちにバランキーヤにもどってきた。彼が家に入ってきたときの様子は衝撃的だった。むちゃくちゃな服装で、皮膚は緑色、髭は伸び放題で、母ですら病気だと思ったほどだった。しかし、それは一瞬だけの印象で、二日後にはもう、スクレの村に多角経営の薬局を開くという若い頃の計画を掘り出してきて検討していた。スクレというのは、バランキーヤから船で一泊二日のところにある、金回りのいい牧歌の楽園だった。父はそこに電報技師をしていた若い頃に行ったことがあり、黄昏時の水路と黄金色の沼沢を抜けていく旅のこと、そして、永遠に続く踊りのパーティのことを思い出すだけで心が締めつけられるのだった。一時期はそこに赴任できるよう手をつくしたこともあったが、さらに強く希望した場所――たとえばアラカタカ――の場合のようにはうまくいかなかった。その約五年後、第三バナナ危機のときに、また考えるようになったが、そこはマガンゲの薬卸業者が押さえていることがわかった。しかしながら、今回バランキーヤにもどる一か月前、その卸業者のひとりに偶然出会ったところ、話の中で、実際には彼らが押さえていないことがわかり、おまけに、スクレに出店するならいい条件で信用貸ししてもいい、とまで言われたのだった。そのときすぐにその話を受けなかったのは、アルトス・デル・ロサリオの黄金色の夢が今すぐにでも実現しそうなところにあったからだが、突如、妻から宣告をつきつけられて、彼は、まだ川沿いの村々を巡回していたマガンゲの卸業者を捜し出して、契約を結んできたのだった。

およそ二週間かけて研究したり親しい卸業者と調整したりしたのち、彼は外見も意欲も立て直して出かけていき、すると、スクレの印象がいかにも強烈だったので一通目の手紙にそれを克明に書きつけた――「現実は記憶を上回っていた」。中央広場に面したバルコニーのある家を借り、そこから昔の友人たちをたどっていくと、誰もが諸手を広げて受け入れてくれた。家族のほうは、売れるものはすべて売り、残りは、といっても大したものはなかったが、荷造りして、マグダレーナ川の定期航路を行く蒸気船で自ら運んでいくことになった。その同じ郵便で父は、当面の出費分として綿密に計算した為替を送り、旅費にあてる分は追って送ると予告しておいた。私が想像するに、期待にすぐに胸をふくらませてしまう母の性格にとって、これ以上に心惹かれる知らせはなかったものと思われる。そこで彼女が出した返事は、夫の意欲を高く維持するように考えぬかれたものであっただけでなく、八人目の子供をみごもっているという知らせを甘く告げ知らせるものとなった。

私は「カピタン・デ・カーロ」号の予約手続を済ませた。これがバランキーヤとマガンゲの間を一日半で結ぶ伝説的な船だった。そこから先はエンジン付小舟でサン・ホルヘ川と牧歌的なモハーナ［スクレ県南部の地方］の水路をたどって我らが目的地をめざすのだった。

「ここから抜け出すことさえできれば、行き先は地獄だってかまわないよ」と、まるでバビロニアのようなところだというスクレの評判をいつも疑っていた母は勢いよく言った。「いずれにしても旦那さんをひとり、そういう村に放っておくわけにはいかないからね」

あんまり急がされたものだから、私たちは出発の三日前から床《ゆか》で寝ることになった。ベッドも家具も、売れるものは全部叩き売りするみたいにして売ってしまったからだ。あとのものはすべて木箱に詰めてあり、確保した船賃のお金は、千度も数えなおしたうえでどこか母の隠し場所に隠してあった。

船会社の事務所で私の応対をした従業員は実に愛想がよく、私も彼が相手であれば緊張せずに話をすることができた。絶対的に確信しているのだが、彼が世話好きなカリブ人特有の口先なめらかな、明瞭な発音で私に伝えた運賃をすべて、私はそっくりそのまま書き止めて帰った。私が一番うれしかったのは、そしてそれゆえ決して忘れないのは、十二歳未満は大人料金の半分ですむということだった。これはすなわち、私以外の子供全員のことだった。この計算に基づいて母は旅費を取り除けておき、あとのお金は一銭残らず家の撤収のために使った。

金曜日になって私が切符を買いに行くと、驚いたことに例の従業員は、十二歳未満は半額になるのではなく、三割引きになるだけだ、と言い出した。これはわれわれにとっては取り返しようのない大違いだった。従業員は私がメモしまちがえたのだと言い張った――そして、金額はすべてちゃんとした表に印刷されていると言って、私の目の前に突きつけた。私は悲嘆に暮れて家に帰り、すると母は、ひと言も返事をしないまま、父親の喪に服していたときに使った喪服を身につけ、私を伴って船会社に向かった。彼女は公平な態度で言った――誰かが間違えたのであり、それは、自分の息子のほうだったのかもしれないのだが、そのこと自体はもうどうでもよい。問題は、私たちにはもう一銭もお金がないということだ、と。職員は、どうしようもないのだ、と母に説明して聞かせた。

「わかっていただかないと」と彼は言った。「お役に立ちたいとか立ちたくない、といった問題ではなく、しっかりした会社の規定なのですから、風見鶏みたいにくるくる変えるわけにはいかないんです」

「でも、いずれもほんの小さな子供なんですから」と母は言い、例として私のことを指差した。「わかってくださいよ、一番上がこの子で、それだってまだ十二になったばかりなんですから」。そして、手で背丈を示して見せた――

「背丈ばかり大きくなって」

身長の問題ではなく、年齢で決まっているのだ、と職員は説明した。それより安い料金というのはなく、新生児が無料になるだけだ。母は天にお伺いを立てるようにして言った――

「どなたと話せばこの問題は解決できるんですか?」

従業員が返答している間もなかった。支配人――大分年長の、妊婦のような腹をした男――が言い合いの途中で事務所のドアに姿をあらわし、その姿を見て職員は瞬時に立ち上がった。体の大きな男で堂々とした威厳があり、上着を脱いだシャツ姿であっても、汗びっしょりになっていても、その権威は見紛いようがなかった。男は母の言い分にじっくり耳を傾け、そのあとで、穏やかな声で答えた――そのような変更は、共同経営者総会で運行規則を改定しないかぎり不可能だ、と。

「個人的には残念に思いますが」と彼は締めくくった。

母は何かの力添えを得たかのように、自分の論拠をさらに研ぎすませた。

「おっしゃる通りですよ、でも、問題は、お宅の従業員がうちの息子にちゃんと説明してくれなかった、あるいは、うちの子が理解しそこなった、そしてその間違いにのっとって計画を立ててしまったということです。その結果、もうすべて荷造りはできていて、あとは船に乗るだけになっていて、私たちは夜はもう聖なる大地の上に横になって寝ているわけで、買物のお金も今日までで使い果たして、月曜日には家を新しい借家人に明け渡すことになっている」。母は社内にいる従業員たちが彼女の話に興味津々で耳を傾けていることに気づき、そこで彼らに向けて言った――「こんな立派な会社にとって、これくらいのことがどんな意味をもつって言うんですか?」。そして、返答を待たずに、支配人の目をしっかり見すえながら尋ねた――

「あなた、神を信じていますか?」

支配人は狼狽した。事務所全体が長すぎる沈黙の中で宙づりになっていた。そこで母は椅子にまっすぐにすわり、震えだした両ひざをしっかりそろえて、両手で財布をしっかりひざの上に押さえながら、大いなる大義を奉るときのあの決意をこめて言った――

「とにかく、私は解決してもらえるまでここを動きませんから」

支配人は息を飲んで凍りつき、職員は全員、仕事を中断して母を見つめた。母は動じずに鼻を尖らせたまますわりつくして、青白い顔は汗にきらきらと光った。父親の喪はもう明けていたが、母がこの時に急にまた喪に服して見せたのは、この重大事にはそれがいちばんふさわしい服装だと考えたからだった。支配人はもう彼女には目を向けず、どうしていいかわからないまま従業員たちを見まわし、ついにその全員に向けて弾けたように言った――

「こんなことはまったく前例がない!」

母は瞬きひとつしなかった。「喉もとまで涙が来ていたけれども、泣き出したらみっともなくていけないから我慢して抑えたんだよ」と母はのちに私に語った。すると支配人は、あの従業員に書類を執務室にもってくるようにと言いつけた。従業員は言われた通りにし、五分後に出てきたときには、叱られて腹を立てていたが、切符はすべて、いつでも旅立てるように出来上がっていた。

翌週、私たちはスクレの集落に、まるでそこで生まれ育った人間のように降り立った。人口は一万六千人ほどだったはずで、これは当時のわが国の町村組織の規模としてごく標準的なもので、全員が全員を知っているのだが、それは名前を知っているというよりも、それぞれが互いの秘め事を知っているというようなことだった。この町だけでなく地域全体が穏やかな水郷であり、その水面の色は絨毯のように一面に咲く花々のせいで、季節によって、場所によって、そして、私たち自身の心のありようによって、常に変化するのだった。その艶やかさは、東南アジアの夢の楽園を思わせた。わが家がここで暮らした長い年月の間、ここにはたった一台も、自動車は存在しなかった。あっても無駄だったのである、というのも、土を平らに均《なら》したまっすぐな道は裸足の足で歩くために一直線に引かれているようなもので、たいがいの家には勝手口に専用の桟橋があり、近所を行き来するための自家用カヌーを持っていたのである。

私が最初に味わったのは、考えられないほどの自由の感覚だった。私たち子供にとって、ずっとなくて困っていたもの、ずっと渇望していたものが、突然、手の届くところに置かれたみたいだったのだ。誰もが腹がへったときに食事をし、好きな時間に眠ればよく、誰も他の人のおせっかいをしているわけにいかなかったのである。大人たちは厳格な規則を定めていながらも、実際には彼ら自身が自分の時間に追われて、自分自身の面倒だって見きれないほどだったのである。安全のために子供たちに課された唯一の条件は、歩けるようになるよりもまず泳ぎをおぼえろ、ということだった。村のまん中に、水道と下水を兼ねた汚い水の水路が設置されていたからである。村人たちは子供が一歳になる前に、台所のバルコニーから水の中に投げこんだ。最初は水に対する恐れがなくなるように救命胴衣をつけて、のちには、死に対する敬意をなくさせるために救命胴衣なしで。何年ものち、通過儀礼を生き抜いた弟のハイメと妹のリヒアは、子供の水泳大会で傑出した成績を残すことになった。

私にとってスクレが忘れがたい村となったのは、子供が通りを好きなように動きまわれる自由の感覚のせいだった。二、三週間のうちに、私たちはひとつひとつの家に誰が住んでいるのか知るようになり、どの家でも、まるで大昔からの知りあいであるかのようにふるまった。社会の慣習は、慣れによってだいぶ単純化されてはいたが、封建文化の現代版だった——牧畜や砂糖産業にたずさわるお金持ちは中央広場に住み、貧乏人はそれぞれ住めるところに勝手に住むのである。教会組織にとっては、広大な沼沢の帝国全体を管轄し支配する権利をもつミッションの領土だった。その世界の中心は、スクレの中央広場に建つ教区教会であり、それは、建築家と一人二役をこなしたスペイン人教区司祭が記憶を頼りにケルンのカテドラルをまねて作ったポケット版という感じのものだった。権力の行使は直截的かつ絶対的だった。毎晩、ロサリオの祈りのあとになると、教会の塔の鐘が、隣接する映画館で上映される作品の道徳的評価に応じた回数鳴らされた。これはカトリック教会映画評議会のリストに書かれている評価にしたがったものだった。いつも伝道師が順番でひとり、執務室の戸口にすわって、映画館への入場者を通りの反対側から見張っていて、あとで違反者を罰するのだった。

私にとって一番の不満は、自分がスクレに来たときの年齢に関係していた。十三歳という厄介な一線を越えるのはまだ三か月先だったが、家ではもう子供として大目に見てもらえるわけではなく、かといって大人として認めてもらえるわけでもなく、この宙ぶらりんな年齢のせいで、私はうちの兄弟姉妹の中でただひとり、泳ぎを身につけられなかった。両親は私を子供たちのテーブルにすわらせるべきなのか、大人のテーブルにするべきなのか、判断しあぐねていた。使用人の女性たちはもう、明かりが消えているときでも、私の前では服を着替えなくなっていたが、その中のひとりは何度か、裸で私のベッドに寝に来て、それでも私はすやすやと眠り続けた。この自由意思の無法地帯のことを味わいつくす間もなく、私は翌年一月には、中等教育課程に入るためにバランキーヤにもどらなければならなかった。スクレには、カサリンス先生のつけてくれたすばらしい成績に見合う学校がなかったのである。

長い話しあいや相談の結果、両親はほとんど私の意向を聞かないまま、バランキーヤにあるイエズス会のコレヒオ・サン・ホセ校に決めた。そんなお金をこんな短期間に、どこから工面してきたのか、私にはさっぱり見当がつかない。薬局も同毒療法の診療所も、まだ実現していなかったのだから。母はいつも、証拠のいらない万能の理由を口にしていた――「神様は偉大なのよ」。引っ越しにかかわる費用の中には、家族が落ち着くまでの生活費が算入されていたはずだが、私の進学費用までは入っていなかったはずだ。穴のあいた靴一足と、服を洗っている間の着替え一着しかない、という状態だったので、母は棺桶台のような大きさのトランクとともに新しい服を、六か月後にはまた手のひらほども伸びているはずなのも考えずに、買いそろえた。また、そろそろ長ズボンを穿くようにと勝手に決めたのも母だった。声変わりするまでは長ズボンは穿けないという、父が順守していた社会的な規範をやぶってのことだった。

正直なところ、子供たちの教育に関する言い争いが起きるたびに、私はひそかに、ホメロス的な憤怒にかられた父が、もう誰も学校になど行かせない、と命令しだすんじゃないか、と期待していたものだ。それくらいのことは言い出しかねなかった。彼自身が、貧しさゆえに独学で勉強したのだったし、彼の父親もまた、ドン・フェルナンド七世――家族のまとまりを維持するために子供は家で個別に教育すべしと布告した――の鋼《はがね》の道徳律の影響を受けていたからだ。私自身はこのコレヒオのことを牢獄のように恐れていて、鐘の音に合わせて生活しなくてはならないと考えただけでいやだったが、同時にこれは、十三歳のときから自由に自分の人生を生きる可能性をもたらしてくれる唯一の選択肢でもあり、家族といい関係を維持しながら、しかし家族の命令や、その人口圧力や、その日暮らしの生活から遠いところで、光があるかぎりいつまでも息をつめて読書に明け暮れる暮らしを享受できそうにも思えたのだった。

私がコレヒオ・サン・ホセ——カリブ地方でもっとも要求水準が高く、もっとも値段が高い学校のひとつ——に反対する唯一の理屈は、そこでは軍隊式の規律が維持されているということだったが、母はチェスでビショップを繰りだすようなはす交いの理屈で私の口を封じた——「あそこからは総督が生まれたりしている学校なんだから」と。もう後退ができなくなると、父は手を引いた——

「忘れないでおいてくれ、俺はこの学校がいいとも悪いとも言わなかったからな」

父はコレヒオ・アメリカーノのほうが英語がしゃべれるようになっていいと思っていたようだが、母は最初から、あそこはルター派の巣窟だからだめだ、という使い古された理屈で相手にしなかったのである。今になってみると、私としては父の名誉のためにも、作家としての私の生涯の失敗のひとつは、英語を話せるようにならなかったことだ、と認めざるをえない。

三か月前に旅立ったのと同じ「カピタン・デ・カーロ」号のブリッジからバランキーヤをふたたび目にするのは、自分ひとりだけが現実にもどるような感じがして心が締めつけられた。幸いなことに両親は、私の従兄のホセ・マリーア・バルデブランケスとその妻オルテンシアの家に下宿する手はずを調えておいてくれた。若くて気さくな彼らは、簡素な居間と寝室ひとつ、そして、針金にかかっている洗濯物のせいでいつでも陰のできている石畳のパティオで展開される穏やかな生活の中に私を迎え入れてくれた。彼らは生後六か月の女の赤ちゃんと一緒に寝室で寝た。私は、夜になるとベッドに早変わりする居間のソファで寝るのだった。

コレヒオ・サン・ホセは家から六ブロックほどのところ、アーモンドの木が繁った庭の中にあった。そこは町で一番古い墓地があった場所で、なおも敷き石のすぐ下には、骨のかけらや、死人の服の切れ端が埋まっていたりした。私が初めて校庭に足を踏み入れた日には、白ズボンと青いウールの上着という日曜日用の制服を着た一年生の式典があり、私は彼らが皆、私の知らないことばかり知っているという恐怖感を抑えることができなかった。しかし、じきに私は、彼らも私と同じように未熟で、不確実な未来を前にして、同じように怯えあがっているのだとわかった。

私にとって個人的な恐怖の対象はペドロ・レイエス修道士だった。前期課程の生徒指導係だった彼は、学校の上層部に、私は中等教育課程に入るには力不足だ、と説くことに特別に力を入れていたのだ。彼はじきに疫病神と化して、思いもかけない場所で私の目の前に飛び出してきては、悪魔の待ち伏せ攻撃のごとく、即答を求める試験を私に課した――「神は自分で持ち上げられない重さの石を作ることができるか?」と彼は、考える時間もあたえずに尋ねた。あるいはこんな悪辣な罠もあった――「赤道のまわりに五十センチの厚さの黄金のベルトを巻いたとして、地球の重さはどれだけ増すか?」。答がわかっていてもいずれも正答できなかったのは、初めての電話の日と同じように、恐慌にかられて舌がもつれてしまうからだった。私が恐れるのも当然だった。レイエス修道士の言うことが正しかったからだ。私には中等教育課程に入る力などなかったのだ、が、無試験で受け入れてくれた幸運を無にするわけにはいかなかった。私は彼の姿を目にしただけで震えるようになった。同級生の一部は、彼が私につきまとうのに怪しげな解釈を付したが、私からすると、そんなふうに思える根拠は何もなかった。しかも、私には後ろめたいところは何もなかった。最初の口頭試問には、フライ・ルイス・デ・レオン〔十六世紀のスペインの修道士で詩人〕を流れる水のように朗唱し、黒板に色つきチョークでまるで生きているかのようなイエスの肖像を描いたことで、文句なく合格していたからだ。実は試問団はこのような出来栄えにすっかり喜んで、数学と祖国史の試問をするのを忘れてしまったのである。

レイエス修道士とのトラブルは、彼が植物学の授業で必要としていた絵を何枚か、私が一瞬のうちに描いてあげたことで、復活祭週間の間に解決した。彼はつきまとうのをやめただけでなく、ときには面白がって休み時間に、私が答えられなかった問題や、もっと奇妙な問題に対する返答の仕方を、しっかりとした根拠とともに教えてくれるようになった——そうした問題がやがて、私の一年目の試験に、まるで偶然のようにして出てきたのである。けれども彼は、私が集団に入っているところに出くわすといつも、私のことを小学三年で中等教育課程に入ってうまく行っている唯一の例だと言ってからかって笑い転げた。今では彼の言う通りだったとわかる。とくに綴り字に関してはまさにその通りであり、学校時代を通じてずっと苦手だった私のスペリングには、今なお、私の生原稿の校閲担当者は、度肝を抜かれることの連続なのである。その中でも温情のある人たちは、タイピストの打ちまちがいだと考えることで心を慰めているようである。

仰天の連続の中でうれしい驚きだったのは、画家で作家のエクトル・ロハス・エラーソがスケッチの授業の教員に任命されたことだった。当時、彼は二十歳そこそこだったはずだ。生徒指導の神父に伴われて教室に入ってきた彼の挨拶は、午後三時の教室の倦怠の中に、思いきりドアを叩きつけたみたいに轟いた。映画スターのような美貌と気取りのないエレガンスがあり、キャメルの、ひじょうに細身の上着には金ボタン、派手なチョッキ、そしてプリント柄のシルクのネクタイ、という出で立ちだった。しかし、何よりも前代未聞なのは、日陰で三十度という気温の中で、メロン形の丸帽子をかぶっていることだった。また、ドアの上の鴨居と同じくらいの上背があったので、黒板に絵を描くためには体を屈めなければならなかった。彼の横に立つと、生徒指導の神父も神から見放されたみたいに見えた。

教えるためのメソッドも忍耐力もまるでないことは最初からすぐにわかったが、彼の皮肉なユーモアに私たちはぐいっとつかまれ、また、色チョークで黒板に描き出す見事なスケッチにもびっくりさせられた。教室にいられたのは三か月に満たず、去った理由は私たちにはわからなかったが、彼の世俗的な教育法が、イエズス会の精神秩序に合わなかったのだろうということは大いに想像できた。

この学校に入ったときから、私は詩人として知られることになった――ひとつには、教科書に載っている古典やスペインのロマン派の詩をいとも簡単に暗記して、大声で暗唱できたからであり、もうひとつには、きちんと韻を踏んで同級生のことを歌いあげた私の風刺詩が、学校の出している冊子に載ったからだ。ただ、活字になって華々しく印刷されるとわかっていたなら、そんなものは書きはしなかったか、でなくとも、もう少し細心の注意をはらって書いたはずだった。それはもとは、午後二時の眠気を誘う授業中に小さな紙に書いて密かにまわしていた愛すべき戯《ざ》れ言にすぎなかったからだ。ルイス・ポサーダ神父――後期課程の生徒指導係――がその一枚を押収して、いかめしいしかめ面をして読み、型通りに私を叱責したが、読み終わったものはそのままポケットにしまいこんでいった。するとすぐにアルトゥーロ・メヒーア神父から呼び出しがあって、押収された風刺詩を、学校の公式生徒誌『青春』に掲載するよう提案された。私が最初に感じたのは、驚きと恥ずかしさと幸せが入り交じっておなかに差しこんでくるような感じで、それを解消するために断りの台詞を口にしたのだが、まるで説得力がなかった——

「馬鹿な独り言ですから」

メヒーア神父はその返事を書きとめ、例の詩にこのタイトル——「馬鹿な独り言」——をつけて、またガビートという筆名をつけて、雑誌の次号に、被害者たちの許可を得て掲載したのだった。引き続く二冊にも、私は同級生の要請により、別のシリーズを発表することを余儀なくされた。というわけで、この子供じみた詩こそが、厳密な意味で私の処女作《オペラ・プリーマ》なのである。

　手に入るものを片端から読むという悪癖によって、私の自由時間は、そして、ほとんどの授業時間までもが埋めつくされた。当時のコロンビアでよく読まれて人気のあった詩のレパートリーを私はまるごと暗唱できたし、スペインの黄金世紀とロマン主義の作品の中の一番美しいものをいくつも言えた。その大部分は学校の教科書で学んだものだった。年齢にそぐわないこうした知識に、先生たちは苛立った。授業中に何か難題を投げかけられるたびに、私は文学作品の引用で答えたり、彼らには何とも判断しようのないブッキッシュな知識を口にしたりしたからだ。メヒーア神父はそれを、「あれはずいぶん学者っぽい子だな」と表現したが、本当は、鼻持ちならない、と言いたかったのである。私にとって、暗唱するのは全然むずかしくなかった。詩や古典の散文の一節を三回か四回読むと、すっかり記憶に定着したのである。私が生まれて初めて手に入れた万年筆は、ガスパル・ヌニェス・デ・アルセ［スペインのロマン派詩人］の「めまい」という十行詩《デシマ》五十七連を、まちがいなく暗唱できたことによって、指導係の神父から勝ち取ったものだった。

　私は授業中に、膝の上に本を置いて読んでいたのであり、何をしているかはあからさまだったのだから、罰されずにすんだのは、ひとえに先生たちが共犯だからにほかならなかった。うまい韻を踏んだおべんちゃらみたいなもののおかげで、たいがいのことは見逃してもらえて、だめなのは毎朝七時のミサをサボることぐらいだった。馬鹿な独り言を書く以外に私は、合唱隊でソロをつとめ、風刺漫画を描き、厳粛な集会で詩を朗唱し、他にも時間と場所を逸脱していろんなことをやっていたので、いつ勉強しているのか誰にも見当がつかなかった。理由は単純明快だった――全然勉強していなかったのである。

これほど余計な活動をしていた中で、私にいまだに理解できないのは、どうして先生たちは私のことにあれほどかまっていながら、私のひどい綴り字に非難の声をあげなかったのか、ということだ。反対に私の母は、父の命が縮まないように私からの手紙を隠したり、訂正を書きこんで返送してきたり、ときには、文法的な上達が見られたり単語の使い方がうまかったりすれば褒めことばを添えてきたりしたものである。しかし、二年が経過しても、目に見えるほどの改善はなかった。こんにちでも私の問題は変わっていない――どうして読まない文字が入っていたり、異なった文字が同じ音を担っていたりするのか、どうしてこんなに無為な規則があるのか、結局さっぱりわからないままなのだ。

こうした中で私は一生涯続くことになる天賦の素質を発見することになった――自分よりも年上の生徒と話をするのが好きになったのだ。今でも私は、自分の孫であってもおかしくない若者たちとの会合で、自分のことを彼らよりも年下だと感じてしまわないように、意識的に努力をしなければならないのである。そのようにして私は年上の学友二名と友達になったのだが、彼らはのちに、私の人生の歴史的な局面で支えてくれることになった。ひとりはフアン・B・フェルナンデスといい、バランキーヤの新聞『エル・エラルド』紙の三人の創立者・社主のひとりの息子である。私はこの新聞社で最初のマスコミ修業をし、彼のほうはここで最初の記事を書くところから始めて取締役にまで登りつめた。もうひとりはエンリーケ・スコッペルといい、この町では伝説的だったキューバ人写真家の息子で、彼自身もグラフ誌の記者になった人物だ。しかし、彼に対する私の謝意は、新聞で一緒に仕事したことよりも、野生動物の皮をなめしてあちこちに輸出していたなめし職人としての腕前に対するものである。私のごく初期の外国旅行に際して、彼は三メートルもの長さのあるカイマン鰐皮をプレゼントしてくれた。

「この皮はけっこうな値段のするものなんだよ」と彼はこともなげに言った。「でも、このままでは飢え死にするって本気で感じるまでは、売らないでおいたほうがいい」

賢人キーケ・スコッペルは、私に永遠のお守りをくれたことになったのだが、本人がそうと意識していたのかどうか、私には今なおわからない。頻繁に飢えに見舞われた数年間に、私は何度もそれを売って当然であるような状況に陥ったにもかかわらず、今や埃だらけでほとんど石化しているその鰐皮を私は今でも手放さずに持っているのだ。それをスーツケースに入れて世界じゅうを運んで歩くようになって以来、食べるための金に困ることは二度となくなったからである。

授業中にはあれほど厳しかったイエズス会の先生たちも、休み時間になるとまるで異なっていて、教室内では決して言わないようなことを私たちに教えてくれたり、本当は授業中に言いたかった内容を話して鬱憤を晴らしたりしていた。私の年齢でわかる範囲内でも、この落差は明らかすぎるほどに明らかで、大いに救われたものである。ルイス・ポサーダ神父は進歩的な意識をもったごく若いカチャコで、長年労働組合に関わる仕事をしていたが、ありとあらゆる百科事典的な情報をびっしりと書きこんだ大量のカード記録を作っていた——とくに本と作家に関するものが多かった。イグナシオ・

サルディーバル神父はバスクの山岳地出身の人だったが、私は彼がだいぶ年をとるまでカルタヘーナの聖ペドロ・クラベール修道院で頻繁に会っていたものである。エドゥアルド・ヌニェス神父は大部のコロンビア文学史をすでに大分書き進んでいたが、それが結局どうなったのか、伝え聞くことはなかった。歌唱の先生だったマヌエル・イダルゴ神父は、もうだいぶ年配だったが、人の天職を独自の感覚で見抜くことができ、授業では予定外の世俗音楽へとさまよい出ることがあった。

学校長のピエスチャコン神父とは、何度かおしゃべりをしたことがあり、それを通じて自分のことを大人として見てくれていることを確信するようになった。そこで取りあげた話題だけでなく、彼の大胆な説明の仕方からわかったのである。私の人生にとってこれは、天国と地獄の概念を明確化するうえで決定的な意味をもった。教理指導で公式に教わる内容とは、明らかに地理的に合致しないように思えたのだ。天国とは、複雑な神学的論理など不要で、神がそこにいるということなのだった。地獄とは当然、その反対だった。ただ、彼は二度にわたって、「いずれにしても地獄には火があった」ということに違和感を感じると私に打ち明けたことがあったが、うまく説明することはできなかった。授業そのものよりもこのようにして休憩時間に学んだことのおかげで、私はその年を、胸を勲章だらけにして終えることができた。

私にとってスクレで初めて過ごす休暇は、日曜日の午後四時、色とりどりの風船と花輪で飾られた埠頭と、降誕祭の歳市と化した広場で始まった。陸地に足を踏みおろすや否や、とても美人の金髪の女の子が、目が覚めるほど自然な態度で私の首に抱きついて、息もできないほどにキスの雨を降らせてきたのである。これが私の姉カルメン・ローサだった。彼女は父が結婚前にもうけた子供で、それまで会うことのなかった一家のもとにしばらく滞在しに来ていたのである。このときにはまた、父のもうひとりの子供アベラルドもやってきた。アベラルドは腕のいい本職の仕立て屋だったので、町の中央広場の一角に工房を開き、私にとって思春期の人生の師となった。

新しい家具が入ったばかりの新しい家にはお祭りの雰囲気が満ちていただけでなく、新しい弟までいた――双子座の星の下、五月に早産で生まれたハイメだった。私がそのことを到着するまで全然知らずにいたのは、両親が、毎年子供が生まれるような状況をそろそろあらためる決意を固めた様子だったからで、そこで母は急いで私に説明して聞かせた――新しい子供は、家に新たな繁栄をもたらしてくれた聖リタへの捧げものなのだ、と。母はすっかり若返って陽気になっており、いつにも増して歌好きで、父も上機嫌の波に乗って空中を浮遊しているみたいだった。診療所はいつも満員で、薬局もしっかりと品ぞろえされ、とくに日曜日になると、近隣の山の中から患者がやってくるのでなおさら忙しくなった。このような豊かさが、治療上手という評判のせいであることを父が理解していたのかどうか、私には結局わからなかったが、農民の人たちは同毒療法で使う小さな砂糖丸薬と驚異の水の力だと見なすことはなく、父の巧みな呪術のせいだと考えていた。

スクレは私の記憶の中のスクレよりももっとよかった。クリスマスの時期には住民全体が、南部のスリア地区と、北部のコンゴベオ地区のふたつに大きく分かれて対抗戦を行なう伝統のせいだった。副次的な競技がいろいろあったが、重要なのは、両地区の歴史的な対抗関係を芸術的に表現した山車《だし》の出来栄えを競うことになっていることだった。ついにクリスマス・イヴになると、中央広場に町民がみな集まって、大いに論じあいながら、両地区のどちらがその年の勝利者になるかを決めるのだった。

カルメン・ローサは、やってきた直後から降誕祭の華やかさに新たな輝きを添えることになった。

彼女はモダンで色っぽくて、どこのダンスに行っても主役になり、我先にと言い寄ってくる男たちに事欠かなかった。自分の娘たちにはあれほど厳しかった母が、彼女に対しては全然違って、むしろ反対に、恋人たちとのつきあいを後押しするようなところまであり、家の中にはかつてないムードが生まれた。それは一種の共犯関係で、母が自分の娘たちとは決して取り結ぶことのなかった関係だった。一方、アベラルドは、たったひとつの空間を一枚の衝立で仕切っただけの仕事場の中で、自分の人生をまた別の方法で解決した。彼は仕立て屋として十分にうまくやっていたが、それよりももっと、決してでしゃばることのない種馬として、まことにうまくやっていたのだ。衝立の背後に誰かを連れこんでいる時間のほうが、ひとりで退屈しながらミシンを扱っている時間よりも長かったのである。

この休暇中に父は、私に商売の訓練をほどこすという奇特な思いつきを抱いた。「万が一の場合のためにな」と父は私に漏らした。まず最初は、薬局の売り掛け金を客のもとに取り立てにいくことを教えようとした。そして、ある日のこと、町外れにあるあけっぴろげな売春宿「時刻《ラ・オーラ》」のつけを払ってもらってこい、と私を送り出したのである。

通りに面した一室のドアが開いていたので私は中をのぞき、するとその店の女たちのひとりが、太《ふと》股《もも》が隠れないぐらい短いスリップ姿のまま裸足で簡易ベッドで昼寝をしているのが見えた。私が話しかけるよりも前に彼女はベッドに起き直り、眠たげに私を見て何の用かと訊いた。父から店の主人ドン・エリヒオ・モリーナに伝言があるのだと私は答えた。しかし、彼女は私に行き先を指示するかわりに、中に入ってドアに鍵をかけるようにと命じてから、人差し指で、意味の明らかな合図を送ってよこした――

「来てごらん」

私が言われた通りに、近づいていくにつれて、彼女の燃え立つ呼気が川の増水のように部屋を満たしていき、ついに彼女は、右手で私の腕をつかむと、左手を前開きの中にすべりこませた。甘い恐怖に私は包まれた。

「てことは、あんたが丸薬の先生の坊やっていうわけね」と言いながら彼女は、ズボンの中で私を、機敏な指がまるで十本あるみたいにいじくりまわした。耳もとで生温かいことばを囁き続けながら彼女は私のズボンを脱がせ、スリップを頭から脱ぎ捨てて、ベッドの上に赤い花模様のパンツだけの姿で横たわった――「これだけはあんたが脱がせるのよ、それが男の務めだから」

私は紐を緩めたが、あわてたせいでうまく脱がせることができず、彼女のほうが両脚をまっすぐに伸ばして、水泳選手のようにすばやく動いて手助けしなければならなかった。それから私のことを脇の下で抱き上げて自分の上に乗せ、いわゆるきまじめな宣教師の体勢をとらせた。あとはすべて彼女のやり方で進み、私はひとり彼女の上で、若馬のような太股にはさまれて、玉ねぎスープの中を泳いで死に絶えた。

彼女は黙って横向きに体勢を休めて私の目をじっと見つめ、私はその視線を、もう一度、今度は怯えることなくもっと時間をかけて始められるのではないかとの幻想を抱きながら受け止めた。だしぬけに彼女は、サービスの代金二ペソは、用意ができていなかったようだから払わなくていい、と言った。それから仰向けになって、私の顔をまじまじと見た。

「それに」と彼女は言った。「あんた、ルイス・エンリーケのまじめなお兄ちゃんでしょ。わかるわよ、同じ声しているし」

どうして弟のことを知っているのか、と私は無邪気な質問をした。

「馬鹿なこと、訊かないの」と彼女は笑った。「ここにあの子のパンツだってあるのよ。こないだは、あたしが洗ってあげなくちゃならなかったんだから」

弟の年からしてそれはいかにも早すぎると思えたが、現物を見せられるとたしかに彼のだとわかった。それから彼女は裸のままバレエのような優美な動きでベッドから抜け出し、服を着ながら、同じ建物の左隣のドアにドン・エリヒオ・モリーナがいることを説明した。そして最後に訊いた――

「初めてだったんでしょ、ちがう？」

私は心臓が跳ねた。

「何を言う」と私は嘘をついた。「もう七回ぐらいやっているよ」

「いずれにしても」と彼女は皮肉な身ぶりをしながら言った。「弟に、ちょっと教えてくれって頼んだほうがいいわよ」

この初体験は私に生きる弾みをつけてくれた。休暇は十二月から二月までだったので、私は、また彼女のところにいくために、二ペソを何回分手に入れる必要があるだろうかと考えた。弟のルイス・エンリーケは、すでに体のことではベテランだったわけだが、自分たちぐらいの年齢で、男と女が一緒にやって両方とも幸せになれることのために金を払うなんて、と言って大笑いした。

モハーナ地方の封建的な精神のもとでは、地元の領主は臣下の家の処女を味見するのを楽しみにしていたもので、幾晩か好き勝手に使ったあとで運命のままに放り出すのが当たり前だった。私たちを目当てにしてダンスの後で広場にくり出してくる女たちの中から、男は好きに選ぶことができた。しかし、この休暇のときの私はまだ、電話の一件とおなじ恐怖感にとらわれていて、彼女らを水面に映った雲のようにただ眺めて過ごすだけだった。しかし、あの初めてのいきずりの冒険によって体に残された荒涼たる物寂しさゆえ、私は一瞬たりとも休まることがなかった。今から考えても、これこそが私が学校にもどったときに荒れはてた精神状態にあったことの原因であると言って過言ではないし、ボゴタの詩人ドン・ホセ・マヌエル・マロキンの絶妙なナンセンス詩に入れあげて完全に目が眩んでいたのも同じ原因だったと思う。この詩は、最初の一連から聴衆全員が狂喜乱舞した作品である——

吠えが犬ている今、鳴きが雄鶏ている今
訪れが夜明けて、高い響きが鐘ている今、
いななきが驢馬って、さえずりが小鳥って
笛が夜警を吹き、鳴き声が豚をあげ
曙光に染まったバラ色が広がる黄金色を畑に染める今、
流体のこぼしを真珠しながら我は流しを涙し
震えで寒さしながらも魂する燃えあがりをもって
我は来て君の下の窓から投げかけをため息る

私はどこに行っても、延々と続くこの詩を朗唱して混乱の種をまいてまわっただけでなく、しまいには、まるでこれを母語とする出自不明の人のように流暢にこの調子でしゃべれるようになってしまった。しじゅうこのようなことがあった——何か質問されて適当なことを答えると、それがたいがいものすごく奇妙であったりおかしかったりするので、先生たちのほうが引いてしまうのである。試験に際して、内容はあっているのだが、一見しただけでは全然解読できない答を書いたりしたので、私の精神の健康状態に不安を抱いた人もいたにちがいなかった。私の記憶では、誰もが面白がったこうした安易なおふざけには、悪意は全然こめられていなかったのである。

私は神父さんたちが、まるで私の頭がおかしくなってしまったかのように話しかけてきはじめたのに気づき、それに調子を合わせた。もうひとつ不安を呼んだのは、讃美歌に世俗的な歌詞をつけたパロディを私が作りはじめたことだったが、幸いなことに誰にも内容は理解できなかったので助かった。結局、両親の同意のもとで私の後見人がやってきて、私は専門医のもとに連れていかれ、徹底的な検査を受けたが、ものすごく面白い検査だった。この医者は頭の回転が早い人だっただけでなく、抗しがたい人間的魅力と臨床手法の持ち主だったのである。逆向きの文が書かれた帳面を見せられ、それを正しく直して読むようにと言われた。私はこれをすごく面白がってひじょうに熱心に取り組んだので、医師も私の遊びに乗ってくるようになり、一緒に機知のきいた面白い例文をいくつも思いついては、将来の検査に使うために書きとめていった。私の生活習慣について詳しく問診したあとで、彼はどのくらいマスターベーションをしているかと私に訊いた。最初に思いついたことをそのまま答えた——怖くて一度もやったことがない、と。彼は信じなかったが、恐怖感というのは健康な性生活にとってよくないんだ、と、つい洩らしたというふうにして言い、当然やっているはずだという態度を見せたので、私には、マスターベーションをするように勧めているみたいに思われた。この医師はすばらしい人物だと思ったので、私は大人になって『エル・エラルド』紙の記者だったころに、一度会って私の検査から得た個人的な結論を聞いてみたいと思ったのだが、わかったのは、もう何年も前にアメリカ合衆国に移り住んでしまったということだった。彼の昔からの同僚だったという人物は口さがなく、彼がシカゴかどこかの精神病院に入っていたとしても驚かない、なぜなら、昔からいつも患者よりももっとおかしいところがあったから、と親しみをこめて話してくれた。

神経性疲労が食事後の読書によって悪化したもの、という診断が下された。そこで、消化中の二時間は絶対安静にするように、また、通常のスポーツよりも強度の肉体運動をするように、と勧められた。私の両親と先生たちがこの指示をものすごく真剣に受け止めたことには、今から考えても驚きを禁じえない。私の読書は割り当て制になり、教室の机の下に隠して読んでいるのが見つかって本を取りあげられたことが何度もあった。難しい科目は免除され、毎日数時間、運動をする義務が課せられた。こうして、他の子たちが教室で授業を受けている間に、私はひとり校庭でバスケットをして、簡単なシュートを決めながら詩を暗唱していたのである。クラスの仲間は最初から三つに分かれていた——私のことを、以前からずっと頭がおかしかったのだと本当に考えている派と、楽をさせてもらうために頭がおかしいふりをしているのだと考えている派と、頭がおかしいのは先生たちのほうだと考えて以前と同様につきあってくれた派の三つだ。この時期のことから、黒板に比例計算の練習問題を書いていた数学の先生に私がインク壺を投げつけて放校になった、という伝承が来ている。幸い、父はこれを難しく考えずに受け止めてくれて、どうせ肝臓の調子が悪いというぐらいのことなのだから、と、これ以上時間と金を使うのをやめて、学年末を待たずに自宅に帰らせることに決めた。

対照的に、異母兄アベラルドにとっては、ベッドの中で解決できない問題など人生にはなかった。妹たちが私に同情を寄せて対していた一方で、彼は私が初めてその仕事場に顔を出したときから、魔法の処方を教えてくれた——

「お前さんには、脚のきれいないい女が必要なだけなんだよ」

本気でそう言っていたので、彼はそれからほとんど毎日、角のビリヤード屋に半時間ほど出かけるようになり、私はその間、衝立の裏側に、彼の女友達と残された——あらゆるタイプの女性がいて、二度、同じ人にあたることはなかった。規則を創造的に蹂躙しつくした季節だったが、それはアベラルドの臨床的診断の正しさを確認することになったと言える。翌年、私は正気を取りもどして学校に復帰したのである。

コレヒオ・サン・ホセにもどったときにみんなが喜んで歓迎してくれたこと、そして、父の丸薬の効果に大変な敬意を寄せたことは忘れることができない。私は今度はバルデブランケス夫妻のところには身を寄せなかった——二人目の子供が生まれたせいでもう家に入りきらなかったので、父方の祖母の弟で、誠実な善人として知られていたドン・エリエセル・ガルシアの家に住むことになった。彼は停年まで銀行に勤めた人で、私が何よりも感動したのは、英語の習得に永遠の情熱を寄せていることだった。生涯を通じてずっと毎日早朝に英語の勉強をし、年齢が許すかぎり、夜もずいぶん遅くまで、とてもいい声といい発音で、英語の歌で練習をしていた。祝日になると港まで出向いていって、話相手になってくれる観光客を捜し、結局スペイン語と同じくらいうまく使いこなせるようになったが、恥ずかしがって、知りあい相手には決して話そうとしなかった。私より年長の息子三人と、娘のバレンティーナは、一度も彼の英語を耳にすることがなかったほどである。

バレンティーナは私の大親友で鋭い読者でもあったが、彼女を通じて私は「砂と空」運動の存在を知った。カリブ地方の詩を、パブロ・ネルーダを模範に改革しようとしている若い詩人たちのグループがやっていた運動である。実際にはこれは、あのころボゴタの詩人カフェや、エドゥアルド・カランサが編集する文芸付録などで強い力をもっていた「石と空」グループ——スペインの詩人ファン・

ラモン・ヒメーネスを範と仰ぎながら、十九世紀の枯れ葉を一掃するという健全な決意をもっていた——のことを真似たものだった。彼らは青春から片足を踏み出したばかりの、わずか半ダースほどの詩人たちだったが、海岸地方の文芸付録にあまりにも力強く登場してきたので、芸術的な見込みが大いにあるグループと見なされてきていたのだ。

「砂と空」のリーダーはセサル・アウグスト・デル・バーイェといい、年齢は二十二歳ぐらい、改革の意欲を作品のテーマや感情に反映させていただけでなく、字の綴り方や文法的な規則にまでもちこんでいた。彼は純粋主義派から見れば異端であり、アカデミー派から見れば愚か者であり、古典主義派から見れば悪霊憑きだった。しかし、本当は、伝染力のあるその好戦性の奥では、ちょうどネルーダと同じように、根っからのロマン派であった。

大従姉《いとこ》のバレンティーナはある日曜日、セサルが両親とともに暮らしている家に連れていってくれた。サン・ローケ界隈といって、町で一番騒がしく陽気な地区だった。がっしりした骨組みに引き締まった細い体、兎のような大きな前歯、そして、いかにも彼の年代の詩人らしい乱れた髪をしていた。そして、何よりもとにかく、お祭り騒ぎが好きで、身なりなど気にしていなかった。中産階級の貧しいほうに属する彼の家は、壁が本で埋めつくされていて、もうあと一冊も入らないくらいだった。父親は固い人で、むしろ悲しげと言ってよく、退職した公務員といった感じがあり、息子の不毛な天職に悲嘆に暮れている様子だった。母親のほうは私のことを、さんざん泣かされた自分の息子と同じ病を患っているもうひとりの息子のように、ある種の不憫さをこめて受け入れてくれた。

この家は私に、ひとつの世界を開示して見せてくれることになった。それは十四歳の私がおそらく直感していながら、それほどはっきりと想像したことはなかった世界だった。この最初の日から、私は頻繁に訪ねていくようになり、詩人の時間を大いに占有したものであり、それは今から考えればどうして我慢してくれたのかわからないほどだった。その結果、今思うのは、彼が自分の文学理論——それは思いつきのものだったかもしれないが、確かにめざましいものだった——を鍛えるために私を実験台に使っていたのだろうということだ。感嘆して聞いてくれて、しかし、攻撃してこない対話相手として。私が聞いたことのなかった詩人の本を彼は何冊も貸してくれて、私は自分の大胆さをまったく意識することなく彼に感想を話した。とくにネルーダについてはよく話し、その「詩二十番」は、このような詩の僻地に立ち寄る習慣のないイエズス会士たちを攪乱してやることを目的としてそっくり暗記した。ちょうどそのころ、町の文化人社会は、メイラ・デルマール［一九二一年バランキーヤ生まれの詩人］がカルタヘーナ・デ・インディアスについて歌った一篇の詩によって大騒ぎになっていて、海岸地方の新聞雑誌はそのことでもちきりだった。セサル・デル・バーイェがその詩を見事な読み方と発声で読んで聞かせてくれたので、私は二度読んだだけですっかり覚えこんでしまった。

セサルが彼なりのやり方で作品を書いている最中で話ができない場合もよくあった。彼は部屋の中や廊下を、まるでこの世の外にいるかのように歩きまわり、二、三分ごとにまるで夢遊病者のように私の前を通りかかったかと思うと、突然タイプライターの前にすわって、詩の一節、あるいは単語ひとつ、それともセミコロンをひとつ書きつけて、また歩きまわりだすのだった。私はその様子を、詩を書くための、この世で唯一の秘密の方法を自分は今目にしているのだ、という天にも昇るような感動に揺すぶられながら見つめていた。コレヒオ・サン・ホセにいた数年間はいつもこんな感じで、私はこの間に、自分の中の魔力《ドウエンデ》を解き放つ修辞の基礎を得た。この忘れがたい詩人について私が二年後にボゴタで、最後に得た知らせは、バレンティーナが送ってくれた電報に書かれていたものだ。そこには彼女が署名を付すこともできないほど打ちひしがれて書いた二語があった――「セサルが死んだ」

両親のいないバランキーヤで私がまず第一に感じたのは、自分には自由意思があるという意識だった。私には学校の外でも行動をともにする友人たちがいた。その中でも、アルバロ・デル・トーロ(彼は休み時間の詩の朗唱で、私の相方として第二声を担当してくれた)とアルテータ家の面々とは、よく一緒に逃げ出して本屋や映画館に行ったものだった。エリエセルおじさんの家で、彼の責任を全うすべく私に課せられていた制約は、夜の八時までに帰宅する、ということだけだったのだ。

ある日のこと、私がセサル・デル・バーイェのことを彼の家の居間で待っていると、驚くべき女性が訪ねてきた。その人はマルティーナ・フォンセーカといい、白人の女をムラータの鋳型に流しこんだみたいな体をしていて、頭がよくて独立心旺盛で、セサルの愛人であってもおかしくなかった。二時間か三時間、私は彼女と対話をする歓びにたっぷりと浸った。するとセサルが帰宅して、彼らふたりは私に行き先を告げずに出かけていった。彼女についてはそれきり何も見聞きすることがなかったが、その年の灰の水曜日、大ミサから出てきた私は、彼女が公園のベンチにすわって私を待っているのに出くわした。彼女の亡霊かと思った。美しさを際立たせるような刺繍入りの麻のワンピースを着ていて、首には派手なビーズのネックレス、胸元には燃えるような切り花があった。しかし、今、記憶の中で私が一番味わい深く思うのは、彼女が事前に計画していた様子をまったく見せずに私のことを自宅に招いたその自然さである。私たちはともに聖なる徴の灰の十字を額につけていたが、そんなことは気にもしなかった。彼女の夫はマグダレーナ川を航行する船の水先案内人だったので、仕事で十二日間の旅に出ているのだった。その奥さんが私に、暇だったら土曜日にココアとチーズ菓子でも食べにうちに来ない、と誘うのに何か奇妙なところがあるだろうか？　ただ、この儀式はその年、夫が船旅に出ている間、毎週、いつも四時から七時までという時間帯で、くりかえされたのである。それは映画館のレックス座で若者向けのプログラムがかかっている時間で、彼女と一緒にいるためにエリエセルおじさんの家を空ける口実としてこれが役に立ったのである。

彼女が専門とする仕事は、小学校の先生たちが昇格試験に向けて勉強するのを手伝うことだった。成績のいい相手であれば、空き時間に自宅でココアとチーズ菓子でもてなしていたので、毎週土曜日に新しい生徒が来るようになったのが、にぎやかな近隣の人たちの目につくこともなかった。あの秘密の愛が実に自然に燃えあがって、三月から十一月まで狂ったように燃え続けたのは驚くほどだった。最初の二回の土曜日が過ぎると、私はもう、常時彼女と一緒にいたいというたがの外れた欲望を抑えきれずに困った。

危険は何もなかった。彼女の夫は、港に入る際には必ず、彼女と取り決めた汽笛の合図を鳴らしたからだ。われわれの愛の三度目の土曜日にも、私たちがベッドで睦んでいると遠い汽笛が聞こえた。彼女は身を固くした。

「ちょっとじっとして」と私に言い、あと二回鳴るのに耳をすました。ベッドから飛び起きたりはしなかった。私自身が恐怖心からそんなふうにするのではないかと思い描いたのだが、彼女は慌てることなく平然と続けた――「まだあと三時間は命があるわ」

彼女の言い方では、旦那は「二メートルを越えるどでかい黒人男で、砲兵みたいな棍棒をしている」とのことだった。私は嫉妬の発作に襲われて、あやうくゲームの規則を破りかねなかった。半端な思いでもなかった――相手をぶっ殺してしまいたかった。彼女はそんな私の思いを大人っぽく手なずけ、そのとき以来、小羊の皮を着た小狼として私が人生の難所を切り抜けていくのを導き続けてくれたのである。

学校の勉強はひどい状態になっていて、私はもうどうでもいいと思っていたが、マルティーナは私の学校の苦難まで引き受けてくれた。抗いがたい生の衝動という名の悪霊を満足させるために授業を平気でほっぽり出している私の子供っぽさに彼女は目を丸くした。「当然じゃないか」と私は言った。「もしこのベッドが学校で、きみが先生だったら、僕はクラスで一番どころか学校じゅうで一番になってるさ」。彼女はこれを的確な比喩として真に受けた。

「じゃ、ふたりでまさにその通りにするわよ」と彼女は言った。

こうして彼女は、しっかりと時間割を決めてさっそうと私のリハビリにとりかかった。ベッドの戯れと母親めいた小言をおりまぜながら、宿題の手ほどきをし、翌週のための予習をさせた。課題を締切までにしっかりと仕上げていないことがあると、三回遅れたら罰として土曜日を一回中止にすると言って私をおどした。だから、二度以上になることは決してなかった。私の変化は学校でも気づかれるようになった。

しかしながら、このようにして彼女が実践的に教えてくれた、決して失敗のない確実な勉強の公式は、残念なことに、私には中等課程の最後の一年間しか役に立たなかった。その公式とは、ちゃんと授業を集中して聞き、宿題も仲間のを写させてもらうのではなく自分でちゃんとやりさえすれば、私でもいい成績をとることができるのであり、そうすれば、あとの時間は自由に好きな本を読むことができ、ぐったりするような徹夜の勉強も不要で、無駄に何かを怖がる必要もなく、自分の人生を思うがままに生きることができる、ということだった。この魔法の処方により私は、あの年、一九四二年の同期生の中で一位となり、成績優秀賞のメダルをはじめ、あらゆる賞と賛辞を独占することになった。しかし、密かに感謝されたのは、みごとに私を精神的不調から回復させたということになった担当の医師たちだった。祝宴の席で私は、それまでの数年間、自分の努力によって得たものではない賛辞を受けるたびに、自分が感謝のことばを述べながら、かなりシニカルな思いを感じていたことに気づいた。この最後の年には、賛辞は私が努力によって勝ち取ったものだったわけであり、それゆえ、私は誰かに謝意を述べたりしないのがまっとうだと感じた。しかし私は、ギエルモ・バレンシア［コロンビアのモデルニスモを代表する詩人、政治家、外交官。一八七三―一九四三］の詩「サーカス」をまるごと全文、修了式の席で――ライオンを前にした初期キリスト教徒よりももっと怯えあがりながら――心をこめて、何の助けもなしに暗唱することで恩義に報いた。

あの記念すべき年の休みには、アラカタカに祖母トランキリーナを訪ねる予定にしていたが、彼女は緊急に白内障の手術を受けにバランキーヤに来なければならなくなった。ふたたび祖母に会えた歓びは、彼女がおみやげとして祖父の辞書を持ってきてくれたことでいや増しに増した。祖母は自分が視力を失いつつあることに気づいていなかったのか、あるいは、人に言いたくなかったのか、ついに寝室から出られなくなるまで放置していたのだった。カリダー病院での手術はすぐに終わり、予後の見通しもよかった。ベッドに起き直って包帯を外されると、祖母は若返ったような輝かしい目を見開き、ぱっと明かりがともった顔をして、ひとことに凝縮して歓びを表現した――

「見えるわよ」

どのくらい見えるのか、執刀医が確認しようとすると、祖母は新しい目で病室内を見回して、ひとつひとつの物体を感嘆すべき正確さで数えあげてみせた。医師は息を飲んで呆然となった、というのも、私にしかわからなかったことだが、祖母が数えあげたのはいずれも、目の前の病室にあったものではなく、アラカタカの彼女の寝室に置かれていたものであり、それを記憶に沿って、もとの順番通りに数えあげていたのである。祖母はそれきり二度と、視力をとりもどさなかった。

私の両親は、休暇を彼らのもとスクレに来て過ごすようにと強く言い張り、祖母も一緒に連れてくるようにと言ってきた。年齢よりもはるかに老けこんでしまって、しかも、頭もだいぶ乱れてしまった祖母だったが、その声の美しさはかえって際立ってきていて、以前よりも頻繁に、はるかに上手に歌を歌った。母は、まるで大きな人形みたいに彼女の身だしなみを整えてきれいにしておくのに気をつかった。この世に生きているとわかっているのは明らかだったが、祖母にとってこの世とは過去の世界に他ならなかった。とくにラジオの番組に彼女は幼児のように引きこまれた。いろいろなアナウンサーの声を聞いては、リオアーチャで過ごした若いころの友人たちだと思いこんだ。アラカタカの家にラジオが持ちこまれたことはなかったからだ。アナウンサーたちの発言に反論したり批判したり、さまざまな話題について議論したり、ちょっとした文法的な言いまちがいを咎め立てたりして、まるで彼らがベッド際に生身の人間としているみたいに扱い、彼らが別れを告げて出ていくまで、寝間着に着替えさせられるのを拒んだ。別れの挨拶があると、昔ながらの礼節そのままに挨拶を返した――

「あなた様も、どうぞゆっくりとお休みくださいまし」

なくなってしまったものの真相や、ずっと秘密にされてきたこと、口にするのが禁じられてきたことなど、たくさんの謎が彼女の独り言を通じて明らかになった――アラカタカの家から消えてしまった水道のポンプを、トランクに隠して運び出したのは誰だったのか、マティルデ・サルモーナの父親は本当は誰だったのか、彼女の男兄弟たちがそれと思いこんで銃弾でケリをつけてしまったのはまるで別の男だったことなどである。

私にとって、マルティーナ・フォンセーカのいないスクレで過ごす休暇はつらかったが、彼女が一緒に来られる可能性はまったく完全にゼロだった。二か月間、彼女に会えなくなる、という思いじたいが私にとっては現実離れしていた。しかし、彼女にとってはそうではなかった。それどころか、この話を彼女にもち出したとき、私には彼女がいつも通り、私よりもはるか先を行っていることがわかった。

「そのことについて、あなたと話したかったのよ」と彼女は単刀直入に言った。「あたしたち両方にとって一番いいのは、あなたがどこかよそに勉強に行ってしまうことよ、お互いに相手のことを束縛したくてしょうがない今だからこそ。そうすればあなたにもわかるはずよ、あたしたちの関係がこれまで以上のものになることがないっていうことが」

私は冗談を言っているのだと思った。

「僕は明日出発して、三か月後にまたきみのところに帰ってくるよ」

すると彼女はタンゴのメロディで答えた――

「ハッ、ハッ、ハッ、ハッ！」

こうして私は、同じ意見であるときにマルティーナを同意させるのは簡単でも、ノーと言っているときにはまったく不可能であることを学ぶことになった。そのあげくに私は、涙に暮れながら、決闘を挑むような思いで自分に誓った――彼女が私のためになると言っている新しい生活において、まったくの別人になることを。別の町、別の学校、別の友人たち、そして、自分の性格さえ、まったく別に変えてしまうことを。ただそう思い描いただけだった。たくさんのメダルや賞状の権威を借りながら私が父に、ある種の重々しさをこめて最初に言ったのは、もう二度とコレヒオ・サン・ホセにはもどらない、ということだった。もうバランキーヤにももどらない、と。

「こりゃ神の思し召しだ！」と父は言った。「もともとオレは、イエズス会士のもとで勉強するなんてロマン主義みたいな考えを、お前さんがどこから得たのか不思議に思っていたんだよ」

母はこのひと言を聞かなかったふりをした。

「あそこでなければ、あとはボゴタしかないわね」と彼女は言った。

「だとしたら、もうどこにも行けないってことだな」と父は即座に応じた。「カチャコどもにやれる金はないんだから」

奇妙なことだが、これ以上勉強を続けなくていいという考え自体が、そのとき私には、実は長年の夢であったわけなのに、まるで現実離れしたものに感じられた。それがどれほど異様に感じられたかといえば、自分ではまるで実現不可能だと思っていた夢を引き合いに出してしまうほどだった。

「奨学金というのもあるんだし」と私は言ったのである。

「たくさんあるよな」と父は応じた。「でも、金持ちでなけりゃもらえない」

それは部分的には正しかった。ただし、ひいきがあったというわけではなく、もらうための手続が複雑で、もらえる条件が広く広報されていないからだった。中央集権制度のせいで、奨学金をもらいたい人は皆、ボゴタまで出向かなければならなかったのだ。そのためには、いい学校の寄宿舎に三か月間入っていられるくらいの費用をかけて、八日間かけて千キロほども旅して行かなければならない。それだけやっても無駄かもしれないのだ。母は危機感をおぼえて言った――

「お金をもらうための道に一度踏みこんでしまうと、どこが終点になるのか、見当もつかないわよ」

しかも、他にも支払いが遅れている請求があった。一歳年下のルイス・エンリーケは地元の学校に二校入学したものの、いずれも数か月で退学してしまっていた。マルガリータとアイーダは修道女の小学校でしっかり勉強していたが、中学校についてはすでに、近くの町のもっと安い学校を考えはじめていた。グスターボとリヒアとリータとハイメはまだすぐに学校に行くというわけではなかったが、恐ろしくなるようなリズムで成長していた。彼らと、さらに後に生まれた三人にとって私は、ちょっとやってきてはすぐに去って行く人という以上の存在ではなかった。

この年は私にとって決定的なものとなった。祝祭の山車の最大の目玉は、愛嬌と美貌で選ばれた女の子たちで、いずれもが女王様のような服装で、町の半分同士の象徴的な戦いにまつわる詩を朗唱するのだった。まだよそからの訪問者みたいなものだった私は、中立でいるという特権を享受できたので、そのようにふるまっていた。しかし、その年、私はコンゴベオ側のリーダーたちに頼まれて、巨大な山車の女王になることになっている姉カルメン・ローサのための詩を書くことになった。私はよろこんで引き受けたが、ゲームの規則に精通していなかったため、敵側に対する攻撃に走りすぎた。そこで、スキャンダルを穏便に収めるために、和平の詩をさらに二篇書かざるを得なくなった——一篇はコンゴベオの美女を盛り上げるためのもの、もう一篇はスリア側の美女への和解の詩だった。この一件は広く知られるところとなった。そして、町ではほとんど知られていなかった匿名の詩人が、その日のヒーローにまつりあげられた。この展開によって私は村の社交界に紹介されることになり、両派の人たちと親しくなった。それ以来私は、子供向けの芝居だとか、慈善バザーとか、福祉福引き会などのたびに手を貸すように頼まれて忙しくなり、しまいには、市会議員選挙の候補者の演説まで書かされた。

ルイス・エンリーケはやがて才気のあるギタリストになったが、このころから頭角をあらわしてきていて、私にティプレ［コロンビアの主にアンデス音楽で使われる複弦の高音ギター］の弾き方を教えた。彼とフィラデルフォ・ベリーヤとともにグループを組んで、私たちはふたたびセレナータの王者となり、歌を歌われた側のお客さんの中には、大急ぎでドレスに着替えて、家を開け放って、近所の女たちを叩き起こして、朝食の時間になるまで家でパーティを続けたりする人まで出てくるほどの大成功を収めた。その年にはホセ・パレンシアが加入したことでグループはさらに発展した。彼はお金持ちで気前のいい大地主の孫息子で、手を触れるどんな楽器でも弾きこなしてしまう生まれながらの音楽家だった。映画俳優みたいな端正な顔立ちをしているうえ、踊りもプロ級、目が覚めるほど頭もよくて、行きずりの相手ならいつでも手に入って誰からも羨まれている男だった。

それとは対照的に、私は踊りが苦手で、ロワゾー姉妹の家に通っても身につかなかった。この六姉妹はいずれも生まれつき病弱な人たちだったが、揺り椅子にすわったまま社交ダンスを指導するレッスンを開いていたのである。名声というものに鈍感でない父は、新たなアイディアを私のもとにもってきた。このとき初めて、私たちは長い時間をかけて話をするようになった。それまではお互い、相手のことをほとんど知らなかったのだ。実際のところ、今の時点からふりかえって考えてみると、私が両親と一緒に暮らしたのはアラカタカとバランキーヤと、カルタヘーナ、シンセ、スクレのすべてを合計しても三年に満たないのである。彼らのことをここでよりよく知ることができたのは、本当によろこばしい経験だった。母は私に言った――「お前さんが父さんと仲良くなれて、ほんと良かったよ」。数日後、台所でコーヒーをいれながら、母はさらに言った――

「父さんは、お前さんのことをとても誇りにしているよ」

その翌朝、母は密かに私を起こして、耳もとで囁いた――「父さんが、びっくりさせようと用意してるみたいだよ」。朝ごはんを食べに下りていってみるとその通りで、父は自ら、全員がいる前で重々しく私に告げた――

「身支度を整えるんだな、ボゴタ行きが決まったから」

まず最初に感じたのは激しい挫折感だった。その時点で私が一番望んでいたのは、果てしないどんちゃん騒ぎの毎日の中にいつまでもひたっていることだったからだ。しかし、素直な純真さのほうが結局はまさった。寒冷地用の服ということに関しては問題はなかった。父はチェビオット羊毛の背広と、コーデュロイの背広を一着ずつ持っていて、どちらも腰回りが合わなくなっていた。そこで、いわゆる奇跡の仕立て屋、ペドロ・レオン・ロサーレスのところに持っていき、私に合うように直してもらった。さらに母は、死んだ上院議員のものだったキャメルの外套を私に買ってくれた。家でこのコートを試していると、妹のリヒア（彼女は生まれながらに予知能力の持ち主だった）が私に密かに警告した――夜になるとその上院議員の亡霊が出てきて、この外套を着たまま自宅の中を歩きまわっている、というのだった。私は相手にしなかったが、ちゃんと聞いておけばよかったのかもしれない。その後ボゴタでこのコートを着たとき、ふと鏡を見ると、私は死んだ上院議員の顔になって映っていたのである。結局すぐに十ペソで公営質屋に質入れして、そのまま流してしまった。

家庭内の雰囲気はすっかり改善していたので、送別会のたびに私は泣き出しそうになったが、行事はすべて感傷を排して予定通りに進められた。一月の第二週、自由な男として最後の一夜を過ごしたあとで、私はマガンゲで「ダビー・アランゴ」号に乗りこんだ。コロンビア商船社の旗艦《フラッグシップ》だった。同じ船室になったのは、体重二百二十ポンドほどの天使というか、全身にほとんど毛のないつるんとした大男だった。切り裂きジャックにちなんだ名前を名乗っていて、小アジア地方のサーカスで活躍した刃物使いの流派の最後の生き残りだった。最初に見たときには寝ている間に絞め殺されそうな気がしたが、その後の数日間で、外見通りの人間であることが私にはわかった——巨大な赤ん坊であって、その大きな体にすら収まらないくらい大きな心の持ち主だったのである。

最初の晩には公式フィエスタとして楽団つきの晩餐会が開かれたが、私は甲板に逃れて、すっかり忘れると自分で決めた世界の光をこれを最後に、といつまでも見つめながら、夜明けまで思う存分涙を流した。私が今あえて、たったひとつ、もう一度子供のころにもどりたいと思うことがあるとすれば、それはあの船旅をもう一度楽しむためだ。この航路を私は、中等教育課程の残り四年、そして大学に行った二年の間に、何度も往復することになり、そこで人生について、学校よりもずっと多くのことを、学校よりもずっとしっかり学んだのである。川の水位が十分にある時期には、バランキーヤからプエルト・サルガールまでの遡航の旅は五日間ですみ、そこからボゴタまでは列車に丸一日乗るのだった。急いでいない人にとっては、ずっと面白い船旅になるのは乾期で、その時期には三週間もかかることがあった。

船にはわかりやすい直接的な名前がつけられていた——「アトランティコ」、「メデジン」、「カピタン・デ・カーロ」、「ダビー・アランゴ」などである。それぞれの船の船長は、コンラッドに出てくる船長たちのように威厳があって人柄がよくて、食べるとなると野蛮人のように食べ、王様のような立派な船室で決して一人では寝なかった。旅はゆっくりとしていて驚きに満ちていた。私たち船客は日がなテラスにすわって、忘れ去られた岸辺の村を眺め、寝ころんだまま口を大きく広げて不注意な蝶を待ちかまえているカイマン鰐や、船の航跡に驚いて急に飛び立つ鷺の群れや、岸の奥の沼沢地から出てきた家鴨《あひる》たち、岸辺で子供に乳をやりながら歌声をあげるマナティーたちを観察するのだった。

旅の間じゅう、人は毎日、猿と鸚鵡の大声に驚いて夜明けに目を覚ました。溺れ死んだ牛の死骸の悪臭にシエスタが中断されることもよくあった。細った水の流れのなかで動かずに浮かんだまま、その腹にはヒメコンドルがとまっていたりした。

現在では飛行機の中で誰かと知り合いになるというのは稀なことになってしまった。が、川船の中では、私たち学生は、毎年同じ船になるように約束して乗りこんだので、じきに家族みたいになった。ときには船が砂州にはまって、二週間も立ち往生することがあった。しかし誰も心配しなかった。船内でフィエスタは続けられ、船長の指輪の紋章で捺印された書簡があれば、学校の開始に遅れても問題はなかった。

初日から私の目についたのは、家族連れのグループの一番年下の男の子が、まるで夢でも見ているようにバンドネオンを弾きながら、一等甲板を一日じゅう歩きまわっていることだった。私は羨ましくて仕方がなかった。七月二十日の記念日にアラカタカでフランシスコ・エル・オンブレ率いるアコーデオン弾きたちを初めて耳にして以来、私は祖父にアコーデオンを買ってもらいたくて仕方がなかったのだが、祖母がいつも、アコーデオンなんか身分の低い連中の楽器だという毎度の理屈で反対していたからだ。それから約三十年後に、私はあの船上のエレガントなバンドネオン弾きを、パリで開かれた神経科医の国際会議の席で見かけたように思った。時間がくっきりと刻印を残していた――彼はボヘミアンぽい髭を生やすようになっていて、服のサイズも二回りほど大きくなっていたが、あの見事な演奏の記憶があまりにも鮮明だったので、私は間違えるはずがなかった。しかしながら、私が自己紹介もせずにいきなりこう尋ねたとき、相手の反応は冷えきっていた――

「バンドネオンのほうは、どうしてますか？」

相手は驚いた様子で答えた――

「何の話をされているのかわかりませんが」

私は大地の割れ目に飲みこまれたような気持ちになり、あわててあやまりながら、一九四四年の一月初めに「ダビー・アランゴ」号でバンドネオンを弾いていた学生と見間違えてしまったようだと説明した。すると彼のほうが記憶をとりもどして輝きたった。彼こそがコロンビア人のサロモン・ハキム、世界でも有数の神経科医なのだった。残念なことに、バンドネオンのかわりに医療工学を専門にするようになっていたのだ。

もうひとり、人づきあいがないのが印象に残った船客がいた。若くてがっしりとした体つき、血色のいい肌に近眼の眼鏡、そして、年に似合わずに頭が禿げてきているのが目についた。私には見るからに、典型的なカチャコの観光客だと思えた。彼は初日から一番居心地のいい座席を独り占めして、テーブルには何冊もの新しい本を塔のように積み上げ、脇目も振らずに朝から読書をはじめ、夜のどんちゃん騒ぎにも乱されることなく読み続けた。毎日、違う花柄のシャツを着て食堂に姿をあらわし、朝食をとり、昼食をとり、夕食をとりながら、一番隅っこのテーブルでひとり本を読み続けるのだった。誰とも挨拶ひとつ交わしたことがないにちがいなかった。私は彼のことを密かに「あくなき読書家」と名づけた。

どんな本を読んでいるのか、詮索したい誘惑に私は勝てなかった。大部分がこむずかしい公法の専門書で、下線を引いたり欄外に書きこみをしたりしながら、午前中はそれを読んでいるのだった。午後の涼しい時間になると、小説を読んでいた。小説の中で私が仰天したのはドストエフスキーの『分身』だった。これは私がバランキーヤの本屋から盗もうとして果たせなかったものだったのだ。私はこれが読みたくてしかたがなかった。貸してくれと頼みにいきたいぐらいだったが、勇気がなかった。数日後に彼は今度は、『ル・グラン・モーヌ』〔二十世紀初頭のフランスの作家アンリ・アラン＝フルニエの小説〕を持って登場した。私はこの本のことを聞いたことがなかったが、じきに一番好きな名作のひとつに数えるようになるものだった。一方、私のほうはすでに読んだ本で、二度は読めないような本ばかりしか持ってきていなかった──コローマ神父の『ヘロミン』（これは結局最後まで読み通せなかった）、ホセ・エウスタシオ・リベーラの『大渦』、エドモンド・デ・アミーチスの『アペニン山脈からアンデス山脈まで』、そして、祖父の辞書、これを私は何時間もかけて少しずつ読んでいたのである〔コローマは十九世紀末から二十世紀冒頭に活躍したスペインのイエズス会士の作家、リベーラはコロンビアの地方主義を代表する二十世紀初頭の作家、アミーチスは『クオレ』で知られる十九世紀後半のイタリアの作家で、言及されている作品は『母を訪ねて三千里』の物語の原作〕。あの徹底した読書家のほうは、これとはまったく対照的に、本が多くて時間が足りないほどだった。要するに私が言いたいのは、私は彼になり代われるものならなり代わりたくて仕方がなかったのである。

心に残る三番目の船客は言うまでもなく、相部屋の相手である切り裂きジャックだった。彼は奇妙な言語で何時間も寝言を言い続ける癖があった。その寝言には旋律がついているみたいな不思議な音楽性があり、私の深夜の読書の新しい背景音となった。彼自身は自分の寝言に気づいてなく、何語で夢を見ているのかすらわかっていなかった。子供のころには、所属するサーカスの芸人たちとのやりとりに六種類のアジアの言語を使いわけていたのだが、母親が死んだのを境に、そのいずれも失ってしまっていたのである。残ったのは彼の母語であるポーランド語だけだったが、寝言で話すのがポーランド語でないことまでは確認できた。毛を剃ったり、不吉なナイフの刃をピンク色の舌に当てて切れ味を試したりしているときの彼ほど愛すべき人物を私は覚えていない。

彼が唯一起こした問題は、初日に食堂で、四人分の食事を出してくれないと自分は旅の途中で飢え死にしてしまう、とウェイターたちに要求したことだった。割引料金でいいから追加を払ってくれればその通りにする、と甲板長は説明して聞かせた。しかし彼は、自分は世界じゅうの海を旅してきたが、どこに行っても、飢え死にしないようにちゃんと人権を尊重してもらってきたと主張した。この問題は結局、船長のところまで上げられ、船長は実にコロンビアふうに解決して見せた――二人分の食事を給仕してやれ、そのうえで、ウェイターたちはさらに二人分まではうっかり間違えて出していい、となったのだった。彼はそれに加えてさらに、相席の食事客や、食欲のない近隣の客のお皿から適宜フォークで食べ物を失敬して腹を満たし、誰もがそんな彼のおしゃべりを面白がって相手していたのである。その場にいなければとても信じられないような情景だった。

私自身はどうして時間をつぶしたらいいのかわからずに困っていたが、ラ・グローリアで学生の一団が乗りこんできて、彼らが夜になるとトリオやクァルテットを組んで愛のボレロなどでセレナータを歌うようになったので、時間の使い方がやっとわかった。彼らの持ちこんだティプレがひとつ余っているのがわかると、私はさっそくそれを引き受け、彼らとともに午後は練習をして、夜は明け方まで歌うようになった。空き時間の退屈はこうして心の底からの歓びによって解消された――歌を歌ったことのない人には、歌う歓びというのがどれほどのものなのか、けっしてわからないのである。

大きな月の出ていた夜のこと、心を引き裂くような悲痛な声が岸辺から聞こえてきて誰もが目を覚ました。クリマコ・コンデ・アベーヨ船長――一番年季の入った船長のひとりだった――は、サーチライトを使ってこの泣き声の出どころを捜すように命令し、やがて、一頭の雌マナティーが倒木の枝の中にからまっていることがわかった。船員たちが水に飛びこみ、彼女を縛ってウィンチで引っぱり、ようやく解き放つことができた。それは誰しもやさしい気持ちにならざるを得ない、人間の女と雌牛の中間のような幻想的な生き物で、ほとんど四メートルもの大きさがあった。その肌は蒼ざめていて柔らかく、大きな乳房のある胴体は、まるで大いなる慈母のようだった。このコンデ・アベーヨ船長は、川の動物をこのまま殺し続けたらいずれ世界は滅びることになる、と言って、自分の船の上からの発砲を禁止したが、このようなことを誰かが言うのを私が耳にしたのは生涯でこのときが初めてだった。

「誰かを殺したいやつは、自分の家で勝手にやってくれ！」と彼は叫んだ。「私の船ではお断わりだ」

　十七年後になる一九六一年の一月十九日のことを私は、救いのない一日として記憶している。メキシコにいる私のもとに友人が電話をかけてきて、蒸気船の「ダビー・アランゴ」号がマガンゲの港で火事になり、全焼したと知らせてきたのだ。わが青春が終わった、という恐ろしい思いを抱きながら私は電話を切った。私たちの追憶の川に残されていたわずかのものまでこれで完全に消滅してしまったと思った。今日ではマグダレーナ川は完全に死んでいる。水は腐って、動物は死に絶えている。相次ぐ政府は、この川を再生させる仕事に取り組むと口先だけしきりに言って結局何もしてこなかったのだが、これを実現するには、およそ六千万本の樹木を、私有地の九十パーセントに、専門的な技術を使って植林する必要があり、その土地の地主たちは、祖国への愛のために、現在得ている収入の九十パーセントを諦める必要があるのである。

　毎回の旅は大いなる人生の教訓を私たちにもたらし、途中の村々と私たちは、はかなくも忘れがたく結ばれ、仲間のずいぶん多くがそこで自分の運命と遭遇することになった。評判の高かったある医学生は、こうした村の結婚式のダンスに勝手に飛びこみで参加して、フィエスタ一きれいだった女性と許しを乞わずに踊ったせいで、その夫に一撃で撃ち殺されてしまった。また別の学生は、プエルト・ベリーオで気に入った最初の女の子と、歴史に残るようなどんちゃん騒ぎのあげく結婚してしまい、そのまま彼女と九人の子供をもうけて幸せに暮らしている。スクレの友人であるホセ・パレンシアは、テネリーフェで太鼓のコンテストに勝ち、雌牛を一頭、賞品としてもらったので、そのままその場で牛を五十ペソで売り払った――これは当時としては大金だった。石油の都であるバランカベルメーハには広大な売春許容地区があり、そこで私たちは、ある売春宿の楽団でアンヘル・カシヒ・パレンシアが歌っているのに偶然出くわすことになった。彼はホセの従兄なのだが、前の年にスクレから忽然と姿を消したきり、行方がわからなくなっていたのである。夜明けまで大騒ぎした費用はすべて、楽団がもってくれた。

私にとっていちばん嫌な思い出は、プエルト・ベリーオの陰気な飲み屋《カンティーナ》でのものだ――警察が棍棒を振りまわして、何の説明もなく弁明も聞かずに私たち船客四人を店から引きずり出し、女子学生を暴行した容疑で逮捕したのである。警察署に着くと、本当の犯人たちが傷ひとつない姿で格子の向こうに入っていた。私たちの船とは何の関係もない、地元の与太者たちだった。

最後の経由地プエルト・サルガールでは、朝の五時に、高地向けの服装で下船しなければならなかった。黒いウールを着こんだ男たちは、チョッキに山高帽、腕には外套をぶらさげていて、ヒキガエルの合唱と死んだ動物だらけの川の悪臭に包まれながら、すっかり別人になっていた。下船のときになって、思いがけない出来事があった。スクレ出発間際に、女友達のひとりが母の許しを得て、私のために荷物包みを作ってくれていた――麻糸のハンモックとウールの毛布と緊急用の尿瓶《しびん》を、葦の筵《むしろ》で包んでハンモックの軸糸で縛ってあった。私がそんな荷物を持って文明の揺籃の地に向かおうとしているのを見て楽団の仲間はがまんできずに笑いだし、中でも一番思いきりのいい一人は、私には絶対不可能だったことをひと思いにやった——川の中に投げ捨てたのだ。こうして、あの忘れがたい船旅で私の目に刻まれた最後の映像は、筵の包みが流れに揉まれながらもと来た場所へともどっていくところだった。

プエルト・サルガールからの汽車は最初の四時間でいきなり、切り立った岩山の縁を這いつくばるようにして登った。一番勾配が急なところでは、一度滑走して下りて勢いをつけてから、ドラゴンのように鼻息荒く再度登坂を試みるのだった。ときには、重量を減らすために乗客が降りて、次の平らなところまで歩いて登らなければならないこともあった。途中の村々は寒くて荒涼としていて、索漠とした駅にはこれまでもこれからも物売りを続ける女たちだけがいて、丸ごと調理した太った黄色い鶏と、栄光の味がするネバーダ芋を車両の窓から売っていた。ここで私は、それまで知らなかった目に見えない体の状態を生まれて初めて感じた——寒さというものだった。しかし、夕方には幸いなことに、地平線まで広がる広大なサバンナに急に出て、それは天の海みたいに緑で美しかった。世界は穏やかで簡素なものになった。車内の雰囲気もすっかり変わった。

私はあくなき読書家のことはすっかり忘れていたが、突然あらわれて、緊急を要する様子で私の正面にすわった。思いがけない展開だった。私たちが船内の夜に歌っていたボレロのひとつが彼は好きになり、その歌詞を書いてくれと言ってきたのだ。私は歌詞を書きだしただけでなく、歌い方も教えてあげた。彼の耳のよさと、一回目からひとりで正しく上手に歌った声のつやに私は驚いた。

「これを聞いたらきっとあの子も参っちゃうはずだ！」と彼は歓喜に燃えて声を上げた。

これを聞いて私にも彼の心の焦燥が理解できた。私たちが歌っていたボレロを船内で初めて聞いたときから彼はこの歌が、三か月前にボゴタで最後に会って、その日、駅で彼のことを迎えに来ているはずの恋人に対する絶好の告白になると思ったのだった。二度三度と聞くうちに、彼にも部分的に再構成して歌えるようになっていたようだが、私がひとりで車内にすわっているのを見て、思いきって頼んでみることにしたというのだった。このときには私のほうも思いきって、全然関係のない話なのだが、めったに手に入らない本が彼のテーブルにあるのを見てどれほど驚いたか、下心をもって言ってみた。彼の驚いた様子に芝居がかったところはなかった。

「どの本のこと?」

「『分身』だよ」

相手はうれしそうに笑いだした。

「まだ読み終わっていないんだ」と彼は言った。「でも、これまでに手に入れた本の中でも、かなり奇妙な部類に入ることはたしかだ」

話はそれ以上には進展しなかった。彼は何度も、いろんな調子で私にボレロの礼を言い、ひしと固い握手をして去っていった。

暗くなりはじめたころ、列車は速度を落とすと、錆びた屑鉄が山と積まれた資材置き場を通りすぎ、殺風景な停車場に到着した。私は取っ手でトランクをひっつかみ、人波に遮られる前に通りまで引きずりはじめた。あとわずかで通りに出るところで、誰かがこう叫んでいるのが聞こえた——

「お兄さん! お兄さん!」

私は後ろをふりかえり、他にも私とともに先を急いでいた同じ年格好の若者、それほど若くない男たちも何人かふりかえったが、すると、あのあくなき読書家が私の隣を追い越していきながら、立ち止まることなく、一冊の本を手渡した。

「楽しんでくれたまえ！」と彼は大声で言い、そのまま雑踏の中にまぎれていった。

本は『分身』だった。私はすっかり混乱していて、何が起こったのか、よく理解できないままだった。本を外套のポケットにしまいこみ、駅の外に出たとたん、夕暮れの冷たい風が打ちつけてきた。それにほとんど打ちのめされるようにして私は歩道にトランクを置き、その上に腰を下ろして荒れた息をとりもどした。通りには人影ひとつなかった。かろうじて私に見てとれたのは、冷えきった陰気な大通りの交差点が、煤の混じった細かな霧雨の下、標高二千四百メートル、息をするのも辛い極地のような空気の中に横たわっているところだった。

寒さに死にかけながら、私は少なくとも半時間ほど待った。誰かが来るはずだった。父が至急電報で、ドン・エリエセル・トッレス・アランゴに連絡してくれていたからだ。父の親戚で、私の後見人になってくれるはずの人だった。しかし、そのとき私の心にかかっていたのは、誰かが迎えに来てくれるかどうかよりもむしろ、誰一人知り合いのいないまま世界の裏側で、棺桶のようなトランクの上に腰を下ろしていることの恐ろしさだった。そのとき、突然、タクシーからひとりの上品な男性が、踵まで届くキャメルの外套を着て、絹の傘を手にして下りてきた。これが私の後見人なのだと私はわかったが、彼のほうはほとんど私には目もくれずに通り過ぎていき、私のほうも、なんらかの合図をするだけの勇気がなかった。男性は駅舎の中に走りこみ、数分後、一切の希望をなくした様子で出てきた。それからようやく私の姿を見つけて、人差し指で指差した──

「君がガビートだな、そうだね？」

私は心の底から答えた――
「そうです、かろうじて」

4

そのころのボゴタは、十六世紀の初め以来の霧雨が夜も眠らずに降り続いている遠くて陰鬱な町だった。通りには、到着したときの私自身と同じ黒いウールの背広に固い山高帽という出で立ちで、急ぎ足で行き来する男たちがずいぶんとたくさんいるのが目についた。その一方で、売春にたずさわる女たちの姿がまったく見られなかった。彼女らは都心部の陰気なカフェに立ち入ることが禁止されていたのだ。法服を着た聖職者と制服姿の兵士の立ち入りも同様に禁じられていた。路面電車や公衆便所には物悲しい注意書きが貼ってあった――「神を恐れずとも、梅毒を恐るべし」

私が強い印象を受けたものには、ビールを積んだ荷車を引くペルシュロン馬の巨大さや、路面電車が角を曲がるときに上げる花火のような火花や、雨の下、交通を遮断して通過していく徒歩の葬列などがあった。これは世にも陰鬱なもので、豪華な馬車と、ビロード生地を着せて、黒い羽根のついた兜をかぶらせて飾り立てた馬、そして、まるで自分が死というものを発明した張本人であるかのような顔をした良家の人間の屍が行くのだった。ニエベス教会の前庭では、街頭にいる初めての女性の姿がタクシーの中から見えた――細身でひそやかで、喪に服した女王様のような気品がある人だったが、何者なのか、私は永久に妄想を抱き続けることになった。素顔を頑としてベールで隠していたからである。

気持ちはがらがらと崩れた。私が最初の夜を過ごした家は大きくて居心地のよいところだったが、暗い色のバラが咲いた陰気な庭と、骨をきりきりと砕くような寒さのせいで、私には幽霊屋敷のように思えた。家の主であるトッレス・ガンボア一家は、父の親戚で私も会ったことがあったが、夕食時には誰もが、ベッドで使う毛布に身をくるんで食卓についたのでまるで見知らぬ人たちのように見えた。一番強い印象が残っているのは、シーツの中にすべりこんだ瞬間、思わず恐怖の叫び声を上げてしまったことだ。凍りつくような冷たい液体でびしょ濡れになっているように感じられたのである。最初は誰でもそう感じるもので、奇怪な気候には徐々に慣れていくものだ、と説明された。不幸な眠りに陥るまで、私は何時間も何時間も、黙って泣き続けた。

そんな精神状態のまま、到着四日後、寒気と霧雨に抗して私は急ぎ足で教育省に向けて歩いていた。全国奨学生の応募が始まるからだった。行列は省の四階にある応募受付部署のドアの前から始まり、階段を蛇のようにとぐろを巻いて下り、建物の入口まで続いていた。その光景は意気を破砕するのに十分なものだった。午前十時ごろ、雨が上がったときには、行列はヒメーネス・デ・ケサーダ大通りに沿ってさらに二ブロック先まで伸びていて、列柱のアーケードの下に逃れていた応募者がなおも姿をあらわしつつあった。このような激しい競争のもとでは奨学金などもらえるはずがない、と私には思われた。

正午過ぎに私は、誰かがちょんちょんと肩を叩くのに気づいた。見ると、船内のあのあくなき読書家が、列の最後尾のほうにいる私に気づいてくれたのだったが、私のほうでは、彼がカチャコ特有の葬式めいた服装に山高帽という出で立ちなので、すぐには誰だかわからなかった。彼もまたびっくりしていて、私に訊いた――

「一体全体、こんなところで何をしているんだい?」

私はあるがままを答えた。

「そりゃまた面白い時間つぶしだ!」と彼は笑い出しながら言った。そして、「一緒に来てごらん」と私の腕をとって教育省のほうへと引っぱっていった。そうして初めて、私は彼がアドルフォ・ゴメス・タマラ博士といって、教育省の全国奨学金課長であることを知ったのだった。

これは世にも稀な偶然で、私にとっては生涯でもっとも幸運な偶然のひとつだったといえる。学生気分そのままの冗談まじりに、ゴメス・タマラは私のことを部下たちに、ロマンティックなボレロの名手として紹介した。コーヒーを出してくれたうえ、何の面倒もなく応募を受けつけてくれたが、自分たちは地道な手続をおろそかにしているのではなく、はかりしれない偶然性の神々に敬意を表しているのだと言い添えるのを忘れなかった。一斉試験が翌週月曜日にサン・バルトロメ学院で行なわれることも知らされた。彼らの計算では、定員三百五十ほどの奨学金に全国からおよそ千人の応募者があるとのことで、したがって、戦いは長く困難なものとなることが見込まれ、私の希望はばっさりと断ち切られる可能性が大いにあるのだった。合格者にはその翌週に結果が、行き先として指定された高校《リセオ》の情報とともに通知されることになっていた。この点は私にとっては新しい情報であり、重大な問題だった。メデジンに送られたり、ビチャーダ川〔オリノコ川上流の奥地〕にやられたり、いずれも同じだけの可能性があるのだ。彼らによれば、この行き先くじ引き方式は、異なった地方間の文化的移動を推進するために行なわれているとのことだった。手続が終わると、ゴメス・タマラは、ボレロのお礼を言ったときと同じ熱意をこめて力強く私の手を握りしめて言った。

「知恵を働かせていけよ。ここから先の命運は、君の手の中にある」

庁舎の出口のところでは、聖職者のような出で立ちの小男が近づいてきて、五十ペソを払えば試験なしで確実に奨学金を得て望みのリセオに行けるように手配すると言ってきた。この金額は私にとっては大金だったが、もし手元にそれがあったなら、試験の恐怖を逃れるために払ってしまっていたような気がする。何日かのち、私は新聞で、司祭の格好をして役所での不正な取引をもちかけていたペテン師グループのリーダーとして、この詐欺師の写真を目にすることになった。

どこに送られるかわからないという不確実性のため、私はまだトランクの中身を取り出さずにいた。そのうえ、すっかり悲観的になっていたので、試験の前夜には船内のバンド仲間と一緒に、荒くれたラス・クルーセス界隈の悪徳の飲み屋《カンティーナ》に出かけていった。私たちは一曲歌ってチチャ一杯、という換算で酒のために歌った。チチャというのはトウモロコシを醱酵させたひどい酒で、舌の肥えた酒飲みたちは少しでもましにするために火薬を加えて飲んでいたような代物である。そんなわけだから、試験には遅れて着き、頭はずきんずきんと脈打っていて、自分が前の晩にはどこにいたのか、誰が家まで連れて帰ってくれたのかすらさっぱり思い出せない状態だったが、情けをかけてくれて、応募者でいっぱいの広大な大教室にかろうじて入れてもらえた。問題を軽く鳥瞰しただけで、自分があらかじめ敗北していることがわかった。試験監督たちに怪しまれないようにするだけの目的をもって、私は一番過酷でないように見えた社会の問題で時間をつぶすことにした。すると突然、私は閃きのオーラに取り憑かれたような感じになり、次々ともっともらしい答をでっちあげたり、奇跡的なまぐれ当たりをくりかえしたりできるようになった。数学だけは、神の望みに反してまでも、私に抵抗し続けた。描画の試験は手早く、しかしそつなくこなすことができて、私は落ち着きをとりもどした。「チチャの奇跡にちがいない」とバンド仲間は私に言った。結局、終わったときの私は完全に打ちのめされた状態にあって、もう家には帰れない、と、その根拠と権利を書き連ねた手紙を両親に出そうと決めていた。

一週間後に結果をもらいにいくという義務だけは果たした。受付の女性職員は私の書類に何か印がつけられているのを目に留めたらしく、何も告げずに課長のところに私を連れていった。彼は大変に上機嫌で、シャツ姿に派手な赤のサスペンダーをつけていた。私の試験成績を職業的な集中をもって見ていき、一、二度首をひねったあとで、ようやく安堵のため息をついた。

「悪くない」と独り言のように言った。「数学はだめだが、描画が5なので、ぎりぎりですり抜けた」

そう言うと、バネのついた椅子に身を預けて、どこの高校を希望していたのかと尋ねた。

これには歴史に残るほどドキッとなったが、私はためらわずに言った——

「ここボゴタの、サン・バルトロメを」

すると彼は、机の上にある書類の山の上に手のひらを載せてみせた。

「これが全部、ボゴタの高校に息子や、親戚や友人の子を入れてやってくれ、と推薦するヘビー級の手紙なんだ」と言った。そんなことを言ってはいけなかったことに彼は気づき、先を続けた。「僕にできる範囲内では、君に一番よさそうなのは国立シパキラー高校だ。ここから列車で一時間のところになる」

その古い町について私が知っているのは、岩塩の鉱山があることだけだった。ゴメス・タマラは、それが植民地時代から続く学校で、最近の自由党《リベラル》の改革により、ある修道会から接収され、現在はモダンな感覚をもった若い先生たちの素晴らしい顔ぶれがそろっているところだ、と説明して聞かせた。私は、はっきりと言っておくのが自分の義務だと思って言った。

「でも、うちの親父は保守党支持なので」

すると相手は快活な笑い声をあげた。

「そんなに堅苦しく考えなくていいんだよ。リベラルと言ったのは、視野の広い考え方というような意味だから」

彼はすぐさま本来のてきぱきした調子にもどり、私の進むべき道は、信仰のない人たちの学校に転用されたこの十七世紀の修道院、勉強する以外に何の娯楽もない眠りこんだような田舎町にあるこの学校であると決めてしまった。実際に行ってみると、かつての修道院は永遠に向けて動じることなくそのまま頑とたたずんでいた。修道院だったころには石造りの柱廊に、こう彫りこまれた文字盤がかかっていた——「英知の始まりは、神への恐れである」。しかし、このモットーは、アルフォンソ・ロペス・プマレーホ大統領の自由党政府が一九三六年に教育を国有化したときを境に、コロンビアの紋章に置き換えられていた。建物の入口に立って、重いトランクを運んできた息切れから立ち直ろうとしていた私は、大きな岩の塊から彫り出された植民地時代のアーチが並ぶ中庭、緑色に塗られた上階の木製のバルコニー、その手すりに並ぶ物憂げな花の植木鉢、そのすべてにすっかり気が滅入ってしまった。すべてが信仰の秩序のもとに置かれているように見え、何を見てもそれが三百年以上の長きにわたって、ただの一度も甘やかな女の手に触れられ大事にされたことがないのが、あまりにも明々白々に見てとれるからだった。法なきカリブ地方の自由な空間でだらしなく育ってきた私は、わが青春の決定的な四年間を、この座礁して停止してしまった時間の中で生きることの恐怖に襲われていたのだ。

今から考えてみても、私にはまるで不可能に思えるのだが、この静まりかえった中庭を囲む二階建ての建物と、さらに奥の敷地に手っ取り早く建てられた粗い石積みの建物ひとつだけの中に、校長の住居と執務室、職員室、調理場、食堂、図書室、六つの教室、物理と化学の実験室、備品倉庫、トイレや浴室に加えて、五十人ほどの生徒のための鉄枠のベッドが並列に並べられている大部屋の寄宿室までが収まっていたのである。生徒は全国の荒涼たる場末町から無理やりかき集めてきたような連中ばかりで、首都出身者はほんのわずかだった。このようにして首都から追放されたことは、幸運に恵まれた私にとってさらなる恵みであった。これによって私は、この世の抽選において私に当たったこのコロンビアという国がどんな国であるかをすぐに、そしてしっかりと学ぶことになったからである。カリブ地方出身の半ダースほどの同胞たちは私のことを、到着後からすぐに仲間として受け入れてくれ、もちろん私も同様で、われわれは自分たちとそれ以外との間に、土地者とよそ者という超越不能な区分を打ち立てた。

夕方の休憩時間から中庭の隅っこに分かれて集まるいくつもの小グループは、国のなりたちの見事なショーケースだった。そのそれぞれが自分の領域内に留まっているかぎり、争いは起きなかった。私の一番近い仲間はやはりカリブ海の沿岸地域出身者で、私たちはやかましく、グループの結束が異様に固く、踊り騒ぐのが大好き、という的を射た評判を得ていた。踊りに関して私は例外的にだめだったが、カルタヘーナ出身のルンバ好き、アントニオ・マルティネス・シエラが夜の休憩時間にはやりの曲の踊り方を教えてくれた。私が恋人たちと密かにつきあう隠れ蓑になってくれたリカルド・ゴンサーレス・リポルは、やがて有名な建築家になったが、最後までひとりで、いつでも同じひとつの歌をかすかに呟き歌いながら踊り続けた。

ミンチョ・ブルゴスは生まれながらのピアニストで、やがて全国的に有名なダンス・オーケストラの指揮者になった男だが、何らかの楽器を学びたい連中を集めて学校の楽団を結成し、ボレロやバイエナート［アコーデオンを中心に演奏するコロンビアの民族舞踊］の第二声の歌い方の秘訣を私に教えてくれた。しかし、彼の最大の偉業は、根っからのボゴタ人であるギエルモ・ロペス・ゲッラに、典型的なカリブの芸であるクラーベの叩き方――3・2、3・2、というくりかえしなのだが――を叩きこんだことだ。

エル・バンコ［マグダレーナ川中流の町］出身のウンベルト・ハイメスは白熱の勉強家で、踊りに興味をもったことは一度もなく、毎週の週末は学校に残って勉強に精を出した。おそらくサッカーのボールなど一度も目にしたことはなく、スポーツの試合の記事などひとつも読んだことがなかったはずだ。それがボゴタで工学を修めて卒業したのち、『エル・ティエンポ』紙にスポーツ記者の見習いとして入社し、そのままスポーツ部の部長にまでなるとともに、国内で有数のサッカー記者となった。さらに奇妙なのは、チョコー地方［パナマに隣接し、太平洋とカリブ海の両方に面した地方］出身の褐色の混血男シルビオ・ルーナのケースだ。彼は法律を修めて弁護士になったあとで医学を学んで修了し、さらに第三の専門にとりかかろうとしているさなかに、私の視界から消え去った。

ダニエル・ローソ、通称パゴシオは、終始一貫、人文科学と宗教の全領域にわたる賢人だった人で、授業中でも休憩時間でも惜しみなくその知識を分けあたえた。噂話としてしか知らなかった世界大戦中の世界の状況について情報を得るために、私たちはいつも彼のもとに馳せ参じたものである。学校内には新聞雑誌を定期的にもちこむことは許されていなかったし、ラジオ付レコードプレーヤーも、男同士で踊りを練習するときに使うだけだったからである。彼の話に出てくる「歴史的な戦闘」ではいつも連合国が勝利を収めていたが、パゴシオがいったいどこからそうした情報を得ていたのか、私たちには最後まで確認できなかった。

ケターメ出身のセルヒオ・カストロこそがおそらく、この高校一の学生だったはずで、入学以来いつも一番いい成績を得ていた。彼の秘訣はたぶん、マルティーナ・フォンセーカがコレヒオ・サン・ホセで私に教えたのと同じだった——先生の言うことばをすべて、また、同じクラスの生徒たちが発することばもすべて聞きとめていて、先生たちの息遣いまでわかる完璧なノートとして整理していたのである。おそらくそのせいで彼は試験の準備になど時間を費やす必要がなく、週末には残りの私たちが勉強に燃えつきているかたわらで、冒険小説を読んでいた。

私が休憩時間に一番よくつきあっていた仲間は生粋のボゴタ人、アルバロ・ルイス・トッレスで、夜の休憩時間には毎日、軍隊式の大股で中庭をぐるぐる行進しながら女の子たちの情報を交換しあった。他にはハイメ・ブラーボ、ウンベルト・ギエン、アルバロ・ビダル・バロンがいて、学校時代にひじょうに親しかっただけでなく、実人生に踏み出してからも何年間もよくつきあったものである。アルバロ・ルイスは毎週末にボゴタの家族のもとに帰っては、煙草と女の子の情報をたっぷりと仕入れてもどってきた。同じ学校の学生だった間にこの両方に私がのめりこんだのは彼のせいであり、また、最近の二年間、この回想記の彩りとなる数々の思い出を私に語ってくれたのもまた彼だった。

国立リセオでの囚われの期間中に本当のところ何を学んだのかは何とも言えないが、彼ら全員と親しく暮らした四年間を通じて私は、わが国の全体像を描くことができるようになり、われわれコロンビア人がどれほど多様で、どんな能力をもっている人間なのかを知り、また、われわれひとりひとりの総和こそがこの国なのだということを肝に銘じて学んだといえる。政府は地方間の移動を推進している、と教育省で言っていたのも、もしかするとこういうことを意味していたのかもしれない。だいぶ年がいってからの話だが、大西洋横断便のコクピットに招待されたとき、機長から最初に、出身はどこか、と聞かれたことがある。その質問を聞いただけで思わず私はこう答えた――

「機長が生粋のソガモーソ人であるのと同じくらい、私は生粋の海岸人です」〔ソガモーソはアンデス地方ボヤカー県の町〕

機長の物腰、仕草、声の性質が、リセオ四年目に隣の席だったマルコ・フィデル・ブーヤとそっくり同じだったのである。この種の一瞬の直感は、私がコロンビアというあの予知不能なコミュニティの沼地の中を、方位磁石もなく、流れに逆らって航行してくるうえで大いに役立ったものであり、作家としての私の仕事にとっても、重大な鍵となったものかもしれない。

私には夢の中を生きているような感覚があった、というのも、私が奨学金を得たかったのは勉強をしたかったからではなく、家族といい関係を保ちながらも、ほかのどんな義務からも自由な、独立した身分を手に入れたかったからなのだ。確実に一日三食食えるというだけでも、この貧者の避難所にいれば自宅よりもいい生活ができる、ということを意味していたと言ってよく、また、家庭内よりもずっと緩い監視下におかれた自治体制のもとで暮らすことができたのである。食堂では市場原理が働いており、各人が好みのままに食事内容を調整できた。現金には価値がなかった。朝食の玉子二つがもっとも価値の高い通貨だった。玉子二つで、三食どの食事のどの一皿でも楽に買うことができたからだ。どの一品にも正確な対応物があり、この合法的な商取引きを混乱させるものは何もなかった。さらにすごいことに、私の覚えているかぎり、寄宿舎での四年間を通じて、どんな原因のものでも、殴り合いの喧嘩はただの一度も起こらなかったのである。

先生たちも、別のテーブルでだが同じ大広間で食事をしていて、彼ら同士の間での角突き合いもときどきあった。彼ら自身がまだ学生気分を引きずっていたのだ。大部分が独身であるか、奥さんを残してひとりで学校に住みこんでおり、給料は私たちの家族からの仕送りと同じくらいに貧弱なものだった。彼らも私たちと同じように食事に文句を言い、一度だけだが、危機的な状況にまで立ち至ったケースでは、彼らの一部と私たちとで共謀してハンガー・ストライキを計画しかけたことまであった。彼らが何か贈答品をもらったり、外からの訪問客があったりすると、彼らにだけ気の利いた料理が出され、われわれとの間の平等は一気に崩れた。その一例は、私が四年だったとき、校医の先生が、自ら担当する解剖学の授業で使うために牛の心臓を持ってくると私たちに約束したときに起こった。その翌日に彼は厨房の冷蔵庫に、まだ新鮮で血が垂れている心臓を運びこませたが、私たちが授業準備のために厨房に出向いたときには目当てのものはなくなってしまっていた。ぎりぎりになってわかった事情はこうだ――牛の心臓が手に入らなかったために、医師はかわりに、工事現場の四階から落ちて砕け死んだ身元不明の石工の心臓を運びこませた、ところが、これでは分量的に全員分にはとても足りないと見てとった調理人たちは、これこそ先生たちのテーブル用として予告されていた牛の心臓だと思いこんだまま、絶妙な味わいのソースを使って調理してしまったのである。教師と生徒の間に垣根がない滑らかな関係は、行なわれたばかりだった教育改革と大いに関係していたのだと思う。その改革の中身で歴史に記し残されたものはほとんどないが、少なくとも私たちにとっては、人間関係の礼儀作法をだいぶ簡略化する役には立ったのである。おかげで年齢の違いは小さくなり、ネクタイの使用規則は緩和され、先生と生徒が一緒に一杯飲んでいたり、土曜日に同じ同伴ダンス場に出入りしていたりしても、誰ももう大騒ぎしなくなった。

このような雰囲気は、個と個の間の堅苦しくない関係を許容するタイプの先生たちだったからこそ可能になったものだった。数学の先生の授業は、その学識と、荒っぽいユーモアのセンスのせいで、恐るべき祝祭だった。その名はホアキン・ヒラルド・サンタといい、コロンビア人で初めて数学の博士号を取った人だった。私にとって残念至極なことだが、彼と我、双方の多大な努力にもかかわらず、私は最後まで彼の授業についていくことができなかった。当時はよく、詩人の資質が数学の邪魔になるのだというようなことが言われていたもので、いつしかそんなことを信じるようになって、数学の海で溺れてしまったのである。幾何学はその文学的な知略の面白さゆえに、まだ親しみやすかった。反対に、算術は敵意ある単純明快さを見せた。今でもなおも、私は暗算をするにあたっては、それぞれの数字を一番簡単な要素に分解して計算しなければならない。とくに7と9がそうで、その段の表は結局覚えられなかった。そのため、たとえば7に4を足すという計算をするとき、私は7から2を取って、残った5に4を足し、そのあとで2をまた加える——それでやっと、11だとわかるのである！　掛け算はいつも苦手だったが、それはいつも、記憶の中に書きこんだ数字を思い出せなくなるからだった。代数学には、その古典的血統に対する敬意からだけでなく、先生への愛と恐れゆえに意欲を注ぎこんだ。無駄だった。学期ごとに不合格になり、二度は追試で復活したが、憐れみから受けさせてくれた規定外の三回目にはまた落ちてしまった。

　無駄を顧みずにいちばん献身的に頑張ってくれた先生を三人あげるとなれば、いずれも語学の先生である。第一が英語のミスター・アベーヤ、生粋のカリブ人なのに完璧なオクスフォード訛りで話し、ウェブスターの辞書に対して少しばかり宗教的な思いこみがあって、両目を閉じてその一節を暗唱していたものである。その後任として来たのがエクトル・フィゲロアといい、若くていい先生だっただけでなく、私たちが休み時間に多重唱で歌っていたようなボレロに、燃えるような情熱をもっていた。私は眠気をこらえて授業でも試験でも最善をつくしたが、いい成績をもらえたのはシェイクスピアのせいよりも、あちこちで恋の楽園と自殺の悲劇を出現させたレオ・マリーニやウーゴ・ロマーニのせいだったと思う［ともにアルゼンチン出身のボレロ歌手］。四年生のときのフランス語の先生、ムシュー・アントニオ・イェラー・アルバンは、私がいつも探偵小説を読みふけっているのを見ていた。その授業は他のどの授業とも同じように私には退屈だったが、時宜をとらえて引用して聞かせてくれた街頭の実用フランス語だけは、それから十年後のパリを飢え死にせずに生き抜くうえで大いに役立った。

先生たちの大半は、ホセ・フランシスコ・ソカラース博士率いる高等師範学校の卒業生だった。これはサン・ファン・デル・セサル出身の精神科医で、一世紀におよぶ保守党政権下で続いた教会主導の教育を、人文主義的な合理主義によって変革しようと力をつくした人だ。マヌエル・クエーヨ・デル・リーオは過激なマルクシストで、おそらくそれゆえに、林語堂《リンユタン》［中国の文学者。米国に長く住み、中国文化の西欧への紹介で広く知られた。一八九五―一九七六］を崇拝する一方で、死者が亡霊となってあらわれるのを信じていた。カルロス・フリオ・カルデロンの蔵書は、『大渦』の作者である同郷人ホセ・エウスタシオ・リベーラの作品が充実していたが、ギリシアの古典と、地元の「石と空」派と、各国のロマン派に、均等に配分されていた。お互いに教えあいながら、私たち少数の熱心な本好きは、サン・ファン・デ・ラ・クルス［十六世紀スペインの修道士で神秘主義詩人］やホセ・マリーア・バルガス・ビラ［コロンビアの作家。一八六〇―一九三三］を読んだが、プロレタリア革命の作家たちも逃さなかった。社会科学の先生だったゴンサーロ・オカンポは自室に、政治関係のいい蔵書を集めていて、上級生のクラスでは鷹揚に回し読みされたが、私にはどうしてフリードリヒ・エンゲルスの『家族、私有財産および国家の起源』が経済学の不毛な午後に取り扱われるのかさっぱりわからなかった。人類の美しき冒険の叙事詩として文学の授業で扱うべきだと思われたのだ。ギエルモ・ロペス・ゲッラは、やはりエンゲルスの『反デューリング論』をゴンサーロ・オカンポ先生から借りて、休憩時間を利用して読み通した。しかし、私がロペス・ゲッラと議論を戦わせるために同じ本を貸してほしいと頼むと、オカンポは、人類の進歩のために根源的な意味をもった本だが、長くて退屈でおそらく歴史には残らないものだから、と言って貸してくれなかった。おそらくこうしたイデオロギー的物々交換のせいで、この高校《リセオ》は、政治的非行の実験室といった悪名を得ることになった。しかしながら、人生の半分ほどのちになってようやく私にわかったのは、もしかするとここでのこうした経験は、弱い者をあらゆる種類の教条主義から遠ざけることになり、強い者にはそれに抗する予防注射をほどこす役割を自然と果たしたのではないか、ということだ。

私がいちばん直接にかかわったのは、一貫してカルロス・フリオ・カルデロン先生だった。最初の学年［第三学年］ではカスティーリャ語の授業を行ない、第四学年では世界文学を、第五学年ではスペイン文学を、そして第六学年ではコロンビア文学を講じた。さらに、彼の背景と嗜好からすると奇妙な授業も担当していた――簿記である。先生はウイラ県の県都ネイバの生まれで、同郷のホセ・エウスタシオ・リベーラに対する愛国的な崇敬の念を口にしてやまなかった。医学と外科医術の勉強を途中で断念しなければならなかったことを生涯の無念として記憶していたが、芸術と文学に対する情熱の激しさには抗しがたい魅力があった。彼こそが私の草稿を、適切な指摘ばかりの書きこみによって木っ端微塵に粉砕した最初の先生だった。

いずれにせよ、ここでは生徒と先生の間の関係が、稀に見るほど自然なもので、それが授業中だけでなく、夕食後の休憩時間の中庭においてもまた別の特別なかたちで続いた。これが私たちがそれまで慣れていたのとは異なった人間関係を可能にしたのであり、敬意と仲間意識の両方があるこの学校の雰囲気に有効に働いたことはまちがいない。

ぞっとするような冒険を私が生きることになったのは、図書館に届いたフロイト全集が原因だった。フロイトのきわどい分析はむろん私には全然わからなかったが、彼の描く臨床例には、ジュール・ヴェルヌの幻想物語と同じように引きこまれて最後まで読んだ。カルデロン先生はカスティーヤ語の授業の中で、自由なテーマで短篇小説を一篇書くという課題を私たちに出した。そこで私は七歳ぐらいの神経症患者の話を思いついて、詩的な抒情とは正反対の方向に向かうペダンティックなタイトルをつけた――「強迫観念の一症例」。先生はこれをクラスの前で私に読み上げさせた。すると、隣の席にいたアウレリオ・プリエトは、科学的にも文学的にもまるで知識がないのにこんなにねじれた題材について書くというのは思い上がりだ、と容赦なく攻撃してきた。私は謙虚さの吐露というよりも恨めしさをこめて、症例はフロイトが回想記に書いていた臨床例からとったのであり、自分のねらいは、それをこの課題に使ってみることだけだった、と言い返した。カルデロン先生は、何人もの級友の厳しい批判に私が怨恨を抱いたと考えたのか、かまわずにこの線で続けるようにと励ますために、休憩時間に私を個別に呼び出した。先生は、私の短篇には現代のフィクションのテクニックに無知であることがはっきり見てとれるが、天分と意欲があることはわかる、と指摘した。うまく書けているし、少なくとも何か独自のものを目指す性向があるというのだった。このときに初めて彼は、修辞の技法について私に話した。テーマ設定の方法と、気取らずに韻文的に書くための韻律の具体的なコツについてヒントをくれたうえで、たとえ精神衛生上いいという理由だけのためでも、これからもずっと書き続けるべきだ、と言ってしめくくった。リセオの時代に私と先生とが、休憩時間や、その他の空き時間を利用して交わした長い対話——作家としての私の人生に大いに役立ったもの——の最初がこれだったのである。

私は理想的な環境の中にいた。コレヒオ・サン・ホセ以来、私は手に入るものを片端から読むという悪癖にどっぷり漬かっており、自由時間のみならず、授業時間のほとんどまでを読書に費やしていた。十六歳の私は、綴りがあっているかどうかは別にして、コレヒオ・サン・ホセで学んだ詩を息も継がずに暗唱できた。そうした作品を私は、誰の援助も命令も秩序もないまま、ほとんどいつも授業中に隠れて読んではまた読みかえしていた。おそらく、リセオの見るも哀れな図書室にあったものは全部読みつくしていたと思う。もとより、さらに有用性の低い図書館の残り滓みたいなものばかりからなる図書室だったのである——大げさなお墨付きのある全集や、やる気を失った先生の旧蔵書や、どんな遭難漂流の結果なのかわからないが、漂着することになった思いがけない本などからなっていた。ミネルバ書房のアルデアーナ叢書は忘れられない。ドン・ダニエル・サンペル・オルテーガ［二十世紀前半のコロンビアの作家で教育者。国立図書館長などを務めた］の支援によって出版され、教育省によってさまざまな学校に配付されていたものである。これはそれまでのコロンビアで書かれた良い作品悪い作品のすべてを収めた百冊シリーズで、私は巻号順に意欲が続くかぎり読み通そうと企てたものだった。今考えても空恐ろしくなるのは、後半の二年間でほとんどそれを達成しかねないところまで行ったことであり、ところがそれが何かの役に立ったのかどうか、その後の人生を通じて確定できずにいることである。

夜明けごろの寄宿室には、怪しいほど幸福感に似たものがあった。真夜中の六時、と私たちはいつも言っていたのだが、その時刻にけたたましく鳴りだす死の鐘の音を別にすれば。頭がおかしい二人か三人だけはそれを聞いて飛び起きて、風呂場にある六個の冷水シャワーの一番乗りを目指した。残りの人間は夢の最後の滴を搾り出すために、日直の先生がまだ寝ている者たちの毛布を引きはがしにくるまで、今しばらくねばるのだった。それからの一時間半は思うがままの交歓の時間となり、服を整頓し、靴を磨き、散水口のない水道管から落ちる氷水でシャワーを浴びる一方で、各人が自分の欲求不満を大声でわめいて発散したり、他人の欲求不満をからかったり、恋の秘密をばらしたり、取引や諍いの片をつけたり、食堂での交換取引きをまとめたりするのだった。毎朝の議論のお決まりのテーマは、前の晩に読んだ章の内容だった。

ギエルモ・グラナードスは夜明けどきから、テノールの美声を全面的に解き放って無限のタンゴのレパートリーに取り組んだ。隣の寝台のリカルド・ゴンサーレス・リポルとともに私は、ベッドの端にすわって靴を磨くボロ切れのリズムに合わせてカリブのグァラーチャをデュエットで歌い、その一方で、代兄弟のサバス・カラバーヨは、寄宿室の端から端まで、生まれたままの姿で、鉄筋コンクリートみたいな陰茎にタオルをぶら下げて歩きまわった。

もし可能であったなら、寄宿生のかなりの部分が週末の深夜にはデートの約束を果たすために抜け出していっただろう。夜警はいなかったし、週交代の宿直の先生がいる以外、寄宿室番の先生などはいなかった。あとは、永遠の守衛リベリータがいたが、彼はもともと、毎日の仕事をこなしながらいつでも眠りこんでいるようなものだった。彼は玄関口の小部屋に暮らしており、職務はよく果たしていたが、夜になれば私たちは何の問題もなく、教会堂の大扉の閂を外して音も立てずに開け閉めして、よそで一夜を満喫してから凍りついた通りを歩いて夜明け前に帰着できた。リベリータが本当に死人のように眠っていたのか、それともあれは、男の子たちに対する彼なりの優しさだったのか、結局わからなかった。抜け出していく者は多くなく、その秘密は忠実な共犯者の記憶の中だけにとどまった。くりかえしやっていた者も何人か私は知っていたし、冒険心に駆られて勇躍脱出していったものの、恐怖心にうちのめされて逃げ帰ってきた者もいた。発覚してつかまった生徒がいたとは聞いたことがなかった。

学校での人間関係において唯一具合が悪かったのは、私が不吉な悪夢を見る癖を母から受け継いでいたせいで、しばしば、あの世の人みたいな悲鳴でみんなの眠りを乱していたことである。ベッドの両隣は毎度の悪夢がよくわかっていて、深夜の静けさの中に響く最初の遠吠えが気持ち悪くていやがっていた。それが聞こえると、段ボールで仕切られた小部屋で寝ている宿直の先生は、静けさがもどるまで、寄宿室の端から端まで夢遊病者のように歩きまわった。悪夢は自分では制御不能なのだが、何か私の良心の呵責と関係していることは、道を外れて訪ねた家で寝ているときにも二度ほど起こったことからわかった。夢の内容は解読不明で、悲鳴は怖い夢の途中で出るのではなく、むしろ反対に、幸せな話の途中で、よく知っている人や場所が邪気のない一瞬の目つきによって不吉な側面を私に見せたときに出るのだった。私の悪夢は、自分の頭が自分のひざの上にあって、眠りを妨げるので虱の卵と毛虱を取っているという、母がよく見る悪夢とはほとんど共通点がなかった。私の悲鳴は恐怖の声ではなく、頼むから誰かに起こしてもらいたいという救いを求める声だったのだ。幸い、リセオの寄宿室では間髪を入れる間もなかった。最初の呻き声が出たとたんに、近所のベッドからいくつも枕が飛んできたからである。喘ぎながら目を覚ますと、心臓は乱れ打っているのだが、私はまだ生きていたことに幸せを感じているのだった。

リセオでいちばんよかったのは、就寝前の朗読による読書だった。これは、カルロス・フリオ・カルデロン先生の発案で始まったもので、五年生が翌日第一時限の緊急テストのためにマーク・トウェインの短篇を読んでおかなければならなかったことがきっかけだった。先生はまだ読む時間がなかった生徒がメモをとっておけるように、四枚分の短篇を段ボール部屋の中から読み上げたのである。生徒たちが強い興味を示したので、そのときから、毎晩、就寝前に朗読をする習慣ができあがった。最初はなかなかうまくいかなかった。せせこましい先生のひとりが、読む本を選んだり排除したりする基準を導入したからだが、反乱の危険が生じたため、本の選択は上級の生徒たちの基準にまかされるようになった。

最初は三十分で始まった。宿直の先生が大部屋の入口にある明るく照らされた段ボール部屋の中で読むのだが、最初のうち、私たち生徒は馬鹿にした鼾《いびき》声をわざとあげて黙らせた。本物の鼾もまじっていたが、たいがいそれは、眠くなるような本だったからだ。後になると、物語への関心に応じて時間は一時間に延長され、先生に代わって、生徒が週代わりで担当するようになった。本当に面白くなってきたのは、誰もが楽しめた『ノストラダムス』や『鉄仮面』のころからだった。いまだに納得がいかないほどの大成功を収めたのはトマス・マンの『魔の山』で、ハンス・カストルプとクラウディア・ショーシャがキスするのを待って全員が徹夜しそうになり、校長の介入が必要になるほどだったのである。また、誰もがベッドにすっくとすわったまま、ナフタとセッテムブリーニの間の支離滅裂な哲学的対決をひと言も聞き逃すまいと張りつめて聞き入っていたあの常軌を逸した緊迫感も説明不能である。その晩の朗読は一時間以上に延び、寄宿室では拍手喝采の嵐によって締めくくられた。

わが青春の大いなる謎のまま残ったただひとりの先生が、到着時に顔を合わせた校長先生だった。

名前はアレハンドロ・ラモスといい、気むずかしくて孤立した人で、まるで盲人のように分厚いレンズの眼鏡をかけていて、誇示せずとも明らかな権威がそのひと言ひと言に鉄の拳のように重くこめられていた。上階の居室から毎朝午前七時に下りてくるのは、食堂に入る前に私たちの身だしなみをチェックするためだった。彼自身は派手な色使いのスーツを完璧に着こなしていて、まるでセルロイド製のように糊を利かせた襟元には陽気なネクタイを締め、いつでもぴかぴかの靴をはいていた。私たちの身のまわりの清潔さにわずかでも問題があれば、唸り声によってそれを指摘し、それは即座に寝室にもどって直してこいという命令に他ならなかった。それ以後は一日じゅう、三階にある執務室にこもっていて、私たちが次に彼の姿を目にするのは、翌朝の同じ時間か、週に三回担当している数学の授業のために執務室から六年生の教室に向かう十二歩の距離を歩いているときだけだった。その授業を受けている生徒たちによれば、彼は数字の天才で、授業中は面白い人だとのことで、その英知には度肝を抜かれるが、最終試験の厳しさには震え上がるというのだった。

私はここに到着して間もなく、何だったか、リセオの公式行事の開会の演説を書かなければならなくなった。先生たちの大部分が演説の内容を承認してくれたが、こういう行事については校長が最終決定をするという点では誰もが一致していた。彼の居場所は階段の一番上の三階で、私にとってはまるで徒歩で世界一周するみたいに遠く苦しい距離だった。前の晩はよく眠れず、日曜日用のネクタイを締めたが、朝食の味はほとんどわからなかった。校長室のドアを叩いたが、叩き方があまりにも弱くて、三回叩くまで校長は開けに来てくれず、開けてからも、道を空けて私を通しただけで、挨拶もなかった。むしろそれが幸いだったのは、挨拶されてもおそらく返す声が出なかっただろうからだ。それも校長の冷たさのせいだけではなく、その執務室の威圧感と整理整頓ぶりと豪華さのせいだったのである――高級木材とビロードの家具ばかりが置かれ、布張りの壁には、革で製本し直した本が並ぶ目を見張るような書棚がいくつもあった。校長は私の荒れた息遣いが治まるのを形だけの落ち着きをもって待った。それから書き物机の前に置かれた訪問者用の肘掛け椅子を私に指し示して、自分も自分の椅子に腰をおろした。

訪問理由の説明も、演説そのものと同じくらい綿密に考えてあった。校長はそれを黙って聞き、ひと言ひと言にうなずいて承認を示したが、なおも私ではなく、私の手の中で震え動いている紙きれのほうを見ていた。ある時点で私は自分の言ったことに可笑しさを感じて、彼の笑いを誘おうと試みたが無駄だった。思うに、彼は私の訪問の意味について事前に聞かされていたにちがいないのだが、それを説明するという儀式を一から十まであえて全部私にやらせたのである。

私の説明が終わると、彼は机ごしに手を伸ばして紙を受け取った。眼鏡を外してそれをじっくりと集中して読みはじめると、二か所、ペンで修正した以外、最後まで一気に読んだ。それから眼鏡をかけ直して、心臓を揺さぶるようなごつごつした声で、私の目を見ることなく話しはじめた。

「ふたつ問題点がある。あなたはこう書いた――『スペインの学者ホセ・セレスティーノ・ムーティスが十八世紀に世界に紹介した、わが国の豊饒な植物相との調和を保ちながら、われわれはこの高校《リセオ》で、楽園のような環境に暮らしています』。しかし、豊饒《エクスペランテ》な、という語にはｈは不要だし、楽園《パラディシアコ》のような、という語にアクセント符号は必要ない」

私は屈辱を感じた。第一点については何も返答しようがなかったが、第二点については確信があったので、即座に、わずかに残っていた声で言い返した――

「すみませんが、校長先生、辞書は、パラディシアコについて、アクセント符号付きとアクセント符号なしの両方を許容していますが、エスドルフロ型強勢のほうが響きがいいと僕には思われましたので」

彼は私と同じくらい屈辱を感じたにちがいなく、なおも私に目をやることなく、何も言わずに書棚から辞書を取った。心臓が痙攣したのは、その辞書が祖父と同じアトラス辞書で、もしかしたらまだ一度も使っていないぴかぴかした新しい版だったからだ。一回で彼はちょうどぴったりのページを開き、記述を一度、二度と読んでから、ページに視線を置いたまま私に訊ねた――

「あなたは何年生かね？」

「三年です」と私は答えた。

彼は囚人の足枷でも締めるように大きな音を立てて辞書を閉じ、それから初めて私の目を見た。

「えらいぞ、そのままでよかろう」

その日以来、級友たちは私のことを英雄呼ばわりこそしなかったものの、当てこすりをたっぷりこめて、「校長と話をした海岸人」と呼ぶようになった。しかし、校長とのこの面談において私にいちばん大きく響いたのは、昔から苦手だった正書法との格闘に今一度、直面させられたことだった。綴り方の正書法が私には理解できたことがないのだ。先生たちのひとりは、シモン・ボリーバルは綴り方がひどかったので本当はあんな栄光には値しない人間だった、と言って私にとどめの一撃をくれたことがあった。他の人は、綴り方が苦手な人はたくさんいる、という理屈で私を慰めてくれたものである。すでに本を十七冊刊行している今日なおも、私のゲラの校正者は、私のひどい綴り字を、ミスプリントと見なして紳士的に直し続けてくれている。

シパキラーの町の社交行事への参加は、おおむね各人の天分や性格に応じて行なわれた。スペイン人が植民地時代に発見したときすでに利用されていた塩の鉱山には、週末になると観光客が集まり、観光の締めくくりには、胸肉のオーブン焼きと、大きな岩塩の皿に盛られたネバーダ芋が供されるのが一般的だった。そんな場で海岸出身の寄宿生は、声がでかくて育ちが悪いという的を射た名誉ある評判そのままに、はやりの音楽を映画スターのように踊るという才能と、すぐにどこまでも恋に落ちていくという趣味のよさを大いに発揮したものである。

私はやがてすっかり思うがままに行動できるようになったので、世界大戦の終結が伝わった日にはみんなで通りに繰り出して、国旗やプラカードを掲げて勝利の声をあげながら歓喜のデモ行進を行なった。誰か演説したいのはいないか、ということになったので、私は何も考えずに社交クラブのバルコニーに上がって、町一番の広場に向けて、声高な叫び声で即興の演説を行なってしまった。聞いた人の多くが、事前に用意して暗唱していたものだと思ったそうだ。

これは私が人生の最初の七十年間で、即興でやるはめになった唯一の演説である。四大国のそれぞれに対する詩的な謝辞でしめくくったのだが、聴衆の関心を引いたのは、しばらく前に逝去したばかりだった合衆国大統領に対するものだった――「フランクリン・デラーノ・ローズヴェルトは、勇者エル・シッドのように、死後になおも戦いに勝利する術を知っていた」。この一節は数日間、町の空気の中に漂い続け、通りの張り紙に書かれたり、一部のお店に掲げられたローズヴェルトの肖像に添えられたりした。というわけで、私が初めて収めた公的な成功というのは、詩人としてでも小説家としてでもなく、演説家としてのものだったのである。しかも、情けないことに、政治演説によるものだったのだ。そのとき以来、学校の公的行事ではかならず演壇に乗せられるようになった。ただし、以後はすべて、最後の一息まですべて事前に書いて、綿密に校閲したスピーチだった。

ところが、時とともにこのような厚かましさが転じて、私は舞台恐怖症にかかって、人前でまったく黙りこんでしまうようになった。それは大きな結婚披露宴などばかりでなく、ポンチョに草履というインディオたちが集まって最後には誰もが床で寝こんでしまうような飲み屋《カンティーナ》でも同じだった。ベレニセは美しくて偏見のない女で、他の男に恋していたせいで運よく私と結婚せずにすんだが、その彼女の家でもことばが出なくなってしまったし、両親からの身のまわりの出費のための仕送りが遅れていたときに、苦悶の電報をつけで送らせてくれた忘れもしない電報局のサリータ、一度ならず私の窮地を救うために前もって為替を換金してくれたサリータのいた電報局ですら、私は黙りこくってしまうようになった。しかし、いちばん忘れがたいのは、誰の恋人というのでもなく、詩人仲間全員の女神だった女性とのことだ。名前はセシリア・ゴンサーレス・ピサーノといい、頭の回転が早く、保守党の家系に属していたのに親しみやすくて自由な精神の持ち主で、詩のこととなると超自然的な記憶力がある人だった。家は高校の正門の正面にあって、貴族的な感じの独身の伯母さんと一緒に、ヘリオトロープの繁った庭を囲んで建つ植民地時代の大邸宅に暮らしていた。最初は、詩のコンテストでのつきあいがあっただけだが、その後、いつでも笑いの絶えないセシリアは本格的に人生の同志となり、最後にはカルデロン先生の授業に生徒全員の共謀のもとで忍びこむまでになった。

アラカタカ時代の私は実は、アコーデオンと美声だけを携えて市《いち》から市へと歌を歌ってさすらい暮らしたいという夢をもっていて、歌うことこそが物語を語るいちばん古くて幸福なかたちだと考えていた。母がピアノを諦めたのが子供を産むためであって、父がヴァイオリンを手放したのが私たちを養うためだった、というのであれば、そうして養われた子供のいちばん上のひとりが、音楽をやりたかったが故に食えずに野垂れ死にしたという華々しい前例を残したとしても、まさに理にかなったことだといえた。私がリセオのグループに歌手兼ティプレ弾きとしてやがて参加するようになったことは、私にも歌が歌えて、いちばんむずかしいとされる楽器でも耳だけを頼りに弾けるようになることを証し立てた。

リセオで行なわれる儀式や、国家的な記念日の夜の行事で、ギエルモ・ケベード・ソルノーサ先生の指導のもと、私がなんらかのかたちで関わらないものはなかった。町の名士で作曲家だった先生は、町民楽団の永遠の指揮者であり、「アマポーラ」――ハートのように赤いあの路傍の花――の作者だった。これは彼の若いころの作品で、当時の夜会やセレナータの目玉となった曲である。毎週日曜日、ミサのあとで私は公園を横切ってこの楽団の野外演奏を聞きにいったものだが、これはいつも『泥棒かささぎ』で始まり、『イル・トロヴァトーレ』の鍛冶屋の合唱で締めくくられるのだった。先生は最後まで知ることがなかったし、私も決して言えなかったことだが、あのころの私の人生の夢とは、彼のようになることだったのである。

高校で音楽鑑賞の授業の受講希望者の募集があったとき、最初に名乗りをあげたのがギエルモ・ロペス・ゲッラと私だった。この授業は土曜日の朝に行なわれ、アンドレース・パルド・トバール先生が担当だった。「ボゴタの声」局で初のクラシック音楽番組のディレクターを務めた人である。授業のために用意された食堂の四分の一ほどのスペースを埋めるだけの受講者は集まらなかったが、私たちは即座に彼の熱い口舌に引きこまれた。彼は完璧なカチャコの見本のような人で、それは、まっ黒なブレザーにサテンのヴェスト、うねりのある声と穏やかな身ぶりにあらわれていた。巻き上げ式の蓄音機は今日から見ればその古めかしさがかえって新奇に見えるものだが、それを彼はまるでアザラシの調教師のように愛情をこめて巧みにあやつった。聞き手がまったくのど素人であるという前提

——私たちの場合はその通りだった——から彼は出発した。そのため、最初はサン＝サーンスの『動物の謝肉祭』を聞かせながら、それぞれの動物の性質を博識な情報をまじえて描き出してみせた。それから次には、プロコフィエフの『ピーターと狼』——他でもない！——を弾いてみせた。毎週土曜のあの音楽の祭典の唯一の欠点は、偉大な巨匠たちの音楽がほとんど秘密の悪徳であるというような恥じらいの感覚を私の中に植えつけてしまったことで、よい音楽と悪い音楽をえらそうに分けるのをやめるまで何年もかかってしまった。

校長先生とは翌年まで全然接する機会がなかったが、四年の幾何学の授業が彼の担当になった。最初の火曜日の午前十時に教室に入ってくると、唸るような声で誰も見ずに挨拶をし、黒板に粉の痕跡がまったくなくなるまでじっくりと黒板消しで消した。それから私たちのほうに向き直ると、出席もまだ取っていないのにアルバロ・ルイス・トッレスに質問した——

「点とは何か？」

返答している間もなかった、なぜなら、社会の先生がノックもなしにドアを開け、教育省から校長に緊急の電話が入っている、と告げたからだ。校長は電話に応じるために急いで出ていき、そのまま授業にはもどらなかった。二度と授業にはもどらなかった。その電話は校長職からの解任を知らせるものだったのである。それは彼がこのリセオで五年間にわたって誠実に務めてきた職責であり、ほとんど一生涯にわたって瑕疵《かし》なく勤めあげたのちに得た地位だった。

後任は詩人のカルロス・マルティンだった。「石と空」グループの優れた詩人たちの中の一番若手で、バランキーヤでセサル・デル・バーイェが私に手引きしてくれた詩人のひとりだ。年齢は三十三歳で、本を三冊出していた。私は彼の詩を読んだことがあり、一度はボゴタの書店で見かけたことがあったが、何も彼に言える内容はなかったし、サインしてもらえる本も持っていなかった。ある月曜日、彼は予告もなく昼休みに姿をあらわした。こんなに早く姿を見せるとは私たちは考えていなかった。詩人よりも弁護士みたいに見えたのは、ピンストライプのスーツと、髪の垂れていない広い額と、作品にも見られる形態に対する厳密さをもって刈りこまれた一直線の口髭のせいだった。意識的な足取りで一番近くにいるグループに近づくと、穏やかに、そして少しばかり疎遠な感じを漂わせたまま、彼は手を差し出した――

「よろしく、僕はカルロス・マルティンだ」

このころの私は、『エル・ティエンポ』紙の文芸欄や雑誌『土曜日《サバド》』に掲載されるエドゥアルド・カランサの詩的な散文がひじょうに気に入っていた。これはフアン・ラモン・ヒメーネスの『プラテーロと私』に触発されたジャンルのようで、ギエルモ・バレンシアの神話を地図上から消し去ろうと狙う若い詩人たちの間ではやっているスタイルだったのだ。詩人のホルヘ・ローハスは自分の名声と相続したささやかな遺産を使って、オリジナルな小冊子シリーズの出版を支援しており、これが彼の世代の間で大きな反響を呼んで、名の知れた優れた詩人たちをグループとしてまとめる働きをしたところだった。

校内の人間関係は根底から変わった。亡霊めいた前校長のイメージに代わって、生身の具体的な存在があらわれた。適度な距離を保ちつつ、いつでも手の届くところにいる存在だった。彼はルーティーン化した身だしなみの検査その他、無意味な規則を廃止し、ときには、夜の休憩時間に生徒たちとおしゃべりしにくることもあった。

この新しいスタイルは、私を自分本来の道に差し向けた。もしかするとカルデロンが私のことを新校長に話していたのかもしれないが、最初の数日のうちに彼は詩との関わりについて私にそれとなく探りを入れてきたので、私は内に秘めていたものをすべて吐き出した。彼は私に、『文学という経験』を読んだかと訊ねた。当時ひじょうに話題になっていたドン・アルフォンソ・レイエス［二十世紀前半のメキシコを代表する知識人。一八八九—一九五九］の本だった。私は読んでないと打ち明け、すると彼は、翌日には持ってきて貸してくれた。私は机の下に隠して三時間の授業の間ぶっ続けで半分を読み、残りは休憩時間のサッカー場で読んだ。私はこれほど高く評価されているエッセイストが、アグスティン・ラーラ［多数のボレロで知られるメキシコの作詞作曲家］の歌を、まるでガルシラーソの詩であるかのように研究して論じているのにうれしくなった。「アグスティン・ラーラの歌は流行しているが、決して流行歌ではない」という機知に富んだひと言がその理由として述べられていた。私にとっては、毎日のスープの中に詩が溶かしこまれているのを見つけたみたいな感じだったのである。

マルティンは豪華な校長室を手放した。そのかわりに、開放的な執務室を大パティオに面したところに設置し、これは夕食後の私たちのグループ活動などに彼をなおさら接近させることになった。彼は奥さんと子供とともに町の中央広場の角の、よく手入れされた植民地時代のお屋敷に長いこと住んだが、その書斎の壁には、当時の革新的な嗜好に関心のある読書人が望みうるすべての本が並んでいた。週末になるとそこには、彼の友人たち、とくに「石と空」の仲間たちがボゴタから訪ねてきた。ある日曜日のこと、ありきたりな用事でギエルモ・ロペス・ゲッラとともにこの家に行くと、グループの二大スター、エドゥアルド・カランサとホルヘ・ローハスが来ていた。校長は会話を中断しないようにすばやい身ぶりだけで私たちにすわるよう指示したので、私たちは三十分ほど、一言も話の内容がわからないままそこにすわっていた。私たちが聞いたことのなかったポール・ヴァレリーの本について論じ合っていたのだ。私はカランサのことは何度かボゴタの書店やカフェで見かけたことがあったし、その声の高さや滑らかな響きだけでも誰だかわかったはずだ。その声は、彼の気取らない普段着や居ずまいにちょうどマッチしたものだった——まさに詩人らしかったのだ。それに対して、ホルヘ・ローハスのことは、その服装や大臣ふうの物腰からは、カランサがホルヘという名前で呼びかけるまで誰だか見抜くことができなかった。私は偉大な三人の間で詩に関する議論が展開されるのを期待したが、それは実現しなかった。話題が終わりまでくると、校長が私の肩に手を置いて、訪問客にこう言った——

「この彼は偉大な詩人なんだ」

もちろんお世辞として言ったわけだが、私は舞い上がるような気持ちになった。カルロス・マルティンはまた、大詩人ふたりと私たちの写真を撮ろうと言いだして、実際に撮影したが、この写真については半世紀後、老後を楽しむために彼が隠居して暮らしていたカタルニアの海辺の家で見せてもらうまで目にすることはなかった。

リセオは革新の風に揺さぶられた。男同士で踊りを練習するためにしか使われていなかったラジオは、カルロス・マルティンの登場と同時に、社会的な情報伝達の道具に変わり、前代未聞のこととして、私たちは休憩時間の中庭で夜のニュースを聞いたり論じあったりするようになった。文芸クラブの設立と新聞の発行とともに、文化的な活動も増加した。文学への嗜好がはっきりしていてメンバーになりそうな人のリストを作ってみると、その数が十三人だったので、グループ名は十三文学会となった。迷信への挑戦にもなるので、かえってラッキーな名前だと思えたのだ。活動を主導したのは生徒たち自身で、活動内容といえば週に一回集まって文学の話をするだけだったが、これはもともと、私たちが学校の中でも外でも、自由時間があればいつもやっていることに他ならなかった。各人が自分の書いたものを持ちより、それを朗読して、他の全員の判断を仰いだ。彼らの例に目を開かれたような気持ちになった私は、ハビエル・ガルセースという筆名で書いた自作のソネットを朗読してみた。目立とうとして使った筆名ではなく、自分の身元を隠すためのものだった。ソネットはいずれも技術的な練習にすぎず、閃きも野心もないもので、心の底から出てきたものではなかったので、私自身、詩的な価値を認めていなかった。私はケベードやロペ・デ・ベーガの模倣から始めて、ガルシア・ロルカの真似までしていた。彼の八音節詩は実に自然な流れをもつもので、一度スタートするとそのまま慣性で終わりまで流れていくようだった。この模倣の熱病は行くべきところまで行きつき、私はついには、ガルシラーソ・デ・ラ・ベーガの四十のソネット全部を、ひとつずつ順番にパロディ化するという課題を自分に課したほどだった。その他にも、一部の寄宿生が毎週日曜日に会う恋人に、自作としてプレゼントする詩を私が書いたりしていた。そうした女の子たちのひとりは、絶対に誰にも言わないという約束のもとで、彼女に言い寄っている男が自分の作品だと言って捧げた詩を、感動した様子で私に読んで聞かせてくれた。

カルロス・マルティンは私たちの会に、学校の第二パティオに面した小さな物置き部屋——安全のために窓がすべて封じられていた——を提供してくれた。私たち五人のメンバーが集まって、次の全体集会のために課題を課しあっていた。彼らは誰も作家というキャリアは選ばなかった人たちだが、それを目指していた会ではなく、各人の可能性を試すことが重要だった。私たちは人の作品を論じあっているうちに、しばしば、まるでサッカーの試合みたいにお互いに腹を立てあうところまで行った。ある日、リカルド・ゴンサーレス・リポルは言いあいの途中で席を立ち、すると校長がドアに耳を当てて議論を聞いているのに出くわした。校長が好奇心をもったのももっともだった。私たちが自由時間を文学に費やすなんて、本当だとは思えないことだったのである。

三月の終わりごろ、前校長ドン・アレハンドロ・ラモスがボゴタの国立公園で、自分で頭を撃ち抜いたという知らせが届いた。これを彼の孤独な性格、抑鬱的なところがあったかもしれない彼の性格のせいにして説明してしまうのには誰も納得できなかったし、わざわざラファエル・ウリーベ・ウリーベ将軍――四度におよぶ内戦の戦士で、国会議事堂の前庭で二人の狂信的な犯人に斧で切られて暗殺された自由党派の政治家――の記念碑の裏側で自殺した動機もわからなかった。新校長率いるリセオの代表団がアレハンドロ・ラモス先生の葬儀に出席したが、われわれ全員の記憶の中にそれは、ある一時代への訣別として刻まれることになった。

国内の政治に対する関心は、寄宿生の間ではかなり希薄だった。私が祖父母の家でくりかえし聞かされてきていたところでは、千日戦争以降は両政党間の違いはほとんどなくなり、自由党派は人目につかないように午前五時のミサに行き、保守党派は熱心な信者だと思ってもらうために午前八時のミサに行く、というぐらいの違いしかない、とのことだった。しかしながら、三十年が過ぎて保守党が政権を失い、自由党から出た大統領たちが順次、世界の新しい趨勢へと国を開こうとしはじめたころから、現実的な差異が感じられるようになってきた。絶対的権力の錆びた部分のせいで敗れ去った保守党が、イタリアのムッソリーニの光輝とスペインのフランコ将軍の暗黒を見習って、自宅内の清掃と秩序回復に努めている一方で、アルフォンソ・ロペス・プマレーホ大統領の最初の政権は、教養ある若手を綺羅星のように登用して、モダンなリベラリズムの実現のための条件整備を始めていたが、それが実は、彼らの意図を越えて、二分されている世界の構図のままにわが国をまっぷたつに分断することになるという歴史的定めから逃れられなかった［プマレーホは、一九三四―三八年と四二―四五年の二度、コロンビアの大統領を務めた］。これは避けがたいことだった。先生たちが貸してくれた本のどれかの中で、私はレーニンのことばとされる引用に出くわした――「君が政治に関わらなくとも、いずれ政治のほうが君に関わってくる」

それでも、四十六年間におよぶ穴居人めいた保守系大統領のヘゲモニーが終わって、ようやく平和が可能になったように見えはじめていた。モダンな考え方をもった若い大統領が三代続いたことで、断固として過去の霞を一掃することを目指すリベラルな未来像が開かれてきていた。三人の中でいちばん有能なアルフォンソ・ロペス・プマレーホは、第一期には危なっかしい改革者だったが、一九四二年に二期目に選出され、自由党の政権は順調に引き継がれていきそうに見えていた。そのため、私がリセオに入った年、私たちが熱心に追いかけていたのはヨーロッパの戦争のニュースであり、国内政治とは比べものにならないくらい熱中していたのである。私たちには新聞がリセオの中に入ってくることは、きわめて特別なケースをのぞけば、まずなかった。私たちには新聞のことを気にする習慣がなかったのである。ポータブル・ラジオというのは存在せず、学校にある唯一のラジオは教員室の古いコンソール型のもので、これも踊りのために、夜の七時に最大音量で音楽をかけるだけだった。そのころ、わが国の数々の争乱の中でもっとも血なまぐさくて、もっとも厄介なものが胚胎されつつあったなどと、私たちは考えもしなかったのである。

政治は突然、殴りかかるようにして学校の中に入ってきた。私たちは自由党派と保守党派に分かれ、そうなって初めて、誰がどちらに属していたのかを知った。学内での闘争が生じ、それは最初はお行儀のよい、多少ともアカデミックな対立だったが、やがて、国全体を覆いはじめたのと同じ陰惨な精神のものへと転じていった。リセオ内での緊迫は最初はほとんど知覚できないほどのものだったが、以前からイデオロギー的傾向を隠したことのなかった教員団の先頭に立つカルロス・マルティンの強い影響があることを知らない人はなかった。新校長はあからさまな活動家ではなかったが、教員室のラジオで夜のニュース番組を聞くことは公式に許可し、それ以来、政治ニュースはダンス音楽よりも優先順位が高いものになった。校長室にはレーニンかマルクスの肖像が飾られている、という噂が、確証のないまま行き交った。

こうして息が苦しいような空気が行き渡った結果として、リセオの中で、ただ一度の暴動の兆しが生じたのだと思う。寄宿室で、読書と就寝のかわりに、枕と靴が宙を飛び交いだしたのである。原因が何だったのか確定できないのだが、私が覚えているかぎりでは――何人かの同級生も同意してくれている――、その晩、音読されていた本の挿話が関係していた。その本とはロムロ・ガリェーゴスの『カンタクラーロ』［吟遊詩人が地方を遍歴したのち、貧者のために戦う決意をするという物語］だった。戦闘を準備した本としてはまったく奇妙なものである。

急を知らされて寄宿室に駆けつけたカルロス・マルティンは、彼の登場によって生じた猛烈な沈黙の中、部屋の端から端まで何度も往復した。それから、彼の性格にはまったくそぐわない権威主義を突然に発動して、私たち全員即座に、パジャマ姿のまま部屋を出て、凍てつく中庭に整列するように命じた。そこでカティリナ［古代ローマの弁論家］のようなくりかえしの多いスタイルの大演説を私たちに投げつけ、それによって私たちは完璧な秩序のもとで部屋にもどり、眠りについた。リセオで過ごした数年間で、これが唯一、事件として記憶しているものである。

この年の六年生だったマリオ・コンベルスは、他の学校で出しているありきたりの学生新聞とは異なった新聞を創刊するという話題で私たちを湧かせていた。彼が最初に声をかけたひとりが私で、すっかり説得された私はすぐに編集長になることをオーケーしてしまった。誇らしい気持ちでいっぱいだったが、仕事内容はほとんどわかっていなかったのである。この新聞発行の最後の準備を進めていたとき、ロペス・プマレーホ大統領の拘束という事件が起こった。一九四四年七月八日、国の南部への公式訪問中に、軍の高位将官の一団に大統領が拘禁されてしまったのである。この顚末を語った本人の談話は実に素晴らしいものだ。おそらく自身でも意図することなく、取り調べ官に一部始終を見事な物語として語り聞かせたのである。それによれば、彼自身、解放されるまで何が起こっていたのかまったくわからずにいたというのだ。そしてそれが、ほんものの生の真実にいかにも肉薄したものだったので、この「パストの乱」はわが国の歴史の、数多くの滑稽至極なエピソードのひとつとして残ることになったのである。

大統領首席代理という立場でアルベルト・イェーラス・カマルゴが、数時間にわたり、国営ラジオを通じてあの完璧な声と言葉遣いによって国民を眠らせ続けるうちに、大統領が解放され、秩序が回復するにいたった。しかし、報道検閲を含む厳しい戒厳令が敷かれた。先の見通しは不分明だった。一八三〇年のスペインからの独立以来、ちょうど一世紀後のオラーヤ・エレーラ［自由党の政治家］の当選まで、一貫して国を支配してきた過去をもつ保守党は、少しでも自由党側に歩み寄りそうな気配は見せずにいた。一方、自由党の側は、歴史の上に自らを少しずつ捨てていくこの国にあって、日を追って保守化してきていた。ちょうどそのころ、この国には、権力の誘惑に魅入られた若いインテリのエリート層があった。その中でいちばん急進的で、いちばん見込みのあったのがホルヘ・エリエセル・ガイタンだ。この人物は、バナナ労働者への弾圧に対してとった行動のせいで、私の幼年期の英雄のひとりだった［ガイタンは一九二八年の弾圧事件に際して、詳細な事実調査を行ない、政府批判を展開した］。その話を物心つくころから、理解できぬままくりかえし聞かされていたのである。祖母は彼を尊敬していたが、同時に、共産主義者と共同歩調をとっていたことについては不安に感じていたようだ。ガイタンがシパキラーの中央広場のバルコニーに立って、雷鳴のような演説をしたとき、私は彼のすぐ後ろに立っていて、メロンの形をした彼の後頭部、まっすぐな堅い髪の毛、まったくのインディオのような肌、そして、ボゴタの下層階級の訛りのままに――それは政治的な思惑から誇張してみせていたものかもしれないが――轟きわたるその声に、強い感銘を受けた。その演説で彼は、他の人たちのように自由党と保守党、搾取する者とされる者、という用語は使わず、貧民と寡頭支配者《オリガルカス》という言い方を使った。私はこのとき生まれて初めて、叩きつけるようにくりかえされるこの語を耳にして、急いで辞書で調べたのを覚えている。

ガイタンは傑出した弁護士で、イタリアの大刑法学者エンリーコ・フェッリの優秀な弟子としてローマで学んだことがあった。彼はそこでムッソリーニの演説術を研究してきたので、法廷でもその演劇的なスタイルの痕跡が垣間見られた。同じ自由党のライバルだったガブリエル・トゥルバイは、エレガントで学識豊かな医師で、細い金ぶち眼鏡のせいで映画スターのような雰囲気が加わっていた。この少し前の共産党総会でトゥルバイは予想外の演説をして多くの人を驚かし、自由党の中のブルジョワ層を不安におとしいれたのだったが、彼自身は自分のリベラルな背景にも貴族的な天性にも、何ら反したことはしていないと考えていた。ロシア外交に詳しかったのは、一九三六年にローマで、イタリア駐在コロンビア大使としてソビエト連邦と外交関係を取り結んだ経験から来ていた。その七年後には、ワシントンで駐米コロンビア公使として、正式にソ連との国交樹立にかかわっていた。

ボゴタのソビエト大使館と彼との関係はひじょうに親密なものだったし、コロンビア共産党の指導部にいた友人たちは、選挙において自由党と共闘関係を結ぶことにやぶさかでないようだった。両党の共闘の可能性については当時しきりに話題になったが、結局実現しなかったのである。また、この同じ時期には、ワシントンの駐在大使だったトゥルバイに関して、ハリウッドの大スター女優――ジョーン・クロフォードだとか、ポーレット・ゴダードだとか――の秘密の恋人だという噂がコロンビアではしきりに流れたが、彼は結局最後まで独身主義を貫いた。

ガイタンの支持者とトゥルバイの支持者が合わされば、自由党が過半を押さえることができ、同党の中にも新しい道が開ける可能性があったが、両者が分裂した状態ではどちらも、強固に結束した保守党支持層に勝てる見込みはなかった。

私たちの『文学新報《ガセータ・リテラリア》』は、このような悪いタイミングの時期に出ることになった。その第一号を印刷に出した私たち自身も、見事に組まれ見事に印刷されたタブロイド判八ページ、というプロフェッショナルな出来上がりにはびっくり仰天した。カルロス・マルティンとカルロス・フリオ・カルデロンがいちばん熱狂して、二人とも休憩時間に記事についてコメントを寄せてくれた。いちばん重要な記事は、カルロス・マルティンが私たちの要請を受けて書いてくれたもので、国家の利益を売買するような連中、わが国の自由な前進を歪める成り上がり志向の政治家や投機的な便宜主義者に対する戦いに、勇気をもって立ち上がる必要がある、と説いたものだった。こうして第一号は、彼の肖像を大きく一面に載せて刊行された。スペイン的価値をとりあげたコンベルスの記事と、ハビエル・ガルセースと署名された私の散文詩も載っていた。コンベルスが話してくれたところでは、彼のボゴタの友人たちの間では大いに期待がもりあがっていて、複数の学校間新聞として大々的に刊行するための補助が受けられる可能性まである、とのことだった。

この第一号の配付が終わらないうちに、パストの乱が起こった。そして公的な騒乱状態が宣言されたその日のうちに、シパキラーの市長が武装した治安部隊を引き連れてリセオに飛びこんできて、配付できるように用意してあった残部をすべて押収していった。これはまさに映画のような襲撃事件で、新聞に反逆的内容が掲載されているという下衆《げす》な密告があったとしか考えられない。その同じ日には、大統領府の報道局から、同紙が戒厳令下の検閲を通らずに印刷されたとする通告が届き、カルロス・マルティンは予告なく校長職を解かれた。

私たちからするとこの決定は的外れなもので、われわれを侮辱すると同時にわれわれを必要以上に重大視しているもののように感じられた。新聞の発行部数は友人同士の間で配付するための二百部に満たなかったが、それでも戒厳令下では検閲の義務は免れない、との説明だった。発行許可はキャンセルされた。新たな通知があるまで、とのことだったが、新たな通知は結局来なかった。

あれから五十年以上がたってようやく、カルロス・マルティンがこの馬鹿げたエピソードの謎を、この回想録のために私に明かしてくれた。『ガセータ』が押収された同じ日に、マルティンは、彼を任命したのと同じ教育大臣本人——アントニオ・ロチャ——からボゴタのオフィスに呼び出され、辞任するよう求められたという。大臣のもとには『ガセータ・リテラリア』が一部届いており、反逆的と見なされた部分がいくつも赤鉛筆でアンダーラインされていた。彼の書いた社説記事にもマリオ・コンベルスの記事にも同じように線が引かれていたし、署名入りの詩も、暗号を使って書かれているのではないかと疑われて、赤線が入っていた。「聖書だってこんなふうに悪意をもって下線を引かれれば、本来の意味とは正反対のことを意味していることになるじゃないですか」とカルロス・マルティンは、よく知られた憤怒の反応のままに言い立てたので、大臣は警察を呼ぶぞと言っておどしたほどだった。結局、彼は雑誌『土曜日《サバド》』の編集長に任命されたのだが、これは彼のような知識人にとっては、スターのような大抜擢と考えていいポストだった。にもかかわらず、彼にはいつまでも、右寄りの勢力による陰謀の被害者という印象がつきまとった。ボゴタのカフェでは襲撃の対象となり、賊を追い払うためにあやうく発砲しかけたほどだ。もっとあとになってからだが、新しい大臣によって彼は法務部の主任弁護士に任命され、輝かしいキャリアを務めあげて、タラゴーナ［スペイン、カタルニアの地方都市］の穏やかな片隅で本と郷愁に囲まれた穏やかな老後を送るまでになった。

カルロス・マルティンの辞任とちょうど同じころに、もちろん何のつながりもないことだが、リセオと、町の家々や飲み屋でしきりに流れた風聞には、一九三二年のペルーとの戦争は、野党保守党のやりたい放題の行動に対処するために自由党政府がでっちあげたぺてんだ、という話があった。この噂はガリ版刷りのビラにまでなって広まったのだが、それによれば、事件はまったく何の政治的意図もない行動から始まったという。ひとりのペルー軍少尉がパトロール隊を率いてアマゾン川を渡り、コロンビア側の岸でレティシア［アマゾン川上流でペルーとコロンビアとブラジルが国境を接する地点にあるコロンビアの町］市長の愛人の女をさらっていった。ピラールという名前を縮めてラ・ピーラと通称されていた魅力的なムラータだった。コロンビア人の市長は彼女がさらわれたことに気づくと、武装した労働者の一団を率いて自然の国境を渡って、ペルー領内でラ・ピーラを救出した。ところが、ペルーの絶対的な独裁者だったルイス・サンチェス・セッロ将軍は、このいざこざを利用してコロンビア側に侵入して、アマゾン地域の国境線を自国に有利なように変更するチャンスにしようと目論んだ、というのである。

オラーヤ・エレーラ大統領は——絶対的な支配の半世紀の果てに敗れ去った保守党からの激しい攻撃のもとで——戦争状態を宣言し、全国的な動員をかけ、陸軍を信頼できる男たちで固めて、ペルー軍に侵略された領土を解放するために部隊を送った。「コロンビア万歳！　くたばれ、ペルー！」という雄叫びが全国に轟いて、私たちの幼少時代は熱く燃えあがったものである。戦争の興奮状態の中ではこんな風聞まで飛び交った——SCADTAの民間機も軍用機として武装されて戦闘部隊に組みこまれ、その中の一機は、爆弾がなかったので、ココナツの爆撃によってペルーの村ゲピーの復活祭パレードを散開させた、とか。大作家ファン・ロサーノ・イ・ロサーノは、オラーヤ大統領から、双方が嘘ばかりを言いあっていたこの戦争の真実を調べて報告する任務をあたえられ、あの達意の名文で事件の一部始終を書いたが、風聞の物語のほうがずいぶんと長いこと広く信じられていたのである。

ルイス・ミゲル・サンチェス・セッロ将軍はむろん、この戦争を、自分の鉄拳統治を強化する絶好のチャンスと見た。一方、オラーヤ・エレーラは、コロンビア国軍の総司令官に、当時パリに暮らしていた元保守党大統領のミゲル・アバディーア・メンデス将軍を任命した。将軍は大西洋を砲艦で渡って、そのままアマゾン川に入ってレティシアまで遡ったが、そのときにすでに両国の外交団の努力によって戦火は消えはじめていたのだった。

いずれにせよ、要するにパストの乱とも新聞の一件とも無関係に、校長はカルロス・マルティンからオスカル・エスピティア・ブランに代わったのである。新校長は教育の専門家であるとともに、名高い物理学者だった。この交代は寄宿室の中に、あらゆる種類の猜疑を生んだ。私の場合、初めての挨拶の瞬間から、新校長に対する反感に震えがくるほどだった——私のいかにも詩人気取りの長髪と粗野な口髭に目を止めて、唖然となったような様子を見せたからである。彼は堅そうな外見の人で、厳格そうな表情をこめて人の目をまっすぐに直視した。彼が私たちの有機化学の授業の担当になるという知らせを聞いて、私は怖くなった。

その年のある土曜日、私たちが映画館で午後のプログラムを見ていた途中で、突然スピーカーから動転した声が響いて、リセオで生徒がひとり死んだという知らせを伝えた。その印象がいかにも強くて、何の映画を見ていたのかまったく思いだせないが、橋の手すりの上から急流に跳びこもうとしているクローデット・コルベールの強烈さだけはしっかり記憶している。死んだのは二年生の生徒で十七歳、エクアドルとの国境に近いパストの町からはるばるやってきてまだ間がなかった。体育の先生が怠け者の生徒に対する罰として、週末に長距離走の授業を計画し、その途中で呼吸停止に陥ったのだった。私がこの学校にいた間で、生徒が死んだのは原因を問わずこのときの一回だけで、学内だけでなく町じゅうが大きな動揺に包まれた。学校の仲間はまたしても、葬儀で別れのことばを言う役に私を選んだ。その晩のうちに私は新しい校長に謁見を申しこんで、弔辞を見せることになったが、校長室に足を踏み入れるのは、死んだ元校長とのあのたった一回の面談が自然の理を超えて再現されているみたいでぞっとなった。エスピティア先生は私の手書きの原稿を悲劇的な表情で読み、とくに何もコメントせずに承認したが、私が立ち上がって退出しようとすると、もう一度すわるようにと指示した。彼は私の短文や詩を、休憩時間にたくさん回し読みされているものの中からいくつか読んでいて、その一部は新聞の文芸付録に掲載されてもいいぐらいのものに思えたと言った。私が自分の恥ずかしがりを乗り越えてかろうじて何か言おうとしかけたときには、すでに相手のほうが話の続きをはじめていた。そこから先の内容のほうがおそらく、彼が最初から言おうと意図していたことにちがいなかった。彼が助言して言うに、詩人みたいな長い毛は切ったほうがいい、堅実な男に見られないから、また、ブラシみたいな髭も切りそろえるように、それに、カーニバルじゃないんだから鳥と花の模様のシャツなどはやめるように、というのだった。私は人にこんなことを言われるとは予想したこともなかったが、かろうじて自分を抑えて、たがが外れたようなことを言い返さないように努めた。彼もそのことを見てとり、儀礼を尽くしたような口調に変えて、私の格好が年下の生徒たちに、詩人としての評判のせいで伝染してしまうのを恐れているのだと説明して聞かせた。私は自分の身だしなみと詩的才能がこんなに高いレベルの相手から注目されたことに感動しながら、校長室をあとにした。葬儀にはすっかりちがう外見になって登場して、校長をよろこばせてやろうと心を決めていた。すっかりそう思いつめていたので、遺族の希望で礼拝以外の行事がとりやめになったときには、個人的な挫折としてとらえたほどだった。

最後は陰惨だった。誰かが、学校の図書室に安置されていた棺のガラス窓がくもっていることに気づいた。遺族の求めに応じてアルバロ・ルイス・トッレスが棺を開け、たしかにガラスの内側に湿り気がついていることを確認した。気密になっている棺のどこから湿り気が生じたのか手探りで調べて、指先で軽く胸を押したところ、遺体は不気味な嘆き声をあげた。遺族は、彼がまだ生きているのでは、という思いにすっかり動転してしまい、医者が来て、突然の呼吸不全のせいで肺の中に空気がたまったままになり、それが今胸を押したせいで排出されたのだ、と説明するまで収まらなかった。診断は明快だったが、にもかかわらず、というべきなのか、それとも、まさにそれゆえに、というべきなのか、一部の人は彼が生きたまま棺に入れられてしまったのではないか、という恐れを抱き続けた。このような気持ちのまま私は四年生の休暇に入り、もう勉強を続けないですむように両親を説得しようと思いめぐらしていた。

目に見えない霧雨の中、スクレで下船した。港の突堤は、私が郷愁の中で見ていたものとは異なっているように見えた。広場も記憶の中より狭く、飾り気がない感じで、教会と遊歩道は、刈りこまれたアーモンドの木の下で、見捨てられたような感じだった。通りに飾られた色鮮やかな花輪がクリスマスの到来を告げていたが、クリスマスといってもそれまでのように私の気持ちは盛り上がらなかった。傘を差して波止場で待っているわずかな男たちのなかには誰一人、見覚えのある顔はなかったが、その中のひとりがすれちがいざま、聞きまちがえようのない訛りと口調で言った——

「どんな、調子だい！」

父だった。体重が落ちたせいで、少しばかりやつれているのだった。若いころからいつも、遠くから見わける目印となっていた白いドリル織の背広を着てなくて、かわりに、普段着のズボンと、半袖の熱帯ふうの開襟シャツに、人夫頭みたいな妙な帽子、という格好だった。弟のグスターボが一緒にいたが、九歳になって急に背が伸びたせいでまるで見分けられなかった。

うれしいことに、一家にはあいかわらず貧乏な家特有の気ままさがあり、夕食は、ここが私の家であって、この世に他のどこにもない、と念を押すためにわざと早い時間に用意されたみたいだった。食卓でのいいニュースは、妹のリヒアが宝くじに当たったということだった。彼女自身が話して聞かせたところでは、いきさつはこうだ——母が夢を見た。その中で母のお父さんが、アラカタカの古い家に忍びこもうとしている泥棒を見つけて、追い払うために空中に発砲した。母は一家の習慣どおり、この夢を朝食の席で話し、7で終わるくじを買ったらどうかと提案した。祖父のリボルバーが7と同じ形をしていたからだ。残念ながら、母が賞金を当てにしてつけで買ったくじは外れだった。しかし、当時十一歳だったリヒアは父にせびって、当たらなかったくじの代金の三十センターボに加えて、翌週にもう一度０２０７という妙な番号のくじを買うための三十センターボを手に入れた。

兄にあたるルイス・エンリーケは、リヒアをおどかしてやろうと思ってこのくじを隠した。ところが、翌週の月曜日、宝くじが当たったと彼女が狂ったように叫びながら家に飛びこんできたのを聞いて、どきっとなったのはむしろ彼のほうだった。大急ぎの悪戯だったため、弟はどこにくじを隠したのだったか忘れてしまっていて、簞笥もトランクも空にして、家じゅう、居間から便所まですべてをひっくり返して、一家総出で捜さなければならなかったからだ。しかし、さらに奇妙だったのは、カバラ的な賞金の金額だった——七百七十ペソだったのである。

悪いニュースは、両親がついに、ルイス・エンリーケをメデジンにある、フォンティドゥエニョ矯正院に送る決断を固めたことだった。彼らはそこが、親の言うことを聞かない男の子たちのための学校だと信じていたのだが、実際には、危険性の高い不良少年の更生のための監獄みたいなところだったのである。

最後の決断をしたのは父で、それはルイス・エンリーケを薬局の掛け売り金の回収に行かせたところ、回収した八ペソを引き渡すかわりに、高級なティプレを一台買うのに無断で流用してしまったからだった——彼はじきにこれを名人のように弾けるようになったのだったが。父はこの楽器が家にあるのに初めて気がついたときには何も言わず、掛け売り金の回収を息子に求め続けたが、息子のほうは、相手の女店主が払う金がないと言っていると答え続けた。およそ二か月がたったころ、ルイス・エンリーケは父がティプレを爪弾きながら即興の歌を歌っているのに出くわした——「見とくれよ、オレはここでこうして、八ペソのティプレを弾いてるってわけさ」

その出どころを父がどうして知ったのか、また、なぜ息子の悪行に気づかないふりをしたのか、最後まで私たちにはわからなかったが、息子のほうは家から姿を消してしまい、母が夫の怒りをなだめるまで姿をあらわさなかった。そのときになって私たちは初めて、父が、ルイス・エンリーケをメデジンの矯正院に送ると口走るのを聞いたのだったが、誰も本気にはしなかった。以前にも、私をオカーニャの神学校に入れるという計画を口走るようなことがあったからだ。これは私を罰するためではなく、家から聖職者を出したと自慢するためだったが、思いつくより忘れるほうが早いくらいだった。ところが、ティプレの件は、コップの水をあふれさせる最後の一滴だったのである。

更生施設に入るのは、本来は未成年者担当判事の決定があって初めて可能になるが、父は要件の不足を、メデジン大司教ガルシア・ベニーテス師の推薦状と、共通の友人たちの口添えによって乗り越えてしまった。ルイス・エンリーケ自身もまた、素直な性質のままに、まるで祝祭に行くみたいに歓喜を呈しながら、連れていかれるに身を任せた。

彼のいない休暇はもうまるでちがうものだった。彼はいつも、魔法の仕立て屋にしてティプレの名手であるフィラデルフォ・ベリーヤとともに、それからもちろんバルデース名人とともに、プロのようにぴたりと息を合わせて演奏することができた。すべてがいとも簡単だった。お金持ち連中の熱気に満ちたダンス・パーティから私たちが帰路につくと、公園の暗がりでは、教えてほしいという女たちの群れが、ありとあらゆる誘惑を用意して襲いかかってきた。その仲間ではなかったが、その周辺にいたひとりに対して、私は一緒に来ないかと血迷って誘いの声をかけてしまい、それに対して彼女は、夫が家にいるから無理だ、と模範的な論理で答えてきた。にもかかわらず彼女は、二日後の夜になると、夫がいないときに私がノックしないでも入れるように、週に三日は通りに面したドアの鍵をかけないでおく、と知らせてきた。

彼女の名前も苗字も全部覚えているのだが、当時呼んでいた通りの呼び名で呼んでおきたい――ニグロマンタ、というのだ。クリスマスに二十歳になる子で、アビシニア人のような輪郭に、ココア色の肌をしていた。ベッドの中では明るくて、ごつごつと苦しげなほどの絶頂を迎え、愛に関して、人間というよりも川の奔流のような本能の持ち主だった。第一回戦から私たちはベッドの中で完全に狂った。彼女の旦那は――ファン・ブレーバと同じように――巨人の体と少女の声の持ち主だった「ファン・ブレーバは、二十世紀初頭にスペインで絶大な人気を博したフラメンコの歌い手。「巨人の体と少女の声」は、彼を賛えるガルシア・ロルカの詩の一節から」。国の南部で治安警察の士官だったころには、銃の腕前を維持しておくために自由党派を撃ち殺してまわったという悪名を冠されていた。ふたりはボール紙でふたつに仕切った部屋に暮らしており、片側には通りに面したドアがあり、裏側には墓地に面したドアがあった。近所の人たちは、彼女が雌犬のようなよがり声をあげて死者の平穏な眠りを妨げるといって文句を言っていたが、彼女が声をあげればあげるほど、死人たちは眠りを妨げられてよろこんでいたはずである。

第一週目から私は、明け方の四時に部屋から逃げ出さなければならなくなった。ふたりして日付を間違えていて、夫の警官がいつ帰ってくるかしれなかったからだ。墓場の燐火と死体好きの犬たちの吠え声の合間を抜けて、墓地の門から外に出た。ふたつめの水路の橋のところで私は巨大な人影がこっちに向かってくるのに気づいたが、すれちがうまで誰だかわからなかった。これこそ軍曹その人であり、あと五分、彼女のところに長居をしていたら鉢あわせしたはずの相手だった。

「おはよう、白人さんよ」と彼はなごやかな調子で言った。

私は口からでまかせを言った――

「神様のご加護を、軍曹」

するとそのとき彼は、立ち止まって私に火をくれと言った。私は求めに応じ、夜明けの風からマッチの火を守るために彼のすぐ近くに寄ることになった。煙草に火がついてふたりが離れたとき、相手は上機嫌でこう言った――

「それにしてもお前さん、女のあそこの匂いをぷんぷんさせてるな」

どきっと怖くなったが、その恐怖も思ったほど長続きしなかった、というのも、次の水曜日、またしても私は彼女のところで眠りこんでしまったのである。目を覚ましたときには、寝取られた夫が、ベッドの足もとのほうから黙って私を見つめているのに出くわした。私は猛烈な恐怖に襲われて、息を続けるのも苦しいほどだった。彼女は、やはり裸のまま、立ちはだかろうとしたが、旦那はリボルバーの銃身で彼女を押しのけた。

「お前は引っこんでろ」と彼女に言った。「ベッドの決着は、鉛でつける、と言ってな」

彼はテーブルの上にリボルバーを置き、それから砂糖黍焼酎の瓶を開けて、これも銃のすぐ横に置き、それから私たちは何も言わずに向かいあってすわった。何をするつもりなのか想像もつかなかったが、私のことを殺したいのならこんなに回りくどいことはせずにもう殺しているはずだと考えた。しばらくするとニグロマンタがシーツを体に巻いて出てきて、陽気な酒盛りにもっていこうとしたが、男は彼女に銃口を向けて言った。

「これは男の問題だ」

彼女は飛びあがって、仕切りの向こうに隠れた。

ふたりで一本目を飲み終わったところで、突然の大雨になった。男は二本目を開け、自分のこめかみに銃口を当てて、冷えきった目で私のことをじっと見つめた。それから引き金を一気に引いたが、撃鉄が乾いた音で打ちつけただけだった。リボルバーを手渡されたとき、私はほとんど手の震えを抑えることができなかった。

「お前の番だ」と相手は言った。

自分の手にリボルバーをもつのはこれが初めてで、私はそれが重くて温かいことに驚いた。私はどうしていいのかわからなかった。冷たい汗でびしょ濡れになっていて、腹の中では燃えるような泡が沸き立っていた。何か言いたかったが、声が出なかった。相手に向けて撃とうという考えは浮かばず、これが唯一のチャンスであることにも思いいたらずにただ相手に銃を返した。

「なんだ、怖じ気づいて洩らしちゃったのか?」と相手はうれしそうな軽蔑をこめて言った。「ここに来る前にそこまで考えておくべきだったな」

男だって怖じ気づくことはある、と言い返すこともできたが、自分には生死を賭けたような冗談を言うだけの肝っ玉がないことがわかった。すると相手は、リボルバーの弾倉を開いて、一発だけ入っていた弾を取り出し、テーブルの上に投げた——空砲だった。私がおぼえたのは、安堵ではなく、ひどい屈辱の感覚だった。

豪雨は三時になる前に弱まった。私たちはふたりとも緊迫に疲れ果て、どの時点で服を着るように言われたのか思い出せないが、私は決闘のような、ある種の荘重さをおぼえながらそれに従った。相手がふたたび椅子にすわったときになって初めて、私は彼が泣いていることに気づいた。あふれ出る涙を恥じることもなく、それをひけらかすかのようですらあった。最後にようやく彼は手の甲で涙を拭《ぬぐ》い、手鼻をかんでから立ち上がった。

「どうして自分がぴんぴんして帰れるのか、わかるか?」と私に訊いた。そして自分で自分に答えた――「お前の親父さんのおかげだ。三年間誰にも治せなかったしつこい淋病を、ただひとり治してくれたのがお前の親父さんだったからだ」

彼は私の背中を男同士の挨拶のように叩き、通りへと押し出した。雨は続いていて、村はずぶ濡れだったので、私は膝まで水が来る小川を通って、自分がまだ生きていることに呆然となったまま帰った。

母がどうしてこの争いについて知ったのかわからないが、それからの数日間、彼女は私が夜、家から出ないようにするために頑固に戦った。その一方で、あまり役には立たなかったが、私の気をそらしながら、父に対して彼女がやりそうなことを私に対してやった。家の外で服を脱いだ痕跡があるかどうか調べ、香水の匂いなどないところに香水の匂いを嗅ぎとり、私が外出する前には消化の悪い料理を出した。腹がもたれている間は夫も息子もまぐわう力が出ないという迷信に従ってのことだった。

「人の話じゃ、お前さん、警官の女にちょっかいを出して、相手は一発ぶちこむと息巻いているそうじゃないか」

そうではない、となんとか私は彼女に信じこませたが、噂はなおも続いた。ニグロマンタは幾度も伝言をよこして、今ひとりぼっちだとか、男は任務で出張に出ているとか、しばらく前から顔を見せなくなった、などと言ってきた。私は常に、彼に出くわさないよう最大限に気をつけていたが、相手は私を見かければすぐに、和解とも脅迫ともとれる合図を遠くから送ってよこすのだった。彼に最後に会ったのは翌年の休暇時だった。踊り《ファンダンゴ》の一夜、安物のラム酒を一杯差し出され、私には断わる勇気がなかった。

どのような奇術によるのかわからないが、それまでいつも私のことを内気がちな生徒と見なしていた先生や同級生たちが、五年のときから私を、カルロス・マルティン時代に栄えた分け隔てのない雰囲気を受け継ぐ呪われた詩人と見なすようになった。私がリセオで、十五歳のときから煙草を吸うようになったのは、実はこのイメージに自分を合わせるためではなかっただろうか？ 最初の一服はとてつもなかった。ほとんど一晩じゅう、トイレの床で、自分が吐いたものの中をのたうちまわることになった。朝になったときには疲労困憊していたが、煙草の二日酔いは、煙草を嫌悪させるのではなく、反対に、吸い続けたいという抗しがたい欲望を私の中に生んだ。こうして懲りない煙草吸いとしての私の人生が始まり、しまいには、口に煙が入っていなければ文章を一行も思いつかないほどになるのである。リセオでは休憩時間にのみ煙草を吸うことが許されていたが、ひたすら渇望をいやしたいがために私は、毎時間、授業中に二回も三回もトイレに行く許可をもらった。そうして一日に二十本入り三箱を吸うようになり、夜の流れによっては四箱を超えることも出てきた。学校を出たあとの一時期、喉の乾燥と骨の疼痛に頭がおかしくなりそうになったことがあった。そこで煙草をやめる決心をしたが、二日以上、渇望に耐えられなかった。

こんなことも関係していたのかどうか、徐々にむずかしくなってくるカルデロン先生の課題や、ほとんど強制されて読んだ文学理論の本を通じて、私の文章の腕は上がっていった。今、人生を振り返ってみて、当時私の抱いていた物語の観念は、『千一夜物語』に初めて驚いたとき以来、すでにたくさんの物語を読んできていたにもかかわらず、ごく初歩的なものだったことを思い出す。どれほどだったかと言えば、そのころの私は、シェヘラザードが語る驚異が、彼女の時代には日常の中で実際に起こっていたのだと考えていて、それ以後の時代の、リアリズムばかり重視するようになった人たちの疑い深さ、勇気のなさのせいで、そうした出来事は起こらなくなってしまったのだ、と思っていたのである。それゆえに私には、絨毯に乗って町や山の上を飛ぶとか、カルタヘーナ・デ・インディアスの奴隷が罰として二百年瓶の中に閉じこめられる、といったことを現代の人間がふたたび信じるのは、不可能だと思われた。そのためには、読者にそれを信じさせる力がその物語の作者にならなければならないのだ。

授業にはうんざりしていたが、文学の授業だけは別で、そこでは暗唱するほどに覚えこんで、縦横無尽に活躍した。それ以外の勉強には飽きて、すべてを運任せにしていた。私には各科目の最重要な点を予知する能力があり、また、それ以外の部分を勉強しないですますために、先生たちが一番関心をもっている箇所を見抜く力があった。本当のところを言えば、自分が感動をおぼえない教科、それゆえ自分の人生にはかかわりがなく役立つはずがない教科のために、なぜ知恵と時間を無駄にしなければならないのか、理解できなかったのだ。

私は大胆にもこう考えてきた——大部分の先生が試験の成績よりもむしろ私の生き方によって成績をつけてくれたのだと。彼らは私の、想定外の返答や、狂った思いつきや、理屈を外れたでっちあげを許容してくれた。しかし、五年生が終わったとき、私は教科に対する恐怖を乗り越えることができない自分を感じて、自分の限界というものを意識した。そのときまでの高校課程は奇跡がちりばめられた道だったのだが、五年の終わりにはそこに突破不能な壁があることを私の心が告げていたのだ。

むきだしの真実として、私にはもはや、学問の道に進むだけの意志も天性も秩序も資金も綴り字も足りなかった。簡単に言えば、年月は飛ぶようにして過ぎたのに、私は自分の人生をどうするつもりなのか、まったく考えがまとまっていなかったのだ。このような挫折すらもが有益である、なぜなら、この世にもあの世にも、作家にとって有用でないものなど何もないのだから、とわかるのはまだずっと先だったのである。

国の様子もよくなかった。野党となった反動的な保守党との激しい対立の果てに、アルフォンソ・ロペス・プマレーホは一九四五年七月三十一日、共和国大統領の職を辞した。大統領任期の残り一年を担当すべく、国会によって任命されたアルベルト・イェーラス・カマルゴが後任となった。着任の演説を手始めに、イェーラスは落ち着きのある声と優雅な文体によって、新しい元首を選任する選挙に向けて国民の対立感情をなだめるという、期待と幻想に彩られた仕事にとりかかった。

新大統領の従兄にあたるロペス・イェーラス師の仲介により、リセオの校長は、生徒たちを大西洋岸へと研究旅行に連れていく計画に対して政府の資金援助を求めるために、大統領と特別に面談する機会をあたえられた。なぜだかわからないが、校長はこの面談に同行する生徒として私を、ぼさぼさの髪と生やしっぱなしの髭を少しは整えてくるという条件で選んだ。他に呼ばれた生徒は、大統領の知人だったギエルモ・ロペス・ゲッラと、新派《ロス・ヌエボス》と呼ばれた世代で、大胆なテーマの詩で知られた詩人ラウラ・ビクトリアの甥っ子にあたるアルバロ・ルイス・トッレスだった。イェーラス・カマルゴ自身もこのグループに属していたのである。他に手はなかったので、土曜日の夜、ギエルモ・グラナードスが私の事情とはまったく関係のない小説を寄宿室で読んでいる横で、三年生の見習い床屋が私の髪を新兵のように刈りこみ、タンゴ歌手のような髭を仕上げた。新しい外見をからかってくる寄宿生、通学生両方の愚弄に一週間耐えなくてはならなかった。大統領宮に足を踏み入れると考えただけで私は血が凍って固まってしまいそうだったが、それは思い過ごしだった。私たちがそこで目にすることができた権力の神秘の徴《しるし》といえば、天国のような静寂だけだったのである。ゴブラン織とサテンのカーテンがかかった控え室で短時間待ったあとで、制服の軍人が私たちを大統領の部屋に案内した。

イェーラス・カマルゴはめったにないぐらい肖像画によく似た人だった。英国製ギャバジン生地の完璧なスーツに収まった逆三角形の背中と、大きな頬骨、羊皮紙のように蒼白な顔、風刺画の作者たちに大いに利用された悪戯な子供のような前歯、ゆっくりとした身のこなし、相手の目をまっすぐに見つめながら手を差し出す仕草などが印象に残った。大統領というのをどのような人たちと自分が思っていたものだったか、もう思い出せないが、大統領が全員、彼みたいな人ではないだろう、とは確かに思った。時を経て、彼のことをもっとよく知るようになってから私にはわかった——本人は決して気づかないことなのかもしれないが、彼は何よりもまず物書きだったのだ、道をまちがえてしまった物書きなのだ。

彼は校長のことばにいかにも熱心に耳を傾けてから、いくつか的を射た質問をしたが、結論を出す前に三人の生徒の話を聞いた。生徒の話も同じように熱心に聞いたので、私たちは校長に対するのと同じ敬意と親しみをもって自分たちが遇されていることに誇らしくなった。最後に二分間、彼の話を聞いただけで私たちには、彼が河川の航行よりも、詩についてずっとよく知っていて、関心もそこにあるのだということが、はっきりとわかった。

彼は私たちの求めにすべて応じてくれただけでなく、四か月後にあるリセオの学年末の式典に出席することまで約束してくれた。実際に、政府の重大な公式行事と同じようにしっかりと出席し、私たちが大統領の来訪を歓迎して上演したドタバタ喜劇には、誰よりもよく笑った。最後の立食パーティではまるで生徒のひとりになったように、ふだんのイメージとはまるでちがった様子ではしゃぎまわり、飲み物を配って歩く給仕役の前に足を出して転ばせるという学生風のいたずらにまで足を出した。給仕役はあやうく本当に転ぶところだった。

学年末のパーティ気分のまま、私は五年の休暇を家族のもとで過ごしに帰り、そこで最初に聞いたのは、弟のルイス・エンリーケが矯正院での一年六か月を経て帰ってきているという最高の知らせだった。私は今度もまた彼の素直な性格に驚いた。罰を受けたことについてわずかな恨みも抱いてなく、不幸な出来事の数々を無敵のユーモアをもって語り聞かせてくれるのだった。閉じこめられている間の瞑想を通じて、両親が彼を送りこんだのはいい意図をもってのことであるという結論に彼は達していた。大司教の口利きがあったからといって、監獄内での毎日のきつい試練が免除されるわけではなかったが、それは彼を歪めるどころか逆に人格的に豊かにし、ユーモアのセンスを育《はぐく》むことになった。

帰って最初に得た雇い口が、スクレ市庁舎の事務官の口だった。だいぶ先のことだが、あるとき市長が突然の胃痛に苦しみだしたので、誰かが売り出されたばかりの魔法の薬アルカセルツァーを手渡した。市長はそれを水に溶かさずに、ふつうの錠剤のように飲みこんでしまい、胃袋の中で激しい発泡が起こってあやうく窒息しそうになった。この予想外の出来事もあって市長は数日間の休養を医者に命じられたが、彼は政治的な理由から、法に定めのあるどの代理人が市長代理を務めることも拒否して、臨時代理市長に私の弟を指名した。この奇妙な玉突き人事により、法定年齢に達していなかったにもかかわらず、ルイス・エンリーケはスクレ市の歴史上もっとも若い市長として記録に残ることになった。

このときの休暇で唯一、私の心を真に乱したのは、家族の誰もが心の奥底では、私への期待の上に一家の未来を思い描いているとわかったこと、そして、その期待が幻想にすぎないと確実にわかっているのが私ひとりであるということだった。食事の途中で父がふと口にする二言三言を聞いただけで、私には、一家の先行きについて話し合わなければならないことがたくさんあるのがわかり、母が急いで継いだ台詞も、それを裏づけるものだった。「もしこんな状態がいつまでも続くのだったら、遅かれ早かれ、みんなでカタカにもどるしかないね」。しかし、父のすばやい視線を受けて母は訂正した——

「他の場所ということもあるだろうけど」

それで明らかになった——どこかにまた引っ越す、という可能性がすでに一家の中では論じられてきていたのだ。それも、子供たちにもっと幅広い未来をあたえるため、というような、よりよい精神風土を求めてのことではないのだ。その瞬間まで、私は、自分が味わっている敗北感は、この町のせい、この町の住民たち、ひいてはうちの家族のせいなのだ、と見なすことで自分を慰めようとしていた。しかし、父の悩ましげな様子が今度もまた、人はいつでも何ごとでも、自分で責任をかぶるのを避けるために他人のせいにするものであることを私に思い知らせた。

私が家族の空気の中に感じとったのは、もっとずっと濃厚なものだった。母は末っ子のハイメ——未熟児として生まれて、思うように発育していなかった——の健康にばかり気を配っているようだった。一日のほとんどを寝室で彼と一緒にハンモックに寝転んで、屈辱的な暑さと悲しみに攻めたてられて過ごしており、彼女の無気力が家じゅうに感じられるようになっていた。私の弟妹たちは、まるでたがが外れたようになっていた。食事の秩序もすっかり緩んでいて、決まった時間もなく、腹がへったときに食べるという感じだった。男としてはめずらしく家にいるのが大好きだった父なのに、今では、一日じゅう薬局からぼんやり広場を眺めていたり、ビリヤード・クラブであてどもなく試合をして午後をすごしたりしていた。ある日、私はついにこの緊迫に耐えられなくなった。子供のころにもしなかったことだが、ハンモックの隣で母と一緒に横になり、家の空気の中を漂っている謎は何なのか、と尋ねた。母は声が震えないようにごくりと溜め息を飲みこんでから、心の中を開いてみせた——

「お父さんが外で子供をつくったんだよ」

その声の中にほっとしたような感じがあったので、彼女がじっと私の質問を待っていたことがわかった。彼女が真実を知ったのは、家の使用人の少女が、父が電報局で電話をしているのを見たといって興奮して帰ってきたときのことで、嫉妬のもたらす千里眼のせいだった。嫉妬を抱いた女には、この情報だけで十分だった。電話は村にこれひとつしかなく、事前予約したうえで長距離電話をかけるためだけに使われ、それでもどれだけ待たされるかわからず、一分でもものすごく高いので極度の重大事でなければ誰も使うことはなかったのだ。どんなに単純な通話であれ、電話をしたとなればそれだけで広場のコミュニティの中には悪意ある警戒感が芽ばえるのだった。そのようなわけだから、父が家に帰ってくると、母は何も言わずに彼の様子をずっと観察していた。するとついに、父はポケットの中にあった紙切れを破り捨てた。職業的事情の悪用という容疑を告げる法廷書類だった。母は至近距離から質問をする機会を待って、誰に電話していたのか尋ねた。その質問があまりにあからさまだったので、父はその瞬間、真実以上に信憑性のある答を思いつかなかった――
「弁護士と話していたんだ」
「それはわかってるわよ」と母は言った。「あたしにはちゃんと全部、正直に話してもらう権利があるの」

母がのちに打ち明けたところでは、彼女自身、自分が深く考えずに蓋を開けてしまった鍋の中身に思わず恐ろしくなったという。というのも、父がこのとき勇気をふるって本当のことを全部話したのは、彼女がすでに全部知っていると思ってのことだったからだ。でなければ、彼女に話さずにいられなかったからだ。

まさにそうだった。父は打ち明けた――モルヒネ注射で麻酔をかけた女性患者に診察室で暴行した、として告訴がなされたことを知らせる通知が届いたことを。この事件は彼が以前、お金のない患者を診るために短期的に訪ねてまわっていた僻地で起こったとされていた。そして即座に父は、自分のまっすぐな本性を証し立てた――麻酔した上で暴行というメロドラマ的脚色は敵による犯罪的なでっちあげだが、子供は自分の子であり、ごく通常の状況下でできた子供であると打ち明けたのだ。

母にとって、スキャンダルにならないようにするのは容易ではなかった。とても力のある誰かが背後で糸を引いていたのでなおさらだった。たしかにアベラルドとカルメン・ローサという前例はあった。彼らは別々の機会にわが家で暮らし、誰からも好かれたが、二人とも結婚前に父がつくった子供だった。しかし母もまた恨みを乗り越えて、新たな子供と夫の不貞という苦い杯を飲み干し、暴行という捏造《ねつぞう》を打破するために夫とともに顔を隠さずに戦いぬいた。

家族内に平和がもどった。しかし、それから間を置かずに、同じ地方から秘密の知らせがいくつも届いた。父が自分の子として認知した別の母親の娘に関するもので、ひどい暮らしをしているというのだった。母は争ったり疑ったりするのに時間を無駄にせず、その子をうちに連れてくるようにさせるために、正面から戦った。「ミーナも、あたしの父さんがあちこちで作った子に、同じことをしたんだから」と彼女はこのときに言った。「そして、一度もそのことを後悔したりしなかったんだから」。こうして彼女はおかしな噂になることもなく、自分の判断で少女をうちに連れてこさせ、すでに人数の多かった家族の中に彼女を混ぜこんだ。

こうしたことがすでに過去の出来事となっていたある日、弟のハイメが別の村で、彼の兄のグスターボにそっくりの男の子に出会った。この子こそが告訴事件の発端となった子で、母親に大事にされてすでに大きく育っていた。にもかかわらず、私の母はこの子がうちに暮らしに来るようあらゆる手をつくし——すでにうちには十一人子供がいたのに——、彼が手に職をつけて人生の道筋に乗れるよう後押しした。当時の私は、幻覚を見るほどの嫉妬に駆られる女が、このような行動をとりうることに対する驚きを隠すことができなかったが、これには彼女自身が、その後の私が宝石のように大事にすることになる一言をもって答えてくれた——

「自分の子供と同じ血が、そこらへんをごろごろしているのを放置するわけにはいかないじゃないか」

私自身は弟たちに会うのは年に一度の休暇のときだけだった。帰ってくるたびに誰が誰なのか認識するのはむずかしくなり、記憶の中に新しく一人を追加するのも大変だった。おまけに私たちには全員、洗礼名の他に、毎日の暮らしで呼びやすいようにあとからつけた名前があり、これは単なる簡易形ではなく、偶然つけられたあだ名だった。私のことは、生まれた瞬間からガビートとみんな呼んでいた。これはグアヒーラ地方沿岸部ではガブリエルの簡易形として異例のものだが、私は昔からずっとこちらのほうこそ自分の本当の名前だと感じていて、ガブリエルのほうが簡易形だと思っている。こうした奇妙な名前表に驚いた人が、子供たちをみんな、思いきってあだ名のほうで名づければよかったのに、とうちの両親に言ったことがあるほどである。

ところが、私の母のこのような懐の深さは、自分の上の娘ふたり、マルゴットとアイーダに関しては、正反対の方向に向かうようで、父との執拗な恋慕に対して自分の母親が課したのと同じ厳格さを娘たちに課そうとしたのである。彼女は別の町に引っ越したがった。父のほうはもともと、ちょっとしたきっかけがあればすぐに荷物を作ってさすらいの旅に出ていくたちだったのだが、このときばかりは乗ってこなかった。私は何日かしてからようやく、上の女の子ふたりの恋愛の問題なのだと知らされた。ふたりは当然のことながら別々の男に恋をしているのだが、同じラファエルという名前の男たちなのだという。この話を聞かされたときには、父と母が苦しめられたあの恐怖の物語の記憶から、私は笑い出さずにはいられず、母にもそのことを言った。

「同じじゃないんだよ」と母は言った。

「同じだよ」と私は譲らなかった。

「わかったよ」と彼女は少し譲って、「同じだけど、一度に二倍なのはちがうところだよ」と食い下がった。

彼女自身の場合と同じように、どんな理屈も意図も通じなかった。だいいち、両親にどうしてばれたのか謎だった。娘たちはいずれも、それぞれ別個に、発覚しないように十分注意していたからだ。しかし、想定外の目撃者がいたことはいたのだ。彼女ら自身が場合によっては、疑わしいことなど何もないと証しだてるために、わざと下の弟や妹を連れ歩いたりしていたからである。いちばん意外だったのは、父までもがこの包囲網に、直接的な行動によってではなかったが、私の祖父ニコラスが自分の娘に対して見せたのと同じ受動的な抵抗によって加担したことだ。

「あたしたちが踊りに行っていると、父もパーティ会場に入ってきて、ラファエルたちも来ているのを確認して、あたしたちを家に引っぱって帰ったりしたものだった」とアイーダ・ローサはマスコミのインタビューに答えて言っている。彼女らが町の外に散歩に行ったり映画館に行ったりするのは禁止されるか、目を離さずについていく人間をつけたうえで許可された。ふたりとも、逢い引きをするために無駄な口実をそれぞれに考え出したが、目に見えない亡霊みたいな誰かがたいがいあらわれて、ばれてしまうのだった。彼女らよりも年下のリヒアは、スパイ、密告者という悪名を得たが、兄弟姉妹の間の嫉妬もまた愛のかたちのひとつだ、という理屈で責任を否定している。

この休暇の際に私は、両親の前に立ちはだかって、母の親が犯したまちがいが繰り返されないようにしようとしたが、彼らはいつも入り組んだ理屈をとなえてしらばくれた。いちばん恐るべき手段は中傷ビラを配ることだった。これによって、まったく清廉潔白に見える家族についてでさえ、あくどい秘密——本当だったり、でっちあげだったりするわけだが——が一気にばらされたりしたものだった。秘密の親子関係や、破廉恥な不貞や、ベッドの中の倒錯行為など、もう少し控えめな方法を通じてすでに多少とも周知の秘密となっていることがらが、匿名のビラによってよく暴露されたのである。すでになんとなく知られている以外のことを告げる匿名ビラというのは存在せず、どれほどしっかり秘密にしていると当人が思っていることであっても、それはすでに知られていたのであり、遅かれ早かれきっと起こるはずのことを告げているだけだった。「中傷ビラというのは、自分でまいているようなものさ」とある被害者は言ったものである。

私の両親が予期していなかったのは、娘たちが彼らと同じ手だてを使って防衛しはじめたことだった。マルゴットは勉強のためにモンテリーア〔隣接するコルドバ県の県都〕に送られ、アイーダは自分の決断でサンタ・マルタに移った。ふたりとも寄宿舎に入り、休みの日には用心深い人物が誰か付き添うことになっていたが、ふたりとも工夫して、いつでも遠く離れた両ラファエルと連絡を取り合った。しかし、結局母は、自分の両親が得ることのできなかったものを勝ち取った。アイーダは人生の半分を修道院で過ごし、男の手が伸びてこなくなったと感じるまで、苦悩も栄光もなく暮らしたのである。マルゴットと私はいつまでも幼いころの共通の記憶、私のほうが大人たちを見張って、彼女が土を食べているのを見つからないようにしていたころの記憶によって結ばれていた。結局彼女は兄弟姉妹全員の第二の母のような存在になった。とくにクキにとってはそうで、いちばん彼女を必要としたクキを、彼女は息を引き取るまで近くで世話し続けた。

ようやく今になって私にわかるようになったのは、あのころの母の荒れた精神状態と、家の中の緊迫した雰囲気が、コロンビアという国の致命的な矛盾――まだ水面下にあったが、たしかにそれは存在していた――とどれほど緊密に結びついていたか、ということである。イェーラス大統領は年が明けたら選挙をしなければならず、先行きは曇っていて見通せなかった。ロペス大統領を倒すのに成功した保守党は、その後を継いだイェーラスに対して両面作戦をとっていた――ぴたりと割り切れる計算のような公平性に関しては彼のことを誉めたたえてもちあげる一方で、理屈で無理なら力に訴えてでも政権の座を奪回すべく、地方《プロビンシア》に不和の種を播いていたのである。

スクレは暴力沙汰に悩まされたことはなく、記憶されている数少ない事件も政治とは全然関係のないものばかりだった。そのひとつは、地元のバンドでサクスホルンを吹いて引く手あまただった演奏家ホアキン・ベーガの殺害だった。バンドが夜の七時に映画館の入口で演奏していたときに、対立している親戚の男がやってきて、演奏のせいで張りつめていた喉もとを刃物で一撃したので、その場で倒れて失血死したのだった。どちらも村では大いに好かれていた人物で、名誉をめぐる争いだったというのが唯一、噂として聞かれた説明だった。ちょうどその同じ時間には、私の妹リータの誕生日のお祝いをしていたので、この悪い知らせによって、何時間も続く予定で計画されていたパーティは台無しになった。

もうひとつ、これよりもずっと前のことなのだが、村の記憶の中で消えずに残っている対決の事件があった。プリニオ・バルマセーダとディオニシアーノ・バリオスの決闘だった。前者はいい家柄の旧家に属している大男で、人間としても面白みがあったが、ひとたびアルコールが入るとひねくれて、ひどい悶着を起こすたちだった。正気のときには紳士的な物腰と愛嬌の持ち主なのだが、酒を飲むと豹変して、すぐに鉄砲に手を出す荒くれ者と化し、腰に提げている乗馬用の鞭で、気に食わない相手をすぐに挑発するのだった。彼の一家の人たちも、彼が飲みすぎて問題を起こすたびに家に引きずって帰るのに疲れはて、最後には運命のままに彼を見捨てることになった。

ディオニシアーノ・バリオスは正反対のタイプだった——弱気で辛酸を舐めてきた男で、喧嘩が大嫌いなうえ、酒には生涯手を出さなかった。誰とも問題など起こしたことがなかったのに、プリニオ・バルマセーダが彼の辛酸について悪辣にからかって挑発しはじめたのである。彼はできるかぎり相手のことを避けていたが、ある日ついに、バルマセーダに道端でつかまり、意味もなく鞭で顔を叩かれた。するとディオニシアーノはそれまでの弱気と鬱屈と非運とを一気に乗り越え、攻撃してきた相手に真正面から銃で立ち向かった。この瞬時の決闘で、双方ともに深い傷を負ったが、ディオニシアーノだけが死んだ。

しかしながら、村に伝わる歴史的な決闘といえば、同じプリニオ・バルマセーダとタシオ・アナニーアスとの、二重の死をともなう決闘だった。後者はマウリシオ・アナニーアスの模範的な息子で、きちんとしていることで知られた警察の軍曹だったが、そのかたわら、ホアキン・ベーガがサクスホルンを吹いていたのと同じバンドで太鼓を担当していた。これは通りのまん中で行なわれた正式な決闘で、両者ともに重傷を負い、自宅に運ばれて長く死の淵をさまようことになった。プリニオはほとんど瞬時に明晰さをとりもどし、まず最初に心配したのがアナニーアスが死んだかどうかだった。アナニーアスのほうも、プリニオが自分の命を心配して祈っているというのを聞いて感銘を受けた。こうして両方とも、相手が死なないようにと神に祈りはじめ、家族は生きているかぎり相手の容態を伝え続けた。村じゅうが、このふたつの命を引き伸ばすためにあらゆる努力をしながら、緊迫の時間を生きた。

死の床に伏して四十八時間がたったとき、とある女性が死んだため、教会から弔いの鐘が鳴り響いた。死の淵にあったふたりはこれを聞いて、それぞれに相手が死んだので鳴っているのだと思いこんだ。アナニーアスがほぼ即時に、プリニオの死に涙を流しながら死んだ。プリニオはこれを聞き、その二日後、アナニーアス軍曹のために大泣きに泣いた後でぱたりと死んだ。

このように平和な友人たちの暮らす村でも、この時期には、暴力が、死に直結してはいなくとも、やはりひどい実害をもたらすかたちをとった——中傷ビラがよく出回ったのである。名家とされる家には恐怖感が行きわたり、次の日の朝の到来を、死の宝くじみたいに怯えて待つようになるほどだった。まったく予期しないところに、ひどいことの書かれた紙切れがあらわれ、人はそこに自分のことが書かれていなければほっとして、他人のことが書かれていればひそかに凱歌をあげたりしたのである。私の父は、おそらく私の知る人のなかでもっとも平和的な男だったが、彼ですら、一度も撃ったことのない骨董級のリボルバーに油を差し、ビリヤード場で大口を叩いた。

「うちの娘たちに手を出すようなことを考えるやつがいたら」と叫ぶようにして言った。「鉛をお見舞いするからな」

一部には脱出していく家族も出てきた。反対派を怖じ気づかせるという目的で内陸部の多くの町に警察による暴力行為が広がってきており、中傷ビラの流行はその前兆なのではないかとの恐れからだった。

緊迫感もじきに日常の一部と化した。最初のころには密かな見回り自警団が組織されたが、それは中傷ビラの作者を見つけだすためというよりもむしろ、夜が明けて破り捨てられる前に何が書いてあるかを確認するためのものだった。私たち夜更かし好きの一団は、役場で働いている男が午前三時に自宅の戸口で涼をとっているのに出くわしたが、彼は実は中傷ビラを貼ってまわる人間を待ちかまえているのだった。弟は、冗談とも本気ともつかない調子で、場合によっては本当のことが書いてあることもある、と口走った。すると相手はリボルバーを抜いて、撃鉄を引いてつきつけた――

「もう一度言ってみな！」

そこで初めてわかったのだが、その前の晩、彼のまだ独身の娘に対して本当のことを暴露した中傷ビラが貼り出されたのだった。しかし、その情報内容は彼の家庭内を含めて広く知られていることばかりで、唯一父親だけが知らなかったのである。

最初のうちは、どの中傷ビラも同じ人物が、同じ筆を使って同じ紙に書いていることが明らかだったが、商店といえば広場にしかないこの地では、その紙と筆を売っている店はひとつしかなく、その店の主人はあわてて自らの潔白を申し立てた。そのとき以来私は、いつの日か自分が、これについて小説を書くことになるとわかっていたが、それは、ほとんどがたいして面白くもない周知のたわごとであるビラの内容そのものについての作品ではなく、それが家々の中に生み出した耐えがたいほどの緊迫感についてのものになるはずだった。

二十年後に書かれた私の三作目の長篇小説『悪い時』で私は、具体的な事例や特定可能な事例を一切使わないのが品位というものだと考えたが、実例には私が創造したものよりもずっと面白い話がいくつもあった。しかし、それを使う必要もなかった。なぜなら、私の関心の向かう先は常に、被害者たちの私生活よりも、社会現象のほうだったからである。この作品が出版されたあとになって知ったことだが、私たち中央広場周辺の住民のことを毛嫌いしている場末地区では、多くの中傷ビラに住民が歓喜喝采していたという。

本当のところでは、中傷ビラのテーマは私にとって話の出発点として役立っただけで、話の展開はいつまでもうまく固まらなかった。なぜなら、書いていくにつれて、根本の問題は、私が最初に思っていたような個人の道徳性にかかわるものではなく、政治的なものであることが明らかになってきたからだ。私はずっと、ニグロマンタの夫が『悪い時』の軍人市長のモデルにいいと思っていたのだが、登場人物として展開していくにつれて、私はこの人物に人間として魅力をおぼえるようになっていき、死なせたくなくなった。まっとうな作家は、説得力のある理由がなければ登場人物を殺すことがない、とわかり、この場合もそうだ、と気づいたからだ。

今考えてみると、あの小説じたいが実はもうひとつ別の小説になりうる、と私は思う。あの作品はパリのカルチエ・ラタンにあるキュジャス街の学生宿、ブールヴァール・サン・ミシェルから百メートルと離れていないところで、結局届かなかった小切手を待って日々が無慈悲に過ぎていく間に書いた。完成したと決めたところで私は原稿用紙を丸めて、もっと事情がよかったころに使っていた三本のネクタイの一本で、ぎゅっと縛って戸棚の奥にしまいこんだ。

その二年後、メキシコ・シティで、もうこれがどこにあるかもわからなくなっていたところで、コロンビアのエッソが主催する小説コンクールに出すようにと言われた。食うや食わずやの時期にあって、三千ドルの賞金がかかっていた。話をもってきたのは古くからのコロンビア人の友人で写真家のギエルモ・アングーロだった。彼は私がパリで書いていたときからこの原稿の存在を知っていて、締切が迫っていたため、ネクタイで縛られたその状態のまま、スチーム・アイロンをかける余裕もなく持っていった。このようなわけで私は、家を一軒買えるほどの賞金がかかった賞に、何の期待も抱かずに応募したのだった。ところが、そんな状態で送ったにもかかわらず、この作品は一九六二年四月十六日、名高い人のそろった審査団によって受賞作に選ばれた。これはわが家の二人目の息子の誕生とほぼ同時に発表されたので、息子ゴンサーロは自分の食いぶちとともに生まれてきたようなものだった。

何も考える間がないうちに、フェリクス・レストレーポ神父——コロンビア言語アカデミー会長で、賞の審査団長を務めた上品な人物——から私のもとに手紙が届き、小説の題名を知らせるようにと言ってきた。言われて初めて気づいたのだが、大急ぎで送ったので、最初のページに題名を書いておくのを忘れてしまったのである。『この糞の町』という題名だった。

レストレーポ神父はこの題名を知って動転し、ヘルマン・バルガスを通じて、考えられるかぎり最も気を遣った言い方で、もう少し穏やかな題名、本の雰囲気にもっとふさわしい題名に変えるようにと頼んできた。何度も意見交換をしたあげく、私は、話の内容についてあまり多くを言ってはいないのかもしれないが、お上品の海を渡っていく船の旗印ぐらいにはなりそうな題名を選んだ。それが『悪い時』というのだった。

一週間後、メキシコ駐在コロンビア大使でしばらく前には大統領候補にもなっていたカルロス・アランゴ・ベレス博士が大使館に私を呼び、レストレーポ神父が受賞作にあるふたつの単語が不適切に思えるので変えてくれないか、と言っていると伝えた――「避妊具」と「自慰」という二語だった。大使も私も驚きあきれたが、ふたりとも、なんとかレストレーポ神父を喜ばせて、いつまでも終点の見えないコンクールを、誰にも認められる結論によって無事に終結できるようにしてあげるべきだという点では一致した。

「わかりました、大使閣下」と私は言った。「二つの単語のうち、ひとつを削りましょう、どちらにするか、閣下がお選びください」

大使は安堵のため息をつきながら「自慰」を削った。こうして対立は清算され、本はマドリードのイベロアメリカーナ出版社が大部数を刷って、大々的に売り出すことになった。革装で素晴らしい紙質、印刷も完璧だった。しかし、蜜月気分は長くは続かなかった。なぜなら、誘惑に耐えられずに確認のために一読してみると、インディオめいたわが田舎ことばで書かれていた本が、ちょうどあのころの映画のように、生粋のマドリード弁にすっかり吹き替えられていることが判明したのである。

私はこう書いた――「あんたらの今の暮らし方では、あんたの立場が不安定だというばかりでなく、二人で町に悪い手本を見せることになっているのだよ」。スペイン人編集者の変更には鳥肌が立った――「汝らの今の暮らし方では、汝が立場の不安定ならんばかりか、汝ら二人して町に悪い手本をば見せることになっておる」〔二人称複数の代名詞と動詞の活用形が、中南米とスペインでは異なることに起因する書き替えが行なわれている。中南米人にはスペインの言い方が、古語ないし宮廷語のように感じられる場合がある〕。さらに重大なことに、この台詞を言っているのが聖職者であるため、コロンビアの読者は司祭がスペイン人であることを著者が言外にいっているのだと理解しかねず、そうなると彼の行動はわかりにくくなり、ドラマの根本的な部分がすっかり現地の事情から乖離《かいり》してしまうのである。会話の文法をきれいになでつけただけでは満足せずに、この校閲者は文体にまで土足で踏みこんできて、その結果、本はオリジナルとはまったく関係のないマドリード的な継ぎはぎだらけのものになってしまったのである。したがって私としては、この版は偽版として出版許可を取り消し、まだ販売されていない残部は回収して焼却してもらう以外に道がなかった。責任をとるべき人たちからの返答はまったくの沈黙のみだった。

この瞬間から私は、この小説はまだ刊行されていないものとみなし、私自身のカリブ弁への再翻訳という苦しい作業に取り組んだ。唯一の原稿をコンクールに送ってしまっていて、それがまた出版のためにスペインに送られてしまっていたからである。もとのテクストを回復し、ついでに今一度自分で修正もしたのち、この本は、これが初版であることを明確に述べた注意書きを添えてメキシコのエラ出版が刊行した。

どうしてだかわからないのだが、『悪い時』は私にとって、大きな月の下で春の風が吹き抜けている夜へと、作品の時間と場所に自分が運ばれる感じがする唯一の本なのである。それは土曜日で、雨があがったところで、空には入りきらないたくさんの星があった。十一時になったところで、母が食堂で、腕に抱いている幼子を寝かしつけるために愛のファドを口ずさんでいる。どこで覚えた曲なのかと私が尋ねると、母はいかにも彼女らしい答え方をする――

「悪い女たちの家でだよ」

母は私が頼んでいないのに五ペソをくれる。私がフィエスタに行く服に着替えたのを見たからだ。私が家を出る前に彼女は着実に予見して私に言う――中庭のドアに鍵をかけないでおくよ、何時に帰ってきても父さんを起こさずに家に入れるように、と。私は悪い女たちの家までは行きつかない、なぜなら、バルデース名人の大工工房で音楽家たちの練習があるからだ。そのグループには、家にもどったルイス・エンリーケがさっそく加わっているのだ。

その年は私も彼らの一員となり、夜明けまで六人の無名の師匠たちとともにティプレを弾き、歌を歌った。私はずっと前から弟のことをうまいギタリストだと思っていたが、このグループに加わった最初の一夜、私は、彼と激しくやりあうライバルたちですら彼のことを名手と見なしていることを知った。彼ら以上の楽団はなく、自分たちの技量にしっかりと自信があったので、誰かが恋の相手との和解や謝罪のためのセレナータを依頼すると、バルデース名人はあらかじめこう言って安心させるのだった――

「心配するなって、彼女はきっと枕を嚙みしめながらうれし泣きすることになるから」

バルデース名人のいない学年末休暇はもう別物だった。彼が行けばフィエスタは一気にもりあがり、ルイス・エンリーケと彼と、フィラデルフォ・ベリーヤは、まさにプロのようにぴったりと息が合っていた。私がアルコールへの忠誠を発見したのもこのときだった。それによって私は、昼は寝て夜は歌うというまっとうな生き方を学んだ。母がよく言っていた言い方では、私は「内なる雌犬を解き放ってしまった」のだった。

私についてはあらゆることが口にされ、私宛の郵便は両親の家にではなく、悪い女たちの家に配達されるという噂までが飛び交った。私は彼女らのところで、まる三日間勢いが続くとされるジャガーの胆汁入りサンコーチョや、イグアナの煮込みが作られれば、欠かさず顔を見せる常連になった。もう本など読まなかったし、一家の毎日の食卓に加わることもなかった。これは母が幾度となく言っていたことにぴたりと当てはまっていた——私は自分のやりたいことをやっては見逃され、かわいそうにルイス・エンリーケのほうは悪名ばかりをかぶせられる、というのだ。ルイス・エンリーケはこの母の言い草を知らなかったが、このころのある日、私にこう言った——「最近の様子を見ていると、兄貴を堕落させてるって言われて、オレはまた矯正院に送られちまうかもな」

クリスマスの時期には毎年の山車《だし》の対決から逃げることにして、ふたりの友人とともに近くの村マハグアルに出かけた。家には三日間出かけると言っていたが、実際には十日になった。その原因はマリーア・アレハンドリーナ・セルバンテスという、最初の晩に知りあったこの世のものとも思われない女性にあり、私は彼女に完全にいかれてしまって、生涯でもっとも激しい祝宴を生きた。そして日曜日の朝、目を覚ますと私のベッドに彼女の姿はなく、それきり永遠に姿をくらましてしまった。何年もあとになって、私は彼女のことを記憶の奥底から、その愛嬌よりもむしろ、その名前の独特な響きを頼りに引っ張り出してきて、ある小説の中で、別の女性の名前を出すかわりに、彼女を架空の娼館の女主人として生き返らせて使うことになった。

家に帰ると、午前五時なのに母が台所でコーヒーを沸かしているのに出くわした。母は事情を知りつくした共犯者のように呟いて、台所にしばらく留まるようにと言った。父が目を覚ましたところで、休暇中といえどもあまりわがまま勝手をするものじゃないと教えさとすつもりでいる、というのだった。母は私が好きでないことを知っているのに砂糖抜きのコーヒーを入れて、かまどの近くにすわらせた。父がまだ眠そうな様子のままパジャマ姿でやってきて、私が湯気の立つカップを手にしているのを見て驚いたようだったが、落ち着きはらってこう尋ねた――

「コーヒーは飲まないと言ってたんじゃないのか?」

何と答えていいかわからず、私は最初に思いついたことを適当に口にした――

「この時間にはいつも喉が渇くのでね」

「酔っぱらいはみんなそうだな」と父は応じた。

もう私に目を向けなかったし、もう二度と、この話はしなかった。しかし、母が話してくれたところでは、父はこの日以来、すっかり元気をなくして、私にはけっしてそうは言わなかったが、私のことはもう見込みがないと見なすようになったという。

出費が増えてしかたなかった私は、ついに、母の貯金箱を略奪することに決めた。ルイス・エンリーケは彼なりの理屈で、親から盗んだ金は、女に使うのでなく映画に使うのであれば、気に病む必要がない、と言って私の罪をとがめなかった。私が悪い方向へと進んでいることが父にばれないようにするために、母が板挟みになっているのが私はつらかった。私の状況を見てとれる徴候はいくらでもあり、昼食の時間になっても理由もなく眠り続けていたり、声の枯れた雄鶏みたいな声をしていたりし、ある日など、ぼうっとしていて父がふたつ質問をしたのにまったく気づかないほどだったので、ついに彼も彼なりに一番きつい診断を下して口にした――

「お前、肝臓が悪いようだぞ」

にもかかわらず、私はなんとか世間的な体面だけは保っていた。いい服を着てお行儀よくして、大がかりなダンス・パーティや中央広場の家族たちがそろう昼食会に顔を出した。広場の家々は一年じゅう閉ざされていて、学生たちが帰ってくるクリスマスのお祭りの時期にだけ門扉が開かれるのだった。

この年はカイェターノ・ヘンティーレがすばらしいダンス会を三回開いて休暇を祝った年だった。私にとってはこれは幸運の三晩で、三回ともずっと同じ相手と踊った。最初の晩に、誰なのか、誰の娘なのか、誰と一緒に来ているのかなど、一切何も訊かずにフロアに誘った。相手があまりに静かにしているので、二曲目のときには、結婚しようと本気で申し出てみた。返答はなおさら謎めいていた——

「パパが言うには、あたしと結婚することになる王子様はまだ生まれていないんだって」

数日後、私は彼女が広場の散歩道を正午の苛烈な太陽のもとで横断するのを見かけた。オーガンディの輝き立つようなドレスを来て、六歳か七歳ぐらいの男の子と女の子の手を引いていた。「あたしの子なのよ」と彼女は、質問されたわけでもないのに言って笑い転げた。その口調があまりにも悪戯そうだったので、私のプロポーズが耳に届かなかったのではないかと疑いはじめたほどだった。

アラカタカの家に生まれたばかりのころから、私はハンモックで寝ることを学びおぼえたが、それが自分の本性の一部にまでなったのはスクレでのことだ。シエスタをとるのにも、星が出てくるのを眺めて過ごすのにも、じっくり考えごとをするのにも、また、タブーを超えて愛を交わすのにも、ハンモックに勝るものはない。例の蕩尽された一週間から帰ってきた日、私は以前父がやっていたようにパティオの二本の木の間にハンモックを吊り、穏やかな心もちで眠りこんだ。しかし、子供たちが寝ている間に死んでしまうのではないかという恐怖感にいつも悩まされていた母は、夕方になって私がまだ生きているのか確認するために揺り起こした。そして、私の隣に横になると、彼女にとって生きる妨げになっていた大問題を、単刀直入に口にした。

「父さんもあたしも、お前さんがどうしてしまったのか、知りたいんだよ」

この台詞はこれ以上的確ではありえないものだった。私にはもうだいぶ前から、両親がともに私の性格の変容を危惧していること、そして彼女が、父をなだめるためにありきたりな説明をでっちあげていることが、よくわかっていた。わが家ではすべての出来事を母が把握していて、彼女の怒り狂う様子はすでに伝説的なものだった。ところが、私が一週間にわたって毎日、完全に夜が明けてから家に帰ってきたことで、ついに限界を越えてコップの水があふれてしまったのである。私のとる態度としては、質問に答えないでおいたり、もっと適切な機会まで適当にはぐらかしておいたりするのがよかったのかもしれないが、彼女にとっては、こういう深刻な問題には即時の返答しか認められなかった。

彼女が言いつのることはいちいちもっともだった——夕暮れどきに、まるで結婚式にでも出るみたいな格好ででかけていき、それきり家に寝に帰ってこないのに、翌日になるとお昼過ぎまでハンモックで寝こんでいる。もう本は全然読まず、生まれて以来初めて、自分がどこに行っていたのかわからないような状態で家に帰ってくる。「もう弟たちに目を向けることもなくて、名前や年をまちがえるし、こないだなんか、クレメンシア・モラーレスの孫息子のことを、自分の兄弟と間違えてキスしたぐらいなんだから」と母は私に言った。しかし急に自分の誇張を意識して、もっと単純な言い方で言い替えた――

「結局のところ、お前さんはこの家にとって、他人みたいになっちゃったんだよ」

「すべてその通りだ」と私は言った。「でも理由はすごく簡単だ――僕はもうこのすべてにうんざりしきっているんだ」

「あたしたちのことにかい?」

そうだと答えてしまいそうだったが、そう言ってしまったら不公正だった――

「すべてにだ」と私は言った。

そう言ってから私は、リセオで自分が置かれている状況について話した。両親は成績で私のことを判断していたので、毎年、結果だけを見て私のことを自慢に思い、私が学業において非の打ちどころがないだけでなく、友だちとしても模範的で、いちばん頭が切れて目端が利いて、誰からも好かれるいちばん有名な生徒であると信じこんでいた。祖母がよく口にした言い方で「完璧な坊や」だと思いこんでいたのだ。

ところが、早い話、真実は正反対だったのである。完璧な坊やのように見えていたのは、私には、ルイス・エンリーケのような勇気も独立心もなかったからなのだ。ルイス・エンリーケは自分がやりたいことしかやらないと決めている人で、彼はそれによっていずれかならず、ある種の幸福を手に入れるにちがいなかった。それは親が子供に望むタイプの幸福とは違っているかもしれないが、過度の甘やかしや、不条理な恐れや、親のおめでたい期待などを乗り越えて生きていくことを可能にする種類の幸福なのだ。

母は自分たちが孤独な夢の中で勝手に作りあげていたのとは正反対の私の像に、すっかり打ちのめされてしまった。

「さてどうしていいのか、あたしにはわからないよ」。死の沈黙の果てに彼女は言った。「そんなことを全部、父さんに話したら、その場で突然死してしまうよ。お前さんは一家の誇りなんだって、わからないかい？」

彼らにとっては単純明快だった――お金がなくて諦めた父にかわって私が、世にも稀な偉大な医者になる可能性がまったくないのであれば、かわりに、少なくとも何か別の分野の専門職についてほしいと願うわけだった。

「そんなこと言ったって、僕は絶対に何にもならないからね」と私は結論的に言った。「自分がなりたくないもの、母さんたちがなってもらいたがっているものに、無理やりならせようとするのは、僕は断固拒否するから。政府が望むようなものになるのは、なおさらごめんだから」

この言い争いは、その週の終わりまで続いた。おそらく母は、これについて父とゆっくり話しあう時間をとりたかったのだろうが、そう思うと私の中には新たな闘志が満ちた。するとある日、母は急な思いつきのようにして、思いがけないことを言ってきた――

「人の話によると、本気で取り組めば、お前さんなら立派な作家になれるんだってね」

こんなことが家の中で口にされたことは一度もなかった。幼いころからの傾向からして、私は将来は絵描きか音楽家か、教会の聖歌隊か、あるいはせいぜい日曜詩人になるぐらいだろうと考えられていたのだ。私自身は、ねじくれた現実離れした種類の文章への性向があることに気づいて、これは皆にも知られていたが、このとき私が感じたのはむしろ驚きだったのである。

「作家にならなければならないなら、大作家にならなきゃダメだが、大作家なんてのは、もう今ではいないんだから」と私は母に答えた。「結局のところ食えなくて飢え死にするのなら、もっと楽な商売のほうがいいのだし」

そんなある午後のこと、私と話をするかわりに母は涙を流さずに泣き出した。今の私だったらすっかり慌てふためいただろう——抑えたすすり泣きというのは、大いなる女たちが自らの目的を達成するために利用して、まちがいなく効果を発揮する手段だとわかっているからだ。しかし、十八歳の私は母に何と言っていいか思いつかず、私の沈黙は彼女の嗚咽《おえつ》の狙いをくじいた。

「わかったわよ」と母は仕方なく言った。「これだけは約束してちょうだい、大学前期課程だけはとにかく最後まで修めるって。父さんのことをうまく説得するのはあたしがやるから」

私たちはふたりとも、自分が勝ったという安堵を抱いた。私が同意したのは、彼女のためでもあり父のためでもあった。早く何らかの合意に達しないと、両親とも死んでしまうのではないかと私は恐れたのだった。そういうわけで、法律と政治を学ぶという安直な解決策を私たちは選ぶことになった。どんな仕事をするにしてもこれならかならず役に立つからというだけでなく、授業が午前中だけなので、午後には自由時間があって働ける、という人間的な学科だったからである。母が感情的な重荷を抱えこんでいることが気になって、私は父と面と向かって話しあえる雰囲気を作ってくれるよう頼んだ。彼女は反対した。喧嘩になって終わるに決まっていると考えたからだ。

「この世であの人とお前さんほど、よく似ている人間は他にいないんだよ」と母は言った。「でも話し合いをするうえでは、それはいちばんよくないんだ」

私はずっとそうじゃないと思ってきた。しかし、今になって、つまり、ずいぶんと長生きした父が生きたすべての年代を自分も生きてしまった今では、鏡に映った自分が、私自身よりも父にずっとよく似ているように見えてきた。

あの晩、母は自らのもつ金細工師のようなこまやかな手練手管を総動員したにちがいない。というのも父は、食事の席に家族の全員を集めたうえで、ごく気楽な調子でこう宣言したのである――「わが家にもやがて弁護士が生まれることになった」。家族全員が顔をそろえている前で父が一から議論を蒸し返すことになるのを恐れたのだろうか、母はまったくの無邪気を装って話題をうまく調節した。「わが家の状況では、こうして子供の軍団もいるわけなので」と彼女は私に説明した。「お前さんが自分で費用を作りながら通える唯一の学科に行くのがいちばんいい、あたしたちはそう考えたんだよ」

彼女が言ったほど事情は単純ではなく、実はひどく複雑だったのだが、これが私たちにとっていちばんましな選択、いちばん傷が浅くてすみそうな選択になりそうだった。そこで私は、彼女の芝居に乗ることにして、父に意見をたずねてみた。瞬時に返ってきた答は心が引き裂かれるほど真正直なものだった――

「何と言えっていうんだい？　お前には心をぐさりとやられたよ、しかし、少なくとも、お前がなりたいっていうものになる手助けができるという、その誇らしさだけで私は満足だ」

あの一九四六年の一月の贅沢の極致は、生まれて初めて飛行機の旅を、大問題を抱えて再登場したホセ・パレンシアのおかげで経験できたことだ。彼はカルタヘーナで高校課程の五年までは一気に終えたのだったが、六年目で落第してしまっていたのだ。そこで私は、彼が遅ればせながら卒業証書を手にできるように、なんとか私のリセオに押しこんでもらうようにすると請け合い、すると彼は、じゃあ飛行機で行こうと私の分まで出してくれたのだった。

ボゴタ行きの便は、ＬＡＮＳＡ社のＤＣ３型機で週に二便あった。その最大の危険は、飛行機じゃではなく、牧草地に粘土ででっちあげた滑走路にときどき牛がさまよい出てくることだった。場合によっては牛をすべて追い払うために飛行機が何度も旋回しなければならなかったりした。これが伝説にまでなっている私の飛行機恐怖症の幕開けとなった。大事故に会わないようにとお守りがわりにミサの聖餅を持ち帰るのを、教会が禁止していたような時代だった。飛行時間は経由地なしで四時間近くにのぼり、飛行速度は時速三百二十キロだった。波乱万丈の川旅をくりかえしてきた人間は、上空からマグダレーナ川の生《なま》の地図を眺めて居場所を探った。ミニチュアの村、ぜんまい仕掛けみたいな船、学校の校庭から手を振っている楽しげな女の子たちを見てとることができた。生身のスチュワーデスたちは、お祈りしている乗客を落ち着かせたり、乗り物酔いした人を助けたり、川の獲物を狙って見下ろしているヒメコンドルの群れと衝突する危険がないことを説得してまわったりするので忙しかった。その一方で、乗り慣れている乗客はそれまでの並外れた飛行の体験を、まるで勇敢な偉業のようにくりかえし話して聞かせていた。機内の加圧も酸素マスクもないままボゴタの高地へと高度上昇していくと、心臓が太鼓のように鳴り、翼が叩きつけられて激しく揺れるので、着陸のよろこびはなおさら大きくなった。しかし、それよりもさらに大きな驚きは、前の晩に送った電報よりも自分たちのほうが先に到着したことだった。

ボゴタに立ち寄ったホセ・パレンシアは、楽団ひとつ分の楽器を買いこみ、それが計画的なものだったのか、なんらかの予感によるものだったかわからないが、ギターや太鼓やマラカスやハーモニカを抱えて堂々たる足取りで入っていくのをエスピティア校長が見やっていたときから、私は彼が受け入れられたことを確信した。私のほうも、校舎の敷居をまたいだときから、自分の新たな立場の重さをぐっと感じた——最終第六学年の生徒になったのだ。そのときまで私は、みんなの憧れの星を自分が額につけているなどと意識していなかったが、下級生が私たちに近づいてくる様子や、話しかけてくる調子や、ある種の畏敬の念のようなものを通じて、否応なくそれを意識させられるようになった。それに加えて、この一年はお祭りのような一年となった。寄宿舎は奨学生専用だったので、ホセ・パレンシアは中央広場周辺でいちばんいいホテルに住みついて、そのオーナーのひとりがピアノを弾く女性だったせいで、私たちにとっては、一年じゅうが日曜日のような騒ぎとなった。

この年は私の人生の大きな飛躍のひとつだった。私がまだ思春期にあったころ、母は使い捨てのような服を私に買ってくれて、私が使えなくなると、調節して弟たちに回していた。いちばんむずかしかったのが高校課程の最初の二年間だが、それは寒い気候用のウールの服が高くて調節しにくかったからだ。体はそれほど急速に大きくなっていたわけではないが、一着の背広を一年のうちに二回、背丈に合わせて調節するのは忙しくて暇がなかった。さらに悪いことに、寄宿生の間で服を交換するという昔からの習慣は行なわれなくなっていた。それというのも、古着は誰もがくりかえし目にしてきたものだったため、新しい持ち主に対するからかいがひどくて、うまくいかなかったのである。この問題はエスピティアが青い上着にグレーのズボンという制服を導入したことである程度解決された。見た目が同じなので、お下がりを利用しても目立たなくなったからだ。

三年と四年のときには、私はスクレの仕立て屋が調節してくれたたった一着の背広を着て過ごしたが、五年になるときにはもう一着、とても状態のいい中古服を買わなければならず、これも六年まではもたなかった。ところが、心を入れ替えようという私の意図にすっかり感心した父は、寸法に合わせて新しい一着を買うだけのお金をぽんと出してくれ、そのうえ、ホセ・パレンシアが、前年に買ったきりほとんど使っていないキャメルの三つ揃いを一着くれた。服装がいかに人間をつくりはしないかを、私はじきに学ぶことになった。新しい制服とも組み合わせられる新しい背広を着て、私は何度も踊りの会に出席したが、彼女がたったひとりできただけで、これも花が咲く時間よりも短くしか続かなかったのである。

エスピティアは私のことを奇妙な熱意をもって迎えた。週に二回の化学の授業は、すばやい質問と返答のやりとりを含めて、私だけのために講義しているみたいだった。このように無理やり私に焦点をあててくれたことは、結果として、名誉ある終わりという両親との約束を実現するためのいい出発点となった。その先はすべて、マルティーナ・フォンセーカの単純明快なメソッドに任せればよかった——授業をちゃんと集中して聞くことによって徹夜勉強や学期末の恐怖を避けることができる。これは本当に賢明な教えだった。リセオの最後の一年でこれを実行することに決めて以来、私の焦燥はぱたりと治まった。先生たちの質問にも簡単に答えられるようになり、先生たちもずっと親しい存在になって、私は両親と交わした約束を果たすのがどれほど簡単なことであるか理解しはじめた。

私にとって唯一の不安は、相変わらず悪夢にうなされて悲鳴をあげてしまうことだった。規律指導担当の教師は当時、生徒たちとひじょうにいい関係にあったゴンサーロ・オカンポ先生だったが、二学期のある晩、まっ暗な寄宿室に足音をひそめて入ってきて、昼間に私が借りたまま返さずにいた鍵束を返してもらおうとした。そのために私の肩に手を置くやいなや、私は野生動物のような悲鳴をあげて全員が目を覚ましてしまった。その翌日から私は、二階に設けられていた六人部屋の臨時寄宿室に移された。

これは夜を怖がる私のために取られた措置だったが、いかにもいいかげんなものだった。この部屋は食料貯蔵室のすぐ上にあったため、臨時寄宿室の生徒四人が調理場へと忍びこんで、真夜中の晩餐のために思うがままに略奪を働いたのである。どんな疑惑とも無縁なセルヒオ・カストロと、いちばん意気地がない私のふたりは、緊急事態の際の調停役としてベッドに残った。一時間もすると四人は貯蔵室を半ば空っぽにするほどの食料を、すぐに食べられる状態にして持ってきた。長きにわたる寄宿生活を通じて最大の大聖餐だったが、二十四時間もしないうちにバレるというおまけがついた。私はもうこれで終わりだと思ったが、エスピティアの調停能力のおかげでかろうじて私たちは退学処分を免れた。

リセオにとってはいい時代だったが、国にとってはもっとも暗い見通しの時代だった。不偏不党のイェーラス大統領は、その意図に反して、かえって党派間の緊張関係を増幅させることになり、それは初めて学校の中でまで感じられるようになった。というかむしろ、今になって気づいたのだが、この問題は、以前から私の中にあったにもかかわらず、自分が生きている国の状態というのを私が意識するようになったのはこのときからだったのである。この前年から不偏不党の立場を維持しようとしていた一部の先生は、ここに来てもはや教室でそれを守れなくなり、自らの政治信条について生硬な議論を激しく述べ立てるようになった。後継大統領を選ぶための激しい運動が展開されるようになってからはなおさらだった。

日を追って明らかになったのは、ガイタンとトゥルバイの両人が大統領に立候補したら、自由党は二十五年にわたる単独政権で守ってきた共和国大統領の椅子を失うことになるということだった。このふたりは、ふたつの異なった政党に属していても不思議でないくらい相対立しているので、そのままでは、それぞれの欠点によってお互いに食いあってしまうだけでなく、最初からはっきりと事態を見すえている保守党の、流血をも辞さない強固な決意に負けてしまうのである――保守党はラウレアーノ・ゴメスを排して、オスピナ・ペレスを候補として固めていた。大金持ちのエンジニア出身で、国を率いることができるような族長としての着実な名声を勝ちえている人物だった。自由党が分裂していて、保守党が武闘派として強固に団結しているとなれば、他に可能性はなかった――オスピナ・ペレスが大統領に選出された。

ラウレアーノ・ゴメスはこのときからすでに、治安部隊のバイオレンスを全面的に利用することによって次の大統領になる準備を始めていた。これはまさに十九世紀の歴史の再現だった。十九世紀を通じてわが国は、一度も平和というのをもつことがなく、八回におよぶ全国的な内戦と、十四の地方的な内戦、三回の軍部蜂起という戦乱の合間合間の一時的な休戦というものしか経験しえず、そのあげくに起こった千日戦争では、わずか四百万という人口から、両派から合計で八万人の死者を出すにいたった。まったく単純明快だった――実施に移されようとしているのは、国を挙げてまる百年後退するためのプログラムだったのである。

ヒラルド先生は学年の最後にきて、私のことをあからさまに特別扱いした。これについてはどれほど恥じ入っても足りない。先生は私のために、四年のときから落としてきた代数のリハビリになるような簡単な試験問題を作って、職員室でひとりで受けさせた。手の届くところには、ヒントになる教材がいくらでもあった。一時間後に期待に胸をふくらませてもどってきた先生は、破滅的な答案を見るや、用紙の上から下まで伸びる大きなバツ印を全ページに書きつけて、激しい唸り声をあげた――「この頭は腐ってる」。にもかかわらず、通知表の成績では代数は合格となっていた。私にはまだまっとうな感覚がかろうじて残っていたので、先生が私のために主義を曲げ、義務にも反した行動をとってくれたことに、お礼を言いにいくという真似だけはしなかった。

その年の最終試験の最終日の前夜、ギエルモ・ロペス・ゲッラと私は、酔っぱらいの売りことばに買いことばが原因で、ゴンサーロ・オカンポ先生と醜悪な事件を起こした。私たちはホセ・パレンシアから、ホテルの部屋で一緒に勉強しようと招かれていた。この部屋というのは植民地時代からの宝物のような部屋で、牧歌のような花咲く庭園に面していて、遠景にはカテドラルが望めた。最後の試験がひとつあるだけだったので、夜まで続けて勉強したあとで、行きつけの貧乏人の酒場をはしごしながら学校にもどった。規律指導担当だったオカンポ先生が私たちを見つけて、遅い時刻と、へべれけな状態を叱ったのに対して、私たちふたりは声を合わせて罵詈雑言を浴びせた。憤激した先生の怒りと私たちの叫び声に、寄宿室は大騒ぎになった。

教員団の決定で、ロペス・ゲッラと私は残しているたった一科目の最終試験を受けられないことになった。すなわち、少なくともその年は、卒業資格を得られないということだ。先生たちの間の秘密の交渉がどのように行なわれたのか、彼らは固く団結して絶対に明かさなかったので、私たちにはわからなかった。しかし、エスピティア校長が自分が責任を負うからと言って問題を預かったらしく、そのおかげで私たちは結局、ボゴタの教育省においてその試験を受けることができる手はずになった。実際に出向いて試験を受けた。エスピティア自らが私たちに付き添い、筆記試験を受けている間も同室にいて、答案はその場で採点された。とてもいい得点が出た。

内部的にはひじょうに複雑ないきさつがあったにちがいなく、オカンポは卒業式典に出席しなかった。エスピティアの安易な介入と、私たちの好得点に抗議してのことだったのかもしれない。さらには、私個人の卒業成績にも納得できなかったのかもしれない。なにしろ私は、特別賞に選ばれて、忘れがたい本——ディオゲネス・ラエルティオスの『哲学者列伝』——を賞品としてもらったのである。これは私の両親が期待していた以上の結果だっただけでなく、私はその年の卒業生のトップにまでなったのである。ただし、私がいちばん良い生徒でなかったことは、クラスの仲間には、そして誰よりも私自身には、はっきりとわかっていた。

5

空想すらしていなかったことだが、高卒資格を得た九か月後に自分の最初の短篇小説が、ボゴタの『エル・エスペクタドール』紙の文芸付録「週末別冊《フィン・デ・セマーナ》」に掲載されることになった。当時もっとも面白くて、もっとも辛辣だった新聞である。その四十二日後には、二作目が掲載された。しかし、そのこと自体よりも、私にとって驚きだったのは、新聞の副編集長で文芸付録の編集長だったエドゥアルド・サラメア・ボルダ、筆名ウリーセスが、賞賛記事を書いてくれたことだった。彼は当時のコロンビアでいちばん明晰な批評家で、新しい価値の出現にいちばん敏感だった人である。

そこに至る過程はまったく予想外のものだったので、説明するのは簡単ではない。私はその年の年初に、両親との約束通り、ボゴタの国立大学の法学部に入学していた。住まいは町のどまんなか、フロリアン通りの下宿屋で、下宿人の大部分がカリブ大西洋沿岸地方出身の学生だった。午後の空いている時間に私は、働いて生活費を稼ぐかわりに、自分の部屋にこもったり、容認してくれるカフェにいすわったりして本ばかりを読んでいた。読んでいたのは運任せの偶然の本ばかりだったが、自分で選んだ偶然よりも運任せの部分が大きかったのは、本を買う余裕のある友人たちから貸してもらっていたからで、貸してくれる期間が厳しく限定されているので、約束通りに返すために徹夜で読んだりしていたのである。しかし、シパキラーのリセオで読んでいた本——評価の定まった、作家の墓場に入っているようなもの――とは対照的に、ここで私たちが読んでいたのは焼きたてのパンみたいなもの、ヨーロッパでの第二次大戦による長い出版途絶期が明けて、ブエノス・アイレスで新しく翻訳され出版されはじめたばかりのものだった。こうして私は運よく、すでに広く発見されていたホルヘ・ルイス・ボルヘスや、D・H・ローレンスやオルダス・ハックスリーを発見し、グレアム・グリーンやチェスタートン、ウィリアム・アイリッシュやキャサリン・マンスフィールド、その他多くの作家たちに出会ったのだった。

こうした新作は、高嶺の花として書店のショーウィンドーに並ぶばかりだったが、中には何冊か、地方出身の大学生の間で文化的な情報が活発にやりとりされる場所となっていた学生カフェに出回ることがあった。学生の中には、何年間も自分専用の席を確保している人もいて、カフェで手紙や郵便為替の送金まで受け取ったりしていた。店主や信頼のおける従業員の手助けによって、かろうじて卒業まで課程をまっとうできたケースもままあった。わが国の専門職についている人の中には、姿をあらわすことのない後見人よりもカフェの人たちに多くを負っているケースがたくさんあったのだ。

私のお気に入りは「風車《エル・モリーノ》」という、年長の詩人たちがひいきにしているカフェだった。これは私の下宿からわずか二百メートルほどのところ、ヒメーネス・デ・ケサーダ大通りと七番街が交差する重要な角にあった。学生に指定席を認めていなかったが、近くのテーブルに身を潜めて文学的な会話に耳を傾けていることで、大学の教科書よりもずっと多くを、ずっと深く学べると私たちは確信していた。巨大な店で、スペイン風の様式でがっしりと作られ、壁面は、画家サンティアーゴ・マルティーネス・デルガードによる、風車に挑むドン・キホーテの戦いのエピソードで飾られていた。私に決まった席はなかったが、いつでもウェイターたちに頼んでレオン・デ・グレイフ大先生［二十世紀のコロンビアを代表する詩人。「新派《ロス・ヌエボス》」のリーダーのひとり。一八九五―一九七六」になるべく近い席にすわらせてもらった。髭面で、気むずかしくて、才気煥発な大先生は、その時期のいちばん有名な作家たち何人かと夕方から会合を始めて、真夜中までチェスの弟子たちと底なしのアルコールに耽溺するのだった。コロンビアの芸術・文芸にかかわるビッグ・ネームが軒並みこのテーブルにあらわれたので、私たちは自分たちのテーブルで死んだようなふりをしながら、彼らのことばを一言も聞き逃すまいと耳をそばだてていた。自分たちの仕事や作品の話よりも、女や政局の話をすることのほうが多かったが、いつでも勉強になる新しいことを聞くことができた。いちばんよく通いつめたのは私たち大西洋岸出身の学生たちだったが、これはカチャコに対して陰謀をめぐらすカリブ人として結束していたというよりも、読書中毒という点で結ばれていたからだ。法学部の学生だったホルヘ・アルバロ・エスピノーサは、私に聖書の味わいかたを教えて、ヨブの対話相手たちの長い名前を全部暗記させたりした人だが、ある日、私のテーブルの上にぎょっとするような分厚い本をどさりと置いて、司教のような権威をもって宣告した――

「これが新たなる聖書だ」

それはまさにその通り、ジェイムズ・ジョイスの『ユリシーズ』で、私はその一部をつまずき歩きながら読んだが、じきに忍耐が続かなくなった。私にとってはまだ熟していない無謀な果実だったのだ。何年ものち、すでに従順な大人になってから、私はこの本を本気で再読するという課題を自分に課し、自分の中にあるとは思ってもいなかった独自な世界の発見になっただけでなく、自分の本における言語の自由と、時間と構造の扱いに関して、このうえない技術的な示唆を受けることになった。

同室だった仲間のひとりはドミンゴ・マヌエル・ベーガといい、医学部の学生で、スクレ時代からの友人であり、私に劣らぬ貪欲な読書欲の持ち主だった。もうひとりは従兄のニコラス・リカルド、伯父ファン・デ・ディオスの長男で、一族の美徳を体現している人だった。ある晩、ベーガが本を三冊買って帰ってきて、そのうちの一冊を、ふだんからよくやっていたように、無作為に選んで寝る前に貸してくれた。ところがこのときばかりは寝られなくなった――それ以来二度と、以前のように心穏やかには寝られなくなった。その本とはフランツ・カフカの『変身』、ブエノス・アイレスのロサーダ社からボルヘスの嘘の翻訳で出たもので、その一行目から私の人生に新しい道を定め、今では世界文学の偉大な通貨として行きわたっている――「ある朝、不安な夢から目覚めたグレゴール・ザムザは、自分がベッドの中で巨大な昆虫に変わってしまっているのを見つけた」。謎めいた本で、その危なっかしい山道は、私がそれまでに知っていた道と異なっているというだけでなく、多くの場合、まるで正反対ですらあった。事実を描きだして提示して見せる必要はないのだった――真実であるためには、作者が書いた、というだけで十分なのであり、作者の才能の力と声の権威以外に何の証拠もいらないのだった。シェヘラザードと同じことをもう一度やっていたのだ。ただ、すべてが可能である千年前の彼女の世界の中ではなく、すべてがすでに失われてしまっている修復不能な別の世界の中で、それをやっているのだった。

『変身』を読み終えると、私の中にはあの僻遠の楽園の中に生きたいという耐えがたい渇望が残った。夜が明けたとき、私は同じくドミンゴ・マヌエル・ベーガが貸してくれたポータブル・タイプライターの前にすわって、巨大なスカラベになってしまったカフカの哀れな小役人に似たものを書こうと試みていた。引き続く数日間、私は呪文が解けてしまうのを恐れて大学には行かず、嫉妬の汗をかき続けたが、するとある日、エドゥアルド・サラメア・ボルダが自分の担当するページに悲嘆に暮れた小記事を載せて、コロンビアの作家たちの新しい世代には記憶するに値する名前がなく、近い将来その状況が変わりそうな徴候もない、と書いたのである。いったいどんな思い上がりからか、私はこの挑戦的な記事によってわが世代の代表として名指しされたみたいに感じて、仕返しをしようと、一度は放棄した短篇に再度とりかかった。『変身』にあった意識のある死体という物語上のアイディアを、半端な謎と存在論的偏見の部分を取り除いて利用した。

いずれにせよ、私は全然自信がなかったので、いつものテーブルの仲間にもまったく相談しなかった。法学部の仲間で、私が授業の退屈に耐えるために書いていた詩的な散文を唯一見せていた相手であるゴンサーロ・マヤリーノにすら見せなかった。私はこの短篇をくたびれはてるまで読み直し、書き直し、その果てついに、エドゥアルド・サラメアあての私信を書いた。一度も会ったことのない相手であり、その文面は一語たりとも覚えていない。全部一緒に封筒に入れて、『エル・エスペクタドール』の受付に自ら持っていった。守衛は二階まで上がって自分で手紙を生身のサラメア本人に渡しにいくのを許可してくれたが、そんなことは考えただけで全身麻痺してしまいそうだった。私は封筒を守衛の机の上に残して、走って逃げた。

これは火曜日のことで、私は自分の短篇の行く末についてまったく何の予感も抱いていなかったが、たとえ掲載されることがあるとしてもずっと先のことだろうと思いこんでいた。そんななかで二週間にわたってカフェからカフェへとさまよい暮らして、土曜日の午後の焦燥感をやり過ごしていたところ、九月十三日に、「エル・モリーノ」で突然、自分の短篇の表題が、印刷されたばかりの『エル・エスペクタドール』にでかでかと書かれているのに出くわしたのだった——「三度目の諦め」とあった。

私が最初に反射的に感じたのは、自分には新聞を買うための五センターボがないという、すべてをなぎ倒していくような圧倒的な確信だった。これは貧困のもっとも明快な指標だった。新聞以外でも、日常生活における基礎的なものの多くが五センターボしたのである——路面電車も、公衆電話も、一杯のコーヒーも、靴磨きも。私は動ずることなく降り続いている雨の中に、傘もカッパもなく飛び出していったが、近くのカフェのどこを覗いても、硬貨を一枚恵んでくれる知り合いをひとりも見つけられなかった。下宿屋に帰っても、土曜日の午後は死んだようなもので、誰もいなかった。家主だけはたしかにいたが、彼女には二か月分の家賃と食事代で五センターボの七百二十倍の借りがあったので、誰もいないのと同じだった。何でもするつもりになって通りにもどると、神の遣わしたひとりの男性がちょうどタクシーから降りてきて、手に『エル・エスペクタドール』を持っていたので、私は正面切って彼に、新聞をくれないかと頼んだ。

こうしてようやく私は活字になった自分の最初の短篇を読むことができたのだった。新聞の公式挿画家だったエルナン・メリーノのイラストつきだった。私は自分の部屋に隠れて、高鳴る心臓をこらえながら、ひと息で最後まで読んだ。一行ごとに私は印刷された文字の破壊力の強さを思い知らされた。私があれほどの愛と苦痛を注ぎこんで、世界的な天才に対する素直なパロディとして作りあげたものが、こうして読んでみると、取るに足らないこんぐらかった独り言でしかなく、慰めとなる程度の文が三つか四つあるおかげでかろうじて成り立っていることが見てとれたのだ。もう一度読み直すだけの勇気が湧くまでには二十年近くがかかり、その際の私の判断は、憐憫によって緩和された部分もなく、余計に厳しいものだった。

いちばん厄介だったのは、顔を輝かせた友人たちがもんどりうって私の部屋に雪崩《なだ》れこんできたことだった——新聞を手にして、理解できなかったにちがいない短篇小説に関する常軌を逸した賛辞を口にして。大学の仲間の中には、一部には評価してくれた人がいた一方、あまり理解できなかった人もいたし、四行以上は読めなかったというもっともな人もいたが、ゴンサーロ・マヤリーノは——文学に関する彼の価値判断は、私にとって気安く否定できるものではなかったが——全面的に価値を認めてくれた。

　私がさらに気になったのは、ホルへ・アルバロ・エスピノーサの判決だった。その批評は、われわれの仲間内に限らず、いちばん切れ味の鋭いものだったからだ。私は相対立する思いの中で悩んだ——即座に彼に会って、不安を一気に解消してしまいたかったが、同時に、じかに彼に対面するのが恐くてならなかった。ホルへは火曜日まで姿をくらまし、それは飽くなき読書家としてめずらしいことではなかったが、次に「エル・モリーノ」にあらわれたときには、私の短篇について話すよりも前に、まず、私の大胆さについて口にした。

「お前さん、自分でどんな立場に身を置いてしまったのか、わかってるんだろうな」と彼は、コブラのような緑の目で私の目を直視しながら言った。「これでお前さんも、名前のある作家たちのショーウィンドーに並んでしまったんだ。それだけの力があるんだってことをこれから見せていかなくちゃならないんだぞ」

　ウリーセスと同じくらい重大な意味をもつ人の審判に、私は石化したように固まってしまった。しかし、彼が話し終える前に、私は自分が真実だと思っていたことを先に言ってしまうことに決めていた。この意見はその後もまったく変わっていないものだ。

「あの短篇は糞だ」

彼は変わらずに落ち着いた様子で、斜め読みする時間しかなかったから自分はまだ何とも言えない、と答えた。しかし、たとえ本当に私が言うほどひどいのだとしても、人生が私にくれようとしている黄金のチャンスを無駄にしなければならないほどではないだろう、と説明した。

「いずれにしても、あの短篇はすでに過去だ」と彼は最後に言った。「今大事なのは、次の作品だ」

これに私はすっかりうちのめされてしまった。血迷ってそれを否定する理屈を捜し求めたが、結局、彼の助言よりも賢明なものはどこに行っても聞けない、とまで思いこんだ。彼はいつものように、短篇小説ではまず最初に物語を着想して、それから文体を決める必要があるのだが、実はその両方が相互に奴隷みたいに依存しあっていることこそが古典の魔術の源なのだ、という持論を展開した。そして、ギリシアの古典をじっくりと、予断を抱かずに読むべきだ、という何度も聞かされている意見をいま一度話して聞かせた。私は高校で義務として読まされたホメロスしか読んでいなかったが、それだけではだめだというのだ。私は読むと約束して、他の名前をあげてもらいたかったが、彼はその週末に読み終えたアンドレ・ジイドの『贋金つくり』のことに話題を転じてしまった。私はその後も彼に言う勇気がなくて言っていないのだが、もしかすると彼とのこの対話が私の人生を決したのだったかもしれない。その晩私は一睡もせずに、第一作のような無駄な蛇行のない次作を書くためのメモをとって過ごしたのである。

私が密かに思ったのは、あの作品について話をしてくる人は——たいがいきっと読んでいなくて、たとえ読んでいたとしても理解できなかったにちがいないのだから——、あの作品自体に感心したというよりも、あの作品が注目度の高いページに、めったにないような大きな扱いで掲載されたことに感銘を受けただけだろうということだった。なにしろ私にはすぐにわかったのだから——私の最大の欠点は、文章が下手だということ、そして、人間の心を知らないということであり、これがとりもなおさず、物書きにとってもっとも重大なふたつの欠点に他ならないことが。この二大欠点は私の第一作に見るもあからさまにあらわれており、これは、すっきりしない抽象的な思弁にすぎないものに、でっちあげの情動の濫用がくわわって、なおさら厄介な作品になっていたのである。

自分の記憶の中を探って、第二作に使える実人生の出来事を捜し求めているうちに、私は、子供のころに出会ったこの世でいちばんきれいな女の人のひとりが、世にも美しい猫を膝に抱いて撫でながら、この猫の中に入りこんでしまいたい、と私に語ったことを思い出した。どうしてなのかと尋ねると、こう答えた――「あたしよりもきれいだから」。こうして私は二作目の短篇の支点となるものと、魅力的な題名――「エバは猫の中にいる」――を得ることができた。それ以外の部分は前作と同様、何もないところからでっちあげたものであり、したがって同じように、当時私たちが好んだ言い方では、自壊の芽を内蔵していたのである。

この短篇も最初のと同じ大きな扱いで、一九四七年十月二十五日土曜日に掲載され、今回は、カリブの空に昇る新星、画家のエンリーケ・グラウのイラストが付されていた。意外だったのは友人たちの受け止めかたで、彼らはこの作品を、まるで確立された作家による当然の仕事のように受け止めたのだった。私自身は、失敗した部分に怯え苦しみ、うまくいった部分にも自信がもてずにいたが、なんとか不安に耐えぬいた。大きな衝撃は数日後にやってきた――エドゥアルド・サラメアが、ウリーセスという筆名で毎日『エル・エスペクタドール』紙に書いているコラムに、小さな記事を載せたのだ。それは単刀直入に始まっていた――「弊紙の文芸付録である『週末別冊』を読んでいる人はお気づきだろうが、新しい才能、独創的で力強い個性をもった才能が出現した」。そして、しばらく先では、「想像力の中では何でも起こりうるわけだが、想像力の中で得た真珠を、ごく自然に、単純明快に、大げさにならずに提示するというのは、文学との交際を始めたばかりの二十歳の若者が誰でもできる芸当ではない」とあった。そして締めくくりでは、迷いなく言い切っていた——「ガルシア＝マルケスの登場によって、新しい、目を見張るべき作家が生まれたのである」。

この記事は私にとって、当然のことながら、叩きつけるような歓びだったが、同時に、サラメアが自ら退路を断つようにして断定しているのが私には苦しかった。すべてがすでに印刷されて出てしまっているので、私は彼の寛大な賞賛を、わが良心への呼びかけと解釈して、一生涯を過ごすしかなかった。その記事にはまた、ウリーセスが編集部の同僚を通じて私の正体を探り当てたことが書かれていた。その晩のうちに私は、これがゴンサーロ・ゴンサーレスを通じてだったことを知った。ゴンサーロは私の従兄弟の従兄弟ぐらいにあたる人で、十五年前から同じ新聞に、ゴグという筆名を使って、そして変わらぬ情熱をもって、読者からの質問に答えるコラムを、エドゥアルド・サラメアの机から五メートルと離れていないところで書いていたのである。幸いなことに、サラメアは私を探し出そうとしなかったし、私も彼に会いにいこうとはしなかった。一度私は、彼が詩人デ・グレイフのテーブルにいるのを見かけて、救いがたいヘビースモーカー特有のその声と咳を知ることになり、また、文化的な催し物の席で何度か近くから目にすることもあったが、誰も私たちを引き合わせる人はいなかった。両方を知っている人があまりいなかったこともあるが、私たちが面識がないとは誰も思いもしなかったのである。

あの当時、人がどれほど詩の輝きのもとで生きていたものか、今では想像するのもむずかしくなっている。詩は人々の熱情の源であり、生のもう一面であり、あらゆる場所にひとりでに行きわたっている火の玉だった。新聞を開けば、たとえそれが経済欄であっても司法欄であっても、また、カップの底に残ったコーヒーの沈殿物で運勢を占おうとすれば、そこには詩がわれわれの夢を担って飛び立とうと待ちかまえていたのである。したがって、全国各地からやってきた私たち田舎者にとって、ボゴタというのは国の首都であって、政府の所在地であったが、なによりもまず、詩人たちが住んでいる都だった。私たちは詩を信じていて、詩のために死ぬ覚悟ができていただけでなく、ルイス・カルドーサ・イ・アラゴン［グアテマラの二十世紀を代表する詩人・批評家。一九〇一―九二］が書いたように、「詩こそが、人間が存在することの唯一の具体的な証拠である」と確信していたのである。

世界は詩人たちのものだった。詩人たちの新作は、私の世代にとって、日を追って陰々滅々たるものになっていく政治ニュースなどより、はるかに重要なものだった。コロンビアの詩は、ホセ・アスンシオン・シルバというたったひとつの輝かしい星に照らされた十九世紀を脱したところだった。この崇高なロマン主義詩人は、三十一歳にしてピストルの一撃をもって、医師が心臓の位置にヨードチンキで書きつけた丸印を撃ち抜いた人だった。私は生まれるのが遅すぎて、ラファエル・ポンボや、偉大な叙情詩人エドゥアルド・カスティーヨを知りえなかった。この後者は友人たちの描写によれば、夕刻に墓場からさまよい出てきた幽霊みたいで、モルヒネのせいで緑色がかった肌に、ヒメコンドルのような横顔をしていたという――まさに、呪われた詩人を絵に描いたようなものである。ある午後、七番街の大邸宅の前を路面電車で通りかかると、その玄関口に、生まれてこのかたもっとも印象に残る男がひとり立っているのが目に入った。非の打ち所のないスーツにトップハット、光の消えた目を隠す黒眼鏡、それにサバンナ地方特有のポンチョをひっかけていた。詩人のアルベルト・アンヘル・モントーヤだった。少しばかり大仰なロマン主義的詩人で、時代を代表する詩をいくつか書いた人だ。

私の世代にとって彼らはすでに過去の亡霊になっていたが、カフェ「エル・モリーノ」で何年も物陰から様子をうかがったレオン・デ・グレイフ大先生だけは別格だった。

でも、彼らの中には、ギエルモ・デ・バレンシアの栄光に片手が届くほどのところまで行けた人はひとりもいなかった。彼はポパヤン［コロンビア南部カウカ県の県都。十六世紀に設立された旧都］出身の貴族で、三十歳にならずして「百周年世代」の法皇として権勢を誇った。国の独立からちょうど一世紀になる一九一〇年に同時に出てきたのでそう呼ばれたのである。同時代のエドゥアルド・カスティーヨとポルフィリオ・バルバ・ハコブは、どちらもロマン派の流れをくむ大詩人だが、大理石のようなバレンシアの修辞に目が眩んでいた国内では、受けてしかるべきだった正当な評価を受けられなかった。バレンシアの神話が大きな影を落として、三世代にわたる詩人たちの道を封じてしまったのである。直後の世代は、一九二五年に「新派《ロス・ヌエボス》」という名前で勢いよく登場し、ラファエル・マヤや、くりかえしになるがレオン・デ・グレイフといったすばらしい顔ぶれが含まれていたが、バレンシアが王座に位置していた間は、本来の価値を認められることがなかった。バレンシアはそのころまで特異なほどの栄光に浴していて、共和国大統領に選出されかねないほどだったのである。

世紀の半ばにいたって、唯一、彼の前に立ちはだかる勇気を見せたのが、「石と空」グループのメンバーたちで、彼らはつきつめてみると、バレンシア支持でないという点だけが共通している面々だった——エドゥアルド・カランサ、アルトゥーロ・カマチョ・ラミーレス、アウレリオ・アルトゥーロ、そして、彼らの詩の出版を資金的に支えた他ならぬホルヘ・ローハスである。彼らは形式においても発想源においても異なっていたが、集団をなして高踏派の遺跡を揺さぶり、生命へと向けて新しい心の詩を目覚めさせた。そこでは、フアン・ラモン・ヒメーネス、ルベン・ダリーオ、ガルシア・

ロルカ、パブロ・ネルーダ、ビセンテ・ウイドブロといったさまざまな詩人たちの声が反響していた。ただし、広く受け入れられるのには時間がかかり、また、彼ら自身も、自分たちが埃の積もった詩の家を掃除するために神につかわされた存在と見なされる覚悟ができていなかったようだ。ところがそこで、ドン・バルドメーロ・サニン・カーノという、当時いちばんまっとうだった批評家が、バレンシアに対する一切の攻撃の前に立ちはだかるべく、有無を言わさぬ調子のエッセイをあわてて発表してきた。いつもは節度ある調子で知られていたのに、ここではそれがまったく狂ってしまっていた。断定的なことをいくつも言っていて、たとえば、バレンシアが「古代の知を我がものとしたことによって過去の遠い時代の人の心を知りえるようになっており、それとの類推によって、同時代のテクストの中から、人間の魂の全容を掘り出してくるのである」という一節もあった。さらに、バレンシアのことを時間も空間も超えた永遠の詩人、といま一度聖別したうえで、「ルクレティウスやダンテ、ゲーテと同列にあり、その魂を救うために肉体を保存するに値する」詩人であると位置づけていた。当時これを読んだ人は一人ならず、このような味方がいるバレンシアは無敵である、と思ったにちがいなかった。

エドゥアルド・カランサはサニン・カーノに答えて、題名だけですべてを言い当てた一文を発表した――「偶像詩人崇拝症の一症例」。これこそがバレンシアを正当な限界内に位置づけ、その偶像を本来の位置と大きさに引きもどすための、初めての、的を射た襲撃だった。バレンシアこそがコロンビアにおいて詩を、精神性の炎を灯すものとするかわりに、単なることばの整形外科学に堕さしめた張本人であると非難し、その詩節は、器用なだけの冷感症的誇飾主義芸術家の詩、入念な彫りもの技術者の詩である、と切り捨てた。その結論部は、自らに対する質問になっており、本質において、カランサのすぐれた詩のひとつとして残ることになるものだった――「もし、詩が、私の血の流れを激しくしてくれるものでなければ、神秘への窓を唐突に開いてくれるものでなければ、世界の発見を助けてくれるものでなければ、孤独においても愛においても祝宴においても失意においてもわが荒涼たる心に同伴してくれるものでなければ、詩など私にとっていったい何の役に立つだろうか?」。そして最後はこう締めくくられていた。「私にとって――なんたる冒瀆であろうか!――、バレンシアはただのすぐれたひとりの詩人にすぎない」

「偶像詩人崇拝症の一症例」が、当時幅広く読まれていた『エル・ティエンポ』紙の「日曜日の読み物」ページに掲載されたことは、社会的な動揺を引き起こした。それに加えてさらに、コロンビアにおける詩をその起源から根底的に再検討するという驚くべき結果までもたらした。これは、ドン・ファン・デ・カステヤーノス〔コロンビア地域に渡った十六世紀のスペイン人征服者、詩人、後半生は聖職者〕が十五万行の十一音節詩『インディアスの名高い男たちの悲歌』を書いて以来、一度もまじめに行なわれたことのなかったことなのかもしれなかった。

このとき以来、詩は大空のもとに解き放たれた。流行となった「新派」にとってだけでなく、そのあとから出てきて、地位を争いあった他のグループにとってもそうだった。詩はひじょうに人気のあるものとなり、カランサが編集長だった「日曜日の読み物」や、われわれのリセオの元校長カルロス・マルティンが当時率いていた『土曜日《サバド》』誌の各号を人々がどれほど濃密に生きたものだったか、こんにちでは到底理解できないほどだったのである。カランサは詩を書いただけでなく、その名声によって、ボゴタ七番街夕刻六時の詩人という存在の様式をうちたてた。十街区にもおよぶショーウィンドーの前を、一冊の本を手に持って胸に当てたまま歩いていくような生き方である。彼はその世代のモデルとなり、それは次の世代ではひとつの流派となって、各世代がそれぞれに解釈して受け継いでいくことになった。
この年の半ば、ボゴタに詩人パブロ・ネルーダ［チリの詩人。七一年ノーベル文学賞。一九〇四―七三］がやってきた。詩は政治的な武器でなければならない、と彼は思い定めていた。ネルーダを中心にしてボゴタで開かれたいくつもの会合を通じて、ラウレアーノ・ゴメス［一九五〇―五一年のコロンビア大統領。保守党所属］がどのような反動的な人間なのかが明確になり、彼は置き土産のようにして、ほとんど筆のおもむくままにゴメスに捧げる懲罰的なソネットを三篇書いていった。その最初の一連には、全体の調子がはっきりとあらわれていた――

さらば、栄冠《ラウレアード》なきラウレアーノよ
悲しき暴君にして成り上がりの王よ。
さらば、前もって金を、幾度でも金を
受け取る四階の皇帝よ。

右寄りの政治思想の持ち主で、ラウレアーノ・ゴメスと個人的に友人だったにもかかわらず、カランサはこのソネットを自分の率いる文学ページで、政治的な意思表明というよりもジャーナリスティックな特ダネとして大きくとりあげた。ところが、ほとんど全面的な反発を受けた。何よりも、元大統領のエドゥアルド・サントスのような根っからのリベラル派がかかわる新聞に、これを載せるという判断違いのせいだった。もともと、ラウレアーノ・ゴメスの逆行的な思想に反対であると同じくらい、パブロ・ネルーダの革命思想にも反対している新聞だったのである。もっとも声高な反発は、外国人がこのような侮辱を口にするのはけしからん、と考える人たちからのものだった。詩的というよりも機知を披瀝しているだけの、わずか三篇の口先だけのソネットが、これほど激しい論議を呼んだということじたいが、その当時、詩がどれだけの力をもっていたかを明らかに示しているといえる。いずれにせよ、ネルーダはその後、共和国大統領になったラウレアーノ・ゴメス自身によってコロンビアへの入国を禁じられ、また、グスターボ・ローハス・ピニーヤ将軍〔クーデターで政権を奪取したのち、一九五三―五七年のコロンビア大統領〕もその後、同じことをしたが、ネルーダはチリとヨーロッパの間の船旅の途中で何度もカルタヘーナとブエナベントゥーラに寄港している。立ち寄ることを彼が知らせていたコロンビアの友人たちにとって、行き帰りのたびの寄港は大々的なお祭り騒ぎの機会となった。

一九四七年二月に法学部に入ったころの私の中では、「石と空」グループとの一体感は揺るぎないものだった。その中の名だたる数名とは、シパキラーのカルロス・マルティンの家で会ったことがあったが、そんなことは勇気がなくて、いちばん接触しやすいところにいたカランサにすら言いだせなかった。ところがあるとき、グランコロンビア書店で、カランサとすぐ近くで真正面から遭遇してしまったので、私は熱烈な読者として彼に挨拶をした。彼はひじょうに愛想よく返事を返してくれたが、私が誰かは気づかなかった。それに対して、別の機会にレオン・デ・グレイフ大先生は、私が『エル・エスペクタドール』に短篇小説を載せていることを誰かから聞いて、「エル・モリーノ」で私のテーブルまでわざわざ挨拶しにきて、これから読んでみると約束してくれた。不幸なことに、その数週間後に一九四八年四月九日の民衆暴動が起こり、私はまだ煙のあがっている都市をあとにしなければならなかった。四年が経過してもどってきたとき、「エル・モリーノ」はすでに灰燼と化して消滅しており、先生は道具立てと友人たちの宮廷ごとカフェ「エル・アウトマーティコ」に移っていたが、そこで私は彼と、本と酒の友人となり、何の技も運もなくチェスの駒を動かすことを教えてもらった。

　私の最初期の友人たちは、私が一生懸命短篇小説を書いているなんて理解できないと思っていたし、私自身も、詩こそがいちばん重要な文芸である国でどうして小説を書いているのか、自分で説明がつけられなかった。詩がいちばんだということは幼いころから知っていた。『人間の悲惨』という大衆的な詩が大成功をおさめていたからだ――粗悪な紙の冊子で売られていたし、カリブ地方の村の市場や墓場では二センターボ払って朗唱してもらっていたりしたのである。それに対して、小説というのはほとんどなかった。ホルヘ・イサークスの『マリーア』〔ラテンアメリカのロマン主義小説を代表する作品〕以来、たくさん書かれたが大した反響を呼ぶことはなかった。ホセ・マリーア・バルガス・ビラ〔一八六〇―一九三三〕だけは前代未聞の例外で、貧しい人たちの心に直接届く小説を五十二冊も書いていた。疲れを知らずに旅して暮らした彼の荷物が重かったのは、自分の本を大量に運んでいたせいで、それはラテンアメリカとスペインの各地のホテルの戸口で、まるでパンのように陳列されては売り切れていったものだった。彼の花形小説『アウラ、あるいはスミレの花』は、同時代の作家たちのもっとすぐれた作品よりもずっと多くの人たちの心を揺さぶったのである。

　しかし、時代を超えて生き残ったコロンビアの小説は実に少ない。植民地時代の真っ最中にあたる一六〇〇年から一六三八年にかけてスペイン人フアン・ロドリゲス・フレイレが書いた『羊』は、ヌエバ・グラナダ副王領の歴史を破天荒に、自由に語ったもので、結果としてフィクションの名作となっている。ホルヘ・イサークスの『マリーア』、一八六七年。ホセ・エウスタシオ・リベーラの『大渦』、一九二四年。トマス・カラスキーヤの『ヨロンボー侯爵夫人』、一九二六年。エドゥアルド・サラメアの『自分自身に乗りこんで四年』、一九三四年。この中の誰ひとりとして、多くの詩人が正当に、あるいは不当に享受した栄光に匹敵するものを味わった者はいない。その一方で短篇小説は、アンティオキア出身の大作家であるカラスキーヤの名高い例に見られる通り、魂のない、ざらざらとしたレトリックの中に迷いこんで難破してしまっていた。

私の天命が物語に特化したものであることは、リセオ時代に書き捨ててきた一連の詩が証明していた。いずれも署名なしで、あるいは偽名を使って書いたものだったのは、そのために命を張るつもりなど毛頭なかったからだ。さらにいえば、私が『エル・エスペクタドール』に最初の二作の短篇小説を発表したとき、多くの人が、十分な根拠はなかったものの、ジャンルがよくない、と苦情を言ったものだった。今考えると、これは当時のコロンビアが、さまざまな観点から見て、十九世紀を生き続けていたからだと言える。とくに、四〇年代の陰鬱なボゴタはそうで、なおも植民地時代にノスタルジアをおぼえていたのである。私が国立大学の法学部に天命も意志もなく入学したのはそのような時代だったのだ。

このことを確認するためには、七番街とヒメーネス・デ・ケサーダ大通りというこの町の神経痛の中心に沈潜してみればよかった。この二本の通りが交差する角のことを、ボゴタ人は厚かましくも、世界一の街角と呼んでいた。サン・フランシスコ教会の塔の時計が正午十二時を打つと、男たちは通りで足を止め、あるいはカフェでのおしゃべりを中断して、腕時計を教会の公式時刻に合わせるのだった。この交差点のまわりには、また、隣接する街区には、事業家や政治家や新聞記者らが——そしてもちろん詩人たちが——一日に二回待ち合わせをするような、町でいちばん混みあう店がそろっていて、しかもその全員が足先まで全身黒ずくめの服を、まるでわれらが君主フェリーペ四世［ベラスケスを重用したスペイン王。在位一六二一―六五］のように着こんでいたのである。

私が学生だったころにはまだ、この場所で、ひょっとすると世界でもあまり前例がないようなやりかたで新聞を読むことができた。学校で使うのと同じ黒板が『エル・エスペクタドール』紙の社屋のバルコニーに、正午と午後五時に掲示され、そこに最新ニュースがチョークで書かれていたのである。その時間になると路面電車の通行は困難になった。しびれを切らして待っている群衆が邪魔になって、まるで通行できなくなることすらあった。街頭の読者はさらに、いいニュースだと思ったものに大喝采を送ることがあれば、気に入らないニュースだと野次を飛ばしたり黒板に石を投げたりすることもあった。それは一瞬で結果の出る直接民主制みたいなものでもあり、『エル・エスペクタドール』紙にとって、世論の温度を計るうえで何よりも効果的な温度計だった。

まだテレビは存在せず、ラジオにはひじょうに詳しいニュース番組があったが、これは決まった時刻だけだったので、昼食や夕食に出る前に人は、最新版の世界像をもって家に帰りつけるように黒板の掲出を待ったものだった。こうして人はここで、コンチャ・ベネーガス大尉によるリマ―ボゴタ間単独飛行について知り、忘れがたい忠誠をもってその経過を追ったのだった。こうしたニュースの場合には、黒板は予定された時刻以外にも何度も交換され、号外によって一般大衆の貪欲な知識欲を満たした。街頭の読者は誰一人として知らなかったことだが、このユニークな新聞のアイディアの発明者で、そのために奴隷のように働いていたのは、二十歳で『エル・エスペクタドール』紙に入ったホセ・サルガールという新人編集部員だった。小学校にしか行っていなかったが、その後、名高い記者にまで昇りつめた人である。

ボゴタ独自の社会制度となっていたのが都心部のカフェで、そこでは遅かれ早かれ国全体の生活が交錯するのだった。カフェのひとつひとつがそのときどきに専門分野——政界、文壇、財界——をもっていたので、あのころのコロンビア史のかなりの部分がどれかの店と関係していた。そして、人間のほうもそれぞれに好みの店をもっていて、それがアイデンティティの徴《しるし》のようになっていた。

二十世紀の前半の作家たちと政治家たち——大統領も何人か入っていた——はかならず、ロサリオ小学校の正面にある十四番通りのカフェのどれかで勉強したことがあった。有名な政治家たちが集まる時期があったことで知られる「エル・ウィンザー」は、いちばん長く続いた店のひとつで、偉大な風刺画作者リカルド・レンドンの隠れ家でもあった。彼はそこで主要な作品を書きあげ、何年ものちに、その偉大な頭骨をリボルバーで撃ち抜いたのは「ラ・グラン・ビア」の裏部屋だった。

カフェで過ごした数多《あまた》の倦怠の午後が私にとって一変することになったのは、ある日偶然、国立図書館の中に一般公開された音楽室があるのを発見したせいだった。そこは私にとって、偉大な作曲家たちの庇護の下で読書をする最愛の隠れ家となった。かけてほしい作品があれば、紙に書いて実に魅力的な職員の女性に渡せばよかった。私たち常連の訪問者の間では、好みの音楽の種類を通じて、互いにいろんな共通性を発見していった。私は他の人たちの幅広い多様な好みを通じて、好きな作曲家たちの大部分を初めて知ったのだったし、何年もの間ショパンが大嫌いになったのは、ひとりの執拗なファンが、ほとんど毎日、情け容赦なくショパンをリクエストし続けたせいだった。

ある午後出かけていくと、装置が故障しているせいで音楽室には誰もいなかったが、室長の女性は、私が沈黙の中ですわって読書するのを許可してくれた。最初のうち、私は平安のただ中にいるように感じたが、二時間ほどしても、集中できなかった。突風のような焦燥感に読書を妨げられて、自分が自分でないような感じがするのだった。何日かしてやっとわかったのは、私の焦燥感を癒してくれるのがその部屋の静けさではなく、音楽が満ちている空間だということで、そのとき以来、私にとって音楽はほとんど秘密の、そして永遠の情熱と化したのだった。

音楽室が閉まっている日曜日の午後、私が実り豊かな遊びとして好んだのは、ボリーバル広場からチリ大通りまで五センターボで巡回している青い窓ガラスの路面電車に乗って、あの果てしない青春の午後——失われたたくさんの日曜日を無限の尻尾のように引きずっている午後——をやり過ごすことだった。悪循環のように巡回する旅の間に私がやっていたのは、詩の本を読むことだけで、一ブロック行くたびに詩を一連読むという感じで、永遠の霧雨の中で夜の明かりが灯りはじめるまで読み続けた。それから私は旧市街の静まりかえったカフェをへめぐり歩いて、今読んできた詩について私と話をしてくれる相手が誰かいないか探し求めるのだった。相手が見つかることもあり——それはいつも男だった——、すると真夜中過ぎまでどこかの懲りない穴ぐらに居座って、自分の吸った煙草の吸い殻をまた吸ったりしながら、人類の残り全員がベッドの中で愛を交わしている中で詩の話ばかりを続けるのだった。

あのころは誰もが若かったが、いつでも自分たちよりも若い連中がいた。世代はお互いに押しあいへしあいしていて、それはとくに詩人たちと犯罪者たちの間で激しく、ひとりが何かを成し遂げるやいなや、それをもっとうまくやる誰かがどこかに姿をあらわした。ときどき私は、古い書類にはさまって、広場の写真屋がサン・フランシスコ教会の前庭で私たちを撮影した写真を見つけたりすることがあるが、すると思わず同情の声をあげずにいられなくなる。というのも、私たち自身の写真ではなく私たちの息子たちの写真のように見えてきて、彼らが、容易には何ごとも進まない閉ざされた扉の町、愛のない日曜日の午後を生きのびるのがいかにもむずかしいこの町で、苦闘しているところのように見えてきてしまうからだ。その広場で私は偶然、伯父のホセ・マリーア・バルデブランケスに出会ったことがあるのだが、それはまるで祖父が、ミサから出てくる日曜日の群衆の間を傘でかき分けて進んでくるところのように見えた。服装は彼の身元をそれ以上ないほどあからさまに示していた——まっ黒なウールの背広に白いシャツ、セルロイドの襟に斜めの縞のネクタイ、懐中時計をひそませたヴェスト、トップハットに金縁の眼鏡。あまりにも明確な印象だったので、私は思わず、その前に立ちはだかってしまった。すると彼はおどかすように傘を持ち上げて、私の顔のすぐ前につきつけた——

「通してもらえるかね?」

「あ、失礼」と私は恥じ入って答えた。「つい祖父と見間違えてしまったもので」

相手は天文学者の目つきのまま私のことを疑わしげにじろじろと見てから、嫌味な皮肉をこめて訊ねた——

「その有名なおじいさんというのがどなたなのか、教えてもらえますかな?」

私は自分の出すぎた行動にどぎまぎしていたせいで、祖父の本当の名前をそのまま全部口にしてしまった。すると相手は傘を下におろして、突然、上機嫌に微笑んだ。

「そりゃ似てるはずだよ」と彼は言った。「私はその長男だから」

国立大学の中での日常生活のほうがずっと気楽なものだった。しかしながら、私はあの当時の学生生活の現実を記憶の中に見出すことができない。というのも、私はただの一日でも法学部の学生であったような気がしないのだ。最初の一年——ボゴタで私が終えた唯一の学年だ——の成績を見ると、そんなことはなさそうに見えるかもしれないが、たしかにそうなのだ。ボゴタの大学ではリセオであったような人間同士の付きあいを確たるものにする時間も機会もなく、学部の仲間は授業が終われば町の中に散り散りに消えていった。いちばんうれしかった驚きは、法学部の事務長を、作家のペドロ・ゴメス・バルデラーマが務めていたことだった。彼のことは早い時期から文芸ページに寄せていた文章を通じて知っていて、その早すぎる死のときまで大事な親友のひとりとなった。

最初の年からもっとも頻繁に行き来した学友はゴンサーロ・マヤリーノ・ボテーロで、彼は、ある種の人生の驚異が、たとえ不確実なものであっても真実であると信じるのに慣れている唯一の友人だった。彼はまた、法学部というのが私が考えているほど不毛な場所ではないことを教えてくれた——初日から私のことを、夜明けの七時の統計学と人口統計の授業から引っぱり出して、大学都市のカフェで詩の対決に誘ったのである。死んだような朝ぼらけの中で、彼はスペインの古典の詩を次から次へと暗唱して見せ、私は私で、前世紀の修辞の最後のあがきに対して攻撃を開始したコロンビアの若い詩人たちの作品で応戦した。

ある日曜日、彼は私を自宅に招いてくれた。お母さんと兄弟姉妹とともに暮らしていて、私の父方の家と同じように、兄弟間には張りつめた雰囲気があった。いちばん年上のビクトルはフルタイムの演劇人で、スペイン語世界で、朗唱家としてよく知られていた。私は両親の庇護のもとを抜け出して以来、一度も自分の家にいるような気安さを感じたことがなかったが、マヤリーノ兄弟の母親、ペパ・ボテーロと出会って初めてその感覚を取りもどした。アンティオキア［メデジンを県都とするコロンビア北西部の県］出身の彼女は、ボゴタの上流階級の謎めかした世界のただ中にあって、それに馴化《じゅんか》されずにいる人だった。生まれながらの知性と巧みなことばのセンスによって彼女は、誰にも真似できないちょうどいい手加減で、卑俗語にセルバンテスの言語としての由緒正しさを吹きこむことができた。忘れがたい午後を幾度も、果てしないサバンナのエメラルド色の上に夕暮れが降りてくるのを眺めながら、香り高いココアと、できたてのアルモハバナ［チーズ菓子］の温かさに包まれて過ごした。開けっぴろげな俗語と、ありふれた暮らしの細々《こまごま》とした物事を表現する仕方を通じて私がペパ・ボテーロから学んだことは、実人生を取り扱う新しい修辞法を身につけるうえでこの上ない意味をもった。

仲の良かった学友には他に、ギエルモ・ロペス・ゲッラとアルバロ・ビダル・バロンがいた。シパキラーのリセオですでに仲間だったふたりである。しかし、大学でより親しかったのはルイス・ビヤール・ボルダとカミーロ・トッレス・レストレーポのふたりで、彼らはひとえに文学への愛情から、必死になって『ラ・ラソン』紙――詩人でジャーナリストのファン・ロサーノ・イ・ロサーノが出していたほとんど秘密の日刊紙――の文芸付録を作っていた。入稿日には私も彼らと編集部に行って、締切間際の緊急事態の解決に手を貸した。場合によっては編集長と出くわすこともあった。彼のソネットは好きだったし、さらにすごいと私が思っていたのは、『土曜日《サバド》』誌に書いていた国家的な著名人の横顔紹介の文章だった。彼はウリーセスが私について書いた短文のことをかすかに記憶にとどめていたが、実際の短篇はどちらも読んでなく、私のほうも、きっと気に入らないだろうと思ってその話は避けて通した。初めて会った日から彼は別れ際に、自分の新聞のページはいつでも私に開かれているると言ったのだったが、私はいかにもボゴタ流の社交辞令として聞き流した。

法学部の仲間だったカミーロ・トッレス・レストレーポとルイス・ビヤール・ボルダは、カフェ「アストゥリアス」でプリニオ・アプレヨ・メンドーサを紹介してくれた。彼は十六歳なのにすでにいくつもの散文詩を発表していた。これは『エル・ティエンポ』紙の文学ページを起点にして、エドゥアルド・カランサのせいで流行しているジャンルだった。プリニオはつるっとした色づいた肌と、黒い滑らかな髪をしていて、インディオがかった美貌が際立っていた。その年齢にもかかわらず、『サバド』誌に記事を載せるだけの立場を築いていた。この週刊誌を創刊したプリニオ・メンドーサ・ネイラは彼の父親で、以前の戦争大臣であるとともに生まれながらの偉大なジャーナリストだったが、生涯を通じてたったの一文も書きあげることがなかったと言えるかもしれない。にもかかわらず、彼はたくさんの人に文章の書き方を教え、彼自身が派手な宣伝とともに創刊しては、政府高官の職についたり別の巨大な破滅的な事業を始めたりするために放り出すことになる新聞雑誌でチャンスをあたえたのだった。その息子のほうに私は、あの当時、他の仲間と一緒に二、三回会っただけだ。印象に残ったのは、その年齢にしてまるで老人のような沈着な理屈で話をすることだったが、何年もあとになって、二人で恐いもの知らずのジャーナリストとしてたくさんの日々を共有することになるとは思いもしなかった、というのも私はまだ、甘言で人を騙すようなジャーナリズムの世界をまともな仕事として考えたことはなく、学ぶべき対象としては、法学よりもなおさら興味がなかったのである。

ジャーナリズムに興味をもつことになるとは本当にまったく考えたことがなかったのだが、ちょうどそのころ、プリニオの姉のエルビーラ・メンドーサが、アルゼンチンの朗唱家ベルタ・シンヘルマンに緊急インタビューをする機会があって、これが私の偏見を完全にくつがえして、私に未知なる天職を開示することになったのである。これは質問と返答からなる古典的なインタビュー――この形式には私は当時も今も、大いに疑問をもっているが――を超えたもので、それまでコロンビアではほとんど公刊されたことがないような独創的なインタビュー記事だったのだ。何年ものち、評価の定まった国際的なジャーナリストとなって、私の親しい女友達のひとりでもあったエルビーラ・メンドーサは、このインタビュー記事が大失敗を取り消しにするための必死の策だったことを話してくれた。

ベルタ・シンヘルマンの来訪は当時の大事件だった。『サバド』誌の女性ページを任されていたエルビーラは、彼女にインタビューする許可を編集長に求め、若干しぶられたものの、かろうじて許可を得ることができた。父親のほうは、彼女にインタビューの経験がないことを理由にしぶったのである。『サバド』の編集部は当時、有名なインテリたちが常時よりつどう場所だったから、エルビーラはどんなことを訊いたらいいか彼らに相談して、リストに質問を追加していった。ところが、いざ現場に行くと、彼女はパニックに陥りかけた。ホテル・グラナダのプレジデンシャル・スイートに陣取ったベルタ・シンヘルマンが、彼女のことを完全に見下したような軽蔑的な態度で迎えたからだ。

最初の質問からベルタ・シンヘルマンは、馬鹿げたくだらない質問として平気ではねつけた。ひとつひとつの質問の背後には彼女も知っていて、度重なるコロンビア訪問を通じて尊敬するようになっていた立派な作家がいることに、まるで気づかなかったのだ。昔から意気盛んなたちのエルビーラは涙をこらえて、この無礼な仕打ちにじっと耐えなければならなかった。ベルタ・シンヘルマンの夫が途中で入ってきたことが、記事にとっては救いとなった。彼がその場の雰囲気を、ユーモアのセンスを交えて如才なくほぐし、重大な衝突になるのを回避させたのだった。

エルビーラは予定していたような、名女優《ディーヴァ》の返答がそのまま書いてある対話形式の記事ではなく、彼女とのやりとりの困難についてのルポルタージュを書いた。また、ちょうどいい具合だった夫の介入を利用して、彼のほうをこの会見の本当の主人公に仕立てあげた。この記事を読んだベルタ・シンヘルマンは、歴史に残るような憤怒の発作を起こした。しかし、『サバド』はすでにいちばんよく読まれている週刊誌だったのにくわえて、さらに販売部数を急に伸ばして、人口六十万人の都市で十万部売り上げるほどになった。

エルビーラが冷血と機知をもってベルタ・シンヘルマンの高慢を描き、その本当の人間性を浮かびあがらせるのに成功したことで、私は初めてルポルタージュのもつ可能性を考えはじめた。情報を伝える重要なメディアとしてではなく、もっと大きなもの、ひとつの文学的なジャンルとして考えはじめたのだ。私はそれからほどなくして自ら身をもってこれを体験して確認することになり、しまいには、今では以前にもまして確信していることだが、小説とルポルタージュはひとりの母親から生まれた兄弟なのだ、と考えるようになるのである。

このころまでの私は、勇気を奮って詩を書くことぐらいしかしていなかった――コレヒオ・サン・ホセの学校誌に載せた風刺詩や、一号で終わった国立リセオの雑誌に載せた「石と空」ふうの空想の愛のソネットなどである。この少し前には、シパキラー時代の共犯仲間であったセシリア・ゴンサーレスが、詩人でエッセイストのダニエル・アランゴを説得して、私の書いた戯《ざ》れ歌を、匿名で、しかも七ポイントの小さな活字で、『エル・ティエンポ』紙の日曜版付録のいちばん目立たない片隅に掲載させたことがあった。これが掲載されたことに私はとくに感動をおぼえなかったし、これで詩人として一歩先に踏み出したなどと思うこともなかった。対照的に、エルビーラのルポルタージュによって私は、自分の中にひとりのジャーナリストが眠っていることを意識するようになり、それを目覚めさせようという気になったのである。私はそれから新聞を違ったふうに読むようになった。私の考えに同意してくれたカミーロ・トッレスとルイス・ビヤール・ボルダは、ドン・フアン・ロサーノが『ラ・ラソン』紙のページに書いていいと私に言ってくれていることをくりかえしたが、私は自分のものとは二度と認めたくない技巧的な詩をふたつほど渡す以上のことはできなかった。彼らはまた、プリニオ・アプレヨ・メンドーサに話をして『サバド』誌に紹介してもらったらどうかと提案したが、守護天使のように私に付き添っている内気な心は、新しい仕事に真っ暗闇の中で乗り出すには、自分にはまったく力が足りないと告げていた。しかしながら、ジャーナリズムの発見は直接的な有用性をもった、というのも、そのころの私は、自分の書いているものはすべて、散文も詩もリセオで書いた課題作文も、恥も外聞もない「石と空」の模倣であるという意識に苛《さいな》まれていたので、次の短篇小説からは根本的にちがったものにすると決意したのである。実践を通じて私は「メンテ」という形で終わる様態副詞は、表現を貧困化する悪癖であると確信するようになった［ほとんどの形容詞が「メンテ」という語尾をつけることによって、行動の様態を表現する副詞として使えるようになる］。そこで私は、これが私の前に飛び出してくるたびに潰していくようになり、それをやるたびに、この妄執のせいで、より豊かな表現力をもった言い方を探す必要に迫られることになるのだという確信を深めていった。もうだいぶ前から、私の本の中には、誰かの文章の引用を別にすれば、これはひとつも使われていないのである。むろん、私の翻訳者たちがそれに気づいて、職務に忠実にこの文体的パラノイアに感染してくれたかどうか、私にはわからない。

カミーロ・トッレスとビヤール・ボルダとの友情はすぐに教室と編集部の枠を越え、大学内よりも一緒に町中《まちなか》で過ごす時間のほうが長くなった。二人とも、コロンビアの政治・社会の現状に断固として順応しないという思いで、静かに沸きたっていた。文学の神秘の中に漬かっていた私は、彼らの繰り返す分析や陰鬱な予告を理解しようともしなかったが、彼らとの友情が残した痕跡は、あの数年間の中でもっともよろこばしく、もっともためになったものとして私の中に残っている。

大学の授業においては、反対に、私は完全に挫折していた。ずっと後悔していることなのだが、私は名前のある立派な先生たちの価値にまるで無頓着だった。名高い先生なのに、いつも私たちの不快な態度を我慢してくれていた人の中には、アルフォンソ・ロペス・ミチェルセンがいた。彼は二十世紀のコロンビアでただひとり二度大統領に選出された人の息子で、そこから、彼自身も生まれながらに大統領になるよう定められているというように広く見られていて、実際、その通りになった人である。担当する法学入門の授業に彼はいつも、まったく腹立たしいほど時間に正確に、ロンドン産の見事なカシミアのジャケットを着て姿をあらわしたものだった。誰に目を向けることもなく淡々と講義をし、いつでも、頭のいい近眼の人特有のあの、他の人の夢の中を無遠慮に横断していく、天上の存在のような雰囲気を漂わせていた。彼の授業は私には、一本しか弦のない楽器で行なう独白のように感じられ――文学に関する授業以外はみなそう感じられたわけだが――、その声の単調さには蛇遣いのような催眠的な力があった。彼の幅広い文学的教養は当時から確固たるもので、書き物においても講義においても的確に使いこなしていたが、私がそれを本格的に味わうことができるようになったのは、何年ものちに新たに知りあって、教室の睡魔から遠く離れた地点での友人になってからだった。老獪な政治家としての評価は、ほとんど魔術的なほどの人間的魅力と、人の秘めた意図を見抜く危険なほどの明晰さとを持ち合わせているところから来ていた。しかしながら、公人としての彼のもっとも目立つ能力は、たった一言の台詞で歴史的な状況を出現させられる驚くべき力にあった。

時を経てミチェルセンと私は深い友情で結ばれることになるのだが、大学時代の私は毎回顔を見せる熱心な学生というのからはほど遠く、しかも、救いがたい内気のせいで、とくに尊敬している相手との間には救いがたい距離を設けてしまうのがいつものことだった。そのようなわけで、一年の年度末の口頭試問を受けにくるよう彼に呼び出されたのにはひどく驚いた。目に見えない生徒という評判を得るほどのひどい出席状況だったからである。私はレトリックを駆使して話題をそらすという古いテクニックに頼った。私には先生が、私のずるいやり方に気づいていることがわかったが、彼はそれを文学的な遊びとして見逃してくれたのかもしれない。私の唯一の失敗は、苦し紛れに「消滅時効」という単語を使ってしまったことで、それを聞いて先生はすぐさま、私がちゃんとわかって言っているのかどうか確認するために、その定義を述べよと訊いてきた。

「消滅時効になるとは、時間の経過によってある財産を取得することです」と私は言った。

するとと彼は即座に、重ねて質問してきた――

「取得することか、それとも喪失することか？」

どちらでも同じことになるわけだったが、根深い自信のなさから私は答えられなかった。これがおそらく、彼のお得意の引っかけ問題だったと思うのは、成績表では、このミスは減点になっていなかったからである。ずっとあとになって、この一件を彼に話したことがあるが、むろんそんなことは覚えていなかったし、このエピソードが本当にあったことなのかどうか、彼にも私にももうわからなくなっていた。

私たちはともに、政治や消滅時効の謎などを忘れるためのオアシスを文学に見出していたわけで、生臭い話の代わりに、驚くべき本や忘れられた作家を延々と数え挙げていって、ついには同席の客がみな逃げ出してしまったり、妻たちが怒りだしてしまったりすることもよくあった。母は、私たちが遠縁にあたると以前から言っていて、実際その通りだった。しかし、わからなくなったどんな血のつながりにも増して私たちは、バイエナート民謡への情熱によって結ばれていたのである。

もうひとり、偶然、父方の親戚だったのがカルロス・H・パレーハという経済学の教授で、彼はグランコロンビア書店の店主でもあった。この店が学生たちに人気だったのは、有名作家の新作を、むきだしのテーブルの上にいつも見張りもつけずに陳列しているからだった。私たちのように彼の授業に出ている学生たちまでもが、注意散漫になる午後に店に攻めこんで、本を盗むのは犯罪ではあっても罪悪ではないという学生規範に忠実に、巧みな指さばきで本をくすねていったものだった。道徳感よりも肉体的な恐怖感から、私の役まわりはいつも、もっと手際がいい連中の背後を見張ることで、彼ら自身の本と一緒に私が指示した本も何冊か取ってくるというのが条件になっていた。ある午後のこと、共犯仲間のひとりがフランシスコ・ルイス・ベルナルデス［アルゼンチンの詩人。一九〇〇―七八］の『ラウラのいない町』を取った直後に私は、力強い手に肩をつかまれるのを感じ、軍曹のような声を耳にした――

「ついにつかまえたぞ、この野郎！」

恐怖に引きつってふりかえると、カルロス・H・パレーハ先生がいて、その隙にあとの仲間三人は駆けだして逃げていった。ラッキーなことに私は、あわてて謝罪を口にするよりも前に、先生が私のことをつかまえたのが泥棒としてではなく、もう一か月以上も授業に顔を見せていないせいであることに気づいた。どちらかと言えばかたちだけの叱責を受けたあとで、こう訊かれた――

「お前さん、ガブリエル・エリヒオの息子だっていうのは、本当なのか？」

本当だったが、私はちがうと返答した。彼の父親と私の父親が実際に、私には結局よくわからない何らかの個人的な争いで対立してしまった親族であることを知っていたからだ。しかし彼はじきに本当のことを知り、それからは書店でも授業でも自分の甥っ子として私のことを扱ってくれて、われわれは文学よりも政治を主な話題とする――彼は何冊か、出来不出来の差の大きい詩集をシモン・ラティーノという筆名で出版していたのだが――つきあいをもつようになった。しかしながら、親戚であるという意識は、彼の側にとっては、私がそれ以後、本の万引きの見張り役をしなくなったというぐらいの利益しかもたらさなかった。

もうひとり素晴らしい先生だったのがディエゴ・モンターニャ・クエヤルで、彼はロペス・ミチェルセンの対極の存在であるとともに、密かにライバル意識をもっていたようだ。ロペスが奔放なリベラルだったのに対して、モンターニャ・クエヤルは左翼の急進派だった。私は彼とは教室外でいい関係をもったが、ロペス・ミチェルセンが私のことを詩人の子分みたいに見ていたのに対して、モンターニャ・クエヤルは私のことを革命派への勧誘の有望な対象として見ていたように思う。

モンターニャ・クエヤルに対して私が親近感を抱くようになったきっかけは、彼の授業に閲兵式用の礼装の制服で出席していた士官学校の若い士官候補生三名と彼との間に、ちょっとした摩擦が生じたことだった。彼ら三人は毎回、軍隊式の正確さでやってきて、いつも三人一緒に同じ離れた席にすわり、完全無欠なノートをとり、厳格な試験でそれにふさわしい成績をおさめた。ディエゴ・モンターニャ・クエヤルは学期初めから彼らを傍らに呼んで、軍服で授業に来ないようにと注意した。彼らは礼儀正しい態度で、自分たちは上からの命令に従っているのでと答え、その後も、機会があればそのたびに命令に従っているということを強調した。いずれにせよ、場違いな存在であったことは確かだが、学生から見ても先生の側から見ても三人の士官候補生が特筆に値する学生であることは明らかだった。

彼らはまったく同一の、完璧無比な制服を着て、いつも一緒に、時間通りにやってきた。離れた席にすわり、いちばんまじめで、いちばんきちんと勉強する学生だったが、私はいつもわれわれとは別の世界にいる存在のように感じていた。誰かが話しかければ注意深く耳を傾けて、愛想よく答えるのだが、堅苦しい形式主義はまったく崩れなかった――質問されたこと以外はまったく何も言わないのだ。試験の時期になると、われわれ民間人は四人ずつのグループに分かれて一緒にカフェで勉強したり、土曜日のダンスの会場や学生同士の縄張り争いの現場や、あの時代の穏やかな飲み屋や陰気な娼館などで偶然出くわしたりするのだったが、軍人の同級生たちとは偶然ですらまったく遭遇することがなかった。

私は彼らと、一年にわたって大学に一緒にいたにもかかわらず、ほとんど挨拶すら交したことがなかった。第一、そんな時間はなかった。彼らは授業が始まる時間ぴったりにあらわれて、先生の最後の一言と同時に出ていき、二年にいる他の若い軍人と休憩時間に一緒になる以外、誰とも交流しなかったのだ。彼らの名前を知ることはなかったし、その後も一切何の知らせを聞くこともなかった。今になってわかるのは、大きな不信感が、彼らの側にあっただけでなく、私の側にもあったということだ。祖父母が、挫折に終わったあの度重なる戦争や、バナナ農園での非道な虐殺を思い出して語るときのあの恨みがましさを、私もまた結局乗り越えることができなかったのである。

憲法の先生だったホルヘ・ソト・デル・コラルは世界じゅうの憲法を暗記していることで知られており、授業中はその知性の輝きと法律に関する博学とで私たちを圧倒したが、ユーモアの感覚に欠けるところが弱点だった。私が思うに、彼は教室内で政治的対立が表面化しないよう、可能なかぎり努力した先生のひとりだったが、立場の相違は、本人たちが思っている以上にはっきりと目についた。ふとした手の動きや、意見の強調点の置き方などちょっとしたことで、それはすぐにわかった。大学の中においてこそ、四十数年におよぶ武装した平和の時代を経て再度内戦に陥る瀬戸際にいる国の、深いところの脈動がいちばん感じられたからである。

慢性的な欠席と法的な無規律にもかかわらず、私は試験直前に大慌てで料理を暖め直すみたいなことをして法学部一年目の簡単な科目は突破し、むずかしい科目は、知恵を働かして出題箇所を見破るという昔からのトリックで乗り越えた。本当のところでは、まったく自分のやっていることが気に食わず、この袋小路をどうやってこれから歩いていけばいいのか、まるでわからなかった。法律は理解できなくなる一方で、リセオのどの科目よりも興味がもてず、おまけにもう十分に大人なのだから自分で自分の決断ぐらいできるような気がしていた。こうしてついに、十六か月にわたる奇跡的なサバイバルの果て、大学が私に残してくれたものは、生涯続く友人の一団だけとなった。

勉強に対する興味はもともと希薄だったのが、ウリーセスの小記事以後はさらに細っていて、教室での勉強についてはなおさらだった。おまけに同級生の一部は私のことを先生と呼んだり、作家として紹介したりしはじめていた。ちょうどこの時期に私が身につけようと決意したことがあり、それは、本当らしさと幻想性とを同時にもっていて、しかもその間に亀裂がないような文章を構成する方法だった。手本としたのは完璧だがするりと逃れてしまうような作品ばかりだった。たとえば、ソフォクレスの『オイディプス王』——そこでは、主人公が父親の暗殺について調べていき、最後には、自分自身が暗殺者だったと発見するにいたる。あるいはW・W・ジェイコブズ［イギリスの作家。一八六三—一九四三］の「猿の手」——完璧な短篇小説で、偶然の出来事ばかりが起こるもの。また、モーパッサンの『脂肪の塊』、その他、神の王国に入っている大いなる罪人たちの作品だった。そのようなことをやっていたある日曜日の夜、ついに語るに値する出来事が私の身に起こった。その日はほとんど一日じゅう、作家としてのわが鬱屈をチーレ大通りにあるゴンサーロ・マヤリーノの家で吐き出して過ごしたのだったが、路面電車の終電車に乗って下宿屋に向かっていると、チャピネーロ駅で生身の牧神が乗ってきたのである。言いまちがえたわけではない——牧神《フォーン》である。少数の真夜中の乗客が誰も彼を見ても驚かないのに私は気づき、そこで、毎週日曜日に仮装して子供向けの遊園地でいろんなものを売っている物売りのひとりなのだろうと考えかけた。しかし、現実は、疑うわけにいかないことを私にはっきりと告げていた。彼の角と髭は山羊のそれのようにいかにも野生のものであり、近くを通りかかるともじゃもじゃの毛の悪臭まで漂ってきたからである。墓地のある二十六番街の手前で、彼は家族思いのいいお父さんのような態度で電車を降り、公園の木立の間に姿を消したのだった。

真夜中過ぎ、私がベッドの中でやかましく寝返りを打っているので、ドミンゴ・マヌエル・ベーガは目を覚まして、どうしたのかと訊いてきた。「牧神が路面電車に乗りこんできたんだ」と私は夢うつつで答えた。彼はしっかりと目覚めた様子で、それが夢なのなら日曜日に消化の悪いものを食べたせいだろうが、次の短篇小説のテーマであるのなら最高のアイディアだ、と私に答えた。翌朝になると、私にはもう、本当に路面電車の中で牧神を見たのか、それとも日曜日の幻覚だったのか、わからなくなっていた。その一日の疲れから眠りこんでしまって、現実と区別できないほどはっきりとした夢を見たのだ、と認めてしまってもいいくらいだった。しかし、つきつめてみれば、私にとって重要だったのは、牧神が本物だったのかどうかではなく、まるでそれが本物であるかのように私がその体験を生きたということのほうだったのである。そしてまさにそれゆえ、本物だったのであれ夢に見たのであれ、想像力の不思議な力が作りだしたものととらえるのではなく、私の生の中で実際に起こった驚異の体験であるととらえるべきものだったのだ。

そこで私はその翌日に一気にこの話を書きあげ、枕の下に置いて、何日間も毎晩寝る前に、そして朝、目が覚めた直後に読み返してみた。路面電車のエピソードを起こった通りにそのまま飾りけなしに書き出したもので、文体も、社交界ページに載る洗礼式のニュースみたいに素直なものだった。そのあげく、なおも新たな疑念に苛まれて、私は印刷媒体の確実なテストにさらしてみることに決めた。ただし、『エル・エスペクタドール』紙ではなく、『エル・ティエンポ』紙の文芸付録を選んだ。これはエドゥアルド・サラメアとは異なった判断を知る機会になるかもしれなかったし、彼を無理やり不必要な冒険に巻きこまずにすむこともあった。私はこの作品を下宿の仲間に託して、『エル・ティエンポ』紙「文芸付録」の新しい若き編集長ドン・ハイメ・ポサーダに、手紙とともに届けた。しかし、この短篇は掲載されず、手紙への返事もなかった。

この時期の短篇小説は、執筆された順番通りに「週末別冊《フイン・デ・セマーナ》」に掲載されたが、その原稿は『エル・エスペクタドール』紙の社屋に対する政府系暴徒による襲撃と放火の際に、新聞社の保管室から消えてなくなった。一九五二年九月六日のことである。写しは私自身は持っていなかったし、熱心に支持してくれた友人たちのところにもなかったので、いずれも忘却の炎に焼かれて消えたのだ、と私はある種の安堵をもって考えた。しかしながら、いくつかの地方紙の文芸付録が一部を無断で掲載していて、また、別の雑誌に再録されたものもあったので、それらはモンテビデオのアルフィル出版によって一冊の本にまとめられて、一九七二年に『天使を待たせた黒人、ナボ』という書名で出版された。

そこには一篇だけ欠けている作品があり、これはたぶん信用に足る最終稿がないせいで一度も本に収録されたことがない――「トゥバル・カインが星を作る」という短篇で、『エル・エスペクタドール』紙に一九四八年一月十七日に掲載されたものだ。この主人公の名前は、誰にでもわかるわけではないかもしれないが、聖書に出てくる鍛冶屋の名前で、音楽の発明者とされているのである。この作品には三つのヴァージョンがあった。その三つを、書かれて出版された順番通りに読み直してみたところ、私にはいずれも筋が通ってなくて抽象的であるように思え、中にはまるででたらめなものもあり、どれをとっても本物の感情に根ざしていないのがわかった。エドゥアルド・サラメアのような厳しい批評家がどのような判断基準をもってこの作品を読んだのか、私には結局わからないままである。しかしながら、この三つはいずれも私にとってだけは特別な価値をもっている。そのどれをとっても、あの当時の私の人生の急速な展開を反映したものがかならず込められているのである。

このころに読んですごいと思っていた小説の多くについて、私が関心をもったのは、もっぱら技術的な教えの部分だった。すなわち、隠れた大工仕事の部分である。初めての三つの短篇の形而上的な抽象から、この時期の最後の三つの短篇までの間に、私はひとりの作家の基本が形成されていく、実にくっきりとした、ひじょうにわかりやすい痕跡を読みとることができる。私の頭の中に、別の形態を試してみようという考えが浮かぶことはなかった。短篇小説と長篇小説が異なった文学的ジャンルであるだけでなく、異質な特性をもったふたつの生命体であって、混同したら大変なことになると私は考えていた。こんにちでも私は当時と同じようにそう考えており、以前にも増して、長篇小説よりも短篇小説のほうが高位のものであると確信するようになっている。

『エル・エスペクタドール』紙に作品が掲載されたのは、文学的な成功などというのとはほど遠い出来事だったが、そのせいで、私の身には、ずっと現世的な、おかしな出来事がいろいろとふりかかった。ピントのずれた友人が道端で私を止めて、急場の借金を申し込んできたりした。彼らは、これほど大きく扱われている作家なら、短篇小説を載せるたびに大金をもらっているにちがいない、と思いこんでいたのだ。信じてくれる人はほとんどいなかったのだが、短篇の掲載によって一センターボでも支払われたことは一度もなかったし、私もそれを期待していなかった。国の新聞業界ではそれが当たり前だったのである。もっと重大な問題は、私が自分の出費を自分でまかなえないことがはっきりしたことによる父の落胆だった。すでに生まれていた十一人兄弟のうち三人が学校に通っていたからだ。家族は私に毎月三十ペソを送ってくれていた。下宿代だけで十八ペソがかかり――これだと朝食に玉子がつかなかった――、私はいつでも急な出費のせいで、それすら満額払えないのが毎度のことだった。幸運なことに、いつからか私は新聞の欄外だとか、レストランの紙ナプキンだとか、カフェの大理石のテーブルだとかに、無意識に絵を書きつける習慣を身につけていた。こうした絵は、子供のころ、祖父の金細工工房の壁に描いていた絵の直接の子孫なのだと思いたいのだが、これが私にとっては息抜きをする安全弁だったのかもしれない。「エル・モリーノ」でときどき一緒になる仲間のひとりは、とある省庁に人脈があって、絵のことなどまったく何も知らないのにそこで挿し絵担当という職を得ていたので、私が彼に代わってその仕事をして、給金はふたりで分けよう、と提案してきた。その後の生涯を通じて、このときほど腐敗・汚職というものに接近したことはないが、汚職にあたるからといって断りはしなかったし、後悔もしなかった。

音楽に対する関心も増した。この時期は、カリブ地方の民衆歌謡――私が育った子守歌のようなもの――がボゴタにも入ってきはじめた時期だったのである。いちばん聴取者の多い番組は「海岸地方《コスタ》の一時間」といい、ドン・パスクワル・デルベッキオという、いわば首都における大西洋岸地方の音楽の総領事みたいな存在が担当していた。この番組は日曜日の午前中にものすごく人気を集めていて、私たちカリブの学生たちは放送局のオフィスに押しかけて、午後のだいぶ遅い時間まで踊り続けたものだった。この番組こそ、私たちの音楽が国の内陸部で、そしてやがて国の隅々で集めた猛烈な人気の起源だったのであり、ボゴタにおいて海岸地方の学生が社会的に昇進することになった原因でもあった。

これによってひとつだけ不都合が生じた。無理やり結婚させられてしまう、という恐怖感が生まれたのだ。というのも、どんな悪い前例があったのか知らないが、海岸地方では、次のような思いこみが広く行きわたっていた――ボゴタの女は海岸男に簡単に身を許すが、それは無理やり結婚するためにベッドの罠をしかけているのだ、というのである。それも愛ゆえに結婚したがっているのではなく、海に面した窓のある家で暮らすという幻想のためだというのだ。私はこんなことを現実に経験したことは一度もない。反対に、私の生涯でいちばんいやな思い出といえば、陰気な暴飲の一夜を過ごしによく出かけたボゴタ市外の忌まわしい娼館でのものである。数ある店の中でいちばんみすぼらしい店で、私はこのささやかな命をあやうく取り落とすところだったのだ――私の相手だった女が裸のまま通路に飛び出して、鏡台の引き出しにしまってあった十二ペソを私が盗んだと叫びだしたのである。店の荒くれ者ふたりが私を殴り倒して、悪徳の愛を買ったあとに残った最後の二ペソをポケットの中から引っ張り出しただけでは満足せず、靴まで脱がせて丸裸にして、盗んだ金を全身手探りで探しはじめたのだ。何も出てこないので連中は私のことを殺すかわりに警察に突き出すことに決めたが、そのときになって急に女は、前日に自分で金の隠し場所を変えたことを思い出し、探してみるとちゃんとそこに丸ごと見つかったのである。

大学時代からの友人たちの中で、カミーロ・トッレスとのつきあいはもっとも忘れがたいもののひとつであり、私たち仲間の若いころを通じてもっともドラマティックなものだ。ある日のこと、彼は初めて授業に姿を見せなかった。その理由は導火線を伝わるようにすぐに広まった。身辺を整理して家を飛び出し、チキンキラーの神学校に行くことにしたというのだ。ボゴタから百キロ強のところだ。母親が鉄道の駅で彼に追いつき、自宅の書庫に閉じこめた。私がそこに訪ねていくと、彼はいつにも増して青白い顔をして、白いポンチョを着ていたが、その澄みきった平静さに、私は生まれて初めて、神の恩寵を受けている状態ということを感じた。彼はそれまでうまく隠してきていたものの、天命により神学校に入る決心を固めていたが、最後まで親に従うことも決めていた。

「いちばんむずかしい部分は、もう終わったんだ」と彼は私に言った。

それは、恋人とはすでに別れたということを私に伝える彼なりの言い方だった。豊かさに満ちた午後をともに過ごしたのち、彼は解読不能な贈りものを私にくれた――ダーウィンの『種の起源』だった。永遠の別れになるという奇妙な確信を抱きながら、私は別れを告げた。

神学校に入っている間、彼の姿は私の視界から消えた。曖昧な情報として伝わってきたところでは、神学教育の一環としてルーヴァン［ベルギーのフランダース地方の町］に三年間行っているといい、また、俗世を捨てたにもかかわらず、学生ふうの気質や世俗的なふるまいは前と変わっていないとか、若い女の子たちが彼のことを、法衣のせいでかえって近しい存在になった映画俳優みたいに遇して、憧れに溜め息をもらしている、といった話を聞くことがあった。

十年後にボゴタにもどってきたとき、彼は修道士として叙任された存在であることを、体でも心でもすっかり受け止めていたが、それでもなおも青春時代の美徳もとどめていた。そのころ私は、作家で、勤め先のない新聞記者で、結婚して子供も一人いた。息子ロドリーゴが一九五九年八月二十四日に、ボゴタのパレルモ医院で生まれたところだったのだ。そこでわが家では、カミーロに洗礼をほどこしてもらうことに決めた。名付け親・代父にはプリニオ・アプレヨ・メンドーサになってもらうことにしていた。彼とは、私も妻も、以前から代兄姉《コンパードレ》としての友情で結ばれるようになっていたのだ。代母はスサーナ・リナーレスだった。よい新聞記者としての技術を教えてくれた親友ヘルマン・バルガスの奥さんである。カミーロは私たち夫婦よりもプリニオと親しく、つきあいもずっと長かったが、プリニオが代父になることを承諾したがらなかった。当時プリニオがコミュニストとつながりがあったせいだが、同時に、悪戯《いたずら》好きなプリニオが洗礼式の厳粛を乱しかねないと考えたのだったかもしれない。そこでスサーナのほうが子供の霊的指導の責任をもつと約束し、それを聞いてカミーロも、代父を受け入れるのを拒む理由をそれ以上挙げるのをやめた。

洗礼式はパレルモ医院の礼拝堂で、午後六時の冷えきった薄闇の中で行なわれた。出席したのは代父母と私と、まるで空中浮遊しているみたいにやってきて、人目に付かないように儀式に立ち合ったポンチョに草履姿のひとりの農夫だけだった。スサーナが赤ん坊を連れてくると、代父は懲りずに声高に挑発の冗談を口にした――

「さあ、この子には偉大なゲリラ兵士になってもらおうな」

カミーロは秘蹟の道具立てを用意しながら、同じような口調で反撃した――「そうだな、ただし神の兵士になってもらう」。そして儀式を、あの当時としてはまったく異例な、超ヘビー級の宣言で始めた――

「この子の洗礼はスペイン語で行なう。それは不信心な人にも、この秘蹟がどういう意味のものなのか理解してもらうためだ」

彼の声が朗々たるカスティーヤ語で響くのを、私は、幼いころ、アラカタカで侍祭を務めていたときに覚えたラテン語をたどりながら追っていった。沐浴のところにくると、カミーロは、誰にも目をやることなく、ふたたび挑発的な新方式を導入した――

「今この瞬間に、聖霊がこの幼子の上に降りてくると信じる者は、跪《ひざまず》きなさい」

代父母と私は立ちつくしたままだった。私たちが友人である司祭の策略に多少ともきまりが悪い思いをしている傍らで、赤ん坊は冷えきった水を浴びて泣き叫んでいた。ただひとり跪いていたのが、草履姿の農夫だった。この出来事の衝撃は、私の生涯に残る大きな懲戒となった。私が思うに、カミーロは、身を低くすべしという教えによって私たちを罰するためにあの農夫を連れてきたのである。あるいは少なくとも、よい作法ということを教えるために。

その後、彼に会う機会はわずかしかなかったが、それはいつも、納得のいく、急を要する理由があるときで、たいがいは政治的迫害を受けている人たちのための慈善活動と関連していた。ある朝には、私の新婚家庭に、空き巣泥棒だという男を連れてやってきた。刑期を終えたにもかかわらず、警察から目の敵にされていて、着ている服まですべて盗まれてしまったというのだった。ある時にはその男に、トレッキング用の靴を一足あげたことがあった。事故が起こらないように、底に特殊な図柄を描いてあるものだった。その数日後、うちの女中は、側溝で死んでいるのが見つかったという浮浪者の写真を見て、靴底のマークに気がついた。あの私たちの泥棒だったのだ。

このエピソードがカミーロのその後の運命に関係していると主張したいわけではないが、この数か月後、彼は病気の友人を訪ねて軍隊病院に立ち寄ったきり行方がわからなくなり、国民解放軍（ＥＬＮ）の一ゲリラ兵として姿をあらわしたと政府が発表するまで何の情報もなかった。彼は結局、一九六六年二月五日、軍のパトロール隊との戦闘で死んだ。三十七歳だった。

カミーロが神学校に入ったのは、ちょうど私が、法学部で時間の無駄をするのをやめようと内心決めたのと同時期だったが、私には正面から両親にぶつかってひと思いに片づけてしまうだけの気力がなかった。弟のルイス・エンリーケ——彼はいい勤め先を得て一九四八年二月にボゴタに出てきていた——を通じて私は、両親が私の高校と法学部一年目の成績にすっかり満足しているというのを聞いた。当時売られていたいちばん軽快でモダンなタイプライターを私にいきなり送ってきたほどだったのである。これは私の生涯最初のタイプライターであり、もっとも不運な一台でもあった。というのも、届いたその日に私たちはこれを十二ペソで質入れして、下宿屋の仲間と一緒に弟の歓迎パーティを続ける軍資金に変えてしまったのである。翌日、私たちは気が狂うほどの頭痛を抱えたまま質屋に行き、機械がなおも封印されたままの状態でちゃんとあることを確認し、請け出すためのお金が天から降ってくるまであそこに置いておけば安全だと自分たちを慰めた。あの偽の挿し絵画家が払ってくれたお金で請け出せるチャンスが一回あったのだが、私たちは最後の瞬間になって救出を先延ばしにしてしまった。私と弟は、一緒にであれ別々にであれ、質屋の前を通るたびに、タイプライターが相変わらず宝石のようにセロファン紙にくるまれてリボンがかかったまま、その他の家庭用品の合間に大事に置かれているのを確認したものだった。一か月後になっても、私たちが酔っぱらった頭で行なった陽気な皮算用は現実にならずにいたが、タイプライターは相変わらずいつもの場所に手つかずのまま置かれてあり、三か月ごとの利子をきちんきちんと払っているかぎりずっとそこにあり続けることがわかっていた。

思うに、あの当時、私たちはまだ、国全体が政治的緊迫に飲みこまれはじめていることに気づいていなかった。保守党穏健派として高い評価を得てオスピナ・ペレスが権力の座についていたが、保守党の大部分はなおも、勝利は自由党内に分裂があったおかげであると考えていた。自由党の側は敗北にうろたえ、大敗したのはアルベルト・イェーラスの自殺的な不偏不党のせいであると非難していた。敗れたガブリエル・トゥルバイ博士は、選挙結果のせいというよりも生来の鬱気質に打ちひしがれて、心臓病学を極めるためという口実のもと、意味も目的地もないまま渡欧し、一年半後、ひとりぼっちで、敗北の喘息にやられて死んだ。紙細工の造花と色あせたゴブラン織りに彩られたパリのプラス・アテネー・ホテルの一室でのことだ。それとは対照的に、ホルヘ・エリエセル・ガイタンのほうは、次の選挙に向けてただの一日も運動を中断せずに続けただけでなく、共和制の再生プログラムを掲げて運動を徹底的に急進化させた。これは自由党派と保守党派というわが国の伝統的な分断を越えたものであり、搾取する者と搾取される者という、より現実的な、水平方向の区分を持ちこむことによって分断を深化したものだった。政治家たちの国と、国民の国という分断だった。歴史的なスローガン――「突撃せよ!」――と、生身の人間を超えたような途方もないエネルギーをもって、ガイタンは抵抗の種を国の隅々にまで播いていき、大規模な扇動キャンペーンを通じて一年もしないうちに地盤を広げて、本物の社会革命の前夜のような状態にまで行きついた。

そのような状態にいたって初めて私たちは、国が内戦の淵へと転落しようとしていることに気づいたのだ。その内戦はスペインからの独立以来ずっと受け継いできているもので、その最初の主人公たちのすでに曾孫の代にまで来ているのだった。保守党は、自由党の分裂のおかげで、連続四期にわたって遠ざかっていた大統領府に復帰したところであり、ふたたび政権を失うことがないように、どんな手段も辞さない覚悟を固めていた。そのためにオスピナ・ペレス政権は全土をくまなく掌握する焦土作戦を押し進め、これは結果として、家庭内の日常生活の隅々まで、国じゅうを血で覆うことになった。

わが政治的無知と、わが文学的能天気ゆえ、私はこのような明らかな現実にまったく気づいていなかったのだが、ある夜、下宿屋にもどる途中で、突如、わが良心の亡霊に遭遇することになった。凍てつく風が周囲の丘のはざまから吹きこんでくる中、人の気配が消えた街頭に、ホルヘ・エリエセル・ガイタンのあの金属質の声が、ことさら下町ふうの口調のままに鳴りわたっていた。毎週金曜日にムニシパル劇場で欠かさずに行なっている演説の途中なのだった。会場の収容人員は満員でも千人程度だったが、演説は同心円を描いて伝播《でんぱ》していった――最初は近隣の通りにある拡声器を通じて広がり、次いで、最大音量で鳴るラジオを通じて、呆気にとられた町全体を鞭打っていき、三時間、ときには四時間にもわたって全国の聴取者の耳の中から溢れだすのだった。

あの夜、私は街頭にいるただひとりの人間になったような印象を抱いた。『エル・ティエンポ』紙のあるあの重要な交差点、毎週金曜日にはまるで戦争にでも行くみたいに重装備の警官隊が警護しているあの角を別にすれば、どこにも人影がなかった。それは私にとってある種の啓示であり、ガイタンのことを信じないという傲岸を犯していた私は、その晩、突如、理解したのだった――ガイタンがもはやスペイン語の国を超越していて、すべての人に通じる一種の共通言語《リングア・フランカ》を作り出してしまっているということを。それはことばの意味内容よりも、心の昂ぶりと声の機敏さによって伝わる言語なのだった。彼自身、叙事詩的な壮大な演説の中で、親分めいた悪戯げな口調で聴衆に声をかけて、安全に家に帰りなさい、と忠告することがあったが、それを聞くと人々は、暗号化された命令のように受け止めて本来の意味に翻訳するのだった――社会の不平等と、暴虐な政府の権力のあらわれすべてに対して、拒絶を表明せよ、という意味に。秩序を守るはずの警官たちまでもが、裏返して理解した忠告に影響されてしまうほどだったのである。

その晩の演説の主題は、政府の暴力行為がもたらしている荒廃を生々しく数えあげることだった——自由党支持の反政府勢力を叩きつぶすための焦土作戦の過程で、公安部隊の行動による農村部の死者が計算できないほどの数にのぼっていること、また、住居も食料もない避難民の集落が都市部にできていることが告げられていた。殺人や人権蹂躙の実例をおどろおどろしく羅列していくうちに、ガイタンは声を昂ぶらせて、的を射た劇的効果を確実に発揮するひとつひとつの単語、文に、酔いはじめた。聴衆の思いは彼の声の調子にあわせてふくれあがっていき、ついには、町じゅうで爆発して、全国僻遠の隅々にまでラジオを通じて鳴りわたった。

燃えあがった群衆は通りに繰り出して無血の野戦を繰り広げ、警察もそれを密かに見逃した。あの夜だったと思う、私がようやく祖父の挫折感と、カミーロ・トッレス・レストレーポの明晰な分析を理解したのは。国立大学の中では学生たちが相変わらず自由党《リベラル》と保守党《ゴード》に分かれていて、コミュニストの結社もあったりするのが私には驚きだったが、ガイタンが全国で掘り広げている分断線は大学の中には感じられなかった。私がその夜の激震に揺さぶられて下宿屋にたどりつくと、同室の仲間はベッドの中で落ち着きはらってオルテガ・イ・ガセットを読んでいた。

「僕は別人になったよ、ベーガ先生」と私は彼に言った。「やっと僕にもわかった、ニコラス・マルケス大佐の戦争がどんなふうに、そしてなぜ始まったのかが」

その数日後、一九四八年二月七日にガイタンが開いた政治集会は、私が生まれて初めて参加した政治集会となった——全国で政府系暴力によって死んだ無数の犠牲者の喪に服するための行進で、しきたり通りの正式な喪服に身を包んだ男女六万人以上が加わり、自由党の赤い党旗と、喪をあらわす黒旗とが掲げられた。全体を貫くモットーがたったひとつだけあった——完全な沈黙を守り通すことだった。そしてそれは、とても考えられないほど見事に、劇的に実現された。混雑した中央通りの十一街区にわたって私たちが行進していくのを見守った住宅のバルコニーやオフィス内でも、それは守られた。私の隣にいた婦人は口を動かさずに小声でお祈りをとなえていた。その横にいた男性は彼女を見て驚いて言った——

「奥さん！　頼むから、やめてよ！」

彼女は謝罪の呻きをあげて、亡霊の海原に沈みこんだ。しかしながら、私が思わず涙を流しそうになったのは、この世のものとも思われない沈黙の中で、用心深く運ばれる群衆の足音と、その呼吸の音だった。私は何の政治的確信ももたずに、ただ単に沈黙に好奇心を引かれて参加したのだったが、不意に、喉もとに嗚咽《おえつ》の塊が湧きあがってくるのを感じた。ガイタンがボリーバル広場で、市の会計監査局のバルコニーから行なった演説は、思わず畏まるほどの深い思いがこもった弔いの祈りだった。彼自身の党ですら不吉な予想を立てていたが、それに反して、演説はモットーのもっともむずかしい部分を見事にクリアーして終わった——たったひとつの拍手もなかった。

「沈黙の行進」はこのようにして、コロンビアで行なわれてきた幾多のデモンストレーションの中でもっとも感動的なものとなった。あの歴史的な午後、敵味方を問わず、多くの人が抱いた印象は、ガイタンの当選はもはや止められない、というものだった。保守党側にもそれはわかっていた。全国に伝染した暴力の激しい広がり、政府寄りの警察が無抵抗の自由党派に対して行なっている暴虐のゆえ、そして、焦土作戦という政府方針のゆえだった。国の精神状態のもっとも暗鬱なあらわれは、その週末のボゴタの闘牛場で見られた――階段席の観客がおとなしすぎる牛と、それに止《とど》めを刺せない闘牛士の無能に腹を立てて、大挙してアレーナに飛びこんだのである。興奮した群衆は牛を生きたまま八つ裂きにした。その恐ろしい光景を目にしたり伝聞で聞いたりした新聞記者や作家たちはこぞって、これは国民が味わっている凶々《まがまが》しい憤怒のもっとも恐ろしいあらわれであると解釈した。

そのような張りつめた雰囲気の中で、三月三十日、午後四時半に、第九回汎アメリカ会議がボゴタで幕を開いた。町じゅうが膨大な費用をかけて、美化され飾りたてられていた。それはラウレアーノ・ゴメス外相の派手な趣味にのっとったもので、彼がその役職ゆえに会議の議長を務めることになっていたのである。ラテンアメリカのすべての国の外務大臣と、その当時の重要人物たちがこぞって参加していた。コロンビアの重要な政治家たちも招かれていたが、ただひとりのあからさまな例外がホルヘ・エリエセル・ガイタンであり、まちがいなくラウレアーノ・ゴメスの明白な拒否によって排除されたのだったが、自由党側の一部リーダーもそれを後押ししていた可能性がある。彼らは、どちらの党でも同じように大きな顔をしている寡頭支配層をガイタンが攻撃しているのをよく思っていなかったのである。この会議の北のスターは、合衆国代表のジョージ・マーシャル将軍だった。彼は終わったばかりの世界大戦の大いなる英雄で、戦いによって壊滅したヨーロッパの再興の先頭に立っているせいで、映画スターのようにまばゆく輝きたっていた。

にもかかわらず、四月九日金曜日、ニュースのトップを飾った男はホルヘ・エリエセル・ガイタンだった。新聞記者のアウドーロ・ガラルサ・オッサ殺害の容疑に問われていたヘスス・マリーア・コルテース・ポベーダ中尉の、無罪を法廷で勝ち取ったせいだった。ガイタンは深夜まで裁判があったにもかかわらず朝の八時に、人通りの多い七番街とヒメーネス・デ・ケサーダ大通りの交差点にある自分の法律事務所にひじょうにうれしそうに姿を見せた。午前中からいくつもの約束が入っていたが、プリニオ・メンドーサ・ネイラが一時少し前に昼食に誘いにくるとすぐに同意して、朝刊には間に合わなかった法廷での勝利を祝福しに事務所に来ていた個人的にも政治的にも関係の深い六人の友人とともに食事にくりだした。その中には彼のかかりつけ医のペドロ・エリセオ・クルスもいた。政治的取り巻きの一員でもあった。

そのような熱い状況の中、三ブロックと離れていないところにあった下宿屋で私は昼食の食卓についた。まだスープも出てくる前に、ウィルフリード・マティウがテーブルの前に立ちはだかった。

「もうこの国はやばい」と私に言った。「たった今、ガイタンが『黒猫』の前で殺された」

マティウは医学と外科医術を学ぶ模範的な学生で、その下宿屋の他の住人と同様スクレ出身で、不吉な予感を感じる癖があった。そのわずか一週間前には、近々恐ろしいことが起こりそうだ、と言い、結果の重大さからしてそれは、ホルヘ・エリエセル・ガイタンの暗殺なのかもしれない、と私たちに予告していたのだ。しかしながら、それを聞いて感心する人はもう誰もいなかった。予知能力がなくても、それくらいなら誰でも思いついたからだ。

私はほとんど息もつかずにヒメーネス・デ・ケサーダ大通りを渡って、ほとんど七番街の角にあるカフェ「黒猫」の前に駆けつけた。負傷した当人をそこから四ブロックほど離れた中央病院に運び去ったばかりのところだった。まだ命はあったが、もう希望はない状態だったという。男たちの一団がハンカチを、まだ温かい血だまりに浸していた。歴史の証拠として保存するためだった。黒い肩掛けに草履をはいた女性――その角で安物の商品を売っているたくさんの物売り女の一人――が、血に濡れたハンカチを手に、絞り出すように言った――

「あいつら、あたしのあの人を殺しやがった」

靴磨きの男たちの一団が道具入れの木箱を打ちつけて、「ヌエバ・グラナダ」薬局のシャッターを叩き壊そうとしていた。その中に、わずかな人数の警官が、激昂した群衆から守るために犯人を連れこんでかくまっていたのだ。背が高くて、落ち着いた威厳のある態度の一人の男性——結婚式にも出られるような非の打ち所のないグレーのスーツを着ていた——が、計算したように的確な叫び声をあげて彼らを焚きつけていた。それがあまりにも効果的なので、薬局の店主は自分の店が焼き打ちに会うのではないかと恐れて、ついにシャッターを開けた。犯人は警察官にしがみついたまま、燃えあがった集団が飛びかかってくるのを見て恐慌をきたした。

「お巡りさん」と彼は声にもならずにすがりついた。「殺されないように守ってくれ」

私にはその様子が忘れられない。髪はぼさぼさで、二日分の無精髭、死人のように蒼白な顔に、目玉だけが恐怖に飛び出していた。縦縞模様の茶色いウールの上着は使いこまれていて、襟は群衆に引っぱられてすでに破れていた。その光景はほんの一瞬だったが永遠のものだった。というのも、靴磨きの男たちは箱で殴りつけてあっという間に警官たちから犯人を奪い取り、足で踏んで蹴ってむちゃくちゃにしたのだ。最初にひっくり返った勢いですでに靴が片方なくなっていた。

「宮殿だ!」とグレーの男が大声で命令した。身元が最後までわからなかった男だ。「宮殿に行くんだ!」

興奮の極致にあった男たちはそれに従った。血まみれになった体を足首でつかんで、七番街をボリーバル広場〔国会議事堂などがある中央広場〕まで引きずっていった。事件のせいで立ち往生してしまった路面電車の合間を縫って、政府に対する罵詈雑言を叫び散らしながら。歩道沿いからも上階のバルコニーからも人々は拍手喝采して彼らを煽り立てていき、叩きつけられてぼろぼろになった屍は、衣服と体の断片を石畳の上に点々と残していった。たくさんの人が行進に加わって、六ブロックも行かないうちに、まるで戦争が勃発したような巨大な勢力にふくれあがった。叩きつぶされた遺体にはもうパンツと靴の片方しか残っていなかった。

化粧直しされたばかりだったボリーバル広場には、歴史に残る他の金曜日に見られたような荘厳さがなかった。特徴のない樹木と、新しい公的な美意識にのっとった陳腐な彫刻ばかりが目立った。十日前に汎アメリカ会議の開会が告げられた国会議事堂では、使節団はそろって昼食に出てしまっていた。そのため群衆は議事堂を素通りしてまっすぐ大統領宮に向かったが、やはり主はいなかった。彼らは遺体の残骸をそこに残していった——もはや衣服は、ちぎれたパンツと左の靴だけだったが、不可思議なことに、二本のネクタイが首もとに縛られていた。そのほんの数分後に、マリアーノ・オスピナ・ペレス大統領夫妻が昼食にもどってきた。エンガティバーという村［ボゴタ近郊］で畜産博覧会の開会式に出席して帰ってきたところだったが、このときまで大統領は、ガイタン暗殺のことを知らなかったのである。大統領専用車の中でラジオをつけていなかったせいだ。

私は犯行現場にさらに十分ほどとどまったが、目撃者の話が、外形も内容もあっという間に変容して、現実とはまるで似ても似つかぬものに変わっていくすばやさに驚いていた。現場はヒメーネス大通りと七番街の交差点で、そのいちばん混雑している時間帯であり、『エル・ティエンポ』社屋からも五十歩ほどのところだった。そのときすでに、ガイタンが事務所から出たときに一緒だったのが、ペドロ・エリセオ・クルス、アレハンドロ・バイェホ、ホルヘ・パディーヤ、そして、アルフォンソ・ロペス・プマレーホの最初の政権で戦争大臣を務めたプリニオ・メンドーサ・ネイラだったことがわかっていた。食事に誘ったのはこの最後のメンドーサだった。ガイタンは事務所を構えているビルから、一切何の護衛もつけずに、小さくまとまった友人のグループに囲まれて外に出た。歩道に出るとすぐに、メンドーサは彼の腕をとって、他の仲間の一歩前に引っぱり出してこう切り出した――

「言いたかったのは、つまらない話なんだけどさ」

それより先は続けられなかった。ガイタンが顔を腕でかばうようにした瞬間、メンドーサは最初の銃声を耳にし、そのあとで、自分たちの正面でひとりの男がリボルバーで狙いをつけて、三回、指導者の頭に向けて、プロの冷徹さをもって発砲するのを見たのだった。その一瞬後にはすでに、方向のわからない四発目の銃声があったとか、ひょっとしたら五発目があったかもしれない、という話になっていた。

私の友人のプリニオ・アプレヨ・メンドーサは、お父さんと、姉のエルビーラとローサ・イネスと一緒に現場に来ていたので、ガイタンが歩道に仰向けに倒れているのを目撃することになった。病院に運ばれる一分前のことだった。「死んでいるようには見えなかった」と彼は何年ものちに私に話してくれた。「迫力のある彫像が、歩道に仰向けに倒れているみたいだった。傍らにはわずかな血の染みがあって、じっと見開いた目の中には大きな悲しみが見えた」。その瞬間の混乱の中で、姉妹は自分たちの父親も一緒に殺されたものと思いこんですっかり取り乱していたので、プリニオ・アプレヨはふたりを現場から遠ざけるため、通りがかった最初の路面電車に乗りこませた。ところが、運転士は何が起こったのか確実に読みとって、帽子を床に叩きつけ、通りのまん中に路面電車を放置して最初の反乱の叫びに加わってしまった。数分後、この電車は狂乱した群衆によって転覆させられた最初の車両となった。

主役の人数と役割について、諸説の乖離は救いがたかった。ある目撃者は三人が順番に発砲したと確信をもって言い、また別の目撃者は、本当の犯人は立ち騒ぐ群衆の間をすり抜けて、悠々と走行中の路面電車に乗りこんだ、と言うのだった。また、メンドーサ・ネイラがガイタンの腕を取って何を頼もうとしたのかは、その当時からいろいろ憶測されたが、どの憶測ともまったく違って、労働運動の指導者を養成する教育施設の創設に同意してほしい、というだけのことだった。それは要するに、メンドーサ・ネイラの姑さんがその数日前に茶化して言った言い方では、「運転手に哲学を教える学校」を作るということだった。しかし、それを言い終える前に、彼らの目の前で最初の銃弾が炸裂することになったのだった。

あれから五十年経ったが、私の記憶の中で凝り固まっているのは、薬局の前で人々を扇動しているみたいだったあの男の映像であり、あの日についての無数の証言を読んだが、そのどれにもこの人物は出てこないのである。私はごく近くから彼のことを目にしており、高級なスーツと、石膏のような肌、そして、ミリ単位で自らの行動をコントロールしていたのが目に焼きついている。あまりにも印象に残ったので私は彼のことをしばらく見ていたのだが、すると、人々が暗殺犯の死体を運び去っていくやいなや、新しすぎるほど新しい車が一台やってきて彼を拾っていき、それきりこの男は歴史の記憶の中から消去されたみたいなのである。私自身の記憶からも消えていたのだが、何年もあと、ジャーナリスト時代のあるとき急に私は、あの男は偽の暗殺犯を人々に殺させることで、本当の暗殺者の身元を隠すのに成功したのだ、という思いつきに襲われることになった。

あの抑制不能な争乱のさなかには、キューバの学生運動指導者だった二十歳のフィデル・カストロがいた。彼はハバナ大学の代表として、汎アメリカ会議の民主的な学生版として開催されていた学生会議に来ていたのである。その六日前に、いずれも彼と同じキューバの学生だったアルフレード・ゲバーラ、エンリケ・オバーレス、ラファエル・デル・ピーノと一緒に到着した彼が、最初にやったのが、憧れていたホルへ・エリエセル・ガイタンに面会を申し込むことだった。二日後にカストロはガイタンと会うことができ、ガイタンから金曜日に来るようにと言われた。ガイタンは自らその約束を机の手帳の四月九日のページに書きこんだ――「フィデル、２pm」。

彼自身がいろいろな機会にさまざまなメディアで語ったところでは、また、長いつきあいの過程で私とふたりで何度も延々と確認しなおしてみたところでは、フィデルが犯行を初めて知ったのは、二時の約束に遅れることがないようにその近所をうろうろ散歩している最中だったという。突然、たがが外れたように走っている最初の群衆があらわれ、口々に叫んでいた――

「ガイタンが殺された！」

フィデル・カストロはだいぶあとになるまで気づかなかったが、約束はどう考えても、四時か五時までは実現されるはずがなかった。突然メンドーサ・ネイラから昼食に誘われてしまったからである。犯行現場にはもう誰も入れないくらい人が集まっていた。交通は遮断され、路面電車がひっくりかえされていたので、私は昼食を終えるために下宿屋にもどろうとしたが、そのときちょうど、先生のカルロス・H・パレーハが店の戸口で私の前に立ちはだかり、どこに行くのかと聞いてきた。

「昼飯に」と私は答えた。

「ふざけんなよ」と彼は性懲りもないカリブ弁で言った。「どうして昼飯なんて考えが起こるんだ？　ガイタンが殺されたところだっていうのに」

それ以上考える間をあたえずに、彼は私に、大学に行って学生の抗議行動の先頭に立て、と命令した。不思議なことに、私は自分のいつもの性格に反して、言われた通りにした。七番街をそのまま北に向かった。つまり、犯行の角へと、好奇と悲痛と憤怒のあいまったものをもって駆けつけてくる暴徒とは反対方向に進んだ。興奮した学生たちが運転する国立大学のバスが、行進の先頭を進んできた。犯行現場から百メートルほどのサンタンデル公園では、従業員が大急ぎでオテル・グラナダ——ボゴタでいちばん高級なホテル——の大扉を閉めているところだった。ちょうどそのころは、汎アメリカ会議に来ている他国の外務大臣や著名人が宿泊していたのである。

貧困層の群衆の波が、見るからに戦闘態勢をとって、そこらじゅうの角から押し寄せてきた。その多くが商店への最初の略奪で奪ってきた山刀《マチェーテ》で武装しており、早く使いたくてうずうずしているようだった。こうした襲撃態勢がどういう結果につながりうるのか、私ははっきりした見通しをもってなく、なおも抗議行動よりも昼食のほうに関心が行っていたので、まわれ右して下宿屋にもどった。階段を大股でのぼった。政治意識の高い友人たちが戦闘準備を整えているだろうと予期していたが、まるでちがった——食堂には誰の姿もなく、弟とホセ・パレンシア（隣の部屋に下宿していた）は他の友人たちとともに、寝室で歌を歌っていた。

「ガイタンが殺されたんだぞ！」と私は叫んだ。

彼らはもう知っているという合図をしたが、その雰囲気は葬式気分というよりも休暇気分に近く、歌を中断することもなかった。それから私たちは無人の食堂にすわって昼食にし、これ以上問題が大きくなることはあるまいと思いこんでいたわけだが、そのうち誰かが、われわれ無関心な人間もちゃんと聞くようにとラジオの音量をあげた。カルロス・H・パレーハが、つい一時間前に私を焚きつけた勢いそのままに、政府革命評議会の結成を宣言していた。そこには左翼寄りの有名なリベラル派の面々が顔をそろえており、中にはいちばん有名な作家で政治家でもあるホルヘ・サラメアが入っていた。評議会が最初に決議したのは、執行部と国民警察司令部を選出し、革命国家の全機関を創設することだった。引き続き、評議会の他の面々が、なおさら誇大な用語を使って話を続けた。

この発表の厳粛さを聞いて私がまず最初に思いついたのは、父は何と思うだろう、芯からの保守党支持者だった従兄が極左の革命の最大の指導者になっていると知ったら、ということだった。下宿屋の女主人は、大物の大学関係者の名前が相次いで出てくるのに驚いて、教授たちがまるで育ちの悪い学生みたいな行動に出ていると嘆いた。ラジオのダイヤルを少し回すと、まるでちがう国みたいな様子が耳に入ってきた。ナシオナル局では、自由党主流派が冷静沈着を呼びかけており、別の局では、モスクワの言いなりになっているコミュニストが非難される一方で、自由党本部の最高指導部が、街頭の戦闘行為の危険をかいくぐって大統領宮に向かっており、保守党政府との大連立の合意をとりつけようとしていると報じられたりしていた。

そのような狂乱状態に私たちが戸惑っていると、女主人の息子が突然、家が燃えている、と大声をあげた。たしかに、いちばん奥の漆喰塗りの石壁に亀裂が入っていて、そこから洩れてくる濃いまっ黒な煙のせいで、寝室では息ができなくなってきていた。下宿屋に隣接している県庁の内政局が、デモの参加者によって放火されているせいにちがいなかったが、壁は十分にもちこたえられそうだった。そこで私たちは階段を大股で駆け下りたが、すると町はまったくの戦争状態にあった。無軌道な襲撃者たちが内政局の窓から、事務室内にあるものを片端から投げ捨てていた。火災の煙で空気は濁って、曇り空が陰気なマントのように広がっていた。狂乱した暴徒がマチェーテをはじめ、金物屋から盗んできたあらゆる種類の道具で武装して、七番街と隣接の通りで商店を襲っては火をつけていた。蜂起した警官隊もそれを後押ししていた。一瞬見ただけで、状況は制御不能であることがわかった。弟は私の考えを先読みして叫んだ――

「まずい！　タイプライターが！」

私たちが質屋へと走っていくと、店は鉄の格子をしっかり閉めてまだ無事だったが、例のタイプライターはいつもの場所にはなかった。それでも私たちは、数日後には取りもどせると考えて心配しなかった。まだ私たちには、あの巨大な争乱に数日後なんていうものがないことがわかっていなかったのである。

軍のボゴタ駐留部隊は政府の中枢と銀行の守備にあたるだけで、治安維持に取り組む者は誰もいなかった。警察の高官の多くは早い時間から第五師団のもとに避難して、街路に出ていた警官の多くも街頭で回収した大量の武器をもって彼らの例に倣った。反乱派の赤い腕章をつけた数名の警官が私と弟のすぐ近くで一斉にライフルを撃ち、その衝撃が胸の中に鳴り渡って私は息ができなくなった。そのとき以来、私はライフルが音だけでも人を殺すことができると確信している。

質屋からもどってくると、私たちは八番街の商店がわずか数分のうちに蹂躙されるのを見た。町でいちばん高い店が並んでいる通りである。見事な宝石やイギリス製の羊毛生地、ボンド・ストリートの帽子など、私たち海岸地方の学生たちが憧れの目をもって、手の届かないショーウィンドーの中に眺めていたものが、今や、外国の銀行の保護にあたっている不動の兵士たちの目の前で、誰でも手を出せるものになっているのだった。ひじょうに高級なカフェ「サン・マリーノ」は、私たちには一度も入ることができない店だったが、それが今や開け放たれて解体されつつあり、私たちカリブ人学生が入るのを阻止しようといつも待ちかまえていたタキシード姿のウェイターたちが、このときばかりは一人もいなかった。

大量の高級衣装や羊毛生地の大きな反物を肩に担いで出てきた人たちが、通りのまん中にただ投げ捨てていく場合もあった。私もそれを一本拾ってみたが、あまりにも重いので、心に痛みを抱えながら捨ててくるしかなかった。通りにはいたるところに家庭用品が投げ捨ててあり、暴徒がマチェーテで叩き割った高級ブランドのウィスキーをはじめ、あらゆる種類の見慣れない酒瓶が散らばっている中を歩いていくのは容易なことではなかった。弟のルイス・エンリーケとホセ・パレンシアは略奪されたあとの高級衣料品店で、その残り物の中から空色のスーツを一着見つけてきた。ひじょうにいい生地のもので、父にぴったりのサイズだったので、彼はそれから長年、重要行事のたびにこれを着ていたものである。私が神の摂理によって手に入れた唯一の戦利品は、町でいちばん高いティー・サロンにあった子牛革の書類フォルダーだったが、これはそれから何年間も、寝る場所もない私が原稿を脇の下にはさんで持ち歩くのに大いに役立った。

私は八番街を進んでいく一団と一緒になって国会議事堂のほうに向かっていたが、突然、機関銃の連射によって、ボリーバル広場に入った最初の何人かが倒れた。瞬時に死んだり負傷したりした人たちが通りのまん中に折り重なって倒れたので、私たちは凍りついて足を止めた。血まみれになった瀕死の負傷者が、一段高くなったところから這い降りてきて私のズボンの裾をつかみ、胸を切り裂かれるような願いを叫びあげた――

「お兄さん、頼む、死なせないでくれ！」

私は震えあがって逃げ出した。その後、私は自分の味わった恐怖も他人の体験した恐怖も忘れ去ることができるようになったが、火事の明かりに照らしだされたあの目の中にあった、よるべなさを忘れたことは一度もない。しかしながら、今でも驚くのだが、私は自分や弟が、あの容赦ない地獄の中で死ぬかも知れないとは一瞬たりとも考えなかった。

午後の三時から雨が激しく降りだしていたが、五時過ぎには、聖書に出てくるような大雨が、天が裂けたみたいに降りだし、小規模な火災をいくつも消しとめ、また、反抗の勢いを衰えさせた。わずかなボゴタ駐留部隊は、暴動を止めることはできなかったものの、街頭の怒りを分断させた。真夜中過ぎまで応援はなかったが、やがて近隣県からの緊急部隊がやってきて、なかでもボヤカー県からが多かった。政府系暴力の揺籃の地として悪名高いところである。そのころまでラジオは焚きつけるばかりで情報には欠けていたので、知らせはいずれも出どころ不明のもので、真実を知るのは不可能だった。未明になって増援部隊は、暴徒に破壊されて火事の光以外に明かりのない都心商業地区を取りもどしたが、政治的意図をもった抵抗運動はさらに数日間続き、高い塔や屋上には狙撃手が陣取っていた。そのころにはすでに、街頭での死者の数は数えきれないほどになっていた。

私たちが下宿屋にもどったときには、都心の大部分は炎に包まれ、路面電車はひっくりかえされ、自動車の残骸は臨時のバリケードとして利用されていた。私たちはもち出す価値のあるわずかのものを鞄に詰めこんだ。あとになって気づいたのだが、出版に耐えない二、三の短篇の草稿と、祖父の辞書を残してきてしまった——これは結局回収不能となり、高卒資格の賞品としてもらったディオゲネス・ラエルティオスの本もまたそうだった。

頭に浮かんだ唯一のアイディアは、弟とともにファニート伯父さんの家——下宿屋からわずか四ブロックのところにあった——に避難させてもらうことだった。建物の三階にあるアパートで、居間と食堂と二つの寝室からなり、そこに伯父は奥さんと子供たち、つまりエドゥアルド、マルガリータ、そしていちばん上のニコラスとともに暮らしていた。ニコラスは一時期、私と一緒に下宿屋に住んでいたこともあった。ほとんど入りきれないほどの人数だったが、マルケス・カバイェーロ一家は広い心をもって、ありもしない空間を捻出し、私たちだけではなく、友人や下宿屋の仲間まで受け入れてくれた——いずれもスクレ出身のホセ・パレンシア、ドミンゴ・マヌエル・ベーガ、カルメロ・マルティネス、さらにほとんどそれまで知らなかった人までまじっていた。

真夜中の少し前、雨がやんだので私たちは屋上に上がって、火事の残り火に照らされた地獄の風景を見てみることにした。遠景にはモンセラーテの丘とグアダルーペの丘が二つの巨大な影の塊となって、煙でかき曇った空に浮かび上がっていたが、荒廃した靄の中に私がなおも見ていたのは、不可能な助けを求めて私のもとに這ってきた瀕死の男の巨大な顔だった。街頭での狼藉《ろうぜき》は収まり、鮮烈な沈黙の中に聞こえるのは、都心部全域に配置された無数の狙撃手が放つまばらな銃声と、町の支配を回復するために武装・非武装を問わず抵抗の一切を一掃しつつある部隊の足音だけだった。死の光景に衝撃を受けて、ファニート伯父さんは溜め息とともに全員の思いを口に出した——

「なんてこった、まるで夢みたいだ!」

薄暗がりの中、居間にもどると、私はソファに倒れこんだ。政府が支配している放送局の公式ニュースは、徐々に平静がもどってきているように状況を描きだしていた。もう演説は流れなかったが、政府系の放送局と、なおも反乱側の支配下にある局とははっきり区別でき、この後者についてはまだ、誰にも抑えられずに舞い飛ぶ不確かな風説と事実の区別は不可能だった。話では、外国の大使館はいずれも避難者であふれていて、マーシャル将軍は合衆国大使館にこもって、士官学校生の儀典警備隊に守られているとのことだった。ラウレアーノ・ゴメスも早い時間から同じところに避難していて、大統領と電話で対話をくりかえして、自由党側と交渉しないよう説いていた。彼の見方では、コミュニストが状況を主導しているからだった。当時汎アメリカ連合事務総長だった前大統領アルベルト・イェーラスは、防弾装備のない車に乗って国会議事堂をあとにしようとしているときに身元を見破られてしまったが、奇跡的に難を逃れたとのことだった。人々は彼が保守党に権力を合法的に引き渡してしまった責任を取らせようとしたのである。汎アメリカ会議の出席者の大部分は、真夜中までに無事が確認された。

矛盾した知らせの合間に、ギエルモ・レオン・バレンシア——同名の詩人の息子——が投石にあって殺され、その遺体がボリーバル広場に吊るされたことが発表された。しかし、政府が状況を掌握しつつあるという見方が広がってきていた。反乱者に押さえられていたラジオ局を陸軍が奪回したことがわかったからだった。それからは、宣戦布告を告げるかわりに、ニュース番組は、政府が状況を支配下に置いていると伝えることで国民を安心させて、国全体を落ち着かせることを目指すようになった。その一方で、自由党の上層部は権力の半分を譲るよう大統領と交渉していたのだ。

実際には、政治的な感覚をもって行動しているように見えたのはコミュニストだけだった。少数派ながらも高揚した彼らが、街頭の無秩序のさなかで、群衆を——変化の担い手として——権力の中心部へと先導しているのが目撃されていた。それとは対照的に自由党は、ガイタンが選挙運動の中で告発していた通り、二派に分裂していた——大統領宮に入って権力の一部を担えるよう交渉しようとしていた指導部と、ガイタンの支持者で、塔や屋上にあがったりして、あらゆる手を使って最後まで抵抗した勢力だった。

ガイタンの死に関して最初に生じた疑問は、暗殺者の身元についてのものだった。今日でもなおも、七番街の群衆の間からひとりで発砲したファン・ロア・シエッラが単独の犯人であるという確信がすべての人に共有されているわけではない。彼が単独で行動したとはなかなか考えにくいのは、あの壊滅的な死を、あの日、あの時間に、あの場所で、あのやり方で実現することを、自分ひとりで決意するだけの自立した思慮をもっていた人物のようには見えないからだ。彼の母親であるエンカルナシオン・シエッラ未亡人五十二歳は、ラジオで自分の政治的ヒーローだったガイタンが殺害されたことを知って、喪に服するために自分のいちばんいいドレスを黒く染めていた。その作業の途中で彼女は、暗殺犯が、ファン・ロア・シエッラであることを聞いた。彼女の十四人の子供の十三番目の子だった。そのいずれも小学校以上には進まず、うち四人――男の子二人と女の子二人――は幼くして死んでいた。

彼女が語ったところでは、およそ八か月前からファンの行動に奇妙な変化を感じていたという。独り言を言ったり、理由もなく笑い出したりし、自分はわが国の独立の英雄フランシスコ・デ・パウラ・サンタンデル将軍の生まれ変わりだと思うと家族に告げたりしていたが、家族は酔っぱらいの酔狂な冗談だと考えていた。彼女の息子が誰かに害をなした前例はなく、それなりの重みのある人たちから、仕事のための推薦状を書いてもらったこともあった。その中の一枚は、ガイタンを殺したときにも財布の中に入れていた。六か月前には、自らの手でオスピナ・ペレス大統領に直接手紙を書いて、雇ってもらいたいので面接してほしいと頼んでいた。

母親が捜査官に明らかにしたところによれば、息子は同じ問題をガイタンにも直接訴えにいったが、全然希望をあたえてくれなかったという。銃を撃ったことがあるとは知られていなかったが、犯行に使われた拳銃の扱いは、とても初心者のものではなかった。リボルバーは38口径の長銃身銃で、乱暴に扱われてきた古い銃だったので、ちゃんと弾が出たのが不思議なほどだった。

同じ建物で働いている人たちの一部は、殺害の前日、ロアがガイタンの事務所のある階にいるのを見た気がするという。守衛係が絶対的に確かなこととして述べたところでは、四月九日の朝、ロアは階段で上階にあがっていき、やがて見知らぬ男と一緒にエレベーターでおりてきた。二人はそれから建物の入り口近くで何時間か待っていたみたいだったが、ガイタンが十一時少し前に事務所へとあがっていったときには、ロアがひとりでドアの近くにいたという。

『ラ・ホルナーダ』——ガイタン派の選挙広報紙——の記者ガブリエル・レストレーポは、ロア・シエッラが犯行時に身につけていた身分証明書類を全部調べあげた。それらは彼の身元と社会的地位については明快に示していたが、彼の意図についてはまったく何の手がかりにもならないものばかりだった。ズボンのポケットの中には、日常生活において重要なものがたいがい五センターボで買えた時代に、ばらの小銭で八十二センターボが入っていた。上着の内ポケットには黒い革の財布が入っていて、そこには一ペソ紙幣が収まっていた。そこにはまた、彼の人格的誠実さを保証する証明書一枚と、前科がないことを示す警察の証明書と、貧しい地区の現住所——八番通り30－73番——が書かれた三枚目の書類が入っていた。同じポケットに入っていた第二類予備役兵の軍人手帳によれば、ラファエル・ロアとエンカルナシオン・シエッラの息子で、二十七年前、一九二一年十一月四日の生まれだった。

すべてが何の異常もないように見えたが、これほど貧しい出身の、前科のない男が、良好な品行であることを示す書類をこんなにたくさん身につけているというのが不思議と言えば言えた。しかしながら、私が唯一、今にいたるまで乗り越えられずにいる疑惑を感じたのは、いい服を着たあのエレガントな男が、怒り狂った暴徒の中にロアの身柄を放りこみ、そのまま高級車に乗りこんで永久に姿を消してしまったことだった。

悲劇がやかましく繰り広げられるなかで、暗殺された英雄の遺体が防腐処理される一方、自由党の指導部の面々は緊急対策を相談するために中央病院の食堂に集まった。いちばん先にやるべきことと決まったのは、そのまま事前申し入れなしに大統領宮まで赴いて、国を脅《おびや》かす大混乱を収拾する緊急対策を国家元首と話しあうことだった。夜の九時少し前、弱まった雨の中、最初の議員たちが、民衆反乱によって瓦礫だらけになった通りを、苦労して切り開くようにして進んでいった。道には、バルコニーや屋上から狙撃手たちがめくらめっぽうに撃った銃弾にずたずたにされた死体が散乱していた。

大統領執務室の控えの間には、何人かの役人と保守党の政治家とともに、大統領夫人のドニャ・ベルタ・エルナンデス・デ・オスピナが、きわめて落ち着いた様子でいた。夫とともにエンガティバーの博覧会に出席したスーツ姿のままだったが、腰には、軍隊仕様のリボルバーを携帯していた。

夕方までに大統領は、いくつかの最重要施設との連絡を絶たれてしまい、閉ざされたドアの中で、軍人と大臣たちとともに国の置かれた状況を判断しようとしていた。自由党幹部が夜の十時前にあらわれたのは彼にとって予想外のことで、全員と同時に会うのではなく、二人ずつに分かれて会いたいと申し入れたが、自由党の側は、それなら誰も会わないと決めた。結局大統領の側が折れたが、自由党側は大統領のこのような態度を落胆の思いをもって受け止めた。

中に入ると、大統領は長い会議机の端にすわっていた。皺ひとつないスーツを着て、まるで焦燥した様子はなかった。ただ、ある種の緊迫を感じていることは、煙草の吸い方にかろうじてあらわれており、続けざまにかつえたように吸って、一本を途中で消したかと思うとまた次の一本に火をつけたりしていた。このときの訪問者の一人が何年ものちに私に語ったのは、火事の炎の反映が、落ち着き払った大統領の銀色の髪を照らしているのに強い印象を受けたということだった。燃えあがる空の下、瓦礫の広がりが世界の果てまで続いているのが、大統領執務室の大きな窓から見えた。

この会談についてわかっていることはすべて、主人公たち自身が語ったわずかのことと、少数の当事者の情報漏洩と、他の人たちの多大なファンタジーによっているのだが、わけても、詩人で歴史家のアルトゥーロ・アラーペがあの凶々《まがまが》しい数日間の出来事を、ひとつひとつの部品を組み上げるようにして再構成したものに多くを負っている。それがこの回想のかなり大きな部分を支えているのである。

訪問者の側には、自由党寄りの夕刊紙『エル・エスペクタドール』の編集長ドン・ルイス・カーノ、会合を提案したプリニオ・メンドーサ・ネイラに加えて、自由党でもっとも活発に動いていた若手リーダー三人がいた——カルロス・イェーラス・レストレーポ、ダリーオ・エチャンディーア、アルフォンソ・アラウーホである。議論の途中で、他にも数名の著名な自由党メンバーが加わったり抜けたりした。

何年ものちに、カラカスに亡命してしびれを切らしていた時代のプリニオ・メンドーサ・ネイラから聞いた明晰な回想によれば、彼らは誰もまだ、確定した計画はもっていなかった。ガイタンの暗殺の目撃証人は彼ひとりだったので、彼はその様子を事細かく、生まれながらのストーリーテラーとしての、また熟達したジャーナリストとしての技を使って語り聞かせた。大統領は集中して厳粛に耳を傾け、そのあとで、各人に、この巨大な緊急事態を正義にのっとって愛国的に解決するためのアイディアを求めた。

敵味方の両方から飾り気のない率直さで知られていたメンドーサは、もっとも適切なのは、政府が権力を一時的に軍部に委譲することだと答えた。軍はその瞬間、国民から広く信頼を集めていたからだ。彼はしばらく前までアルフォンソ・ロペス・プマレーホの自由党政権下で戦争大臣を務めていたので、軍のことを内部からよく知っており、彼らでなければ平時の状態に流れを引きもどせないと考えたのだった。しかし、大統領はこのやり方のリアリズムには同意できず、自由党の面々もやはりこれを支持しなかった。

次に意見を述べたドン・ルイス・カーノは、いぶし銀のような慎重さでよく知られている人だった。彼は大統領に対して、ほとんど息子に対する父親のような感情を抱いていて、オスピナが多数派の後押しを得て下した適切で正当な決断なら、自分はかならず支援すると述べるにとどめた。オスピナはそれに対して、自分は平常への回帰のために必要な手段をかならず見つけ出す、しかしながら、憲法の枠外に出るつもりはないと確約した。そして、町を蝕んでいる地獄の風景を窓の外に指差しながら、皮肉な思いを隠しもせずに、これを引き起こしたのが政府ではないことをあえて指摘して思い出させた。

大統領は控えめで礼儀正しい態度で知られており、それはラウレアーノ・ゴメスの派手さや、選挙戦を席捲する専門家である他の保守党人の横柄さとは対照的だったが、あの歴史的な晩、芯の強さという点で決して彼らを下回るつもりはなかった。そのため議論は一致を見ないまま真夜中まで続き、合間合間にドニャ・ベルタ・デ・オスピナが伝える情報は悲惨さの度合いを増す一方だった。

すでにそのころに街頭の死者数は数えきれないほどになっており、追撃できない位置にいる狙撃手の数も、また、苦しみと怒りと、高級店から略奪された有名銘柄のアルコールによって狂わんばかりになっている群衆の数も、同様にふくれあがっていた。町の中心は破壊され、なおも炎に包まれており、高級衣料品店も、司法宮殿や内務省、その他の歴史的な建物の多くも、略奪されたり放火されたりしていた。そのような現実が、穏やかな合意への道を容赦なく狭めていくなかで、数名の男たちが、大統領執務室という無人島の中で、一人の男と対峙しているのだった。

ダリーオ・エチャンディーアがいちばん権威があったのかもしれないが、彼がいちばん口数が少なかった。大統領について二、三回、皮肉なコメントを述べただけで、謎めいた沈黙の中に姿を隠した。彼こそがオスピナ・ペレスのかわりに大統領職を務められる唯一無二の候補だと思われたが、その晩は、それに値することは何もしなかったし、それを避けたがっている様子も見せなかった。大統領自身は、それまで保守穏健派だと思われてきていたが、そうも見えなくなっていた。彼はこの百年の間にこの国の大統領になった二人の人物の、孫と甥にあたり、家族思いの父親にして引退したエンジニアで、生まれながらの大金持ちであり、他にもいくつかかかわっている仕事はあったが、いずれも人知れず控えめにやっていることだったので、家庭内でも大統領宮でも実際に命令を下しているのは勇猛果敢な奥さんのほうだ、などと根拠もなく言われたりもしていた。たとえそうだとしても、と彼は辛辣な嫌みをこめて結論のように言った——自由党側の提案を受け入れることに何の不都合もないものの、自分は国民の意思によって現在この椅子にすわっているのであり、ここから政府の指揮をとることがかなり気に入っているのだ、と。

そのように語ったのは、まちがいなく、自由党の側には欠けていた情報を後ろ盾としてもっていたからだった——彼は全国の治安状況に関する最新の詳細を知っていたのだ。会談中もずっとそれが更新されていたのは、詳しい情報を仕入れるために何度か、執務室から席を外していたからだ。ボゴタの駐留部隊は千人に満たず、どの県でも多少なりとも重大事案が生じているとのことだったが、いずれもコントロール下にあり、国軍部隊の忠誠は揺らいでいなかった。隣接するボヤカー県は、旧時代の自由党派と荒くれの保守党派で知られているところだったが、その知事ホセ・マリーア・ビヤレアル――根の生えたような保守党派――は、地元の騒乱を早々に鎮圧しただけでなく、首都を制圧するために、いちばん装備のいい部隊を派遣しようとしているところだった。そのため、大統領がすべきことといえば、あまり口を開かずゆっくり煙草を吸うという計画的な悠長さで自由党の連中をしばし手間取らせておくことだけだったのである。彼は途中で一度も時計に目をやりはしなかったが、鎮圧行動の経験が豊富な新鮮な部隊によって首都がしっかりと守備された態勢になるはずの時刻を、内心しっかりと計算していたにちがいなかった。

仮定の対策を相互に延々とやりとりしたあとで、カルロス・イェーラス・レストレーポはついに、自由党執行部が中央病院で合意した対策を提案した。最後の方策として温存していたものだった――政界の調和と社会の平和の名のもとに、権力をダリーオ・エチャンディーアに譲るよう大統領に提起したのだ。この策ならまちがいなく、エドゥアルド・サントス〔自由党の大統領、任期一九三八―四二〕とアルフォンソ・ロペス・プマレーホ〔同、一九三四―三八、四二―四五〕の両氏の全面的支持が得られるはずだった。ともに大統領経験者で、政界でも篤く信頼されている重鎮だが、偶然あの日、国内にいなかったふたりである。

しかし、煙草を吸うのと同じようにゆったりとした調子で口にされた大統領の返答は、期待されたものとは異なっていた。大統領はこの機会をとらえて、それまでほとんど誰も知らなかった彼本来の気概を見せた。いちばん楽なのは、彼自身にとっても、家族にとっても、ここで権力の座から退き、政治的懸念などから解放されて、個人的な資産を頼りにどこか外国に暮らしにいくことだろう、と彼は言った。しかし心配なのは、選挙で選ばれた大統領が職務を放り出して逃げ出すというのが、この国にとってどんな意味をもつのか、ということのほうだ、と言った。内戦が避けられなくなるのではないか、というのだ。そして、イェーラス・レストレーポがなおも引退を迫ると、自分には憲法とすべての国内法を遵守する義務があり、その誓いは祖国に対してだけでなく、自分の良心と神に対して立てたものである、と居合わせた面々に向けてあえて申し立てた。そして、このときに、彼は歴史的な一言を口にしたとされているのである。それは実際には口にしなかったものらしいのだが、未来永劫に彼の台詞として残ることになったものである――「コロンビアの民主主義にとって、逃げた大統領よりも死んだ大統領のほうが価値がある」

現場にいた証人の誰もが、この台詞を彼の口からも誰の口からも聞いた記憶はないと言っている。時とともに、この台詞はさまざまな才能ある人たちに仮託され、その政治的価値にも歴史的有効性にも疑義が付されてきたが、その文学的輝きだけは消えていない。そのとき以来、これはオスピナ・ペレス政権のモットーとなり、彼の栄光を支える支柱のひとつとなった。それは保守系新聞の記者たちが勝手にでっちあげた台詞だとさえ言われ、また、よく知られる作家で政治家で、当時の鉱山石油大臣であるホアキン・エストラーダ・モンサルベが作ったのだとも、大いに故あって言われている。というのも彼は実際にそのとき、例の会議室内ではなかったが、たしかに大統領宮の中にいたのである。こうしてこの台詞は、燃えつきた灰までもが凍りつきはじめた瓦礫の都市のさなかで、二度ともとにもどることのない国の中心で、そう口にすべきだった人によって口にされたものとして歴史の中に残ることになったのだった。

結局のところ、この大統領の本当の功績は、歴史的な名台詞を口にしたことではなく、眠くなるような甘いキャラメルをあたえて自由党の面々を真夜中過ぎまで、つまり新鮮な部隊が、民衆暴動を鎮圧して保守党主導の平和を打ち立てるために到着したときまで、引きとめておいたことだったといえる。それが現実となってからようやく彼は、四月十日の午前八時、ダリーオ・エチャンディーアの電話を悪夢のように十一回鳴らして叩き起こし、彼を両党融和政権の閣僚に任命したのだった。ラウレアーノ・ゴメスはこの解決策に不満をおぼえ、また、身のまわりの安全に不安を感じたため、家族とともにニューヨークに旅立ち、大統領になるという永遠の熱望を実現するための条件が整うまで待機に入った。

根本的な社会変革の夢のためにガイタンは死んだのだったが、その夢は、煙をあげる首都の瓦礫の中で、完全に立ち消えになった。ボゴタの街頭での死者、そしてまた、これに引き続く数年間の政府の抑圧による死者の数は百万以上にのぼったはずで、それ以外に、無数の人の貧困と亡命を招いた。自由党上層部の指導者たちが、自分たちもまた後世から、保守党と共犯であると見なされてしまう危険がある行動をとったのだと気づくはるか前から、その夢は消えてしまっていたのである。

あの日のボゴタを目撃した歴史的な証人たちの中には、互いにまったく接点がなく、しかしのちに私の大親友になる二人の人物がいた。ひとりはルイス・カルドーサ・イ・アラゴンというグアテマラの詩人で、政治と文芸の批評家である。彼は汎アメリカ会議に彼の国の外交官として代表団を率いて参加していた。もうひとりはフィデル・カストロである。どちらも一時期、この騒乱に関与したと非難されたことがある。

カルドーサ・イ・アラゴンについては、端的に、事件の計画者のひとりであると言われたことがある。グアテマラの進歩的なハコボ・アルベンス政権の特別代表という地位を利用して原案を作ったというのだ。しかし、カルドーサ・イ・アラゴンは歴史に残る政権の代表であり、偉大なスペイン語詩人で、そのような狂った冒険に決して肩入れするはずのない人物である。彼の美しい回想録の中でもっとも悲しい一節は、エンリーケ・サントス・モンテーホ、筆名カリバンによる非難の部分である。カリバンは『エル・ティエンポ』紙にもっていた人気コラム「時の踊り」の中で、カルドーサ・イ・アラゴンはジョージ・マーシャル将軍暗殺の任務を公式に帯びていたと書いたのである。また、政権にあった保守党の機関紙『エル・シグロ』は、カルドーサ・イ・アラゴンこそが暴動の企画者だったと明白に宣言したほどだった。

私はずっとのちになってメキシコ市で彼と奥さんのリヤ・コスタコフスキーと知りあった。コヨアカン区の彼らの家は、思い出によって聖化され、同時代の偉大な画家たちの作品に飾られた美しい家だった。われわれ友人たちは日曜日の夜にそこに内輪だけで集まり、堅苦しい気取りがない故になおさら大事な会合をもったものだった。彼自身が、自分はすでに死んでいて不思議でないと考えていた──まず一回めは、あの事件のわずか一時間後に、狙撃手たちによって車が機関銃で蜂の巣にされたからだった。そしてその数日後、すでに反乱が鎮圧されていた時点で、一人の酔っぱらいが通りで彼の前に立ちはだかり、顔面に向けてリボルバーを撃ったのだが、それが二回続けて不発に終わったからだった。四月九日というのは私たちの対話にくりかえし出てきたテーマで、そこでは怒りと、失われた時代に対するノスタルジアとが渾然一体となっていた。

フィデル・カストロもまた、学生運動家という身分に付随するいくつかの活動ゆえに、あらゆる種類の馬鹿げた非難の犠牲者となった。あの暗黒の夜、荒れ狂う暴徒の中でもまれた激しい一日のあとで、彼は国家警察の第五師団にたどりついた――街頭での虐殺行為を終わらせるために何か役に立てることはないかと求めてのことだった。蜂起した要塞の中では、全員が守れるまともな判断基準を打ち立てることは不可能で、彼は絶望的な気持ちになった。おそらく彼のことを直接に知らなければ想像できないほど、激しく絶望的な気持ちだった。

彼は駐屯部隊の上層や、他の蜂起した士官たちとも面会して、営舎に閉じこもった部隊はいつも敗北すると説いたが賛同は得られなかった。兵士たちを通りに出して、治安の維持と、より公正な体制の建設のために戦わせるようにと提案したのだ。政府側の部隊と戦車が要塞に向けて一斉射撃するなか、あらゆる歴史の前例を持ち出して説得したが聞き入れられなかった。ついに彼は彼らと命運をともにすることに決めた。

夜明け近くになってプリニオ・メンドーサ・ネイラが自由党執行部の指示をもって第五師団のもとにやってきた。蜂起した士官や警官だけでなく、行動に出る指示を待って悶々としていた多数の自由党支持者に平和的投降を求めるのが目的だった。合意を得るための何時間にもわたる交渉の過程で、メンドーサ・ネイラの記憶の中には、あのキューバ人学生の映像がくっきりと刻みつけられた。大柄で、議論がうまく、自由党指導部の人間と反乱部隊の士官との間の論争に何度も割って入って、誰よりも明晰に話をする男だった。それが誰だかわかったのは何年もあとのことで、偶然カラカスで、あのひどい一夜の写真に彼が写っているのを目にしたからだった。フィデル・カストロがすでにシエラ・マエストラの山中［キューバ南部の山脈で、カストロらの革命軍が戦闘を開始した場所］にこもっているときだった。

私自身は彼と十一年後に初めて会った。勝利者としてハバナに華々しく入城するのを新聞記者として報じるために駆けつけたときのことで、その後、時とともに私たちが築いた個人的な友情は、無数の障害や衝突に耐えて続いてきている。聖俗両面のあらゆることを話しあってきた私たちの長い対話の中でも、四月九日の出来事はくりかえし出てきたテーマであり、フィデル・カストロが自らの形成過程において決定的な意味をもったドラマとして飽くことなく回想してきたものである。とくに第五師団での夜がそうで、そこは、出入りしている蜂起兵士の大部分が、素早い政治的解決が必要であることを行動によって主張し続けるかわりに、安易に略奪に加わっていることに彼が気づいた場所だったのである。

コロンビアの歴史をまっぷたつに割ることになった出来事にあの二人が立ちあっていたころ、私と弟は、他の避難者とともにフアニート伯父さんの家の薄暗がりの中で細々と生き延びていた。そのとき私は、自分がすでに作家の卵であるとは考えもせず、いつの日にか、自分たちが今生きている暴虐な日々に目撃しているものを、記憶によって再構成することになるとはまるで意識していなかった。唯一そのときの私の心にかかっていたのは、はなはだ俗なことだった——自分たちが生きていること（少なくともその時点までは）を家族に伝えること、そして、両親と弟妹たち、とくに遠くの町で寄宿学校に入っているいちばん上のマルゴットとアイーダの安否を確認することだった。

フアニート伯父さんの避難所にたどりつけたのは奇跡だった。最初の数日は絶え間ない銃撃のせいでとくに困難で、信頼できる情報は何も手に入らなかった。しかし徐々に私たちは近所の商店に探索に行って、食べ物を買い求めることができるようになった。街路は機動隊に支配されており、彼らは躊躇せず発砲するよう命令されていた。懲りることを知らないホセ・パレンシアは自由に歩きまわるために軍人の扮装をして、ゴミ溜めで見つけた探険帽とゲートルをつけて出ていったが、最初のパトロール隊に見破られ、奇跡的に逃げおおせた。

民間の放送局は真夜中前から沈黙を命じられ、陸軍の支配下に置かれていた。電報と、原始的で数も少ない電話は、公安連絡専用とされたので、連絡の方法はなかった。電報を送るための行列は、人であふれかえった電報局前からどこまでも続いていたが、ラジオ局が、運よく放送を聞いていた人に向けて電波でメッセージを送るサービスを開始した。この方法が私たちにはいちばん簡便で信頼できると思われたので、大した期待もせずにこれに委ねてみることにした。

弟と私は三日間閉じこもっていたあとで通りに出た。まったく恐るべき光景だった。町は瓦礫と化しており、絶え間なく降り続く雨のせいで煙って濁っていて、それによって火災は抑えられていたが、復興も遅れていた。都心部では屋上に巣くった狙撃手のせいで閉鎖されている通りが多く、まるで世界大戦に行けそうな武装をしたパトロール隊の命令で、意味もない迂回をしなければならなかった。通りにあふれる死の匂いは耐えがたかった。陸軍のトラックがまだ、歩道に積み上げられた死体の山を回収し終わってなく、兵士たちは、身内を必死になって探している人たちを相手にしなければならなかった。

商業の中心だった地区の廃墟の中では悪臭がとくにひどく、親族の探索を諦めなければならない家族がたくさん出るほどだった。死体が大きなピラミッド状に積み上げられている山のひとつには、裸足でズボンもはいていないのだが、非の打ち所のない燕尾服を着ている死体が目についた。三日後であってもなおも、灰の中からは、瓦礫の中に埋まっていたり、歩道に積み上げられたりして腐敗している主のいない遺体の悪臭が立ち昇っていた。

まったく予期していなかった瞬間に、弟と私は背後から、聞きまがいようのないライフルの装塡音と、有無を言わさぬ命令を耳にしてはたと足を止めた――

「手を挙げろ！」

私は考える間もなく恐怖に凍りついて両手を挙げたが、われわれの友人アンヘル・カシヒの大笑いが聞こえて生き返った。彼は第一類予備役兵として軍の召集に応じていたのだ。彼のおかげでファニート伯父さんの家の避難民は皆、国営ラジオ局の前で丸一日待ったあげく、電波によるメッセージを送ることができた。父はスクレで、二週間にわたって、昼夜を徹して読みあげられ続けた無数の伝言の中から、そのメッセージを聞き届けた。一家の憶測癖に以前から悩まされていた弟と私は、母がこの知らせを、彼女に最悪の事態の備えをさせる時間稼ぎのために友人たちが慈悲心から行なった偽の伝言だと解釈するのではないかと恐れた。それは当たってはいなかったが、あながち外れでもなかった――母は最初の晩から、自分のいちばん上の息子二人が、騒乱のさなかで血の海に溺れて死んだ夢を見ていたのだ。それはものすごく真に迫った悪夢だったにちがいなく、別のルートで真実が伝わると、彼女は私たちを二度とボゴタには帰らせない、たとえ実家にこもって飢え死にしなければならないとしても、と決めてしまった。その決断は断固たるものだったにちがいない。両親が私たちに送った最初の電報には、将来を決めるためにできるだけ早くスクレに向けて出発するように、という命令だけが記されていたのである。

緊迫した待機状態の中で、何人もの学友が、カルタヘーナ・デ・インディアスでなら勉強を続けられる可能性がある、と黄金色に塗りこめた夢を私に話してくれていた。ボゴタはいずれ瓦礫の中から立ち直るだろうが、ボゴタ人たちは殺戮の恐怖と悲惨から二度と立ち直ることはないだろうと考えてのことだった。カルタヘーナには長い歴史のある大学があって、町の歴史的遺物に劣らぬ高い評価を受けており、しかもそこには、国立大での私の悪い成績でもいい成績と見なして受け入れてくれる人間的な規模の法学部があった。

私はそのアイディアを、実地に試してみるまで放棄したくなかったし、実際にわが身で行って見てみるまでは両親に言いたくなかった。彼らには、スクレにはカルタヘーナ経由で飛行機で帰る、なぜならこの熱い戦争状態ではマグダレーナ川の旅は自殺行為になるかもしれないから、とだけ知らせておいた。ルイス・エンリーケは、彼は彼で、ボゴタの雇い主と給金の精算が終わり次第、仕事を探しにバランキーヤに行く、と連絡した。

どうなるにせよ、私は自分が、どこの町に行こうとも決して弁護士にはならないことがわかっていた。ただ両親の気をまぎらしておくためにもう少し時間を稼いでおきたかったので、カルタヘーナは考えをまとめるのにちょうどいい中継地に思えた。そのときにはまったく思いもしなかったのだが、この理にかなった計算のおかげで私は、カルタヘーナこそ自分の人生を生きたい場所だ、と心臓が喉もとから飛び出すような思いで決断する機会を得ることになったのである。

あの時期、どこ行きであれ、海岸地方まで同じ飛行機に五つの席を確保するのは、私の弟にのみ望みうる難事だった。危険の中で果てしない列に並んだり、非常用の臨時飛行場内を丸一日走り回ったりしたあげく、彼はようやく、三機に分かれた五席を手に入れた。いずれも信じられないような時刻に、目に見えない銃撃や爆発のさなかで発着する便だった。弟と私には、バランキーヤ行きの同じ飛行機の二席が確保できたが、最後になって私たちは別々の便で発つことになった。前の週の金曜日から執拗に続いていた小降りの雨と霧には、火薬と腐敗した死体の匂いが染みついていた。家から空港までの間に軍の検問所で二か所続けざまに訊問されたが、その兵士たちは皆恐怖にこちこちになっていた。二つ目の検問所で兵士たちが急に地面に伏せ、私たちにも伏せるように命じたかと思うと、爆発に引き続いて重火器の砲声が鳴りわたった。あとになってそれは、洩れた工業用のガスが引火して爆発したものとわかった。他の乗客とともに私たちは、ある兵士がこう語るのを聞いた――自分は三日前からこの検問所に配置されており、一度も交代要員が来ないどころか、首都全体ですでに銃弾が底をついているせいで弾も切らしている、というのだった。止められたときから私たちはほとんど何も口にせずにいたが、兵士たちの恐怖感にはなおさらうちのめされた。しかしながら、身元検査と旅行目的調査の手続が終わると、もうあとは機内に案内されるまでその場で待つだけだ、と知らされ、私たちは胸をなでおろした。待ち時間中に私は、誰かが憐れんで恵んでくれた三本の煙草のうち二本だけを吸い、一本は機内の恐怖に耐えるためにとっておいた。

電話が機能していなかったので、出発便の連絡その他、変更の知らせは、いくつもの検問所に、オートバイに乗った軍の伝令兵が伝えた。午前八時には、旅客の一部に対して、私の乗る飛行機とは異なるバランキーヤ行きの便に即座に搭乗するよう呼び出しがあった。あとで知ったのだが、私のグループのあとの三人は、別の検問所から弟と一緒にこの便に乗りこんだのだった。単独での待機は、飛行機に対する根深い恐怖症を、頑固なロバに教えこむように私に叩きこむことになった。というのも、ようやく飛行機に乗りこむ時間になってみると、空はすっかり重く曇って、ごろごろと雷が鳴りはじめていたのである。おまけに、私の飛行機のタラップは他の機のところで利用していたため、兵隊二人に手伝ってもらって、左官屋が使うようなはしごで機内によじ登るしかなかった。実はこれと同じ飛行場で、ちょうど同じ時刻には、フィデル・カストロが――彼自身が何年ものちに語って聞かせてくれたところでは――闘牛用の雄牛を満載したハバナ行きの飛行機に乗りこんでいたのである。

運よくなのか、運悪くなのか、私が乗った飛行機は、新鮮なペンキと塗り立てのグリスの匂いがするDC3型機で、個別の明かりも客室から調節できる換気装置もついていなかった。兵士運搬用の装備になっており、観光旅行用の通常の便のように三席に分かれた座席の列が並んでいるかわりに、粗削りな板でできた長いベンチがふたつ、縦方向に設置され、床にしっかりボルト止めされているのだった。私の荷物は布製のスーツケースがひとつだけで、中には汚れた着替えが二、三着と、詩集が数冊、そして、ルイス・エンリーケがかろうじて救出してきた文芸付録の切り抜きが入っていた。乗客はたがいに向かいあって、コクピットから後尾まで伸びている二列にすわった。安全ベルトはなく、そのかわりに、船を舫《もや》うような麻縄のロープが二本あって、それが片側ずつで使う集合的な安全ベルトの役を果たした。私にとっていちばん辛かったのは、飛行を生き延びるためにとっておいた最後の煙草に火をつけたとたんに、オーバーオール姿のパイロットがコクピットから、禁煙を命令したことだった。飛行機の燃料タンクが板張りの床のすぐ下にあるせいだった。三時間の飛行時間は無限に感じられた。

バランキーヤに到着すると、四月にしかないあの大雨が降ったばかりのところで、地面から掘り起こされてしまった家が川と化した通りを流れていたり、独居の病人がベッドの上で溺れていたりする状態だった。私は洪水でむちゃくちゃになった空港の中で、晴れ上がるのを待たなければならず、弟と彼の二人の仲間が乗った飛行機がすでに時間通りに到着していることはわかったものの、三人とも、最初の驟雨を告げる雷が鳴り出す前にあわててターミナルをあとにしてしまっていた。

さらに三時間かかって私はようやく旅行会社まで行きついたものの、カルタヘーナ行きの最後のバスは嵐を予見して出発時刻を早めて出てしまったあとだった。弟はそれにちゃんと乗っていったものと思ったので私は心配しなかったが、自分が金もなくバランキーヤで一夜を過ごさなければならないことを思って不安になった。最終的にはホセ・パレンシアのおかげで、美しいイルセとリーラのアルバラシン姉妹の家に緊急避難させてもらうことができ、三日後、私は郵便公社のおんぼろバスでカルタヘーナに旅立った。弟のルイス・エンリーケはバランキーヤで仕事を探すつもりで留まっていた。私の手元には八ペソしか現金がなかったが、ホセ・パレンシアが、夜の便のバスでもう少し持ってくることを約束してくれた。座席に空きはなく、立ち乗りの余地すらなかったが、車掌が、屋根の上に三人まで乗せていくことに同意した。貨物と乗客の荷物の上にすわっていくことで、通常料金の四分の一にしてもらえた。このような奇妙な状況下、炎天のもとで私は、一九四八年の四月九日にこそコロンビアの二十世紀が幕開けしたのだ、という意識を抱いたのだったように思う。

6

馬しか通れないような道路でまる一日死ぬほど揺られたのち、郵便公社のトラックはついにその最後の吐息を、いかにもふさわしい場所で吐き出して止まった——魚の腐臭がたちこめるマングローブのぬかるみにはまって、カルタヘーナ・デ・インディアスまで半レグアほどのところで止まったのだった。「トラックなんぞで旅する者は、どこで死んでも不思議でない」と言っていた祖父のことを私は思い出した。六時間におよぶむきだしの太陽と、湿地の悪臭にやりこめられた屋根上の乗客は、降車のためのハシゴが出されるのも待たずに、鶏の籠やバナナの塊など、あらゆる売り物、生き物も死に物も、バスの屋根の上ですわっていたものを、急いで投げ下ろしはじめた。運転手は運転台から飛び下りて、痛烈な怒声で宣言した——

「英雄《ラ・エロイカ》の町だぞ！」

それが過去の栄光にちなんだカルタヘーナ・デ・インディアスの異名であり、町はすぐそこにあるはずだった。しかし、私にはそんな町は見えなかった。四月九日から着たきりで過ごしてきた黒いウールのスーツの中で、ほとんど息もできないくらい茹で上がっていたからだ。あと二着あったスーツは、公営質屋に入ってタイプライターと同じ運命をたどっていたのだが、両親向けの公式見解では、タイプライターその他の不急不要の所持品はすべて、服とともに火事の騒動で消え失せたことになっていた。いばりくさった運転手は、道中、私のことを山賊みたいななりをしていると言ってからかっていたものだが、私が今度は、町がどこにあるのかわからずにきょろきょろ見まわしているのに、大歓びして笑いだした。

「お前さんのケツの方角だよ！」と彼は全員に聞こえるように私に叫んだ。「気をつけろよ、あそこじゃ薄のろはすぐに勲章をくらうからな」

実際、カルタヘーナ・デ・インディアスは四百年前からずっと私のすぐ後ろにあったわけだが、マングローブの沼沢からわずか半レグアのところだとはまったく思いがけなかった。最盛期に町を異教徒や海賊から守っていた伝説的な城壁の向こうが町なのだが、その城壁じたいが繁り乱れた藪と、長く伸びた黄色い風鈴草の連なりに覆われて完全に見えなくなっていたのだ。そこで私は他の乗客と一緒になって、スーツケースを引きずって茂みの中をいったが、そこには生きた蟹がうようよしていて、その甲羅が靴の下で爆竹みたいに弾けた。私がどうしても思い出さずにはいられなかったのは、最初の旅のときに、仲間がマグダレーナ川に投げ捨てたあの莚《むしろ》のこと、そして、リセオの最初の数年間、怒りに涙を流しながら私が国の半分ほども引きずってまわったあのトランク、最後には高卒資格の記念にアンデス山脈の崖下に捨ててきたあのトランクのことだった。私はいつも、あのような、分を越えた大荷物には自分とはまるで無関係な運命があるように感じていたものであり、それからの長い年月をもってしてもこの感覚はまったく薄れていない。

教会や修道院の丸屋根が夕暮れの靄の中にかいま見えてきた、と思った瞬間、私たちの目の前に蝙蝠《こうもり》の大群があらわれ、頭のすぐ上をかすめるようにして飛んでいった。英知に満ちた彼らの身のこなしがなければ私たちはあやうく地面に倒されるところだった。その翼が群れをなして雷鳴のように鳴ったかと思うと、背後に死の悪臭を残して去っていった。完全に取り乱した私が、スーツケースを放り出して、両腕で頭を抱えて地面にうずくまると、すぐ脇にいた年配の女性がこう叫んだ——

「ラ・マグニフィカをお祈りするのよ!」

悪魔の来襲を払いのける秘密のお祈りのことだった。教会が公認していないその祈りを、大いなる反教会人たちが冒瀆の悪罵が役に立たないときに愛用しているのだ。女性は私がこのお祈りを知らないことを見てとり、私のスーツケースのもう一方の革紐を持って運ぶのを手伝ってくれた。

「じゃ私と一緒にお祈りしなさい」と彼女は言った。「でも、ちゃんと信心をこめなくちゃだめよ」

そう言って彼女は「ラ・マグニフィカ」を一節ずつ私に口述し、私はそれを、以後二度と感じたことのない篤い信仰をもって声に出してくりかえした。蝙蝠の大群は、今では私にもとても信じられないのだが、祈りが終わる前に空からどこかへと消え去った。するともう、海が崖に叩きつける轟音以外には何もなくなっていた。

私たちはあの大きな時計門のところに着いた。百年にわたってそこには跳ね橋が設けられていて、この橋が旧市街とゲッセマニの場末街や、マングローブ沿いにびっしりと並ぶ貧民街とをつないでいたのだが、夜の九時から夜明けまでは橋を跳ねあげることになっていた。住民はそれによって世界から切り離されただけでなく、歴史からも切り離された。言い伝えによると、スペイン人植民者たちがその橋を建設したのは、町の外の貧民たちが真夜中に忍びこんできて寝ている彼らの喉をかき切るのを恐れてのことだったという。しかしながら、神々しいほどの優美さもこの町にはたしかに残っていたようだ。城壁の中に一歩踏み入れただけで私は、午後六時の薄紫の光の中に、この町の偉大さを見てとることができ、生まれ直したような感覚を抑えきれなかったのである。

それもむべなるかなだった。その週の初めに私は、血と泥のぬかるみをばちゃばちゃと歩いてボゴタをあとにしたのだったが、そこでは、煙をあげる瓦礫の合間に主を失った遺体の山がなおもあちこちに放置されていたのである。それが突然、カルタヘーナに来てみると、世界がまったく違っていた。国を席捲している戦争の痕跡はどこにもなく、痛みではなく甘美さのある孤独が、絶え間のない海が、そして、目的地に到着したというあの広大無辺な安堵感が、同じ人生の中でわずか一週間後に目の前に展開するとは、私には信じるのもむずかしかったのである。

生まれて以来ずっと話に聞かされてきたせいで、私は即座に現物がわかった——馬車や驢馬の荷車が集まる小さな広場があり、そのいちばん奥に、庶民向けの商売が混みあって騒がしく展開されている廻廊があるのだ。公式にそう認識されているわけではなかったが、この部分こそが、この町の起源のとき以来、今なお生き続けてきている究極の心臓部なのだった。植民地時代には「商人廻廊」と呼ばれたところだ。目に見えない糸によってここから奴隷売買がコントロールされており、また、スペインの支配に反対する思いが醸成されたのもここからだった。時代が下ると、「筆耕廻廊」と呼ばれるようになり、ウール地のチョッキ姿で袖カバーをつけた無口な書写生たちが、恋文をはじめとするあらゆる文書を、読み書きのできない貧しい人たちに代わって書きしたためた。その多くは密かに中古の本の売買にもたずさわっていて、とくに、宗教裁判所に禁じられた本を専門としていただけでなく、スペイン人に対するクリオーリョたちの陰謀の伝達役も果たしていたと考えられている。二十世紀の初めの時期には、私の父もこの廻廊で恋文執筆の技を発揮することで、詩人としての衝動を解消していたという。彼の場合は詩人としてはもちろん、筆耕としてもまるで儲からなかったが、それは客の中には悪賢いのがいて——それとも本当に貧しかったからか——、手紙を無料で書かせるだけでなく、郵便代の五レアルまで負担させたりしたからだった。

何年か前からここは「甘味廻廊《ポルタル・デ・ロス・ドゥルセス》」と呼ばれるようになっていて、腐った布地の日除けの下に、乞食が市場の余り物を食べに集まったり、客の死ぬ日時を占ったうえで、それを口外しないために高い金を要求するインディオたちの不吉な声が鳴り響いたりするところだった。カリブ海を行く軽快帆船は、ここの港に逗留してお菓子を買っていくのだったが、そのお菓子には、それを作った当のおばさんたちの発明した独創的な名前がついていて、それを売り子が特有の節回しで歌って売りまわった――「お猿《モーノ》さんにはピオノーノ、お母《マミン》さんにはディアボリン、変人《ロコ》さんにはココナッツ、マヌエーラには黒砂糖《パネーラ》を」。このようにして、このアーケード廻廊は、いい時代にも悪い時代にもこの町の生命の中心であり、国家的な問題が政府のあずかり知らぬうちに解決される場所であり、また、誰が次の知事になるのか、ボゴタにいる大統領が思いつきもしないうちから、揚げもの屋の女たちが知っている世界で唯一の場所だった。

即座にこの喧騒に魅了されて、私はよろよろとスーツケースを引きずりながら夕方六時の雑踏の中に飛びこんで、かき分けて進んでいった。ぼろ着をまとってがりがりに痩せたひとりの老人が、靴磨きの並ぶ台のところから、まばたきもせずに鷹のような冷たい目で私を見つめていた。そして私をいきなり遮って止めた。私が彼の姿に目を止めたことを確認するやいなや、彼はスーツケースを運ぼうと言ってきた。私はお礼を言ったが、すると彼は慣れた口つきの俗語で明快に言った――

「三十チーボになる」

ありえなかった。スーツケースひとつ運ぶのに三十センターボといえば、両親からの援助が翌週届くまで四ペソしか手元に残っていない私にとって、大きな痛手だった。

「それじゃスーツケースとその中身全部の値打ちに等しい」と私は言った。

それに、ボゴタの仲間がすでに到着しているはずの宿屋は、そこから遠いわけではなかった。老人は仕方なく三チーボで引き受け、はいていたゴムわらじを脱いで首にかけると、スーツケースをその痩せた体つきにしてみれば嘘のような力強さで肩にかつぎあげ、裸足で陸上選手のように駆けだして、幾世紀にもわたる放擲《ほうてき》のせいで表面がぼろぼろと剝げ落ちた植民地時代の家々の迷路を抜けていった。二十一歳の私の心臓のほうが口から飛び出しそうになった。もう長くは生きていられるはずのない老いぼれオリンピック選手を視界から失わないようついていくのがやっとだった。五ブロックほど行ったところで、彼はホテルの大きな玄関口に飛びこみ、一段飛ばしで階段を駆けあがった。まるで乱れていない呼吸のまま、彼はスーツケースを床に置き、私に手を差し出した――

「三十チーボになる」

すでに料金を払ったことを私は言ったが、彼は廻廊で受け取った三センターボには階段分は含まれていないと言いつのった。奥から出てきたホテルの女主人も、彼の言い分を後押しした――階段は別料金になるというのだった。そして、私の一生涯にわたって有効であり続ける予言を口にした――

「じきにわかるけど、カルタヘーナではすべてが違うのよ」

私はさらに、ボゴタの下宿仲間の誰一人としてまだ到着していないという悪い知らせにまでぶつかることになった。私を含めて四人という予約は確かに入っていて、彼らとの打ち合わせでは、その日の午後六時までにこのホテルで落ち合うことになっていたのである。通常の旅客バスのかわりに不確かな郵便公社のトラックに乗ったせいで、私は三時間遅くなっていたのだが、それでも他の誰よりも時間に正確で、しかし、四ペソ、マイナス三十三センターボの手持ち金では、何もできないのだった。

というのも、ホテルの女主人は魅力的なマダムだった一方、自らの作った規則の奴隷でもあった。これは、彼女のホテルで過ごしたそれからの長い二か月を通じて私が存分に思い知らされたことでもあった。女主人は、最初の一か月分を前払いしないかぎり、私を客として受けつけることを拒んだ——三食付の六人部屋で、十八ペソが必要だった。

両親からの助けは一週間以内には期待できず、したがって私のスーツケースは、助けてくれるはずの友人たちが到着しないかぎり、踊り場よりも中には入れてもらえないのだった。私は大司教がすわるような安楽椅子にすわって待った。これは大きな花の絵が描きつけてあるもので、まる一日、わが不幸のトラックで炎天下を揺られてきた私にとってはまるで天からの贈りもののようだった。実際のところ、あの数日間は、誰も何も、確かなことはひとつとしてありえなかった。日付を決めて、時間まで決めて落ち合うなどというのは、まるで現実的な感覚が欠けていることだった。なぜなら、私たち自身ですら恐くて言えなかったのだが、国の半分が血まみれの戦争状態に入っていたのであり、それはすでに数年前から地方では隠れて行なわれていて、一週間前からは都会でも突如、公開のものとなって、死者を生んでいたからである。

彼らと別れた八時間後、カルタヘーナのホテルで身動きとれなくなった私には、ホセ・パレンシアとその友人たちがどうなったのか見当もつかなかった。さらに一時間、知らせのないまま待ったのち、私は無人の通りを徘徊に出た。四月は暗くなるのが早い。街灯はすでに灯っていたが、光は暗くて、木々の間から覗く星明かりと区別がつかないくらいだった。十五分ほど植民地時代の市街の、石畳の裏道を適当に歩きまわっただけで、この希有な町が、学校で聞かされていたような、缶詰めになった化石みたいなもの、というのとはまるで違っていることがはっきりとわかった。

通りには人影ひとつなかった。町外れから夜明けとともに働きに、あるいは物を売りにやってくる人々は、午後五時に群れをなして場末町に帰っていき、城壁内の住民は家の中に閉じこもって、夕食をし、真夜中までドミノで遊ぶのだった。自家用車の習慣はまだ定着してなく、使用されている少数の自動車は城壁外にとどまっていた。いちばんお上品な役人ですら、職人仕事によって地元で作られたバスで馬車広場まで出てきて、そこからオフィスまで、人波をかき分けたり、歩道上に店開きしているがらくた売りたちの上を飛びこえたりしていくのが当たり前だった。あの悲劇的な時代のいちばんお高くとまった知事ですら、自宅のある高級住宅街から馬車広場まで、自分が学校に通ったのと同じバスでなおも通い続けていることを自慢していたほどだったのである。

自動車から免れていたのは、自動車というものが歴史的現実と相いれなかったからだ――車は細くて捩れた街路に入りきらなかったのだ。この町は、夜になると、虚弱な馬が蹄鉄をつけていない蹄の音を響かせながら歩いていくようなところだったのである。いちばん暑い時期になって、人々が、公園の涼しい空気が少しでも入ってくるようにとバルコニーを開け放つと、近所の人たちの内輪の会話が、風にのってまるで亡霊のように反響しながら聞こえてきた。眠りの浅い老人たちは石畳の通りに密やかな足音を聞き止めると、目を開かずにじっと聞き入ってから、「ホセ・アントニオがまたチャベーラのところに行くんだな」と幻滅したように呟くのだった。眠れずに困っている人たちを本当に怒らせるものといえば、ドミノの駒をテーブルに叩きつける乾いた音ぐらいのもので、それが城壁内全域に鳴りわたった。

その夜は私にとって歴史に残る一夜だった。本の中に書かれてあった教科書的な虚構は、実生活に打ち負かされていたが、現実の風景の中でかろうじて見え隠れしていた。私が涙が出るほど感動したのは、話に読んだことのある侯爵たちの古い宮殿が、まさに自分の目の前にあって、それがだいぶ傷んでいたり、玄関前の廂の下で乞食が眠っていたりすることだった。カテドラルに鐘がないのが目に入れば、それは海賊のフランシス・ドレイクが大砲を造るために運び去ったからだった。そのときの襲撃を免れた少数の鐘が悪魔祓いの対象となって溶かされたのは、残された鐘が悪魔を呼び覚ますような邪悪な鳴り方をするとして、司教のおかかえ呪術師たちが火刑にせよと審判を下したからだった。元気のない木々の傍らに英雄たちの彫像が目に入れば、それは、やがては滅ぶ大理石に彫られた彫像ではなく、その本人が生身で死んでいるように見えた。カルタヘーナでは、彫像が時の錆に侵食されないよう保全されているのではなく、まるでその正反対だったからである——時間が保全されていて、どれほど世紀の数字が増えていっても、ものごとはもとの年齢のままで生き続けるように仕組まれていたのである。まさにそのようにして、私が到着したあの夜、町は私が一歩足を踏み出すたびに、生命をもって私の前に姿をあらわしてきた——歴史家たちが描き出す紙粘土細工の化石としてではなく、生身の肉でできた都市として。もはや武勲の栄光によってではなく、崩れてきた瓦礫の威厳によって生き続けている都市として。

このような新しい息吹を得て宿にもどると、ちょうど時計台が十時を打つところだった。半ば眠りこんでいた守衛さんが、友人たちは誰も到着していないが、スーツケースはホテルの物置き部屋に安全に保管してある、と教えてくれた。そのときになって初めて私は、バランキーヤの粗末な朝食以来何も飲み食いしていないことに気がついた。空腹で脚に力が入らなかったが、私は女主人がスーツケースを担保として預かって、その一晩だけ、ロビーの椅子の上でいいから眠らせてくれればそれでいいと思った。守衛は私の無邪気を笑った。

「おかまみたいなこと言うなよ」と彼は荒くれたカリブ弁で言った。「ざっくざく金があるんだから、あのおかみさんは七時に寝て、翌朝十一時まで起きやしないさ」

その理屈がいかにも筋が通っているように思えたので、私は通りをはさんで向かい側のボリーバル公園のベンチに腰をおろして、誰の邪魔にもならないよう友人たちの到着を待つことにした。通りの明かりでは、元気のない木々もほとんど見えなかった。公園内の街灯は日曜日と決まった祝日にしか点灯されなかったからだ。大理石のベンチには、破廉恥な詩人たちの落書きが、消されてはまた書き直された痕跡が残っていた。宗教裁判所宮の中からは、一枚岩に彫りこまれた植民地時代のファサードと、大司教座の大聖堂のような大扉の向こうで、この世のものではありえないような、病気の鳥の哀れな呻き声が聞こえていた。そのとき、煙草を吸いたいという衝動が、本を読みたいという衝動と同時に襲ってきた。このふたつの悪徳は私の若いころには、どちらも時宜を選ばず、執拗なものであるせいで、混じりあってしまっていたのである。オルダス・ハックスリーの小説『恋愛対位法』を読んでいるところだったが、肉体的な恐怖感から飛行機の中では読み続けることができず、本は今やスーツケースの中で眠っていた。そこで私は最後の一本の煙草に、安堵と恐怖とが混じりあった希有な感覚をおぼえながら火をつけ、明日なき一夜の予備として、半分吸っただけで消してとっておいた。

今すわっているベンチの上で一夜を過ごす心づもりができたころ、急に私は、繁った木々の影の中に何かが隠れているように感じた。見るとそれは騎乗したシモン・ボリーバルの彫像だった。他ならぬシモン・ホセ・アントニオ・デ・ラ・サンティーシマ・トリニダー・ボリーバル・イ・パラシオス将軍、祖父にそう命じられて以来ずっと私の英雄だった人物が、輝きたつ儀典服を着て、ローマの皇帝のような頭を、ツバメの糞だらけにして馬にまたがっているのだった。

ボリーバルはなおも私にとって忘れえぬ人物だった。その救いがたい首尾一貫性の欠如にもかかわらず、というよりも、まさに首尾一貫していないがゆえに、気になる人物だったのかもしれない。考えてみれば彼の迷走ぶりは、私の祖父が大佐の階級を勝ちとるにいたった道筋とまったく似ていないわけでもなく、祖父が幾度となく命を賭けた戦争は、まさにボリーバルが設立し支援した「保守党」に対して自由派が挑んだ戦いだったのである。そんなことをもやもやと思いめぐらしているとき、有無を言わさぬ声が背後から聞こえて私は我に返った——

「手をあげろ！」

私は安堵を覚えながら両手をあげ、それはついに友人たちが来たんだと確信してのことだったが、見ると警官が二人、粗野な感じというよりも、さらにひどくてボロをまとっているような警官二人が、新品のライフル銃を私につきつけているのだった。二時間前から出ている外出禁止令にどうして背いているのか、と彼らは訊いてきた。その前の日曜日から外出禁止令が発令されていたことすら私は、彼らから聞かされるまで知らず、また、ラッパや鐘の音その他、何の合図も耳にしていなかったので、どうして通りに人っ子ひとりいないのか理解するきっかけも得られずにいたのだ。警官たちは私が身分証明書を見せて、なぜそこにいたのかを説明している間も、しっかり聞いて理解しているというよりも、適当に聞き流している感じだった。身分証明書も、よく見もせずに返してくれた。いくら金を持っているかと訊ねるので、私は四ペソに満たないことを答えた。すると二人のうち、きっぱりしているほうが、煙草を一本くれと私に言い、そこで私は、寝る前に吸おうと思ってとっていた吸いさしを見せた。相手はそれを取りあげて、指が焦げるところまで吸った。それが終わると彼らは私の腕をつかんで、法の定めによってというよりもただ単に煙草が吸いたいがために、煙草を一本一センターボでばら売りしている店が開いていないか探して通りを歩きはじめた。夜は満月の下、澄みわたった清冽なものとなっていて、静けさは、空気と同じように吸いこむことのできる不可視の物質のように感じられた。そのとき私は、父が何度も話して聞かせてくれたのに私たちが信じようとしなかった話を、初めて理解できた——静まりかえった墓地の中で夜中にヴァイオリンを練習していると、自分の弾く愛のワルツがカリブの全域に響きわたっているように感じられた、と言っていたのだ。

ばら売りの煙草を探すのに疲れて、私たちは城壁の外に出、公設市場の背後にあって独自の活気がある沿岸航路埠頭まで行くことになった。キュラソーやアルーバや、他の小アンティール諸島に行く軽帆船が接岸するところだ。ここはこの町でいちばん面白くて有能な人たちが夜っぴてたむろしているところで、そこの仕事の性質上、外出禁止令下でも適用除外を認められていた。夜の仕事がある人たちが集まるだけであって、夜中まで、いい値段で、いい仲間とともに食事ができた。野天の食堂があって、もう食事のできる店がなくなったあとに食事をしたい人がみんな集まってくる場所だったのである。店には公式な名前はついてなかったが、まるで実情とは正反対の名前——「洞窟《ラ・クエバ》」——で知られていた。

警官たちはまるで家に帰ったみたいに親しかった。すでにテーブルについていた客は、いずれも昔からの知りあいで、誰もが一緒にいられるのを心からよろこんでいるふうだった。誰もが学校時代のあだ名みたいなもので呼びあっているので誰の苗字もまったくわからず、みんながいっときに、てんでばらばらに大声で話をしていた。誰もが仕事着姿だったが、ひとりだけ、六十がらみで白髪交じりの美男子が、ひと時代前のスモーキングを着ていて、その隣には、やはり年配だが、まだ十分に美しい女性が、だいぶ傷んだスパンコールのドレスを着て、本物の宝石をたくさん身につけているのが目についた。この場所にいるということ自体が彼女の仕事をあらわしていると考えることができた。このような悪名高い場所に出入りするのを夫から許容されている女性などほとんどいない時代だったからだ。このふたりは観光客とも考えることができたが、その場に慣れた態度と地元ふうの訛り、そして他の客との親しげな様子からして、そうではないようだった。ずっとあとになって知ったのだが、彼らはそのような見た目から想像できるのとはまるでちがい、中庸の道を外れることを選んだ昔からのカルタヘーナ人の夫婦で、どんな理由で外食に出るときでもいつも正装して出かけることにしており、その晩は、どの知りあいもレストランも外出禁止令のせいで早寝していたり閉まっていたりしたせいで、ここに流れついていたのだ。

彼らが私たちに食事をご馳走してくれた。他の客は大テーブルに席を空けてくれて、私たち三人は少しばかり小さくなって、おずおずと席についた。夫妻は警官たちにも、まるで慣れ親しんだ召使いのように親しげに対した。警官のひとりは誠実そうによくしゃべり、テーブルでは育ちがよさそうなマナーがあった。もうひとりは、食べるのと煙草を吸う以外には関心がなさそうで、自分に閉じこもっていた。私はと言えば、慎み深さからというよりも単に臆病なせいで、彼らより少ない分量しか注文できず、これでは空腹も半ばしか解消できないと気づいたときには、あとの二人はすでに食べおわっていた。

ラ・クエバの主人で、たったひとりの給仕人も兼ねているのは、ホセ・ドローレスという、ほとんど青年と言っていい若い黒人で、こちらがどぎまぎしてしまうほど美しく、ムスリムのように真っ白な布に身を包んで、いつも耳の上に新鮮なカーネーションを挿していた。しかし、何よりも彼においで目立ったのは、過剰なほどの頭のよさで、それを自分が幸せになるために、また、他の人たちを幸せにするために、物惜しみせずに使うのだった。ほとんど完全に女になっていることは明らかで、夫としか寝ないことで広く知られていた。そのような彼の立場についてからかう人は誰もいなかった。彼には研ぎ澄まされた機知と舌鋒の鋭さがあり、世話になってお礼をしないことはなく、侮辱されてやり返さないことはなかったからだ。彼はたったひとりですべて――ひとりひとりの客の好みに応じて確実な調理をすることから、スライスした青バナナを片手で揚げながら、もう一方の手で代金のやりとりをするようなことまで――をこなし、彼のことをママと呼んでいる六歳ぐらいの子供にほんのわずかなことを手伝ってもらうだけだった。その場をあとにしたとき、私は大発見に感動をおぼえていたが、この夜更かしのはみ出し者たちのたまり場が、私の生涯で忘れがたい場所のひとつになるとまでは、想像していなかった。

食事のあとで私は、警官たちが遅まきの巡回を終えるのに同行した。月が空に、黄金の皿のように輝いていた。そよ風が吹きはじめ、どこか遠くでやっている大がかりなどんちゃん騒ぎから、音楽と叫び声の切れ端を運んできた。警官たちにはよくわかっていた――貧しい人たちの住む地区では、誰も外出禁止だからといっておとなしくベッドに入ったりはせず、毎晩違う家で料金をとって踊りの会を開いて、夜明けまで通りに出ないで過ごしていたのである。

二時になると、もう友人たちが到着していることを確信してホテルの戸を叩いたが、今度は守衛に、無駄に起こしたといって容赦なく追い返された。ついに警官たちも、私にはどこにも眠る場所がないことを得心して、署に連れていくことに決めた。これは冗談にしてもあんまりだと感じて、私はユーモアを忘れて怒りだし、彼らに罵声を浴びせてしまった。私の子供っぽい反応に驚いて、彼らの一方はライフルの銃口を私の腹に向けて立場をわきまえさせた。

「調子に乗るなよ」と彼は笑い転げながら言った。「外出禁止令違反で逮捕されてるんだってことを忘れるな」

こうして私は、留置所の六人部屋で、他人の汗によって醱酵したみたいになっている茣の上で、カルタヘーナの幸せな第一夜の眠りについたのだった。

この町の魂に触れるところまで行くのは、第一日を生きのびるよりもずっと容易だった。二週間も経たないうちに、私は両親との関係をうまく解決した――彼らは、戦争のない町に住むという私の決断を圧倒的に支持してくれた。ホテルの女主人は、留置所で一夜を過ごさせたことを後悔して、しゃれた植民地時代の家の屋上に最近作った上屋《うわや》に、あと二十人の学生たちと一緒に私を住まわせることにした。私からすれば何の不満もなかった。国立リセオの寄宿室のカリブ版といった趣だったうえ、ボゴタの下宿屋と比べて、食事付でなおかつ安かったからだ。

法学部への入学は、主任のイグナシオ・ベーレス・マルティーネスと、経済学の先生――その名前はどうしても記憶の中に見つけだせない――による入学試問を受けることで一時間で決着した。慣例に従って、この儀式は第二学年の学生全員のいるところで行なわれた。前口上を聞いているときから、私は先生ふたりの判断の明晰さと言語の正確さ――ボゴタ周辺の内陸からすると、言語の自由奔放さで知られている地方なのに――に強い印象を受けた。籤《くじ》で決まった第一主題は、アメリカ合衆国の南北戦争で、これは私がゼロよりさらに少ないぐらいしか知らないテーマだった。ようやく私たちのもとに届きはじめたばかりだった北米の新しい小説家たちをまだ読んでいなかったのは残念だったが、ベーレス・マルティーネス博士が『アンクル・トムの小屋』に軽く触れて話しはじめたのがラッキーだった。高校時代からよく知っている本だったからだ。私はこれに飛びついた。先生たちはふたりして、懐旧の念に襲われてしまったのにちがいない、試問に用意されていた六十分間はまるごと全部、合衆国南部における奴隷制の汚辱についての感動的な分析に費やされてしまった。そして、それで終わりになった。したがって、ロシアン・ルーレットみたいなものと予期していたにもかかわらず、いざ蓋を開けてみると、試問は単なる楽しい対話ですんでしまい、いい評価をしてもらえただけでなく、心のこもった若干の拍手までもらえたのだった。

このようにして私は法学部の二年目を完了させるべく、ボゴタの一年目にまだ取っていなかった一科目か二科目について再試験を受けるという、結局果たされなかった条件つきで編入を許された。学部の仲間には、私が主題を手なずけた手口にすっかり感心したという人も少なからずいた。彼らの中では、学問的な厳密さで凝り固まってしまった大学において、創造的な自由を求める闘争が生まれていたからである。これは私自身がリセオのとき以来、ひとりで夢見てきたことでもあったが、私の場合、邪気のない抵抗運動としてではなく、勉強せずに試験に受かる見込みがある唯一の手段として行なっていたのである。しかしながら、教室における判断基準の自主独立を主張していた張本人たちが、宿命に屈して、植民地時代の文書を収録した時代遅れの大部な本を丸暗記して試験の死刑台にのぼっていった。幸い、彼らも実生活においては、金曜日の有料ダンス会の灯し火を、戒厳令の下、日に日にずうずうしく行なわれるようになってきていた取り締まりの危険をかいくぐって、灯し続けるすべを知りつくしている人たちだった。踊りの会は、外出禁止令が続いていた間も、治安当局との密かな合意のもとで開催され続け、禁令が解けると、苦悶の中からよみがえって、以前にもまさる活気をもって開かれるようになった。とりわけトリーセス、ゲッセマニ、ピエ・デ・ラ・ポパの界隈で盛んだった。いずれもあの暗い数年間にあっていちばん羽目を外していた地区である。窓から首を出して眺めて、いちばん気に入ったフィエスタを選んでいけばよく、五十センターボで夜明けまで、カリブでいちばん熱い音楽がスピーカーで大増幅されている中で踊り続けることができた。ダンスの相手として無料で招かれているのは、私たちがウィークデイに学校の帰りに見かけている女の子たちで、彼女らは日曜日のミサのための服を着て、お目付け役の叔母や解放的な母親たちの監視のもとで、開けっぴろげな娼婦のように踊った。そのような大々的なハンティングの一夜、植民地時代には奴隷たちの暮らす場末町だったゲッセマニ地区を私がうろついていると、まるで合い言葉のように、背中を力強く叩かれるのと同時に爆発的な声で呼びかけられた――

「おい、悪漢！」

マヌエル・サパタ・オリベーヤ［スペイン語圏を代表するアフリカ系作家。一九二〇―二〇〇四］だった。「悪い育ち」街［ゲッセマニ地区にあるサン・アントニオ街の通称］にずっと住み続けている住民で、その通りにはアフリカから来た彼の高祖父たちのそのまた祖父たち以来、一族がずっと住んでいたのである。私たちはボゴタで、四月九日の騒乱の中で出会ったのだったが、生きてカルタヘーナで再会できるとはどちらも思っていなかった。マヌエルは貧民相手の医者であるだけでなく小説家で、政治活動家で、カリブ音楽の普及推進役でもあったが、いちばん大事な役回りは、誰彼となく、他人の問題を解決してまわることだった。たがいに不吉な金曜日の体験や、未来の計画などを話し終えるやいなや、彼はジャーナリズムで運試しをしてみないかと私に提案してきた。ちょうど一か月前、自由党のリーダーであるドミンゴ・ロペス・エスカウリアーサが日刊紙『エル・ウニベルサル』を創刊しており、その編集長をクレメンテ・マヌエル・サバーラが務めていた。私はこの人のことは、ジャーナリストとしてではなく、あらゆる音楽に精通した専門家として、また、雌伏している共産党員として話に聞いたことがあった。サパタ・オリベーヤは彼に一緒に会いに行こうとしきりに言いつのった。この新聞を突破口として、相手は創造的なジャーナリズムを押し広めていく新しい人材を探している、というのだった。国内で、とくにカルタヘーナで支配的だった、ありふれた追従的なジャーナリズムに代わるものを追求していたわけだが、なにしろカルタヘーナは、当時もっとも反動的な町のひとつだったのである。

私はジャーナリズムが自分の仕事ではないとはっきり考えていた。人とは違った作家になりたかったが、私とはまったく結びつかない作家たちを模倣することによってそうなろうとしていた。そのため、ちょうどこの時期は、自分を顧みるための中断期にあたっていた。私は初めての短篇を三作、ボゴタで発表して、それはエドゥアルド・サラメアをはじめ、批評家や、畏友からも悪友からも大いに賞賛されはしたものの、その後は行き止まりに来てしまったように感じていたのである。サパタ・オリベーヤは私が抵抗するのに対して、ジャーナリズムと文学とは早晩同じところに行きつくのだと説き、『エル・ウニベルサル』とつながりをもてば、三つの異なった利益を同時に確保できると主張した——自分の人生を人の役に立つまっとうなものとすることができ、また、プロフェッショナルな環境に身を置くことができるだけでも貴重な職業体験であり、おまけに、ジャーナリズムの先生として想像しうるもっともすぐれた人物であるクレメンテ・マヌエル・サバーラと一緒に働くことができる、というのだった。このいかにも単純明快な理屈に私の中の臆病さがブレーキをかけていれば、私は悲惨な目に会わないですんだかもしれない。しかし、サパタ・オリベーヤは決して自分の説得が失敗に終わるのを許せないたちなので、翌日の午後五時に、サン・フアン・デ・ディオス街三百八十一番地にある新聞社に出頭するよう私に申し渡した。

その晩の眠りは切れ切れのものとなった。翌日の朝食時に、私はホテルの女主人にサン・フアン・デ・ディオス街というのはどこなのかと訊ね、すると彼女は窓のところから指差して教えてくれた。

「すぐあそこよ」と彼女は言った。「二ブロック行ったところだから」

そこに『エル・ウニベルサル』紙のオフィスが、サン・ペドロ・クラベール教会の長大な金色の塀の向かい側にあった。ペドロ・クラベールはアメリカ大陸初の聖人で、その遺体は百年以上前から腐敗しないままこの教会の大祭壇下に展示してあった。建物は植民地時代の古い建物に独立後に化粧直しをして、ふたつの大扉と窓を設置したもので、その窓からは新聞社のすべてを覗き見ることができた。しかし、私が真に恐れていたものは、窓の三メートルほど内側にある雑な作りの衝立の向こうにあった——中年の孤独な男、白い綾織り木綿生地のスーツにネクタイを締めて、浅黒い肌にインディオ的な硬い黒髪を生やしている男が、鉛筆を握って日付遅れの書類が積んである古い書き物机で何かを書いているのだった。私はもう一度、切迫した魅惑をおぼえながら反対方向へと素通りしてみて、さらに二回通ってみた。四回目には、初回同様に、まったく一分の疑いもなくその男がクレメンテ・マヌエル・サバーラであることが確信できた。思い描いていた姿そっくりだったが、さらに恐ろしげだった。震え上がった私は、その日の午後、窓越しにちらりと見ただけでも人生と仕事について知りつくしていることが見てとれるこの男と会う約束を、すっぽかすという単純明快な決断を下した。ホテルにもどり、何の後悔もなくベッドに仰向けに横たわって、絶え間なく煙草を吸いながらアンドレ・ジイドの『贋金つくり』を読む、という典型的な一日を自分に課した。午後の五時、寝室のドアが、まるでライフルの一撃のような乾いた手のひらの打撃音に震えた。

「早くしろ、馬鹿者が！」と戸口からサパタ・オリベーヤが私に叫んだ。「サバーラがお前さんを待ってるんだ。あの人に待ちぼうけを食わせるなんて贅沢ができる人は、この国にはひとりもいないんだぞ」

最初の出だしは、私が悪夢の中で想像していたのよりもさらにむずかしかった。サバーラはどうしたらいいか戸惑いながら私を迎え入れたが、暑さのせいでなおさら落ち着きなく、立て続けに煙草を吸っていた。新聞社のすべてを案内して見せてくれた。片側には役員室と経営部門があった。反対側には編集室と印刷室があり、そこにはまだ時間が早いので誰も使っていない机が三脚と、その奥に暴動を生きのびてきたような輪転機と二台だけのライノタイプ機があった。

私がひどく驚いたのは、サバーラが私の三短篇を読んでいて、サラメアの記事が正当だと思ったということだった。

「僕にはそうは思えなかったんです」と私は彼に言った。「あの短篇はどれも好きじゃないんです。無意識的な衝動で書いてしまったので、印刷されたのを読んでからは、その後はどう続けていいのかわからなくなってしまって」

サバーラは胸の奥まで煙を吸いこんでからサパタ・オリベーヤに向けて言った――

「それはいい徴候だ」

マヌエルはそのチャンスをとらえて、私がきっと新聞社の役に立つ、大学では自由時間がたっぷりあるので、と言った。サバーラは自分も、マヌエルから私と会う約束の申し入れがあったときに、同じことを考えた、と言った。社長のロペス・エスカウリアーサ博士には、執筆予定者として私のことを紹介してくれた。前の晩にすでに話がしてあった。

「それは素晴らしい」と社長は、昔ながらの紳士らしい永遠の微笑を浮かべながら言った。

これといった約束は何もしなかったが、サバーラ師匠は私に、翌日もう一度来るようにと言った。詩人で優れた画家で、スター・コラムニストであるエクトル・ローハス・エラーソに紹介するからというのだった。彼はコレヒオ・サン・ホセで私たちの絵の先生だったのだが、物怖《ものお》じしてそのことを言えなかったのは、今から考えるとまるで説明不能である。新聞社をあとにすると、マヌエルは税関広場で歓喜に飛び跳ね、サン・ペドロ・クラベール教会の力強いファサードを前にして、早すぎる歓喜の声をあげた――

「言っただろ、猛獣よ、話が決まったじゃないか！」

私は彼を幻滅させたくなかったので、思いをこめて抱擁を返したが、自分の将来について深刻な疑念を感じていた。マヌエルはそれから、サバーラのことをどう思ったかと私に訊ねたので、私は本当のことを答えた。人の魂を釣り上げる名人のように思えたのだった。おそらく、これこそが、数多くの若手のグループが、彼の判断力と用心深さから学ぼうと集まってきている決定的な理由だった。私は若いのに年寄ぶった、明らかに不当な判定をもって結論づけた――もしかするとこのような人格ゆえに、彼は国の表舞台で決定的な役割を果たす機会を持ちえなかったのかもしれない、と。マヌエルはその晩、電話をかけてきて、サバーラと交わした会話について大笑いしながら話してくれた。サバーラは彼に、私についてひじょうに熱心に話して聞かせて、社説ページを担当する重要な新人になると確信しているとくりかえし、社長も同意見だというのだった。しかし、彼が電話をかけてきた本当の理由は、サバーラ師匠が心配していることがひとつだけあって、それは私の病的な内気さが私の生涯にとって重大な障害になる可能性がある、と言っていたと伝えることだった。

最後まで迷っていた私が結局新聞社に再度出かけることに決めたのは、翌朝、シャワーに入っていると同室の仲間がいきなりドアを開けて、『エル・ウニベルサル』紙の社説ページを目の前に突き出して見せたからだった。そこには恐ろしい記事が載っていた――カルタヘーナに私がやってきたことが告げられ、作家になどまだなってもいない私のことを作家扱いしてあり、生まれて初めて新聞社の内部を目にしてから二十四時間もたっていないのに、もうすぐにでも新聞記者として活躍しはじめそうなことが書かれていたのである。マヌエルが即座に電話をかけてきて私にお祝いを言おうとしたが、私は逆に、怒りを隠さず、私に断りなくこんな無責任なことを書いたのを非難した。何かが私の中で、もしかすると永遠に変わったのは、その記事が、サバーラ師匠本人が書いたものだということを聞いたときだった。そこで私は覚悟を決めて、お礼を言いに編集部に再度出向いた。彼はほとんど私の言うことなど聞き流していた。引き合わせてくれたエクトル・ローハス・エラーソはカーキ色のズボンに、アマゾン的な花柄のシャツという出で立ちで、大きなことばを雷のような声で弾き出し、対話においては相手を獲物のようにしっかと捕らえて引きずりこむまでけっして諦めない人だった。彼のほうはむろん、バランキーヤのコレヒオ・サン・ホセの生徒のひとりでしかなかった私のことなど、覚えていなかった。

サバーラ師匠――と誰もが呼んでいた――は二、三の共通の友人の思い出話をし、また、私が知っているはずのあと何人かの名前を出すことで話の道筋をつけた。そのうえで私たちふたりを残して出ていき、急を要する原稿を相手とする酷薄な戦場に、鮮やかな赤鉛筆を手に持って復帰していった。まるで私たちのことなど、出会ったことすらなかったかのようだった。エクトルのほうも、しとしとと降るこぬか雨のようなライノタイプ機の機械音の中で私に話し続け、サバーラのことなどまるで何の関係もなかったかのようだった。彼は無限の話題をもった会話好きで、目が覚めるようなことばを使いこなす知性の持ち主で、想像力の冒険家として、まるで現実らしくない現実をこしらえあげては、自分自身もやがてそれをリアルなものとして信じこんでしまうのだった。私たちは何時間も話しこんだ——生きている友人、死んでいる友人について、書かれるべきでなかった本について、私たちのことを忘れてしまったけれども私たちのほうでは決して忘れられない女たちについて、彼の生まれたトルーというカリブの楽園の夢幻的なビーチについて、そして、アラカタカの旧約聖書的な大災厄について。起こったすべてのこと、起こるべきだったすべてのことについて、何も飲まずに、ほとんど息もせずに、むやみやたらと煙草ばかりを吸いながら、まだ話さなければならないことをすべて話し終える前に人生が終わってしまうのではないかという恐怖感から、いつまでも話し続けた。

夜の十時、新聞の締切が過ぎると、サバーラ師匠は上着を着て、ネクタイを締めて、若々しい軽やかさはだいぶ薄れてしまっているバレエの足取りで踊りながら、私たちを食事に誘った。予想通り、行き先はラ・クエバとなり、行ってみると、ホセ・ドローレスと何人かの深夜の会食者が私のことを旧知の顧客として扱うのにふたりは目を丸くした。さらに彼らが驚いたのは、私の最初の一夜のあの警官たちのひとりが途中で立ち寄り、私が留置所で過ごしたあの一夜について微妙な冗談を口にして、封を切ったばかりの煙草を一箱まるごと没収していったことだった。一方で、エクトルはホセ・ドローレスを相手に、妖しいダブル・ミーニングを競うことばのトーナメントをくりひろげ、居合わせた人たちは、満足げに黙りこんでいるサバーラ師匠の傍らで笑い転げた。私も面白くもない返答を何度か挿しはさんでみたが、そのおかげで、ホセ・ドローレスが月に四回まではツケで食べさせてくれる数少ない名誉ある顧客のひとりに数えてもらえるようになった。

食事のあと、エクトルと私は遊歩道になっている英雄《マルティレス》通りを歩きながら午後の会話を続けた。公設市場で捨てられる食材のせいで民衆的な悪臭が漂う湾に面した通りだった。その一夜は世界の中心を歩いていくような素晴らしい一夜で、その中をキュラソー行きの最初の軽帆船が隠れるように出航していった。この日の未明、エクトルは、涙に濡れた布で覆い隠されてきたカルタヘーナの秘められた歴史について最初のいくつかの教えを私にくれた。アカデミックな歴史家たちの見栄えのいいフィクションよりも、おそらく真実らしく見えるものだった。彼はこの遊歩道の両側に大理石の胸像となって並んでいる、独立に殉じた十人の英雄の生涯を描き出して見せてくれた。人々の間に伝わるところによれば——それが彼の説らしかった——、これらの胸像が最初に設置されたとき、彫刻家は英雄の名前や日付を胸像本体にではなく、胸像を置く台座のほうに彫りつけた。そのため、独立百年祭に際して彫像を洗浄のために台座から移動すると、今度はどの名前とどの日付のところにどの彫像をもどせばいいのかわからなくなってしまい、結局誰もどれが誰なのかわからなかったので、適当に置きもどすしかなかったというのだ。この話はもうずいぶん前からジョークとして流通しているものだということだったが、私はその反対なのではないかと考えた——つまり、もはや名前のない英雄たちを、その各個が生きた人生によってではなく、むしろ彼らが集団的にたどった運命のほうによって、ひとまとめにして誉め称えることになったことこそ、むしろ歴史の正義だったのではないのか、と。

このような夜更かしの夜は、私のカルタヘーナ時代にはほとんど毎日のようにくりかえされ、その最初の二回か三回のうちに私が気づいたことがあった——エクトルには即時に人を惹きつける力があるのだが、友情に関する彼の感覚はひじょうに複雑なものなので、彼のことを本当に愛している私たちほんの少数の者以外に、留保なしに彼を理解できる人はいないのだ、ということだった。彼は果てしなく柔らかい心の持ち主であると同時に、激しい憤怒、ときには破滅的なほどの憤怒に駆られることもあり、そのような自分の一面を、幼子《おさなご》イエスの恩寵としてこの世にもたらされたもののように高らかに肯定する人でもあったのである。人はそうしてエクトルがどのような人なのかを理解していくとともに、サバーラ師匠が、彼自身と同じくらい私たちにもエクトルのことを好きになってもらうために労をいとわない理由もわかってきた。あの最初の夜、その後の幾夜と同じように、私たちはマルティレス通りに夜明けまでとどまった。新聞記者という身分のおかげで外出禁止を免除されているからだった。エクトルは、水平線に新しい一日の最初の輝きが見えたとき、なおも声も記憶もしっかりしていた。そして言った――

「この一夜が『カサブランカ』のように終わることを願っているよ」

それ以上言わなかったが、その声は私の中に、ハンフリー・ボガートとクロード・レインズが肩を並べて夜明けの霧の中を、地平線のまばゆい輝きに向けて歩いていく場面を、その輝かしさのままによみがえらせ、すでに伝説となった悲劇のハッピーエンドの台詞を思い出させた――「これが大いなる友情の始まりだ」

三時間後、サバーラ師匠の電話で起こされた。それほどハッピーでない台詞だった――

「例の傑作の具合はどうだ？」

翌日の新聞のための私の記事のことだとわかるまで、数分かかった。何かはっきりと取り決めをした覚えはないし、最初の寄稿記事を書いてくれと言われたときに、はいともいいえとも言った覚えはないのだが、その朝の私は、前の晩にオリンピック級の言語戦を体験した直後だったので、自分には何でもできそうな感じがしていた。サバーラもそう理解したにちがいなく、それは彼がすでにその日のテーマというのをいくつか用意していたことに見てとれたが、私はさらに時事に密着しているように思えるものを提案した——外出禁止令だった。

　彼は私に何の指示も出さなかった。私の狙いは、カルタヘーナでの最初の夜の私自身の冒険を語ることだったので、手書きでそのままに書き出した。編集部にあった先史時代的なタイプライターでは、自分で何を書いているのかさっぱりわからなかったからだ。ほぼ四時間におよぶ産みの苦しみの結果を、師匠は私のいる前で、何を考えているのかわかるような身ぶりは一切見せずに読み、きつくならない言い方を見つけてから口を開いた——

「悪くない、しかし、掲載不能だ」

　私は驚かなかった。それどころか、そう言われることを予見していて、新聞記者になる非情な重荷から数分間、解き放たれてうれしいくらいだった。しかし、掲載不能である根本的な理由は、私には未知のものだったが、厳然たるものだった——四月九日以来、全国どの新聞にも政府の検閲官がいて、午後六時から、まるで自分の家のように編集部の机にどっしりと腰をすえて、治安の問題に触れる記事は、たった一文字でも許容しないよう決然と目を光らせていたのである。

　サバーラ自身の見解のほうが私にとって、政府側の見解よりもずっと重要だったのは、私としてはコメント記事を書いたつもりはなく、主張的ジャーナリズムを目指すような意図などまったくなしに、個人的なエピソードを主観的に書き出したに過ぎなかったからだ。しかも、外出禁止令のことを、法的に認められた国家の統治手段として取り上げているわけではなく、粗野な警官が煙草を一本一センターボで手に入れる言い訳として利用した例を扱っていただけなのだ。幸いにして、サバーラ師匠は私に死刑を宣告する前に、彼のためではなく検閲官のために一から十まで全部書き直さなければならない原稿を突き返して、慈悲深くも、二重の意味にとれる裁定を口にした。

「文学的な価値は確かにあるんだよ、十分にある」と彼は私に言った。「でも、それについては、またあとで話そう」

彼はそういう人だった。新聞社に初めて行った日、サバーラが私とサパタ・オリベーヤと話をしたときから、彼が、指先を煙草の火で焦がしそうになりながら、ある人と話をしているのに別の人の顔に目をやっている、という奇妙な癖の持ち主であることに私は気づいていた。これには初め、実に居心地の悪い不安感をおぼえた。私が思いついた対処法は、単に臆病ゆえなのだが、彼の話に全神経を集中してものすごく関心をもって耳を傾けながら、彼のことを見るのではなくマヌエルのほうに目をやって、その両方の情報から私自身の結論を引き出すという方法だった。その後、ローハス・エラーソを交えて話をしたとき、さらに、社長のロペス・エスカウリアーサその他の人を交えて話をしたとき、これこそサバーラが、複数の人のグループと話をするときの独自のやり方なのだと気がついた。私はそのように理解したので、彼と私は、それぞれの考えや気持ちを、あまり気にしていない仲間や、何も知らない第三者を通して伝えあえるようになった。時とともに固まった信頼関係のもとで、私はあるとき、思いきってあのときの私の印象を彼に話してみた。すると彼は驚いた様子も見せずに、相手に横顔を見せるみたいにして話すのは煙草の煙を顔面に吐きかけるようになるのを避けるためなのだと答えた。そのような人だったのだ――私は彼ほど穏やかで注意深く、人当たりのいい気質の人を知らないが、それは彼がいつでも、物陰の賢人という存在になりたかったからなのだ。

現実的に考えてみて、私はそれまで、シパキラーのリセオで書いた演説原稿や未熟な詩、愛国的な宣言文や、まずい食事に対する抗議の嘆願書など以外に、ほとんど文章を書いたことがなかった。それとは別に、家族宛の手紙はあったが、それすら母は綴りの間違いを訂正して送り返してきていたぐらいで、これは私が作家として認知されるようになってからもまだ続いていた。最終的に社説ページに掲載された記事は、私が最初に書いたものとはまるで似ても似つかないものだった。サバーラ師匠の修正と検閲官の修正を経ると、私自身の書いた文で残ったのは、視点も文体もない抒情的な散文の切れ端にすぎず、それすら校閲者の文法的狭量によってとどめを刺されているような感じだった。最後になって私たちが合意したのは、毎日、コラムをひとつ――仕事の責任範囲をはっきりさせるためだったのかもしれない――、私の本名で書くということだった。コラムの通しタイトルは「新段落」となった。

サバーラとローハス・エラーソは、毎日の摩耗によってすっかり鍛えられていたので、私の初めての記事の悩ましさを慰めてくれ、おかげで私は二つ目、三つ目の記事を続けて書いたが、ましになったわけでもなかった。私はこの編集部にほとんど二年間とどまり、署名入りで、署名なしで、記事を毎日二本、検閲をくぐり抜けながら書くようになり、あやうく検閲官の姪っ子と結婚しかけるところまで行った。

今でも自問することだが、もしサバーラ師匠の赤鉛筆がなく、検閲の圧力がなかったら、私の人生はどうなっていただろうか。検閲はその存在自体が、創造力を発揮させることになったのである。しかし、検閲官は妄想的な追跡欲ゆえ、私たち以上に警戒のうちに暮らしていた。大作家からの引用は怪しい罠のように見られた。しばしば実際にそうだったのである。検閲官は幽霊を見るようになった。安手のセルバンテス研究家のように、まるで空想的な意味を読みとった。星のめぐりの悪かったある夜、彼は十五分ごとにトイレに通わなければならない体調で、ついに爆発して、ドキッとさせることばかり私たちがするので頭がおかしくなりそうだ、とぶちまけた。

「くそっ！」と彼は大声を出した。「こうくそ忙しくさせられて、もうケツまで抜け落ちそうだ！」

警察は軍隊化されてきており、国全体を失血させつつある政治的暴力の中で、政府の厳しい姿勢を見せる手段のひとつとして武装強化されていた。大西洋岸地方の情勢は多少はましだったが、それでも五月の初め、警察は正当な理由も不当な理由も何もなしに、カルメン・デ・ボリーバルの街頭で、復活祭の祭礼行列に向けて銃口を開いた。これはカルタヘーナから二十レグアのところのことだ。私はこの村については感傷的な思いを抱いていた。マーマおばさんが育ったところだったし、祖父のニコラスが金細工であの有名な小魚を作ることを思いついたのもここだったからだ。サバーラ師匠はその隣町、サン・ハシントの生まれだったこともあり、このニュースに関する社説の扱いを稀な決意をこめて私に任せた。検閲を気にせず、一切の結果を気にせず書くようにと言われた。そこで私が署名なしで社説ページに初めて書いた記事は、政府に事件の徹底調査と加害者の処罰を要求するものだった。最後は疑問文で締めくくられていた——「カルメン・デ・ボリーバルで何があったのか？」。政府が無視する中、検閲に戦いを挑んで、私たちは毎日同じページに、同じ質問を掲げた記事を載せ続け、抗議の勢いを増すことで、政府を今以上に疲弊させることを目指した。三日後には社長がサバーラに、編集部全員の意見を聞いた上でのことなのか、と確認してきた。社長自身は、この問題の追及を続けるべきだという意見で私たちと一致していた。そこで私たちは、同じ質問を呈し続けた。その過程で、政府の側の対応として私たちが得た唯一の情報は、内部通報によって伝わってきたものだった——政府は私たちの新聞のことは、頭がおかしくなった連中と見なしてゼンマイが切れるまで放置しておけと命令を出した、というのだった。そう簡単にゼンマイが切れそうでもなかった。私たちが毎日掲げた質問は町じゅうに広まって、毎日の挨拶がわりに口にされるようになってきていたのだ

――「どうだい、兄貴、何があった、カルメン・デ・ボリーバルで」という具合に。

思いもしなかったある夜、何の予告もなく、陸軍の警備隊が装備と人声で大きな音を立てながらサン・フアン・デ・ディオス通りを封鎖したかと思うと、エルネスト・ポラニーア・プーヨ将軍、つまり、軍隊化された警察の司令官が、重々しい足取りで『エル・ウニベルサル』紙の建物に入ってきた。重大な日付に着る純白の制服に、エナメルのゲートルを着け、絹の飾り紐で巻かれたサーベルを下げており、ボタンと徽章はまるで黄金のように光っていた。エレガントで魅力的という評判の、まったくその通りだったが、平時にも戦時にも頑として動かない非情さがあることが私たちにはわかっていた。それは数年後、朝鮮戦争で彼がコロンビア大隊を率いたときに見せた通りだ。閉ざされた扉の向こうで彼が社長とふたりで話しあっていた濃密な二時間というもの、誰一人として動く者はいなかった。ふたりはコーヒーを合わせて二十二杯、ブラックのままで飲み、どちらも悪癖から免れているため、煙草も酒もなしだった。にもかかわらず、退出時、将軍は二時間前よりもほぐれた様子で、私たちひとりひとりと別れの挨拶を交わした。私のところでは少し余計に時間をとり、山猫のような鋭い眼差しで私の目をまっすぐに見てから言った――

「あんたは、遠くまで行くぞ」

私は心臓がひっくりかえった。彼が私のことをすでにすっかり知っているのかもしれないという思いと、彼が遠くと言ったらばそれは死のことなのかもしれないという思いが交錯したからだ。社長がサバーラに対して、将軍との対話の内容を隠密に話して聞かせたところでは、将軍は毎日どの記事を誰が書いているのか、名前も苗字もすべて知っている様子だった。社長はいかにも彼らしい気高さで、すべては自分の命令によって行なわれているのだと話して聞かせ、軍隊と同様、新聞においても、命令が厳密に遂行されているのだと説明した。しかし結局のところ、将軍は社長に対して、キャンペーンの調子を抑えるようにと助言し、そうしないと、どこかの穴ぐらから出てきたような野蛮人が、政府の名において正義を果たそうとする、などということになりかねない、と忠告したのだった。社長は相手が言わんとしているところを理解し、私たちも皆、言わずにおかれたことまで理解した。社長がいちばん驚いたのは、相手が新聞社内の日々の生活を、まるで内部で暮らしているかのように知っていることを、臆面もなく明かしたことだった。諜報役を果たしているのが検閲官であることを私たちは誰も疑わなかったが、彼自身は、死んだ母親の遺骸に誓ってでも自分ではないと主張した。唯一、将軍が答えようとしなかったのは、私たちが毎日呈している疑問への答だった。賢人との評判が高かった社長はこれについて、私たちに、これまでに聞かされていることを信じておいたほうがいい、と忠告した。なぜなら、真実はもっとひどいのかもしれないから、というのだった。

検閲に対する戦いに力を注ぐようになって以来、私は大学からも短篇小説からも遠ざかってしまっていた。さいわい、大半の先生が出席をとらなかったので、欠席の埋め合わせは可能だった。しかも、検閲を相手とする私の踊りを知っている自由党寄りの先生たちは、試験でなんとか私のことを救済しようと私以上に苦心してくれた。今、こうしてあの時期のことを語ろうとしてみて、私は自分の思い出の中にあの時期のことを見つけることができない。そのため今では、記憶よりも忘却のほうに信憑性を感じるようになっているのである。

両親は私が、生きのびていける程度は新聞で稼いでいると知らせたのですっかり安心していた。しかし、実態は違った。見習いとしての月給では一週間も暮らせなかった。三か月しないうちに、私は払いきれないほど家賃を滞納してホテルをあとにした。女主人はのちに、社交欄に孫娘の十五歳の誕生日の祝宴についての記事を載せることでこの負債を帳消しにしてくれたが、この種の取引はこの一回だけしか受けつけてくれなかった。

町でいちばん人気があって涼しい寝室といえば、たとえ外出禁止令が出ていても、相変わらずマルティレス遊歩道をおいて他になかった。深夜の会合が終わったあと、私はそのままここにとどまって、すわったまま仮眠したりしたものだ。別のときには、新聞社の倉庫で新聞用紙のロールの上で寝たり、サーカスで使うネットのような簡易ハンモックを抱えてまじめな学生の部屋に転がりこんだりした――私の悪夢や寝言を我慢してもらえる間は。そのように、あるものを食べて、神の望みのままに眠るという具合で、運と偶然にまかせて生きのびていたのだが、あるときから、人道主義に満ちたフランコ・ムネラ家が、毎日二食をただ同然の金額で提供してくれることになった。一族の父親、ボリーバル・フランコ・パレーハは歴史に残る小学校教師で、この陽気な一家はみな作家や画家の熱狂的なファンだったので、私の脳味噌が干上がってしまわないようにと言って、払っている金額以上のものをむりやり食べさせた。払うお金がまったくないときもしばしばあったが、彼らは食後の朗唱だけで見逃してくれた。このありがたい取引において頻繁にお金のかわりに使われたのが、ホルヘ・マンリーケ［十五世紀のスペインの詩人］が父親の死に捧げた詩のピエ・ケブラード形式の詩節や、ガルシア・ロルカの『ジプシー歌集』だった。

心を乱すような城壁内の静けさから遠いテスカの沼の岸辺にあった露天の娼家は、海岸沿いにある観光客用のホテルよりもずっと温かくもてなしてくれる場所だった。私たち半ダースほどの大学生は、「白鳥亭《エル・シスネ》」に夜の初めから陣取り、ダンスをする中庭のまばゆい明かりのもとで学期末試験の準備に取り組んだ。カリブ音楽の金管楽器の大音声が響く中、パンツをはかずに、海からの風で腰までまくれるように大きく広がったスカートをつけて踊っている女の子たちの挑発から、海風と夜明けの霧笛が私たちを癒してくれるのだった。ときどき、お父さんが恋しくなったような娘が、夜明け近くまでかろうじて残ったわずかな情愛をもって私たちをベッドに誘ってくれることがあった。そんなひとりは、その名前も体のあちこちの大きさもよく覚えているのだが、私が寝ぼけながら話す夢物語にほだされて、私のことを気に入ってくれた。彼女のおかげで私は詭弁を弄さずにローマ法に合格したのだったし、公園で眠るのを取り締まる警察の一斉検挙を何度も逃れることができた。私たちはお互いに理解しあっていて、まるで有用性に基づく夫婦みたいだった。ベッドの中でそうだっただけでなく、朝、彼女が数時間余計に眠り続けられるように、私が家事をこなしたりしていた。

そのころまでに私は、編集部の仕事にうまく順応しはじめていた。それを私はいつも、ジャーナリズムというよりも文学の一形式としてとらえていたのだ。ボゴタはもはや、距離にして二百レグア、標高にして二千メートル以上も離れた過去の悪夢にすぎなくなり、四月九日の焼け跡の悪臭しか思い出すことはなかった。私の中にはなおも芸術文芸熱があり、とくに夜中の会合ではそれが発揮されたが、徐々に作家になる熱意は失いはじめていた。明らかにそうだったため、『エル・エスペクタドール』紙に発表した三篇以降はひとつも小説は書かずにいたのだが、七月の初めになってエドゥアルド・サラメアが私の居場所をつきとめ、サバーラ師匠を通じて、六か月におよぶ沈黙ののちもう一篇、彼の新聞のために作品を送るようにと言ってきた。サラメアからの注文だったので仕方なく、私は草稿に散乱したままになっていたアイディアを適当に取り上げて、「死のもうひとつの肋骨」という作品を仕上げた。前と比べてほとんど進歩のないものだった。事前に決まっていたストーリーはなく、書いていくにつれて作りあげていくような感じだったことを覚えている。これは一九四八年七月二十五日に、前作と同様、「週末別冊」に掲載されたが、私はそれきりもう翌年まで短篇小説は書かなかった。そのころにはもうすっかり私の人生は別のものになっていた。ほんの少数の法律の授業にきわめて稀に出るだけで、もう放棄するだけでよかったが、両親の夢を無にしていないと言うための最後の言い訳として続けているのだった。

私自身、自分がその直後から、グスターボ・イバッラ・メルラーノの書斎で、それまでになくいい学生に急転向することになろうとは思ってもいなかった。これはサバーラとローハス・エラーソが熱狂的に紹介してくれた新しい友人で、高等師範学校の学位をとってボゴタからもどってくると、すぐに『エル・ウニベルサル』の夜の会合やマルティィレス遊歩道での未明の議論に加わるようになったのだった。エクトルの活火山のような口舌と、サバーラの創造的な懐疑の間で、グスターボは私に、システマティックな厳密さというものを教えてくれた。これは私の即興的で支離滅裂なアイディアと心の軽々しさには大いに欠けているものだった。グスターボはこれを、大いなるやさしさと、鉄のような性格的強さを交えて私に分けあたえてくれた。

その翌日から彼はマルベーヤの海岸にある両親の家に私を招待してくれた。そこには裏庭として無限の海が広がり、全長十二メートルの壁に沿って設けられた書庫には、後悔のない生涯を生きるために人が読むべき本だけからなる新しい蔵書がよく整理されて収められていた。ギリシアとローマとスペインの古典は、あまりに状態がよくて一度も読まれていないみたいに見えたが、ページの端には気の利いた書きこみが、ラテン語のものまで交えて細かく入っていた。グスターボ自身、そんな注記を声に出して読んでみせることがあり、自分で言いながら髪のつけ根まで赤くなって、辛辣なユーモアをもってそれを打ち消したりした。知りあうまえに、私の友人のひとりが彼についてこう話してくれたことがあった——「あいつは司祭だ」。すぐに私にも、人がそう思いこむ理由がよく知りあってからは、彼が本当に司祭ではないのが信じられないほどになった。

彼の家に行った日、深夜までとめどなく話しあった結果、彼の読書体験が幅広く長期にわたるものであり、とくに、当時のカトリック系知識人の書くものに対する深い理解が根本にあることに気づいた。私自身は一度も耳にしたことのない名前ばかりだった。詩については、知っているべきことはすべて知っており、とくにギリシアとローマの古典にくわしく、どちらも原語で読んでいた。共通の友人についても実に豊かな情報に基づいて判断していて、なおさら彼らのことを好きになるような貴重な情報を教えてくれた。バランキーヤの三人のジャーナリスト――セペーダ、バルガス、フエンマヨール――を読んでみるべきだ、と彼もまた私に勧めた。それはローハス・エラーソとサバーラ師匠からしきりに聞かされていたことだった。また、もうひとつ瞠目したのは、これほどの知的美徳、社交的美徳に加えて、彼がまるでオリンピックのメダリストのように水泳が上手だったことで、体はまさにオリンピック選手のように鍛えあげていた。彼が私に関していちばん不安に感じたのは、ギリシア、ローマの古典を危険なほど軽視して、リセオで部分的にくりかえし読んだ『オデュッセイア』を別にすれば、どれもこれも退屈で無益だと見なしていたことだった。そこで私が帰る間際に彼は、書庫から革装になった本を一冊選びだし、ある種の荘厳さをもって私に手渡した――「君はいい作家になれるかもしれない」と彼は言った。「けれども、決してすごくいい作家にはなれない、もしもギリシアの古典をしっかり知らなければ」。その本はソフォクレスの全集だった。グスターボはその瞬間から私の人生にとって決定的な意味をもつ人物のひとりとなった。『オイディプス王』は初めて読んだときから完璧な作品であることがすぐにわかったからだ。

この一夜は私にとって歴史に残るものとなった。グスターボ・イバッラとソフォクレスを同時に発見した一夜だったのみならず、その数時間後、「白鳥亭」の秘密の彼女の部屋で、あやうく不慮の死を遂げそうになったからだ。まるできのうのことのように覚えているが、一年以上前からもう死んだものと思っていた彼女の昔のヒモが、狂ったような罵詈雑言を喚きちらしながらドアを蹴りやぶって入ってきたのである。私には即座に、アラカタカの小学校で仲のよかった同級生であることがわかったのだが、その男は自分のベッドを取りもどしに荒れ狂って帰ってきたのだった。小学校以来、私たちは会ったことがなく、彼のほうもまた、ベッドの中で素っ裸のまま恐怖に縮み上がっている私に気づいても、わからないふりをするだけの趣味のよさがあった。

その年、私はまた、果てしない話好きのラミーロとオスカルのデ・ラ・エスプリエーヤ兄弟と知りあった。キリスト教的道徳で禁止されている場所でとくによく会った。二人ともカルタヘーナから一時間離れたトゥルバーコに両親とともに住んでいて、ほとんど毎日、アイスクリーム屋の「アメリカーナ」を根城にする作家や芸術家の会合に顔を出していた。ラミーロはボゴタの法学部出身で、『エル・ウニベルサル』紙のグループとても近しく、そこに気ままなコラムを書いていた。父親はこわもての弁護士で一匹狼の自由派、母親ははっきりとものを言う魅力的な女性だった。二人とも若者と話をするのを好む美風の持ち主だった。豊かに繁ったトゥルバーコのトネリコの木の下でじっくりと話をする間に、彼らは千日戦争——祖父の死とともに私の中で途絶えてしまっていた文学的発想の宝庫——についてたとえようもなく貴重な情報を教えてくれた。彼女から聞かされたラファエル・ウリーベ・ウリーベ将軍のイメージこそ、私にとっていちばん本当らしく思えるもので、私は今でもその話にあった気高い居ずまいと手首の太さをもって将軍のことを思い浮かべるのである。

ラミーロと私がそのころどんな風貌だったのか、いちばんいい目撃証言は、画家のセシリア・ポッラスが油彩のキャンヴァスに描きとめた。彼女はその社会階層のお上品な気取りにとらわれず、男たちの飲み騒ぐ場所でもふつうにしていられる人だった。この肖像画は、私たちふたりが、彼女や他の友人たちと一日に二回ほども顔を合わせていたカフェのテーブルにすわっているものだった。ラミーロと私がそれぞれ別の道に進むことになったとき、この絵はどちらのものなのかという、和解不能な議論がもちあがった。するとセシリアは、キャンヴァスをまん中から植木の剪定ばさみでじょきじょきとまっぷたつに切るというソロモン王の方式で解決して、それぞれの部分を私たちにくれた。私の部分は何年ものち、カラカス時代に、とあるアパートの戸棚の中に巻いてしまっておいたまま、取り返せなくなってしまった。

国内の他の地方とちがい、その年の初めごろまでカルタヘーナはまだ政府系暴力から実害をこうむってなく、その時期にわれわれの友人のカルロス・アレマンは県議会議員に、ひじょうに名高いモンポス〔植民地時代初期にマグダレーナ川中流に作られた町で、コロンビアの独立時に大きな役割を果たした〕の選挙区から選出された。彼はできたてのほやほやの弁護士で、陽気な性格の男だったが、悪魔がたちの悪い冗談を彼に振り向けることになった——開会初日の議会内で、対立する両党が銃を撃ちあう騒ぎになり、流れ弾が彼の肩パッドをかすめていったのだ。アレマンはこのような役に立たない立法府など、自分の命を捧げるに値しないと正当な理屈をもって考えたにちがいなく、それからは前払いの議員歳費を友人たちと一緒に楽しく過ごすことに使うようになった。

オスカル・デ・ラ・エスプリエーヤは正真正銘のお祭り好きで、ウィリアム・フォークナーと同意見だった——作家にとっていちばんいい住まいとは娼家である、なぜなら、朝が静かで、毎晩お祭り騒ぎがあり、警察とうまく共存しているから、というのである。アレマン議員はこれを文字通りに受け止め、フルタイムで私たちの招待主を務めるようになった。そうしたある晩のこと、私はフォークナーの願望を真に受けたことを後悔することになった。その店の女主人であるマリー・レイエスの昔の愛人がドアを突き破って入ってきて、二人の間にできて、彼女と暮らしていた五歳ほどの息子を連れ去ろうとしたのだ。彼女のそのときの愛人は、以前警察に勤めていた男で、寝室からパンツ姿で出てきて、警察支給のリボルバーで自らの名誉と家の財産を守ろうとしたが、相手はいきなり銃をぶっ放して、その音はダンス・フロアに砲撃のように鳴りわたった。軍曹は怯えあがって自室に隠れた。服をひっかけただけで私が部屋から飛び出してみると、他の客もそれぞれの部屋から、廊下のいちばん奥でおしっこをしている男の子を見やっていた。その父親は彼の頭を左手で撫でながら、右手にはまだ煙の出ているリボルバーを握っていた。マリーが軍曹のことを、根性なしと言って罵っている声だけが建物の中に響いていた。

ちょうどこれと同じころのある日、『エル・ウニベルサル』紙のオフィスに、ひとりの巨軀の男が何も言わずに入ってきたかと思うと、いかにも芝居がかった様子でシャツを脱いでみせ、編集部内を歩きまわりながら、背中と腕がセメントでできているみたいな傷跡だらけになっているのを見せて私たちを脅かそうとした。われわれがびっくりして呆然となっているのに感激して、彼は自分の体の傷について、轟くような声で解説した——

「ライオンの爪痕だわさ！」

これがエミリオ・ラッツォーレだった。彼の家族でやっている有名なサーカス——世界でもっとも重要なサーカスのひとつ——が一シーズン公演しに来るので、その準備で彼が先にカルタヘーナに到着したところなのだった。サーカス団は前の週にハバナを、スペイン国旗を掲げた大西洋横断船「エウスケーラ」号で出発しており、次の土曜日に到着する予定になっていた。ラッツォーレは生まれる前からサーカスにいたことを自慢にしており、演技を見るまでもなく猛獣使いであることがわかった。猛獣たちを彼は、家族の一員のようにそれぞれの名前で呼び、動物たちも荒々しくも心のこもった態度で応えるのだった。甘やかされて育った彼の態は、愛のこもった抱擁をしようとして彼をひと春、入院させたこともあった。しかし、サーカスの最大の目玉は彼でも火を飲む男でもなく、自分の頭をねじって外して脇の下に抱えて歩く男だった。エミリオ・ラッツォーレでいちばん忘れがたいのは、決して揺るがないあの前向きの性格だった。何時間も陶然と話を聞いたあとで、私は『エル・ウニベルサル』に編集部記事を書き、そこで彼のことを「私の知るかぎりもっとも激しく人間的な男」であるとあえて断言して呼んだ。わずか二十一歳ではそんなにたくさんそういう人間を知っていたわけではないが、今なお私にとってこの形容は有効だと思う。彼とは新聞社の人たちと一緒に「ラ・クエバ」で食事をし、そこでもまた彼は、猛獣が愛情によって人間化される話で人々に愛された。そのようなある一夜、私はじっくりと考えたうえで、彼のサーカスに自分も入れてくれないか、虎が外に出ている間に檻を洗うだけの仕事でもいいから、と思いきって頼んだ。彼は何も言わなかったが、黙って私に手を差し出した。私はそれをサーカスの合い言葉のようなものと理解して、合意ができたものと考えた。このことを唯一打ち明けた相手は、サルバドール・メーサ・ニコルスという、サーカスを熱狂的に愛しているアンティオキア出身の詩人だった。彼はラッツォーレ・サーカス団の地元出資者としてカルタヘーナに出てきたところだったのだ。彼もまた私と同じ年ごろのときに、サーカス団に加わって旅に出たことがあり、生まれて初めて道化が泣くのを見た人はすぐにサーカスに加わりたくなるものだが、翌日には後悔するものだと私に忠告した。そう言いながらも彼は、私の決断を認めてくれただけでなく、適切なタイミングになるまでこの話が漏れることがないよう完全黙秘することを条件に、猛獣使い本人を説得する役まで引き受けてくれた。サーカス団の到着は、それまでも待ち遠しかったが、今や私にとって、耐えがたいほどの興奮となった。

「エウスケーラ」号は予定日になっても到着せず、連絡もつかなかった。さらに一週間たって、私たちは新聞社からアマチュア無線網をたどってカリブ海の気象状況を調査したが、新聞やラジオで恐ろしい事故が起こった可能性が噂されるのをもはや押しとどめることはできなかった。メーサ・ニコルスと私はあの濃密な数日間、エミリオ・ラッツォーレとともに何も飲まず何も食わずに彼のホテルの部屋にこもりきりになった。私たちは彼が沈みこみ、果てしない待機のうちに嵩《かさ》も背丈も小さくなっていくのを見守り、そしてついに心の声が、「エウスケーラ」がもうけっしてどこにも到着することがなく、そのたどった運命について何の知らせも届くことがないのだ、と確信をもって告げるにいたった。猛獣使いはさらにまる一日、ひとりで自室に閉じこもり、その翌日、新聞社に私を訪ねてきた。百年にもおよぶ日々の戦いの成果が、たった一日ですべて消え去ることはない、と言うためだった。したがって彼は、遭難したサーカス団をゼロからもう一度立て直すために、金も家族もないままマイアミに行くつもりだというのだった。悲劇を越えていく決意の強さに私はすっかり感動して、フロリダ行きの飛行機を見送りにバランキーヤまで彼に同行した。搭乗する前に彼は、サーカスに加わりたいと言ったことについて私に礼を言い、何か具体的な成果があり次第、私のことを呼ぶからと約束した。別れの抱擁はあまりにも辛く、私は彼のライオンたちへの愛情がどれほどのものだったか、はっきりとわかった。それきり、彼の知らせが伝わることはなかった。

マイアミ行きの飛行機が午前十時に飛び立ったその同じ日に、ラッツォーレに関する私の記事が『エル・ウニベルサル』に掲載された――一九四八年九月十六日である。私はその日の午後にそのままカルタヘーナにもどるつもりでいたが、その前にバランキーヤで『エル・ナシオナル』紙に立ち寄ってみることを思いついた。カルタヘーナの私の仲間と親しいヘルマン・バルガスとアルバロ・セペーダが書いている夕刊紙である。編集部は旧市街の腐蝕しかけた建物の中にあり、人気《ひとけ》のない長細い大部屋が木造の衝立で仕切られていた。部屋のいちばん奥には若い金髪の男が上着を脱いですわっていて、彼の打つタイプライターのキーが無人の部屋にかんしゃく玉のように破裂して鳴り響いていた。私は床板が不吉な軋みをあげるのに小さくなりながら、ほとんど爪先立ちになって近づき、衝立のところで待った。すると相手は私のほうに顔を向けて、職業的なアナウンサーのように響きのいい声できっぱりと言った――

「どうしたんだい？」

短い髪と硬く張りつめた頬骨、そして、澄みきった鋭い目は、中断されたことに苛立っているように見えた。私は彼に、思いついたかぎりの返事を、一文字一文字区切るようにして言った――

「僕はガルシア＝マルケスです」

自分自身の名前がこのように強い確信をもって口にされたのを聞き届けてから、突然私は、ヘルマン・バルガスがそれが誰なのか知らない可能性があることにはたと気づいた。カルタヘーナではみんなが、私の短篇を読んで以来バランキーヤの仲間と私のことをたくさん話している、と言ってくれていたのだったが。『エル・ナシオナル』紙も私の作品について熱意のこもった記事を掲載していて、それは文学にかかわることとなると簡単には首を縦に振らないヘルマン・バルガスによるものだった。

しかし、そのとき彼が私を迎えてくれた熱い歓迎ぶりからは、たしかに彼が誰が誰なのかちゃんと知っていることが確認できただけでなく、人づてに聞いていた以上に私のことを気に入ってくれていることがわかった。数時間後にはアルフォンソ・フエンマヨールとアルバロ・セペーダともムンド書店で知りあい、一緒にカフェ「コロンビア」で一杯やった。あれほど会いたく、あれほど会うのが恐かったドン・ラモン・ビニェスは、その日に限って六時の会合に顔を見せなかった。カフェ「コロンビア」を、五杯ほど引っかけてからあとにしたときには、私たちはすでに数年越しの友人となっていた。

それは長いイノセンスの一夜だった。天才的なドライバーで、飲むほどに安全で慎重な運転手になるアルバロは、何かを記念する機会にいつもはしごしてまわる順路をすっかりこなしてくれた。「アーモンドの木《ロス・アルメンドロス》」は、花咲くアーモンドの木の下にある露天の飲み屋で、デポルティーボ・ジュニオールの熱狂的なファンしか入れない店だったが、そこでは一部の客が口論をはじめて今にも殴り合いに発展しそうになった。彼らをなだめようとした私に、アルフォンソが口をはさまないほうがいい、サッカーの専門家ばかりが集まるこの店では平和主義は歓迎されないから、とアドバイスしてくれた。というわけで、私がその夜を過ごした町は、私がそれまで知っていたどの時期のこの町とも異なっていた。両親が最初の数年を過ごした町でもなく、母とともに貧困に耐えた町でもなく、コレヒオ・サン・ホセに通った町でもなく、娼家の楽園のさなかに展開する私にとって初めての大人のバランキーヤだったのである。

赤線地区《バリオ・チーノ》は四街区にわたって金管楽器の音楽に大地が震えているところだったが、家庭的な雰囲気の一角などもあり、そこでは慈悲に近いような心優しさがかいま見られた。家族経営の娼家もあり、妻子もちの主人が昔からの顧客を、キリスト教的モラルと、マヌエル・アントニオ・カレーニョ「十九世紀のベネズエラの教育者で、その著作『洗練と作法の手引き』がラテンアメリカで広く読まれた］流の洗練にのっとって迎えていた。中には店が保証人役となって、旧知の客が新米の女の子とツケで寝るのを承認するところもあった。いちばん古くからやっているマルティーナ・アルバラードには隠れたドアがあって、出家したことを悔いている聖職者を人道的な値段で受け入れていた。いんちき会計ともぼったくりとも、性病とも無縁だった。第一次世界大戦時からのフランス人マダムたちもまだかろうじて残っていて、体が弱そうで悲しげな彼女らは、夕暮れどきから、烙印のように灯された赤い電球の下、家の戸口にすわって、彼女らの催淫コンドームになおも信をおく三世代目の客が来るのを待っていた。冷房室があって陰謀の秘密会議用に使わせる店や、奥さんから逃げてくる市長たちの隠れ家が用意されている店もあった。

「黒猫《エル・ガト・ネグロ》」には、中庭にアストロメリア［南米産のユリの仲間］が作る日陰棚があってその下で踊れるようになっており、髪を脱色したグアヒーラ女が店を買って以来、商船隊の船員たちの天国となっていた。彼女は英語で歌を歌い、机の下で男にも女にも効く幻覚軟膏を売っていた。この店の年代記に残るある歴史的な一夜のこと、アルバロ・セペーダとキーケ・スコペルのふたりは、一ダースほどのノルウェー人船員の人種主義に腹を立てた。その店唯一の黒人女の部屋の前に全員が列を作っていて、白人女十六人が中庭にすわって居眠りしているという状況を見て、彼らは殴りあいの喧嘩を挑んだのだ。ふたり対十二の純然たる拳骨勝負だったが、白人女たちが大歓びで目を覚まし、椅子をふりまわして助太刀したせいもあって、相手はあっというまに逃げ出した。最後にはまるでめちゃくちゃな償いとして、彼らは全員で、すっぱだかの黒人女をノルウェーの女王として戴冠するにいたった。

バリオ・チーノの外にも合法のものと秘密のものをとりまぜて、いくつも娼館があり、いずれも警察とはうまくやっていた。その中の一軒は、花咲くアーモンドの大樹が植わった中庭で商売をやっている店で、貧民街のまん中にあった。一部屋だけの貸し部屋の中に寝台が二つあった。売り物になっているのは近所に住む血色の悪い少女たちで、道に迷った酔っぱらいの相手をするたびに一ペソを稼ぐのだった。この店のことは、アルバロ・セペーダが偶然、十月の午後の驟雨に見舞われて道に迷い、この店の中に逃げこんだことで見つけた。女主人は彼にビールを出してきて、雨宿りしている間、何度でもやっていいからと女の子を一人ではなく二人あてがった。アルバロはその後もここのアーモンドの木の下でビールを飲みに友人たちを連れてくるようになったが、それは少女たちと羽目をはずすためではなく、読み書きを教えるためだった。上達した子たちには、公立の学校で勉強できるように奨学金を調達してきた。その中の一人はやがて看護師になり、長年にわたって慈善病院で働くようになった。彼は女主人にこの家を買いあたえ、この少女売春の店は、やがて自然消滅するまで、「腹を満たすために寝る少女たちの家」という悩ましい名前で呼ばれ続けた。

私にとって歴史的なものとなったバランキーヤでの最初の一夜のために彼らが選んだのは、ネグラ・エウフェミアの店だった。広大なモルタルの中庭ではこんもりと繁ったタマリンドの木に囲まれて踊ることができ、小屋掛けは一時間五ペソ、テーブルと椅子は生き生きとした原色で塗られ、いつも石千鳥が好き勝手に歩きまわっていた。ここでは、ものすごく大柄でもう百歳にでもなりそうなエウフェミア自身が、入口に置かれた事務机の背後で客を出迎えて選別したが、机の上にはいつも、意味不明ながら、教会堂に使う巨大な釘が一本置かれていた。女の子たちも彼女が、行儀のよさと生まれながらの愛嬌によって選んでいた。名前はそれぞれ自分の好きな名前を名乗り、中にはアルバロ・セペーダがメキシコ映画にちなんでつけた名前を気に入って、いじわるイルマ、いたずらスサーナ、真夜中の聖母、などと名乗っている子もいた。

カリブ式楽団がペレス・プラードの最新のマンボを肺活量のかぎりに吹いていたり、小楽団が悪い思い出を忘れさせてくれるボレロを歌っていたりするので、会話もできなさそうに見えるのだが、われわれは誰もが叫ぶようにして話をするのに熟練していた。その晩の話題はヘルマンとアルバロが、小説とルポルタージュという共通の題材をめぐって仕掛けたものだった。彼らはふたりとも、ジョン・ハーシーが広島の原子爆弾について発表したばかりだったルポルタージュにすっかり敬服していたが、私は直接的な証言ジャーナリズムの例として『ペストの年の日記』のほうが気に入っていた。ところが彼らは、この本のおおもととなったロンドンのペストの年に、ダニエル・デフォーはまだ五歳か六歳でしかなかったことを指摘して私の蒙を啓いた。

そのような話題を通して、『モンテ・クリスト伯』の謎へと行きつくことになった。彼ら三人は、それ以前の議論から、小説家向けのクイズというのを続けていた――すなわち、あの作品の中でアレクサンドル・デュマはいかにして、世間知らずで無学で、ぬれぎぬで投獄された貧しい船乗りが、その時代のもっとも金持ちでもっとも学識がある人間となって、脱出不能な要塞から脱け出せるように仕組んだのだったか、というのである。その答はこうだ――エドモン・ダンテスがシャトー・ディフの要塞に入れられたとき、すでにファリア神父が中に入っていたことになっており、このファリア神父が獄中で自らの英知の精髄をダンテスに伝え、さらに、新しい生涯を送るために必要な秘密を明かした。すなわち、幻の財宝のありかと脱獄の方法を教えたのである。つまり、デュマはふたりの異なった人物を作っておいて、あとでその両者の運命を入れ替えたのだ。したがって、ダンテスは、脱獄したときすでに、自分の中にもうひとり別の人物をもっている状態になっており、もとの彼であったのは泳ぎがうまい彼の肉体の部分だけだったのである。

ヘルマンは、デュマが主人公を船乗りと設定したのは、海に投げ捨てられた麻袋から脱け出して海岸まで泳いでいけるようにするためだった、と確信していた。博識で、まちがいなくいちばん辛辣なアルフォンソはそれに対して、船乗りであることは何の保障にもならない、なぜなら、クリストーバル・コロンの乗組員の六十パーセントは水泳ができなかったのだから、と論じた。彼が何よりも好きだったのは、話の中にこのような胡椒粒をぴりっと投げこむことで、どんな話題からもお高く止まった衒学趣味を排除してしまうことだった。文学的な謎なぞゲームにすっかりうれしくなった私は、あとの三人がちびちびと味わいながら飲んでいるのを尻目に、レモンを入れただけのラムをむやみやたらと飲みはじめた。彼ら三人が引き出した結論は、あの小説において、あるいは全作品を通じて、デュマの資質は、そしてその情報の扱い方は、小説家よりもルポ・ライター的だというものだった。

ついに私にもはっきりとわかった――この新しい友人たちはケベードもジェイムズ・ジョイスも、コナン・ドイルも、同じように味わい楽しむことのできる人たちなのだ。尽きせぬユーモアの持ち主で、夜じゅうボレロやバエナートを歌ったり黄金世紀の最良の詩をまちがいなく朗唱したりして過ごすことができるのだ。異なった道筋を通って私たちは、世界文学における詩の頂点は、ドン・ホルヘ・マンリーケが父親の死に捧げた詩節であるという結論で一致するにいたった。夜は味わいに満ちたゲームとなり、この文学的狂人たちとの友情の邪魔になるような偏見の一切が私の中から拭い去られた。私は彼らと一緒にいることに、そして焼けつくようなラムにすっかり気持ちよくなって、内気さという拘束着を脱ぎ捨てた。その年の三月にカーニバルのダンス・コンクールで優勝していた「いたずらスサーナ」が私を踊りに引っぱり出した。彼らはダンス・フロアから鶏や石千鳥を追い払って、私たちをはやしたてるためにまわりに集まった。

私たちはダマソ・ペレス・プラードの「マンボ・ナンバー5」などのシリーズを踊った。それからさらに、息を弾ませながら、私は壇上のトロピカル楽団からマラカスを奪いとり、一時間以上ぶっ続けで、ダニエル・サントスやアグスティン・ラーラ、ビエンベニード・グランダのボレロを歌い続けた。あとの三人が私のことを自慢に思っていたか、恥ずかしく思っていたのか、結局わからなかったが、テーブルにもどると、彼らは私のことを仲間のひとりとして迎えてくれた。

そのときアルバロは他のふたりがけっして彼に反論できないテーマで話しはじめていた――映画についてである。私にとってこれは思いがけない大発見だった。私はそれまで、映画というのは、小説よりも芝居に多くを負っている付随的な芸術形式と考えていたからだ。アルバロは反対に、私にとっての音楽と同じようなものとして映画を見ていた――つまり、他のどの芸術形式にとっても役に立つ有用な形式として。

夜明け近くになって、眠気と酔いに翻弄されながら、アルバロはまるでタクシーの名手のように車を運転した。車内には新刊の本やニューヨーク・タイムズの文芸付録などが散らかっていた。ヘルマンとアルフォンソをそれぞれの家で下ろすと、アルバロは自分の書庫を見せるためと言って私を自宅に連れていった。寝室の壁の三面が天井まで書棚で埋まっていた。人差し指で指差して一回転しながら私に言った――

「ここにある作家たちだけが世界じゅうで、ものを書くということがわかっている人たちだ」

私は興奮の極にあったため、空腹も眠気も完全に忘れていた。私の中ではなおもアルコールが、まるで恩寵のように生きていた。アルバロはスペイン語と英語両方のいちばんのお気に入りの本を見せてくれて、そのそれぞれについて、錆びついたような声で、髪を振り乱して、それまでにも増して目をらんらんと輝かせながら話して聞かせた。アソリンとサローヤン――この二人にはとくに目がなかった――を初め、公的な生活も私的な生活も知りつくしている何人もの作家について、まるでそのパンツ姿まで見知っているかのように話し続けた。ヴァージニア・ウルフの名前を耳にしたのはこのときが初めてだったが、彼は「ウルフのばあさん」と呼び、また、「フォークナーのじいさん」という呼び方もした。私が目を丸くしているのに彼はなおさら興奮して勢いづいた。自分のお気に入りとして私に紹介した本の山をひっつかむと、私の手の中にどさりと置いた。

「気にすんなよ、全部もってっていいんだ、読み終わったら、どこであれ、ちゃんと取り返しにいくからさ」

私にとってこれは空想すら越えた貴重なものばかりであり、ちゃんとしまっておける穴蔵さえない身の上では、とても危なくて預かる勇気が出なかった。そこで彼のほうが折れて、ヴァージニア・ウルフの『ダロウェイ夫人』一冊だけをくれた。全文暗記するぐらいになる、という迫力満点の予告を添えて。

夜が明けてきていた。私は朝一番のバスでカルタヘーナにもどりたかったが、アルバロは彼のベッドと対になっているもう一台で寝ていくようにと言って譲らなかった。

「いいじゃないか！」と彼は息も絶え絶えになって言った。「ここに住めばいい、あしたには僕らが最高の仕事の口を見つけてきてやるからさ」

私は服のままベッドに横になり、そのときになって初めて、生きている果てしない重みが体の中に広がった。アルバロも同じように横になり、私たちは眠りに落ち、午前十一時、彼の母親、愛され恐れられているサラ・サムディオが固く握りしめた拳でドアを叩くまで眠り続けた。自分の生涯でただ一人の息子は死んでしまったのか、と訊いていた。

「無視しといていいんだよ、先生」とアルバロは私に眠りの底から言った。「毎朝おんなじことを言うんだから。あんまり言ったら、そのうち本当になっちまうのに」

私はまるで世界を新たに発見した人間みたいな気持ちでカルタヘーナにもどった。フランコ・ムネラ宅での食後の題材はもう黄金世紀の詩でもネルーダの『二十の愛の詩』でもなく、『ダロウェイ夫人』の一節や、その痛々しい登場人物セプティマス・ウォーレン・スミスの妄想になったりした。私はすっかり変わって、せっかちで気むずかしくなり、エクトルとサバーラ師匠によれば、アルバロ・セペーダを意識的に模倣しているように見えた。カリブ人の心に思い入れがあるグスターボ・イバッラは、私が語ったバランキーヤでの一夜の話を面白がる一方で、ギリシアの詩人たちに関してさらに堅実な課題をあたえてきたが、理由は説明されないまま明白にエウリピデスだけは除外されていた。彼はまた、私の目をメルヴィルに向けさせた――『モビー・ディック』という文学的偉業に。鯨の肋骨でできた巨大な天蓋のもと、世界じゅうの海に散って戦っている捕鯨漁師たちのための、ヨナに関する大掛かりな説教文だった。ナサニエル・ホーソーンの『七破風の館』を貸してくれたのも彼で、これは私の中に永久に刻印を刻んだ。私たちふたりは、オデュッセウスの遍歴におけるノスタルジアの不幸について理論をうちたて、その中に迷いこんで出られなくなった。半世紀後、私はミラン・クンデラの見事な文章の中で、そこからの出口を見出すことになるのである。

これと同じ時期には、偉大な詩人ルイス・カルロス・ロペス［反モデルニスモ的な辛辣な作品で知られるコロンビアの詩人。一八七九―一九五〇］とのたった一回だけの遭遇があった。本名よりもむしろ「隻眼」というあだ名で知られ、死んでいないのに死んでいる、葬式もなく、そしてなによりも誰の弔辞ももらわずに葬り去られている、という居心地いい生き方を開拓して実践していた人物である。カルタヘーナの旧市街の、中でもとくに歴史的なタブロン街の歴史的な家の中で暮らしていたのだが、そこはまさに彼が生まれ、誰にも迷惑をかけずに死んでいった家だった。会う人といえば、昔からの少数の友人だけだったが、偉大な詩人であるという名声のほうは、通常なら死後にしか得られないような勢いで、生きている間からふくらみ続けていた。

隻眼と呼ばれていたものの、実際は斜視であるだけで、ただそれも、よくある斜視とはちがって、なかなかそうとはわからないものだった。彼の弟にあたるドミンゴ・ロペス・エスカウリアーサは『エル・ウニベルサル』紙の取締役で、彼の動静を人に聞かれるたびにいつも同じ返答を用意していた——

「あそこにいるよ」と。

返答を避けているような答に聞こえたが、まさに真実を言い当てている返事だった——たしかに、ちゃんとあそこにいたのである。他の誰よりもぴんぴんしていて、人に知られすぎることなく元気で生きているという有利を享受しながら、すべてをちゃんと見通して、自分の足で歩いて墓場に入る覚悟を固めて、生きていたのだ。人は彼のことを歴史の遺物のように話し、彼の作品を読んだことのない人たちの間ではなおさらだった。あまりにもそうだったため、私はカルタヘーナに着いてからも彼に会おうとはまったくしなかった。目に見えない人という彼の特権を尊重してのことだった。そのころの彼は六十八歳で、彼がスペイン語の歴史の全体を通して見ても偉大な詩人であることに疑問を呈す人はいなかった。とはいえ、彼が何者であり、どうしてそうなのか、ちゃんとわかっている人は多くなかった。作品の希有な品質からしても、そうとはなかなかわかりにくかったのである。

サバーラ、ローハス・エラーソ、グスターボ・イバッラなど、私たちは彼の詩をいくつも暗記しており、おしゃべりを照らす光として、とくに考えることもなく自然と、そして字句をまちがえることなく、引用して話の中にとりこんでいた。本人は人間嫌いというのではなく、人見知りなだけだった。彼の肖像写真というのがたとえ存在するとしても、現在にいたるまで私は一度も見た覚えがない。目にしていたのは、そのかわりに載っていた安易な風刺画ばかりだった。本人を見かけることがなかったゆえに、私たちは彼が生きていることをすっかり忘れるようになっていて、そんなさなか、ある晩、私がその日の記事を書き終えようとしているところで、息を詰まらせたようなサバーラの驚きの声が耳に入ったのである——

「なんてこった！　隻眼だ！」

私はタイプライターから目をあげ、生涯でもっとも奇妙な人物を目にすることになった。想像していたよりもずっと背が低く、髪の毛は青みがかって見えるほど純白で、あまりにもぼさぼさでまるで本人の毛ではないように見えた。左目はつぶれているのではなく、あだ名のとおりに目が歪んでいるのだった。部屋着のような服装で、黒っぽい綿のズボンに縞模様のシャツ、肩の高さのところに持ち上げた右手には、銀のつまみ具でつまんだ紙巻き煙草があり、火がついているのだが吸っているわけではなく、灰は揺すらずとも、自らの重みに耐えられなくなるたびにひとりでに床に落ちていった。

彼は弟のオフィスまで素通りして入っていき、二時間後、編集室にサバーラと私以外に誰もいなくなったころに出てきた。私たちは挨拶するために待っていたのだ。この二年後に亡くなったとき、忠実な読者の間には、人が死んだのではなく、死んでいた人が生き返ったかのような動揺が巻き起こった。棺に入れられて安置されているのを見ても、生きていたとき以上に死んでいるようには思えなかった。

ちょうど同じころに、スペインの作家ダマソ・アロンソとその妻で小説家のエウラリア・ガルバリアートが、大学の講堂で二回の講演を行なった。サバーラ師匠は他人の暮らしの邪魔をするのを好まない人だったが、このときばかりは控えめな態度をうち捨てて、彼らに面会を申し込んだ。一緒にグスターボ・イバッラとエクトル・ローハス・エラーソと私が出向き、彼らふたりとの間には瞬時にしてちょうどいい化学反応が起きた。四時間ほども私たちはオテル・デル・カリーベの貸しきりの談話室に閉じこもり、初めてのラテンアメリカの旅の印象や、新しい作家としての私たちの夢を語りあった。エクトルは自分の詩集をもっていき、私は『エル・エスペクタドール』紙に掲載された短篇の写しをもっていった。私たちふたりはともに、何にもまして彼らの正直な抑制に感銘を受けた。大げさに賛辞を述べないことによってかえって控えめな賛辞に真心がこもっていることを感じさせたからだ。

十月になって、『エル・ウニベルサル』紙上にゴンサーロ・マヤリーノからの伝言が載っているのを見つけた。詩人のアルバロ・ムティスと一緒に私のことをトゥリパン荘で待っている、という内容だった。これはボカグランデの海水浴場にある忘れがたい旅荘で、およそ二十年前にチャールズ・リンドバーグが着水した場所のすぐ近くだった。大学時代に一緒に詩を朗唱しあったゴンサーロは、すでに弁護士として働いていたのだが、ムティスが、LANSA——パイロットたち自身が設立した国産の航空会社——の宣伝課長という身分を利用して、海を見に来るようにと招待していたのだ。

ムティスの詩と私の短篇小説は、少なくとも一回、「週末別冊《フィン・デ・セマーナ》」に一緒に掲載されたことがあり、初めて会ったこのときに始まった対話は半世紀以上にわたって続くことになった。その対話は世界じゅうのいくつもの場所で交わされながら、今なお終わらずに続いている。まず最初には私たちの子供たちが、それから今度は孫たちがしばしば、そんなに熱い情熱をこめていったい何を話しあうのかと訊いてきて、それに対して私たちはいつも真実を答えてきた――いつも同じことを話しているのだ、と。

芸術や文学にかかわる大人たちとの奇跡的な友情こそが、生涯でもっとも不確かなものだったといえるあの数年間を生きぬく勇気を私にあたえてくれたのだった。七月の十日に私は、『エル・ウニベルサル』にコラム「新段落」の最後の回を載せたところだったが、これは三か月にわたって頑張ったものの、結局駆け出し記者として壁を乗り越えることができず、せめて自分が沈没してしまう前にやめようと決めたからだった。そこで私は、特別に個人的なタッチが必要なとき以外は無署名で書けて、責任を問われることもない社説ページの無署名コメント記事に逃げこんだ。一九五〇年の九月まで単なるルーティーンとしてこの担当を続け、エドガー・アラン・ポーに関するもったいぶった記事――ひどいというのが唯一の特徴であるような――などを書いていたのだ。

あの年は一年じゅう、サバーラ師匠にルポルタージュの書き方の秘密を教えてくれと頼み続けた。彼は結局、いつもの秘密めいた態度に終始したが、サンタ・クラーラ修道院に埋葬されていた十二歳の少女の謎で私を興奮の渦中に投げこんだ――死んでからの二世紀の間に髪の毛が二十二メートル以上伸びて発見されたというのだった。そのときにはまるで想像しなかったことだが、私は四十年後にこの話を不吉な傾きのあるロマンティックな小説として語ることになった。しかし、このころの私は、ものごとをしっかり考えるのが苦手な時期にあった。ちょっとした原因ですぐに喧嘩をしては、仕事場から説明もなく姿を消してしまい、サバーラ師匠が誰かを送ってなだめにかかるまで顔を見せないようなありさまだった。法学部の二年次の最終試験では、まったくの幸運だが二科目だけ再履修すればよくて合格し、三年次に進むことができたが、新聞社からの政治的圧力によって合格したのだという噂が流れた。実際、編集長が間に入らなければならなかったこともあった――映画館の出口でいきなり、偽の軍人手帳をもった男たちに止められ、治安維持組織への懲罰的加入の対象者リストに入れられたときがそうだった。

政治的無分別のさなかにあったあのころの私は、治安の悪化により全国で戒厳令が再度施行されていることさえわかっていなかった。報道検閲も、ネジを締めるようにさらに厳しくなった。最悪の時期と同じように雰囲気がぴりぴりしてきており、そのへんのごろつきを加えて強化された政治警察が田舎では恐慌状態を巻き起こしていた。暴力行為のせいで、自由党支持者は土地や家を捨てて逃げなければならなくなった。自由党の大統領候補と目されたダリーオ・エチャンディーア――民法の専門家の中の専門家、生まれながらの懐疑主義者で、ギリシア・ラテンの古典の大愛好家――は、自由党による選挙ボイコットを支持するに至った。これにより、もともと、ニューヨークから目に見えない糸で政府をあやつっているみたいだったラウレアーノ・ゴメスの当選への障害はなくなった。

こうした忌まわしい出来事が、単に保守党による破廉恥行為であるにとどまらず、私たちの生活にふりかかる悪い方向への変化の前触れであることを、私はこのころはっきりと意識していなかったが、毎度の「ラ・クエバ」で、ある夜、自分は何でも自分のしたいことをする自由意志がある、と大げさに言い放つ気になったことがあった。それを聞いて、サバーラ師匠は今にも口にしようとしていたスープのスプーンを空中で止め、眼鏡の縁の上から私を見つめながら、思わず黙らざるをえない一言を放った――

「ひとつ教えてくれ、ガブリエル——日ごろの無数の愚行の中で、お前さん、気づく暇があったか？この国がまっさかさまに墜落していってるってことに」

この質問は的にぶすりと刺さった。骨の髄まで酔っぱらった私は、明け方近くになってからマルティレス通りのベンチで眠りにつき、するとそこに旧約聖書的な大雨が降ってきて、今度は骨の髄までずぶ濡れになった。私は二週間にわたって肺炎で入院することになったが、これは当時知られていた初期の抗生物質——若年性性的不能などの恐い副作用があるという評判だった——への耐性をもった種類の肺炎だからだった。不自然なほど痩せ衰えて蒼白になった私のことを、両親は療養のためにスクレに呼びもどした。仕事のしすぎから立ち直るために、と彼らの手紙にはあった。『エル・ウニベルサル』はさらにその上をいき、類い稀な才能をもった新聞記者・作家として私のことをのべた褒めした惜別の編集部記事を掲載し、さらに、もうひとつ別の編集部記事の中では、『干し草を刈り終えて』という私のものではない題名をもった存在しない長篇小説の作者として私のことを紹介した。フィクションにもどろうという意思がまったくなかった時期だけに、まったく奇妙だった。まったく私らしくないこのタイトルは実は、エクトル・ローハス・エラーソがタイプライターの流れのままにでっちあげたもので、セサル・ゲッラ・バルデースの作品のひとつとして考えついたものだった。これは、紙上の論争を活気づけるために、もっとも典型的なラテンアメリカ人作家というキャラクターとして、彼が創造した架空の作家だったのである。エクトルは『エル・ウニベルサル』紙上に、このセサル・ゲッラ・バルデースがカルタヘーナに到着したことを告げる記事を載せたことがあり、私も、自分の「新段落」コーナーでちょっとした挨拶記事を書いたことがあった。本当の全アメリカ大陸的な小説文学を生み出すべきだという、人々の中で眠りこんでいる意識を目覚めさせることを期待してのことだった。いずれにせよ、エクトルが考え出したこの美しいタイトルをもつ架空の小説は、何年もあとになって、どこでだったか、なぜだかは知らないが、私の本に関する評論文の中で、新しい文学の基盤をなす作品として書評されることになった。

スクレにもどって感じた雰囲気は、あのころの私のものの考え方にちょうどぴったりだった。私はヘルマン・バルガスに手紙を書いて本を送ってくれるように頼んだ。たくさんの本、六か月に及ぶと診断された療養生活を名作によって埋め尽くしてしまえるように。村は嵐の渦中にあった。父はどれだけ働いても儲からない薬局の仕事は諦めて、村の外れに子供たち全員が住める家を建てた。私たち兄弟姉妹は、エリヒオが十六か月前に生まれて全員で十一人になっていた。その家は大きくて光がよく入り、来客に応じる場所でもあるテラスがどぶ川に面してあり、一月の爽快な風が入る開けっ放しの窓がいくつもあった。風通しのいい寝室が六つ、ベッドはひとりひとつずつあり、以前のように二人にひとつではなくなっていた。さらに、いろいろな高さのところに、廊下にさえ、ハンモックが吊れるよう鉄の輪っかが設置されていた。針金で仕切られていない裏庭が原生林の山まで続いていて、誰でも好きにできる果樹が植わっていて、そこに放たれている自家の家畜と他家の家畜が寝室に迷いこんでくることもよくあった。というのも、私の母はバランカスとアラカタカでの幼少時代の裏庭への郷愁が強く、この新しい家も農場の家のようにしたがったのだ。鶏や家鴨《あひる》が放し飼いにされていて、自由奔放な豚が台所に入りこんできて昼食の残りを食べてしまうことがある、というような具合に。まだ夏の夜に窓を開けたまま寝ることは可能で、止まり木にあがった鶏たちの喘息めいた物音や、明け方に一瞬の濃厚な音を立てて木から落果する熟れたグアナバナの匂いも楽しむことができた。これのことを母はよく、「まるで赤ん坊が落ちたみたいな音」と言っていた。父は診療を午前中だけに減らして、同毒療法の熱心な信者に限っていたが、手元にやってくる印刷物を片端から読むという習慣は、二本の木の間に張り渡したハンモックに寝ころびながら続けており、また、夕刻の寂寥を相手にビリヤードをするのに熱を上げていた。白い木綿生地のスーツにネクタイという服装はすっかりやめて、それまで誰も見たことがなかったような、若者ふうの半袖シャツを着るようになっていた。

祖母のトランキリーナ・イグアランは二年前に、盲目のうちに、頭がおかしくなって死去していたが、末期の苦しみの中でも明晰な意識を保って、燃えあがるような張りのある声と完璧な滑舌のままに、一族の秘密を述べ立て続けた。最後の一息まで続けた永遠の話題は、祖父の年金問題だった。父は彼女の遺体を保存力のあるアロエで処置したうえで、穏やかに腐敗が進むように棺の中で石灰をまぶした。ルイサ・サンティアーガは昔からずっと、赤い薔薇にかける母親の情熱に敬意を抱いてきたので、お墓に薔薇の花をいつでも捧げられるように、裏庭の奥に薔薇の花園を作った。それはやがて見事に咲き乱れるようになり、これほど華々しく薔薇が咲くのは神の御業《みわざ》なのか悪魔の所業なのか見届けようと遠くからやってくる人が増えて、応対もできないほどになった。

私の生き方や性格の変化は、実家の中の変化に対応したものだった。帰省するたびにまるで別の家のように見えるのは、両親が行なう改装や転居のせいと、次々と生まれてくる弟妹たちのせいだった。彼らはすぐに成長してそっくりになるので、私は見分けるよりも見間違えるのが先だった。ハイメはもう十歳になっていたが、未熟児だったせいで母親のもとから離れるのがいちばん遅く、まだ乳をあたえているうちにエルナンド（通称ナンチ）が生まれた。その三年後にアルフレード・リカルド（クキ）が生まれ、一年半後にいちばん下のエリヒオ（イーヨ）が生まれて、この帰省の際には、はいはいする歓びに気づきはじめたところだった。

それ以外にも、父が結婚前結婚後にもうけた子供がいた――サン・マルコスに住むカルメン・ローサ、ときどきスクレに滞在しにくるアベラルド、母が弟妹たちの承諾を得て自分の子同様に受け入れることにしたヘルマイネ・アナイ（エミ）、そして最後には、シンセの町で母親に育てられていたが、頻繁に訪ねてくるアントニオ・マリーア・クラレット（トニョ）がいた。総計十五人だったが、食べ物があるときには、それがまるで三十人いるみたいに旺盛に、すわれる場所に適当にすわって食べるのだった。

上の方の妹たちの話を聞くと、赤ん坊をひとり育て終わらないうちに次の赤ん坊が生まれるあのころのわが家がどんな感じだったかよくわかる。母自身も自分の落ち度というのを意識していて、娘たちに下の子たちの面倒を見るように頼みこんでいた。マルゴットは母がまたもや妊娠したのを知って死ぬほど驚いた。自分ひとりではとても全員の世話は見きれないことがわかっていたからだ。そこでモンテリーアの寄宿学校に行く前には、今度生まれる子供で最後にするように母親に本気で頼みこんだ。母は毎度のようにそう約束したが、それは娘を納得させるためだけだった。彼女自身は、この問題は無限の英知をもつ神がいちばんいいように決めるのだと確信していたのだ。

食卓での食事はむちゃくちゃだった。全員を一堂に集めるのは不可能だったからだ。母と上の妹たちは、やってくる順に弟たちに食事を出したが、食後の段階になってから、姿をくらましていたひとりがあらわれて自分の食事を要求するようなことはよくあった。夜の間に下の子たちは、眠れないと言ってひとりまたひとりと両親のベッドに集まってきて――寒いとか暑いとか、奥歯が痛いとか死人が怖いとか、あるいはまた、親への愛情や兄弟への嫉妬から――、夫婦のベッドの上に折り重なって朝を迎えるのだった。エリヒオを最後にそれ以後生まれなくなったのはマルゴットのおかげだった。

寄宿学校からもどった彼女が実権を握ったせいで、母ももうそれ以上は子供を作らないという約束を守るようになった。

残念なことに、上の二人の娘たちに対して、現実は母とはまるで異なった計画を課した――二人とも生涯を独身で過ごしたのだ。アイーダは恋愛小説によくあるように、永久に出られない修道院に入り、すべての義務を果たし終えた二十二年後に思い直して退出したものの、すでに例のラファエルも他の男も皆、手の届くところにはいなくなってしまっていた。きつい性格のマルゴットの場合、双方のミスにより、うまく行かなくなった。このような悲しい前例に反して、リータは気に入った最初の男と結婚し、五人の子供と九人の孫に恵まれて幸せに暮らした。あとの二人――リヒアとエミ――も好きな男と結婚した。両親ともに、もう人生の現実に抗うのに疲れていたころだったからだ。

一家の悩みの大部分は、経済的な不安定と政治的暴力による流血のせいで国が経験していた窮状と結びついたものだったようだ。政治的暴力はスクレにも不吉な季節のように押し寄せていて、わが家の中にも、足音をひそませながらも、確実な足取りで侵入していたのだ。すでにこのころには私たちはわずかな貯えも食いつぶして、スクレに旅立つ前のバランキーヤ時代と同じように貧乏な暮らしだった。しかし、母は動じることはなかった。どの子も自分の食いぶちを抱えて生まれてくるから心配ない、というすでにくりかえし証明された信念を抱いていたからだ。これが、私が肺炎が治ったばかりの病み上がりの状態でカルタヘーナから実家にもどったときのわが家の状況だったのだが、家族はその内実を私に気づかれないよう、口裏を合わせて隠していた。

町で誰もが知っている噂の種は、われらの友人カイェターノ・ヘンティーレと、ほど近いチャパラルの集落の学校の先生とが、深い仲にあるらしいことだった。相手は彼とは社会階層が異なる若い美人だったが、とてもまじめな子で、しっかりした家族の出身だった。意外な展開でもなかった――カイエターノは昔から手が早いほうだったからだ。これはスクレでもそうだったし、高校を出て医学部に入ったカルタヘーナでも同様だった。しかし、決まった恋人がいるとスクレで知られたことはなく、ダンス・パーティでいつも踊るお気に入りの相手というのすら、それまでいなかったのである。

ある夜のこと、私たちは、彼が一家の農園から、いちばんいい馬にまたがってやってくるのを目にすることになった。手綱を握った先生が鞍にすわっていて、彼のほうが後ろから彼女の腰に抱きついて相乗りしていた。私たちはふたりがすっかり信頼しあう関係になっていることに驚いたのはもちろんだが、いちばん人通りの多い時間に中央広場に堂々と――それもスクレのような口さがない町で――入ってくるふたりの思いきりのよさにも大いに驚いた。耳を貸す人がいればカイエターノは事情を説明して、彼女が学校の入り口に立って、誰かこの時間に町まで乗せていってくれる人を待っているのを見つけたので、乗せてきただけだ、と話して聞かせた。そのうちドアに匿名ビラを貼られるぞ、と私は冗談半分で忠告したが、彼のほうは独特の仕方で肩をすくめてみせて、いつものお気に入りの冗談を口にした――

「金持ち相手には、恐がってやらないさ」

実際のところ、匿名ビラの流行は、始まったときと同じように一気に去ってしまっており、これもまた、もしかしたら国全体を襲う政治的怒りのあらわれだったのかもしれないと誰もが思うようになっていた。匿名ビラに怯えて夜も寝られなかった人たちのもとにも、静穏がもどっていた。その一方で、私は帰郷して何日もしないうちに、父と政治信条を一にする一部の人たちの私に対する態度がどこかしら変わってきているのに気づいた。保守党政府に反対する記事を『エル・ウニベルサル』に書いている張本人が私だと考えていたのだ。これは事実に反していた。私が政治的な記事を書くことがあっても、それはカルメン・デ・ボリーバルで何が起こったのかという問題の追及を中止することに決めて以来、いつも編集部の責任のもとで無署名の記事として書いているだけだったからだ。私の署名入りコラムの記事はたしかに、国全体の置かれたひどい状況と破廉恥な暴力に対して明確な態度を示すものではあったが、政党の名前には一切触れないようにしていた。実際問題、私はあの当時も今も、どの政党であれ、熱烈な支持者であったことはない。このぬれぎぬに両親は怯えて、とくに、私が夜遅くまで帰ってこないときなど、母は聖人にロウソクを灯して願掛けをするようになった。このときになって初めて私は自分の周囲に息苦しい空気が立ちこめているのを感じて、なるべく家から出ないことに決めた。

ちょうどそんな悪い雰囲気の時期に、父の診療所に驚くべき人物が姿を見せた。まるで生きながらにして亡霊と化した人みたいに、骨の色が透けて見えるような肌と、太鼓のようにぱんぱんに腫れた腹をしていた。そして、口にしたたった一言で、永遠に私たちの記憶に刻まれたのである——

「先生、腹の中に仕込まれてしまった猿を、取り出してもらうために来たんですわ」

調べてみた結果、父はこの男の症状が自分の手には負えないものであることを見てとり、知りあいの外科医に紹介した。そしてこの医師は、患者の腹の中には、本人が思っているように猿がいるのではなく、もっと形のない、独自の生命をもった怪物が住みついていることをつきとめた。しかしながら、私にとって重大な意味をもったのは、腹の中の怪物そのものではなく、患者がラ・シエルペの魔術的世界について話した物語のほうだった。これはスクレの領域内にあるのだが湯気の立ち昇る沼地を抜けて初めて到達できるとされている伝説の国で、いちばんよく聞かされる物語によれば、そこでは何らかの侮辱を受けたときには、相手の腹の中に、呪いによって悪霊のような生き物を植えつけて復讐することになっているというのである。

ラ・シエルペの住民は自分たちのことをカトリックの信者だと思いこんでいるのだが、実は独自の信仰をもって暮らしており、さまざまな状況にあわせた魔術的な祈りをいくつも使い分けている。神と聖母と三位一体を信じてはいるのだが、いろんな物体に神がかった力がこめられているのを見てとって、それを神として崇拝の対象とするという。彼らにとっては、悪魔的な怪物が腹の中に育ってしまった人間が、外科医などという異端の術師のもとに助けを求めていくような理性的な行動をとるということこそ、まるでありえないことのように感じられるらしかった。

このとき突然、私は、スクレの人間がみな、ラ・シエルペの存在は現実のものであって、あらゆる地理的・精神的障害物を乗り越えてそこまで行きつくのがむずかしいだけだ、というふうに考えていることを知って驚嘆したのだった。最後になって私は偶然、友人のアンヘル・カシヒこそがラ・シエルペの問題の専門家であることを知るにいたった。最後に会ったのがマグダレーナ川を遡上する二回目か三回目の旅のときで、バランカベルメーハの赤線地帯で楽団の歌手をやっていたあの友人である。今回はあのときよりもまっとうな判断力をもっている状態で会うことができて、ラ・シエルペへの何度にもおよぶ旅について、めくるめく物語を聞かせてもらえた。それによって私は、あの広大な王国の主であり、女領主である女侯爵《マルケシータ》について知りうることをすべて知った。そこでは秘密の祈りを使って善をなすことも悪をなすこともでき、肉体的特徴と正確な居場所だけがわかっていれば死にかけている人を死の床から立ち上がらせることもでき、沼沢の向こうに一匹の蛇《シエルペ》を送り出して六日後に敵に死をあたえることもできるのだった。

唯一、マルケシータがやってはいけないことになっているのは、死人を生き返らせることで、これは神だけに認められていることだからだった。彼女は生きたいだけの年数を生き、二百三十二歳まで生きたと考えられているのだが、六十六歳以後、まったく一日も年をとらなかったという。死ぬ前にいたって彼女は、無数の信者団を全員集め、二日と二晩、自分の家の回りを巡り歩かせ、それによってラ・シエルペ沼沢が生まれた。これは蛍光を発するアネモネによって覆いつくされた果てしのない海原である。伝えられるところによれば、その中央には黄金の瓢箪のなる木があり、その幹につながれているカヌーは、毎年十一月二日の死者の日には、主のいないまま、白鰐《カイマン》と黄金の鈴をつけたガラガラヘビに守られて、マルケシータが無限の財宝を埋めたとされる対岸まで航海していくのだった。

アンヘル・カシヒからこのファンタスティックな物語を聞かされて以来、現実の一角を占めているラ・シエルペの楽園を訪ねてみたいという渇望に私は悩まされるようになった。ふたりで準備をすべて整えた——対抗祈禱による防衛をほどこした馬、目に見えないカヌー、魔術的な道案内人など、超自然的なリアリズムの報告紀行を書くのに必要なものすべてを手配した。

しかしながら、騾馬は鞍を装着したままになった。肺炎からの回復の遅れ、広場のダンス・パーティでからかってくる友人たち、年長の友人たちからの恐るべき忠告などのせいで、先へ先へと延ばさざるをえなくなり、結局実現の機会は失われた。しかしながら、今思い起こしてみると、それがかえって幸運な展開だったようだ。幻想のマルケシータと出会うことがなかったがゆえに、私はすぐに次の日から、初めての長篇小説の執筆に深く深く入りこむことになったのである。この作品は結局、表題だけしか残らなかったが、『家』という作品だった。

これはコロンビアのカリブ地方における千日戦争の物語となることをめざすもので、その内容については、マヌエル・サパタ・オリベーヤと以前のカルタヘーナ訪問の際に話したことがあった。その際、私の計画とはまったく無関係に、彼は、彼の父親があの戦争で戦った古参兵について書いた小冊子をくれた。その表紙にはその人物の肖像が印刷されてあり、木綿の作業着《リケリケ》を着て火薬に焦げた口髭を生やしているところは私の祖父を多分に思い出させた。その人の名前はすっかり忘れてしまったが、苗字のほうは永遠に私の中に残ることになった――ブエンディーアである。こうして私は、この一家の叙事詩を下敷きにして『家』という題名の小説を書くことを考えたのだった。それはニコラス・マルケス大佐が度重なる不毛な戦争で戦った時期に私の一族が体験したものと、大いに共通する部分があるものだった。

題名には、話が一貫して家の内部で展開されるという意図がこめられていた。私は何度も出だしを書いたり、一部の登場人物の相関図を作ったりし、人物名には家族の名前を利用したりしたが、これはのちに他の本で役に立つことになった。しかし私には、近接して使用されたふたつの単語が韻を踏んでしまっている文がどうしても弱いものに感じられるところがあり、この問題にはとても敏感なので、たとえそれが母音だけの韻であっても、私はどうしてもそれを解消するまで公表したくないところがある。それゆえ、ブエンディーアという苗字は何度も諦めかけた。スペイン語の動詞の線過去形との押韻がどうしても避けられないからだ［多くの動詞で線過去形は「イーア」という語尾で終わるため、「ブエンディーア」と語尾の音が韻を踏んでしまう］。しかしながら、この苗字は、人物に対して有無を言わさぬ人格をもたらすものとなったため、結局生き残った。

そのようなことに取り組んでいたある朝のこと、スクレの家で宛て先もラベルも何もついていない木箱がひとつ見つかった。妹のマルゴットが誰からなのかわからないまま、売却した薬局の残荷だろう思いこんで受け取ったものだった。私も同じように考えて、いつも通りの心もちのまま家族と朝食をとった。すると父が、あの箱を開けていないのは私の荷物の残りだと思ったからだ、と言った。私にはもうこの世に持ちものなんて何ひとつ残っていないことをすっかり忘れていたのである。弟のグスターボは、十三歳になって何でもかんでも釘を打ったり抜いたりするのが好きだったので、誰の許可もなく勝手に箱を開けはじめた。数分後、叫び声が聞こえた——

「本だよ!」

心臓がどきんと飛び跳ねた。見てみると、たしかに送り主の手がかりが何もない本が箱いっぱいに、扱い慣れた手つきで詰めこまれてあり、象形文字のような判読しがたい筆跡の手紙が添えられていた。謎めいた詩文はヘルマン・バルガスのものだった——「ほれ、例のブツを送るよ、先生、何か学びってくれればよいがな」。アルフォンソ・フエンマヨールの署名もあり、さらにもうひとつ、落書きのようなサインが添えられていたが、これは、まだ会ったことのないドン・ラモン・ビニェスのものと判定した。指図めいたものとしては、すぐにわかるような剽窃だけはするな、というのだけが書かれていた。フォークナーの本の一冊には、アルバロ・セペーダの走り書きが挟まれていた。いつも以上になおさら急いで書いた荒れ狂った文字で、翌週から一年間、ニューヨークのコロンビア大学のジャーナリズム学校の特別コースに行く、と告げるものだった。

私はまずまっさきに、その本をすべて食堂のテーブルの上に陳列してみた。朝食の後片づけを終えようとしていた母は、箒《ほうき》を振りまわして、下の子供たちが挿し絵を植木ばさみで切り抜こうとするのを防ぎ、野良犬が食べ物かと思って本の匂いを嗅ごうとするのを追い払わなければならなかった。私もまた、新しい本に対していつもやっているように、思う存分匂いを嗅ぎ、そのうえで、全冊、適当なページを開いて部分的に読んでみた。夜の間に三回も四回も、居場所を変えて読んだ。どうも心がそわそわしているうえ、裏庭に面した廊下のわずかな明かりでは目が疲れてしょうがなかったからだが、朝、目が覚めたときには、背中がすっかり曲がってしまっていて、なおもこの奇跡の書物群をどのように利用したらいいのか、さっぱり考えがまとまっていなかった。

同時代の作家たちの手になる名作二十三冊は、いずれもスペイン語のもので、文学作品の書き方を学ぶために読むべきだ、という明らかな意図をもって選ばれていた。中には、ウィリアム・フォークナーの『響きと怒り』のように翻訳が出たばかりのものもあった。五十年後の今となっては、私には題名を全部思い出すことはできないし、全部知っていた三人の永遠の友人たちも、もはやここにいないので思い出してもらえない。すでに読んだことのあるのは二冊だけだった——ウルフ夫人の『ダロウェイ夫人』と、オルダス・ハックスリーの『恋愛対位法』である。とくによく覚えているのはウィリアム・フォークナーの作品だ——『村』、『響きと怒り』、『死の床に横たわりて』、『野生の棕櫚』があった。また、ジョン・ドス・パソスの『マンハッタン乗換駅』と、もしかしたらもう一作品あった。ヴァージニア・ウルフの『オーランドー』、ジョン・スタインベックの『二十日鼠と人間』、『怒りの葡萄』、ロバート・ネイサンの『ジェニーの肖像』、アースキン・コルドウェルの『タバコ・ロード』。半世紀を経てもう覚えていないタイトルの中には、少なくとも一冊、ヘミングウェイがあった。短篇集だったかもしれない。バランキーヤの三人がヘミングウェイでいちばん好きだったのは短篇だったからだ。もう一冊、ホルヘ・ルイス・ボルヘスの本も、これももちろん短篇集があり、たぶんフェリスベルト・エルナンデスもあった。彼らが発見したばかりで大騒ぎしていた類い稀なウルグアイの短篇小説作家である。それからの数か月間で私は全冊を読んだ。じっくりと読んだものとそれほどでもなかったものがあったが、そのおかげで私ははまりこんでいた創作のスランプから抜け出すことができたのだった。

　肺炎のせいで喫煙を禁じられていたが、自分で自分から隠れるようにしてトイレで吸っていた。医者も気づいて、本気で私に忠告したが、私は従うことができなかった。スクレにもどってからも、受け取った本を休みなく読み続けている間、吸い終わった煙草で次の煙草に火をつけるという具合にして、それ以上吸えなくなるまで吸い続けた。やめようとすればするほどなおさら本数が増えた。ついには一日四箱にまでなると、煙草を吸うために食事を中断するようになり、火のついた煙草を持ったまま寝てしまってたびたびシーツを焦がした。死の恐怖から夜中にしょっちゅう目を覚ましては、さらに煙草を吸うことでそれをやり過ごし、ついには、禁煙するくらいなら死んだほうがましだと決めるところまでいった。

　それからさらに二十年以上のち、すでに結婚して子供もいるころになっても、私はなおも喫煙を続けていた。私の肺の写真を見た医師は驚いて、あと二、三年で呼吸ができなくなると言った。恐怖に打たれた私は、極端にも、何時間も何時間も何もせずにすわり続けるようになった。煙草を吸っていなければ本を読むことも、音楽を聴くことも、仲間とも敵とも話をすることすらできなくなっていたのだ。ありふれたある夜、バルセローナでくだけた夕食会に出ていると、知りあいの精神科医が他の人たちに、煙草こそいちばん治すのがむずかしい中毒かもしれないと説明していた。私は思いきって彼に、その根本的な理由は何なのか、と質問し、すると返答は背筋が冷たくなるほど単純明快なものだった――

「煙草をやめるのは、お前さんの場合、愛する人を殺すのに相当するようなことだからだ」

これが英知の閃光となった。どうしてだかわからないし、わかりたくもないが、私はその場で火をつけたばかりだった煙草を灰皿でもみ消し、以後二度と、渇望も後悔も感じることなく、一本も煙草を吸わずに現在にいたっている。

私が抱えていたもうひとつの中毒もまた執拗なものだった。ある午後、うちの隣の家の女中のひとりがやってきて、家族全員とおしゃべりしたあとでテラスに出てきて、ひどく丁重な態度で私に今話をしていいかと許可を求めてきた。私は読んでいた本から目を上げなかったが、彼女はこう聞いてきた――

「マティルデのことを覚えてますか?」

誰のことなのか、私は思い出せなかったが、そう言っても彼女は信じなかった。

「しらばっくれないでくださいよ、セニョール・ガビート」と言って彼女は、字を書きつけるように区切って口にした――「ニ・グロ・マン・タ」

念を押すだけのことはあった――ニグロマンタはそのころ、独り身になっていて、死んだ警官との間の息子をひとりかかえて、母親と家族とともにあの同じ家に暮らしていたのだが、寝室は家族と別で、墓地の裏に面した個別の出入り口がある部屋だった。私はさっそく彼女に会いにいき、この再会は一か月以上も続いた。カルタヘーナにもどる予定は少しずつ先延ばしされていき、私は永久にスクレに残りたい気持ちに傾いた。ところがある夜、彼女の家で明け方近くになって、突如、稲妻と雷鳴の嵐が襲ってきた。ちょうどあのロシアン・ルーレットの夜と同じだった。軒びさしの下でしばらく雨宿りしていたが、私はついに我慢できなくなって膝まで水に漬かりながら通りのまんなかへと駆け出していった。幸い母が台所にひとりでいて、父にばれないように庭の小道を通って寝室まで入らせてくれた。びしょ濡れのシャツを脱ぐのを手伝ってくれたあとで、母は腕をいっぱいに伸ばしながらそのシャツを親指と人差し指の先端でつまみあげて、不快感もあらわに、部屋の隅に投げ捨てた。

「またあの女のところにいたんだね」と彼女は言った。

私は凍りついた。

「どうしてわかる？」

「あのときと同じ匂いだからだよ」と母は動じずに言った。「旦那が死んでて、まだしもだね」

彼女が死者に対してこれほど何の同情も見せないのは初めてのことだったので、私は少なからず驚いた。彼女もそれに気づいたようで、ためらいなくこう締めくくった——

「誰かが死んだのをうれしいと思ったのは、あれが一生で初めてだったよ」

私は当惑して訊いた——

「彼女が誰だか、どうしてわかったの！」

「おやおや、坊や」と彼女は溜め息をついた。「神様が全部教えてくれるんだよ。お前さんたちに関わることは全部」

母は最後にびしょ濡れのズボンを脱ぐのも手伝ってくれて、それも他の服と一緒に隅っこに投げ捨てた。「お前さんたちはみんな、父さんと同じになるんだね」と母は急に深い溜め息を吐いて、くず糸でできたタオルで私の背中を拭いながら言った。そして深い思いをこめて最後に言った——

「神様のお望み通りに、お前さんたちがみんな、父さんと同じくらい、いい夫になってくれればいいんだけどね」

母が私に対して無理やり行なった大仰な看病は、肺炎の再発を防ぐうえで大いに役立ったことは確かだろう。そのあげくに、ついに私にもわかった——私がニグロマンタの雷鳴と閃光のベッドにもどるのを阻止するために、彼女は意味もなく看病を長引かせていたのだ。私は二度とニグロマンタには会わなかった。

私はカルタヘーナに、すっかり快癒して、『家』を書いているのだという知らせをもって、明るい気持ちでもどった。まだ最初の章でうろうろしているのに、もうほとんどできあがっているかのように人には話していた。サバーラとエクトルは私のことを帰還した放蕩息子のように受け入れてくれた。大学でも、善良な先生たちは、この通りの私を諦めて受け入れるしかないと考えているようだった。並行して私は、けっして頻繁にではないが、『エル・ウニベルサル』に記事を書いて出来高払いの稿料をもらった。短篇作家としての私のキャリアもかろうじて続き、ほとんどサバーラ師匠をよろこばせることだけを目的としているみたいに細々と書き続けた——「鏡の対話」と「三人の夢遊病者の苦しみ」が『エル・エスペクタドール』紙に掲載された。それに先立つ四篇のような初歩的なレトリックは目立たなくなっていたが、私はまだ沼地から抜け出したわけではなかった。

このころまでにはカルタヘーナにも、全国で見られた政治的緊迫が伝染してきており、それは今にも何か重大なことが起こる予兆と見なすべきだった。年末になって自由党は政治的迫害の野蛮さゆえに全面的な政治活動停止を決めたが、政府を転覆するための水面下の計画までは放棄しなかった。バイオレンスは農村地帯でひどくなり、人々が都市に逃げてきたが、報道検閲はそれをはっきりと書かせなかった。しかしながら、迫害された自由党支持者が国のあちこちでゲリラ組織を作っているのは衆知のことだった。東部のヤノス地方——広大な緑の牧草地帯で国土の四分の一以上を占める——の組織は伝説にまでなっていた。その総司令官グアダルーペ・サルセードはすでに神話的な人物と見なされていて(軍からさえも)、その写真は秘密裏に配付され、百枚単位で複製が作られ、祭壇で写真の前にロウソクが捧げられた。

デ・ラ・エスプリエーヤ家の人たちは、どうやら、口に出して話す以上のことを知っているようで、塀で囲まれた屋敷内では、保守党政府に対するクーデタが近いことがごく自然な口調で話されていた。サバーラ師匠も詳細は知らなかったが、街頭で何らかの不穏な動きに気づいたらすぐに新聞社に出てくるようにと私に忠告していた。緊迫感が手で触れられるほどのものになっている中で、私は午後の三時に人と会う約束でアメリカーナ・アイスクリーム店に入った。相手が到着するまで、離れたところの席にすわって本を読んでいたが、するとそこに、昔の学生仲間のひとり、それも、それまで政治の話など一度もしたことのない相手がやってきて、通りすがりに、私に目を向けることなくこう言ったのである――

「すぐに新聞社に行け、例のあれが始まる」

私はその正反対をした。都会のどまんなかで、それがどのように起こるのか、編集部に閉じこもらずに見届けたかったのだ。数分後、私のテーブルに内務省の報道担当者がすわった。よく知っている相手だったので、私の動きを止めるために差し回されてきたのだとは私は考えなかった。まったく純然たる無知の中で私は彼と三十分ほど話をし、彼が立ち上がって出ていくときになって初めて、アイスクリーム店の広大な客席が、いつの間にか完全に無人になっているのに気づいた。彼は私の視線を追い、時刻を確認した――一時十分だった。

「心配ない」と彼は、安堵感をあらわにしないように抑えながら言った。「もう、何も起こらなかったから」

実際のところでは、自由党指導部のトップの一団が、政府系暴力のひどさに耐えられなくなって、軍部最上層の民主派軍人たちと手を結び、保守党政府がどんな代償を払ってでも権力の座にとどまるために全国的に展開している虐殺行為に終止符を打とうとしたのだった。彼らの大部分が四月九日の交渉——平和を回復するためにオスピナ・ペレス大統領と会談して合意に至ったあの会合——に参加した顔ぶれだったが、それからわずか二十か月後、まんまと騙されたことに遅まきながら気づいて手を打とうとしたのだ。不発に終わったこの日の蜂起行動は、自由党指導部議長カルロス・イェーラス・レストレーポ本人が許可したもので、自由党政権下で戦争大臣を務めて以来軍の内部に広い人脈をもっていたプリニオ・メンドーサ・ネイラを通じて計画されたものだった。メンドーサ・ネイラが全国に散らばっている高い地位の同志たちと密かに協働して組み立てた計画では、その日の夜明けとともに、大統領宮を空軍の飛行機が爆撃することで行動開始となる予定だった。行動は広い支持を受けており、カルタヘーナとアピアイの国軍基地を初め、全国に配備されている守備隊の大部分、そして国民和解の文民政府を設立するために政府に入ることを決めている労働組合も後押ししているものだった。

失敗に終わったあとになって初めてわかったことだが、行動開始予定日の二日前に、大統領経験者のエドゥアルド・サントスがボゴタの自宅に、計画の最終確認のために自由党の指導部とクーデタの指導者たちを集めた。議論の途中で、誰かが、かならず出てくるお決まりの質問をした——

「流血の可能性はあるのか?」

これに対して、ない、と正面切って答えられるほどおめでたい人も、厚顔無恥な人もいなかった。他の指導者たちが説明した——流血が起こらないよう最大限の措置をとっているが、予想外のことが起こらないようにする魔法の手だてというのはない、と。それを聞いて、自分たちの陰謀の規模の大きさに恐れをなした自由党指導部は、議論もないまま中止命令を出した。その指令を時間内に受け取ることができなかったたくさんの関係者が、行動開始して拘束されたり殺されたりした。メンドーサに対して、権力を簒奪するまでひとりでも続けるべきだとアドバイスした人もいたが、彼は政治的というよりも倫理的な理由で断念し、しかし、関係者全員に連絡をつけるには時間も手段も足りなかった。彼自身はかろうじてベネズエラ大使館に駆けこんで保護を求め、それから四年間、カラカスに亡命して暮らして、戦時評議会がその不在中に下した騒乱指導の罪による禁固二十五年の刑を免れた。それから五十二年後の今だからようやく心拍を乱さずに書くことができるが（本人の了解なしのままだが）、彼はカラカスに亡命したことを生涯にわたって後悔し続けた。保守党が権力の座にとどまったことによる壊滅的な収支決算ゆえにである——二十年間で三十万人を下らない死者が出たのだ。

私自身にとっても、ある意味で、これは決定的な瞬間であった。それから二か月しないうちに法学部三年次には落第し、『エル・ウニベルサル』紙との関わりも清算したのだ。そのどちらにも自分の将来を賭けられなかったからだ。口実としては、手をつけたばかりの長篇小説のために時間を自由に使いたいという理由があったが、自分の心の底では、それが真実ではなく、しかしまったくの嘘でもないことがわかっていた。長篇小説プロジェクトというのが——たとえフォークナーから学んだいいものをほんのわずかだけしか含んでなくて、自分の経験不足の悪さばかりがこめられているようなものであっても——修辞の定型として便利であることがわかったのだ。じきに私は学んだのだが、自分がある物語を書きながら、それとは若干ずれたパラレルな話を（そのエッセンスは明かさずに）人に語って聞かせるのは、作品の着想を得て筆記を進めるうえで大いに役に立つのだ。ただし、当時、これがそのまま当てはまったわけではない。人に見せられるものが何もないので、聞き手の耳を楽しませ、自分自身を騙しておくために、口頭で小説の物語を作りあげていただけなのである。

このように意識するようになったせいで、私はこのプロジェクトを逐一再検討せざるをえなかった。この作品は結局断片的な原稿四十枚以上に達することのなかったものなのに、その後、雑誌や新聞で――ときには私自身によって――言及され、空想力のある読者によってきわめて頭脳的な事前批評まで掲載されたりした。つきつめてみれば、若干ずれたパラレルなプロジェクトについて話をするというこの私の癖のおおもとには、批判よりも同情に値するものがある――書くことの恐怖は、書けない恐怖と同じくらい耐えがたいものになることがあるからだ。さらに、私の場合、本当の話をそのまま語り聞かせるのは悪運を呼ぶと固く信じているところがある。しかしながら、口述された歴史のほうが、書かれた歴史よりもすぐれている場合があるということに私は慰めをおぼえる。また、自分では知らずに、そろそろ文学にあってもいい新しいジャンル――フィクションについてのフィクションというジャンル――を作りあげているのかもしれない。

要するにつきつめた真実を言えば、私はどのようにして生きていけばいいのか、全然わからなくなっていたのだ。スクレでの療養生活のおかげで、私は自分が人生をどの方向に生きていけばいいのかわかっていないということに気づいたのだが、どれがいい方向なのかヒントは得られず、また、自分で自由に自分の方向を決めたときに両親が憤死してしまったりしないよう説得できる新しい有効な論拠も手に入れていなかった。そこで私は、所持金二百ペソを持ってバランキーヤに行くことにした。カルタヘーナにもどるときに母が、一家の財政から掠め取って渡してくれたお金だった。

一九四九年の十二月十五日、私は午後五時にムンド書店に入った。忘れがたいあのラッツォーレ氏と一緒に出かけていったあのわれらが五月の夜以来、一度も会っていない友人たちを待つためだった。荷物といえば、海水浴に行くようなバッグに着替えを一着と何冊かの本、そして、原稿をはさんであるあの革のフォルダーがあるだけだった。私が着いた数分後には全員が相次いでのぞく全員から受けた。顔触騒がしい歓迎を、まだニューヨークに行っているアルバロ・セペダをのぞく全員から受けた。顔触れがそろうと一杯飲みにでかけたが、行き先は書店の隣のカフェ「コロンビア」ではなく、通りの向かい側にもっと親しい友人たちが開いた新しい店、カフェ「ハピー」だった。

 私にはこの夜も、その後の人生においても、決まった方向というのはなかった。奇妙なことだが、自分の向かうべき方向というのがバランキーヤにあるかもしれないとは私はまったく考えてなく、出かけていったのも存分に文学の話をして、スクレに送ってくれた木箱一杯の本のお礼を言うためだけだった。前者のほうは、まさに思う存分できたが、後者のほうは、何度も試みたにもかかわらず、まったくできなかった。グループの誰もが、自分たちの間で礼を言ったり言われたりすることに対して宗教的な恐怖を抱いていたからだ。

 ヘルマン・バルガスがその晩は、前準備なしに十二人の食事会をまとめあげた。十二人の中にはあらゆる人がいた。新聞記者から画家や公証人、さらには県知事までいた。これはバランキーヤの典型的な保守党派で、独特なものの見方と統治の仕方の持ち主だった。真夜中過ぎには大部分が帰っていき、残りもじきに散り散りになって、アルフォンソとヘルマンと私だけが県知事とともに残った。いずれも、青春時代の深夜にはよくあるように、酩酊しているがそれなりにまともな判断ができる、という状態にあった。

 この夜の長い対話を通して、私はあの血なまぐさい時代に都市を統治していた人たちの特性について驚くべきことを学んだ。当時の野蛮な政策がもたらした害悪の中で、知事がもっとも嘆かわしいものと感じていたのは、住居も食料もない避難民が大量に都市に流れこんでいることだったのである。「この調子でいくと」と彼は結論的に言った。「わが党は、軍部の支援もあって、次の選挙では敵なしの状態になり、絶対的な権力を握ることになる」

その唯一の例外がバランキーヤだった。地元の保守党政治家たちが昔から分かちもってきた政治的共存の文化のおかげで、バランキーヤはハリケーンの渦の中にある唯一の平穏の場となっていたのである。私は知事に対して倫理的な異議を唱えたかったが、彼は手の仕草でそれをきっぱりと押しとどめた。

「待ってくれ」と彼は言った。「だからといって、われわれが全国的な状況の外にいるというわけではない。正反対だ——まさにわれわれの平和主義ゆえに、わが国の社会が抱えている問題が、足音をひそめて裏口から入ってきて、今や完全に家の中に入りこんでいるんだ」

そうして私は知ったのだった。地方から五千人の避難民が極度の貧困状態で町に入ってきており、どうやって彼らを社会に復帰させるのか、問題があからさまにならないように彼らをどこに隠せばいいのか、誰にもわからずにいたのである。この町の歴史上初めて、軍のパトロール隊が重要地点で警備に立つようになっていて、誰もがそれを目にしていたが、政府はそれを否定していて、検閲もそのことを報道機関が非難するのを禁じていたのだ。

明け方になって、ほとんど引きずるようにして知事を車に乗せたあとで、私たちは夜更かし族の朝食場として知られる「チョプ・スイ」に行った。アルフォンソは角のキオスクで『エル・エラルド』紙を三部買った。その社説ページにはパックという署名のついた記事が載っていた——彼が一日おきに書いているコラムだった。私に対する歓迎の挨拶みたいな記事だったが、ヘルマンは、記事には私が非公式の休暇で来ていると書いてあると言ってからかった。

「ここに住みつく予定だ、と書いたほうがよかったんじゃないか、そうすれば歓迎記事のあとで送別記事をまた書く手間が省ける」とヘルマンは冷やかした。「『エル・エラルド』みたいなケチな新聞社にとっては、経費節減にもなる」

実際のところアルフォンソは、自分の社説編集セクションにもうひとりコラムニストがいても悪くない、とまじめに考えていた。しかし、ヘルマンのほうは、夜明けの光の中で弾け飛んでいた。

「とすると、彼は第五列部隊《コラム》ってわけだな、コラム担当はもう四人いるんだから」［「第五コラム」はスペイン戦争におけるフランコ側の攪乱部隊の名前］

ふたりとも私の意向は聞こうともしなかった。私は肯定の返事をしたかったので聞いてほしかったのだが。この話はそれ以上、口にされることはなかった。その必要もなかった。アルフォンソはその日の夜、私に、新しいコラム担当の話を新聞社の上層部にしたところ、いいコラムニストで、お高くとまっていなければいい、という返事をもらったと話してくれたのだ。いずれにしても、新年のお祝い騒ぎが終わるまでは何も正式決定はされないはずだった。そこで私は、仕事の口が見つかったという口実でバランキーヤにとどまることにした。たとえ二月に首になってもよかった。

7

こうして私の最初の記事がバランキーヤの『エル・エラルド』紙の社説ページに、一九五〇年の一月五日に載った。本名で署名したくなかったのは、万が一、『エル・ウニベルサル』であったように、また行き詰まってしまった場合を用心してのことだった。筆名には迷わなかった——ヴァージニア・ウルフの『ダロウェイ夫人』に出てくる錯乱した人物セプティマス・ウォーレン・スミスにちなんで、セプティムスとした。コラムのタイトル「キリン《ラ・ヒラーファ》」は、スクレでいつもペアで踊っていた踊りのパートナーに、私だけがつけて呼んでいた秘密の綽名だった。

あの年は一月の風が例年よりも強かったようで、夜明けまで激しく吹き続けるのが向かい風だと、歩くのに難渋するほどだった。朝、起き出したあとに最初に話題になるのが、夜の間の狂った強風の被害のことで、毎日のように人の眠りを奪うだけでなく、鶏小屋を吹き飛ばしたり、屋根のトタン板を空飛ぶギロチンに変えたりしているのだった。

今思い返すと、あの狂った強風こそが私の場合、不毛な過去の残滓を吹き飛ばし、新しい人生の扉を開いてくれたように思う。私とグループとの関係は調子のいいことを言いあうだけのものを脱して、職業的な共犯関係に変わった。最初のうちは、現在進行中の関心事について意見を交わしたり、まったく俗っぽい内容ながらくっきりと記憶に残った日々の観察結果を交換したりしていた。私にとって決定的な契機となった出来事はある朝、カフェ「ハピー」に入ったときに起きた。中ではヘルマン・バルガスが、その日の新聞から切り抜いた「キリン」を黙って読み終えようとしていた。グループの他の面々はテーブルのまわりに集まって、敬意からくるある種の恐怖感をもって彼の判決を待ちかまえていた。そのせいで、たちこめた煙までよけいに濃くなっているほどだった。読み終えるとヘルマンは、私のほうに目を向けることすらなく、たった一言、口を開くこともなく、切り抜きを細かくちぎって灰皿に捨て、吸い殻とマッチの燃えさしの中に混ぜこんだ。誰も何も言わなかったし、テーブルのムードも変わらなかったし、この一件についてその後も誰も何もコメントすることはなかった。しかし、このときの教訓は今なお私を導いている——怠け心から、あるいは締めきりに追われて、窮地を抜け出すためにいいかげんな段落を書いてしまおうという誘惑に襲われるたびに。

一年近く暮らした木賃宿では、持ち主の一家から家族同然に扱われるようになった。この当時の私のわずかな財産といえば、語りぐさになっている例のサンダルと、いつもシャワーの中で洗っていた二着の着替え、そして、ボゴタでいちばんお高くとまった喫茶店から四月九日の騒乱の際に盗んできた革製の書類フォルダーだけだった。このフォルダーはどこに行くときでも、その時点で書いている原稿のオリジナルを入れて常に持ち歩いており、なくす可能性のある唯一の所持品といってよかった。私はこれだけは、たとえ七重に鍵がかかるような銀行の装甲金庫であっても入れたくなかった。ただひとり、最初の幾夜か、私がこれを預けたのは、宿の守衛をやっていた用心深いラシデスだった。部屋代のカタとして受け取ってくれたのである。タイプライターで書かれたうえから、混みいった修正の書きこみだらけになっている紙の束を、彼はじっくりと眺めたあとで、帳場の引き出しの中に大事にしまった。翌日、私は約束した通りの時間にそれを受け出しに行き、その後も毎回、いかにも厳格に支払いの約束を守ったので、しまいには、最大三日分の宿代のカタとしてこのフォルダーを受け取ってくれるようになった。この合意はすっかり堅固なものとなり、場合によっては、「お休み」という挨拶だけを口にして帳場にフォルダーを置き、自分で勝手に部屋の鍵を整理盤から取って部屋に上がっていくようなこともあった。

ヘルマンは常時、私の窮乏の状況を把握しており、寝る場所が確保できているのかどうかまでわかっていて、一夜のベッド代一ペソ半をひそかに渡してくれたりした。どうしてそこまで知っていたのか、私には結局わからなかった。行儀よくしていたせいで、私は宿の人たちの信用を得るようになり、ついにはシャワーの際に娼婦の女の子たちが自分専用の石鹸を貸してくれるまでになった。司令官席にすわって生活の全部門を統括しているのが、宿の主にしてマダムを務める、恒星の乳房と瓢箪の頭骨をしたカタリーナ・ラ・グランデだった。常駐の愛人役を務めるムラートのホナス・サン・ビセンテは、かつては高級な楽団に属するトランペット吹きだったが、金歯目当てに襲われて前歯を全部折られた。ぼこぼこにされてラッパを吹く息も続かなくなり、仕事を変えざるをえなかったが、持ち前の六インチの棍棒の使い道として、カタリーナ・ラ・グランデの黄金のベッドにまさるところはなかった。彼女のほうもまた内なる宝物の持ち主で、それによってわずか二年のうちに、川船の埠頭の無惨な深夜から、娼館のマダムの玉座へと昇りつめた人だった。私は幸運にも、ふたりが、友人たちをよろこばせるために発揮する知恵と手腕を近くから存分に観察することができた。しかし、彼らのほうでは、一晩寝るための一ペソ半すら持っていない日がこんなに多い私のことを、どうして公用車に乗ったえらい人たちが迎えに立ち寄ったりするのか、まるで理解できずにいた。

あのころのもうひとつ、うれしい出来事は、エル・モノ・ゲッラの唯一の補佐役についになれたことだ。エル・モノ・ゲッラというのは、色素欠乏症かと思うほど淡い金髪碧眼のタクシー運転手で、頭がよくて人づきあいもいいので、選挙運動なしで名誉市会議員に選出されたことがある男だった。彼が赤線地区《バリオ・チーノ》で過ごす深夜の時間はまるで映画の中のようだったが、それは、彼自身が持ち前の才気に富んだ豪胆なふるまいによって、そこの夜を豊かなもの――場合によっては狂ったもの――にすべく、気を吐いていたからである。たてこんでいない夜があれば私に声をかけてくれて、すると私は彼と一緒に、荒くれ者のバリオ・チーノを体験できた。私たちの父親たちが、そしてまた、彼らの父親のまた父親たちが、私たち子孫を作る練習をしたバリオ・チーノを。

これほど割り切れた明快な生活の中で、どうして自分が突如、思いがけず無気力に陥ってしまったのか、正確な理由は結局わからなかった。執筆中の長篇小説――『家』――は、手をつけて六か月ほどになって、白けた笑劇のように感じられてきた。自分でこの作品について口にしていることのほうが、実際に書いていることよりも多く、なんとか話の通じるごく少数の断片は、この前後の時期に、ネタがなくなった際の「キリン」と『クロニカ』誌に掲載してしまった。他の連中が自宅に逃げこんでしまう週末の孤独の中で、私は握手する相手のいない左手以上に孤立して、ひとけのない町をさまよった。私はまったくの貧困のうちにあり、生来の鶉《うずら》のごとき内気さを、耐えがたい高慢と暴力的な単刀直入によって帳消しにしようとするのが毎度のことだった。どこに行っても余計者であるような感じがしたし、人によっては露骨にそう態度で示す人もいた。これは『エル・エラルド』の編集室ではなおさら重大な問題だった――そこでは私は、ときにはぶっ続けで十時間、誰ともことばを交わすことなく、離れた一角にすわって、救いのない孤独の中で絶え間なく安煙草を吸いながら、そのもうもうたる煙の中で文章を書いていた。それも全速力で、しばしば夜明けまで、新聞用紙のきれはしに書きなぐっては、革のフォルダーにはさんでどこにでも持ち歩いていたのである。

そのような日常の中で、頻繁にあった不注意が高じて、ある日私はこのフォルダーをタクシーの中に置き忘れてきてしまい、自分ではこれを、毎度のわが不運として、とくに苦い思いもなく受け止めた。だから取りもどすために何の努力もしなかった私の無頓着に、アルフォンソ・フエンマヨールは驚きあわてて、私の担当欄の末尾に小さなお知らせを書いて載せた——「去る土曜日、とある公衆サービス自動車の中に一振りの紙挟みが置き忘れられた。この紙挟みの所有者と、この欄の筆者とは、偶然ながら同一人物であるがゆえ、この両者は、この紙挟みを所持している方から、そのどちらかに連絡をしていただければ、篤く御礼申し上げる。その紙挟みには絶対的に何の有価物も入っていない。未刊の『キリン』が入っているだけである」。二日後、誰かが私の草稿を『エル・エラルド』の受付に置いていった——革のフォルダーはなかったが、綴りの間違いが三か所、緑のインクの見事な筆跡で訂正されていた。

日払いの給与はかろうじて部屋代になるだけだったが、あの当時の私にとって、貧困の底にいることとは別に気にもならなかった。部屋代が払えない日には、夜のボリーバル大通りを行き場もなくさまよっている孤独な若者という事実のまま、カフェ「ローマ」に本を読みにいけばいいだけだった。知りあいが誰かいれば(私に目を向けてくれた場合だけだが)遠くから挨拶だけして、そのままひとりでいつもの指定席まで行き、しばしば日の光が顔を覗かせるまで本を読みふけった。そのころもまだ、私はシステマティックな秩序など何もなしに何でも読む飽くなき読書家であった。とくに詩は、ろくでもない詩であっても読んだ。最悪の気分の中にあって私は、悪い詩も遅かれ早かれよい詩につながっていくと信じていたのである。

「キリン」の記事の中では、私は民衆文化にひじょうに配慮がある態度をとっていた。これは私の短篇小説が、どこの国に住んでいるのかわかっていない人間が書いたカフカ的なぞなぞのようだったのとは正反対だった。しかしながら、私の内奥の真実としては、当時のコロンビアが生きていた現実のドラマは、遠いこだまのようにしか私には届いていなかったのである。私の心が動くのは、それが血の川となってあふれ出したときにだけだった。私は火をつけた煙草がまだ燃えているうちに次の煙草に火をつけて、喘息患者が空気を飲みこむときのような、生と死の不安とともに煙を吸いこむようなありさまで、一日三箱も吸っていることは爪の色と、わが青春をかき乱した老犬のような咳にあらわれていた。要するに私は、いかにもカリブ人らしく、内気で沈みがちな人間で、内なる自分を明かしたくないばかりに、内密な問題にわずかでも触れる質問をされれば、虚勢の修辞によってやりかえしてばかりいたのだ。わが不運は――とくに女と金に関して――生まれながらのものであって変えようがないのだ、と信じこんでいて、しかし、それでいいと思っていた。いいものを書くためにはべつに運がいい必要などないと考えていたからだ。名声にも、金銭にも、年をとることにも、全然関心がなかった。自分はごく若いうちに、道端で死ぬことになると確信していた。

母と一緒にアラカタカの家を売りにいったあの旅が、私をこのような深淵から救い出すことになり、新しい小説ができるという確信が、それまでと異なる未来の地平を差し示した。私の生涯における数多《あまた》の旅の中で、あの旅こそが決定的な旅だったのである。私がそれまで書こうとしていた本というのが、単なる修辞的なでっちあげであって、なんら詩的真実に立脚していないものであることを、生身のわが身体において示してくれたのだから。当然のことながら、それまでの企画は、あの啓示の旅の現実にぶつかって粉々に砕け散った。

私が思い描いたような叙事詩的な物語のモデルとなるのは、私自身の家族の物語以外ではありえなかった。私の一族は何か大々的な出来事の主人公だったことも被害者だったことも一度もなく、むしろ、あらゆる小事の被害者であり、役に立たない目撃証人であった。私は帰着するやいなやこの叙事詩物語を書きはじめた。私の役に立つのは、もはや人工的な手法による加工ではなく、自分でも知らずに引きずっていた感情的な電荷であり、祖父母の家で無傷のままずっと私のことを待っていた情感の重みのほうだった。あの村の焼けつく砂の中へと最初の一歩を踏み出したときすでに、私は気づいた――自分のとっている手法が、荒廃と懐旧の交錯するあの地上の楽園を語るうえでいちばん幸せな方法ではないことに。いちばんいい手法を見つけるために多くの時間と労力を費やしてきていたが、まだ見つかっていなかったのだ。創刊間近だった『クロニカ』誌をめぐる忙しい仕事も邪魔にはならなかった。むしろ正反対で、はやる気持ちにとっては秩序のブレーキとして有益にはたらいた。

アルフォンソ・フエンマヨールを別にすると――この作品に手をつけた直後、私が熱に浮かされたように書いているところを彼は目撃していた――、友人たちはずいぶん長いこと、私が以前からの『家』の企画に相変わらず取り組んでいるものと思いこんでいた。その思いこみを私も放置しておくことに決めた。まるで名作であるかのようにあれほど話して聞かせてあった着想が失敗に終わったことを知られるのが恐い、という子供っぽさの故だが、同時に、実際に書いている物語と全然ちがった話を口で話して聞かせておくことで、どっちがどっちだか誰にもわからなくしておく、という今なお抱いている迷信ゆえでもあった。とくにマスコミでのインタビューではいつもこれをやっているのだが、それは、結局のところマスコミというのがフィクションの一ジャンルであって、必要最低限のこと以上何も話したくない内気な作家にとっては危険なものだからだ。にもかかわらず、ヘルマン・バルガスはいつもの神秘的な洞察力によって真実を見抜いたようだ。彼はドン・ラモンがバルセローナに旅立った数か月後、手紙でこう書き送っているのである――「どうやらガビートは『家』のプロジェクトを放り出して、別の小説に入れこんでいるようです」。ドン・ラモンはもちろん、出発前からすでに知っていた。

最初の一行から私が思い定めていたのは、この新しい作品が、一九二八年のバナナ地方の民衆虐殺を生きのびた七歳の子供の記憶を基盤とするものでなければならない、ということだった。しかし、これは早々にあきらめた。なぜなら、そうするとどうしても物語が、詩的な語りの手法をあまり持たない人物の視点に限定されてしまうからだ。そこに来て私は、二十歳で『ユリシーズ』を読み、それからまもなく『響きと怒り』を読むという二つの読書の冒険が、時宜に先んじていて、大胆すぎて未来のないものだったことにはたと思いいたり、もう一度、両作品を、以前ほど警戒心をもたずに読み直してみることに決めた。すると、ジョイスとフォークナーにおいて、以前は奇を衒って高踏的だったり謎めいていたりするように思われた多くのものが、今度は恐ろしいほど美しく明快なものに見えてきた。私は独白を、ギリシア演劇のコロスによる語りのように、村人全員の声によって複数化することを考えた――ちょうど『死の床に横たわりて』のように。この作品では死に瀕した人物のまわりに集まった家族全員の想念が積み重ねられている。主人公たちが台詞を担当するたびにその人物名を芝居の台本のように記すというフォークナーの単純明快なやり方を繰り返すことは、私にはできそうもなかったが、そのかわり、祖父と母親と子供という三つの声だけを利用すれば、それぞれの口調が違い、向かう方向も大きく異なっているので、自然と区別がつくという着想を得た。小説の中の祖父の人物は、私の祖父のように片目が盲目ではなく、片足が悪くて引きずっていた。母親は夢中になりやすく、しかし知的で、私の母と同じだった。そして家にこもって、いつも怯えて物思いがちな子供は、その年代の私にそっくりだった。これは創造的な名案というようなものではまったくなく、単なる技術的なやりくりであった。

この新しい作品は、書いている間に根本的な変更が生じることはなく、その後も別ヴァージョンというようなものが生まれることはなかったが、出版に先立つ二年ほどの間には、死ぬまで修正し続けずにいられない私の悪癖のせいで、いくつもの削除や修正が加えられた。村のイメージは、先立つ企画の段階で描いていたのとは大きく異なっていて、母と一緒にアラカタカにもどった時に現実の中で視覚的にとらえた通りのものだったが、アラカタカという名前には――賢明なドン・ラモンからあらかじめ忠告されていたが――バランキーヤというのと同様、どうも納得できなかった。どちらの名前にも、この小説において私が求めていた神話的な息吹が欠けていたからだ。そこで私は、子供のころから知っていたに違いない名前なのだが、このときになって初めてその魔術的な力に気づいた名前で呼ぶことに決めた――マコンド、である。

『家』という題名――友人たちの間ではすでによく知られるものとなっていた――も変えねばならなかった。この新しいプロジェクトとは全然つながらなかったからだが、そこで私は、執筆中に思いついた題名を大学ノートに次々に書きとめていくという過ちを犯した。八十以上もの題名が集まってしまったのである。ようやく思いがけず題名が見つかったのは、第一稿がほとんど完成しかけて、誘惑に負けて著者の前書きというのを書きだしたときだった。題名が私の正面に飛び出してきたのである。ユナイテッド・フルーツ社が連れてきた人の群れのことを、祖母が貴族的な態度の最後の残照の中で呼んでいた、いちばん侮蔑的であると同時にいちばん同情のこもった呼び名が、「落葉」というものだったのである。

これを書きあげる最大の刺激となったのはアメリカ合衆国の小説家たちで、中でもとくに、バランキーヤの友人グループがスクレに送ってくれた本の作家たちだった。ディープ・サウスの文化とカリブ海文化との間に見ることができるさまざまな種類の類縁性のゆえである。人間として、そして作家としてのなりたちにおいて、私は代替不能なかたちで絶対的に、根本的にカリブ海文化と一体化しているのである。このようなことを意識するようになったのをきっかけにして、私は本当の職人的小説家として本を読むようになった。単に歓びのためではなく、賢人たちの本がどのように書かれているのかを発見しようという尽きせぬ好奇心をもって読みはじめたのだ。最初はふつうにまっすぐ読み、次いで反対向きに読み、さらに、内臓をえぐり出す開腹手術みたいなものを作品に課し、それによってその構造の奥深くに隠された秘密を暴こうとした。まさにこれゆえ、私の蔵書は仕事の道具という範囲を大きく越えたものになったことがない。瞬時のうちにドストエフスキーの一章を参照することができ、ジュリアス・シーザーの癲癇について、あるいは自動車の気化器のメカニズムについての情報を確認できるようなものであればよかったのである。そこには、完璧な殺人を犯すためのマニュアルまである。思いつめた登場人物が必要とするようになった場合に備えてのものだ。あとはすべて、私の読書体験を導いてくれた友人たち、読むべき本をちょうどいい瞬間に貸してくれた友人たち、出版に先だって私の原稿を情け容赦なく読んでくれた友人たちのおかげでできあがっている。

このような例を通じて、私は自分自身について新しい意識を抱くようになり、そこに来てついに、

『クロニカ』誌のプロジェクトが私を羽ばたかせることになったのである。私たちの士気は非常に高く、乗り越えがたい障害があったにもかかわらず独自のオフィスを構えるにいたった——エレベーターなしの四階で、食べ物売りの女たちの呼び声と乗合バスの無法な走りが交錯するサン・ブラス通り、つまり夜明けから夜の七時までぶっ続けで露天市のようにごった返し続ける通りのどまんなかにあった。かろうじて人数が全員入れるぐらいの大きさしかなかった。まだ電話も設置されてなく、冷房などというのは雑誌の売り上げ以上かかるような、夢のまた夢だったが、すでにフエンマヨールはオフィスじゅうに、製本が解けてばらけた百科事典の束を持ちこんでいた。あらゆる言語の新聞雑誌からの切り抜きや、広く知られためずらしい職業のマニュアルなどを運びこんできていた。発行人としての彼の仕事机には歴史的なタイプライターであるアンダーウッド機が鎮座していた。これはどこかの国の大使館が火事になった際、彼が重大な命の危険を冒して火中から救出してきたもので、こんにちではバランキーヤのロマン派美術館の宝物となっている。もうひとつだけあった仕事机は、編集長というまばゆい肩書きをもつ私が、『エル・エラルド』紙に貸してもらったタイプライターを持ちこんで使用した。他にはドローイング用の机がひとつあり、これをアレハンドロ・オブレゴン、オルランド・ゲッラ、アルフォンソ・メーロという三人の有名な絵描きが使った。彼らはそれぞれの正気とも思えない判断に基づいて無料でイラストを寄せる約束をしてくれて、実際にそうしてくれたのだったが、これは最初のうちこそ彼らの生まれながらの気前のよさのせいだったものの、最後のころには、私たち自身がすっからかんになって、一銭も支払えなかったせいに変わっていた。いちばん定期的に参加して犠牲をはらってくれた写真家はキーケ・スコペルだった。

肩書き通りにこなさなければならない編集の仕事以外に、私はまた、割り付けのプロセスを監督し、オランダ人みたいな綴り字しかできないくせに校正者の手伝いまですることになっていた。『エル・エラルド』紙とは「キリン」欄を続けるという約束になっていたため、『クロニカ』に定期的に書く時間はあまりとれなかった。その一方で、自分自身の短篇は、死んだような未明の時間に書いた。

アルフォンソはあらゆるジャンルの専門家だったが、とくに重きを置いているのが短篇の推理小説で、これにはかつえたような情熱をもっていた。彼が翻訳したり選んできたりした作品に対して、私は形式の単純化を施した。これは私自身の仕事に役立つことになる作業だった。要するに、スペースを節約するために、無駄な単語と余計な出来事を切り捨てていき、純粋なエッセンスだけを残して、説得力に影響が出ないぎりぎりのところまで切りつめるのである。ひとつひとつの単語が作品の構造全体を支えていなければならない酷薄なジャンルにとって余剰であるものを、一切消してしまおうというわけである。これは短篇を語る技術を学ぶために腰をすえて行なった調査研究の中で、鍛練としていちばん役に立ったもののひとつだった。

ホセ・フェリックス・フエンマヨールの最良の仕事と言えるもののおかげで、いくつもの土曜日を乗りきることができたが、販売部数は相変わらずぱっとしなかった。にもかかわらず、くりかえし最後の救いとなったのがアルフォンソ・フエンマヨールの気質だった。企業家としての才能などどこでも認められたことがなかったのに、彼は自らの力を超えた粘り強さを発揮して——ことあるごとにあのひどいユーモアのセンスをもって、そんな自分のことをくそみそに自嘲しながら——、われわれの企てに全力で取り組んだ。あらゆることを行なった。明晰極まる社説からまったく無駄な埋め草まで、まったくもって何でも書き、それと同じ執拗さをもって、広告を、到底考えられないような融資を、むずかしい執筆者による独占記事を、獲得してきた。しかし、いずれも不毛な奇跡だった。街頭売り子たちが、持って出たのと同じ部数を持って帰ってくると、今度は私たち自身が、ひいきにしている飲み屋を、「第三の男」からうらぶれた河港の店まで、個人的に売り歩いた。わずかな利幅を、アルコールで受け取るしかないこともしばしばだった。

いちばん締切を守ってくれた執筆者のひとりで、まちがいなくいちばんよく読まれていたのは、預言詩人《エル・バーテ》オシーオだった。『クロニカ』の創刊号から彼は間違いのない絶対確実な書き手のひとりで、ドリー・メーロという筆名で書いた「タイピストの日記」は読者の心を一気につかんだ。あんなにも大きく異なった多様な職務を、同じひとりの男が、あんなにも心こまやかにこなしているとは、誰にも到底信じられなかった。

ボブ・プリエートが中世の医学・芸術にまつわる発見物語でも書いてくれれば、『クロニカ』の沈没は防げた。しかし、仕事のこととなると彼には明快なルールがあった——稿料なければ原稿なし。当然のことながら、間もなく、私たちの心の中に痛みを残しながら、その通りになった。

フリオ・マリオ・サントドミンゴのものは、英語で書かれた謎めいた短篇小説を四篇載せることができた。それをアルフォンソが、お得意の稀少な辞書の茂みの中を、トンボ狩りをする収集家のように熱中して駆けまわって翻訳し、アレハンドロ・オブレゴンが大画家の洗練をもって挿し絵をつけた。しかし、フリオ・マリオはしじゅう旅に出ていて、その行き先はまるでばらばらで、結局目にすることのない共同経営者と化した。どこにいるのか知っているのはアルフォンソ・フエンマヨールだけとなり、その居場所について、不安になるような言い方で私たちに話した——

「飛行機が上空を行くのを目にするたびに、あそこにフリオ・マリオ・サントドミンゴがいるんだなと考える今日このごろだ」

あとの人はいずれも不定期に寄稿する書き手で、われわれはいつも校了間際まで――そして支払い日にも――冷や冷やさせられた。

ボゴタは私たちのことを対等の存在として扱ってくれたが、力のある友人たちの中で、われらが週刊誌が難破せずにいられるよう力を貸してくれた人はひとりもいなかった。唯一の例外がホルへ・サラメアで、自分の雑誌と私たちの雑誌の間の類縁性を見てとり、掲載内容を相互に融通する協定を持ちかけてくれ、これはいい結果を生んだ。しかし、私が思うに、『クロニカ』のどこが奇跡的だったのか、本当にわかっている人は誰もいなかった。編集委員はそれぞれの実績によって私たちが選んだ十六人で、その全員が生きている生身の人間だったが、あまりにも力があって忙しくて、本当に存在しているのかどうか疑わしくなることがあった。

私にとって『クロニカ』の副次的な効果としては、校了時の悶絶の中で突然あいてしまった穴を埋めるために、緊急で短い作品をひとつ無理やりでっちあげることを余儀なくされるということがあった。私はタイプライターの前にすわって、ライノタイプのオペレーターや製版担当がそれぞれの仕事をしている中で、その穴ぼことちょうど同じ大きさの物語を無からでっちあげるのだった。そのようにして私は「ナタナエルがどのように外出するかについて」を書いて夜明けの緊急事態を解決し、五週間後には「青い犬の目」を書いた。

このふたつの短篇の前者は、同じ人物を扱った一連の作品の最初のものとなったが、その名前はアンドレ・ジイドから許可なく借用したものである。のちには同じようなぎりぎりの緊迫したドラマを解決するために「ナタナエルの最後」を書いた。このふたつは六篇からなる一連の作品の一部だったが、これはいずれもやがて、心を悩ませることなくお蔵入りにした。私自身とはまるで何の関係もない話であることに気づいたからである。多少とも私の中に残っているものには、話の中身はまったく覚えていないのだが、「ナタナエルがどのように花嫁衣装を着るかについて」というのがある。この人物は今では私の知っている誰にも似ていないし、私や知りあいの体験に基づいているのでもないし、これほど曖昧模糊としたテーマの作品がどうして私のものでありうるのか、まるでわからない。どう見てもナタナエルは文学的なリスクだったのであり、まったく人間的な興味に欠けている。このような危ない橋を渡ったことを思い出しておくのはいいことだ——登場人物というのは、私がナタナエルに関してやろうとしたみたいに、まったくのゼロから作り上げるものではないということを銘記しておく役にたつ。私の場合、自分自身から遠く離れたところまでいけるほどの想像力がなかったことは幸運だったが、その一方で、文学の仕事は、煉瓦を積む石工の仕事と同じようにちゃんと報酬を支払われなければならない、と固く信じていたことは不都合でもあった。雑誌が植字工に遅配なくちゃんと給料を払っているのであれば、作家たちにはなおさらちゃんと稿料を払わなければならない、と決めていたからである。

『クロニカ』での私たちの仕事に関するいちばんの反響は、ドン・ラモンから、ヘルマン・バルガス宛の手紙を通じて届いた。ドン・ラモンが思いがけないニュースや、コロンビアの友人たち、コロンビアの出来事に関心を示すので、ヘルマンは記事の切り抜きを送ったり、検閲によって禁止されているニュースについて果てしない長文の手紙を書いたりしていた。つまり、ドン・ラモンには『クロニカ』がふたつあったのだ——ひとつは私たちが作っている雑誌であり、もうひとつは、毎週末にヘルマンが要約して書き送っているニュースだった。私たちの記事に関するドン・ラモンの熱烈なコメントや厳しい評言を、われわれは何よりも貪欲に読んだ。

人が『クロニカ』誌の数々の失敗を説明するにあたって、さらにはわれわれのグループの危うさの説明としてもち出してくる数々の理由の中には、偶然に聞き知ったことなのだが、私自身が生まれながらの不運の持ち主であって、それが伝染性なのだ、というのも含まれていた。その決定的な証拠としては、私がブラジル人サッカー選手ベラスコチェアについて書いたルポルタージュが持ち出された。スポーツと文学とを新しいジャンルにおいて合体させようと試みて大失敗に終わったものだ。私がこの不名誉な名声について聞き知ったときには、すでに「ハピー」の顧客の間にはすっかり知れわたっていた。骨の髄まで落ちこんだ私はこのことをヘルマン・バルガスに言った。彼はグループの他の面々同様、すでに聞き知っていた。

「気にすんなよ、先生」と彼はまったく揺らぐことなく言った。「お前さんみたいに書けるっていうのは、誰にも奪えない幸運の持ち主だってことに他ならないんだから」

すべてが悪い夜ばかりではなかった。ネグラ・エウフェミアの館で過ごした一九五〇年の七月二十七日の夜は、作家としての私の生涯において歴史的な価値をもった。どんなすばらしい理由があってのことだったか私は知らないが、四種類の肉が入った叙事詩的なサンコーチョを作るよう館の主が指令を出したせいで、その野性的な匂いに興奮した石千鳥たちが竈《かまど》のまわりで激しく鳴き騒いでいた。するとと逆上した客のひとりがやかましい鳥を一羽、首でひっつかんで捕らえ、沸き立つ大鍋の中に生きたまま投げこんだ。鳥は最後の羽ばたきとともに苦痛の悲鳴をかろうじてあげ、そのまま地獄の奥底に沈んだ。野蛮な殺戮者はもう一羽捕らえようとしたが、ネグラ・エウフェミアがすでに全権を握って玉座から立ちあがっていた。

「お前たち、暴れるんじゃない！」と彼女は叫んだ。「全員石千鳥に目をくりぬかれるぞ！」

このひと言を真に受けたのは私だけだった。私だけ、冒瀆されたサンコーチョを口にする勇気が出なかったからだ。私は寝に帰るかわりに急いで『クロニカ』のオフィスに駆けつけ、娼館で石千鳥に目をくりぬかれたのに誰にも信じてもらえない三人の客の話を一気に書いた。公文書サイズの用紙にダブルスペースで四枚しかない作品で、名前のない声が一人称複数で語るものだった。あからさまなリアリズムの作品なのだが、にもかかわらず、私の短篇の中ではいちばん謎めいていて、しかも、自分には無理だと思ってもう放棄しようとしていた方向に私を向かわせることになったのである。未明の四時に書きはじめて、午前八時には、占い師のような覚醒に揺さぶられながら書き終わっていた。『エル・エラルド』紙の歴史を作った製版工ポルフィリオ・メンドーサの共犯のもと、私は翌日発売予定の『クロニカ』の台割表を変更してしまった。ギロチンのように迫る校了時刻に追い立てられて半狂乱になりながら、私はようやく見つかった題名の決定版を最後の一分でポルフィリオに口頭で伝え、彼はそれを溶けた鉛版に直接書きつけた――「イシチドリの夜」だった。

これは私にとって新しい時代の始まりであり、形而上的な曖昧領域《リンボ》をまだうろうろしている九つの短篇のあとで、また、捕らえきれずにいた短篇というジャンルで今後の見通しを失っていた時期に、ようやくつかんだものだった。ホルヘ・サラメアが翌月には主流の詩を扱う素晴らしい雑誌『クリティカ』誌に再録してくれた。五十年後の今、この段落を書く前に読み直してみたのだが、コンマひとつ変更するところはないと思う。指針のない無秩序のさなかにあって、あれはひとつの春の始まりだった。

それとは対照的に、国はきりもみ落下の状態に入りつつあった。ラウレアーノ・ゴメスは保守党の大統領候補としての公認を受けるために、ニューヨークからもどってきていた。自由党の側が暴力の支配を前にして選挙ボイコットを決めたため、ゴメスは一九五〇年八月七日に単一候補として当選が決まった。国会は閉鎖されていたので、最高裁判所の判事の前で正式に就任した。

しかし彼は、その身をもって統治の任にあたることはほんのわずかしかできなかった。就任十五か月で、健康上の理由から大統領職を辞任したのである。法律家で保守党議員のロベルト・ウルダネータ・アルベラエスが、筆頭大統領代理に指定されていたので、そのまま取ってかわった。事情通はこれを、いかにもラウレアーノ・ゴメスらしいやり方だと解釈した――権力を他の人に委ねながらも、実際には手放さず、代理者を通じて自宅から統治し続けるやり方だ、というわけだ。緊急の場合には、電話で指示することすらできるのだった。

アルバロ・セペーダがコロンビア大学の学位を得て帰国したのは、石千鳥の生贄事件の一か月前だったが、そのおかげで私はこの陰々滅々たる時期をかろうじて乗り越えることができたのだと思う。アルバロは出発前以上にボサボサの髪でもどってきて、ブラシのような髭は落としていたものの、中身は出ていったときよりもさらに野性的になっていた。ヘルマン・バルガスと私は何か月も前から彼のことを待ちわびながらも、ニューヨークですっかり馴化《じゅんか》されて帰ってくるのではないかと恐れていたのだが、上着にネクタイ姿の彼が飛行機から下りてきて、ヘミングウェイの新作『川を渡って木々の間に』を持った手をタラップ上で振っているのを見たときには可笑しくて死にそうになった。私はこの本を彼の手から奪うようにして取り上げ、表裏を愛撫するように撫でさすり、何か質問しようとした瞬間、彼のほうが先に口を開いた――

「糞みたいな本さ！」

ヘルマン・バルガスは笑いに息をつまらせながら私の耳に囁いた――「全然変わってないな」。しかしながら、アルバロはあとになって、この本に関する感想は冗談だったと私たちに打ち明けた。実はマイアミからの機内で読みはじめたばかりだったのだ。いずれにしても、私たちが元気づけられたのは、彼がジャーナリズムと映画と文学にかける麻疹《はしか》のような熱をなおさらたぎらせて帰ってきたことだった。それからの数か月間、彼がふたたび風土になじんで落ち着くまで、私たちも四十度の熱に浮かされ続けた。

熱病の伝染は即座だった。「キリン」は何か月も前から堂々めぐりに陥って、手当たり次第に攻撃的になっていたのだが、『家』の草稿から取ってきた断章二篇によって息ができるようになった。ひとつは、結局生まれなかった「大佐の息子」であり、もうひとつは「ニイ」という家出少女だった。違う道を求めて私が何度彼女のドアを叩いても彼女は決して出てきてくれなかった。私はまた、大人として漫画に対する興味を取りもどした――日曜日の時間つぶしとしてではなく、誤って子供部屋に追いやられてしまっている新しい文学ジャンルとして見ていたのである。好きなヒーローはたくさんいたが、とくに好きなのはディック・トレイシーだった。そしてさらに、当然ながら、映画に対する熱狂を取りもどした。祖父によって私の中に吹きこまれ、アラカタカでアントニオ・ダコンテによって育まれ、アルバロ・セペーダによって福音伝道の情熱と化したものだった。最良の映画については、巡礼の旅に行ってきた人たちの土産話を通じて知ることしかできなかったわが国には、そのような伝道の情熱が必要だったのである。彼の帰国がちょうど二本の名作の封切りと同時期だったのは幸運だった――クラレンス・ブラウンがウィリアム・フォークナーの原作小説に基づいて監督した『墓地への侵入者』と、ロバート・ネイサンの小説をウィリアム・ディターレが監督した『ジェニーの肖像』である。両方とも私は「キリン」の中で取り上げてコメントしたが、いずれもアルバロ・セペーダとの長い議論の末のことだった。私は深く興味をかき立てられ、それからはまったく別の視角から映画を見るようになった。彼と知りあうまでは、いちばん重要なのが監督の名前だとは知らなかった。クレジットでは最後に出てくるからだ。監督は脚本を書いて役者に適当に指示するだけのことで、あとは全部、たくさんいるチームのメンバーがやってくれるもののように私は思っていたのだ。帰国したアルバロは、生《き》のままのラムを飲んで怒鳴るようにしながら、最低ランクの飲み屋のテーブルで明け方まで集中コースの熱弁を振るい、アメリカ合衆国で映画について習ってきたことを全部私に教えてくれて、私たちはコロンビアでそれを全部実現しようと夢見ながら朝を迎えることになった。

　このようにあざやかに弾ける機会を別にしても、いつも巡航速度で滑空していくアルバロと行動をともにしていた友人たちが抱いた印象では、彼には落ち着きがまったくないので、すわって書き物をするなどとてもできなさそうだった。近くで彼とともに生きていた私たちから見ても、彼がどこかの机に一時間以上すわっているなど、想像もできないことだった。しかしながら、帰国して二、三か月後、ティータ・マノータス——長年にわたる恋人で、生涯にわたる妻になった——が取り乱して私たちに電話をしてきて言うには、アルバロが長年使ってきた古い小型トラックを売却したのだが、そのグローブボックスには彼の未刊の短篇の原稿が入ったままだった、というのだ。彼自身はそれを取りもどすために何の努力もせず、「屁みたいな短篇の六つや七つ」などどうということはない、といういかにも彼らしい理屈をこねていた。友人たちと通信員が総出でティータに力を貸して、何度も転売されていったピックアップ・トラックを、カリブ海沿岸全域と内陸のメデジンまで捜してまわった。そしてついに、シンセレーホの修理工場にあるのが見つかった。距離にして二百キロほど離れたところだった。長細く切った新聞用紙に書かれた原稿はしわくちゃで一部欠落もあったが、これを私たちはティータに託した。アルバロが不注意から、あるいはわざと、また置き忘れたりするのを恐れてのことだった。

この短篇のうちふたつは『クロニカ』に掲載され、残りはヘルマン・バルガスが二年ほど、出版の目途がつくまで預かった。グループにいつも忠実だった画家のセシリア・ポッラスが、才気ある挿し絵をつけた。アルバロがなれるもの全部の格好をしている彼のX線写真みたいな肖像だった——トラックの運転手、祝祭日の道化、気の触れた詩人、コロンビア大学の学生、その他どんな職業にでも彼は、ありきたりの人間というの以外、なれる人間だった。この本はムンド書店から『私たち全員待ちかまえていた』というタイトルで刊行され、出版界の一大ハプニングとして、アカデミックな文芸批評界以外の誰からも注目された。私にとっては、コロンビアで出版されたもっとも優れた短篇小説集であり、当時からそのように書いた。

一方、アルフォンソ・フエンマヨールは、さまざまな新聞や雑誌に批評文や文学通としてのコメントなどを書いていたが、それを本に集めるのは恥ずかしがっていた。彼は超人的な貪欲さをもった読書家で、比較する相手としてはアルバロ・ムティスかエドゥアルド・サラメアぐらいしかいない。ヘルマン・バルガスと彼はともに批評家としては強烈で、他人の作品よりも自分の作品についてはなおさら厳しかったが、若い才能を見つける熱烈な目はけっして見誤ることがなかった。創造力に満ちた春先には、ヘルマンが徹夜をくりかえしては見事な短篇小説を書いている、という執拗な噂が流れたが、その短篇がどうなったのか、何年もあとになるまで誰にもわからなかった。私の代姉《コマードレ》となるスサーナ・リナーレスと結婚する数時間前に、彼は親の家の自分の寝室に閉じこもり、この原稿を彼女にすら読まれることがないよう、確実を期して全部焼き捨てたのである。中身は短篇小説やエッセイ、それからもしかしたら長篇小説の草稿もあったのかもしれないが、ヘルマンはそれについて、これ以前にもこれ以後にも、一言も口にすることはなく、結婚式の前夜になって過激な予防策をとり、翌日から妻になる女性にすら知られることがないように取り計らったのだった。スサーナはそれに気づいたが、部屋に踏みこんで止めることはなかった。姑が部屋に入らせなかったはずだからだ。「あの当時は」とスサーナは何年もあとになって、あのせわしないユーモアをこめて私に言った。「結婚前に花嫁が恋人の寝室に入るなんてことは、絶対できなかったからね」

一年経たないうちに、ドン・ラモンの手紙は以前ほど明快でなくなりはじめ、しだいに悲しげになって間隔も空きはじめた。私はムンド書店に一九五二年五月七日、昼の二時に足を踏み入れ、ヘルマンが口を開くのを待たずにすぐにわかった。ドン・ラモンが二日前、夢にまで見た彼のバルセローナで死んだのだった。昼下がりのカフェに移って、唯一出てきた台詞は全員同じだった——

「なんてこった!」

私は当時、自分が自分の人生の中で特殊な一年を生きているのだということは意識していなかったが、今から振り返れば、あれが決定的な一年だったことには疑問の余地がない。そのときまで私は、自分のだらしない身なりに満足していた。人がそれぞれ自分なりに自在に生きているのが当たり前の町で、私は多くの人に好かれ、重んじられ、一部の人からは感嘆の思いをもって見られていた。稠《ちゅう》密《みつ》な社交生活も送っていて、さまざまな芸術的・社交的コンクールにも顔を出しており、そのような場にも、アルバロ・セペーダの真似をするために買ったように見える巡礼者のようなサンダルと、一本しかない麻のズボンと、交互にシャワーで洗っている菱形模様のシャツ二枚を着て平気で出ていた。

ところが、ある日を境に、理由はさまざまあるが――中にはいかにも軽佻浮薄な理由もある――、私は自分の服装を改善しはじめ、新兵のように髪を切り、髭を細くし、上院議員のような革靴を履くことを覚えた。グループの不定期メンバーで町の郷土史家であるラファエル・マリアーガ医師が、大きすぎると言って一度も履かずにくれた靴だった。社会的な上昇志向の無意識的な力学通りに、私は「摩天楼」の小部屋では暑くて――まるでアラカタカがシベリアのように寒い町だったとでも言わんばかりだが――息がつまりそうだと感じはじめ、短時間利用のお客たちがベッドから立ちあがるや大きな声で話をしはじめるのを苦痛に感じるようになった。また、夜の女たちが淡水路の船乗りをグループ単位で部屋に連れこむのに対して、苦情ばかり言うのに疲れてきたこともあった。

今ではわかるのだが、私が乞食同然の格好でいたのは、貧乏だったからでも詩人だったからでもなく、ものの書き方を学びたいと頑固に思いこんで、それに全エネルギーを集中していたからだ。進むべきいい道がかいま見えるやいなや、私は「摩天楼」を捨てて温和なプラード地区に引っ越した。これは町の地理としても社会階層としても正反対の場所であり、メイラ・デルマールの家から二ブロック、金持ちの坊やたちが日曜日のミサのあとで処女の恋人たちと踊るのが伝統になっている歴史的なオテル・デル・プラードから五ブロックのところだった。あるいは、ヘルマンの言い方ではこうだ――私は悪いほうへと向上していきはじめたのである。

私はエステル、マイート、トーニャのアビラ姉妹の家に住んだ。スクレ時代から知っている三姉妹で、しばらく前から私のことを破滅の道から救出しようと画策していたのである。そこでは、孫として甘やかされて育った自分の鱗をたくさん捨て去ったボール紙仕切りの小部屋のかわりに、庭に面した窓のある寝室をあたえられ、そこには専用のトイレまでついていて、さらに毎日三食の食事まで込みになっていて、それをすべて、荷車引き程度のわが月給をわずかに超えるぐらいの金額で享受できた。私はズボンを一本と、花や鳥が描かれた熱帯風のシャツを半ダースほど買いこみ、そのおかげでしばらくの間、密かに船のおかまとあだ名されることになった。二度とすれ違うことがなくなっていた昔の友人たちと、今度はあちこちで出会うようになった。そして、歓喜とともに知った――私が「キリン」に書いたあてずっぽうを彼らが暗唱するほど読みこんでいたり、スポーツに関する志の高さがあるからと言って『クロニカ』の熱狂的な読者であったり、よくわからないままに私の短篇小説をしっかり読んでいたりしたことを。国立リセオの寄宿室で隣だったリカルド・ゴンサーレス・リポルにも再会した。建築家の免状をもってバランキーヤに住みついて、一年もしないうちにすっかり安定を手に入れており、アヒルの尻尾のついた年式不詳のシボレーに、八人もの仲間を詰めこんで明け方の町を走りまわっているのだった。彼は週に三回、夜の早い時間に私を家まで迎えに来て、この国をなんとか叩き直そうと思い定めている新しい友人たちとともに、ひと騒ぎしに出かけるのだった。ある人は政治的な魔術を使って、またある人は警察との衝突を通じて変革を実現しようと考えていた。

こうした新しい展開について聞き及ぶと、母はいかにも彼女らしい伝言を送ってきた――「金は金を呼ぶ」。グループの仲間には転居などについて何も知らせなかったが、ある夜、カフェ「ハピー」のテーブルに彼らが集まっているのを見つけると、私はロペ・デ・ベーガの名台詞を利用させてもらった――「私が出家したのは、わが無秩序を秩序立てることが大切だったからである」［一六二一年刊の『ラ・フィロメーナ』の中の一節。自伝的な内容でありながら、「聖職につく」という動詞が、「秩序づける」と同形であることを利用したことば遊びを含む］。これに対して寄せられた轟々たる野次は、サッカーのスタジアムですら、聞かれないほどのものだった。ヘルマンは、賭けてもいいが、「摩天楼」を出たらもういいアイディアは一切出てこなくなる、と言い切った。アルバロは、一日三食、規則正しい食事などと慣れないことをしたら、差しこむような腹痛に見舞われて死ぬぞ、と言った。反対に、アルフォンソは私の私生活に介入したりして行き過ぎだ、と言って抗議し、この話題は捨てて地中に埋めこみ、『クロニカ』の命運を決するために緊急に取らなければならない根本的な決断についての話しあいに持ちこんだ。思うに、彼らは心の奥底では私の無秩序な暮らしぶりに責任を感じていて、まっとうな感覚の持ち主だったので、私自身の決断に安堵の吐息を洩らさずにはいられなかったのである。

予想されたのとは反対に、私の健康も士気も上向きになった。時間が足りなくて読む本は減ったが、「キリン」にはもっと力を入れるようになり、『落葉』を書き続けるよう自分に圧力をかけて、新しい寝室で、アルフォンソ・フエンマヨールが貸してくれた岩の塊のようなタイプライターを使って、以前はモノ・ゲッラと一緒に無駄に過ごしていた深夜の時間に書いた。新聞社の編集室で過ごす平均的な一日の午後に、私は「キリン」を書き、社説を書き、無署名の情報記事をいくつか書いて、それから探偵小説を一篇縮約し、『クロニカ』に校了直前に押しこむ記事をいくつか書いたりした。幸いなことに、進行中の小説は、日を追って手だれになっていくことはなく、反対に、私の基準に抗してまで作品独自の基準を課してくるようになり、私もまたそれを、いい風向きになってきた徴候として受け止めるだけの素直さをもてた。

気力がすっかり充実していたため、私は十篇めになる短篇小説――「誰かが薔薇を荒らす」――を急に迫られて一気に書き上げた。ぎりぎりで記事をつっこむ予定で『クロニカ』のページを三ページ空けてあったのに、予定していた政治評論家が心臓発作を起こしてしまったからである。自分の短篇の校正刷りを直し終えた段になって、私は急に、この作品もまた、以前自分でわからずに書いていたのと同じ動きのないドラマであることに気づいた。この予期せぬ事態のせいで、結局私は、ある友人を真夜中直前に叩き起こして三時間以内に記事を書いてくれと頼んでしまったことに対する後悔の念をなおさら深めることになった。罪滅ぼしのような思いをもって私はそれと同じ時間内で短篇を書きあげたわけであり、次の月曜日には、編集会議でふたたび、われわれが通りに出ていって突撃レポートを書くことで雑誌を停滞から救い出す必要があることを訴えた。しかしながら、この考えは、全員に共有されていたにもかかわらず、私自身にとってはありがたい理屈によっていま一度退けられた――もしもわれわれが通りに飛び出していって、われわれが抱いている牧歌的な観念にのっとってルポルタージュを書こうとしはじめたら、とてもじゃないが雑誌は時間通りに発行できなくなる、下手をしたら全然出なくなってしまう、というのだ。これはしっかりと発行日を守ってきている私に対する賛辞として理解すべきだったが、彼らがこう主張した本当の理由は、ベラスコチェアに関する私のルポルタージュが失敗に終わったことなのではないのか、という暗い疑念を払うことはできなかった。

このころに心の慰みとなったのは、ラファエル・エスカローナが電話をかけてきてくれたことだった。世界のこのあたりで当時しきりに歌われ、今なお歌い継がれている多くの歌の作者である。バランキーヤはこの種の音楽の活力の中心だった。アラカタカのお祭りで昔見かけていたようなアコーデオンの旅芸人たちがここを頻繁に通過していき、また、カリブ海岸地方のラジオ局が積極的に普及に努めたせいだった。当時ひじょうによく知られていた歌い手はギエルモ・ブイトラーゴといい、プロビンシアの最新ニュースをいつも更新していることを自慢にしていた。もうひとりとても人気のあったのはクレセンシオ・サルセードという裸足のインディオで、アメリカーナ食堂のある角に陣取って、伴奏なしで自分や他人の畑の収穫について歌を歌うのだった。その声はブリキの缶のように響くところがあったが、きわめて独自の芸があるせいで、サン・ブラス通りを毎日行き来する群衆に気に入られた。私の青春初期のかなりの部分は、彼のすぐ近くに立ちつくして過ごしたものである。挨拶はせず、こちらに気づかれることすらないようにしながら、すべての人の歌からなる彼の広範なレパートリーをすっかり暗記してしまうまで聞き続けたのである。

大好きなこの音楽にかける情熱の頂点は、うだるようなある午後、「キリン」を書いている途中で電話がかかってきたときに訪れた。私が幼年期に知っていた多くの人の声と同じ響きをもった声が、堅苦しい形式なしにいきなり私に呼びかけてきたのである——

「どうだい、兄貴。おらあ、ラファエル・エスカローナだ」

五分後、私たちはカフェ「ローマ」の予約席で落ちあい、生涯続くことになる友情を築いていた。挨拶もそこそこに、最新の歌を歌ってくれるよう私はエスカローナをせっつきはじめた。歌の断片が、とても小さな、張りのある声で、太鼓がわりに指でテーブルをたたく伴奏に乗って出てきた。私たちの土地の民衆の詩情が、一連ごとに、新しい衣装をまとって繰り出された。「君にあげよう、一束の勿忘草《わすれなぐさ》を、その花言葉の通りに、しておくれ」と彼は歌った。私のほうも、彼の土地の最良の歌をいくつもすっかり覚えていることを実演してみせた。口承伝承の奔流の中から、幼いころに覚えこんだものだった。しかし、彼がいちばん驚いたのは、私がプロビンシアについて、まるで行ったことがあって見知っているかのように話すことだった。

何日か前、エスカローナはバスでビヤヌエバからバイェドゥパールへと移動しながら、次の日曜日のカーニバルのための新しい歌の詞と音楽を、頭の中で作っていた。これが彼の得意の作曲法だった。楽譜は書けないし、楽器も弾けないからだ。途中のどこかの村で、革草履にアコーデオンという巡回芸人がバスに乗りこんできた。縁日から縁日へと、歌を歌いながらこの地方を回っていた無数の歌い手のひとりだ。エスカローナは隣の席に彼をすわらせ、新しい歌の完成していた二連だけをその耳もとで歌ってみせた。

旅芸人は大いによろこびながらビヤヌエバでバスを降り、エスカローナはそのままバイェドゥパールへと旅を続けたが、そこでちょっとした風邪をひいて四十度の熱で寝込んでしまった。三日後がカーニバルの日曜日で、気がつくと、エスカローナが通りすがりの友人に密かに歌って聞かせた未完の歌が、バイェドゥパールからラ・ベーラ岬［カリブ海に面したコロンビア最北部］までの一帯で、古い歌、新しい歌の一切を一掃してはやっていた。彼がカーニバル熱で寝込んでいるうちに、誰がこの歌を広めたのか、そして「昔なじみのサーラ」という題名をつけたのが誰なのか、知っているのは彼ひとりだけだった。

これは嘘偽りない話だが、驚異的なことがごく自然であるような地域や職業集団の中で、このような出来事は稀ではない。アコーデオンはコロンビア独自の楽器ではなく、幅広く利用されている楽器でもないが、バイェドゥパール地方では人気があり、アルーバ島やキュラソー島からもたらされたのかもしれない。第二次世界大戦中にはドイツからの新しい輸入が止まったので、すでにプロビンシアにあったアコーデオンは、地元の持ち主たちに大事にされて生き残った。そのひとりがレアンドロ・ディーアスといい、大工である一方で、天才的な作曲家にしてアコーデオンの名手でもあるのみならず、生まれながらの盲人であるにもかかわらず、戦争が終わるまでただひとり、アコーデオンの修理ができる人だったのである。こうした昔ながらの旅芸人の暮らし方といえば、村から村へと、身近な歴史の中のおかしな出来事を歌にして、宗教的なお祭りや異教のお祭りの場で聞かせてまわることからなり、とくに羽目を外したカーニバル中がその出番だったのである。ラファエル・エスカローナのケースは特殊だった。彼はクレメンテ・エスカローナ大佐の息子で、名の知れたセレドン司教の甥にもあたり、サンタ・マルタにあるその司教の名を冠したリセオの卒業資格までもっていたが、アコーデオンの伴奏で歌を歌うなどというのは職人階級の仕事だと考える家族から激しく白眼視されながらも、ごく幼い子供のころから歌を作って歌いはじめた人だったのである。高卒資格をもっているただひとりの巡回芸人であるだけでなく、当時としては読み書きができる数少ないひとりでもあり、いまだかつて存在したことがないほど誇り高く惚れっぽい男だった。しかし、彼だけが唯一の例外というわけではない。今では同じタイプの芸人は何百人もいて、若い人もどんどん増えている。ビル・クリントンは大統領任期の最後のころ、プロビンシアから旅してホワイトハウスを訪れた小学校の子供たちのグループが、彼の前で歌うのに耳を傾けたとき、そのような現状をしっかりと読みとった。

幸運の続いたこのころ、私は偶然メルセーデス・バルチャと再会した。スクレの薬剤師の娘で、私は彼女が十三歳のときにプロポーズしたことがあった。以前はダメだったが、次の日曜日にオテル・デル・プラードに踊りにいこうと誘ったところ、今度は断わられなかった。そのときになってようやく私は、彼女の一家が、日を追って抑圧的になってくる政治情勢のせいでバランキーヤに移り住んできたことを知った。彼女の父親のデメトリオは生粋の自由党派で、迫害が強化され、汚辱の中傷ビラが全般化して、彼のもとに脅迫が届くようになっても縮み上がることはなかった。しかしながら、家族の声に負けて、結局、スクレに残していたわずかの財産を売り飛ばし、バランキーヤに移って、オテル・デル・プラード近くの一角に薬局を開いたのだった。年齢的には私の父と同年配だったが、彼は以前から私とは若者同士のように親しくつきあってくれていて、しばしば向かいの飲み屋で旧交を温めていたし、一度ならず、わがグループの全員とともに「第三の男」で酔いつぶれるまで飲んだことがあった。メルセーデスは当時メデジンで勉強していて、クリスマス休暇の時期だけ家族のもとで過ごしていた。彼女は昔から冗談好きで私とは仲良くしてくれたが、質問や返答をすり抜けて、何についても自分の心をはっきりと読みとられないようにする手品師のような才能があった。私はそのような彼女の戦略を、無関心や拒絶よりもまだましだとして受け入れるしかなく、家の向かいの飲み屋で父親や友人たちと一緒に会ってくれるだけで満足していた。もしもあのどきどきする休暇の時期を通じて、彼女の父親が私の気持ちを見抜くことがなかったのだとしたら、キリスト教紀元になって最初の二千年間の他のどの秘密よりも巧みに守られていたからに他ならない。何度か彼は「第三の男」で自慢げに、私がスクレで初めて彼女と踊ったときに彼女が言った台詞を口にしたことがあった――「パパが言うには、あたしと結婚することになる王子様はまだ生まれていないんだって」。彼女がそれを本気にしているのかどうか、私には見抜けなかったが、たしかに彼女はそう思っているみたいな態度で、次の日曜日にオテル・デル・プラードのマチネーのダンスで会うことをオーケーしたあのクリスマスの直前までずっとそうだったのである。私はひじょうに迷信深いたちなので、彼女の変化が、芸術家風に床屋が整えてくれた私の髪と髭のせい、そして、生成《きな》りの麻の上着と、この機会のためにトルコ人の安売り店で買った絹のネクタイのせいだと解釈した。いつもと同じようにきっと今日も父親と一緒に来るだろうと確信して、私も休暇で私のところに来ていた妹のアイーダ・ローサを連れていった。しかし、メルセーデスはたったひとりでやってきて、いかにも自然な、いかにも世慣れた態度で踊ったので、どんなことを囁いてみても馬鹿げた台詞になってしまいそうだった。その日はちょうど、私の代兄《コンパードレ》パチョ・ガランの忘れがたいシーズンが始まった日でもあった。彼はメレクンベーというジャンルの栄《は》えある創造者であり、これは何年にもわたって好んで踊られただけでなく、今に続くカリブの新しい音楽の源となったものだ。メルセーデスは流行の音楽をとても上手に踊り、私が浴びせた甘い誘いをことごとく、いつもの手管を駆使して魔法の詭弁ですり抜けた。彼女の作戦としては、私のことを本気にしていないと思わせることだったようだが、それでいて、私がそのまま引っこんでしまわず、前に出ていく気になるように、いかにもうまく道を残していっているみたいだった。

十二時ぴったりになると、彼女は時刻に驚いて、曲の真っ最中でぱたりと踊るのをやめて、出口まで私がついていくのすら断わった。私の妹はこれをとても奇異に感じて、なんらかの点で自分に責任があるかのように感じてしまい、今なお私は、この悪い例が、彼女が突然メデジンのサレジオ会修道院に入る決断をしたことに何か関係があるのではないかと自問してしまうのである。メルセーデスと私はこの日を境に、お互いに何も言わなくても、また会わなくても、話が通じるような個人的な暗号を開発するようになった。

一か月後、つまり翌年の一月二十二日に私は彼女からの知らせを受け取った。『エル・エラルド』あてに短い伝言を残してくれたのだ——「カイェタ―ノが殺された」。私たちにとってこの名前はひとりしかありえなかった——カイェタ―ノ・ヘンティーレ、スクレ時代からの友人で、もうじき医者になるはずの男、踊りの席の盛り上げ役で、天性の色男である。最初に届いたヴァージョンでは、以前私たちが一緒に馬に乗っているのを見た、あのチャパラルの学校の先生の兄弟二人に刃物で殺されたという話だった。その日のうちに、幾度も電報でやりとりするうちに、事件の全貌がわかった。

当時はまだ簡単に電話ができる時代ではなく、私用の長距離電話は、事前に電報をやりとりして調整するものだった。直後の私の反応は報道記者としてのものだった。私はこの事件について書くためにスクレに行こうと決めたが、新聞社の側は感傷的な衝動によるものだと判断した。今では私にもそうだとわかる、なぜなら、当時からすでにコロンビア人はいろんな理由をつけて殺し合ってきたものであり、殺し合うために理由を捏造する場合もままあったのだが、情痴がらみの犯罪は都会のお金持ちの間の贅沢品と決まっていたからである。しかし、私にはこのテーマは永遠に通用するものと思えたので、証人たちから情報を集めはじめたが、母は私の隠れた意図を見抜いて、この事件についてのルポルタージュは書かないでくれと頼みこんできた。カイェターノの母親、ドニャ・フリエータ・チメントは母の正式な代姉《コマードレ》であるという重大な事情もあるので、少なくとも彼女が生きている間はやめてくれ、というのだった。彼女は私の八番目の弟妹にあたるエルナンドの洗礼に際して、代母（名付け親）になっていたのである。彼女に話を聞けるかどうかは、よいルポルタージュを書くうえでは欠かせない要件であり、ひじょうに重要だった。カイェターノは先生の兄弟二人に追いかけられていて、自宅に逃げこもうとしたが、ドニャ・フリエータは通りに面したドアを、息子がすでに寝室に入ったものと思いちがいして、先に閉ざしてしまっていたのである。そのため、彼自身が家に入れずに閉め出されることになってしまい、彼はまさに閉ざされた扉のまん前でナイフで刺されて殺されてしまったのだった。

私がまっさきに思ったのは、すぐさま犯行のルポルタージュを書きはじめようということだったが、あらゆる種類の障害が立ちはだかった。すでに私の関心の中心は犯行そのものではなく、集団的責任という文学的な主題にあった。しかし、どんな理屈をもっても母を納得させることはできなかった。そして、彼女の許可なく書くのは不敬であるように私には思われたのである。しかしながら、あの日以来、これを書きたいという思いに悩まされずに過ぎる日は一日もなかった。何年ものち、すでに諦めはじめていたころだが、私はアルジェの空港で飛行機の出発を待っていた。ファースト・クラスの待合室のドアが開いて、血筋に見合った見事な長衣を着たアラブの王子様が入ってきた。その拳には素晴らしい雌の隼《はやぶさ》が止まっていて、古典的な鷹飼育術で使う革の目隠し頭巾のかわりに、この隼はダイヤモンドの埋めこまれた金の頭巾をかぶせられていた。当然のことながら私はカイエターノ・ヘンティーレのことを思い出した――彼は鷹狩りの美芸を父親から、初めのうちは地元産の鷂《はいたか》を使って、のちには「幸福のアラビア」［イエメン地方のこと］から移植された種類の素晴らしい個体を使って、学びとっていたからである。死の瞬間にも農園には、職業的な鷹飼育設備があり、山鶉《やまうずら》狩りを仕込まれた雌鷹二羽と雄一羽と、防衛用に仕込まれたスコットランド隼が一羽いたのである。私はこのとき、ジョージ・プリンプトンが『ザ・パリス・リヴュー』でアーネスト・ヘミングウェイに行なった歴史的なインタビューで、現実に存在する人を小説の登場人物に転換していくプロセスについて質問していたのを覚えていた。ヘミングウェイはこう答えていたのである――「それをどうやるのか説明してしまったら、名誉棄損事件を専門とする弁護士に都合のいいマニュアルを提供することになってしまう」。しかしながら、神が仕組んだようなあのアルジェの朝以来、私の状況は正反対になった。カイエターノの死の物語を書かない限り、心穏やかに生き続けられる気がまったくしなくなってしまったのだ。

母はあいかわらず、どんな説得にも抗して頑として防御を崩さなかったが、劇的な事件の三十年後、彼女自らバルセローナの私のもとに電話をかけてきて、カイェターノの母フリエータ・チメントが、息子の喪失から立ち直ることないまま死んだという悪い知らせを伝えた。そして今度ばかりは、くりかえし試されてきた彼女の意思の強さをもってしても、もはや事件のルポルタージュを食い止める理由は見つけられなかった。

「たったひとつだけ、母親としてお前さんに頼んでおくよ」と母は私に言った。「カイェターノがあたしの息子だったものと思って、書いてあげてちょうだい」

物語は『予告された殺人の記録』という題で二年後に刊行された。母はこの本を読むことがなかったが、その理由は、私が個人的な記憶の博物館の中に宝石として保存している母の台詞に尽くされていた——「実人生においてあれほどひどい展開になったものが、本になってうまく行くはずがないじゃないの」。

カイェターノの死の一週間後、私のオフィスの電話が午後の五時に鳴ったとき、私は『エル・エラルド』の毎日のコーナーを書きはじめたところだった。父からの電話で、予告もなくバランキーヤに出てきたところであり、急ぎの用事でカフェ「ローマ」で待っているというのだった。その張りつめた声に私はどきっとなったが、さらにあせったのは、いつもと全然様子が違っていることだった——身だしなみも整えず、髭も剃らず、例の四月九日の空色のスーツも道中のうだるような暑さのせいですっかりよれよれになっていて、敗者のみがもつ希有な温和さによってかろうじて支えられているみたいだったのである。

私はそれにすっかり圧倒されてしまい、父が一家の惨状を私に語ったときのその苦悶と明晰さをうまく伝えられない。楽な生き方とかわいい女の子たちの楽園だったスクレは、政治的暴力の大嵐の渦中に完全に落ちていた。カイエターノの死はそのひとつの徴候でしかなかったのだ。

「あの地獄がどれほどのものか、お前さんにはわかるまい、この平和のオアシスに暮らしているお前さんには」と父は言った。「でも私たちのようにあそこでまだ死なずに生きている人間は、神様が味方をしてくれているからなんだ」

父は保守党のメンバーの中では、四月九日以後、激昂した自由党支持者から逃げ隠れする必要がなかった数少ない例外だったが、かつて彼のもとに庇護を求めてきた仲間ですら、今では、彼の態度が柔弱だといって非難するようになっていた。父が私の前に描いてみせた情景は恐るべきもので、いかにも真に迫っていたので、すべてを捨てて一家とともにカルタヘーナに移るつもりだという彼の絶望的な決意は、わかりすぎるほどによくわかった。私には父に反対する気持ちも根拠もなかったが、即座の移転よりももう少し穏やかな解決策が見つけられるのではないかと考えた。

とにかく考える時間が必要だった。私たちは清涼飲料水を二本、黙ってそれぞれに思いめぐらしながら飲み、その間に父がいつもの熱い理想主義を取りもどしたので私は啞然となった。「そんなこんなのさなかにあってたったひとつ心が休まるのは」と父は震えるような吐息をつきながら言った。「お前さんがもうじきついに勉強を終えるという幸せがあることだ」。私は生涯、これほどばかげた根拠によって、あれほど幻想の幸福感が生まれることに、どれほど自分が揺り動かされたか、父に語ることはなかった。私は腹の中を凍てついた風が吹き抜けるのを感じた。一家の大移動は私をむりやり弁護士にさせるための父の巧妙な作戦なのではないのか、というひねくれた思いつきがめばえたせいだった。私は彼の目をまっすぐ覗きこんだが、そこには澄みきった無垢な平穏があるばかりだった。私には父がどれほど無防備で気弱になっていて、私に何も強要せず、何も拒絶しないだろうことがわかったが、彼は神の摂理を十分に信じているので、私がいずれ抵抗に疲れて降参するかもしれないと思っていたのだ。他にもあった――もとの切羽詰まった様子にもどって、父は私のためにカルタへーナで勤め口を見つけてあることを明かした。次の月曜日にすぐに着任できるよう手配してあるというのだ。立派な仕事の口で、二週間に一回出勤すれば給料がもらえる、というのだった。

一切が私の消化能力をはるかに超えていた。歯を嚙みしめるようにしながら、私は逃げ口上をいくつか口走って、最終的な否定の返事に備えて準備しておいてもらえるよう取り計らった。アラカタカへの旅の途中で母と交わした長い対話についてもあらためて話して聞かせた。これについては一度も父からのコメントを聞いたことがなかったが、この話題に彼が触れないようにしていることこそがいちばん明快な返事だとわかっていた。いちばん悲しい点は、私のほうが、細工された骰子《さいころ》を使っていかさまの勝負をしていることだった。大学にはもう迎え入れてもらえないことが私にはわかっていたからだ。二年次の科目をふたつ落としたきり再試験を受けていなかったうえ、三年次にも挽回不能な三科目を落としていたせいだ。このことを私は無駄な衝突を避けるために家族には隠していたのであり、この日の午後に父に話したならばどんな反応になるか、想像もしたくなかった。会話の初めに私は、自分の心の弱さに負けて折れないようにしなければ、と固く決めていた。父のような善良な男が、これほどの敗北状態にあるところを子供らに曝さなければならないということだけで、私の心はすでに十分に痛んでいたからだ。しかしながら、これでは人生に信を置きすぎているようにも感じられた。最終的に私は安易な定型に逃れて、一晩考える余裕をくれと頼んだ。

「わかった」と父は言った。「いいだろう、お前さんの手の中に一家の命運がある、ということを見失わないでくれるならば」

この最後の条件の部分は余計だった。私には自分の弱さがはっきりとわかっていたので、その晩、七時発の最後のバスに父を乗せて別れを告げたとき、私は隣の席に乗って帰ってしまわないよう、自分の心を買収して無理やり抑えこまねばならないほどだったのである。私にとって明らかだったのは、ひとつのサイクルが閉じて、一家がまたもや、全員の協力があってかろうじて生きのびられる貧困の底に落ちたということだった。

何かを決断するのにいい夜ではなかった。警察は、地方の暴力を逃れて内陸から避難してきてサン・ニコラス公園に野宿していた数家族を、強制的に排除したところだった。にもかかわらず、カフェ「ローマ」の平穏には一分の乱れもなかった。スペインからの避難民はいつもドン・ラモン・ビニェスの消息を私に質問し、それに対して私はいつも冗談で、彼の手紙にはスペインからの知らせは何もなく、バランキーヤの消息についての質問ばかりが書いてある、と答えていた。彼が死んで以来、彼らはもうその名を口にすることはなかったが、テーブルにはいつも彼の席が空けて置いてあった。ある会合仲間が前日の「キリン」で私が書いたことを褒めて、マリアーノ・ホセ・デ・ラッラ〔十九世紀前半のスペインのロマン派作家でジャーナリスト。二十八歳で自殺した〕の八方破れのロマン主義を思い出させるところがあった、と言ったが、私にはなぜなのか全然わからなかった。ペレス・ドメネク先生が、困っている私を救出するつもりで、調子を合わせた台詞をかけてくれた――「ただし、自分に鉄砲を向けるという悪い例には倣わないでおいてくれよな」。あの晩ならそれがあながち不可能ではなかったことを、もしも知っていたなら、先生もそんなことばはかけなかったものと思う。

三十分後、私はヘルマン・バルガスの腕を取って、カフェ「ハピー」の奥に引っぱっていった。注文したものが出てくるとすぐに、私は急を要する相談があるのだと言った。彼は口にしかけていた飲み物を空中で止めて――ドン・ラモンにそっくりだった――、慌てた様子で私に訊いた――

「どこに行くんだ？」

その炯眼には感動すら覚えた。

「いったいどうしてわかるんだ！」と私は言った。

わかっていたわけではないが、予想はしていたのだと彼は言い、もし私が辞任すればそれが『クロニカ』の終わりになり、その重大な無責任は私の上に一生重くのしかかることになると思う、というのだった。それがほとんど裏切りと言っていいものであることを彼は言外に言い、たしかに彼以上にそう言える権利がある人はいなかった。『クロニカ』をどうしたらいいのか、わかっている人は誰もいなかったが、私たちは誰もが、アルフォンソが雑誌を支えて、彼自身の力を超えた多額の資金を投じるまでして、危機的な瞬間をかろうじて乗り越えてきたことを知っていたので、私の致し方ない転出が雑誌にとって死の宣告となるという悪い思いつきをヘルマンの頭から拭い去ることはできなかった。私は確信しているが、何でもよく理解できた彼だから、私の動機がどうしようもないものであることはわかっていて、その上であえて、思ったことをはっきり言うという道徳的義務を果たしたのである。

翌日、私のことを『クロニカ』のオフィスまで車に乗せていく途中で、アルバロ・セペーダは、友人たちの内心の嵐に起因する彼自身の揺れを感動的なかたちで見せてくれた。明らかに彼はヘルマンを通じて、やめるという私の決断をすでに知っていたが、彼の内気さは、サロンふうのお決まりのやりとりの居心地悪さを回避してくれた。

「何でもないさ」と彼は言った。「カルタヘーナに行くなんて、どうってことないさ。ニューヨークに行くとなったら、そりゃひどいことで、俺はそれに当たったわけだが、今ではここにまるごとちゃんといる」

これは彼が私のようなケースに直面したとき、泣きたい気持ちを飛び越えるために使う誇張的な返答の一例だった。それゆえ、コロンビアで映画を制作するというプロジェクトをこのとき初めて話題にしたのにも私は驚かなかった。これは私たちがその後の人生ずっと、結果を伴わないまま話し続けた話題でもあった。彼は多少の希望を私にもたせるためにこの話題に軽く触れ、すし詰めの群衆と小さながらくたの店が並ぶサン・ブラス通りに入ると突然車を止めた。

「アルフォンソには前から言ってるんだよ」と彼は運転席の窓から私に叫んだ。「あんな雑誌はさっさと放り出して、『タイム』みたいなのをやろうぜって！」

アルフォンソとの対話は私にとっても彼にとっても容易なものではなかった。私たちの間には、およそ六か月前から、明らかにしないまま放置してきた問題があり、また、ふたりとも困難な状況下では一種の精神的吃音になる癖があったからだ。あるとき製版室で私が子供っぽい癇癪を起こしたことがあって、その勢いで正式な辞任の隠喩として、自分の名前と肩書きを『クロニカ』の表書きから取り除いてしまい、嵐が去ったあと、それをもとにもどすのを忘れてしまっていたのだ。誰もが見落としていたが二週間後にヘルマン・バルガスが気づいて、そのことをアルフォンソと話題にした。彼にとってもそれは驚きだった。製版部の主任だったポルフィリオがこの癇癪事件の全貌を彼らに話し、彼らは私が直接自分の側の釈明をしにくるまでそのままにしておくことに決めたのだった。厄介なことに、私はこのことを、アルフォンソとふたりで話をして『クロニカ』をやめることで合意したその日まで完全に忘れていたのである。話が終わると彼は、きわどくて、しかし笑わずにはいられない、いかにも彼らしい冗談に自分で大笑いしながら私を送り出した。

「ラッキーなのは、お前さんの名前を表書きから削る手間がないってことだな」

そのときになって初めて私は以前の事件を、ナイフで刺されるみたいにして思い出し、地面が足の下で沈みこむのを感じたが、それはアルフォンソがいかにもうまく言ってくれたためではなく、その一件を自ら明らかにしておくことを忘れていたせいだった。アルフォンソは予想できる通りの、大人びた説明を私にした。私たちが片づけずにいた厄介事がこれひとつだけなのであれば、なおさら何の説明もなく放置していくべきではなかった。あとはすべて、アルフォンソがアルバロとヘルマンとともにやるはずで、もし全員で船を救わなければならないようなことになったときには、私も二時間でもどって来られるはずだった。私たちの編集委員会には、緊急予備要員のようにして、神の摂理みたいなものが背後に控えているものとしてずっと想定されていたのだが、それまでのところ、一度も、重大な決断を下すクルミ材の長テーブルの会議に出席してもらっていなかったのである。

ヘルマンとアルバロの言ったことが、出ていくのに必要な勇気を私にあたえてくれた。アルフォンソも私の事情を理解して、ほっとした様子で受け止めたが、私の辞任をもって『クロニカ』が廃刊になる可能性があることはまったくおくびにも出さなかった。それどころか、この危機を心配せずに受け止めるようにと彼は言い、編集委員会と協力してこれから雑誌に確たる基盤を作るからと言って私を安心させ、本当に何か必要になったときにはすぐに連絡すると確約した。

これこそが、『クロニカ』が消えてなくなるという現実離れした可能性をアルフォンソが念頭に持っていることを思わせる初めての徴候だったのである。実際、その年の六月二十八日に、十四か月間にわたる五十八号の刊行のあげく、苦悩も栄光もなく、その通りになったのである。しかしながら、あれから半世紀を経て、私はあの雑誌がコロンビア国内のジャーナリズムにとって重大な出来事であったという印象を持っている。全号を集めたコレクションは残ってなく、最初の六号と、ドン・ラモン・ビニェスのカタルニアの書庫にいくつか切り抜きが残っているだけである。

私にとって偶然の幸運だったのは、私の間借りしていた家で居間の家具を取り替えることになって、古い家具を、競売に出るような価格で譲ってくれたことである。旅立つ前日、『エル・エラルド』紙との貸し借りの精算の席で、「キリン」の原稿料を六か月分前払いしてもらえることになった。このお金の一部を使って、私はカルタヘーナの新しい家のためにマイートからこの家具を買いとった。家族がスクレで使っていた家具は運んでこないし、新しい家具を買うお金がないことがわかっていたからだ。つけ加えておかなければならないのは、あれから五十年以上たった今なお、この家具はびくともせずに現役で使われていることである——母がありがたがって、けっして売却することを許さなかったのだ。

父の訪問の一週間後、私はカルタヘーナに家具一式と、ほぼ着ているものだけからなる荷物をもって移転した。最初のときとはちがって、必要なことをどのようにやっていけばいいのかわかっていたし、カルタヘーナで必要なことは全部知っていたし、家族にとってすべてがうまくいくことを心から願っていたが、私自身に関することは、自分の性格的な弱さに対する罰として、すべてが悪いほうに転がることになるのが目に見えていた。

家はラ・ポパ地区のいい場所にあり、今にも崩れてきそうに見える古い歴史のある修道院の裏手だった。一階にある四つの寝室と二つのトイレが両親と十一人の子供——最年長の私が二十六歳になろうとしていて、一番下のエリヒオは五歳——のために空けてあった。その全員が、ハンモックか床に敷いた莚《むしろ》に寝るのが当たり前で、ベッドには入れる人数だけ押しこむものだ、というよきカリブ文化の中で育っていた。

二階には父の弟であるエルモヘネス・ソルが、息子のカルロス・マルティーネス・シマアンとともに住んでいた。家全体をもってしてもこれだけの人数には狭すぎたが、叔父と家主の間の取り決めによって家賃は安く抑えられていた。この女家主については、とても裕福で、ラ・ペパと呼ばれていることしか私たちは知らなかった。一家はいつもの容赦ない冷やかしの才能を発揮して、じきに、クプレ［この時代に流行した民衆歌謡］のメロディに乗せて家のありかを歌で歌えるようになった――「ラ・ポパのふもとのラ・ペパの家」

子供の群れの到来は、私にとっては、神秘的な思い出である。町の半分ほどが停電になっていて、私たちは子供たちを寝かしつけるために、暗がりの中で家の態勢を整えていた。上のほうの弟たちとはお互いに声だけで誰だかわかったが、下の方のになると、最後に帰省したときからずいぶん変わってしまっていて、大きく見開いた悲しげな目が、ロウソクの明かりの中でびくっとなるような光を放った。トランクや荷物の包みが散乱していて、ハンモックが暗がりの中に吊るされている無秩序のせいで、家の中がまるで四月九日の情景のように見えて私には恐かった。しかしながら、一番強い衝撃を受けたのは、妙な形の包みを動かそうとして中身が出てきてしまったときだった。それは祖母トランキリーナの遺骸で、母は墓所から掘り出して、聖ペドロ・クラベール教会の納骨堂に納めるつもりで持ってきていたのだ。現在、私の父と叔母エルビーラ・カリーヨの遺骸が納められているところである。

叔父のエルモヘネス・ソルは、あの非常事態において、神から遣わされてきたような人だった。おりしもカルタヘーナの県警察事務総長に任命されたところで、彼がまず最初にとった革新的な施策こそが、わが一家を救出するために公務員の職員体系の中に空席を作ることだった。政治からはすっかり脱線していて共産党員との噂まで聞かれる私も——イデオロギーのせいで共産党員と見なされたのではなく、ひどい身なりのせいでそう呼ばれていたのである——、その数の中に含まれていた。全員に勤め口があった。父は政治的な責任がない行政府の仕事をあてがわれた。弟のルイス・エンリーケは刑事に任命され、私は、人口調査局での閑職があたえられた。敵がまだどれだけ残っているか計算するためだろうか、保守党政府は人口調査の実施に熱心だったのである。ここに勤めていることにするのは、私にとって、政治的な重荷よりも精神的な重荷のほうが大きかった。二週間ごとに給料をもらいにいくのだが、そのとき以外は、疑問をもたれないように、オフィスの近くで顔を見られてはいけないのだ。公式な言い訳としては(これは私だけでなく百名以上いる他の該当者にとって同じだった)、市外での業務に従事しているということになっていたのである。

人口調査局の真向かいにあったカフェ「モカ」は、給料を受け取るためだけに出てくる近隣の村の偽役人でいっぱいだった。この職員名簿に署名して給料をもらっていた間、私個人で使えるお金は一銭もなかった。私の給金はかなりのものだったが、全額が一家の予算に算入されたからだ。そのような中で父は私のことを法学部に登録しなおそうとして、私が隠しておいた真実と正面衝突することになった。彼がそのことを知ったという事実だけで、私はまるで自分が卒業資格を得たみたいに幸せな気持ちになった。私の幸福感の原因はそれだけではなかった。このような騒々しい逆境のさなかで私はついに、小説を書き上げるための時間と空間を手に入れたからである。

『エル・ウニベルサル』紙への帰還は、まるで自分の家への帰宅のような感じだった。午後の六時、つまりいちばん人の出入りが激しい時刻で、私が入っていったことで突如、ライノタイプ機やタイプライターが沈黙したときには喉が詰まるような思いがした。サバーラ師匠のインディオふうの髪の色つやを見るかぎり、まったく時間は経っていないみたいだった。あたかも私がどこにも行かずにずっとそこにいたかのように、彼は、締め切りに遅れている編集部記事を書いてくれ、と私に頼んだ。私のタイプライターは駆け出しの若者が使っていたが、あわてて私に席を譲ろうとして転げ落ちてしまったほどだ。私がまず最初に気づいて驚いたのは、編集上の都合で遠回しな言い方を使わなければならない匿名記事のむずかしさだった。およそ二年間、「キリン」で乱暴狼藉をくりかえしてきたせいだった。一枚書き上げたところで、社長のロペス・エスカウリアーサが私に挨拶しにやってきた。彼のイギリス風の沈着気質は、友人間の会合や政治風刺画などにおいてしじゅうあげつらわれていたので、挨拶で私を抱擁したとき、彼が歓びに頰を染めたのに私は強い印象を受けた。記事を書き終えたとき、サバーラは社長が計算した紙切れを持って待っていた。編集部記事を書くことで月給百二十ペソを払うという提示だった。私はこの数字にすっかり感激して――そのころとして、またカルタヘーナとして、破格だった――、オーケーとも言わず、お礼も言わず、すぐに着席してさらに記事を二つ書きはじめた。地球がたしかに太陽のまわりをまわっているのだという感覚にすっかり酔ってしまっていた。

出発点に舞いもどったかのようだった。以前と同じ主題の原稿に、サバーラ師匠の手でふんだんに赤の修正が入り、編集部の容赦ない狡猾さにすっかり打ちのめされた検閲官の、以前と同じ検閲修正によって文章のリズムがおかしくなり、以前と同じく真夜中に目玉焼きの乗ったビフテキと揚げバナナをラ・クエバで食べ、世界をどう直すかという同じテーマを夜明けまでマルティレス遊歩道で論じあうのだった。ローハス・エラーソはどこかに引っ越せるように、一年間絵を売って過ごしていたという話で、そのあげくローサ・イサベル通称ラ・グランデと結婚してボゴタに越していった。毎日、私は夜の終わりに「キリン」を書きあげて、『エル・エラルド』あてに、当時の唯一の近代的方法であった普通郵便で送り、前借り分を払い終わるまで、不可抗力によるほんの数回を除いて穴をあけずに書き続けた。

家族の全員と不安定な経済状態で暮らした当時の生活は、記憶の領域のものではなく、創造力の領域に属している。両親は一階の寝室で、下の子供たち数名とともに寝ていた。四人姉妹はもうそれぞれ自分専用の寝室があるのが当然だと考えるようになっていた。三つ目の寝室にはエルナンドとアルフレード・リカルドが、ハイメに世話してもらいながら寝ていた――しじゅう哲学的・数学的説教をするのでおちおち寝てられなかったはずだが。十四歳ぐらいになっていたリータは、真夜中まで、通りに面したドアのところで街灯の明かりで勉強していた。家の電気代を節約するためだ。教科書の内容を声に出して歌って暗記していたもので、その機知と明快な発音は今なお失っていない。私の本の中にでてくる奇妙な言い回しのいくつもが彼女の音読練習から来ており、ラッパを吹く騾馬《らば》とか、ちっちゃな帽子の坊やの棒チョコとか、占い師には酒を売らない、といった類いである。家の中は真夜中過ぎからさらに生き生きと、とりわけ人間的な場所になり、水を飲みに台所に行く人や、液体固体の急用でトイレに行く人、廊下で異なった高さにハンモックを交差させて掛ける人などが行き交った。私はグスターボとルイス・エンリーケと一緒にここの二階に――叔父とその息子が実家に暮らすようになってから――住み、あとからこれにハイメが加わり、夜の九時以降は何についても説教を垂れてはならない、という苦行を自分に課して暮らしていた。ある明け方のこと、何時間にもわたって、群れをはぐれた羊が周期的に鳴き声をあげるせいで寝られなかったことがあった。グスターボが憤激して言った――

「まるで灯台みたいだ」

私はこれを決して忘れなかった。当時、執筆中の小説で生かすためにこの種の直喩を、実生活の場で口にされるや、空中でキャッチして収集していたのである。

この家はカルタヘーナで暮らしたいくつもの家の中で一番活気のあった家で、その後の家は、一家の経済状況の悪化と歩調を合わせて低落していった。もっと安くてすむ地区を求めて私たちは階級を落としていき、ついにはトリル地区の家に行きついた。夜になると一人の女の幽霊が出てくる家だった。私はラッキーでその場に居合わせなかったが、両親と弟妹の証言を聞いただけでも実際に出くわしたみたいに恐くなった。両親が最初の一夜を居間のソファでうつらうつらしていると、女幽霊が彼らに目をやることなく寝室から寝室へと動いていくのが見えたという。赤い花のドレスを着て、短い髪を耳の後ろでまとめて華やかな髪飾りで止めていた。母は彼女のドレスの模様から靴の型まで、ことこまかに描写できた。父は母をそれ以上駆り立てないために、子供たちを恐がらせないために見たことを否定したが、女幽霊が家の中を夕暮れどきから、知りつくしたように動きまわるさまは無視できなかった。妹のマルゴットはある明け方目を覚まして、その女がベッドの手すりのところから険しい目つきで彼女のことを詮索しているのを見た。しかし、いちばん強く感じたのは、あの世から見られるという不気味さだったという。

日曜日になって、ミサを終えて出たところで近所の女のひとりが母に、あの家にはもう何年も前からあの幽霊女の傍若無人のせいで誰も住んでなく、あるときなど、昼日中、一家が昼食をとっている最中に食堂に姿をあらわしたのだと話した。翌日、母はいちばん下のふたりを引き連れて引っ越し先を探しに出ていき、四時間で見つけてきた。にもかかわらず、兄弟の大部分は、死んだ女の幽霊が一緒に引っ越してくるのではないかという思いをなかなか追い払うことができなかった。

ラ・ポパのふもとの家では、ずいぶんと長い月日を過ごしたにもかかわらず、書くことができるという歓びがあまりにも大きかったため、月日の経過が私には短く感じられた。そこにはラミーロ・デ・ラ・エスプリエーヤが法学博士の学位をもってふたたび姿をあらわした。かつてなく政治に入れこんで、読んだ最新の小説に熱く燃えていた。とくに、クルツィオ・マラパルテの『皮』に感心していた［イタリアの作家。一八九八―一九五七。作品は、米国軍に支配された第二次世界大戦末期のイタリアを背景に、ヨーロッパの精神的崩壊に鈍感な米国人の無邪気さを浮きあがらせた。戦後は共産党員となった］。この本はその年、私の世代の鍵となったものだ。切りつめられた適確な文章、生き生きとした知性、現代史の恐るべき作品化に、私たちは夜明けまで夢中になったのである。しかしながら、時とともに私たちは知った――マラパルテが、私の望んでいたものとは異なった特性を示す有用な例となるよう定められていたことを。そして、それは彼のイメージを結局崩壊させることになった。これはちょうど、ほとんど同じ時期に私たちの間でアルベール・カミュに関して起こったことの正反対だったのである。

デ・ラ・エスプリエーヤ兄弟はそのころ私たちの近所に住んでいて、家族用の酒蔵をもっていたので、そこから罪のない酒瓶を盗み出してよくわが家に持ってきてくれた。そこで私はドン・ラモン・ビニェスのアドバイスに反して、彼らと弟たちに草稿からかなり長い断章を読んで聞かせた。まだ書き直していないあるがままの状態のもの、『エル・ウニベルサル』紙での不眠の夜に書いたすべてのものと同じように、新聞用紙の切れ端に書かれたままのものだった。

ちょうどそのようなころにアルバロ・ムティスとゴンサーロ・マヤリーノもどってきたが、私は幸い、まだ未完の、まだ題名もない草稿を読んでくれと彼らに頼むことはしなかった。私は最後の修正に取りかかる前に、ぶっ続けで閉じこもって公文書用紙に初稿の写しを作りたかった。予期していた長さよりも四十ページほど余計にあったが、私はこれが重大な障害になるかもしれないとはまだ知らなかった。やがてそうだとわかった――私は完璧主義的な厳密さの奴隷で、事前に本の長さを、各章に何ページずつあるか、本全体で何ページになるか、正確な数字を計算せずにはいられないのだ。この計算がたったひとつ大きく崩れただけで、私は全体を考えなおさずにいられない。ひとつのタイプ・ミスが、創造上の失敗のように気になってしまうのである。この絶対的な方法は過剰な責任感のせいだとずっと考えていたが、今の私には単純明快に、物理的な恐怖感のせいだったとわかる。

その一方で、私はやはりドン・ラモン・ビニェスに背いて、グスターボ・イバッラのもとに草稿全体を、書き終わったと判断した段階で、まだ題名もないまま送り届けた。二日後、彼は家に私を呼んでくれた。海に面したテラスに陣取り、すっかり日焼けした水着姿で籐の揺り椅子にすわって、話をしながら私の原稿をなでさすっているその手つきの優しさに私は感動をおぼえた。彼はほんものの名匠で、この作品について講釈をするわけでもなく、いいとも悪いとも言わずに、ただ、この作品が倫理的価値をもつことを意識させてくれた。最後に彼は、私のことをうれしそうに見やって、彼のいつもの単純さで結論を言った――

「これはアンティゴネーの神話だよ」

私の表情を見てこの台詞が響かなかったことに気づいた彼は、本棚からソフォクレスの本を取って、言いたかったことを読んで聞かせてくれた。私の小説のドラマの状況はたしかに、本質においてアンティゴネーと同じだった。彼女は兄ポリュネイケスの屍を、両者の伯父クレオーンの命令によって、埋葬せずに放置するよう定められたのである。私は知りあったばかりのころにグスターボ自身がくれた本で、『コロノスのオイディプス』を読んだことがあったが、アンティゴネーの神話をしっかり覚えていなかったので、記憶の中から引っぱり出してバナナ地域のドラマの中に再構成できず、また、両方の物語の情動的な類縁性は、このときまでまったく気づかずにいたのである。私は魂が幸福感と幻滅の両方でもみくちゃになるのを感じた。その同じ晩、私は作品を読み直し、これほど偉大な作家と意識せずに同じことを書けたという誇りと、剽窃にあたるという公的な恥の痛みの、奇妙に混じりあったものを味わった。

茫漠とした不透明な苦悶の一週間ののち、私は意図せずにやったことをはっきりとさせるためにいくつか根本的な変更をすることに決めた。ソフォクレスの本に似てしまわないように自分の本を変更するという超人的な虚栄にはまだ気づかぬままだった。最終的には、ソフォクレスの一節を畏敬をこめたエピグラフとして使う道徳的権利がある、と——諦念とともに——感じるにいたり、そのようにした。

カルタヘーナへの転居は、スクレの状況が著しく悪化して危険になる直前でぎりぎり間に合ったが、事前に立てていた計算の大部分は、収入の少なさと家族の多さによって、当てが外れることになった。母はいつも、貧乏人の子供のほうがお金持ちの子供よりも、多く食べて早く成長する、と言っていたもので、自分の家の例がそのまたとない証拠だった。だから全員の給金をどう合算してみても、全員が安心して暮らすのには足りなかった。

それ以外の部分は時間が面倒を見てくれた。ハイメは、これまた家族の共謀により、土木技師になった。資格をまるで爵位のように渇望する一家にあって唯一それを実現した例である。ルイス・エンリーケは経理の名人となり、グスターボは学校を出て地形測量師になったが、ふたりとも相変わらず、他の人のためにセレナータを行なうギター弾きと歌い手であり続けた。イーヨはとても幼いころから明快な文学的才能と性格の強烈さで私たちを驚かし、五歳のときから早くもその頭角をあらわしていた――消防士が家の中で火事を消し止めるのを見てみたい、という理由で洋服簞笥に火をつけようとしているのを見つかったのである。もっとあとになって、彼とその兄のクキとが年上の学校仲間からマリワナを吸おうと誘われたとき、イーヨは恐がって拒絶した。いっぽう、いつも好奇心があって恐いもの知らずだったクキは肺の底まで吸いこんだ。何年ものち、すでにドラッグの底なし沼にはまりこんでいた彼は、あの初めてのトリップのときからすでに、「なんてこった！　もう一生、これ以外なんにもやりたくない」と自分に言っていたのだ、と私に話してくれた。それからの四十年間、未来のない情熱のまま、彼は自分の決めた法の中で死ぬという自分への約束を果たすためだけに生きた。五十二歳のとき、人工楽園の中で行き過ぎてしまい、心臓発作に焼きつくされた。

ナンチはこの世でいちばん平和な男だが、徴兵期限が終わったあとも軍隊にとどまり、近代的な兵器のすべてに精通して多数の演習に参加したが、わが国の慢性的な戦争のどれにも実地に参戦する機会がなかった。そのため結局、陸軍を退役すると消防士の仕事についたが、そこでもまた、五年間でただの一度も火事を消す機会に恵まれなかった。にもかかわらず、彼は決して欲求不満をおぼえることがなかった。それはユーモアの感覚が豊かだったせいであり、それゆえ彼は即興の小噺《チステ》の名人として一家の中で聖別され、生きているということだけで幸せを感じることができた。

イーヨは、貧困のきわみにあったいちばん困難な時期に、自分の力だけで、一生煙草も何も吸わず、酒も、ただの一度も飲み過ぎることがなかったにもかかわらず、作家・ジャーナリストになった。彼の圧倒的な文学的天性と、秘められた創造力は、障害を乗り越えて実現された。五十四歳で死んだので、六百ページ以上になる本を一冊出版する時間しかなかったが、これは素晴らしい調査に基づいて『百年の孤独』の裏面史を描いたもので、何年もの間、ただの一度も私に直接情報を求めることなく、私の知らぬ間に書いていたものだった。

まだ思春期の入口にいたリータは、他の兄弟姉妹が叱られるのを見て教訓を得ていた。私が長らく離れていたあとで両親の家にもどったとき、彼女は姉たち同様の煉獄で苦しんでいたが、それは格好のいい真面目でしっかりした黒人系の男と恋をしているせいだった。背丈が五十センチほど違うという以外、ぴったりなカップルだった。その夜、私は父が寝室のハンモックでラジオのニュースを聞いているところをつかまえた。私はラジオの音量を下げ、向かい側のベッドに腰をおろして、長男としての権利に基づいて、リータの恋路がどうなっているのかを訊ねた。父が吐き出すように口にした返答はずっと前から用意していたものにちがいなかった。

「どうなっているかといえば、野郎がけちな盗っ人だってことだけだ」

そんなことを言うだろうと思っていた通りだった。

「盗っ人って、何の？」と私は訊いた。

「盗っ人は盗っ人だ」と父はなおも私のほうを見ずに言った。

「でも、いったい何を盗んだっていうの？」。私は容赦なく問いつめた。

彼はなおも私を見ようとしなかった。

「そうだな」と彼はようやく息を吐いて言った。「やつは盗んでない。けど、泥棒でつかまっている兄弟がいる」

「なら、問題はないじゃないか」と私はわざとおめでたい間抜けのように言った。「リータが結婚したがっている相手は、つかまっている兄弟じゃなくて、つかまっていないほうなんだから」

父は答えなかった。折り紙付きの正直者である彼にとって、最初の返答からしてすでに限度を越えていたのだ。彼自身すでに、つかまっている兄弟がいるという噂も嘘だと知っていたからだ。それ以上彼は反論せず、ただ、一家の名誉という神話にしがみつこうとした。

「もういい、ただ、結婚するなら、もうすぐにでも結婚するがいい。結婚の約束をしたまま長々とつきあっているのは、この家では御免こうむる」

私が間髪おかずに答えた返答は、まったく情け容赦ないもので、自分でも決して許せないものだった——

「じゃあ明日だ、明日の朝一番だ」

「おいお前！　そう真に受けることはないだろう」と父はびくっと跳ねるようにして答えたが、もうすでに笑みが覗いてきていた。「あの子はまだ、着る服だって用意してないんだから」

私がパおばさんに最後に会ったのは、ほとんど九十歳になろうとしている彼女が、予告もなくカルタヘーナにやってきたうだるように暑い午後だった。リオアーチャから学生鞄ひとつで特急自動車に乗ってやってきた彼女は、完全な喪服姿で、頭には黒い布ターバンを巻いていた。陽気に両腕を振り開いて入ってきて、全員に向けて大声で言った——

「みんなにお別れするために来たんだよ、あたしはもうじき死ぬことにしたんでね」

私たちは彼女のことをあるがままに受け入れたが、それは同時に、彼女が死とごく親しく取り引きしている関係にあることを知っていたからでもあった。彼女は家にとどまり、唯一ここなら寝てもいいと言った女中部屋の中で、じっと時が来るのを待ち、そして純潔の匂いの中で死んだ。私たちの計算では百二歳だった。

あの時期は『エル・ウニベルサル』紙の中でもとりわけ濃密な時期だった。サバーラはその政治的英知で私を導いて、私の記事が言うべきことをしっかり言いながら、検閲の赤鉛筆にぶつからないですむよう指導する一方で、初めて、新聞にルポルタージュを載せるという以前からの私の考えに関心をもつようになった。すぐにマルベーヤの海岸で観光客が鮫に襲われている話がテーマとして浮上してきた。そのような事件が起きているのに対して、市が名案と思って実施した対策は、鮫の死骸ひとつにつき五十ペソを賞金として払う、というものだった。おかげで、次の日には夜の間に捕獲された鮫をぶら下げるために、町じゅうでアーモンドの木の枝が足りなくなるほどになった。エクトル・ローハス・エラーソは笑い転げて、ボゴタから『エル・ティエンポ』紙の新しいコラムに書いた——葉っぱをつかんで蕪《かぶ》を引き抜くみたいなドジな方法で、鮫退治をしようとしたことを笑い飛ばす内容だった。これが私に、夜間の鮫狩りについてのルポルタージュを書いてみようという着想をもたらすことになった。サバーラは熱狂的に支持してくれたが、失敗は私が船に乗りこんだ瞬間から始まった。船酔いはするかと聞かれて、私はしないと答えた。海が恐いかと聞かれて、本当は恐かったが恐くないと答えた。そして最後に、泳げるかと聞かれて——これを最初に聞くべきだと思うのだが——、これればかりは泳げると嘘をつく勇気がなかった。いずれにせよ、陸地にいる間から、船乗りたちの会話を通じて、私は彼らがボカス・デ・セニーサ〔バランキーヤの海岸〕まで行っていることを知った。カルタヘーナから八十九海里も離れたところまで出かけていってつかまえた無実の鮫を満載して帰ってきて、これが加害者だと偽って一匹五十ペソで市に売っていたのである。ビッグ・ニュースはその日一日で明らかになってしまい、同時にルポルタージュの夢も私の中であっけなくついえてしまった。そのかわりに私は第八作目の短篇を掲載した——「天使を待たせた黒人、ナボ」である。少なくともふたりのまっとうな批評家と、バランキーヤの厳しい友人たちが、これをいい方向転換として見てくれた。

　私自身の政治信条の成熟のせいだけではないと思うのだが、私は以前と同じような自堕落な生活に陥った。泥沼にはまりこんでしまったような感覚があって、唯一の気晴らしとして、城壁にある「穴蔵《ラス・ボベダス》」で酔っぱらいたちと明け方まで歌を歌ってすごすようになった。植民地時代には兵士相手の売春宿として使われていたところで、その後は悲惨な政治刑務所となっていたこともある場所だった。フランシスコ・デ・パウラ・サンタンデル将軍〔コロンビア独立の英雄のひとり。ボリーバル暗殺未遂に関わったとして死刑を宣告され、その後、国外追放に減刑された〕もそこで八か月の刑に服したことがあり、その後、独立の大義と軍務の両方においてともに戦った仲間の手でヨーロッパに追放されたのだった。

　この歴史的遺物の管理人をしていたのが退職したライノタイプ職人だったので、その現役の仲間たちが新聞社の仕事のあとで集まって、毎日、新しい一日の到来を、牛泥棒の技術によって作られた密造ラム酒の大瓶を囲んで祝っていたのである。集まっていたのは、家族の伝統で代々仕事を受け継いでいる教養ある植字工や、演劇好きの文法学者や、土曜日の大酒飲みなどだった。私は彼らの仲間に加わった。

その中でいちばん若いのはギエルモ・ダビラといい、組合にカチャコを加入させるのに抵抗していた地方リーダーたちの不寛容を乗り越えて、海岸地方で仕事につくという偉業をなしとげた男だった。それを可能にしたのは彼の芸の力だったのかもしれない。職人としてしっかりしていただけでなく、驚異的な手品師として人を魅了するところがあったのである。机の引き出しから生きた鳥を取り出したり、その日の締め切りぎりぎりで提出した社説原稿が書かれていたはずの紙を白紙に変えて突き返したりする魔術的ないたずらで私たちを仰天させていたのだ。仕事には厳しいサバーラ師匠も、一瞬、パデレフスキとプロレタリア革命を忘れて、これが最後だから、と毎回言いながら、魔術師に拍手するようにみんなに求めるのだった。私にとっては、魔術師と毎日の職務を共有するのは、ついに本物の現実を発見したみたいだった。

「穴蔵」でのある明け方のこと、ダビラは、24掛け24――四つ切り用紙の半分の大きさ［文庫本ほどの大きさ］――の新聞を作って、毎日午後、商店が閉まる人通りの多い時間に無料で配ったらどうか、というアイディアを私に話してくれた。世界でいちばん小さい、十分で読める新聞になるというのだ。その通りになった。名前は『圧縮版《コンプリミード》』といい、午前十一時に私が一時間で書き、ダビラが二時間で組み上げて印刷し、一度以上呼び声をあげる暇もなく駆け抜けていく恐るべき新聞売り子がひとりで配布した。

一九五一年九月十八日火曜日に刊行され、これほど圧倒的にしてこれほど短い成功は考えられないような大成功を収めた。ダビラが打ち明けてくれたところでも、たとえ黒魔術を使っても、これほど偉大でかつ安上がりなアイディアはほかになく、これほどスペースをとらず、これほど短時間で実現できて、これほどすばやく姿を消すものを作ることは不可能だった。不思議だったのは、二日目に一瞬、街頭での争奪戦の激しさと沸騰するファンの熱意にすっかり舞い上がって、ひょっとしてこんなふうに簡単に、わが人生のすべてが解決されてしまうのかもしれない、と思ったひとときがあったことだ。この夢は木曜日まで続いたが、その日、経営側が私たちにあと一号でも出したら倒産の危機に陥ると通告してきた。たとえ広告を掲載することに決めたとしても同じことで、広告といってもごく小さくて高いものにならざるをえず、合理的な解決策にはなりえないからだった。大きさを根本アイディアとしていたこの新聞のコンセプトそのものの中に、破綻の数学的萌芽が内蔵されていたわけだ——売れれば売れるほど収支が合わなくなるのである。

私は空中をぶらぶら舞っているような状態にあった。カルタヘーナへの移転は、『クロニカ』の経験のあとではちょうどいい具合に役立ち、さらには、『落葉』を書き続けるのにちょうどいい環境をあたえてくれることにもなった。とくにわが家では誰もが、創造的な熱気に包まれて暮らしており、そこでは途方もないことがいつでも可能であるように感じられるほどだったのである。ある日の昼食のときのことを思い出してみるだけで十分である——私は父を相手に、多くの作家にとって回想録を書くのがむずかしいのは、それを書くころにはたいがいのことをもうすっかり忘れてしまっているからだ、というような話をしていた。すると、当時まだ六歳になったばかりだったクキが、目を見張るような単純明快さで結論を導き出した——

「だったら、作家は最初に回想録を書けばいい。まだ全部覚えてるうちに」

誰にも打ち明けたくはなかったが、『落葉』でも『家』のときと同じことが私には起こりつつあった——テーマよりもテクニックに関心をもつようになってきていたのだ。一年にわたってあれほどの歓喜とともに書いてきたあとで、この作品が今や入口も出口もない円環の迷路であるように思われた。

なぜだったのか、今ではわかるように思う。コストゥンブリスモ［十九世紀後半からのスペイン語圏の小説においてさかんだった風俗描写主義］はその当初にはとてもいい革新の例を生んだものだったが、最後には、緊急の出口を求めて穴をあけようともがいていた各国の国民的テーマまでをも、化石化することになったのである。実際のところ、私はもう一分たりとも不確実な状態が我慢できなくなっていた。もう完成まであとはデータの確認と、文体の確定だけになっていたのだが、どうも作品が息づいていないように感じられていた。しかし、あまりにも長い時間、暗がりの中で書いてきて泥沼にはまってしまっていたので、作品が沈没しかけているのが見えても、どこに割れ目があって浸水しているのか私にはもうわからなかったのだ。しかも悪いことに、執筆がここまで進んだ段階では、他人の助けは役に立たなかった。亀裂は文章の中にあるのではなく、私の中にあるものだったから、私以外の人にはそれを見てとることができず、それを引き受けることもできなかったのだ。おそらく、まさにこの理由から私は「キリン」の連載を、家具を買ったときに『エル・エラルド』紙から前借りしていた分を返し終わったときに、あまり深く考えることもなく中断することに決めた。

不幸なことに、どんな知恵も、どんな我慢も、どんな愛も、貧困を打ち破るにはいたらなかった。すべてが貧困を応援しているように見えた。人口調査のための組織は一年で廃止になり、『エル・ウニベルサル』紙からの給料ではその埋め合わせにはならなかった。私はもう法学部にもどることもなかった。一部の先生は、彼らの関心と学問に対する私の無関心に抗して口裏を合わせて私を引っぱり出そうとしてくれたが無駄だった。一家全員が持ち寄るお金はいつも不足で、その穴があまりにも大きいので、私の貢献分ではいつでも全然足りず、その希望のなさが、私には、金の不足よりもずっと痛かった。

「全員が結局溺れて死ぬことになるのなら」と私はある決定的な一日の昼食時に言った。「僕ひとりだけ脱出させてくれ。手漕ぎボートかもしれないが、何か救いを送る方法を捜してくるから」

こうして十二月の第一週、私はふたたびバランキーヤに、家族全員の諦念と、いずれかならずボートが来るという確信を受け止めながら、移り住んだ。アルフォンソ・フエンマヨールは私が予告もなく『エル・エラルド』の昔ながらのオフィスに——『クロニカ』のオフィスは資金不足で維持できなくなっていた——入ってくるのを一目見ただけで即座にすべてを察したにちがいない。私をタイプライターごしに亡霊のように見やり、慌てた声をあげた——

「お前さん、連絡もなく、いったいここで何をしているんだ！」

生涯でもこのときほど真実に近いことを口にしたことはあまりない。

「もういいかげん、いやになってるんだよ、先生」

アルフォンソはこれを聞いて鎮まった。

「なんだ、それはいい！」と彼はいつも通りの上機嫌で答えて、国歌からもっともコロンビア的な一節を借りて口にした。「幸いなことに、鎖につながれ呻く全人類が、同じ思いだ」

彼は私の到来の動機についてはまったく何の好奇心も示さなかった。彼にはある種のテレパシーのように思えたのだ。それまでの数か月間、私について問い合わせがあるたびに、もうすぐにでもまたもどってくる予定だ、と答えていたからだ。いかにもうれしそうに上着を着ながら机から立ち上がったのは、ちょうどいいときに私が彼の手中に偶然空から降ってきたからだった。ある約束にすでに三十分遅れているのに、まだ翌日の社説を書き終えていなかったため、彼は私に、書きあげておくように言いつけた。一瞬の隙をとらえてテーマは何かと問うと、彼は廊下を大急ぎで去っていきながら、われわれ友人間の典型的な厚かましさでしれっと言ってのけた――

「読んでみな、わかるから」

翌日からはふたたび二台のタイプライターが『エル・エラルド』紙のオフィスに向かい合って並ぶようになり、私はふたたびいつもと同じページに「キリン」を書いていた。そして、もちろん、前と同じ原稿料で！　アルフォンソと私の間の私的な取り決めも以前と同じで、多くの社説では両者の書いた段落が混じっていて、見分けることは不可能だった。ジャーナリズムや文学を専攻する学生たちの中には、昔の新聞を調査してふたりの書いたものを区別しようとした人もいるが、特定のテーマの場合をのぞいてうまくいっていない。うまくいった場合も文体によってではなく、文化にかかわる情報の点で見分けただけなのである。

「第三の男」に行くと、われらの友であるあの泥棒が殺されたという知らせに心が痛んだ。ありふれた一夜のこと、彼はいつもの仕事をしに出かけていき、それきり彼について伝わったのは、盗みに入った家の中で、心臓を一発で撃ち抜かれたということだけで、何の詳細もなかった。遺体は唯一の親族であるお姉さんが引き取りに来て、慈善で行なわれた葬儀には私たちと飲み屋の主人だけが出た。

私はまたアビラ姉妹の家にもどった。ふたたび近所になったメイラ・デルマールは、「黒猫」で過ごす私の悪夜を、彼女の家での穏やかな夕べの集いによって純化し続けた。彼女とアリシアの姉妹は性格的にも、また、彼女らと一緒にいるときにわれわれの時間を円環状のものに変えてしまう力からしても、まるで双子のようだった。非常に不思議ななりゆきで、彼女らは私たちのグループの仲間であり続けた。少なくとも年に一回は私たちをアラブ料理の美味がそろったテーブルに招待して魂に滋養をあたえてくれて、また彼女らの家の夕べの会では、いつも高名な訪問客――あらゆるジャンルの偉大な芸術家から、行方が知れなくなっていた詩人まで——にびっくりさせられた。思うに、ペドロ・ビアーバ先生と並んで彼女らが、私の取り散らかった音楽趣味を秩序立ててくれて、芸術文化センターに通う幸福なメンバーに仕立ててくれたのである。

今ではバランキーヤが『落葉』全体を見渡す視点をあたえてくれたように思う。タイプライターと書き物机をあたえられたとたんに、新たな勢いを得て私は手直しに取りかかったのだ。そのころに私は大胆にも、グループの仲間に初めての解読可能な写しを、まだ終わっていないことをはっきりと知りつつ、見せた。さんざん話してきたあとだったので、あえて口で何か言う必要はなかった。アルフォンソは二日間、私の目の前にすわって書いているのに、それについては触れもしなかった。三日目になって、午後の終わりにその日の用事が終わったところで、彼は机の上に原稿の束を置いて、事前に紙切れをはさんであった箇所を読み上げだした。それは批評というよりも、首尾一貫しない箇所をあぶり出したり、文体を磨き上げたりすることに主眼がおかれていた。彼の指摘はいかにも的を射たものばかりだったので、私はすべて採用したが、ひとつだけ譲らなかった箇所は、私の幼児期に実際に起こった出来事の挿話のところで、そのように説明して聞かせたあとでもなおも、彼には創作のように感じられるというのだった。

「現実だって間違えることがあるってわけなんだよ、文学的にだめな場合には」と彼は大笑いしながら言った。

ヘルマン・バルガスの方法は、テクストがうまくできている場合には、すぐには何もコメントせず、安心させるような評価を伝えて、最後に感嘆符を添えるのだった——

「すごいぞ！」

しかし、引き続く数日のうちに彼は、作品についてばらばらに思いついたことをぽつぽつとこぼしはじめ、どんちゃん騒ぎの夜の最後に、的確な指摘をしたりするのだった。原稿がよくない場合には、彼はいつも作者を個別に呼び出して、真っ正直に、そしてひじょうにエレガントに思った通りのことを伝えたので、駆け出し作家は泣き出したい気持ちでいっぱいなのに、心の底からお礼を言う以外にどうしようもなかった。私の場合にはそうではなかった。思いがけない日に突然、ヘルマンは本気とも冗談ともとれない調子でぽろりと私の原稿についてのコメントを口にし、私は思わず我に返って納得するのだった。

アルバロは「ハピー」から完全に姿を消して、生死すらわからなくなった。そしてほぼ一週間後、思いがけない瞬間に、車で私の通り道をいきなり遮って、上機嫌で叫んだ——

「乗りなよ、先生、へたくそをぺしゃんこにしてやるからよ」

これが彼なりの麻酔なのだった。盛夏の天狼星に焼かれた中心街をあてどもなくぐるぐると回りながら、アルバロは読んだものについて、どちらかといえば感情的だが他では聞けないような分析を喚きたてた。歩道に知り合いを見かけるたびに話を中断して、親しげな、からかい半分の罵声を浴びせ、それからふたたび興奮した論証を、意識の集中によって逆立った声、乱れきった髪、パノプティコンの鉄格子ごしに私を射ぬくように大きく見開いたあの目をもって、再開するのだった。最後には「ロス・アルメンドロス」のテラスに行きついて、向かいの歩道で騒いでいるジュニオールとスポルティングの熱狂的ファンにうんざりしながら冷えたビールを飲むことになり、そのあげくには、許しがたい二対二に落胆してスタジアムから流れ出してきた狂乱した連中の雪崩《なだ》れに飲みこまれた。私の作品の草稿について唯一の決定的な意見を、アルバロは最後に車の窓から叫んでよこした——

「いずれにしてもだな、先生、まだまだ風俗主義が多すぎだぞ！」

ありがたく思いながら、私はかろうじて叫び返した――

「でも、フォークナー流のいい風俗主義だろ！」

すると彼は、言わなかったこと、考えなかったことすべての締めくくりとして、とてつもない哄笑とともに言った――

「何いばってんだよ！」

五十年後の今、あの午後のことを思い出すたびに、私には燃えあがる通りに降り注ぐ石礫のように響いたあの爆発的な笑い声が聞こえてくる。

三人が私の小説を、それぞれに個人的な、そしておそらく正当な留保を抱きながらも、気に入ってくれたことははっきりとわかったが、彼らはそうとはっきり言いはしなかった。それでは単純すぎると思ったからなのかもしれない。いずれも出版については何も言わず、それもまたいかにも彼らしかった。彼らにとっては、いいものを書くということだけが重要で、あとは出版社の問題でしかないのだった。

つまり、私はふたたび、いつものあのわれらがバランキーヤにもどっていたわけだが、私にとって不幸なのは、今回は「キリン」に小出しにして我慢してはいられないとはっきりわかっていたことだ。実際のところ、「キリン」のコラムは、私に毎日大工仕事を課すことで、ゼロから書くことを学ばせ、ふつうと違う作家になるという骨肉の自負と粘りをもたせるという任務をすでに果たし終えていたのだ。テーマを持て余すことはしょっちゅうあり、削ってもまだテーマが大きすぎることに気づいて、まるごと別のテーマに取り替えることもよくあった。いずれにしても、それは作家としての私の形成にとって不可欠な準備体操だったのであり、しかも、これは単に養分として利用すればよくて、なんら歴史的な責任をともなうものではないという居心地のいい確信もあった。

毎日のテーマを見つけるだけで、最初の数か月は苦しくてあっぷあっぷしていた。それ以外に何をする時間もなかった——他の新聞をくまなく探索し、個人的な会話をメモにとり、夜よく眠れなくなるような夢想にふけり、そのあげくにようやく、現実生活と遭遇できるのだった。その意味で私にとっていちばん幸福だった体験は、ある日の午後、バスの中から通りがかりに、ある家のドアに「葬礼椰子　売ります」という簡単な貼り紙がでているのを見かけたことだった。

最初に衝動的に思ったのは、この発見の詳細を確認するために訪ねていってドアを叩いてみようということだったが、自分の内気さに負けて訪ねなかった。これによって人生そのものが私に教えてくれたのだ——書くのにいちばん役に立つ秘密は、現実の中の象形文字を、ドアを叩いて質問しにいかずに、読めるようになることだ、と。このことは、最近の数年間のうちに、本に収録されている四百以上におよぶ「キリン」と、それをもとにして生まれた文学的テクストのいくつかを読み直して、比較してみるうちになおさらはっきりとわかってきたのである。

クリスマスの時期になると、『エル・エスペクタドール』紙の首脳部がまるごと全員、休暇でやってきた。社長のドン・ガブリエル・カーノ以下、息子たち全員だった——編集長のルイス・ガブリエル、当時の副社長ギエルモ、副編集長のアルフォンソ、そして、全領域の見習いのフィデル。彼らと一緒にエドゥアルド・サラメア、筆名ウリーセスもやってきた。私にとっては短篇の掲載と紹介記事で特別の思いがある相手だ。彼らの習慣では、軍団をなして新年の最初の一週間をプラドマールの海岸——バランキーヤから十レグア——で、バールをまるごと乗っ取って騒いで過ごすことになっていた。あの大騒ぎの中で唯一、多少とも正確に覚えていることといえば、生身のウリーセスとの出会いが、わが生涯でもっとも驚くべきもののひとつだったことだ。ボゴタでは彼のことをしばしば見かけていたもので、最初は「エル・モリーノ」で、それから数年後には「エル・アウトマーティコ」で、そしてときにはデ・グレイフ師匠の会合で会ったことがあった。気むずかしそうな顔と金属的な声で私は彼のことを覚えていて、そこから人間嫌いなタイプという結論を引き出しており、たしかに大学都市の本好きな仲間たちの間の評判でもそうと相場は決まっていた。それゆえ私は、いろんな機会に彼のことを避けて、自分の中で築き上げた彼のイメージを壊さないようにしてきたのだった。まるごと私の間違いだった。彼は私の記憶の中にある誰にもまして、親愛の情が強く、心優しい人だったのだ——知的に、あるいは感情的に、特別な動機が必要なことはたしかだったが。彼の人間的実質は、ドン・ラモン・ビニェスやアルバロ・ムティス、レオン・デ・グレイフなどとはまったく異なっていたが、彼らと同様、常時、先生でいられる先天的な資質と、読まなければならない本を全部読んでいるという稀な幸運の持ち主だった。

カーノ家の若い世代の連中——ルイス・ガブリエル、ギエルモ、アルフォンソ、そしてフィデル——とは、のちに『エル・エスペクタドール』紙の記者として働いたときに友人以上のつきあいになった。プラドマールでの夜に全員が全員を相手に何を話していたか、ひとつでも思い出そうとすることじたい馬鹿げているが、彼らがほとんど病的なまでにジャーナリズムと文学にこだわり続けて耐えがたいほどだったことだけは忘れようとしても忘れられない。彼らは私のことを兄弟のひとりとして、また、彼らによって、彼らのために、発見され育てられた専属短篇作家として、受け入れてくれた。しかし、彼らのところで働きにくるようにと、誰かが口にしたりほのめかすようなことを言ったりしたことがあったとは——いろんなところで言われていることだが——私は記憶していない。そういうことがなかったのを残念に思ったこともまたない。タイミングの悪かったあの時期には、私は何が自分の将来の運命になるのかまったくわかっていなかったし、その選択が自分に委ねられることがあろうとも思っていなかったからである。

カーノ兄弟の熱狂が伝染したアルバロ・ムティスがバランキーヤにもどってきたのは、エッソ・コロンビアーナのPR部門の長に任命されたばかりのときで、自分と一緒にボゴタに働きにこないか、と私に誘いをかけた。しかし、彼の本当の任務はもっとずっと劇的なものだった。地元のエッソ特約店が恐ろしい間違いを冒して、空港の貯蔵タンクに、航空燃料のかわりに自動車用のガソリンを入れてしまったのである。この間違った燃料を積んでしまった飛行機が無事にどこかに到達することはありえなかった。ムティスの仕事は、この間違いを、夜明けまでに正すことだったが、空港の職員に知られることなく、ましてや絶対にマスコミに知られることなく、絶対的な秘密のうちに行なわなければならなかった。その通りに実現された。地元空港の別室でいいウィスキーを飲んでいた四時間のうちに、燃料は無事、本来のものと交換された。あらゆる話をする時間が十分にあったわけだが、私にとって想像すらできなかった話題は、ブエノス・アイレスの出版社ロサーダが、私が書き終えようとしている小説を出版するかもしれない、という話だった。アルバロ・ムティスは、その出版社の新しいボゴタ代表になったフリオ・セサル・ビイェーガス——ペルーの前内務大臣で、しばらく前からコロンビアに亡命していた——から直接聞いてきていた。

このとき以上に強烈な感情が湧きあがったことはなかった。ロサーダ出版といえば、スペイン戦争による出版界の空白を埋めたブエノス・アイレスの出版社の中でもいちばんいい会社のひとつだった。

ブエノス・アイレスの編集者たちは、毎日のように非常に面白くて貴重な新刊を送り出していて、私たちとしては読むのが追いつかないほどだった。販売担当者たちは私たちが注文した本を持ってきちんきちんとやってくるので、私たちは彼らのことを幸福の使いのように迎えていたのである。そのような出版社のひとつが『落葉』を出版するかもしれないというのは、考えただけで私を錯乱させかねないほどのことだった。正しい燃料を積んだ飛行機に乗りこむムティスを見送るやいなや、私は新聞社に駆けつけて、根本から原稿の見直しにとりかかった。

引き続く数日間、私は、手から離れる寸前のところにあった文章の全面的な検査に熱狂的に取り組んだ。ダブルスペースで打った原稿百二十枚でしかなかったが、調整や変更や加筆をくりかえした結果、よくなったのか悪くなったのか自分でもわからないほどになった。ヘルマンとアルフォンソが重大な部分をもう一度読んで、心優しくも、もはや取り返しのつかないような意見は述べないでくれた。そんな焦燥感のただ中で私は、心臓を手に握りしめているような思いで最終版をもう一度見直してみて、その結果、やはり出版しないという冷徹な判断を下した。書き終わった本にひとたび満足するやいなや、私はもう二度とそれよりもいい本を書くことができないのではないかという荒涼たる思いに襲われるのがいつものことなのである。

幸いなことに、アルバロ・ムティスはなぜ私が遅れているのか、原因を推察してバランキーヤまで飛んできて、最後の一読をする時間をあたえずに、清書された唯一の原稿をブエノス・アイレスに送るために運び去った。当時はまだフォトコピーというのは商業的には存在していなかったので、私の手元に残ったのは、最初の草稿の欄外や行間に、混乱を避けるためにいろんな色のインクを使って修正を入れたものだけになった。私はそれをゴミ箱に投げ捨て、それから返事が来るのにかかった長い二か月間というもの、落ち着きを取りもどすことがなかった。

あるありふれた日のこと、『エル・エラルド』の社内で、編集長の机に紛れこんでいた手紙が私のもとに届けられた。ブエノス・アイレスのロサーダ出版のレターヘッドに私の心は凍りついたが、慎重にも私は、その場ではなく自分専用の小部屋にもどってから封を切った。そのおかげで私は、目撃者のいないところで、『落葉』が却下されたという簡潔明瞭な知らせに直面することになった。欠点の羅列を最後まで読むまでもなく、私はその場で死んでしまいそうな激しい打撃を受けた。

手紙には編集委員長であるドン・ギエルモ・デ・トッレの至高の審判が述べられ、いくつか簡潔な根拠によって支えられていたが、その中にはカスティーヤの白人たちの話法と強勢と尊大とが轟々と鳴り渡っていた〔ギエルモ・デ・トッレはアルゼンチンに移り住んだスペインの詩人・批評家で、ボルヘスの妹の夫〕。唯一の慰めはわずかな譲歩として最後に添えられた驚くべき一節だった——「観察者として詩人としての作者の傑出した才能を認めないわけにはいかない」。しかしながら、今でも不思議でならないのは、落胆と屈辱の先で、私にはもっとも辛辣な指摘すらもが正鵠を射ているもののように感じられたことである。

この手紙の写しは作らなかったし、バランキーヤの友人たちの間で何か月も回覧したので、そのうちにどこに消えたかわからなくなってしまったが、友人たちは心休まる理屈を思いつくかぎり並べて私を慰めてくれた。実のところ、私もこの回想録の資料として、五十年を経てこの手紙を手に入れようと試みたのだが、ブエノス・アイレスの出版社にはその痕跡すら残っていなかった。この手紙がニュースとして公開されたことがあるかどうか覚えていないし、私としては公開しようと意図したこともないが、たしかにその打撃から立ち直るまでにはかなりの時間がかかり、その過程ではさんざん悪態をつき、ひとかたならぬ怒りの手紙も書いて、こちらはじきに私の許可なく公開されてしまった。この背信行為は私にとってはさらなる心痛のもととなった。なぜなら、私が最終的に思っていたのは、この審判の中の有用な部分はしっかり受け止め、自分の判断基準に照らして正せる部分はすべて正して先に進むことだったからである。

いちばん元気づけてくれたのは、ヘルマン・バルガスとアルフォンソ・フエンマヨールとアルバロ・セペーダの見方だった。アルフォンソのことは公設市場の中の簡易旅館で見つけた。商売の慌ただしさのただなかに読書のためのオアシスを見つけた、と言っている場所だった。私はこの小説をそのままの状態にしておくべきか、それとも構造を変えて書き直すべきか相談してみた。後半では前半のような緊張感が失われているような気がしたからだ。アルフォンソは私の話をじれったそうに聞き、それから彼の審判を述べた。

「いいかい、先生」と彼は最後にまるでほんものの先生のように言った。「ギエルモ・デ・トッレはご本人が思っている通りの大物なんだろうが、私には現代の小説の最新の部分に通じているようにはどうも思えんね」

ちょうどそのころの日々の会話の中でも、ギエルモ・デ・トッレがパブロ・ネルーダの『地上の住まい』の原稿を一九二七年に却下したという前例で私を慰めてくれた。フエンマヨールは私の小説の運命が、もしも読み手がホルヘ・ルイス・ボルヘスだったら違っていたと思うと言ったが、一方、万が一ボルヘスに却下されていたなら、その影響はなおさら甚大なものになっていたに違いない。

「だから、もうぐじぐじしなさんなって」とアルフォンソは結論的に言った。「お前さんの小説は私らが思った通りのいい作品なんだ、だから、お前さんがやらなければならないのは、またすぐ続けて書いていくことだけなんだよ」

ヘルマンはいつもの思慮深い態度そのままに、大げさなことを何も言わないのがありがたかった。彼が考えるには、あの小説は、小説というジャンルが危機に陥っているこの大陸で出版されえないほど悪い小説ではないが、国際的なスキャンダルになるほどすごい小説でもないのだし、万が一そんなことになってしまったら、ただひとり損をするのは、駆け出しの無名作家のほうだ、ということだった。アルバロ・セペーダはギエルモ・デ・トッレの判断を、彼らしい華やかな銘文で要約してみせた——

「とにかくスペイン人はすごく粗雑だから」

自分の作品の清書コピーがが手元にひとつもないことに気づいたが、ロサーダ出版が三人か四人の人を経由して知らせてきたのは、規則として原稿は返却しないことになっているということだった。幸い、フリオ・セサル・ビイェーガスが私の原稿をブエノス・アイレスに送る前に写しをひとつ作っておいてくれたので、それを私のもとに届けてくれた。そこで私は友人たちの結論にのっとって新たな修正にとりかかった。主人公がベゴニアの廊下から三日続きの大雨を眺めている長い挿話はまるごと削除した。これはのちに、「マコンドに降る雨を眺めるイサベルの独白」になった。祖父がアウレリアーノ・ブエンディーア大佐と、バナナ園の虐殺の少し前に交わす余計な会話も削除し、小説の統一的構造を形式的にも内容的にも阻害していた三十枚ほどの部分も削った。二十年近くのち、ほとんど忘れていたころ、こうした断片の一部は『百年の孤独』のいたるところで、ノスタルジアを維持するのに大いに役立つことになった。

私がこのときの打撃を乗り越えかけていたころになって、私の小説のかわりにロサーダから出版されることになったコロンビア小説がエドゥアルド・カバイェーロ・カルデロンの『後ろ向きのキリスト』である、というニュースが公表された。これは誤報だった、でなければ、悪意をもって仕組まれたニュースだった。というのも、実際にコンクールがあったわけではなく、ロサーダ出版がコロンビアの作家によってコロンビア市場に参入しようと画策していただけであり、私の小説は競争で落ちたのではなく、ドン・ギエルモ・デ・トッレがこれは出版不能だと判断して却下したから採用されなかったのである。

私の落胆は当時自分で思ったよりも大きく、自分で納得しないまま受け入れることはどうしてもできなかった。そこで私は、予告もなく幼なじみのルイス・カルメロ・コレアをセビーヤ——カタカのすぐ近く——のバナナ農園に訪ねていった。彼は当時、そこでタイムキーパーと経理の監査役を務めていたのだ。私たちは二日間にわたって、ともに過ごした幼年期を、いつものように、掘り起こして過ごした。彼の記憶と直感と、率直さは、一種の恐れを感じるほど、さまざまなものごとを明らかにすることになった。二人で話をする間、彼は道具箱を使って家の修繕をしていき、私はプランテーションの穏やかな風に揺れるハンモックの中で彼の話に耳を傾けた。奥さんのネーナ・サンチェスは私たちのでたらめや記憶違いを、台所で大笑いしながら訂正してくれた。最後にひとけのないアラカタカの通りを和解の散策として巡り歩いていると、私は自分の精神的な健康がすっかり回復していることに気づき、『落葉』こそが——却下されようとされまいと——間違いなく母との旅のあとで自ら書くと思い定めた作品であるとはっきりわかった。

この経験に元気づけられて、私はラファエル・エスカローナを捜して、バイェドゥパールの彼の楽園に出かけていった。私の世界の根っこを掘り起こすためだった。驚くことは何もなかった。そこで私が見出したものすべて、そこで起こったことすべて、紹介された人すべてが、すでに私が生きてきたもののようだったからである。前世で生きたみたいだったというのではなく、今生きているこの人生ですでに生きたみたいだったのである。もっとあとになって、度重なる旅のどこかで、私はラファエルの父親であるクレメンテ・エスカローナ大佐と出会い、その初日から彼の威厳と、昔ふうの族長的ふるまいのとりこになった。イグサのように細くてまっすぐで、風雨に鍛えられた肌と頑丈な骨をして、すべてを乗り越えてきた人の威厳があった。私はごく若いころから、退役軍人年金を長い生涯の最後までじっと待ち続けた祖父母のあの焦燥感と品格という主題につきまとわれていた。しかしながら、四年後、ついにそれを、パリの古いホテルで本に書いたとき、誰からも手紙が届かない大佐の似姿として私の念頭に常にあったイメージは、祖父ではなくドン・クレメンテ・エスカローナだったのである。

ラファエル・エスカローナを通じて、私はマヌエル・サパタ・オリベーヤが貧民相手の医師として、バイェドゥパールから数キロメートルのところ、ラ・パスの村に住みついていることを知り、一緒に出かけていった。到着したのは夕刻で、息ができないような張りつめたものが空気の中にあった。サパタとエスカローナが私に言ったのは、わずか二十日ほど前にこの村が、政府の意志を貫徹するためにあたり一帯に恐怖の種をまいている警察の襲撃にあったことだった。恐怖の一夜だったという。相手は無差別に殺しまくり、十五軒の家に火をつけた。

堅固な検閲のせいで、私たちは真実を知らずにいたのである。しかしながら、当時私にはそこまで想像する機会もなかった。地域でいちばんの音楽家ファアン・ロペスは、その暗黒の一夜を境に村を出ていって、二度ともどらなかった。その弟にあたるパブロに私たちは、家の中で演奏してくれと頼んだが、彼は顔色ひとつ変えずにこう明快に言い切った――

「もう俺は一生、二度と歌は歌わないから」

そのときになって私たちは、彼だけでなくこの集落の音楽家が全員、アコーデオンを、大太鼓《タンボーラ》を、グアチャラーカ〔ぎざぎざを引っかいて音を出す楽器〕をしまいこみ、死者を悼んで二度と歌を歌っていないことを知った。それは理解しづらいことでもなく、たくさんの音楽家の師匠であるエスカローナをもってしても、また誰からも慕われる医師になってきていたサパタ・オリベーヤをもってしても、誰にも歌を歌わせることはできなかった。

私たちがあきらめずに頼みこむので、住民はそれぞれの理由を申したてたが、心の奥底では、これ以上服喪を続けるわけにもいかないと感じはじめていた。「死んだ人たちと一緒に、まるであたしたちまで全員死んでしまったみたいよね」と、耳にバラの花を差していた女性が言った。人々はあいづちを打った。するとパブロ・ロペスは、自分の痛みに終止符を打つ許可が出たように感じたのか、何も言わずに家の中に入るとアコーデオンを持って出てきた。彼はかつてないように歌い出し、そのうちに他の音楽家たちもやってきた。誰かが向かい側の店を開いて、酒を振る舞いだした。他の店も一軒また一軒と一か月におよぶ服喪のあげく店開きしていき、明かりが灯って、みんなで歌いだした。三十分後には、村じゅうが歌を歌っていた。ひとけのなかった広場には、一か月で初めての酔っぱらいがあらわれ、声の限りにエスカローナの歌を、エスカローナ自身に捧げて歌いだした。村を生き返らせた奇跡に敬意を表してのことだった。

幸いなことに、世界の他の場所では人生がもとどおりに続いていた。原稿が却下された二か月後、私はフリオ・セサル・ビイェーガスと知りあった。ロサーダ出版とは手を切って、今度はゴンサーレス・ポルト出版のコロンビア代表に任命されていた。分割払いで百科事典と科学技術書を売っている会社だった。ビイェーガスは誰よりも背が高く強靭な体つきをした男で、人生のどんなひどい障害を前にしても尽きせぬ知恵を発揮でき、高いウィスキーをがぶ飲みする大酒飲みだが、避けようとしても避けられないほどの話し好きで、サロンの会話の花形だった。オテル・デル・プラードのプレジデンシャル・スイートでの初めての出会いの夜、私はいかにも巡回セールスマンらしい鞄に、ゴンサーレス・ポルト出版が出している挿し絵入り百科事典や医学、法律、工学の本の広告パンフレットや見本を大量に詰めこんでよろよろしながら帰路につくことになった。二杯目のウィスキーをふるまわれたのを境に、私はパディーヤ地方で、バイェドゥパールからラ・グアヒーラまで本の割賦販売をしてまわるセールスマンになってしまったのだった。私の取り分は二十パーセントに相当する現金前払い金の全額だったので、ホテル代を含めた経費を払ったあとでも苦労なく暮らせる程度の金額になるはずだった。

これが私自身、使う形容詞を時宜に合わせて抑制しないという救いがたい欠点ゆえに、自ら進んで伝説化することになった旅である。伝説では、わがルーツを捜して祖先の土地に行く神話的な遠征行として計画されたもの、そしてまた、母をアラカタカの電報技師の魔手から救い出すべく親族が連れ出したロマン派的な旅の行程をたどるもの、ということになっている。本当のところでは、私の旅は一回ではなく、とても短くそそっかしい二回の旅だったのである。

二度目の旅では、バイェドゥパールと周辺の村しか再訪しなかった。バイェドゥパールまで行ったからには、当然のことながら、ラ・ベーラ岬まで恋する母と同じ行程をたどっていくつもりにしていたが、実際には、マナウレ・デ・ラ・シエラ、ラ・パス、ビヤヌエバなど、バイェドゥパールから数レグアのところまでしか行きつけなかった。そのときにはサン・フアン・デル・セサルにも、バランカス——私の祖父母が結婚して母が生まれた場所で、ニコラス・マルケス大佐がメダルド・パチェーコを殺害した場所である——にも行けなかった。リオアーチャはわが一族の揺籃の地だが、そこにも私は行けず、一九八四年にベリサリオ・ベタンクール大統領がボゴタから友人たちのグループを招待して、セッレホンの鉄鉱山の採掘開始に合わせて送りこんだときにようやく訪れることになった。これが空想の中のわがグアヒーラへの初めての旅であり、それまで私には、実物を知ることなく幾度も描きだしてきていたとおりの神話的な場所に感じられていたのだ。ただし、作中では私の偽の記憶によって描かれていたというよりも、祖父がひとり百ペソでアラカタカの家のために買って連れていったインディオたちの記憶にのっとっていたように思う。私の最大の驚きは、当然、リオアーチャの最初の光景だった——この砂と塩の町こそが、高祖父母の代以来のわが一族が生まれた場所であり、レメディオスの聖母が凍てつく一吹きの呼気によって、パンが焦げる直前のところで竈の火を消しとめるのを私の祖母が見た場所であり、私の祖父が、度重なる戦を戦い、愛の犯罪による投獄に耐えた場所であり、そして私が、両親の蜜月の途中で懐胎された場所だったのである。

バイエドゥパールでは本を売っている時間はあまりなかった。私はオテル・ウェルカムに住んだが、これは町の大広場の一角によく保存されている素晴らしい植民地時代のお屋敷で、中庭にはヤシの葉で屋根を葺いた大きなあずま屋があって、田舎ふうのバー・テーブルが置かれ、柱にはハンモックが吊るされていた。オーナーのビクトル・コーエンが冥府の門を守るケルベロスのように、屋敷内の秩序のみならず、放蕩好きのよそ者によって脅《おびや》かされるホテルの道徳的名声を、しかと監視して守っていた。彼はまた、言語に関する純粋主義者でセルバンテスの一節をカスティーヤ人の発音で暗唱する一方で、ガルシア・ロルカの道徳観には大いに疑義を呈していた。ドン・アンドレス・ベーヨ〔十九世紀のラテンアメリカを代表する知識人で詩人〕に精通していて、コロンビアのロマン派詩人たちを厳密に朗唱できるので、私はすっかり彼と打ち解けたが、その一方、道徳規範に反することの一切を、自分の純潔ホテルの内部で禁止しようとする彼の妄執ゆえに激しくいがみあうことにもなった。このような関係は、彼が私の伯父フアン・デ・ディオスの古い友人であって、昔の思い出を話すのが好きだったことによって、とても順調に始まることができたのだった。

私にとってあの中庭のあずま屋はまったくの幸運だった。ありあまる時間を、真昼の蒸し暑さのもと、そこのハンモックで読書して過ごすことができた。読むものに飢えれば、外科医術の論文から経理のマニュアルまで、作家としての冒険にやがて役立つことになるなどとは考えることもなく、何でも読んだ。仕事はほとんど勝手に進行していった。顧客の大部分がどこかでイグアラン家やコテス家の家系とつながっているので、ひとたび訪問すると話は伸びて、やがて、家族の秘密を思い起こしながらの昼食になだれこむのだった。中には、一緒にアコーデオンの伴奏のもとで昼食をしようと待ちかまえている一族の残りを待たせないために、契約書をろくに読まずにサインする人もいた。私はバイエドゥパールとラ・パスで一週間もかからずに大々的に収穫をあげ、この世で唯一ほんとうに理解できる場所に行ったという感動を覚えながらバランキーヤにもどった。

六月の十三日の早朝、私はバスでどこかに向かう途中で、政府の内部と国全体を覆う無秩序に抗して、軍が権力を掌握したことを知った。前年の九月六日にはボゴタで、保守党系のならず者の群れと制服警官とが、国内でいちばん重要な二新聞、『エル・ティエンポ』と『エル・エスペクタドール』の社屋に火をつけ、旧大統領アルフォンソ・ロペス・プマレーホと、自由党執行部議長カルロス・イエーラス・レストレーポ両者の住居に銃撃を加えるという事件があった。この後者は強気で知られる政治家で、攻撃してきた相手と銃撃戦を交わすまでして抵抗したが、結局は隣の家の壁を乗り越えて脱出することを余儀なくされていた。国全体を覆う政府系暴力の状況は、四月九日以降、もはや耐えがたいものになっていた。

そしてついに一九五三年六月十三日の未明、グスターボ・ローハス・ピニーヤ師団将軍が代理大統領ロベルト・ウルダネータ・アルベラエスを大統領宮から追い出すと、医師の指示により事実上引退状態に入っていた本来の大統領は、車椅子に乗って権力の座に復帰したうえで、自分で自分の政府にクーデタを仕掛けるようにして、憲法に定められた任期満了までの十五か月を務めあげようとした。しかし、ローハス・ピニーヤとその参謀部はもはや頑として動かなかった。

軍事クーデタによる政権を適法化した憲法制定議会の決定を、国民は即座に、声を一にして支持した。ローハス・ピニーヤは翌年八月の大統領任期の終わりまで統治の権限をあたえられ、ラウレアーノ・ゴメスは家族とともにスペインのレバンテ海岸、ベニドルムへと旅立っていき、ついに怒りの時代は終わったのだという幻想があとに残された。自由党の指導者たちは国民の和解を支持することを宣言し、武器を取って全国で戦ってきた同党の仲間に呼びかけを行なった。それから数日間で新聞に載った写真でもっとも意味深いもののひとつは、自由党の好戦派が大統領の寝室のバルコニーの下で恋人たちのセレナータを歌っている写真だった。この表敬行動の先頭に立っていたのは『エル・ティエンポ』紙の社長ドン・ロベルト・ガルシア・ペーニャで、失脚した政権をもっとも激しく攻撃していた張本人だったのである。

それはともかく、この時期のもっとも感動的な写真といえば、自由党系ゲリラ兵士たちがどこまでも列に並んで、東部平原《ヤーノス》地方で武器を放棄している光景だった。司令官はグアダルーペ・サルセードで、ロマンティックな正義の盗賊のようなそのイメージは、政府系暴力によってひどい目にあったコロンビア国民の心の底に触れるものをもっていた。彼らは保守党政権に対抗する新しい世代のゲリラ組織だったが、なんとなく千日戦争の残りを戦っているかのように見なされることもあり、自由党の合法指導部とつながりをもっていることは秘密でもなんでもなかった。

その先頭に立っていたグアダルーペ・サルセードのイメージは、国じゅうのあらゆるレベルで、支持する側においても反対する側においても、新しい神話的なイメージとして行きわたっていた。おそらくそれゆえに——投降の四年後になって——彼は、ボゴタのどこかで警察に蜂の巣にされたが、その場所は明らかにされず、その死の状況も結局確定されないままになった。

公式な日付としては一九五七年六月六日となっており、その遺体は葬礼を経て数字だけで記されたボゴタ中央墓地の納骨所に、著名な政治家たちの立ち合いのもとで納められた。グアダルーペ・サルセードは戦闘基地にいながらにして、雌伏していた自由党の指導部と政治的な関係のみならず、友人としての社会的関係まで維持し続けたからだ。にもかかわらず、彼の死の状況をめぐっては少なくとも八つの異なった説があり、当時も今も、死体が本当に彼のものだったのかどうか、埋葬された納骨所に本当に彼の死体が入っているのかどうか、疑問視する人には事欠かない。

このような精神状態のもとで私はプロビンシアへの二度目の商用旅行に、すべてが順調であることをビイェーガスに確認してから出かけた。前回同様、私はバイェドゥパールで、最初からわかっていて説得の必要のない顧客相手に、あっというまに販売を終えた。そして、ラファエル・エスカローナとポチョ・コテスと一緒に、ビヤヌエバ、ラ・パス、パティヤルとマナウレ・デ・ラ・シエラに、獣医師や農業技師たちを訪ねて出かけていった。中には前回の旅のときの購入者から話を聞いていて、特別な注文をもって私を待っている人もいた。同じ顧客とその陽気な仲間たちとなら、どんな時間からでもすぐにどんちゃん騒ぎになり、そのまま年配のアコーデオン弾きたちとともに夜を歌い明かしたが、それでも仕事を中断することはなく、せっつかれて飲み代を請求されることもなかったのは、毎日の暮らしが、やかましい宴会騒ぎのリズムを当たり前のものとして進んでいるからにほかならなかった。ビヤヌエバで会ったアコーデオン弾きと二人の太鼓叩きはどうやら、私たちが子供のころアラカタカで聞いていた誰かの孫らしかった。このようにして、子供時代の熱狂の対象だったものが、今度の旅では、才気を要する職業として私の前に姿をあらわし、それから永遠に私の一部となった。

今回は山脈のただ中にあるマナウレを知ることになった。これは美しい静かな村で、一家の中で歴史的な場所として語り伝えられていたのは、母が子供のころ、どんな煎じ薬を飲ませても治らなかった三日熱の療養のために連れて行かれたところだからだ。マナウレのことは、その五月の午後や、治療のための断食など、さんざん話に聞かされてきていたので、初めて行ったときからすでに、前世で知っていた場所のように覚えているのがわかった。

村唯一の飲み屋で冷えたビールを飲んでいると、大木のような男がひとり、私たちのテーブルに近づいてきた。騎馬用のゲートルをつけて、腰には戦時用のリボルバーを差していた。ラファエル・エスカローナが私たちを紹介し、相手は握手をしながら私の目をずっと見つめ続けた。

「あんたはニコラス・マルケス大佐と何か関係があるのか?」と彼は訊いた。

「僕はその孫だ」と私は答えた。

「ということは」と相手は言った。「あんたの爺さんがうちの爺さんを殺したわけだな」

つまり、彼はメダルド・パチェーコ、私の祖父が決闘で殺した相手の孫なのだった。怯えあがっている暇はなかった。彼はこれをいかにも温かい調子で、まるでそれもまた親族の一種になる方法であるかのように言ったからだ。私たちは彼と一緒に三日三晩、二重底になっている彼のトラックの荷台で飲み続け、死んだ祖父たちの思い出に温ブランデーを飲み、子山羊のサンコーチョを食べて大騒ぎした。何日も経ってから彼は本当のことを告白した――私を怯えあがらせるためにエスカローナと口裏を合わせる約束になっていたのだが、死んだ祖父たちの冗談をこれ以上続けるのが辛くなったというのだった。本当の名前はホセ・プルデンシオ・アギラールといい、曲がったところのない善良な心をもった職業的な密輸屋だった。彼に敬意を表して、また、借りを返すためもあって、私は『百年の孤独』で、ホセ・アルカディオ・ブエンディーアが槍を使って闘鶏場で殺したライバルの名前に彼の名前をそのまま使った。

困ったのは、あの追憶の旅の最後にいたってなおも、売った本が届かなかったことだ。本がなければ私の前払い金を受け取ることができなかったからだ。私は完全に素寒貧になって、ホテルのメトロノームの速度は飲み歩く夜ごとの私よりもさらに速くなっていた。ビクトル・コーエンはもともと少なかった忍耐を切らしはじめた。彼に支払うべき金を私が役立たずの低級な男たちと性懲りもない売春婦たち相手に無駄遣いしている、という中傷を耳にしたせいだった。私の心に平静を取りもどさせてくれたのは、ドン・フェリクス・B・カイグネ〔キューバのラジオ制作者。連続ラジオ・ドラマのスタイルを確立した〕のラジオ・ドラマ『生まれる権利』に描かれる数々の悲恋の物語だけだった。庶民に対するこのドラマの訴求力の強さは、この種の泣かせるタイプの文学に対する私の昔の憧れをよみがえらせた。予期せずに読んだヘミングウェイの『老人と海』は、『スペイン語版ライフ』誌に思いがけず載って届いたものだが、これが結局悲嘆の淵から私を立ち直らせることになった。

同じ便の郵便で本の荷物が届いた。前払い金を集金するにはこれを買い手に届けなければならないのだった。全員が遅滞なく払ってくれたが、私がホテルに溜めこんでいた負債は私が稼いだ金額の二倍以上になっていて、ビイェーガスはあと三週間はもう一銭も出せないと言ってきた。そこで私はビクトル・コーエンと真剣に話をし、彼は保証人つきの借用書を受け取ってくれることになった。エスカローナと仲間の一団はそのとき近くにいなかったため、天から降ってきたような友人が、私が『クロニカ』に発表した短篇小説が好きだったからという理由だけで何の条件もなしに保証人役を引き受けてくれた。しかし結局、支払い期限になっても私は誰にも支払いをすることができなかった。

この借用書は何年ものちに、歴史的なものとなった――ビクトル・コーエンが友人や訪問客に、責任を追及する根拠となる書類としてではなく、一種のトロフィーとして見せびらかしはじめたせいだ。最後に会ったとき、彼は百歳になんなんとしていて、しかしなおもぴんとしていて明晰で、ユーモアもまったく失っていなかった。私の代姉コンスエロ・アラウホノゲーラの息子――私が名付け親になった――の洗礼式の場で、私はふたたび、あの支払わなかった借用書をほぼ五十年ぶりに目にすることになった。ビクトル・コーエンはそれを見たい人には、いつもの優雅さと繊細さをもって誰にでも見せた。私は彼が書いた書類の精緻さに驚くとともに、厚顔無恥な私の署名には、支払いたいという強力な意志がこめられていることにびっくりさせられた。ビクトルはその一夜を祝って、植民地時代ふうのエレガンスをこめてバイェナートのパセオを踊った。それはフランシスコ・エル・オンブレの時代から誰も踊ったことがないほどに優美なものだった。最後にはたくさんの友人が私のところに来て、借用書の期日通りに借金を払わなかったことに感謝を述べた。金では買えないこんな夜を生み出すことになったからというのだった。

ビイェーガス博士の魔術的な魅力はまだ生きていたが、本に関してはもう御免だった。彼がいかにも紳士的に債権者をかわす見事な手並みと、期日通りに支払えない理由に債権者たちがよろこんで理解を示していた様子が私には忘れられない。彼が当時話題にしていたいちばんそそられるテーマは、バランキーヤの女性作家オルガ・サルセード・デ・モディーナの小説『道は閉ざされた』と関係していた。これは文学的というよりも社会的に大騒ぎされた作品で、そのようなことはこの地方ではほとんど前例がなかった。ラジオ・ドラマ『生まれる権利』の成功――まる一か月にわたって私は徐々に関心を深めながら聞き続けた――に刺激されて、ちょうど私は、自分たちが作家にとっても無視できない国民的な現象に立ち合っているのだと考えるようになっていた。そこでバイェドゥパールから帰ってくるとすぐに、まだ返済していない借金のことは何も言わず、ビイェーガスにそのような話をした。すると彼はそれを受けて、『道は閉ざされた』をちょっとばかりきわどさのあるドラマとして脚本を書いてみたら、フェリクス・B・カイグネのラジオ・ドラマにすっかり魅了された広範な聴取者層がさらに三倍ぐらいに広がることになるのではないか、と私に提案してきた。

このラジオ放送用の脚本を私は二週間閉じこもって書きあげた。これは予期したよりもずっと実り豊かな時間となった。会話の長さ、濃密さの度合い、ほんの短時間のシチュエーションなど、それまでに書いたことのあるものとはまるで異なっていたからだ。会話に関してはまるで経験不足――会話には今なお得意ではない――だったことを考えると、この試みは貴重なもので、儲けよりも学ぶ機会になったことがありがたかった。しかし、儲けのほうもけっして悪くなかった。ビイェ!ガスは半額を現金で前払いしてくれたうえ、それまでの借金も、ラジオ・ドラマの最初の支払いで帳消しにすることを約束してくれたのである。

収録はアトランティコ放送局で、地元ではいちばんいい配役を使って、経験も才気もないままビイェーガス自身の監督で行なわれた。ナレーター役には、冷静沈着感が地元放送局の騒がしさとは好対照をなす一味違うアナウンサーとして、ヘルマン・バルガスが推薦されてきた。最初の大きな驚きはヘルマンがこの仕事を引き受けたこと、そしてふたつ目は、一回目のリハーサルで、彼が自ら、自分は適任でないという結論を下したことだった。そこでビイェーガス自身がナレーションまで担当し、彼のアンデスふうの抑揚と摩擦音が結果として、この大胆不敵な冒険から地元らしさを消し去ることになってしまった。

ラジオ・ドラマは全篇放送され、栄光よりも苦悶のほうが大きかったものの、どんなジャンルのものであれ語りに挑戦したいという私の尽きせぬ野心にとっては、またとない学びの場となった。録音にも立ち合った。まっさらな円盤の上に直接、犂《すき》状の針で刻みつけられていき、黒いつやつやした削り滓が、天使の髪の毛みたいにほとんど触れないほど細い糸状になって出てきて、丸いふわふわしたかたまりになった。毎夜、私はこれをいくつも持って帰って、前代未聞のトロフィーのように友人たちに配った。言い訳の立たない失敗や手抜きを交えながらも、ラジオ・ドラマは、推進役の性格どおりの大々的なパーティとともに予定通りにオンエアーされた。

この作品が気に入ったのだと私に思いこませるようなお世辞を思いついた人は一人もいなかったが、番組は聴取率も高く、面目が丸つぶれにならない程度に広告も入った。私にとっても、幸いなことに、想像もつかない領域へと飛び立っていくジャンルに挑む新たな意欲をあたえてくれた。私の中にはドン・フェリクス・B・カイグネに対する感嘆と強い感謝の気持ちがあったので、十年ほどのちには、私的なインタビューを申し込むところまでいった。キューバの通信社プレンサ・ラティーナの記者として数か月間ハバナに住んだときのことだ。しかし、ありとあらゆる理由と口実を伝えたにもかかわらず、結局姿を見せてくれず、どこかで読んだ彼のインタビューの中の一節だけが至高の教訓として残っている——「人々はいつでもみんな泣きたがっている。私がやっていることはただ、泣く口実を皆さんにあたえているだけだ」。一方、ビイェーガスの魔法はもうそろそろ続かなくなっていた。ゴンサーレス・ポルト出版とも——以前のロサーダと同様——また話がこじれ、私との間の貸し借りの精算をすることもできなくなった。誇大な夢の切れ端を散乱させたまま国に帰ってしまったのである。

アルバロ・セペーダ・サムディオが私を中ぶらりの煉獄から救い出してくれた。『エル・ナシオナル』紙を、彼が合衆国で作り方を学んできた通りのモダンな新聞に変えるという昔からの夢に取り組むためだった。そのときまで彼は、『クロニカ』への不定期の寄稿——これはいつも文学的なものだった——を別にすると、コロンビア大学の学位を生かす仕事としては、ミズーリ州セントルイスの『スポーティング・ニュース』に、模範的な短信記事を送る以外に機会を得られずにいたのである。ついに一九五三年になって、われわれの共通の友人で、アルバロの最初の上司だったことのあるフリアン・デイビス・エチャンディーアが、自分の夕刊新聞『エル・ナシオナル』の一切を取り仕切る役として彼を抜擢したのだ。アルバロ自身、ニューヨークから帰ってきた直後にこの天文学的なプロジェクトを知らされて相手を焚きつけたことがあったが、実際にこのマストドンをつかまされると、この怪物を担ぐのを手伝ってくれと言って私を呼びよせた。特定の肩書きや義務はなく、全額もらわなくても生活できるほどの給料を前払いしてくれた。

まったく決死の冒険だった。アルバロは合衆国モデルにのっとった総合計画を立案していた。神様のように高いところに控えているデイビス・エチャンディーアは、コロンビアにおけるセンセーショナルなジャーナリズムの英雄時代の先駆者で、私の知る中でもっとも解読しがたい人物である。生まれつき善良で、同情心があるというか感傷的なところがある人だ。他の社員の顔ぶれは最前線の有名ジャーナリストからなり、いずれも野性味がある連中で、お互いに友人同士で長年にわたる同業仲間だった。理論上は各人が明確に定められた領域を担当することになっていても、実際問題となると、誰がどこで何をしたせいなのかさっぱりわからないまま、巨大マストドンの技術部門は最初の一歩を踏み出すことすらできなかった。かろうじて刊行された数号は、英雄的努力の結果だったが、誰が頑張ったからなのかすらわからなかった。印刷が始まる段になって、版が組み間違っていることが判明した。緊急ニュースの記事が消えてなくなり、誰もが憤怒に狂った。新聞が時間通りに、正誤表なしに出たことは一度も記憶にない。印刷工場に巣くっている悪霊たちのせいで、何が問題なのか最後までわからなかった。行きわたっていた説明こそが、おそらくいちばん悪意の少ないものだった――硬直した一部のベテラン職員が革新的な新体制に耐えきれず、それぞれの心の中で共謀した結果、ついに会社全体を崩壊させてしまったのだ。

アルバロはドアを叩きつけて出ていった。私は通常の状態ではひとつの保障になるはずの契約を結んでいたが、最悪の状態ではこれがかえって拘束になった。失われた時間から何か果実を生み出そうと焦る中で、私はタイプライターの流れのままに、それまでのさまざまな試みの切れ端を使って何かを組み上げようと試みた。『家』の断片、『八月の光』の恐るべきフォークナーをパロディしたもの、ナサニエル・ホーソーンの死んだ鳥の雨のパロディ、くりかえしが多くて飽きてしまった短篇の探偵小説、母に同行したアラカタカへの旅からまだ残っているなんらかの痣など、これらをそれぞれの望みのままに、剝げた机と息も絶え絶えのタイプライターしか残っていない私の不毛なオフィスの中に自由に解き放って流れさせていき、すると最後にはひとつにまとまってきて、流れ着いた先にタイトルがあった——「土曜日の次の日」。第一稿から満足できた数少ない短篇のひとつである。

『エル・ナシオナル』では腕時計の巡回セールスマンに声をかけられた。あの当時としては当然の理由から私はまだ腕時計を持ったことがなく、彼が私に勧めたのは見るからに高級そうで、実際に値段が高いものだった。そこでセールスマン自身が打ち明けたのは、実は自分は共産党員で、寄付をしてくれる人を集めるための餌として時計を売っているのだ、ということだった。

「革命を分割払いで買うみたいなものなんですよ」と彼は言った。

そこで私は機嫌よくこう答えた——

「違いは、時計は後払いなのに、革命は前払いだってことだな」

セールスマンは私の悪趣味な軽口があまり気に入らなかったようで、結局私はいちばん安い時計を、彼を喜ばせるためだけに買った。毎月一回、彼自身が集金に来るという分割払いシステムだった。これは私が所有した最初の時計で、ひじょうに正確で頑丈だったので、今でもあのころの記念として保存してある。

ちょうどそのころ、アルバロ・ムティスがもどってきて、彼の会社で大規模な文化事業予算がついて、会社の文芸広報誌として『灯し火《ランパラ》』という雑誌をもうじき刊行する、というニュースをもってきた。寄稿してほしいという彼の招きを受けて、私は窮余のプロジェクトを提案した——ラ・シエルペの伝説である。以前から、これを語ることになったときには、レトリックのプリズムを通してではなく、あるがままに集団的想像力の中から救い出すようなかたちにしなければならない、と考えてきていた——地理的、歴史的に存在する真実として。要するに、結局のところ、大いなるルポルタージュとして。

「どこからであれ、出てくるままにやってくれていい」とムティスは私に言った。「でもやってくれよ、この雑誌が求めているのは、その雰囲気とその語り口なんだから」

私は二週間後に渡す約束をした。空港に向かう前にムティスはボゴタのオフィスに電話を入れ、前払いするようにと命じた。翌週届いた小切手に私は息を飲んだ。なおさら驚いたのは、それを現金化しに行ったところ、銀行の窓口係が私の容姿に不信を抱いたことだった。私は上司のオフィスに通され、そこでは必要以上に丁重な支店長が、どこで働いているのかと訊ねた。『エル・エラルド』紙に書いている、といつもの習慣で、実際にはすでにそうではなくなっていたのだが答えた。話はそれだけだった。支店長は机の上の小切手を調べ、職業的な不信感を漂わせながら眺め回したうえで、最後に審判を下した——

「書類としてまったく問題はない」

その同じ日の午後、「ラ・シエルペ」を書きはじめていると、銀行から電話だと知らされた。私は小切手が何らかの理由で結局はじかれたのだと考えた。コロンビアでは無数の理由からそんなことがよく起こるからだ。どきっとなったまま電話に出ると、例の銀行員がアンデス人特有のあの悪辣な抑揚をつけて、小切手を現金化したあの乞食が「キリン」の作者だともっと早く気づかずに申し訳なかった、と謝罪してきた。

ムティスは年末にもう一度もどってきた。昼食をろくに味わう間もなく、私がどうしたら安定して長期的に、もっと多く、もっと楽に稼げるかを一緒になって考えてくれた。デザートの段になって、いちばんよさそうだと彼が行きついた結論は、私が『エル・エスペクタドール』紙で働く気があるとカーノ兄弟に知らせることだったが、私はなおもボゴタにもどると考えただけでぞっとするものを感じていた。しかしアルバロは、友人を助けるとなったら途中で手を緩めたりはしなかった。

「じゃあこうしよう」と彼は言った。「僕が切符を送るから、いつでも好きなように出てくればいい、あとはそのときの状況次第だ」

ここまで言われると断りにくかったが、生涯最後の飛行機は、四月九日のあとでボゴタを脱出した飛行機だと私は決めこんでいた。しかも、わずかながらもラジオ・ドラマの著作権料が入り、また、『ランパラ』誌に大きく載った「ラ・シエルペ」の第一章のおかげで、広告関係の文章を書く仕事がいくつか来たので、カルタヘーナの家族に救い舟を送ることができた。そのため、いま一度、私はボゴタに引っ越すという誘惑に抗った。

アルバロ・セペーダとヘルマンとアルフォンソ、そして「ハピー」とカフェ「ローマ」の仲間の大部分は、『ランパラ』に第一章が載った「ラ・シエルペ」について、好意的に話しかけてくれた。彼らはいずれも、信じられるかどうかの危険な境界線上にあるこのテーマにとっては、ルポルタージュの直接的な形式がいちばん適切だと同意してくれた。アルフォンソは冗談とも本気ともつかないいつもの口調で、決して忘れない一言をこのときに言った——「つまり信憑性ってのは、先生さ、どういう顔をして話すかによってだいたい決まるんだよ」。彼らにはアルバロ・ムティスからの仕事の提案について明かしかけたものの、結局勇気がなくて口を閉ざした。今ではそれが、彼らが同意してしまうのが恐かったからだとわかる。ムティスは何度も話を持ち出してきたのだし、飛行機の予約を入れてくれて、それを私がぎりぎりでキャンセルしたあとでも、なおもあきらめなかった。『エル・エスペクタドール』に頼まれて仲介しているわけではないし、出版であろうと放送であろうと、他のどのメディアのためにやっているのでもない、と彼は固く誓って言った。彼の唯一の目的は——と最後までこだわり続けた——、雑誌に定期的に寄稿する連載シリーズについて話し合いたいということ、そして、第二章がもうじき出る次号に載る予定になっている「ラ・シエルペ」の全体像についていくつか技術的な問題を検討したい、ということだった。アルバロ・ムティスは、この種のルポルタージュが風俗主義に対して、その得意の領域でとどめの一撃を刺すことになる、と確信している様子だった。彼が持ち出してきたすべての根拠の中で、これが唯一、私を考えさせた。

陰気な霧雨の降る火曜日のこと、私ははたと気づいた——たとえ行きたくても行かれないじゃないか、ダンサーみたいなひらひらしたシャツしか服を持っていないのだから、と。午後の六時になってもムンド書店には誰もいなかったので、私は入口で待っていた。人恋しい黄昏時ならではの涙腺の緩みをおぼえはじめていた。向かい側の歩道には礼服を飾ったショーウィンドーがあり、以前からずっとそこにあったはずなのに私はそれを一度も目にしたことがなく、そこで何も考えず私はそのまま霧雨の灰色に覆われたサン・ブラス通りを渡って、町でいちばん高いその店に確信した足取りでまっすぐに入った。ミッドナイト・ブルーのウールでできた聖職者のようなスーツを買った。あの時代のボゴタの精神にぴったりのものだった。襟の固いワイシャツを二枚、斜めの縞のネクタイ、俳優のホセ・モヒーカが聖人になる前にはやらせたタイプの靴を一足つけ加えた。出ていくことを話した相手はヘルマンとアルバロとアルフォンソだけで、彼らは、ごくまっとうな判断だとして認めてくれた。カチャヤコになってもどってくるなよ、というのだけが条件だった。

「第三の男」にグループの全員を集めて夜明けまで祝宴になった。私の次の誕生日を前もって祝うパーティみたいになったのは、聖人祝日表担当のヘルマン・バルガスが、今度の三月六日に私が二十七歳になることを告げたからだった。大親友たちの祝福を全身に浴びて、私は最初の百年までのあと七十三年をばりばりと食って生きてやる用意ができているように感じた。

8

『エル・エスペクタドール』紙の社長ギエルモ・カーノは、彼のオフィスの四階上にあるアルバロ・ムティスのところに私が来ていることを知って、すぐに電話してきた。かつての本社から五ブロックほど離れたところにオープンしたばかりの新しい建物の中だった。私は前の晩に到着したところで、アルバロの友人グループと一緒にお昼を食べるつもりにしていたが、ギエルモはその前に自分のところに顔を見せるようにと言って譲らなかった。その通りになった。ボゴタという弁舌の首府特有の熱烈な抱擁と、その日のニュースに関するちょっとした雑談ののち、ギエルモは私の腕を取って、編集部の仲間から離れたところに引っぱっていった。「ひとつ聞いてほしいことがあるんだ、ガブリエル」と彼は思いもよらない率直さで言った。「小さな編集部記事をひとつ、頼むから書いてもらえないか？　それがあとひとつだけ上がれば校了にできるんだ」。親指と人差し指でコップ半分ほどの大きさを示して見せ、こう締めくくった――

「たったこれだけだから」

彼が予期していた以上に私のほうが面白がって、どこにすわればいいかと訊き、彼は空席になっている机を指差した。時代がかったタイプライターが置いてあった。私はそれ以上何も聞かずに、彼らに合いそうなテーマを思いめぐらしながらその席にすわりこみ、そのまま、その同じ椅子で、その同じ机、同じタイプライターで、それからの十八か月を過ごした。

私が到着した数分後には、となりのオフィスから副社長のエドゥアルド・サラメア・ボルダが出てきた。書類の束に目を落としたままだったが、私に気がついてびっくり仰天した。

「おやまあ、ドン・ガボじゃないか！」と彼は叫ぶようにして言ったが、この呼び名は、ガビートという愛称の語尾省略形として彼がバランキーヤに来たときに思いついたもので、彼だけが使っていたのである。しかし、今回はこの呼び名が編集部内に広まり、ガボとして活字でまで使われるようになった。

ギエルモ・カーノが私に依頼した記事のテーマが何だったかは覚えていないが、国立大学時代から『エル・エスペクタドール』紙の王朝風の文体はよく知っていた。これは社説ページの「日々の出来事」欄——内容にふさわしく高い信望を得ていた——ではとくに顕著だったので、私はルイサ・サンティアーガが立ちはだかる悪霊たちにたびたび立ち向かったときのあの冷血をもって、これを念入りに模倣することに決めた。三十分ほどで書きあげると、手書きでいくつか修正を加えてからギエルモ・カーノに手渡した。彼は立ったままそれを近眼鏡のレンズの縁の上から読んだ。その集中ぶりは彼ひとりのものではなく、白髪の先祖たちからなる一大王朝全体に受け継がれてきているもののように見えた——それは一八八七年に新聞を創刊したドン・フィデル・カーノに発し、その弟ドン・ルイスに受け継がれ、ついで息子のドン・ガブリエルによって確固たるものとなり、熟成した血脈の中で孫のギエルモが受け取ったところだったのだ。ギエルモは二十三歳で社長職を引き受けたばかりだったのである。先祖が代々やってきたのと同じように、彼は飛び飛びにいくつか小さな疑問点を直してから、私の新しい名前を単純化された実用的なかたちで初めて使ってみせた——

「これでオッケーだ、ガボ」

　帰還した最初の夜すでに、私は気づいていた。以前の記憶が私の中に残っているかぎり、私にとってボゴタが、けっしてかつてのボゴタの再現にはならないことに。この国に起こった数多《あまた》の大災難と同様、四月九日もまた、歴史として定着するよりも忘却を後押しするものとなってしまっていた。いにしえから続く庭園の中にあったオテル・グラナダは取り壊されて、その場所には、いかにも新しすぎる共和国中央銀行の建物が立ち上がりはじめていた。私たちの時代の古い通りは、照明に輝く路面電車がなくなってしまってはまるで別物で、歴史に残る犯行の現場も、火災により空間が開けてしまったせいで、すっかり威厳を失っていた。「たしかに今じゃ、すっかり大都会みたいだな」と誰か、私たちと一緒にいた人が驚いて口にした。そして、決まり文句となった一節を口にして私の心を引き裂いた——

「四月九日に感謝しないとな」

　そんな中、私はアルバロ・ムティスが用意してくれた名もない下宿屋で、かつてなく快適に過ごしていた。その下宿屋は国民公園に隣接して、あの事件のおかげで美しく化粧直しされた家にあり、最初の夜は、まるで幸福な戦争のように愛を交わし続ける隣室の住人が羨ましくて耐えられなかった。翌日、彼らが部屋から出てくるのを目にしたときには、それが当人であるとはとても信じられなかった——やせ細った少女は公立孤児院の服を着ていて、男のほうは、だいぶ年配の銀髪の紳士で、身の丈二メートルもあり、祖父と言ってもいいような年格好だったのだ。私は人違いだと思ったが、彼ら自身がそれから毎晩、明け方まで続ける死の咆哮によって間違いでないことを確認させてくれた。

『エル・エスペクタドール』紙は私の記事を社説ページのいい位置に載せてくれた。私は翌朝は洋品の大店で服を買って過ごした。ムティスが英国風アクセントの大きな声で売り子たちを煙に巻きながら指定してくる服を私は次々と買った。それから、ゴンサーロ・マヤリーノやほかの若い作家たちを招いて昼食をともにした。私を社交の世界に導き入れるためだった。ギエルモ・カーノとは三日後まで会わずにいたが、すると彼のほうからムティスのオフィスに電話をしてきた。

「おい、ガボ、いったいどうしたんだ?」と彼は、峻厳な代表取締役という口調を真似しようと苦労しながら言った。「きのうは、お前さんの記事を待っていたせいで、校了が遅れたんだぞ」

私は彼と話をしに編集部に下りていき、今でもよくわからないのだが、どういうわけか私は、雇用についても給料についても誰からも何の話もないまま、それから一週間以上も毎日、無署名記事を書き続けたのである。休憩時間のおしゃべりでは、編集部員は皆、私のことを同僚として遇してくれ、実際、私は自分で思っていた以上にすっかり彼らの一員になっていた。

「日々の出来事」欄は一貫して無署名で、通常はギエルモ・カーノを主筆として政治問題を扱った。首脳部が設定した順番に従って、次にはゴンサーロ・ゴンサーレスが自由なテーマで書く記事が来た。彼は新聞全体の中でいちばん知的で、いちばん人気のあるコーナー——「疑問と返答」——を担当していて、読者から寄せられるあらゆる疑問を解決するのだった。そこではゴグという筆名を使っていたが、これはジョヴァンニ・パピーニ〔未来主義などの前衛運動からファシズムへと移行したイタリアの作家。『ゴグ』という風刺文集がある〕にちなんだものではなく、単に彼自身の名前から来ているものだった。その次に私の記事が掲載され、きわめて稀にだったが、エドゥアルド・サラメアの特別記事が載った。サラメアは毎日、社説ページのいちばんいい位置に「町と世界」という欄をウリーセスという筆名で書いていたが、この名前もホメロスではなく(本人もしばしばそう言っていたのだが)、ジェイムズ・ジョイスにちなんだものだった。

アルバロ・ムティスは新年のはじめに、ポルトープランスに行かなければならない仕事があり、一緒に来ないかと私を誘った。ハイチは、アレホ・カルペンティエールの『この世の王国』を読んで以来、私が夢に見ていた国だったのである。その返事をまだしていなかった二月十八日、私はイギリスの皇太后が広大なバッキンガム宮殿の中で孤独に苦しんでいるという内容の記事を書いた。思いがけないことに、これが「日々の出来事」欄の冒頭に掲載され、編集部内でも好意的な評価を得た。その晩、編集長ホセ・サルガールの自宅で開かれた少人数のパーティで、エドゥアルド・サラメアはこの記事に関してとりわけ熱狂的なコメントを口にした。あとになって、とある善意の内部者が秘密漏洩して教えてくれたのだが、このサラメアの見解が、私のことを正式に雇用するかどうか躊躇していた首脳部の疑念を払拭することになったのだという。

その翌日の朝、ごく早い時間にアルバロ・ムティスに呼び出されてオフィスに行くと、ハイチ旅行がキャンセルになったという悲しい知らせを聞かされた。そのときには知らされなかったのだが、アルバロはギエルモ・カーノと雑談した際に、私のことをポルトープランスに連れて行かないでくれ、と真剣に頼みこまれ、そのせいで旅行を取りやめにすることに決めたのだという。アルバロもハイチには行ったことがなかったので、その理由がわからずに尋ねた。「一度行ってみればわかるが」とギエルモは言った。「あそこはこの世でガボがいちばん気に入りそうな場所なんだ」。そして、その午後の締めくくりとして、彼は牛の目の前で赤布を振るような鮮やかなひと言を口にしたのだった——

「ガボをハイチに連れていっちゃったら、もう二度ともどってこないから」

アルバロは納得して、旅行をキャンセルし、彼の会社の都合による、と私には知らせた。このようにして私はポルトープランスを訪れることがなかったわけだが、その本当の理由については、つい数年前、アルバロが、われわれがそれぞれの家族の祖父として果てしなく追憶を語りあう中で話してくれるまで知らないままだった。一方、ギエルモは、ひとたび私のことを契約によって新聞社に縛りつけるのに成功すると、長年にわたって、ハイチに関する大ルポルタージュを企画するようにと私に言い続けたが、結局私はハイチに行くことができなかったし、その理由も説明できなかった。

実のところ私は、自分が『エル・エスペクタドール』紙の社員記者になることができるとは、空想したことすらなかった。私の短篇小説を掲載してくれていたのは、そのジャンルの作品がコロンビアでは稀少で貧弱であるせいだとわかっていたが、いざ日刊の夕刊紙の編集に毎日たずさわってみると、それは突撃取材の経験をまるで積んでいない人間にとって、まるで異なった困難を伴うものだとすぐにわかった。すでに半世紀ほどの歴史があったものの、賃貸の社屋で、『エル・ティエンポ』紙――資金力と権力があって、ふんぞりかえっている新聞――の余剰機材を使って創刊された『エル・エスペクタドール』は、全十六ページにぎっしりと内容がつまった小規模な夕刊紙だったが、おおよそ五千部程度の発行部数は、ほとんど工場の出口ですぐさま売り子たちの奪いあいの対象となり、旧市街の静まりかえったカフェでは三十分ほどかけて熱心に読まれていた。他でもないエドゥアルド・サラメア・ボルダ自らが、ロンドンのBBC放送で、これが世界でいちばんいい新聞であると宣言していた。しかし、この宣言そのものよりももっと確実な指標は、この新聞を作っている全員が、そして、それを読んでいる人の多くが、たしかにこれが世界一の新聞だと確信していることだった。

告白して言うと、ハイチへの旅がキャンセルになった翌日、総支配人のルイス・ガブリエル・カーノから呼び出しを受けたときには、心臓が大きく飛び跳ねた。面談は、かしこまった様式の部分も含めて、五分もかからなかった。ルイス・ガブリエルは無愛想な男という評判で、友人としては気前がいいが、仕事上ではよい支配人らしくケチだとされていたが、私からすると、とても具体的で、真心のある人という印象であり続けた。彼が格式ばった物言いで私に提案したのは、社員記者として新聞社にとどまり、情報記事全般と意見記事を書き、締め切り前の苦悩の時間にはその他必要なものを何でも担当するという条件で、九百ペソの月給を払いたい、ということだった。私は息が詰まるほど驚いた。ようやく息ができるようになると、私はもう一度金額を聞き直し、彼は一字一句を区切ってもう一度言い直した――九百ペソだった。私はこれにすっかり感銘を受けてしまい、数か月後、あるパーティでこの話題になると、敬愛するルイス・ガブリエルは、私があまりにも激しく驚きを見せたので拒絶の意味に受けとめたほどだったと話してくれた。最後の懸念を表明したのはドン・ガブリエルで、その内容はいかにも的を射たものだった――「ずいぶん痩せ衰えていて顔色が悪いが、まさかオフィスでぽっくり死んでしまったりはしないだろうな」。このようにして私は『エル・エスペクタドール』に社員記者として入社し、それからの二年弱の間に、生涯でいちばんたくさん紙を消費することになった。

まったく幸運な偶然だった。この新聞社でいちばん恐ろしい存在は、族長のドン・ガブリエル・カーノで、彼は自らの意思で、容赦ない異端審問官役を担って編集に目を光らせた。日々の紙面のほんのわずかな句読点にまで気をつかって、ミリ単位の詳細なルーペを使うようにしてすべてに目を通しては、各記事の問題点を赤インクで書きこんで、コメント付の切り抜きを掲示板に貼り出した。この掲示板はその初日から「汚辱の壁」として知れ渡り、私の記憶するかぎり、彼の血まみれの赤フェルトペンを免れた記者は一人もいなかった。

ギエルモ・カーノが二十三歳にして『エル・エスペクタドール』の社長に大抜擢されたことは、彼の優れた個人的資質を先取りした結果というよりも、やはり、彼の生まれる前からすでに定められていた運命が予定通り実現されたものとして受け止められていた。それゆえ、私がまず驚いたのは、彼が本当に実質的に社長を務めていることだった。われわれ外から見ていた人間はたいがい、ただ単に従順な息子として操られているだけだろうと彼のことを思っていたからである。ことに私が目を見張ったのは、彼がニュースを見抜くその眼力の素早さだった。

彼はときには、全員の反対に立ち向かって、あまり議論を経ずに、自分の意見が正しいことをみんなに納得させなければならなかった。当時、ジャーナリズムはまだ大学で教えてもらえる職業ではなく、印刷所のインクの匂いを嗅ぎながら牛歩の速度で身につけていくしかない時代だったが、『エル・エスペクタドール』には最良の先生が揃っていた。純粋な心をもった、しかし厳しい先生たちが。ギエルモ・カーノもここで最初の文章の手ほどきを受け、闘牛記事から始めたものだった。その記事はあまりにも辛辣で深い知識に裏打ちされたものだったため、新聞記者ではなく見習い闘牛士が書いていると思われたほどだったのである。だから、彼にとって人生でもっとも厳しい経験は、一夜にして、中間段階を一切飛ばして、駆け出しの書生記者から大先生役へと一気に昇格させられてしまったことだったにちがいない。彼のことを近くから知っていた人であっても、あの穏やかな物腰、あの少しばかり逃げ腰の態度の背後に、恐ろしいほど頑とした性格が控えていることを見抜くことは誰にもできなかった。彼はこの強い情熱をもって危険に満ちた膨大な戦いに挑んでいき、もっとも高貴な大義の背後にすら死がひそんでいる可能性があるという確かな事実にも、決してひるむことがなかった［ギエルモ・カーノはのちに『エル・エスペクタドール』紙上でコロンビアの麻薬組織追及に力を注ぎ、一九八六年にメデジン・カルテルに暗殺された。その死後、ユネスコは「ギエルモ・カーノ世界報道の自由賞」を創設している」。

その後も私は、彼ほど公的生活を忌避した人、個人的名声を拒んだ人、権力に慢心しない人に出会ったことがない。友人の少ない人だったが、少数の友人は本当によい友人で、私は最初の日からそのひとりであると感じたものだった。そのように感じた背景には、百戦錬磨のベテラン記者でいっぱいの編集室にあって、私たちが最年少の部類だったという事実があったのかもしれない。そのせいで私たちの間には、ある種の共犯関係ができあがり、それはその後もけっして消えてなくなることがなかった。この友情のすばらしかったところは、われわれ二人の間の見解の対立を乗り越えて生き続けたことだ。政治的見解の相違は非常に深いものがあり、世界が崩壊していくにつれてなおさら深まっていったが、にもかかわらず私たちはいつでも、正当と思える大義のためにともに戦い続けられる共通の領域を見つけることができた。

編集室は広大で、両側面に仕事机が並び、ユーモアときつい冗談とを主調とする雰囲気が満ちていた。そこにはダリーオ・バウティスタという、影の内閣の財務大臣に相当するような奇妙な存在がいて、夜明けの雄鶏が鳴くころから、政府高官を非難する題材の収集に専心しており、その第六感はほとんどいつも当たっていて暗い未来を告げるのだった。司法担当のフェリーペ・ゴンサーレス・トレードは生まれながらの新聞記者で、不正を暴いて犯罪を解明する術において、当局の捜査に先んじたことが幾度もあった。いくつもの省庁を担当していたギエルモ・ラナオは、やわらかな高齢にいたるまで子供でい続ける秘密を守り続けた。本物の偉大な詩人であったロヘリオ・エチェベリーアは朝刊の責任者を務めており、日の光のもとで見かけることはただの一度もなかった。私の従兄筋にあたるゴンサーロ・ゴンサーレスは、サッカーの試合での怪我で片足を石膏で固めていたが、あらゆる質問に答えるために常に勉強しなければならず、結局、ありとあらゆることの専門家になった。大学時代にはサッカーの一流選手だったにもかかわらず、あらゆることがらに関して、経験にも増して理論的な勉強が重要であるという尽きせぬ信念を持っていた。その華々しい実例を見せてくれたのは新聞記者のボーリング大会でのことで、夜明けまでボーリング場で練習しているわれわれを尻目に、この競技にかかわる物理の法則の勉強にはげみ、結局その年のチャンピオンになってしまったのである。

このような顔ぶれのいる編集室はいつでも休憩時間みたいに騒ぎたっていて、ダリーオ・バウティスタかフェリーペ・ゴンサーレス・トレードが言い出したモットーを体現していた――「腹を立てたほうの負け」。われわれは誰もが他の仲間の専門領域を知っており、頼まれればできるかぎり助けあった。共同意識がひじょうに強く、仕事はすべて声に出して行なっていたと言ってもいいほどだった。しかし、ことが行き詰まってくると、息をする音すら聞こえなくなった。編集室のいちばん奥に唯一横向きに置かれている机のところでは、ホセ・サルガールが陣頭指揮をとっていたが、彼はよく編集部内を歩き回って、あらゆる問題について情報を仕入れたりあたえたりしながら、セラピーがわりの鉛筆のジャグリングで心のつかえをほどいていた。

この編集室内を机から机へとギエルモ・カーノが私を紹介してまわったあの最初の午後は、私のどうしようもない人見知りにとって大きな試練だった。ことばを失い、膝を脱臼したみたいになったのは、ダリーオ・バウティスタが誰に目を向けるでもなく、あの雷鳴のような恐ろしい声でこう叫んだときだった――

「天才さんの到着だ！」

私はもうどうしていいのかわからず、ただみんなに片手を差し出したままくるりと一回りしながら、「よろしくお役に立てれば」などとこれ以上ないほどつまらないことを彼らに言うばかりだった。

誰からともなく湧きあがった野次の衝撃には今でも辛くなるほどだが、抱擁したり親切なことばをかけたりして個々に私のことを歓迎してくれたときの安堵もまたよく覚えている。この瞬間から私は、あの心優しい虎たちのコミュニティのメンバーになったのであり、そこにあった友情と連帯は決して衰えることがなかった。記事を書くのに必要な情報はすべて、どんなにささいなものであっても、関連する記者に聞きに行けばよく、必要なときに得られないことはただの一度もなかった。

新聞記者としての最初の大きな教訓はギエルモ・カーノから得た。私だけでなく、編集部全体が、ボゴタに三時間にわたって休みなく豪雨が降り続いて町全体がノアの洪水のような状態に陥った午後に、この教訓を生きたのである。ヒメーネス・デ・ケサーダ大通りに満ちた奔流は、周囲の丘の斜面からありとあらゆるものを巻きこんで流れてきており、街路はことごとく大災害の現場と化した。どんな自動車も公共交通機関も、災難に遭遇したその場所で立ち往生しており、浸水した建物の中には幾千という通行人が必死に駆けこんで避難して、もう入りきれないほどになっていた。新聞社の記者たちは、ちょうど入稿の時間に起こった災難に驚きつつ、哀れな光景を窓から見下ろして、ポケットに手をつっこんでいるのを見とがめられた子供のように、どうしていいものかわからずにただ呆然となっていた。すると突然、ギエルモ・カーノが深い眠りから覚めたみたいに、呆然と麻痺した編集部のほうに向き直って叫んだ──

「この大雨こそがニュースじゃないか！」

それは命令ではなかったが、即座に実行に移された。私たちはあわててそれぞれの戦闘配置につき、ホセ・サルガールの指示に従って錯綜した情報を電話で収集しはじめた。世紀の大雨についてのルポルタージュを全員で手分けして書くためだった。緊急出動した救急車や無線パトカーも、通りのまん中で立ち往生している車両のせいで動きがとれなくなっていた。家庭の下水管も増水によって流れなくなってしまい、消防隊が全員出動しても非常事態を解決できなかった。地区によっては市内の土手の決壊により、住民全員を強制的に退去させなければならなかった。場所によっては下水道が破断していた。通りの歩道には体の不自由な老人や病人や溺れかけた子供が集まっていた。混乱のさなかで、週末に釣りを楽しむようなモーターボートの所有者が五人、町でいちばん交通量の多いカラカス大通りでスピード競争を繰り広げた。即座に集まったこうした情報をホセ・サルガールが各記者に割り振り、それぞれの記者が臨時進行で組まれた特別号のために文章を書いていった。カメラマンたちはカッパを着ているのにびしょ濡れになって帰ってきて、大急ぎで写真を現像していった。五時少し前にギエルモ・カーノはボゴタの記憶の中でもっとも劇的な豪雨のひとつとなったこの日の出来事について、見事な要約記事を書きあげた。ようやく雨が止んだとき、『エル・エスペクタドール』はわずか一時間の遅れで特別号が出て、いつもと同じように流通した。

最初のうち、私にとってホセ・サルガールとの関係はむずかしかったが、いつでも他の誰との関係にも劣らず刺激に満ちていた。おそらく、彼は私とは正反対の問題を抱えていた——彼は、いつでも社員記者に基本のキを大事にさせるよう努めており、私は、最先端のことをやらせてもらいたくてうずうずしていたのだ。しかし、新聞社の中で果たさなければならない他の仕事に縛られて、私は日曜日以外はほとんど時間がとれなかった。思うに、サルガールは私に取材記者として目をつけたのだが、他の人たちは私のことを映画や社説記事、文化記事担当として見ていた。以前から短篇の書き手として知られていたからだ。しかし、私の夢は、海岸地方で最初の一歩を踏み出したときからずっと取材記者になることだったのであり、その先生としてはサルガールがいちばんであることもわかっていたのに、彼は私の前でその扉を閉ざしたのである――無理やりにでも扉を突き破って入ってくるのを期待してのことだったのかもしれないのだが。彼と私はひじょうにうまく、なごやかに、かつ、ダイナミックに、力を合わせて仕事をしていたもので、私がギエルモ・カーノに指示されて、あるいはエドゥアルド・サラメアに言われての場合もあったが、原稿を渡すたびに、サルガールはまったく躊躇なくすぐOKを出しておきながら、決まりきった儀礼をひとつ、決して省略しなかった。力ずくで酒瓶からコルクを抜くみたいな、必死のジェスチャーをして見せながら、彼自身が思っている以上に真剣な様子でこう私に言うのだった――

「白鳥の首はひねっちまえよ」

そんなことを言っても、攻撃的なところはまったくなかった。むしろ正反対だった――激しい炎の中で鋳出されてきた和やかな男であり、現場でコーヒーを配る係を十四歳で始めて以来、見習い奉公の階段を順番に登って、ついに全国でもっとも同業者に認められた権威ある編集長にまでなったのである。思うに、彼は私が、最前線の取材記者がいくらいても足りないくらいだったこの国で、手練手管の奇術のような抒情に陥って才能を無駄にするのを認めたくなかったのだ。ところが私のほうは、日々の日常生活を表現するのにルポルタージュ以上に向いている記事のジャンルはない、と考えていた。しかし今ではわかる。私たちがそれぞれのやりかたでルポルタージュをやろうとしていたあの強情こそが、取材記者になるという逃げ足の速い夢を実現するうえで最大の刺激となったのである。

実現のチャンスは一九五四年六月九日の午前十一時二十分に転がりこんできた。ボゴタのモデロ刑務所に友人を訪ねた帰路のことだ。戦場にでも行くみたいに武装した陸軍部隊が、学生の群衆を七番街で制止しようとしていたのである。おりしも場所は、六年前にホルヘ・エリエセル・ガイタンが殺害されたあの街角から二ブロックのところだった。起こっていたのは、朝鮮戦争に行く訓練を受けたコロンビア大隊の兵隊によって前日に一人の学生が殺されたことに抗議するデモであり、軍人政府と民間人との間で起こった最初の街頭衝突だったのである。私のいた場所から聞こえたのは、大統領宮までデモを続けようとする学生たちと、それを阻止しようとする軍との間でやりとりされている怒号だけだった。大群衆に囲まれていると、何を叫んでいるのかは聞きとれなかったが、空気が緊迫していることはよくわかった。突然、何の予告もなく、機関銃の連射が聞こえ、さらに二回、続けて連射音が響いた。数名の学生と通行人がその場で死亡した。生き残った人たちが負傷者を病院に運ぼうとしたが、ライフルの銃床で殴りつけられて阻止された。部隊はその地区から人を一掃して、通りを封鎖した。群衆の遁走の中で私は、ほんの数秒のうちに四月九日の恐怖を、同じ時刻に、同じ場所で、まるごと全部生き直した。

私がほとんど全力疾走するようにして急な坂を三ブロックほども駆けあがって『エル・エスペクタドール』紙の社屋へともどると、編集部は戦場のように沸き立っていた。虐殺の現場で目にしたことを私は息を詰まらせながら話して聞かせたが、その傍らで、ほとんど事情を知らない誰かがすでに、殺害された九人の学生の身元について、また病院に運ばれた負傷者の容態についての第一報記事を大急ぎで書いていた。事件を現場で目撃した唯一の人間である私にこそ、この重大な人権蹂躙事件について報じるよう指令が下るものと確信していたが、ギエルモ・カーノとホセ・サルガールはすでに、各担当者が分担して書きあげる集合記事にすることで一致していた。フェリーペ・ゴンサーレス・トレードが責任編集者として、最終的な全体の統一をはかることになった。

「心配するなって」とフェリーペは私の落胆ぶりを気にして言った。「ここでは全部が全員の協働でなされていることは、たとえ署名が入ってなくてもみんなわかっているんだから」

一方ウリーセスは、私が書くべきだった社説こそが、治安にかかわる重大事件についてのものであるだけに、きっといちばん注目される記事になっていただろう、と言って私を慰めた。その通りだったが、この社説は新聞社の経営方針をも危うくしかねないきわめてデリケートなものであったため、最高首脳部が集団体制で書きあげた。これは誰にとっても大事な教訓となったはずだが、私にとってはとにかくがっくりすることだった。あの事件こそ、軍部の政府とリベラルなマスコミとの間の蜜月の終わりを画するものだった。軍事政権は八か月前にローハス・ピニーヤ将軍による権力奪取をもって始まり、二期にわたる保守党政権下で流血が続いたあとだっただけに、全国で安堵の溜め息で迎えられてこの日まで続いてきていた。私にとってこの日の事件は、一介の取材記者としての夢を火の試練にかけた事件でもあった。

この少しあとに、法医学教室でも身元を特定できなかった子供の遺体の写真が公表され、それを見ると、数日前に公開された行方不明の子供と同一人物のように私には見えた。司法部門のチーフ、フエリーペ・ゴンサーレス・トレードに二枚を見せると、彼はまだ見つかっていない最初の子供の母親に連絡をとった。これは永久に続く教訓となった。行方不明の子供の母親はフェリーペと私を法医学教室のホールで待っていた。あまりにも哀れでしぼんでしまっているみたいに見えたので、私は遺体が彼女の子供ではないようにと心の底から願った。凍てついた長細い地下室には、強烈な照明のもと、遺体の乗せられた寝台が二十ほど並列に並び、まるで石の棺台の上に薄汚れたシーツがかけてあるみたいだった。私たち三人はのんびりとした管理人のあとについて奥から二台目の寝台まで行った。シーツの端から悲しい小さな靴の底がのぞいていて、踵の金属板がずいぶんすり減っているのが見えた。女性はそれに気づき、瞬時に蒼ざめたが、最後のひと息でもちこたえる中、管理人が闘牛の技のようにシーツを剝ぎ取った。九歳ほどの遺体が、驚いたような目を見開いていて、死後数日たって道端の溝で見つかったときと同じ粗末な服に包まれていた。母親は咆哮の声をあげ、悲鳴を出しながら床に崩れ落ちた。フェリーペが彼女を抱き起こし、慰めのことばを囁いて落ち着かせる傍らで、私はこのようなことが自分が夢見ていた職業の当然の内実なのだろうかと自問していた。エドゥアルド・サラメアはそうではない、と私に確言した。彼にとってもまた、犯罪記事は読者の間に深く根づいているものであるにもかかわらず、独特の資質と、鍛え抜かれた心をもっていなければできない難しい専門領域なのだった。私は二度とその領域を試みることはなかった。

もうひとつ大きく異なった事情に押されて、私は映画批評担当になった。私にそんなものができると思ったことは一度もなかったが、アラカタカにあったドン・アントニオ・ダコンテのオリンピア座と、アルバロ・セペーダの移動教室において、私は当時のコロンビアで通常行なわれていたものよりも具体的に役立つ基準にのっとった映画記事を書くための基礎的素養を垣間見てきてはいた。エルネスト・フォルケニンクというドイツ人の偉大な作家・文芸批評家が世界大戦以来ボゴタに住みついて、封切りされる映画についてのコメントを国営ラジオで放送していたが、これは限定された専門家を対象とするものだった。また、折りにふれてコメントを発表する優れた評論家が、スペイン戦争以来ボゴタに住みついているカタルニア人の書店主ルイス・ビセンスの周囲に何人かいた。ボゴタで初めての映画《シネ》クラブはこのビセンスが、画家のエンリーケ・グラウと批評家のエルナンド・サルセードと共同で創設しており、これに協力したジャーナリストのグロリア・バレンシア・デ・カスターニョ・カスティーヨが会員番号1番のメンバーだった。国内には大掛かりなアクション映画やメロドラマなら膨大な数の観客がいたが、芸術映画となると教育のある熱心な愛好家に限られ、興行主たちは、三日間で看板を下ろさなければならないかもしれない映画についてはなかなかリスクを冒さなくなってきていた。顔のない群衆の中から新しい客層を発掘してくるには、困難だが不可能ではない教育的戦略が必要で、それによって芸術映画に接することのできる観客層を生み出しつつ、その種の映画で採算が取れるようにしたがっている興行主を援助しなければならなかった。最大の不都合は、興行主が、新聞等に載った好ましくない批評に対する報復措置として、映画の広告――これは新聞社にとってかなり大きな収入源になっていた――の掲載をやめるという手段をもっていることだった。『エル・エスペクタドール』はこのリスクを背負うことにした最初の新聞となり、その週の封切り作品に対するコメントを、大仰な宣告ではなく、愛好家向けの簡単な紹介文として書く仕事が私のところにまわってきたのである。打ち合わせの結果、用心の策として取ることになったのは、無料招待券は使わずにそのまま取っておいて、ちゃんと切符売り場で入場券を買って入ったことを証明できるようにしておくことだった。

最初のいくつかの記事は興行主たちを安心させることになった。フランス映画のいい見本となる作品を取り上げていたからだ。その中には、『プッチーニ』という偉大な音楽家の生涯の再評価を行なった長大な作品や、オペラ歌手グレイス・ムーアの生涯を巧みに語った『これが恋なの』、ジュリアン・デュヴィヴィエの平和なコメディ『アンリエットのパリ祭』などがあった。興行主は私たちが映画館から出てくるところで見つければ、批評記事に対する歓迎の気持ちを伝えてきた。ところがアルバロ・セペーダは私の大胆な行動について聞きつけるや、朝の六時にバランキーヤから電話をかけてきて私を叩き起こした。

「俺の許可も受けずに映画の批評を書くだなんて、どういう料簡《りようけん》なんだ、このアホ！」と彼は電話口でげらげら笑いながら叫んだ。「お前さんなんか、映画に関してまるで野蛮人のくせに！」

以後むろん、彼は私の助言者になってくれたが、この映画記事は、学問的な勉強をしていない初歩的な観客を方向づけるためのものであって、学校みたいに教えようというわけではない、という考えには最後まで同意してもらえなかった。興行主たちとの蜜月もまた、最初考えていたほど甘くなかった。純然たる商業映画に私たちが矛先を向けると、彼らの中の理解のある人たちですら、批評の手厳しさに文句を言ってきた。エドゥアルド・サラメアとギエルモ・カーノは電話でことば巧みに話して彼らの注意をそらしていたが、四月の終わりになると、リーダー役を自任している興行主のひとりが公開書簡で、私たちが一般大衆を脅迫して彼らの利益を害している、と非難してきた。私からすると問題の核心は、この手紙の書き手が脅迫という単語の意味を取り違えていることにあると思ったが、自分が敗北の縁に立っているようにも感じた。新聞社は成長の危機に直面していたので、ドン・ガブリエル・カーノが純然たる美学的快楽のために映画の広告を手放すことがありうるとは思えなかったのだ。この手紙が届いたその同じ日に、彼は息子たちとウリーセスを緊急会議に呼びつけたので、私はこのコーナーももはや終わったものと腹をくくった。ところが、会議のあとで私の机の前を通りかかったドン・ガブリエルは、何の話なのか特定することなく、まるで孫に対するような悪戯《いたずら》っ気をこめて私にこう言った――

「心配しなさんなって、同名人さんよ」

翌日、「日々の出来事」に、この興行主に対してギエルモ・カーノが慎重な知的文体で書いた手紙が掲載され、その末尾にはこのように要点が書かれていた――「われわれは紙上に他の国々における映画評に多少とも匹敵するような真面目で責任感のある映画評を載せることによって、つまり、良いものに対しても悪いものに対しても同様に際限のない賛辞を呈するような古い有害な規準を打破する類の映画評を載せることによって、一般大衆を脅迫しているのでもなければ、誰の利益を害しているのでもない」。これが書簡のやりとりの最後ではなく、何度もやりとりが続いた。映画館の従業員は私たちに辛辣なことばを浴びせてきたし、事情がよくわかっていない読者からも反対意見の手紙が届いた。しかし、すべてが無駄だった――映画評欄は存続し、映画批評というのが国内で定着して、新聞雑誌においてもラジオにおいても当たり前のものになるまで続いたのである。

そのとき以来、私は二年弱のうちに七十五の映画評を書いて載せた。そのそれぞれについてその映画を見るのに費やした時間を加算しなければならない。その他に、六百ほどの社説記事、三日に一度は署名、無署名の記事をひとつ書き、さらに、署名入り、匿名のものあわせて少なくとも八十篇のルポルタージュを書いた。文学作品のほうはこのころからは同じ新聞社の「日曜マガジン」に掲載され、その中には複数の短篇小説と、「ラ・シエルペ」の全篇が含まれている。『ランパラ』誌の内部事情で掲載中止になってしまっていたのである。

この時期は私の人生において初めて羽振りがよかったときだが、それを楽しむ暇はなかった。家具付、洗濯サービス付で借りたアパートは実のところ、お風呂と電話と、ベッドに腰かけて食べる朝食に、世界でいちばん物悲しい都市の上に永遠に降り続く霧雨が見える大きな窓がついた寄宿舎みたいなものだった。私にとってその部屋は、一時間読書したあとで午前三時から眠りについて、新しい一日の最新の現実によって方向づけてくれる朝のラジオ・ニュースが始まるまで眠るためだけの場所だったのである。

ある種の居心地の悪さを感じながらも、私は、しっかりと定まった自分だけの住まいに暮らすのはこれが初めてだということをいつも意識していたが、そのことを考えめぐらすだけの時間もなかった。自分の新しい人生の方向性をくじ引きのように探るのに忙しくて、主な出費と言えば、毎月、月末にきちんきちんと家族のもとに送った手漕ぎボートぐらいだった。今になって初めて気づいたが、自分のプライベートな生活を開拓するだけの時間すらほとんどなかった。それはもしかすると、私の中にカリブの母親たちの固定観念が生きていたからなのかもしれない——つまり、ボゴタの女は海の見えるところで暮らすという夢を実現するために、愛もなく海岸人に身を任せるものだ、というやつである。しかしながら、ボゴタで初めて持った独身アパートにおいて、私はこの問題をとくに問題もなく解決した。深夜の女友だちの訪問は許可されているのか、と門番に聞くと、彼は賢人のような返事をくれた——

「禁止になってますよ、旦那さん、でも、あっしは見なければならないこと以外は見ませんから」

七月の終わりごろ、事前に予告もなくホセ・サルガールが私の机の前に立ちはだかった。社説記事を書いている途中だったので、彼は押し黙ったまま、じっと私のことを見ていた。そこで、ある文の途中で中断して、私のほうから口火を切った——

「どんな用件ですか?」

彼は瞬きもせずに、目に見えないボレロに合わせて色鉛筆を躍らせながら、意図がはっきりとわかりすぎる悪魔的な笑みを浮かべた。そして、こちらからは何も聞いていないのに、七番街の学生デモについてのルポルタージュを許可しなかったのは初心者には難しすぎる記事だったからだと説明して聞かせた。けれども、そのかわりに、彼自身の判断により、私にもルポルタージュ担当の資格をあたえてもいいというのだった。単刀直入な言い方で、試すような雰囲気はまったくなかったが、決死の課題を引き受ける気があるのだったら、という条件がついていた――

「メデジンに行って、いったい全体、あそこで何が起こったのか書いて知らせてくれないか？」

どういう意図なのか、理解しづらかった。この事件はすでに二週間以上前に起こったものであり、したがって、掲載のあてのない調査をやらせようとしているのではないか、という疑念がどうしても湧いたからだ。すでにわかっていたこととして、七月十二日の朝、ラ・メディア・ルーナというメデジンの北部にある急峻な地形の場所で地崩れが起こったのだが、その後、マスコミの大騒ぎと当局の混乱と、被災者の間に広がったパニックのせいで、行政と救急の両面において事態は紛糾の極みに陥り、現実が見えなくなっていたのである。サルガールは私に、何が起こったのか可能なかぎりはっきりさせるよう努力してくれと求めたのではなく、もっと明快に、あの土地の真実をすべて、真実だけをすべて、最低限の時間で再構成しろと命じた。しかしながら、その言い方にはどこか、ようやく私に対して手綱を緩めてきてくれたような感じがあった。

その当時まで、全世界がメデジンについて知っていた唯一のことは、カルロス・ガルデルがここで飛行機事故により、黒焦げになって死んだということだけだった。私はメデジンが偉大な作家・詩人の土地であることを知っていたし、メルセーデス・バルチャがその年から通い始めたマリア奉献女学校がここにあることもわかっていた。このような熱い課題をあたえられて、私は、墓所と化したひとつの山の大惨事を細部の積み重ねによって再構成するぐらい、まったく現実的に容易であるという気になった。そのようにして私は午前十一時のメデジンに着陸したのだったが、上空では気流の乱れがあまりにも激しくて、自分が地崩れの最後の犠牲者になるのだという妄想まで念頭に浮かぶような状態になっていた。

二日分の衣類と非常用のネクタイが一本入った鞄をオテル・ヌティバーラに置くと、私はすぐに通りに駆け出した。町にはなおも大災害の土煙が立ちこめていた。飛行機恐怖症を乗り越えさせるためにアルバロ・ムティスが一緒についてきてくれて、この町の暮らしの中枢に位置している人たちとつながりをつけてくれた。しかし、恐るべき真実をいえば、私にはいったい全体どこから手をつけていいものなのか、まったくわかっていなかったのである。嵐のあとの素晴らしい太陽が浴びせる黄金色の光の粒のもと、輝きたつ通りを私は運にまかせて歩き回り、一時間後には、日が射している中でふたたび雨が降り出したため、いちばん手近にあった商店に駆けこんで雨宿りしなければならなくなった。そのときになって私は、パニックの最初の羽ばたきを自分の胸の中に感じはじめた。なんとかそれを、戦闘中の祖父がとなえたという呪文を口にして抑えようとしたが、恐怖に対する恐怖がまさって、私の士気は地に落ちた。任されたことは最初からやり遂げられるはずなどなかったのに、自分にはそれを言う勇気がなかったのだ、と気づいた。そこで、自分がとるべき唯一まっとうな道とは、さっさとギエルモ・カーノに感謝の手紙を書いて、バランキーヤへ、つまり六か月前の自分が置かれていた、仲間の寵愛のもとへと帰っていくことだと思いつめた。

地獄を脱する糸口をつかんだという広大無辺な安堵をおぼえながら私はホテルに帰るタクシーをつかまえた。正午のラジオ・ニュースでは、高ぶった声で長いコメントが、まるで地崩れが昨日の出来事であるかのような調子で語られていた。運転手は叫ぶようにして、政府の無策と被災者に対する救援物資の扱いを非難しはじめ、その正当な怒りにはなんだか私まで非難されているような気持ちになった。しかし、そのころにはふたたび雨も上がって空気は澄みわたり、ベリーオ公園の中に咲き誇る花の香りでいっぱいになった。するとその瞬間、どうしてだかわからないが、私は狂気の一撃に見舞われた。

「ちょっと、こうしよう」と私は運転手に言った。「ホテルに行く前に、地滑りの現場に連れていってくれ」

「でも、あそこには何も見るものはありませんよ」と運転手は言った。「ロウソクや小さな十字架が立てられて、埋まったままになっている死者に手向けられているだけなんですから」

それを聞いて私は、犠牲者も生存者も、ともに町の別の地区の人たちなのだということに初めて気づいた。彼らは、最初の地崩れに巻きこまれた人たちを救出するために、町の反対側から大挙して押しかけた人たちだったのである。大々的な悲劇は、あふれるほどの見物人がその場所に集まったところで、山の別の箇所が圧倒的な地滑りとなって崩落してきたことだったのだ。したがって、何が起こったのか語り伝えることができたのは、相次いだ地崩れをかろうじて逃れて、町の反対側まで生きて逃げ帰ることができたわずかな人たちだけだったのである。

「わかった」と私は声が震えてしまうのを抑えようとしながら運転手に答えた。「じゃあ、生き残った人たちがいるところに連れていってくれ」

彼は通りのまん中で方向転換して、反対方向に突っ走りはじめた。彼が黙りこんだのは、その瞬間のスピードのせいだけでなく、自分の言ったことを私が実地に確認して信じるようになる期待感のせいでもあったはずだ。

たぐり寄せた最初の糸は、八歳と十一歳の子供ふたりだった。彼らが家を出て薪を切りに行ったのは七月十二日の朝七時のことだった。家から百メートルほど来たところで、彼らは土と岩の崩落の大音響を感じた。それは丘の側面から彼らのうえに降り注いでくるようだったが、かろうじて逃れることができた。家の中には彼らの妹が三人、母親と生まれたばかりの弟と一緒に閉じこめられてしまった。生き残ったのは、家をあとにしたばかりだった幼い兄弟ふたりと、もっと朝早く、家から十キロ離れた採砂場に働きに出ていた父親だけだったのである。

現場はメデジンからリオネグロに向かう街道沿いの、人を寄せつけないような荒廃地なので、朝の八時にはこの家族以外に誰も被害にあう住民はいなかった。しかし、ラジオの放送局がおどろおどろしい細部と、緊急の呼びかけを添えてこのニュースを誇張して伝えたため、最初の救援ボランティアが消防隊員よりも先に現場に到着した。正午にはさらに二回地滑りが起こり、犠牲者は出なかったものの、緊迫感が高まり、地元ラジオ局のひとつは、災害現場から中継で生放送しはじめた。このころまでには、近隣の村や住区の人たちがほぼ全員現場に集結し、さらに、町じゅうからラジオの騒ぎに引かれてやってきた見物人や、中長距離バスを途中で降りた乗客まで、手助けするためと称してむしろ邪魔になる人たちが集まってきた。朝のうちに生き埋めになった少数の遺体に加えて、このときにはすでに、引き続く地滑りによってさらに三百人ほどが埋まっていた。しかしながら、日が暮れるころには、二千人以上の混乱したボランティアが、生存者の救援にあたっていた。夕暮れごろにはもう、ほとんど息苦しくなるほどの混雑ぶりになっていた。渾沌とした群衆が一か所に集まっていた午後六時、六十万立方メートルにおよぶ圧倒的な地滑りがさらに発生し、猛烈な音響とともに、メデジン市内のベリーオ公園で起こったとしてもこれほどにはならなかったと思われるほどの被災者を出すことになったのだった。この最後の災害はきわめて短い時間のうちに起こったため、市の公共工事局長のハビエル・モーラ博士は、兎までもが逃げる時間がなく巻きこまれて死んでいるのを瓦礫の中に見つけたほどだった。

二週間後、私が到着したときにも、まだ七十四体の遺体しか回収されてなく、多くの生存者が救出されていた。その大部分は、地崩れの被害者というよりも、慎重さを欠いた無秩序な連帯行動の被害者だった。地震の場合にままあるように、以前から問題を抱えていてこの機会を利用して痕跡を残さずに姿を消して、借金を逃れたり、女を取り替えたりすることにした人がどれだけいたのか、算出することは不可能だった。しかしながら、幸運に恵まれた部分もあった。事後の調査によって、救出を試みていた初日から、さらに五万立方メートル規模の地崩れを発生させかねない大きな岩塊が実は崩落しかけていたことが判明したのである。二週間以上経過したあとになって、私は回復した生存者の協力を得て物語の全貌を再構成することができたわけだが、現実の不具合や不手際のせいで、これは進行中の段階ではおそらく不可能だったのである。

私のやった仕事は結局のところ、相対立する仮定の錯綜の中で失われてしまっていた真実を回収すること、そして、人間ドラマを起こった通りの順番に再構成すること、それを政治的計算や感傷的配慮の枠外で行なうことだけだった。アルバロ・ムティスはいかにも適切に、時事問題の専門家であるセシリア・ウォーレンのもとに私を差し向けてくれて、おかげで彼女に、私が災害の現場から持って帰ってきたデータを整理してもらうことができた。ルポルタージュは三章に分けて発表され、すでに忘れられていたニュースに二週間遅れで再度関心を芽ばえさせ、悲劇の混乱を多少とも秩序立てる役割を果たすことができた。

しかしながら、このときのいちばんの思い出は、実際に私がやったことではなく、バランキーヤの古い仲間オルランド・リベーラ通称フィグリータの箍《たが》の外れた想像力のおかげで、もう少しでやりかけたことのほうだ。彼とは取材の途中のわずかな息抜きの時間にまったく偶然に再会したのだが、ソル・サンタマリーアと結婚したばかりの幸せな新婚さんとして、その数か月前からメデジンに住んでいたのである。ソルは自由な精神をもった才気煥発な元修道女で、清貧と服従と貞潔の誓いのもとで七年間こもって暮らした修道院から、彼の助けを得て退出していた。私たちの毎度の酒盛りの途中で、フィグリータは、奥さんとともに自分たちの責任のもとで、メルセーデス・バルチャを寄宿学校から連れ出す名案を思いついた、と話した。友人の司祭で、男女を結婚させる技に長《た》けていることで知られるのがいて、彼がすぐにでも私たちの結婚をとりもってくれるというのだった。唯一の条件は、当然ながら、メルセーデスが同意していることだったが、四つ壁に囲まれた閉域の中にいる彼女の意向を確かめる術が見つからなかった。今になってみると、連載小説のようなドラマを生きる勇気がなかったことが、当時にも増して腹立たしく、残念でならない。その一方でメルセーデスは、五十数年後、この本の草稿を読むことになったときまで、この計画についてはまったく知ることがなかった。

これはフィグリータに会ったほとんど最後の機会になった。一九六〇年のカーニバルでキューバの山猫の仮装をした彼は、花の戦い［バランキーヤのカーニバルの主要イベント］を終えたあとでバラノアの自宅までもどる途中、山車《だし》の上からカーニバルの残骸とごみとで埋まった路面に落下し、首を折った。

メデジンの地崩れにまつわる仕事の二日目の夜、日刊紙『エル・コロンビアーノ』の記者がふたり──私以上にひじょうに若かった──、私のホテルで待っていた。それまでに掲載された短篇小説について私にインタビューすることを決めて来ていた。私はなかなか同意しなかったが、それは当時から現在まで、インタビューというもの——双方が努力して何かを明らかにするような会話を成り立たせようとする質問と返答のセッション——に対して、不当なというべきなのかもしれないが、偏見をもっていたからだ。それまで仕事をしてきたふたつの新聞社において私は、この偏見に苦しめられたもので、とくに『クロニカ』誌においては、私のインタビュー嫌いを執筆者たちに伝染させようとしたこともあった。しかし、結局私は初めてのインタビューを『エル・コロンビアーノ』に許し、これは自殺的に真っ正直なものとなった。

現在では、五十年以上にわたって、世界の半分ほどの場所で無数のインタビューの対象となってきたが、私は今なおこの取材手法の有効性に、聞く側としても聞かれる側としても、疑念をもっている。どんなテーマに関するものであれ、断わりきれずに受けてきたインタビューの圧倒的大部分は、私の作品の重要な一部だと考えるべき性質のものだ。その中身は私の人生についてのファンタジーそのものだからだ。むしろ私が、インタビューに計り知れない価値があると思うのは、そのまま活字として出版する場合ではなく、私がこの世でいちばんいい職業の、その中の花形ジャンルとして高く評価しているルポルタージュの基盤をなす材料としてだ。

いずれにせよ、時代はお祭りからはほど遠かった。ローハス・ピニーヤ将軍の政府は、すでにマスコミとも世論の大部分とも明確に対立しており、この年の九月の締めくくりとして、遠く忘れ去られたチョコー県［パナマに隣接する太平洋側の県］を、栄えている近隣三県——アンティオキア、カルダス、バーイェ——に分割して併合する決意を固めていた。県都のキブドーにはメデジンから片側通行しかできない街道を行くしかなく、あまりにも道路の状態が悪いので百六十キロしかないのに二十時間かかるのだった。今日《こんにち》でも状況は大して改善されてはいない。

新聞の編集部では、リベラル系マスコミと関係がよろしくない政府の決めた分割を阻止するために新聞ができることはほとんどないと決めていた。キブドーにいる『エル・エスペクタドール』のベテラン通信員プリーモ・ゲレーロから三日目に届いた情報では、子供を含む家族連れが参加する広汎な民衆デモが町の中央広場を占拠していて、日が照ろうと月夜になろうと、政府が計画を放棄するまでその場に留まる決意を固めている、ということだった。赤ん坊を腕に抱いた母親たちは当初の写真の中では血気盛んだったが、むきだしの風雨にさらされた街頭での不眠の日数を追って、勢いを失っていった。このようなニュースについては、編集部で毎日、編集部記事や、ボゴタ在住のチョコー人政治家や知識人の発言などによって後押ししていたが、政府はそれを無視して押し切ることに決めているようだった。ところが、数日がたったころになって、ホセ・サルガールが私の机のところに例のごとく鉛筆をジャグリングしながらやってきて、チョコーでいったい何が本当に起こっているのか調査しにいかないかと提案した。メデジンについてのルポルタージュで手に入れたほんのわずかな名声を盾にして私は断わろうとしたが、わずかな名声はその程度の役にも立たなかった。私たちの背後で記事を書いていたギエルモ・カーノが、こちらに目を向けることもなく大声で言った――

「行けよ、ガボ！　チョコーの女は、お前さんが行きたかったハイチの女よりも、もっといいんだぞ！」

というわけで私は、暴力に発展することを拒絶しているデモについて、いったいどうやってルポルタージュを書いたらいいものかすらわからぬまま出かけていった。カメラマンのギエルモ・サンチェスが一緒だった。もう何か月も前から、一緒に戦争ルポをやろうじゃないか、としつこく言ってきていた相手だった。あんまりうるさいものだから、こう怒鳴り返したこともあった――

「戦争戦争って、どの戦争のことだよ！」

「しらばっくれるなよ、ガボ」と彼は突如、真実を解き放った。「あんた自身がしょっちゅう言っているじゃないか、この国は独立以来ずっと戦争状態だって」

九月二十一日火曜日の夜明け前、彼は編集部に報道写真家というよりも兵士のような格好をして姿をあらわした。カメラやバッグを体じゅうにぶら下げていて、猿ぐつわをかまされた静かな戦争を取材にいく準備を万端整えていた。最初の驚きは、チョコーに行こうとすると、ボゴタを出発する前からすでにチョコー入りしたみたいな具合になることだった――死んだトラックや錆びた飛行機の残骸などが転がっている一切何のサービスもない鄙びた飛行場を利用するしかないのだ。われわれが乗った飛行機は、魔法の力によってかろうじてまだ生きているような機材で、第二次世界大戦で使われた伝説的なカタリナ機が、民間航空会社によって貨物用に転用されているものだった。座席はなかった。内部はうらぶれていてそっけなく、小さな窓は濁っていて、箒を作るための繊維の包みが積みこまれていた。乗客は私たちだけだった。上着を脱いでいる副操縦士は、映画で見る空軍飛行士のように若くて格好良く、貨物の包みの上にすわったほうが居心地がいいと教えてくれた。彼は私には気づかなかったが、私は彼が、かつてカルタヘーナのラ・マトゥーナ地区のリーグに属していた有名な野球選手だったことを見てとった。

離陸は耳がつぶれるほどのエンジンの轟音と、屑鉄のような機体全体の激しい振動のせいで、ギエルモ・サンチェスほどの百戦錬磨の乗客でも恐ろしくなるようなものだったが、ひとたびサバンナの晴れ渡った空の上に出て安定すると、機はベテラン兵士のような元気のよさで滑空していった。ところが、メデジンを経由したあとで、二つの山脈に挟まれて生い茂ったジャングルの上空で突如、私たちはノアの大洪水のような大雨に見舞われ、その中に真っ向から飛びこんでいくしかなかった。そこで私たちは、この世でほとんど誰も生きたことがないような体験を生きることになった——機体の雨漏りのせいで、飛行機の内部に雨が降り出したのだ。われらが副操縦士は箒の包みの合間を飛び跳ねてやってきて、傘のかわりに使うようにとその日の新聞を渡してくれた。私は自分の分で顔をすっかり覆ったが、それは雨から身を守るためというよりも、恐怖に涙を流しているのを見られないようにするためだった。

二時間ほど運に身を任せきったあとで、飛行機は左に機体を傾け、稠密《ちゅうみつ》に繁ったジャングルに攻撃をしかけるような態勢で降下していき、キブドーの中央広場の上を二回、状況視察のために旋回した。連夜の徹夜に疲弊しているデモ隊の写真を上空から撮ろうと構えていたギエルモ・サンチェスだったが、目に入るのは無人の広場だけだった。老いさらばえた水陸両用機は最後にもう一回、穏やかなアトラート川に障害物が、生きたものも死んだものも何もないことを確認するために旋回してから、正午の炎暑のさなかで幸福な着水をなしとげた。

板きれで修繕された教会、鳥の糞だらけのセメントのベンチ、巨大な樹木の枝を翳っている主のない騾馬《らば》——埃っぽい孤独な広場に人間の存在を示す徴《しるし》はこれだけで、何に似ているかといえばアフリカの都市以外の何でもありえなかった。私たちの当初の狙いとしては、まず抗議活動にいそしむ群衆の切迫した写真を撮って、フィルムを帰路の飛行機でそのままボゴタまで運んでもらい、そのあとで、できるかぎりの情報を集めて翌朝の新聞に間に合うよう電報で送信することだった。しかしそれはまるで不可能だった。なにしろ何も起こっていなかったからだ。

川と平行して走る長い通りを私たちは端まで歩いた。両側には、昼食時間で閉めているものの、小さな商店や、木製のバルコニーと錆びた屋根をした住居が並んでいた。舞台背景としては完璧だったが、ドラマには欠けていた。われらが同僚である『エル・エスペクタドール』通信員プリーモ・ゲレーロは、自宅のひさしの下にさわやかなハンモックを吊って、周囲に行きわたる沈黙が墓所の平穏であるかのようにのんきに昼寝をしていた。そんなふうにのんびりしている事情を話してくれたその率直さは、それ以上にないほど客観的なものだった。最初の数日間、抗議活動が行なわれたのち、争点がないために緊迫感はすぐに衰えた。そこで彼は演劇的な手法を使って全住民に動員をかけ、何枚か写真を撮り（あまり信憑性の感じられない写真だったため公表はしなかった）、愛国的な演説をいくつもぶちあげ、これはたしかに全国を揺さぶったが、それでも政府は動じなかった。プリーモ・ゲレーロは、神も許容してくれるかもしれない融通無碍な倫理性を発揮して、なおも抗議活動が続いているかのように、電信情報の勢いだけで新聞紙上で装い続けたのだった。

われわれの抱える職務上の問題は単純なものだった――ターザンもどきの取材遠征にはるばるやってきた私たちは、ニュースが存在しなかったと報じるわけにはいかなかった。実際のところ、われわれの手の中には、既報のニュースを真実とし、それが当初からの目的を果たすことになるようにする手だてがあった。プリーモ・ゲレーロは今一度、お仕着せのデモ隊を組織しようと提案し、誰にもそれにまさるアイディアはなかった。われわれのいちばん熱心な協力者はルイス・Ａ・カーノ大尉だった。前任者が腹を立てて辞任してしまったせいで急遽任命された新任の県知事で、ギエルモ・サンチェスのできたてほやほやの写真が新聞社に締め切り前に届くように飛行機の出発を無理やり遅らせるだけの才覚まで見せた。このようにして、必要に迫られて作り上げたニュースが、結局唯一の真実のニュースということになって、全国の新聞とラジオを通じて拡大されていき、軍事政権は不面目を避けるために急いでそれに介入したのだ。するとその同じ晩のうちから、チョコー人政治家たちがいっせいに活動を起こし(中には一定の分野で強い影響力をもつ人もいた)、二日後にはローハス・ピニーヤ将軍自ら、チョコー県を近隣三県に分割するという決断を撤回すると表明することになったのだった。ギエルモ・サンチェスと私はすぐにボゴタには帰らず、新聞社を説得して、あの幻想的な世界の現実を奥底まで探索するためにチョコーの内部をまわる許可を取りつけた。沈黙の十日間ののち、太陽になめされた肌をして、眠くて倒れそうになった私たちが編集部に姿をあらわすと、ホセ・サルガールは陽気に迎えてくれたが、彼なりの釘を刺すのを忘れなかった。

「お前さんたち、わかっているのか?」と彼は無敵の確信をこめて訊いた。「チョコーのニュースが消えて、いったい何日になると思ってるんだ?」

この質問によって私は初めて、ニュースは忘れ去られるものだというジャーナリズムの根幹の真実に直面させられた。実際、分割しないという大統領の決断が公表されて以来、もう誰もチョコーのことになど関心を向けることはなくなっていたのである。しかし、ホセ・サルガールはリスクを冒して、この死んだ魚で何か料理を作ってみようという私の考えを支持してくれた。

四回に分けた長い連載を通じて私たちが伝えようとしたのは、コロンビアの内部に、私たちがまるで知らない想定外の別の国がもうひとつあった、という発見の物語だった。花咲く密林と永遠の洪水からなる魔術的な祖国、そこではすべての日常が、現実離れしているのだった。道路建設を進めるうえでの大きな困難は、荒れ狂う河川が無数にあることで、しかし県内全域で橋はたったひとつしかないのだった。私たちは全長七十五キロにおよぶ街道が原生林の中を貫いているのを見つけたが、これは莫大な費用をかけてイツミーナの村とユートの村を結ぶために建設されたものであるにもかかわらず、そのどちらの村にも接続していなかった——その両村長との諍いに嫌気がさして、建設業者が報復した結果だった。

ある田舎の村では郵便局員が、イツミーナの局員のもとまで、六か月分の郵便物を届けてくれと私たちに頼んできたこともあった。国産の紙巻き煙草がここでは、全国どことも同じ三十センターボで売られていたが、毎週物資を運んでくる小型飛行機がやって来なかったりすると、日を追って煙草の値段は上がっていき、しまいには外国煙草のほうが国産煙草よりも値段が安くなって村全体が外国製の煙草を吸わなくてはならない状況に陥るのだった。一袋の米は、産地よりも十五ペソ高かった。原生林の中、騾馬の背中に乗せて八十キロ運んで来なければならないからだった。騾馬たちは山裾に猫のように爪を立てて歩く習性になっていた。とりわけ貧しい集落では、男たちが漁をしている一方で、女たちは川で篩《ふるい》を使って金とプラチナを探していて、毎週土曜日には、巡回商人に一ダースほどの魚と四グラムのプラチナをわずか三ペソで売っていた。

このような状況が、勉学にかける強い熱意で知られる社会で生じているのだった。しかし、学校は少なく、まばらで、生徒たちは毎日何レグアも徒歩とカヌーで往復しなければならなかった。一部の学校は定員オーバーで、同じ校舎を月水金は男子生徒が使い、火木土は女の子たちが使うという具合になっていた。現実の圧力により、この地は全国でいちばん民主的だった。なぜなら、ほとんど食うや食わずやの生活をしている洗濯女の息子が、市長の息子と同じ学校に通っていたのである。

当時、コロンビア人でチョコーのジャングルのさなかに、全国有数のモダンな都市が立ち上がっていることを知っている人はほんのわずかしかいなかった。その町はアンダゴーヤといい、サン・フアン川とコンドート川の近接するあたりにあり、完璧な電話システムをもち、美しい並木道が並ぶこの町に属する船舶やランチのための埠頭が整備されていた。こぢんまりとした清潔な家々には柵で囲まれた広い屋外空間があり、張り出し玄関には趣のある木製の入口階段が作りつけられ、家全体が芝生の中から生えているみたいだった。町の中央にはカバレー・レストランとバーが付設されたカジノがあり、そこでは外国から輸入された酒を、他地方よりも安く飲むことができた。この町には世界じゅうから来た男たちが住みついていて、ノスタルジアをすでにすっかり失った彼らは、チョコー・パシフィコ社の現地支配人の全面的な権威のもとで、出身地よりもいい暮らしを営んでいた。アンダゴーヤは会社の私有地からなる事実上の外国であり、会社の浚渫船が先史時代から続くこの地の河川で金とプラチナを漁っては、自社の船で運び去って、サン・フアン川の河口から誰のコントロールも受けることなく全世界に向けて運び出していたのである。

これこそ私たちが全コロンビア人に開示して見せたかったチョコーなのだが、努力はどこにも行きつかなかった。ひとたび例のニュースが過去のものとなってしまうと、すべてがもとの通りにもどってしまい、チョコーは国じゅうでいちばん忘れ去られた地方であり続けた。そのようになってしまう理由は明白だと思う――コロンビアというのは昔からずっとカリブの国というアイデンティティをもっていて、パナマというへその緒によって世界に向けて開かれていたのだ。そのパナマが無理やり切り離されたことによって、わが国は現状のような状態になることを余儀なくされたのだ［パナマは米国の後押しによって、一九〇三年にコロンビアから分離独立した。運河は一九一四年に開通］――つまり、ふたつの大洋を結ぶ運河がわが国のものではなくアメリカ合衆国のものとなってしまうのも仕方がないと見なされてしまうような、アンデス的な精神構造をもった国になってしまったのだ。

編集部での毎週の仕事のリズムは耐えがたい殺人的なものになったはずだが、金曜日の夕方には、仕事から解放された者から順次、通りの向かいにあるオテル・コンティネンタルのバーに集結して気晴らしをするのが救いになり、これはしばしば明け方まで続いた。エドゥアルド・サラメアはこの夜の会合に名前をつけた——「文化の金曜日」というのが固有名詞となった。これは私が、世界文学の新展開を見失わずにいるために彼と話ができる唯一の機会となった。果てしない読書家である彼は、いつも最新の事情に精通していたのだ。底なしのアルコールと、予想外の結末に見舞われるこの会合で最後まで生き残るのはいつも、ウリーセスの永遠の友人たち二、三人を別にすると、夜明けまで白鳥の首をひねるのを恐れない私たち編集部員だった。

以前から私は、サラメアが私の記事について、彼の記事に発想を得たものが多くあったにもかかわらず、何の感想も口にしないことに気づいていた。しかし、「文化の金曜日」が恒例化すると、彼は新聞記事というジャンルに関する考えを思う存分話すようになった。私の記事のかなり多くの部分に関して、価値規準に同意できないのだと彼は打ち明け、別の価値規準を提案してきた。ただし、上司が弟子に指示するような調子ではなく、物書きから物書きへという態度でだった。

シネクラブの上映会と並んで、もうひとつ頻繁に逃げこんだ場所は、ルイス・ビセンスとその奥さんナンシーのアパート——『エル・エスペクタドール』から数ブロックのところ——における真夜中の集いだった。彼は、パリの『シネマトグラフィ・フランセーズ』誌の編集長マルセル・コラン・ルヴァルのコラボレーターだった人だが、ヨーロッパの戦乱のせいで映画にかける夢に代えて、コロンビアで書店を開いていた。ナンシーは招待主として、四人用の食堂に十二人入れるようにする魔法の持ち主だった。ふたりは彼が一九三七年にボゴタにやってきた直後に、家族の夕食会で知りあった。

テーブルには一席だけ、ナンシーの隣の席が空いていて、そこに彼女は、真っ白な髪に登山家のように太陽に焼かれた肌をした最後の客が入ってくるのを見た。「運が悪いなー！」と彼女はひとり呟いた。「隣の席はポーランド人か。スペイン語もろくにしゃべれないんでしょ」。ことばに関してはあながちはずれでもなかった。最後の客が話すスペイン語は、粗野なカタルニア語にフランス語が混ざったもので、一方、彼女のほうは抜け目のないボヤカー人［ボゴタの北東、アンデス山中の県］で、奔放な物言いが得意だった。しかし、二人は最初の挨拶からすっかり打ち解け、生涯ともに暮らすことになったのだった。

彼らの家での集いは、大作映画の封切り上映会のあとなどに予告なく開かれた。アパートはあらゆる種類の芸術作品でいっぱいで、もうあと一枚も掛ける余裕がないほどコロンビアの新進画家が飾られており、中にはのちに世界的に有名になったものもあった。招待客は芸術・文芸にかかわる選りすぐりの顔ぶれで、バランキーヤ・グループのメンバーもときおり姿を見せた。私は最初の映画評が掲載されたときを境に、まるで自分の家のように迎えられ、真夜中前に新聞社を出たときには三ブロック歩いて出かけていって、彼らを徹夜につきあわせた。ナンシー先生はすばらしい料理人であるだけでなく、根っからの仲人好きだったので、魅力的で自由な身分の女の子を芸術界で探してきては、私と結びつけるためにさりげなく夕食会を催したりし、二十八歳の私が、自分は本当は作家でも新聞記者でもなく、頑固な独身者というのが本当の天職なのだ、などと言うのを決して許さなかった。

アルバロ・ムティスは世界じゅうを旅してまわる合間を利用して、私のことを文化人世界に大々的に紹介していった。彼はエッソ・コロンビアーナの広報部長として、いちばん高いレストランでたびたび昼食会を企画して、美術と文芸の世界で本当に重要な人たちを呼び集め、しばしば国内の他の都市から人を招くこともあった。詩人のホルヘ・ガイタン・ドゥランは大量の資金が必要な大がかりな文芸雑誌を作りたいという妄執を以前から抱いていたのだが、部分的にアルバロ・ムティスの文化振興資金を得たことによってそれを実現することになった。アルバロ・カスターニョ・カスティーヨと妻のグロリア・バレンシアは何年も前から、良質の音楽と分かりやすい文化番組だけに全面的に特化した放送局を創設しようと試みていた。その計画の非現実性に私たちはみな彼らのことをからかっていたのだが、アルバロ・ムティスだけは違い、彼らを可能なかぎり支援した。そのおかげで彼らはＨＪＣＫ「ボゴタの世界」局を創設し、当時の最低出力だった五百ワットの送信機を使って放送を始めた。当時はコロンビアにはまだテレビが存在しなかったが、グロリア・バレンシアは、ファッション・ショーの番組をラジオで作るという形而上的な驚異をなしとげた。

ぎっしり詰まっていたあの時代の私が唯一の休息と感じていたのは、アルバロ・ムティスの家で過ごすゆったりとした日曜日の午後だった。彼はそこで、分類の先入観に惑わされずに音楽を聴くことを教えてくれた。私たちは絨毯の上に寝転がって、巨匠たちの作品を、知的な注釈なしに、心の耳で聴いて過ごした。国立図書館の知る人ぞ知る音楽室で始まった情熱は、これを機に燃えあがり、以後二度と私たちのもとから離れることはなかった。現在までに私は手に入れられるかぎりの音楽を聴いてきて、とくに、あらゆる芸術の頂点と見なしているロマン派の室内楽をたくさん聴いてきた。メキシコで『百年の孤独』を書いていたときには――一九六五年と六六年のことだが――、レコードを二枚しかもっていなかったので、擦り切れるまで聴いた。ドビュッシーの『前奏曲集』と、ビートルズの『ハード・デイズ・ナイト』だ。もっとあとになって、バルセローナでようやく以前から欲しかったレコードをほとんど全部持てるようになったときには、アルファベット順での分類はありきたりすぎると考えて、個人的な利便性を優先して楽器別の分類を採用した――いちばん好きな楽器であるチェロはヴィヴァルディからブラームス、ヴァイオリンはコレッリからシェーンベルク、チェンバロとピアノはバッハからバルトークまであった。そのあげくついに私は、音を出すものは、食器洗い機の中のお皿とナイフ、フォークまで、すべて、人生がどの方向に進んでいるのか示しているような幻想をあたえてくれるものであれば、すべてが音楽であるという奇跡を発見するにいたった。

私の限界は、音楽を聴きながらでは文章を書けないということにあった。これは、書いているものよりも聴いているもののほうに意識が行ってしまうからで、また、今日なおもコンサートにごく稀にしか行かないのは、客席にすわると、見ず知らずの隣の席の人と少しばかり親密すぎる関係ができてしまうのがいやだからだ。しかしながら、時代とともに家の中でいい音楽を聴ける可能性が広がってくるにつれて、私は書くものに合致した背景音楽の中で文章を書くことを学び覚えた。ゆったりとしたエピソードにはショパンのノクターン、幸せな午後の場面にはブラームスの六重奏、という具合である。一方、何年間もモーツァルトを聴かなかったことがあり、それは自分の頭の中で、モーツァルトは実在しないという倒錯した観念を作りあげてしまったからだった。いいときのモーツァルトはベートーヴェンそっくりであり、悪いときのモーツァルトはハイドンそっくりだからである。

この回想録を書いている最近の数年間には、どんな種類の音楽でも執筆の邪魔にならないという奇跡を実現できるようになったが、これは実は、よい効果については意識していなかったからだけなのかもしれない。というのは、とても若くて生きのいいふたりのカタルニア人音楽家に言われてびっくり仰天したのだが、彼らは私の六作目の長篇小説『族長の秋』とベラ・バルトークの『ピアノ協奏曲第三番』との間におどろくべき親和性があるのを発見したと言ってきたのだ。あの作品の執筆中にこの曲を情け容赦なく聴き続けていたことはたしかだった。この曲が私にとって、ひじょうに特別な、すこしばかり奇妙な精神状態を作り出してくれるものだったからなのだが、書いたものを通して見抜くことができるほどの影響をおよぼすとは思ってもいなかった。この私の偏愛をスウェーデン・アカデミーの面々がどうして知ったのかはわからないが、私の授賞式に際してもこの曲が流されていたのである。心の中で、当然のことながら、感謝の念をおぼえたが、もしも私に問い合わせがあったならば、彼らとベラ・バルトークに対する感謝と敬意の念をさておいて、わが幼少時代の祭りで聴いたフランシスコ・エル・オンブレの生まれながらのロマンサのどれかを所望していたはずである。

あのころのコロンビアには文化にかかわる企てで、これから書かれる本であれ描く予定の絵であれ、ムティスのオフィスをまず通過していかないものはなかった。ある若い画家とムティスとの間の対話を私は目撃したことがあるのだが、この画家は誰もがやることになっているお決まりのヨーロッパ周遊にでかける準備をすっかり整えていたが、旅費にあたるお金だけは不足していた。アルバロはその話の全体をすっかり聞き終える前に、机の中から魔法の絨毯を取り出した。

「じゃここに渡航費があるから」と彼は言った。

私は目が眩むような思いで、彼がごく自然にこうした奇跡を、権力を誇示するような様子をみじんも見せずに行なうのに立ち会ったものだ。それゆえ、今なお、ひょっとしてあれにも何かムティスが関係していたのかも、と自問するのだが、あるカクテル・パーティの席でコロンビア作家芸術家協会の書記長オスカル・デルガードが、国民短篇小説賞が受賞作なしということになりかけているので応募しないか、と私に言ってきたことがあった。その言い方があまりにもいやらしかったので、私にはこの提案自体が不作法に思えたが、近くで聞いていた人が、わが国のようなところでは、文学賞というのが単なる社会的パントマイムであることを知らずに作家をやっていくことはできない、と注釈してくれた。「ノーベル賞だってそんなものですよ」とその人はまったく悪意のかけらもなく言い切り、その一言のせいで私は、彼の知らぬ間に、賞というものに警戒してあたるようになり、そのまま、二十七年後の並外れた受賞の機会にいたることになるのである。

この短篇小説賞の審査委員会にはエルナンド・テイエス、フアン・ロサーノ・イ・ロサーノ、ペドロ・ゴメス・バルデラーマの他、大家とされる三人の作家・批評家が入っていた。そこで私は、倫理的にも経済的にも何の計算もせずに、一晩を「土曜日の次の日」の最終修正に費やした。バランキーヤにいたころに、一瞬のインスピレーションに基づいて『エル・ナシオナル』のオフィスで書きあげた短篇だった。一年以上、抽き出しの中で熟成されてきただけに、しっかりした審査委員会を驚かすことができるものになっているように思われた。実際その通りになり、三千ペソという並外れた賞金までついてきた。

ちょうどそれと同じころに、この賞とはまったく無関係に、私の仕事場にドン・サムエル・リスマン・バウムというイスラエル大使館の文化担当官がやってきた。彼はちょうど出版社を立ち上げて、レオン・デ・グレイフ師匠の詩集『第五大型雑駁詩集』を出したところだった。見栄えのいい本で、リスマン・バウムの評判もよかった。そこで私は修正に修正を加えた『落葉』の写しを渡し、詳しい話はあとでするという約束で送り出した。とくにお金の話には一切触れず、結局最後まで、この点だけは一度も話しあわなかった。セシリア・ポッラスが斬新な表紙絵を――彼女も報酬は受け取れなかったが――、少年の人物像に関する私の描写に基づいて描いてくれた。『エル・エスペクタドール』紙の図版工房は、カラー印刷のカバーのための原版を提供してくれた。

それきり何の知らせもなかったが、約五か月後、ボゴタのシーパ出版という会社——一度も聞いたことのない名前だった——から新聞社の私のもとに電話があり、本が四千部完成して配本できる状態になっているのだが、リスマン・バウムの行方を誰も知らないのでどうしたらいいのかわからずに困っている、と言ってきた。新聞社の記者たちにも彼の行方はつきとめることができず、今日のこの日に至るまで杳《よう》として知れないままである。ウリーセスは印刷所に対して、彼自身がこの本に関する記事を書いて新聞でキャンペーンを打つから、それに合わせて本を書店に卸したらどうかと提案してくれた。これに関しては今でも感謝しきれないほどだ。批評も最高だったが、刷り部数の大部分は倉庫に残り、結局何部売れたのかはっきりしなかったし、私は誰からも一銭も印税はもらわなかった。

四年後になって、「コロンビア文化基本叢書」を編纂していたエドゥアルド・カバイェーロ・カルデロンが、『落葉』のポケット版を、ボゴタその他の都会の街頭キオスクで販売する作品シリーズに収録してくれた。彼は合意通りの印税を、小額ながらも期日に合わせて支払ってくれたので、私にとってはこれが、生まれて初めて受け取った出版印税として感傷的な意味合いをもっている。その時の版には、私自身のものではない変更がいくつか加えられていたが、とくに気をつけなかったので、それはその後の版にも受け継がれていった。およそ十三年後、ブエノス・アイレスで『百年の孤独』が出版されたあとでコロンビアを通過した際、私はボゴタの街頭キオスクで『落葉』の初版本の残部が、一部一ペソでたくさん売られているのを見つけた。持ち帰れる分だけ全部買い入れた。そのとき以来、私はラテンアメリカ各地の書店で、散逸したこれ以外の残部が歴史的な価値のある本として売りに出されているのを見かけたことがある。二年ほど前には、イギリスの古書専門店が私の署名の入った『百年の孤独』の初版本を三千ドルで売った。

このようなさまざまな出来事は、一瞬たりとも新聞記者としての日々の仕事から私の目をそらさせることがなかった。最初のころの連載ルポルタージュが成功を収めたため、果てしない読者の食欲を満たすための材料を常時探し続けることが必要になった。毎日の緊迫は耐えがたいほどになったが、これはテーマの特定と材料集めの段階に限ったことではなく、常時フィクション化の誘惑にさらされる執筆の過程でも続いた。『エル・エスペクタドール』紙では方針ははっきりしていた――この仕事の不変の原材料は事実であり、事実以外の何ものでもない、という方針が常時私たちに緊迫を強いた。ホセ・サルガールと私はしまいには中毒状態に陥り、日曜日の休日でもまったく心が休まらないような具合になった。

一九五六年には教皇ピウス十二世がしゃっくりの発作に襲われて、命の危険があると言われるほどになった。これに関して私の記憶にある唯一の前例は、サマセット・モームの見事な短篇「P&O」で、そこでは主人公がインド洋のまん中でしゃっくりの発作に襲われ、世界じゅうからあらゆる種類の途方もない処方が寄せられるなか、五日間で疲弊しきって死ぬのだったが、私自身はあの当時はまだこの作品は知らなかったような気がする。私たちは週末にサバンナ地方の田舎町に遠出するにも、あまり遠くに行くわけにいかなかった。新聞社では、教皇が死んだら特報の号外を出す予定になっていたからだ。私は事前に号外を用意しておくことを主張して、死を知らせる最初の電信が入ったら空欄を埋めるだけでいいようにしておくべきだと言っている派だった。二年後、私はローマの特派員になったが、そのときなおも教皇のしゃっくりは解決せずに続いていた。

新聞社において抗いがたい問題がもうひとつあり、これは読者数拡大につながるような派手なテーマにばかり関わろうとする傾向だったが、私自身は、心で物事をしっかりと考えているような、目立たない別種の読者を失わないようにすることをめざす控えめな傾向に属していた。そのような私が見つけてきた数少ないテーマの中では、バスの窓から外を見ていて偶然見つけたいちばん素朴なルポルタージュをよく覚えている。ボゴタの八番街の五六七番地にある美しいコロニアル様式の家の門のところに、自分で自分を恥じ入っているような控えめな看板が出ていた――「国営郵便配達不能郵便取扱所」というのだ。自分あての郵便物が行方不明になって失われたことは一度も記憶にないが、私は路面電車を降りて、この家の玄関を叩いた。出てきた男性がこの事務所の責任者で、他に六名、日々のルーティーンの錆に覆われたような几帳面な職員がいた。彼らのロマンティックな任務は、何らかの理由でうまく配達できない手紙の受け取り人を探し出すことだった。

家は美しく、巨大で、埃っぽく、高い天井、虫に食われた壁、暗い廊下、持ち主のいない紙束が山と積まれた大部屋が広がっていた。毎日搬入されてくる平均百通ほどの不明郵便物のうち、少なくとも十は、正しく切手が貼られているのに、封筒が空白のままで、差出人の名前も書かれていないものだった。この事務所の職員の間ではこれは「透明人間への手紙」として知られていて、宛て先に届けるか差出人にもどすために惜しみない努力が注がれた。しかし、ヒントを求めて封書を開ける儀式には、お役所仕事特有の、どちらかと言えば無駄だが称賛すべき厳格さが伴っていた。

一回完結のこのルポルタージュは「郵便配達は千度ベルを鳴らす」という題名で掲載され、次のような副題がついていた――「失われた手紙の墓場」。サルガールはこれを読むと、私にこう言った――「この白鳥は首をひねる必要がないな、最初から死んで生まれているから」。サルガールは多すぎも少なすぎもしないぴったりの紙面配分で掲載してくれたが、もっといいものになりえたという苦々しさゆえに、私と同じくらい心を痛めている様子が見てとれた。ロヘリオ・エチェベリーアは、詩人であるせいなのか、この記事を上機嫌で祝福してくれたが、決して忘れられない一言を言い添えた――「ガボはいつも、焼けた釘でも何でも平気でつかむからな」

すっかりやる気を失ってしまった私は、自分の責任で――サルガールには話さずに――とくに関心を惹かれた一通の手紙の受け取り人を探してみることに決めた。アグア・デ・ディオス・ハンセン病療養所の消印があり、「アグアスの教会の五時のミサに毎日やってくる喪装の婦人」あてとなっていたものだ。教区司祭と助手たちにあらゆる確認の質問をしたあとで、私は数週間にわたって五時のミサに来る信者の人たちに取材を続けたが、何の結果も得られなかった。いちばん熱心に出席する三人の女性がいずれも年配でいつも厳格な喪装だったことには驚いたが、いずれもアグア・デ・ディオスの療養所とは何の関係もなかった。完全な失敗に終わったわけで、その痛手から立ち直るのには時間がかかった。自分の自信のためにだけにやっていたわけではなく、また、人の役に立つ慈善の行為をしたかったからだけでもなく、この喪服の婦人の物語の背後にはもうひとつ熱い情熱の物語が隠れているにちがいない、と確信していたので、その分余計に残念だったのである。

ルポルタージュの泥沼の中を座礁してまわっているうちに、バランキーヤ・グループとの関係は以前よりさらに濃密なものになっていった。彼らがボゴタに旅して出てくるのは頻繁なことではなかったが、私は何時であろうとどんな急用であろうとなかろうと、構わず彼らに電話で襲いかかった。とくにヘルマン・バルガスはルポルタージュに関して教育的な考え方をもっていたせいで、頻繁に連絡をとった。何かに困るたびに、つまりかなり頻繁に私は彼らに相談し、彼らのほうからは、私に何かお祝いを言う理由があるときに電話があった。アルバロ・セペーダのことは私はいつも、隣の席の同級生のようにとらえていた。親密なからかい半分の冗談――グループの中ではこれはいつでも必須のものだった――をお互いに言いあった後で、彼は私のことを、いつでも驚かずにはいられない単純明快さによって泥沼から救出してくれた。それに対して、アルフォンソ・フエンマヨールに私が相談するのはもっと文学的なことがらだった。彼は確実に効く魔法の持ち主で、偉大な作家の例を持ち出して私の難事を救ったり、無尽蔵の武器庫の中から掘り出してきた引用文を、救いの一言として朗唱してくれたりするのだった。彼が口にした冗談の傑作は、道端の食べ物売りたちが保健衛生当局に追いつめられている、という記事の題名をどうしたらいいか、と私が相談したときのものだ。アルフォンソは即座に返事を返してきた――

「食べ物売りは空腹に困らない」

私は名案に心から感謝の気持ちを覚え、あまりにもぴったりの題名なので、誰からの引用なのかと思わず質問してしまった。アルフォンソは私自身気づかなかった真実で出鼻をくじいた――

「お前さんのだよ、大先生」

たしかに、無署名の記事の中で自分で書きつけたことのある一節だったが、すっかり忘れてしまっていたのである。この話は何年間もバランキーヤの友人たちの間で語られ続け、冗談として言ったのではないといくら私が言っても信じてもらえなかった。

あるとき、アルバロ・セペーダがボゴタに出てきたおかげで、私は数日間、毎日のニュース記事の苦行を忘れて気を紛らすことができた。彼は映画を作るというアイディアを抱いていて、題名だけがすでに決まっていた――『青いロブスター』というのだった。ルイス・ビセンス、エンリーケ・グラウ、そして写真家のネレオ・ロペスまで本気にしたのだから、過ちであるにしても的を射た過ちにちがいなかった。しばらくこのプロジェクトについて何も伝わってこなかったが、やがて、ビセンスが脚本の草稿を送ってきて、土台となるアルバロの原稿に私が何かつけ加えるようにというのだった。今では何を書き加えたのだったか覚えていないが、物語は面白かったうえ、たっぷりと狂気が含まれていて私たちのものと言える仕上がりだった。

全員がいろんなことを少しずつやった中で、生みの親と言えるのは、パリの修業時代から残っていたものをことごとく注ぎこんだルイス・ビセンスだった。私はちょうど、あのころよく書いた冗長なルポルタージュのひとつにとりかかっている真っ最中で、息をする時間もとれないようなありさまだったため、ようやく自由になったときには映画はすでにバランキーヤで撮影中になっていた。

作品としては初歩的なものだが、その最大の魅力は、直感性をうまく統御していることだといえる。その直感性こそがおそらく、アルバロ・セペーダを守護天使として導いていたものなのである。バランキーヤで何度も行なわれた私的な封切り上映会のひとつには、イタリア人映画監督のエンリーコ・フルキニョーニが来て、その好感の幅の広さで私たちをびっくりさせた——映画がすごくいいと言ってくれたのである。アルバロの妻ティータ・マノータスの粘り強さと大胆不敵さのおかげで、今なお残っている『青いロブスター』の一部分は、世界じゅうを経めぐっていくつもの名高い映画祭で上映されてきている。

このような活動のせいで国の現実からしばしば目が離れることがあったものの、状況は実はひどかった。コロンビアでは、軍部が二大政党間の平和と調和という旗印のもとで政権を掌握して以来、ゲリラ活動は存在しないものと考えられてきていた。誰もがそのまま何も変わっていないものと考えているうちに、七番街での学生虐殺が起こった。その根本原因を追及する軍は、自由党と保守党の間の永遠の戦いとは異なる戦争が存在していることを新聞各社に対して証明したがっていた。そのような状況下のある日、ホセ・サルガールが私の机のところにやってくると、毎度の恐ろしいアイディアを口にした——

「戦争を見に行く準備をしてくれ」

何の詳細も知らされないまま戦争を見にくるようにと呼び出された私たちは、ボゴタから百八十三キロ離れたビヤリーカの村に行くために夜明けの五時に時間厳守で集合した。ローハス・ピニーヤ将軍が私たちの来訪を心待ちにして、道のりの途中、将軍が頻繁に利用しているメルガールの基地内の静養場所まで出向いてきており、午後五時までに終わるマスコミ偵察ツアーを実施すると約束していたのである。この時間に終われば、直接見聞きした写真やニュースをもって社に帰ってもまだ締切まで十分に時間があるからだった。

『エル・ティエンポ』紙が送ってきたのはラミーロ・アンドラーデとカメラマンのヘルマン・カイセード、あと誰だか思い出せない四人に加えて、『エル・エスペクタドール』紙からダニエル・ロドリーゲスと私が来ていた。中には戦闘服を着ている者もいたのは、ジャングルの中に踏みこまなければならないかもしれない、と予告されていたからだった。

私たちはメルガールまで車で行き、そこで三機のヘリコプターに分乗して、中央山脈の合間、高く切り立った斜面に挟まれて孤立した狭い渓谷へと運ばれていった。何よりも私が強い印象を受けたのは、ゲリラ組織がその前日にヘリコプターを一機撃墜し、一機損傷させたという地区を避けて飛行していく若いパイロットたちの張りつめた様子だった。緊迫した十五分ほどを経て、私たちはビヤリーカの村の荒れ果てた大きな広場に着陸した。砂利が敷かれた地面はヘリコプターの重さを支えるには軟弱であるように感じられた。広場の周囲には木造の家があったが、商店は廃墟と化しており、恐怖が根を張るようになるまで村のホテルだった塗装されたばかりの建物をのぞけば、家には誰も住んでいなかった。

ヘリコプターの正面には山脈の支脈が遠くに伸びており、絶壁の靄《もや》の合間からは、一軒だけかすかに見える家のトタン屋根が覗いていた。同行した士官によれば、その建物には私たちを打ちのめせる強力な武器をもったゲリラ兵士たちがいるので、私たちは山脈からの銃撃に備えた基礎的な警戒策として上半身を曲げた状態で、ホテルまでジグザグに走る必要があった。ホテルに到着して初めて、私たちはそこが改装されて兵営になっていることに気づいた。

戦闘装備を備えた大佐——映画俳優のような物腰と、頭のよさそうな親密感があった——が危機をあおるような調子もなく私たちに説明したところでは、山の中のあの家には数週間前からゲリラの前線部隊が来ていて、そこから何度か、夜間に村への侵入を試みているのだった。軍の側としては、広場にヘリコプターが着いたのを目にしたら相手がかならず何かしてくるはずだと見ており、部隊は十分それに備えていた。しかしながら、一時間ほど示威行動を行ない、ラウドスピーカーを使った挑発までしてみても、ゲリラ側からは何の反応もなかった。大佐は落胆して、まだ誰かが家の中にいるのかどうか確認するために偵察隊を送りこんだ。

緊迫感はやわらいだ。私たち記者はホテルから出て周辺の街路を探索し、広場のまわりのあまり防御されていない通りにまで出ていった。カメラマンと私は他の記者たちとともに、蹄鉄型に大きく折れ曲がった小道に沿って山を登りはじめた。最初のカーブのところには、茂みの中に腹ばいになって射撃態勢をとっている兵士たちがいた。ひとりの士官が私たちに、何が起こるかわからないから広場までもどるようにと指示したが、私たちは聞き入れなかった。私たちが狙っていたのは、ゲリラの前線部隊が見つかるところまで登って、この一日の努力に見合った大きなニュースを手に入れることだったのである。

しかし、そんなことをしている暇はなかった。突然、いくつもの命令の声が交錯したかと思うと、即座に軍の側から一斉射撃が起こった。私たちは兵士たちの近くに身を投げ、彼らは崖の上の家に向けて射撃を続けた。一瞬の混乱のうちに私はロドリーゲスの姿を視野から失った。彼はファインダーから覗くのに都合のよい戦略的な位置を探して駆け出していたのである。銃撃は短かったが激しいもので、その後には死の沈黙が流れた。

私たちが広場にもどったときになって、軍の偵察隊が森の中から兵士をひとり担架に乗せて出てくるのが遠くに見えた。その隊長ははげしく興奮した状態で、写真撮影を許さなかった。私はロドリーゲスの姿を探し、私の五メートルほど右から彼が、いつでも発射できるようにカメラを構えて出てくるのに気づいた。偵察隊のほうは彼に気づいていなかった。そのとき私は濃密な一瞬を生きた——兵士たちが不意をつかれて彼に発砲してしまうのではないかという恐れから、写真を撮るなと叫ぼうか、というためらいと、プロの本能はどんな代償を払ってでも撮影しようとするのではないか、という思いの間で引き裂かれた。しかし、叫んでいる時間はなかった。その瞬間、偵察隊の隊長が閃光のように叫ぶのが聞こえたからだ——

「その写真はやめろ！」

ロドリーゲスはあわてずにカメラを降ろし、私の傍らに歩み寄った。隊列は私たちのすぐ脇を通ったので、生きている兵士たちの体の酸っぱい体臭の突風と死者の沈黙とが間近に感じられた。通り過ぎたあとになってロドリーゲスは私の耳もとで囁いた——

「撮ったよ」

たしかに撮っていたが、これは決して公刊されなかった。招待ツアーは悲惨な結末になった。軍の側ではあとふたり負傷しており、ゲリラの側でも少なくとも二名の死者が出ていたが、いずれも隠れ家まで引きずって運び帰っていた。大佐は憂鬱そうな表情に変わっていた。訪問ツアーは中止だと彼は簡潔に言い渡し、三十分で食事をしてからすぐに陸路メルガールまでもどることになると言った。ヘリコプターは負傷者と死者の運搬に使われるからだった。負傷者の数も死者の数も、決して公表されることはなかった。

ローハス・ピニーヤ将軍の記者会見の予定について口にする者はもう誰もいなかった。私たちは六人乗りのジープに乗ってメルガールにある彼の家の前を素通りし、真夜中過ぎにボゴタにもどった。編集部は全員が私たちを待っていた、というのも共和国大統領府の情報報道局からの連絡では、私たちが陸路でもどることになったというだけで、生きてなのか死んでなのかすら特定されていなかったからだ。

そのときまで軍部による報道検閲は、ボゴタ都心部での学生たちの死に関するものだけだった。前の政府の最後の検閲官が、編集部員の偽のスクープ記事や愚弄の連発に耐えきれなくなって、ほとんど泣きながら辞任して以来、編集部に常駐する検閲官はいなかった。情報報道局が私たちのことを相変わらず見張っているのはわかっていたし、実際、頻繁に電話で、警告や、ご親切な忠告を伝えてきていた。軍部は政権についた初期には報道機関に対して、学術的ともいえるような丁重さを発揮していたが、次第に、目に見えない、謎めいた存在になってきていた。しかしながら、確定されない不分明な謎がひとつ、沈黙のうちに育っていき、やがて、確認できないが、また否定もされないひとつの確信を生み出すことになった。すなわち、トリーマ県の山中の、あの揺籃期のゲリラ部隊の長が、大学で法律を修めた二十二歳の若者であって、その名は確認も否定もできないが、マヌエル・マルランダ・ベレスないしペドロ・アントニオ・マリン、通称「正確な射手《ティロフィホ》」だったのではないか、という思いである。四十数年後、マルランダは野営地においてこの情報の当否について問われ、それが本当に自分であったのかどうか、記憶にない、と答えることになった［通称ティロフィホは反政府組織コロンビア武装革命軍FARCの最高指導者。二〇〇八年死去］。

それ以上は何の情報も得られなかった。私はビヤリーカからもどって以来、何かを掘り出そうと必死で動いたが、開く扉はひとつも見つからなかった。大統領府の情報報道局は私たちには閉ざされていたし、ビヤリーカの不幸なエピソードは軍事機密として地下に埋められていた。何かが判明するという期待をすっかり捨てたころのある日、ホセ・サルガールが私の机の前に立ちはだかり、もともと持ちあわせていない冷血な態度を装いながら、届いたばかりの電報を私に見せた。

「ここにお前さんがビヤリーカで見なかったことが書かれている」

そこには無数の子供たちが、トリーマ県のゲリラに対する殲滅《せんめつ》作戦を容易にするために軍によって、事前の計画も資金的用意もないまま故郷の村や集落から連れ出されているというドラマが書かれていた。子供たちは両親のもとから、誰が誰の子供なのか特定する時間もないまま引き離されており、その多くが自分が誰なのか言うことすらできない年頃だった。このドラマは、われわれのメルガール訪問の直後に千二百人の大人がトリーマ県のあちこちの村に連れていかれ、とにかくそこに住みつくよう言われてそのまま神の手のうちに放置されたのが始まりだった。両親からただ単に輸送管理上の理由により引き離され、全国に散在する収容施設にばらばらに入れられた子供は三千人におよび、年齢も背景も多岐にわたった。父親も母親もいない孤児は三十人だけで、その中には生後十三日の双子もいた。移動は報道検閲に守られた完全な秘密裏に行なわれ、『エル・エスペクタドール』の通信員がビヤリーカから二百キロのところにあるアンバレーマから最初の情報を電信してくるまで判明しなかったのである。

それから六時間もかからずに私たちはボゴタの幼児保護施設で、五歳以下の子供三百人を見つけ出した。その大部分が係累不明だった。二歳のエリー・ロドリーゲスはかろうじて自分の名前を言えるだけだった。名前以外はまったく何も知らず、自分がどこにいるのか、なぜそこにいるのかもわからず、両親の名前も、どうしたら両親が見つかるのか、ヒントになる情報は何もなかった。唯一の慰めはその孤児院に十四歳まで留まる権利があることだった。孤児院の予算では、一か月の食費はひとり八十センターボで、これは県政府が支給することになっていた。最初の一週間のうちに十人が、トリーマ行きの列車に無賃乗車で忍びこむつもりで脱走し、それきりまったく行方が知れなくなった。

彼らの多くに対しては、保護施設内で管理の必要上の洗礼式が行なわれ、地方名にちなんだ苗字が、各個の区別をつけるためにつけられたが、なにしろ人数が多く、よく似ているうえ、動きまわるので、休み時間になると見分けることはできず、とくにいちばん寒い季節には体を温めるために廊下や階段をしきりに走り回るので不可能だった。この痛ましい施設訪問の結果、戦闘で兵士をひとり殺害するにいたったゲリラ勢力が、ビヤリーカ周辺の子供たちの間にこれほどの実害をもたらす要因になっていたものなのかどうか、自問せずにいられなくなるのは自然な流れだった。

このむちゃくちゃな住民輸送作戦の物語は、何回かの連載記事として、誰にも相談することなく掲載された。検閲は沈黙を守り、軍部はいつもと同じ説明で返答してきた——ビヤリーカでの出来事は、軍事政権に対する共産主義勢力の広汎な動員の一側面であり、それに対して軍は戦争として対応せざるをえない、というのだった。この声明の中の一節を読んで、私は共産党の総書記長であるヒルベルト・ビエイラ――一度も会ったことのない相手だったが――に直接見解を聞いてみようと思い立った。

その次の一歩が新聞社の許可を得たものだったのか、それとも自分の裁量のもとに勝手に行なったものだったのか、よく覚えていないが、非合法政党である共産党の指導者の誰かに接触してビヤリーカの状況について教えてもらうために、さまざまな方法を試みたことはよく覚えている。最大の障害は、地下に潜った共産党員のまわりに軍事政権によって敷かれている包囲の網が、前例のない規模のものだったことだ。そこで私は共産主義者の友人たちとコンタクトをとってみた。すると、二日後に私のオフィスに、以前とは別の腕時計の販売員が私を捜してやってきた。バランキーヤで払わないままになっていた割賦金を集金するためだった。私は払える分だけ支払い、それからまるで大して重要でないことのように、彼の上層の指導者の誰かと緊急に話をする必要があるのだと洩らしてみた。しかし相手は、自分は連絡をとれないし、誰にそれが可能なのかもわからない、というお決まりの返事を返してきた。ところが、その同じ日の午後、何の予告もなく電話がかかってきて、思いがけなく落ち着いた、気軽な雰囲気の声が響いた――

「どうだい、ガブリエル、私はヒルベルト・ビエイラだ」

共産党の創立メンバーの中でもっとも名高い人物だったにもかかわらず、ビエイラはそのときまで一分たりとも亡命も下獄もしたことがなかった。なのに、しかも、どちらの電話も盗聴されている危険があるのに、彼は自分の隠れ家の住所を私に教え、その午後のうちに訪ねてくるように言ったのだった。

彼のアパートは、政治と文学の本であふれかえった小さな居間に寝室がふたつ、薄暗い急な階段をのぼった六階にあり、誰もが息を切らして到着するのは、単に高層であるせいではなく、国じゅうでもっとも知られずにいる秘密の場所のひとつに自分は入ろうとしていることを意識せざるをえないからだった。ビエイラは奥さんのセシリアと生まれたばかりの娘と一緒に暮らしていた。奥さんは留守だったので、彼は娘の揺りかごを手の届くところに置いていて、政治の話であれ文学の話であれ、いずれにしてもユーモアの感覚はあまりない対話の、その長い沈黙の合間に娘が泣き出すことがあれば、ごく穏やかに揺らした。ピンク色をしたこの禿げの四十男、澄みきった射ぬくような目をしたこの男が、国の秘密治安組織によってもっとも追い求められている男であると信じることは不可能だった。

話しはじめるとすぐに相手が、バランキーヤの『エル・ナシオナル』で時計を買ってからの私の人生の展開についてすっかり知っていることがわかった。『エル・エスペクタドール』での私のルポルタージュも読んでいて、匿名記事までしっかり私のものを特定して、背後に隠れた意図を解読しようと読みこんでいるのだった。にもかかわらず彼は、私がこの国に貢献できる最良の方法は、どんな種類の政治闘争にも深くかかわることなく、現在の活動のラインを維持することであるという意見で私と一致していた。

私がなぜ訪ねてきたのか、機会をとらえて明かすやいなや、彼はその話題に腰を据えてとりくんだ。ビヤリーカの状況については、政府の検閲によってまったく一言も報道できないものであったにもかかわらず、彼はまるでそこに行ったことがあるかのようにしっかり最新情報まで把握していた。そのうえさらに、重要な情報を明かして、半世紀におよぶ偶発的なつばぜりあいの末にやってきたあの現状が、長期的な戦争の序章でしかないことを私に理解させた。あの日、あの場における彼のことばは、彼の枕頭の書マルクスよりも、他ならぬホルヘ・エリエセル・ガイタンから受け継いでいるものが多く、単にプロレタリア階級が権力につくというのではなく、支配階級に対する見捨てられた者たち全般の一種の同盟関係を解決策として想定しているものだった。この訪問の収穫は、今起こっている事態を明確化してくれたことに加えて、現状をよりよく理解するための方法をあたえてくれたことだった。私はそのようにギエルモ・カーノとサラメアに説明して聞かせて、不完全に終わったルポルタージュの結末がいつかあらわれるときに備えて、ドアを半開きにして残しておいた。ビエイラと私とが友人としてひじょうにいい関係を築けたことは言うまでもなく、そのおかげで彼の地下生活のもっとも厳しい時代にも私はコンタクトをとることができたのだった。

もうひとつ、大人たちの間で水面下で密かに育っていたドラマが、水面を破って悪いニュースとして噴出したのは一九五四年二月のことだった。朝鮮戦争の帰還兵が食べていくために勲章を質に入れたというニュースが新聞に載ったのだ。その帰還兵は、わが国の歴史上のこれまた理解に苦しむ一瞬に、つまり、政府系暴力によって銃弾で故郷を追われた農民にとって、どんな仕事でもないよりはましだったときに、運任せで採用された四千人以上の兵士のひとりだった。故郷から追い出された人たちによって超人口過剰に陥っていた都市は、何の希望も提供できなかった。コロンビアは、当時ほとんど毎日のように社説の中で、街頭で、カフェにおいて、家族の会話の中でくりかえし語られていたとおり、生きていくことができない国になっていたのだ。土地を追われたたくさんの農民にとって、そして、未来に希望をもてない多くの若者にとって、朝鮮戦争は個人的な解決策となった。あらゆる人がごたまぜになって、特別な適性判断もなく、ただ単に肉体的な条件だけで朝鮮に送られたのであり、それはちょうどスペイン人が、アメリカ大陸の発見のために海を渡ったのとほとんど同じだった。順を追ってコロンビアに帰還することになると、この多様な構成員からなる集団はついにひとつ共通の特徴をもつようになった――退役帰還兵という共通項である。その一部が喧嘩の主役となれば、すぐにその全体が責任をかぶせられた。彼らに対しては、いずれも精神的に不安定なので雇えないという安易な理屈で扉が閉ざされていった。その一方で、二キログラムの灰になって帰ってきた数多くの兵士のために、十分な涙が流されることはなかった。

勲章を質入れした兵士のニュースは、十か月前に発表された別のニュースといかにも残酷な対照をなしていた。最後の出征兵士たちが帰国して百万ドル近い金額をドルの現金で支給され、それが一斉に銀行で交換されたせいで、コロンビアにおけるドルの交換レートが三ペソ三十センターボから二ペソ九十センターボに下落したと報じられていたのである。しかしながら、帰還兵の声望は、彼らが国の現実に直面すればするほど、激しい勢いで下落していった。帰還前には、生産的な仕事につけるよう特別な奨学金が支給されるとか、一生涯にわたって年金がもらえるとか、アメリカ合衆国に住みにいけるよう便宜が図られるとか、さまざまなことがばらばらに言われていた。現実は反対だった――帰国するとじきに彼らは軍から放り出され、その大多数において、ポケットに残ったものと言えば、戦場から休養のために連れていかれた日本の基地の町で、今も彼らを待っているという日本人の恋人の写真だけだったのである。

この国民的なドラマに、私は祖父マルケス大佐が永遠に退役軍人年金の支給を待って暮らしていたことを思い出さないわけにいかなかった。政府があれほど払いしぶったのは、保守党の覇権に立ち向かう肉弾戦争に身を投じた反乱軍の大佐に対する報復措置であると私は考えるようになっていた。しかし、朝鮮戦争を生き抜いた兵士たちは、共産主義という大きな大義に抗して、合衆国の帝国主義的関心を支えて戦ったのである。にもかかわらず、帰国すると、彼らは新聞の社交界欄ではなく、犯罪記事ページに登場するようになった。その中のひとりは何の罪もない人をふたり銃で撃ち殺したのち、裁判官にこう尋ねた――「朝鮮で百人を殺してきたのだから、ボゴタで十人殺して何が悪いのか?」

この男は、他の数多くの前科者たちと同じように、すでに休戦協定が締結された段階で戦場に到着したくちだった。そして、彼のような人たちもまた、コロンビア人のマチスモの被害者となった。朝鮮戦争の帰還兵をひとり殺した、というのが自慢になったりしたのである。最初の部隊が帰還して三年が経たない時点ですでに、暴力的な死を迎えた帰還兵の数は一ダースを超えていた。さまざまな原因により、何人かは帰還した直後に無意味な争いごとで命を落とした。そのひとりは飲み屋のジュークボックスで同じ歌を何度もかけたせいで喧嘩になり、ナイフで刺されて死んだ。カントール軍曹は、その名前の通り［カントールは歌手という意味］、戦場でも時間を見つけて自分でギターの伴奏をしながら歌を歌うのが好きだった人だが、帰還した数週間後に射殺された。また別の帰還兵は、やはりボゴタで刺し殺され、その埋葬のためには近隣の住民から寄付を集めなければならなかった。戦争で片目と片手を失ったアンヘル・ファビオ・ゴエスは、三人の見知らぬ男に殺され、犯人はひとりもつかまらなかった。

まるで昨日のことのように覚えているのだが、このシリーズものの最後の回を書いていたときに、私の机の電話が鳴り、

「もしもし?」

と聞いただけで即座にマルティーナ・フォンセーカの輝かしい声だとわかった。

心臓が暴れだしたせいで私は記事をページの途中で放り出し、通りを渡って十二年ぶりに彼女に会いにオテル・コンティネンタルに向かった。満員の食堂で昼食をとっているたくさんの女性の中で、入口から彼女を見分けるのは容易でなく、彼女が手袋で合図をしてくれてようやくわかった。以前と同じ彼女独自の装いで、スエードのコートに、肩口にはキツネの毛皮をかけ、ハンティング帽をかぶっていたが、その年齢は、太陽に痛めつけられたスモモのような肌に、そして光の消えた目の中に、あまりにもあからさまに現われてきており、不当な老化の最初の徴候によってすっかり小さくなってしまった彼女の全体に、月日の経過が見てとれるのだった。彼女の年齢にとって十二年というのが長い年月であったことにふたりとも気づいたはずだが、どちらもそれをしっかり耐えて受け止めた。バランキーヤに住んだ最初の数年は彼女の消息を追い求めたことがあり、結局、彼女の夫の船乗りが運河の水先案内人をやっているパナマに移り住んだことまでは突き止めていたのだが、このことをその日口にしなかったのは、プライドというよりもただ単に口下手なせいだった。

おそらく彼女は誰かと昼食を終えたところで、その人は彼女が私にひとりで会えるように立ち去ったのだった。私たちは決死のコーヒーを三杯も飲み、安物の煙草を半箱ほども一緒に吸いながら、ことばにしないで会話をする術を手探りで探しあい、そのあげく、ようやく彼女は勇気をふるって、自分のことを思い出したことがあるかと私にたずねた。そのときになってようやく私は本当のことを言った——彼女のことを忘れたことは一度もないのだが、彼女との別れがあまりにもむごいものであったために、自分は別人になってしまったのだ、と。彼女は私よりも思いやりのある言い方をした——

「わたしはけっして忘れないわ、あなたはわたしにとって息子みたいなものだから」

彼女は私の新聞記事と短篇と、唯一の長篇小説まで読んでいて、それについて、愛によって、でなければ恨みによってのみ可能になるような、明晰で残酷な洞察をもって私に話した。しかし、私のほうは、われわれ男にのみ可能な卑しい臆病心から、ノスタルジアの罠を逃れようとするばかりだった。緊張が多少ともやわらぐと、私は思いきって、ずっと欲しがっていた子供は生まれたのか、とたずねてみた。

「生まれたわよ」と彼女はうれしそうに言った。「もう小学校を出るところなの」

「父親みたいに黒いの？」と私は、嫉妬に特有の卑しさをもって訊いた。

すると彼女はいつもの分別をもって答えた。「母親みたいに白いのよ。父親が家を出ていってしまうんじゃないかと恐れたけど、反対になおさらわたしに優しくなったわ」。そして、私の明らかな困惑を見て、殺すような笑みを浮かべて言い切った――

「心配しないで、彼の子だから。おまけに、まるで見分けがつかないくらいそっくりな女の子が二人いるのよ」

彼女は会いに来てよかったと言い、私とはまるで関係のない思い出話をしてみせたので、私は傲慢にも、彼女が私からもっと親密な対応を期待していたのではないかと考えた。しかし、すべての男と同様、私は時と場所を間違えた。私が四杯目のコーヒーと煙草を一箱注文すると彼女は時計に目をやり、前置きなしに立ち上がった。

「それじゃあ、ボク、あえてうれしかったわ」と彼女は言い、こう締めくくった――「もう我慢ができなくなってきてたのよ、文章はたくさん読んでいるのに、どんな人になっているのかわからないでいるのが」

「で、どんな人になっているの、僕は」と私はあえて訊いてみた。

「それはダメよ！」と彼女は心の底から笑った。「それは絶対に言わないわよ」

タイプライターの前にもどって息が落ち着いてから初めて私は気がついた。いつも彼女に会いたいと自分が切望していたこと、それでいて、生涯の残りをずっと彼女と一緒に過ごすことにするのを妨げる恐怖感が私の中にあることに。この同じ荒涼たる恐怖感は、電話が鳴ったあの日以降、何度も感じることになるものだった。

年が明けた一九五五年は、私たち新聞記者にとっては二月二十八日に始まった。海軍の駆逐艦「カルダス」号の水兵八名が、カルタヘーナまであとわずか二時間というところで嵐により落水して行方不明になったという連絡が入ったのである。艦は四日前にアラバマ州モービールを出航していた。規定の修理点検のために数か月ドックに入っていたのだ。

編集部全員がこの悲劇を伝える最初のラジオ・ニュースに聞き入っている傍らで、ギエルモ・カーノは回転椅子を私のほうに回転させて、舌の先まで出かかっている指令を押しとどめながら私をじっと見つめた。ホセ・サルガールも印刷工場に向かう途中、知らせに高揚した様子でやはり私のところで立ち止まった。私はほんの一時間前に、ボカス・デ・セニーサ河口の整備をめぐる永遠のドラマについて情報収集しに出張していたバランキーヤからもどったところだったが、海岸地方への次の飛行機は何時かという質問がすでに飛び交いはじめていた。八名の遭難兵に関する最新の情報記事を書きに行くためだった。しかし、じきにラジオ・ニュースで、駆逐艦が午後の三時に、とくに新しい展開もないままカルタヘーナに到着することが明らかになった。溺れた八人の水兵の遺体は回収できなかったのである。ギエルモ・カーノはしぼみこんだ。

「なんてこった、ガボ。これじゃニュースにならないよな」

惨事は一連の公式発表に収まっていき、情報は殉職した兵士に対するお決まりの敬意をこめて扱われて、それだけのことで終わった。ところが、その週末になって海軍は、犠牲者のひとりとされていたルイス・アレハンドロ・ベラスコがウラバー湾［パナマに隣接するカリブ海側］の海岸に流れ着いたことを公表した。オールのない救命ボートで十日間飲まず食わずで漂流していただけに、疲弊しきって日射病になっているものの命に別状はないというのだった。誰もが同じように考えたのは、これこそ一年に一度の大ルポルタージュになりうる、彼のことをたとえ半時間でも単独で取材できれば、ということだった。

それは不可能だった。海軍は彼がカルタヘーナの海軍病院で回復していく間、外部との一切の接触を禁じた。ほんのわずか数分間だけ、『エル・ティエンポ』紙の記者アントニオ・モンターニャが、ずる賢く医者に変装して病院に忍びこんで彼に会うのに成功した。しかし結果から見ると、船の上で嵐に足をすくわれたときの本人の位置を描いた鉛筆画を何枚かと、首尾一貫しないわずかな証言を得ただけだった。事情を話してはならないと本人が命じられていることは明らかだった。「もしあれが新聞記者だとわかっていたら、もっと協力できたのに」とベラスコは数日後に表明することになった。健康が回復するとベラスコは、最初から最後まで海軍の保護下で、『エル・エスペクタドール』のカルタヘーナ通信員ラシデス・オロスコのインタビューを受けたが、これは私たちが知りたかった内容にはほど遠いもので、一陣の風のせいで七人も死者が出るような大惨事がどうして起こりえたのか、さっぱり明らかにしていなかった。

実際のところ、ルイス・アレハンドロ・ベラスコは厳しい取り決めに縛られていて、ボゴタにある両親の家に移されたあとなおも、自由に移動することも発言することも禁じられていたのである。技術的・政治的疑問にはすべて、ギエルモ・フォンセーカ海軍中尉が見事な手つきで答えを提供してくれたが、同じ優雅な手つきで、私たちが当時興味をもっていた唯一の点――この冒険の真実――についての重要な情報の開示は一切避けた。私は時間稼ぎのために、遭難した水兵の実家への帰還について、雰囲気を伝える一連の現場記事を書いたが、今度もまた制服組の付き添いたちは、地元放送局にはつまらないインタビューを許す一方で、私が彼と直接話をするのを阻止した。それを見れば、相手が、熱いニュースを冷却する技術の専門家であることが明らかで、ここで私は初めて、あの大惨事に関して何か重大なことを彼らが隠蔽しているのだという考えを、ある種の感動をもって抱いた。疑いを抱いたという以上に、今ではある種の予感だったように記憶している。

あれは凍てついた風の吹く三月で、埃のように舞う霧雨が私の良心の鬱屈をなおさら重いものにしていた。敗北感に押しつぶされるようにして編集部の面々と顔を合わせる前に、私はすぐ近くにあるオテル・コンティネンタルに逃げこみ、人気《ひとけ》のないバーのカウンターでダブルの酒を注文した。それをゆっくりとすするようにして、大臣みたいな分厚い外套すら脱がずに飲んでいると、ほとんど耳もとに囁くような、とても甘い声が聞こえた――

「ひとりで飲む人は、ひとりで死ぬのよ」

「そんなこと言っちゃっていいんですか、べっぴんさん」。私は口から魂が飛び出すような思いで、マルティーナ・フォンセーカであると確信しながら答えた。

その声は、空中にほんのりと温かいクチナシの花の痕跡を残していったが、彼女ではなかった。その女性が回転ドアを抜けて外に出て、忘れがたい黄色い傘を差して、霧雨に汚れた大通りに姿を消すのが見えた。もう一杯飲んでから私もまた大通りを渡り、その日最初の二杯にしっかり支えられて編集室に入った。私が入ってくるのをギエルモ・カーノが目に止めて、全員に向けて陽気な叫び声をあげた——

「さあさあ、どんな大ニュースを大ガボがもってきたか見ようじゃないか！」

私はそれにあるがままの真実で答えた——

「あるのは死んだ魚だけだ」

そのときになって私は、情け容赦ない愚弄好きの編集部の面々が私のことを気に入り始めたのだと気づいた。私がびしょ濡れのオーバーコートを引きずりながら黙って通り過ぎるのを目にして、もはや誰も、恒例の野次の応酬をしかける勇気が湧かないのだ。

ルイス・アレハンドロ・ベラスコは一部隠蔽された栄光に浴し続けた。彼の振付指導係たちは、あらゆる種類のよこしまな広告活動を許容したばかりか、積極的に後押しまでした。五百ドルと新しい腕時計をもらって彼はラジオで、自分の時計が激しい悪天候に耐え抜いたことを話した。彼の運動靴の会社は千ドルを支払って、この靴はあまりに作りがしっかりしていて、何か口に入れて嚙むものが欲しいと思って分解しようとしたができなかった、という話をさせた。同じ一日のうちに彼は愛国的な演説をしたかと思えば、美人コンテストの女王にキスしてもらったり、愛国的な士気の模範として孤児院の子供たちの前に姿をあらわしたりした。彼のことはもう忘れはじめていたある日のこと、ギエルモ・カーノが私に言い渡した——自分のオフィスに今、彼を連れてきてある、冒険の全貌を話すという契約にサインさせるところだ、というのだった。私は侮辱されたように感じた。

「もうあれは死んだ魚どころか、腐った魚になってるじゃないか」と私は主張した。

初めて、ただこの一回だけ、私は新聞社のために自分の義務であることを果たすのを拒絶した。ギエルモ・カーノはその現実を前にして諦めをつけ、何も説明せずに遭難兵をそのまま送り出した。あとで語ってくれたことだが、オフィスで彼に別れを告げてから、もう一度よく考えめぐらしてみて、自分が今何をしたのか説明がつかないことに気づいたのだという。そこでギエルモは守衛に命じて、遭難兵をもう一度連れもどさせ、それから私のところに電話をして、彼の話すことの全体について独占掲載権を買ったことを有無を言わさずに通告したのだった。

ギエルモがすでに負けが決まっているような話にこだわって、結局それで正しかったと判明することになるようなケースは、これが最初ではなく最後でもなかった。私は陰鬱な気分で、しかしできるだけ角が立たないような言い方で、このルポルタージュは職務命令に従うためにやるだけはやるが、自分の署名は付さないから、と彼に通告した。あらかじめ意図していたわけではなかったが、この偶然の決断が実はこのルポルタージュにはちょうどよかった。そのおかげで主人公が一人称で語る形になり、独自の人となりや個人的な考えなどを押し出して、本人の署名入りで掲載できるようになったからだった。それにより私は、記事が陸上で遭難してしまう可能性を心配する必要がなくなった。つまりこの記事は、人生が仕組んだ通りに、文字通り単身の、ひとりぼっちの冒険の内的独白となればいいのだった。この設定は奇跡的にうまくいった。なぜなら、あとからわかったことだが、ベラスコは頭のいい男で、忘れがたい感受性と教養の持ち主であり、その時その場にぴったりあったユーモアを発揮できる人物でもあったからだ。そしてこうした美質がすべて、幸運なことに、ひび割れのない誠実な人格の中に収まっていたのである。

インタビューは長く、細かく、まる三週間、くたびれ果てるまで続いた。これがそのままの状態で掲載されるのではなく、別の鍋で調理した状態、つまりルポルタージュとして掲載されることを意識しながら行なった。最初のうちは多少の疑心もあり、遭難兵が矛盾に陥って、それによって隠蔽された真実が明らかになってくるように仕向けたりしたが、じきに、何も隠しているものはないことを確信するようになった。何も強要する必要はなかった。この仕事は私にとってまるで、花咲き乱れる牧草地を、どれでも好きな花をとっていいという至高の自由をもらって散歩するみたいなものになった。ベラスコは毎日正確に午後三時に編集部の私の机のところにやってきて、ふたりで前回の記事を見直してから時間の流れ通りに先に進んでいった。彼が話したひとつの章を、私がその晩のうちに書きあげて、翌日の午後に掲載した。まず最初に冒険の全体を書いてしまって、修正をして、あらゆるディテールをしっかり確認したうえで掲載したほうが容易で確実だっただろう。しかし、その時間的余裕はなかった。この話題は分単位で新鮮さを失っていきつつあり、途中で騒がしいニュースが出てきてしまえば、すっかりかき消されてしまう恐れがあったからだ。

　録音機は使わなかった。まだ発明されたばかりで、いいやつはタイプライターほどの大きさと重さがあり、磁気テープは天使の髪の毛というお菓子のように絡まりやすかった。テープ起こしだけでも大仕事だった。今日でもなおも、録音機が記録にとどめる上ではひじょうに役に立つものであるものの、インタビュー相手の顔つきを決して軽視してはならないことがよく知られている。声よりもずっと多くのことを顔が言う場合があり、場合によっては口とは正反対のことを言うことすらあるからだ。だから私はいつもながらの方法に頼るしかなく、大学ノートに手書きでメモしていったわけだが、そのおかげで、会話からたったひとつの単語も、かすかなニュアンスすらも失われずにすんだと思うし、一歩進むごとにより深く踏みこんでいくことができた。最初の二日間はむずかしかった。遭難兵自身がすべてを同時に話したがったからだ。しかし、彼はひじょうにすばやくコツをつかんだ。私の質問の順番と言及範囲を通じて理解していった部分もあったが、何よりも彼自身の語り手としての直感と、物語を語るという大工仕事を理解する生まれながらの飲みこみの早さのせいだった。

主人公を水の中に落としてしまう前に、まず読者を馴らすために、私たちは話を、水兵がモービールで過ごした最後の数日間から始めることに決めた。また、終わりは、陸地にたどりついたところで終わりにするのではなく、人々に誉め称えられてカルタヘーナに到着するところまでいくことで合意した。そこから先は読者がそれぞれに、すでに公開された情報に基づいて話を続けることができたからだ。これで内容は十四章になり、二週間にわたってサスペンスを維持できるはずだった。

第一回は一九五五年の四月五日に掲載された。ラジオでの宣伝も事前に流したために、『エル・エスペクタドール』は数時間で売り切れになった。爆発は三日目に予定されており、そこで惨事の本当の原因――公式発表では嵐とされていた――を明かすことに決めていた。より厳密を期するために、私はベラスコに細かいところまですべて話してくれるように頼んだ。すでにわれわれの共通の方法にすっかり親しんできていた彼の目の中に、悪戯っぽい光が燃えあがるのを私は見逃さなかった。彼はこう答えた――

「問題は、嵐なんかなかったということなんだ」

彼が言うに、二十時間にわたって強い風が吹いた。それはあの季節のあの海域ではよくあることだったが、この航海の責任者たちは予期していなかった。乗組員は出航前に、遅配のあった数か月分の給料の支払いを受けており、それを費やして、家に持って帰るためのさまざまな家庭電化製品を出航直前に買いこんだ。これは最初から予期されていたので誰も驚かなかったことだが、船内のスペースがいっぱいになったため、とくに大きな箱――冷蔵庫、電気洗濯機、ガスコンロなど――は甲板上で縛っておくことになった。軍艦においては禁止されている貨物であり、分量も、甲板上の決定的に重要な空間を占領してしまうほど多かった。しかし、非公式的な性格の航海だったし、四日もかからず、おまけに天気予報も上々だったので、あまり厳密にとらえる必要はない、と考えたのだったかもしれない。それまでにすでに何回も、同じことをやってきていて、その後もやり続けて、何も問題は起こらなかったではないか？　彼ら全員にとって不運だったのは、予告されていたのよりかすかに強い風が、すばらしい太陽のもとで海面を荒らしはじめたことで、艦は予想をはるかに超えて大きく傾き、ついに、正しく結束されていなかった貨物を縛るロープが破断することになったのだ。「カルダス」ほど航海性能が高くない船だったら容赦なく転覆していた可能性があったくらいで、結局、甲板で見張りに立っていた八人の水兵が舷側から転落したのだ。したがって、事故の最大の原因は、初日から公式発表で主張されていたような嵐ではなく、ベラスコがルポルタージュで発表した通りだった――積載状態の悪い家電製品が、軍艦の甲板に過剰に積まれていたことだったのである。

　もうひとつ表立って開示されていなかったのは、海に落ちた兵士たちが――そのうち助かったのはベラスコだけだったわけだが――どのような救命ボートを利用できたか、という点だった。一般的に船上には規定にしたがって二種類の救命ボートが装備されていたはずで、それが彼らとともに海上に落下した。コルクと帆布でできたボートで、長さ三メートル、幅一・五メートル、中央部には安全のために平坦な足場があり、中には食料と飲み水、オールと救急箱、釣り道具と航海機器、そして聖書が設置されている。そのように整備されたものであれば、十名が八日間、たとえ釣り道具がなかったとしても救命ボート上で生きられることになっている。ところが、「カルダス」にはまた、もっと小型で、何の備品も整備されていない救命ボートが積まれていた。ベラスコの話によれば、彼が使ったのは装備のないこちらのボートの中の一艘だったようだ。永遠に残る疑問は、他の遭難兵のうち何人が、結局どこにも行きつくことのなかった他のいくつのボートに乗りこむことができたのか、ということだ。

こうした事実こそ、この遭難事故に関する公式説明が出されるのに時間がかかった最大の理由だったはずなのである。しかし、結局、当局は隠しおおせないと気づくにいたった。なぜなら、他の乗組員は全員すでに家に帰って休息をとっており、国じゅうに向けて事件の全貌を語っていたからである。政府は最後まで嵐というヴァージョンにこだわり続け、公式見解においてもそのように明言して公式化した。検閲体制は引き続く連載を禁止するような暴挙には出なかった。一方、ベラスコ自身は、義理立てするような曖昧な態度の部分を残し続け、真実を明かさないようにと圧力を受けたのかどうか、明確にしなかったが、私たちが真実を暴露することについても、彼自身はそれをことさらに要請することはなく、しかし阻止しようともしなかった。

第五回が出たあとで、それまでの四回分を増刷することが提案された。ストーリーの全体をコレクションしたい読者の要望に応えてのことだった。このあわただしい数日間、編集部にまったく姿を見せることがなかったドン・ガブリエル・カーノが、ここに来て上階から下りてくると、私の机に直接やってきた。

「ひとつ教えてくれ、同名人さんよ」と彼は訊いた。「遭難者は何回連載なんだい?」

私たちはすでに七日目に入っていて、ベラスコが唯一の食べ物として名刺を食べ、さらに、何か噛むものが欲しくて靴を噛みちぎってばらそうとしたができなかった、というところに来ていた。したがって、あと七回残っていた。ドン・ガブリエルはあわてふためいた。

「だめだだめだ」と彼は顔を歪めて言いつのった。「少なくとも五十回は続けてくれないと」

私は当方の根拠を述べたが、彼のほうの理屈は、新聞の販売部数がもう少しで倍増するところまで来ているという事実にのっとっていた。彼の計算によれば、わが国の新聞として前例のない数字まで伸びる可能性があったのだ。編集委員会が臨時に設置され、経済的・技術的・ジャーナリズム的側面から事情を検討した結果、理にかなった限界は二十回であるという結論が出た。つまり、予定より六回多くなるのだった。

掲載された記事に私の名前は記されていなかったが、仕事の方法から透けて見えるところもあり、ある夜、映画批評家としての仕事を果たしに出かけたところ、映画館のロビーで遭難兵の物語について熱い議論が巻き起こった。その大部分は知りあいで、しばしば映画のあとで近隣のカフェで考えを交換したりしている相手だった。彼らの意見のおかげで、毎週の映画紹介記事における私の見解が明確になるところもあった。遭難者の話について彼らの大多数は——ほんの少数の例外があったが——、できるだけ長く続けてほしいと望んでいた。

少数の例外のひとりが身なりのいい年配の男性で、見るからに上品なキャメルの外套に山高帽をかぶっており、私がひとりで新聞社にもどりはじめると映画館から三ブロックほど私のあとをつけてきた。やはり彼と同じようにいい服装をしたとても美しい女性を引き連れ、もうひとり、それほど見栄えのよくない友人が一緒にいた。男性は帽子をとって私に挨拶し、名前を口にしたが私は覚えていない。それから彼は単刀直入に、遭難者のルポルタージュには同意できない、なぜなら、共産主義勢力を直接に支援することになるからだ、と言った。私はあまり大げさにならないように、自分はただ当人が話した内容を転記しているだけだと説明して聞かせた。しかし相手は独自の考えをもっていて、ベラスコはソビエト連邦によって国軍内部に送りこまれた潜入者であると言うのだった。このときになって私は、今話している相手が陸軍か海軍のかなり高位の士官だと直感し、詳しい事情を明らかにできるチャンスかもしれない、と高揚をおぼえた。しかし、どうやら相手は、このことを言いたかっただけのようだった。

「あなたが意識してやっているのかどうかは知らないが」と男性は私に言った。「いずれにしても、けっして国のためにはならないことをやっているんですよ、共産主義者の手助けをして」

目も眩むようなその奥さんはあわてたような態度を見せ、とても低い声で「お願いよ、ロヘリオ!」と懇願して夫を引っぱって帰ろうとした。夫の方は最初と変わらぬ落ち着き払った態度で締めくくった――

「わかっていただきたいんだが、あえてこんなことを申し上げたのは、あなたの書くものにいつも感服しているからなんですよ」

彼はふたたび手を差し出し、困惑した奥さんに引かれるままに去っていった。もうひとりの同行者は虚を突かれたようで、挨拶をするのも忘れて立ち去った。

これは私たちが、街頭でのリスクというのを本気で考えはじめた一連の出来事の最初のものだった。新聞社の裏手の安手の飲み屋――その地区の労働者相手に明け方まで商売をしている店――では、数日前、見知らぬ二人の男が、その夜最後のコーヒーを飲んでいたゴンサーロ・ゴンサーレスに、何の根拠もなく攻撃をしかけようとしたことがあった。この世でいちばん平和な男に対して彼らがどんな悪意を持ちえたのか、誰にも理解できなかったが、もしかすると私と取り違えた可能性はあった。どちらもカリブ的な物腰と服装をしていて、彼の筆名「ゴグ」にもgがふたつ入っていたからだ。いずれにしても、新聞社の保安担当者は、町が徐々に危険になってきているので、夜間にひとりで出歩かないほうがいいと私に忠告した。しかし私からすると、正反対で、自分の仕事時間が終わればアパートまでひとりで歩いていくのに何の問題も感じなかった。

この濃密な日々のある未明のこと、ついに私の順番が来たのかと感じたのは、寝室の窓に誰かが通りから投げた煉瓦が当たって、ガラスが粉々に砕けたときだった。自宅の鍵をなくしてしまい、起きている友人も空いているホテルも見つけられずにいたアレハンドロ・オブレゴンだった。眠る場所を探すのに疲れ、故障したブザーを鳴らすのに飽きて、となりの工事現場にあった煉瓦によって一夜のトラブルを解決したのだ。ドアを開けてやると、彼は私が完全に目覚めてしまわないようにほとんど挨拶もせずに、そのままむきだしの床に仰向けに倒れこんで、正午まで眠り続けた。

街頭で売りに出される前に『エル・エスペクタドール』社の戸口で新聞を買おうという争奪戦は、日を追って激しさを増していた。都心で働く人たちは買うのに時間がかかり、その日の連載をバスの中で読んだ。思うに、読者は最初、人道的な関心から読みはじめ、文学的な理由から読み続け、最後には政治的な意識をもって読んでいたのだが、常に物語の内的緊迫感によって支えられていた。ベラスコが私に語ったエピソードの中には、彼が作ったように思えるものもあり、その中に彼は象徴的な、あるいは感傷的な意味を読みこんだりした。いつまでも飛び去ろうとしなかった最初のカモメの話などがそうだ。飛行機のエピソードは、彼が語ったままのものだが、映画的な美しさに満ちていた。船乗りの友人が私に、どうしてこんなによく海のことを知っているのかと聞いてきたことがあって、私はただベラスコの観察内容をそのまま文章に書き写しているだけなのだ、と答えるしかなかった。ある時点から先では、私がつけ加えるものは何もなかった。

海軍の司令部はしかし、もっと不愉快に感じていた。連載の終わり近くになって、新聞社に抗議の手紙を送りつけてきたのだ。海軍部隊が作戦行動を行なっている場所ならどこでも起こりうる悲劇について、地中海的な判断規準にしたがって、優雅とは言えないやりかたで一方的に断罪している、と言って抗議してきたのだった。「コロンビアの名望ある七つの家庭と海軍兵士の全員が、服喪と苦痛に包まれているにもかかわらず、貴紙は何らの躊躇をおぼえることなく、この題材に関して素人である記者たちの手により安手の通俗ドラマに仕立て上げ、矛盾した非論理的な概念を、勇敢に生きのびた、幸運にして称賛すべき水兵の口を通じて多々語らしめたのである」とあった。そのような理由により、海軍は大統領府の情報報道局の介入を要請し、今後この事件に関して出版されるものの一切について、海軍士官による認可を経るようにすることを求めた。幸いなことに、この書簡が届いたときには、私たちはすでにあと二回のところまで来ていたため、翌週まで知らんぷりを通すことができた。

連載全体をひとつにまとめて出版する可能性を見越して、私たちは遭難兵から、カメラを持って乗船していた同僚のリストと住所を提供してもらい、彼らは航海中に撮影した写真を多数送ってくれた。あらゆる種類の写真があったが、大半は甲板での集合写真で、背景には家庭用品——冷蔵庫、ガス台、洗濯機——の箱が、商標までくっきりと写りこんでいた。この幸運によって、海軍による公式な否定を否定しかえすことができた。政府は即座に激しく反発してきて、別冊総集篇は販売部数において、あらゆる前例と見込みを上回ることになった。ところが、ギエルモ・カーノとホセ・サルガールは、懲りることなくこう訊いてきた——

「それじゃ、この先、われわれはいったいどうしたらいいんだ?」

その瞬間、栄光に酔っていた私たちからは、何のアイディアも出てこなかった。どんな題材ももはや陳腐に思えてしかたがなかった。

これが『エル・エスペクタドール』紙に掲載された十五年後、バルセローナのトゥスケッツ出版はこのストーリーを金色の上製本として刊行し、それはまるで食べ物のようによく売れた。正義の感覚と、英雄的な水兵に対する感嘆の思いから、私は前書きの最後にこう書いた——「本によっては、書いた人の本というよりも、その中身を生きた人の本である場合があり、これがその一例だ。したがって、この本の印税は、それを受け取るべき人のものとなる——救命ボート上で飲まず食わずの十日間を耐え忍ぶことによってこの本を可能にした無名の同胞である」。

これは無為な台詞《せりふ》ではなく、その通りにこの本の印税は全額、トゥスケッツ出版からルイス・アレハンドロ・ベラスコに、私の指示により十四年間にわたって支払われた。そのあとになって、ボゴタの弁護士ギエルモ・セア・フェルナンデスが、本の権利はもともと彼に(法的に)所属しているのだ、とベラスコを言いくるめた。権利が本来的に彼のものなのではなく、彼の英雄的行動と、語り手としての才能と、彼との友情に敬意を表して、単に私の判断によってそうしてあることはわかりきっているにもかかわらず、そんなことを言い出したのである。

私に対する請求がボゴタ地域第二十二民事法廷に提起された。そこで、私の友人で弁護士のアルフォンソ・ゴメス・メンデスが、トゥスケッツ出版に対して、今後の版から前書きの最後の段落を削除し、裁判所の判断が出るまでルイス・アレハンドロ・ベラスコには一銭も支払わないようにと命令した。その通りになった。書類や証言に加えて技術的な証拠も巻きこんだ長い論争のあげく、法廷はこの作品の唯一の作者は私であると判定し、ベラスコの弁護士が提起した請求には応じなかった。したがって、それまでに彼に対して私の意志によって行なわれていた支払いは、水兵が共作者であるという認識に基づいたものではなく、この本を書いた者の自由な自発的決定によるものだったことになった。印税はそのとき以来、これもまた私の判断により、ある教育基金に寄付されている。

あの物語に匹敵するようなものを他に見つけることは、紙上で作り上げた類いのものではないだけに、不可能だった。そのようなものは人生が、ほとんどいつも唐突に生み出すのだ。そのことを私たちはあとから学んだ。その年、三度目の全国チャンピオンに輝いたアンティオキア県出身のすばらしい自転車競技選手ラモン・オーヨスの伝記を書こうと試みたときのことだ。水兵のルポルタージュで学んだ派手なやり方で連載を開始して、十九回まで引き伸ばしたが、そこまで来てようやく、読者はラモン・オーヨスが山を登坂したりゴールにトップで飛びこんだりといったことを、現実の世界でやっているところが好きなのだ、と私たちにも飲みこめた。

ほんのわずかながら人気回復の可能性が見えたのは、サルガールが私に電話してきて、今すぐオテル・コンティネンタルのバーに来るようにと言った午後のことだった。行ってみると、サルガールは年配の深刻そうな友人と一緒にいて、その隣の人物の紹介を受けたばかりのところだった。労働者ふうの服を着た完全な色素欠乏症の男で、髪の毛と眉毛はあまりにも白くて、バーの薄暗がりの中ですら輝き立っているように見えた。サルガールの友人はよく知られた企業家で、この男のことを鉱山技師として紹介し、『エル・エスペクタドール』から二百メートルのところにある空き地で発掘作業を行なって、シモン・ボリーバル将軍が所有していた伝説の財宝を探しているのだと言った。その傍らの男——サルガールとも私ともそのとき以来ごく親しい友人になったのだが——は、本当の話なのだと請けあった。単純な話であるだけに疑わしかった——敗北して死の途上にあった解放者ボリーバルが、カルタヘーナから最後の旅路を続けようとしたとき、伝わるところによれば、彼は度重なる戦いの貧窮の中でよき老後のための当然の貯えとして蓄積してきたかなりの分量の個人的財宝を、全部運んでいきたくなかった。その苦い旅――カラカスに向かおうとしたのか、それともヨーロッパへだったかわかっていない――を続けようとしたとき、彼はそれをボゴタに隠していくというまともな判断をした。そして、必要なときにいつでも、世界じゅうのどこからでも見つけ出せるように、いかにもあの時代らしいラケダイモン暗号方式で守られた場所に残していったという。こうした情報を私は『迷宮の将軍』を書いている間、はらはらする思いをもって思い出したもので、この本にとって財宝の話は必要不可欠なものだったが、それを信じられるようにするだけのデータを集めることができず、また、フィクションとしては弱すぎると判断して含めなかったのである。結局持ち主に回収されずに残ったこの伝説の財宝こそ、この探索者が懸命に探し求めているものなのだった。どうしてそのことをわれわれに明かしたのか、私には理解できなかったが、サルガールの説明では、遭難兵の物語に感銘を受けた彼の友人は、あらかじめ私たちに事情を知らせてこの話を追いかけておいてもらえば、やがてあれと同じように華々しく掲載できる日がくると考えているらしかった。

私たちはその空き地に行ってみた。新聞記者公園の西側に残った唯一の空き地で、私の新しいアパートのすぐ近くだった。友人は植民地時代の地図上で、財宝の座標をモンセラーテの丘とグアダルーペの丘との関係で現実に当てはめて具体的に説明して聞かせた。まったく驚くべき物語であり、遭難兵の話と同じくらい爆発的なニュースとなって、なおさら大きな世界的反響を生む可能性があった。

私たちは定期的にその場所に通い続けて最新状況を確認するとともに、技師が砂糖黍焼酎《アグワルディエンテ》とレモンを糧に何時間でも果てしなく語り続けるのに耳を傾けたが、ときとともに奇跡が遠のいていくような感じをもち、ついには、あまりにも時間が経ちすぎてまったく何の幻想も抱かなくなった。あとになって私たちが考えたのは、財宝の話が実は、首都のどまんなかで何かひじょうに値打ちのある別のものの鉱脈を無許可で開発するための隠れ蓑だったのではないのか、ということだ。あるいはまた、この鉱脈の話というの自体が、解放者の財宝を手つかずのまま守っておくための隠れ蓑だという可能性もあった。

夢物語にうつつを抜かしていられる時代でもなかった。遭難兵の物語以来、何人もの人が、しばらくコロンビアの外に出たほうがいいと私に忠告するようになっていた。さまざま方法を通じて、本気なのか冗談なのかわからないが、死の予告が新聞社に届くようになっており、それが落ち着くまで国外にいたほうがいいというのだった。ルイス・ガブリエル・カーノがだしぬけに、今度の水曜日には何か予定があるか、と訊いてきたとき、私が最初に考えたのはこのことだった。何も予定がなかった私に、彼はいつもの慎重な調子で、翌週ジュネーヴで開かれる主要四か国会談に、新聞社の特派員として出張できるよう書類を整えておけと言った。

まず最初にしたのは、母に電話をかけることだった。この知らせが彼女にはひじょうに大きなものに聞こえたようで、ジュネーヴというのはどこかの農園のことなのか、と訊いてきた。「スイスの町の名前だ」と私は言った。彼女は動じることなく、子供たちの予想外の乱脈を受け止めてきた無限の落ち着きをもって、いつまで行っているのかと訊き、私は遅くとも二週間でもどってくると答えた。実際には会談が続く四日間だけの予定だった。ところが、私自身の意志とはまったく関係のない理由により、私は二週間ではなくほとんど三年間留守をすることになったのである。その間は私のほうこそが、一日に一食だけでも食にありつくために手漕ぎボートを必要としたのだが、それが家族に伝わることがないように手をつくした。あるとき、誰かが母の心を乱すために、息子は向こうに二週間行くだけだと騙しておいて、実はパリで王子様のような暮らしをしていると嘘を伝えたことがあった。「ときには神様だって、二年間続く週を作らなきゃならないときがあるんだよ」

「ガビートは人を騙したりしないよ」と彼女は無邪気な笑みを浮かべてその人に言った。

私は実は、自分が、暴力によって故郷を追われた何百万人もの人たちとまったく同じように、本ものの無市民権状態にあることに気づいていなかった。市民権証明書を持っていないため、一度も投票したことがなかった。バランキーヤでは『エル・エラルド』紙の記者証を身分証明書がわりに使っていて、そこには兵役を逃れるために嘘の生年月日が書かれていた。すでに二年前から兵役逃れをしていたのである。緊急の場合には、シパキラーの電報局でもらった郵便ハガキを身分証明に使った「未成年者の身分証明法」。そこで、策に長《た》けた友人が、ある旅行代理店の書士を紹介してくれ、彼は指定の日の飛行機に必ず乗れるようにすると請けあってくれたが、そのためには、前払いで二百ドルと、印紙を貼付して署名を付した白紙委任状が十枚必要だと言うのだった。そう言われて初めて私は、自分の銀行口座の残高が驚くほどの金額になっていることに気づいた。記者の仕事に熱中するあまり、使う暇がなかったのだ。貧乏な学生とほとんど変わらないような個人的な出費を別にして、支出と言えば、家族あての毎月の手漕ぎボート代ぐらいしかなかったのである。

出発便の前夜、旅行代理店の書士は、必要書類を私が混同しないように目の前でひとつひとつ名称を唱えながら机の上に並べて見せた——身分証明書、兵役手帳、税務署に文句を言われない各種納税領収書、そして天然痘と黄熱病の予防接種証明書があった。最後に彼は、この接種をふたつとも私の名前でかわりに受けてくれた痩せた若者に渡すチップを求めた。もう何年も前から、急いでいる客にかわって毎日のように予防接種を受けている男だった。

私はジュネーヴに向けて、アイゼンハウアー、ブルガーニン、イーデンとフォールによる開会会談にぎりぎり間に合うように旅立った。スペイン語以外の何語も解さず、三流ホテルに泊まれる程度の出張手当しかなかったが、銀行の預金残高の後ろだてはあった。帰国はほんの数週間後と見込まれていたのに、どんな奇妙な予感があったのか、私はアパートにあった自分の持ち物を全部友人たちに分配して分けあたえてしまった。二年間かけて、アルバロ・セペーダとルイス・ビセンスの助言を得て買い集めた非の打ち所のない映画関係書籍一揃いもその中には含まれていた。

詩人のホルヘ・ガイタン・ドゥランが、私が不要な書類を破って捨てているところに別れを言いに来て、彼のやっている雑誌に役立つものが何かないかと、くずかごの中を調べだした。まん中でふたつに破られた原稿を三、四枚見つけ出して、ちょっと読むと机の上でパズルのように復元しはじめた。どこから来たものなのか、と訊くので、それは「マコンドに降る雨を眺めるイサベルの独白」であって、『落葉』の第一稿から削除した部分だと答えた。未刊ではなく、すでに『クロニカ』に載せたし、『エル・エスペクタドール』の「日曜マガジン」にも、記憶にはないのだが、エレベーターの中で通りすがりに掲載許可をあたえたらしく、私自身がつけたこのタイトルで掲載されたことを伝えた。ガイタン・ドゥランは構わないと言って、『神話《ミト》』誌の次の号に掲載した。

出発前夜、ギエルモ・カーノの家で開かれた送別会があまりにも激しいものだったせいで、空港に着いたときにはすでにカルタヘーナ行きの飛行機は出発してしまっていた。家族に別れを告げるためにカルタヘーナに一泊する予定だったのだ。幸いなことに、正午の次便に乗ることができた。泊まることにしてよかった。家族の雰囲気が前回よりもよくなっていて、両親も弟妹たちも、手漕ぎボートなしでやっていけそうだと感じていた。ヨーロッパでは彼らよりも私のほうがそれを必要とするようになるのである。

バランキーヤまでは陸路で、翌日の早朝に向かった。午後二時のパリ行きの便に乗るためだった。カルタヘーナのバス・ターミナルでは、忘れもしない「摩天楼」の守衛係ラシデスにばったり出くわした。あのとき以来一度も会っていなかった。飛びかかるように私のところに来て、目に涙を浮かべ、何と言っていいのか、どう私のことを呼んだらいいのかわからぬまま、本ものの抱擁で抱きしめてくれた。慌ただしいやりとりの最後に、というのは、彼のバスは到着したところで、私のバスは出発するところだったからだが、彼は私の魂をえぐるような熱い思いをこめて言った――

「わからないのはさ、ドン・ガブリエル、どうして自分が何者なのか、おれに教えてくれなかったのかってことだ」

「そんなこと言うなよ、大好きなラシデス」と私は彼よりももっと辛くなって答えた。「言えるはずがないじゃないか、今だって自分でも自分が何者なのかわからないんだから」

数時間後、タクシーに乗って、この世の他のどの空よりも澄みわたった無慈悲な空の下、バランキーヤの空港に向かっていると、七月二十日通りを走っていることに気づいた。五年前から私の人生の一部をなすようになっていた反射的行動で、私はメルセーデス・バルチャの家のほうに目をやった。するとそこに彼女がいた。張り出し玄関のところにすわった彫像のように、ほっそりと、超然と、きちんとその年の流行の、金色のレースのついた緑のドレスを着て、ツバメの翼のように切った髪をして、決して到着するはずのない人を待つ人特有の、濃密な平穏をたたえているのだった。七月の木曜日の、こんな朝早い時間に、永遠に彼女を失うのかという腹立たしさを私は逃れることができず、一瞬、タクシーを止めて、別れを告げてこようかと考えたが、私のような、こんな不確実で頑《かたく》なな運命に、今さら挑戦するのはやめた。

飛び立った機内でも、ねじくれるような後悔の念に苛《さいな》まれ続けた。この当時には、前の座席の背もたれのところに、まだ古きよき呼び名で「お便りセット」と呼ばれていたものが装備されている美風があった。金色で縁取られた短信用紙と、同じ紙でできたバラ色やクリーム色、水色の封筒が入っていて、香りがついている場合もあった。それまでの数少ない旅行に際して私は、そこに別れの詩を書いて、そのまま紙飛行機にして飛行機から降りたときに飛ばしたりしていたものだった。私は空色の便箋を選び、初めての形式張った手紙を、張り出し玄関に朝の七時にすわっているメルセーデスにあてて書いた。相手のいない花嫁のような緑のドレスを着て、不確かなツバメの髪をして、誰のためにこんな早朝からドレスを着たのかすら気づいていないメルセーデスにあてて。それまでにも遊びのような手紙を彼女に即興的に書き送ったことがあったが、返事はいつも、偶然会ったときに、口頭で、逃げ口上のようなものを受け取るだけだった。今度の手紙は、私の旅のことを公式に知らせる五行の短信以上のものになるはずではなかった。にもかかわらず、私は末尾に追伸を添え、それは署名する瞬間になって、正午の閃光のように目を貫いた——「もしこの手紙に一か月以内に返事がなければ、僕はこのまま一生ヨーロッパで暮らします」。ほんのかすかな一瞬だけ、自分に思い直す時間を許したあとで、私はひとけのないモンテゴ・ベイ空港の、午前二時の郵便ポストに手紙を投函した。すでに曜日は金曜になっていた。翌週の木曜日、またもや国際的な不合意ばかりに終わった無駄な一日を終えてジュネーヴのホテルにもどったとき、私は返信の手紙を見つけた。

解　説——喧騒と静寂

久野量一

メキシコシティのガルシア＝マルケス邸。

表玄関を入り、空っぽのガレージを抜けて、いくつかの部屋を通り過ぎ、透明なガラス張りの応接間に出る。中庭に面している。ガラス戸を横に引いて庭におり、緑の芝生に並んだ足元の敷石を確かめながら進んでゆくと、平屋の建物がある。やはり透き通っている窓ガラスと壁の白さにふと目が眩むような気がする。そこが離れの仕事場だ。曇り空のメキシコシティ。隣家との高い石塀には蔦がからまっている。オウムはどこにいるのだっただろうと見回してみるが見当たらない。

仕事場の入口の透明なドアを開けると、秘書のモニカが書類を広げたり、電話を受ける作業机があって、右手には長く書庫が伸びている。左手側に、大きな窓ガラスのおかげでまるでテラスのように明るい空間がある。ここがガブリエル・ガルシア＝マルケスの書斎だ。

「ようこそ、元気にしてた？」とモニカが特徴的なハスキーな声を大きく張り上げて立ち上がる。いつもジーンズ姿で男っぽい陽気なメキシコ女性だ。電話を切りながら、「今、来るから。入って待ってて」

書斎の椅子の背中越しの壁面には天井まで白い書棚が備えてある。「書棚に近づいてごらん。赤い本があるでしょう？　机の後ろ」。モニカが教えてくれる。「彼が書いた本よ。出すたびに出版社が特別に装丁してくれるの」。書斎机に向かって腰かけたときの頭の高さのあたりに赤い装丁の本が、他の本とやや距離をとって並んでいる。全部で二十冊くらいだろうか。壁面の書棚に並ぶ書物の量に比して、あまりにもわずかな、一棚の半分ほどの赤い列。彼がこれまでに書いた全部の本だ。赤いその列の左端に分厚い一冊がある。*Vivir para contarla* ――『生きて、語り伝える』である。この自伝だけは赤い装丁本のほかに、彼が赤ちゃんのときの写真が表紙に使われた、書店に並んでいる本も列の右端に置かれている。なぜ二冊あるのかを訊くと、「書き込みをしちゃったから、あの本だけは二冊あるのよ」

コロンビアに住むガルシア＝マルケスの弟や妹に導かれるようにして、いつの間にかわたしはこのお屋敷に出入りするようになったのだが――二〇〇九年の九月で四度目になる――、ここを訪れるたびに印象に残るのは、大きな透明のガラスと、そして静けさだ。大気汚染でも名高いメキシコシティ中心部の喧騒を忘れさせる静謐の南部。中心部から自動車専用道路で南へ下り、印象深くて単純な名前の街路をいくつか通ってたどりつく。とても静かな住宅街だ。大きなトラックやバスの急ブレーキもクラクションも人の声も聞こえない。たぶんいたはずの中庭のオウムは鳴くのだろうか。高い壁に阻まれて、玄関を一歩入れば目の前の通りを走る車の音さえ邸内には届かない。机の左手にマッキントッシュとプリンターがある。原稿が紙に印刷されるときの音だけがこの静寂のなかで響くのだろう。透き通った大きなガラス越しの緑の中庭がまぶしい。一瞬、耳がつんとなるかのような静けさだ。

作家の年譜を見ても、作品の発表年は書かれているが、いつ、どんなところでその人が「書き手」になっているのかはわからないものだ。原稿用紙やタイプライター、コンピューターのモニターに向かっている時間こそが「書き手」なのだとすれば、圧倒的な静けさに包まれたこの空間で時間を過ごすとき、ガルシア＝マルケスは「書き手」になる。公の席にいる彼の姿がどれほどあったところで、結局この時間こそがガルシア＝マルケスが作家である時間なのだ。『生きて、語り伝える』（二〇〇二）と『わが悲しき娼婦たちの思い出』（二〇〇四）は確かにこの部屋で書かれた。昔を思い出して彼は言う。

「売春宿の午前中がいちばんいい。静かだからだ」

ガルシア＝マルケスは故郷コロンビアのカルタヘーナに、メキシコシティの家とは比べものにならないほど大きな家を建てたが、そこにはあまり長く住まなかった。メキシコシティが長いのは、静寂を確保できるからだと推測する。


この静寂と対置するようにコロンビアのカリブ地方はある。彼の生まれたアラカタカを含むコロンビアのカリブ地方をひとことで言うならば、それは喧騒だ。賑やかというような微笑ましい事態を超えている。おびただしい音が重なり合っている。

日曜日のアラカタカの中央広場の向いのレストランでは巨大なスピーカーがローカル音楽のバイェナートを絶唱している。隣のレストランからは爆音でラジオ放送が流れている。ラジオの大きなスピーカーのすぐ前で蝶が群れをつくって飛び回っている。蠅のたかるレストランのテーブルのわきを、広くない道なのに、オートバイ、自転車、バス、ダンプカーがひっきりなしにクラクションを鳴らして通り過ぎてゆく。果物が入っているのか、野菜が入っているのか、ずだ袋を積んだリヤカーが金属音をたてて走る。犬が吠えまわる。道路に面したテラスでは家族、親戚、友人、つかの間の訪問客が怒鳴り合っている。揺り椅子がきしむ。ジャムの下ごしらえをしたり、スープに火をつけたりしているのだろう、さまざまな香りがただよう。一瞬、静けさがあったかと思うと、すぐにクラクションが響き渡り、再び音楽がなりはじめる。どれほど広いスペースを確保したとしても騒音からは逃れられない。雨の音、風の音、エンジン音、叫び声が、人が寂しくなってはいけないと教えるようにいつも同時に耳を襲う。

ガルシア＝マルケスはこの喧騒のなかで育った。アラカタカを出たあとカリブ地方を転々として、内陸高地の首都ボゴタでも数年間を生活するが、そのどこをも特徴づけているのが彼を取り巻くおびただしい騒音だ。ひとりで静かにタイプライターに向かうことは難しかった。

アラカタカで、「スペイン語ではアラカタカの人のことをなんて言うの？」と訊いてみた。すると、「カタケーロス（cataqueros）。ソモス・カタケーロス（Somos cataqueros. おれたちはアラカタカ人さ）」という答えだった。ガルシア＝マルケスはつまりカタケーロとして生まれた。カタケーロは、カリブ海を身近に育つコステーニョ（沿岸の人）でもある。だからカリベーニョ（カリブ人）と言ったりもする。

コロンビアのカリブ地方の海はカリブ海とはいえ、リオアーチャにしろ、シエナガにしろ、カルタヘーナにしろ、ジャマイカのモンテゴ・ベイやメキシコのカンクンのような目を見張るようなターコイズブルーではない。マリンブルーでもない。決して比喩的な意味でなく、灰色をしている。砂も重くてどす黒い。この輝きのない灰色の海に太陽の光が射してわずかに透明度を増したとき、一瞬、青や緑の明るさが光る。

歩いていると暑さが肌にはりついてくる。体全体が湿気に包み込まれる。雨になりそうでならない湿っぽい空気に砂がまじっている。ここでは物はたちまち古び、廃れ、日差しや波や砂に浸食されていく。歴史的な記念碑や堅牢な建造物があることはある。だが時間や気候にさらされて、容赦なく朽ち果てていく。この地方では多くのことが不確実で、はかない。二十二歳のとき、ガルシア＝マルケスは母とバランキーヤからアラカタカまで旅をし、それが彼にとって決定的な旅になった。だが旅といったところで、バランキーヤからアラカタカまでは大した距離ではない。にもかかわらず、それが不確実性に満ちた旅、予期せぬ物語を生む旅になってしまう。そういう予測不可能性の高さがカリブ地方だ。良くも悪くも人びとは偶然性に支えられて生きている。ガルシア＝マルケス一家は父の運だめしに翻弄されて、カリブ地方で漂泊の旅を送り、ガルシア＝マルケス本人も運を切り開こうとあちこちをさまよいながら、あまたの偶然を生き延びる。そんな綱渡りの連続に満ちたこの自伝は決して武勇伝ではない。むしろ『ラサリーリョ・デ・トルメスの生涯』のような、いわゆるピカレスク小説に近い。

「人生には三つの側面がある。公的な部分と私的な部分、そして秘密の部分だ」

ガルシア＝マルケスがよく言っていることだが、この自伝は公的な部分と、わずかの私的な部分から成っている。エピソードのなかには、これまで本人がインタビューで漏らしてきたものや、友人が明かしたり、あるいは研究者が調べ上げてきたものもけっこうある。だから、ガルシア＝マルケスを熱心に追いかけてきている読者からすると、あっと驚くようなエピソードだけが出てくるわけではない。伝記的事実の細かさから見れば、スペイン語で書かれたダッソ・サルディバルの『ガルシア＝マルケス――種への旅』（一九九七）や、英語で書かれたジェラルド・マーチンの『ガブリエル・ガルシア＝マルケス――ア・ライフ』（二〇〇八）といった伝記のほうがよほど詳しいし、そこでは本人が語りたくない秘密まで暴露されている。したがってこの本の狙いは、自分の組み立てる物語ではない方法でいろいろなところからすでに伝わってしまった逸話の数々を、自分の「語り」として伝えようとしたところにある。

スペイン語で「インドクメンタード indocumentado」という表現がある。ガルシア＝マルケスのノンフィクション作品にこの単語を使ったタイトルがあって、「インドクメンタード」は「無名」と訳されている（『幸福な無名時代（*Cuando era feliz e indocumentado*）』）。この単語は人を形容するときに使われて、「身分証明書をもたない」という意味をもつ。つまり「無名」というのは役所の書類に名前や性別や生年月日が登録されていない人のことだ。本書の最後で明かされるとおり、ガルシア＝マルケスは特派員としてヨーロッパに渡るまで「インドクメンタード」だった。パスポートをとるときにはじめて自分を国に帰属させたわけだ（外国に行くにはまず自分の国を選ばなければならない）。この自伝は彼の「インドクメンタード」時代の終わり、パスポートをもって「コロンビア人」として旅立つところで締めくくられている。カリブの「無名人」から、コロンビアという「ナショナル」な服を着て出かけてゆくまでの軌跡である。

ところでカリブの文学というと、たとえば日本でも、フランス海外県マルティニク島の詩人エドゥアール・グリッサン（一九二八―　）の思想が近年盛んに参照されるようになっている。グリッサンはカリブ地方の文化的混淆を足がかりに、ひとつの根に限定されるアイデンティティ（たとえば国籍など）ではなく、他者を排除しない、他者に開かれた新しいタイプのアイデンティティのあり方（クレオール）を模索、提唱している。このグリッサンの思想に照らしたとき、同じカリブ地方出身で、カリブの文化的混淆を常に題材としてとり上げ、またカリブを理想郷のように描くガルシア＝マルケスの世界観はどのように見えるのだろうか。

それを考えるヒントとして、コロンビアのカリブ地方を、「コロンビアのカリブ（el Caribe colombiano）」として把握する方法があることを知っておこう。最近コロンビアではこの概念を使った研究が進んでいて、その把握の仕方にしたがうと、ガルシア＝マルケスは「コロンビアのカリブ作家」になる。だがそのグリッサンは二〇〇八年にカルタヘーナを訪れたとき、現地の人びとに、カリブはカリブであって、「コロンビアのカリブ」という「ナショナル」な形容詞をつけた言い方は矛盾しているという意味合いのことを言った。確かに、「ナショナル」なものを溶解させようとして新しい世界の把握の仕方を提唱しているグリッサンにすれば、カリブという名詞に「ナショナル」な形容詞をつけることは、彼の思想的アプローチの新しさを無効にするものである。

にもかかわらず、この自伝を読んでみると、ガルシア＝マルケスによる世界の把握の仕方には、グリッサンと重なるような、他者に開かれた――「カリブ的な」――世界の把握の仕方があるだけでなく、「ナショナル」な制度に信頼をおいた眼差しもまた入っているように見える。つまり「コロンビアのカリブ」という把握の仕方がここにある。そのことは、たとえばボゴタ時代とカリブ時代が視座の異なる語り＝世界の把握の仕方になっていることからも確かめられるだろう。ガルシア＝マルケスはカリブ地方にかかわる個所はあくまでパーソナルな視点から、身体で実際に感じたことを湧き出るままに伝えようとしているが、ボゴタの政治暴動（第5章）のところにくると一転して歴史資料を渉猟したうえで、時の権力者を主人公に据えた政治の裏舞台を語りさえする。このあたりを読むかぎり、ガルシア＝マルケスにおいて「ナショナル」な服はそう簡単には脱げない拘束服になっているし、「コロンビア」というくくりをまったく抜きにして彼の存在を考えることはむしろ難しい。現実社会とかかわる局面（たとえば政治）で、彼が常に「ナショナル」な制度を前提にしていることは、よく知られる彼のキューバ革命への積極的な肩入れを理解するうえでも大切なことだろう。

ガルシア＝マルケスにはフィクション作品と並んでノンフィクション作品があるが、この二つは対のようなもので、たとえばいま問題にしたことを考えるためにも、離れ離れにしたくない。彼の全作品が生まれた背景を解き明かす内容のこの自伝はしたがって、両ジャンルの橋渡しとなる作品だ。だから書棚に置くのなら、この自伝を蝶つがいのようにして、右側にはフィクション作品を、そして左側にノンフィクション作品（残念なことに、その多くが未邦訳のままだが）を並べ、彼の世界を一望にしたいと思うのだ。

ガラスの向こうに、足元に気をつけながら、慎重に歩くガルシア＝マルケスの姿が見える。胸のポケットにペンがささっている。癌を患った直後は痩せたが、もうそのときの弱々しさはない。目が合うと、「またおまえか！」と、いたずらっ子のような表情で笑いかけてくれる。書斎に入り、モニカが見える位置のソファーに座ると飲みものの相談がはじまり、あれでもないこれでもないとやりとりがあったのち、だいたい炭酸のアップルジュースかコーラに落ち着く。

その後はじまるガルシア＝マルケスのおしゃべりはどれも冗談とも本気ともつかないものばかりだ。脱線に次ぐ脱線で、話の途中でも思いついたらすぐにモニカを呼んで記憶を確かめ、それがまた別の話になり、その話は別の話を呼び、仮にあったとしても本筋はいつのまにかわからなくなる。でもその一方で、昔のこと、アラカタカやバランキーヤ時代のことになると、眼差しに寂しさがあらわれ、眉に皺を寄せる。カリブ地方の地図を開いて、地名をひとつひとつ口にする。サンタ・マルタ、アラカタカ、フンダシオン、シエナガ、リオアーチャ……。そのころの友人たちの写真を見ると、名前をひとりひとり挙げてゆく。ラモン・ビニェス、アルバロ・セペーダ、オルランド・リベーラ通称フィグリータ、ヘルマン・バルガス、アルフォンソ・フエンマヨール……。そしてそれをひととおり言い終えると、テストに合格したかのように微笑む。

この自伝と、そして小説とはいえ、その根幹は「バランキーヤ追想」とも言える小品『わが悲しき娼婦たちの思い出』は、コロンビアのカリブ地方へのノスタルジーをモチーフに書かれている。どれほど愛着があろうと、もう戻れない土地との失われた関係をわたしたちはノスタルジーと呼んでいるが、フィクションにせよノンフィクションにせよ、ガルシア＝マルケスの作品のほとんどすべてに共通しているのが、この感覚だ。

ガルシア＝マルケスによれば本書は自伝第一巻で、続く第二巻では『百年の孤独』（一九六七）を書きあげるまでのいきさつをつづるという。メキシコシティのあの静寂のなかで書かれている第二巻の刊行を待ちたい。

（くの　りょういち・法政大学）

付記

本書は、スペイン・バルセロナのモンダドーリ社から二〇〇二年にスペイン語で刊行された、ガブリエル・ガルシア＝マルケスの回想録『生きて、語り伝える』の全訳である。

（編集部）

Obra de García Márquez | 2002

生《い》きて、語《かた》り伝《つた》える

著　者　ガブリエル・ガルシア=マルケス
訳　者　旦《だん》 敬《けい》介《すけ》

発　行　2009年10月30日

発行者　佐藤隆信
発行所　株式会社新潮社
郵便番号 162-8711　東京都新宿区矢来町 71
電話　編集部　03-3266-5411
読者係　03-3266-5111
http://www.shinchosha.co.jp
印刷所　錦明印刷株式会社
製本所　大口製本印刷株式会社

乱丁・落丁本は、ご面倒ですが小社読者係宛お送り下さい。
送料小社負担にてお取替えいたします。
価格はカバーに表示してあります。

 ISBN 978-4-10-509018-0 C0098

Obras de García Márquez

ガルシア＝マルケス全小説

1947-1955 La hojarasca y otros 12 cuentos
落葉 他12篇 高見英一 桑名一博 井上義一 訳
三度目の諦め／エバは猫の中に／死の向こう側／三人の夢遊病者の苦しみ
鏡の対話／青い犬の目／六時に来た女／天使を待たせた黒人、ナボ
誰かが薔薇を荒らす／イシチドリの夜／土曜日の次の日／落葉
マコンドに降る雨を見たイサベルの独白

1958-1962 La mala hora y otros 9 cuentos
悪い時 他9篇 高見英一 内田吉彦 安藤哲行 他 訳
大佐に手紙は来ない／火曜日の昼寝／最近のある日／この村に泥棒はいない
バルタサルの素敵な午後／失われた時の海／モンティエルの未亡人／造花のバラ
ママ・グランデの葬儀／悪い時

1967 Cien años de soledad
百年の孤独 鼓 直 訳

1968-1975 El otoño del patriarca y otros 6 cuentos
族長の秋 他6篇 鼓 直 木村榮一 訳
大きな翼のある、ひどく年取った男／奇跡の行商人、善人のブラカマン
幽霊船の最後の航海／無垢なエレンディラと無情な祖母の信じがたい悲惨の物語
この世でいちばん美しい水死人／愛の彼方の変わることなき死／族長の秋

1976-1992 Crónica de una muerte anunciada / Doce cuentos peregrinos
予告された殺人の記録 野谷文昭 訳
十二の遍歴の物語 旦 敬介 訳

1985 El amor en los tiempos del cólera
コレラの時代の愛 木村榮一 訳

1989 El general en su laberinto
迷宮の将軍 木村榮一 訳

1994 Del amor y otros demonios
愛その他の悪霊について 旦 敬介 訳

2004 Memoria de mis putas tristes
わが悲しき娼婦たちの思い出 木村榮一 訳

ガルシア＝マルケス自伝
2002 Vivir para contarla
生きて、語り伝える 旦 敬介 訳